詩文學社編纂

朴龍喆全集

第二卷

京城

東光堂書店

藏版

培材中學時節――
朝鮮옷입고섰는분이
龍兒・그옆에앉은이
가張龍河氏・後列右
便에선이가鴈亭雨氏

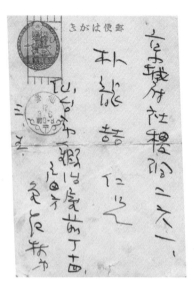

박용철의 원고독촉에 시간여유를 달라는 김기림의 답신. 소화 12년 3월 5일

龍兒兄의 批評

象牙의 塔에서 窓을 열고 鮮明한 光彩를 바더 詩의 感情에 잠기라다가도 구차스런 現實에 도

라오는때면 龍兒兄은 不滿하는 思惟를 잊어버리지않고 自體內에 意識의 遺傳을 保有하야 그 發

展과 結實을 求하라는 그 윽한 苦惱를 가젔든것이니 그것이 詩人龍兒兄이 評論에 가진 理想이

엇고 論理였다。

그리하야 自己를 잃어버린 知性들이 現實을 어들라고 헤매이는 逆流속에서 龍兒兄은 비록

行動의 性格을 많이 가지지못하였으되 그冷徹한머리로 正觀할수있는 位置에 서서 自己와 自己

의 母體에對한 非倫理에는 安協과 讓步를 許하고저하지않었다。

여기에서 龍兒兄은 分裂되는데서 分裂되지안은 自己를 가질수있었고 그때문에 分有된 歷史

的生命을 自體內의 認識에 두고 그延長을爲하야 憤怒도하였고 無限한努力도 하고저하였다。

그러나 神이 불으는소리가 덧없이 일즉 들려서 임이 幽冥의世界로 떠낫으니 머믈어 찾을길

이 地上에 없이 되어야 오직 死의 나라를 瞑想케하는 愛着만이 있게되였으되 才能과 想華가 紙筆

에 남어있어 아름답게 짜아낸 詩歌와 律을 일치않고 옴겨진 譯詩가 한卷으로 나왓고 다시 日

記와 書翰과 隨筆과 評論이 모여저서 이 한卷을 일우게되였으매 이것이 龍兒兄의 死後요 그

後의 現實이다。

무릇 死가 모든 存在의 屬性이요 모든 生命의 明日이요 또한 모든 價値의 歸結을 짓는者일지

로되 어찌하야 大自然에 도라가는 生命의 還元이 이처럼 일즉 完成을 束縛하는 契機가 되였으

랴。

그러나 龍兒兄의 文學은 決코 死에의 表情은 아니니 그 詩와 文에는 한글가치 柔雅함과 明敏

함이 想華를 쌓고 있어서 우리의 感情이 依支할곳을 깨끗하고 氣品있게 보여주고 있다。

永遠한 故鄕에의 길이로되 오늘 자머를 달리한 이밤 兄의 寢室에 燈불을 켜주는 아름다운 詩

의 女神이 있으라。

己卯 二月 一日

金 珖 燮

人間朴龍喆의 追憶

龍喆兄의 遺稿를 整理하면서 나는 여러가지 意外의 일을 많이 發見하였다。 그건 첫째로 文化에 對한 깊은 理解가 많았다는 것、 둘째로는 남긴 作品이 豫想以上으로 많았다는 것이다。 元來 兄은 出版文化에 寄與하려고 詩文學社를 만드러 月刊誌로 詩文學을 刊行하였고 文藝月刊을 發行했고 또 文學을 發行하는 一方 鄭芝溶詩集、 永郞詩集等을 發刊하여 그表面活動에는 적지않은 功獻이 있었지만 이러는 가운데에도 英·獨兩文에서 獨·英詩를 飜譯하고 創作詩를 짓고 하였다。 그언젠가 鄭、金珖燮氏의 詩集을 내었을때 나는 朴兄의 詩集出版을 勸告한일이 있거니와 그때 兄은 「좀더 잘쓴것을 모아서……」하고 그저 웃고 말었다。

人間으로 至極히 謙遜하고 착하야 얼끝한번 쭝그린것을 못본내가 最後臨終의 場面에서 쭝그리고 아푸다고 苦痛하는것을 보고 나는 돌아서서 눈물을 흘렸다。 그건 平素에 얼굴을 붉히거나 쭝그리든 일을 單한번도 보지못한 나인만큼 兄의 피로움이 오작하야 이러랴하니 내살을 짜개는듯이 아퍼서 눈물이 쏟아졌다.

×

朴兄은 劇作에까지 손을 대었다. 創作戱曲은 初期에만 썼지만 나중엔 飜譯으로 劇文化에 參列하였다. 劇藝術研究會가 昭和六年 創立한 以來 一年인가 지나서 會員制로 會의 組織體가 變革되었을때 入會한 朴兄은 上演台本으로「人形의家」도 飜譯했고 피란델로의「바보」도 飜譯했다. 그리고 쉑스피어의「베니스의商人」도 飜譯해서 上演하는데 큰도음을 주었다.

베니스의 商人엔 出演도했고 柳致眞君의「버드나무선洞里의風景」에도 上演했다. 元來 演技를 잘한다는것보담 그때는「엑스트라」로라도 우리同人들이 出演했든만큼 그때일을 생각하면 나는언제나 그때의 情熱的인 時代를 잊을수가 없었다.

더구나 人形의家를 飜譯할때는 病이 沈重하였음에도 不拘하고 끝까지 일을 마처 豫定한 公演에 支障이없게한것은 얼마나 兄의 人格과 信義가 있다는것을 알수있는것이다. 結局 이 飜譯에서 疲勞하여 城大病院에 入院까지 됬었것이나 人形의家가 上演되는날은 暫間이나마 病院에서 나와 觀劇하려고까지 하다가 그만 그것도 中止하고 혼자누어서 그날은 어떻게나 上演되는가고 생각하였노라는 말을 들었을때 우리는 한幅藝術家의 素朴한 感情을 느끼었다.

그後 病이 낳였다가 다시 沈重해저서 金煥泰君에게서 兄의 病이 重해서 여러벗들을 보고싶

어 한다는 電話를 받고 달려갔을땐 목이아머서 말을 잘하지못하는것을 보고 그것이 喉頭結核

이라는것을 알었을때 이것은 危險하구나 하고 혼자 걱정을 했다。北京에 용한 醫師가 있다고

그곳으로 갈가 東京으로 飛行機로 날어가서 治療를 받어볼가하고 鳩首相議하다가 世醫專病院

南病舍七號室에 房을定했을때 이따금 病間安을 가면 그대로 반가워이야기하고 기뻐하였다。그

리하야 다시 聖母病院으로갔다 나와서 世上을 떠낫지만 그동안도 兄은 늘 病만낭으면 무엇을

해보자고 입버릇같이 이야기하곤 하였다。몸이 弱한탓도 있지만 性格的으로 積極性이 적었든

兄은 그때 그病만 낭으면 積極的으로 무에나한다고 했다。兄은 나의 多少 積極的인 性格을종

아하야 늘 反對되는 性格임에도・不拘하고 좋아하였다。좋은동무요 文友이든 朴兄을 보내고먼

지속에 무친 遺稿를 夫人 林貞姬女史가 추려놓은것을 編輯하면서 생각하니 人間은 오고 가는

것 그러나 藝術은 永遠히 남는다는것을 느끼고 朴兄의 靈前에 이 몇卷의 書籍을 바치면서 혼

자痛哭하노라。

昭和 己卯 二月 日

一步 咸 大 勳

— 5 —

龍兒兄의 詩와 隨筆의 世界

龍兒兄이 글이 잘씨여지지안는것을 퍽도 걱정한때가있었다。 그리하야 적은글請托에도 반드시 붓들기로하겠다고까지 말하였다。 그러나 그後 兄은 二三年間 詩評以外에는 特別한 文筆의 親炙가없었다。

兄이 이때에있어서 더切實히 느낀것이 出版에 對한 淸廉스러운抱負였었다。 그러나 높이評價될 아름다운그뜻을일우지못하고 이제 내가 이生에남은 한동무로써 兄의遺著에 가난한 이붓을 들게되였음을 생각하매 實로 헤아릴수없는 깊은 느낌에 사로잡히지않을수없다。

○

兄이 가장사랑하고 마음을 가다듬어 곱게바치라한것은 끝끝없이 향맑은 詩魂의 純淨世界였었다。 헙되이 글한줄을 그적여내바리기를 누구보담도 싫여했다。 반드시 적은글에도 文章을가다듬고 想을쫓아서 하나의玉을 일우랴했다。

이것은 兄이 詩를사랑하는마음에서 그러했거나와 때로는 純正科學인 數學的聰慧가 크게 힘

이되기도하였다。 兄은 數學과 詩와의 淨一되는境地를 찾으랴하였다。 그러므로 그文章이 歸納

과 演繹의解明을 다하야 理路整然하게 하나의錯誤없이 풀려나가는것이요 그리하야 하나의 彫

塑과가치 그線과輪廓이 明確하게 具現되는것이다。

兄의詩가 그러했고 評文이나 隨筆、書翰에이르기까지 모도가 그러했든것이다。 이렇게 文章

과 想에 至極한 精誠을 다하는한편 兄이 더한層 마음을 바치는곳은 그文章 그想속에 굵게 또

는 부드럽게 봄해별과 가치 다사로운 情愛의 흐름을 生命으로 담는것이었다。 그러므로 兄의文

章에는 구김살이없고 붓잡아 生生한 體溫을 느낄수 있는것이다。 陰酸한世界、殘酷한雰圍氣、

이런것은 兄이 가장 멀리하였고 假使 그러한表現을 必要로 할때에도 兄의心腦를 거치지면 一

變하야 微笑가 숨은 形態를 가추게되였다。

○

聰慧와情愛、 이것은 兄의文學에서뿐아니라 實로 兄의人間 그自體가 타고난 性格이요、가초

아진 天禀이였다。 이性格과 이天禀이 하나의거짓과 하나의꾸밈도 없이 文學우에 如實히 反映

되였든것이다。 그러므로「人卽文」이라는 文學上恒用語가 兄에있어서와가치 適切한例도 그리

만치는못하리라。

이런까닭에 虛張과 盛勢란 兄의 世界에서는 그 그림자도 찾을수없었고、 一躍하야 文名을 널

피라는생각은 元來가지지아니하였다。오로지 時時로 刻刻으로 쉬지아니하고 文學의길을 精進

하였다。現實의拘礙가 가끔 兄의 이世界를 阻害하기도했다。그러나 이에서 兄은 남과같은 焦

燥를 가지지 아니하였다。實로 이性情은 凡人으로서는 놀낼만큼 綽綽하였든것이니 一時의 上

氣되는일은 있어도 갈팡질팡하야 일을 그릇치는일이 全혀없었다。

이러한點이 다른 사람으로는 매우 欽慕되는바였거니와 어떤때에는 격정스럽기도했다。일에

있어서 事務的으로 밀고나가라는 努力보다도 마음에 색여둔일을 차곡차곡 時間의制約을 받지

않고 꾸려나가라고했다。兄의文學에對한 態度도 이에서 다름이없었다。이것은 實로 可詳할선

비의 마음이여서 오늘의 現實과는 때로 不相容이기도 하였다。。

그러나 끝까지 兄은 그 하나의 信念을 바리지아니하였다。그것은 곧 朝鮮文學에對한 原理的

信念으로 時間을超越하야 하나의塔을 싸흐라는것이였다。널리 마음의糧食을求하야 燥急히 서

둘지않고 뒤이어 쌓어질 前兆를 達觀하고 明察하였다。

그러므로 兄의 마음속에 켜지는 하나의明燭은 이文學의 榮光으로써 不滅할것을 깊이깊이믿

어었다。 도리켜 생각하매 實로 兄의 이 遺著가 이 明燭의 後光을 받어 우리의 世代에서 더 멀어

질수록 그빛은 더한층 크고 밝어질것을 마음으로 깊이깊이 믿고 또한 비는바이다。

삼가 兄의 靈前에 적으나마 精誠된 이마음을 한데모하 곰게 바치노라。

昭和 己卯 一月 二十五日

李 軒 求 識

目次

— 3 —

殘　影

—— 5 ——

詩論及評論

抒情詩의 孤高한 길

핏속에서 자라난 파란꽃, 붉은꽃, 힌꽃, 혹시는 험하게 생긴 毒茸。이것들은 저의가 자라

난 흙과 하늘과 기후를 이야기하려하지않는다。어디 그런 필요가 있으랴。그러나 이 貞淑한

따님들을 거저 벙어리로 알아서는 않된다。사랑에 취해 흘려듯는 사람의귀에 저의는 저의 온

갖 비밀을 쏟우기도한다。저의는 다만 짓거리지않고 까불대지 않을뿐 피보다 더욱 붉게、눈

보다 더욱 히게 피여나는 한송이 꽃。

우리의 모든 體驗은 피가운데로 溶解한다。피가운데로、피가운데로。한낮 감각과 한가지 구

경과、구름같이 펴올랐든 생각과、한筋肉의 움지김과、읽은 詩한줄、지나간 激情이 모도 피

가운데 알아보기어려운 溶解된 기록을 남긴다。지극히 예민한 感性이 있다면、옛날의 傳説같

이, 우리의 脈을 짚어봄으로 우리의 呼吸을 들을뿐으로 (실상 끊임없이 속살거리는 이 죠콘

다—) 얼마나 길고 가는이야기를 끌어낼수 있을것이랴.

흙속에서 어찌 풀이 나고 꽃이 자라며 버섯이 생기고? 무슨 솜씨가 피속에서 詩를, 詩의

꽃을 피여나게하느뇨? 變種을 맨들어내는 園藝家. 하나님의 다음가는 創造者. 그는 실로 교

묘하게 配合하느니라, 그러나 몇곱절이나 더 참을성있게 기다리는 것이랴!

巧妙한配合. 考案. 技術. 그러나 그우에 다시 참을성있게 기다려야되는 變種發生의 챈스.

文學에 뜻두는 사람에게, 「너는 몬저 쓴다는것이 네 心靈의 가장 깊은 곳에 뿌리를 박고있

는 일인가를 살펴보라, 그러고 밤과 밤의 가장 고요한 시간에 네 스사로 물어보라— 그글을

쓰지않으면 너는 죽을수 밖에 없는가, 쓰지않고는 못배길, 죽어도 못배길 그런 內心의 要求가

있다면 그때 너는 네生涯를 이必然性에 依해서 建設하라」고, 이런 무시무시한 勸告를한 獨逸

의詩人 라이네르•마리아•릴케는 「브릭게의手記」에서 다음과 같이 말했다.

사람은 全生涯를 두고 될수있으면 긴 生涯를 두고 참을성있게 기다리며 意味와 甘味를 모

으지아니하면 아니된다。그러면 아마 最後에 겨우 열줄의 좋은 詩를 쓸수 있게 될것이다。詩

는 普通생각하는것같이 단순히 愛情이 아닌것이다。詩는 體驗인것이다。한가지 詩를 쓰는데

도 사람은 여러都市와 사람들과 물건들을 봐야하고、즘생들과 새의 날아감과 아침을 향해 피

여날때의 적은꽃의 몸가짐을 알아야한다。모르는地方의길、뜻하지않았던 만남、오래전부터

생각하던 리별、이러한것들과 지금도 분명치않은 어린시절로 마음가운데서 돌아갈수가 있어야

한다。

이런것들을 생각할수 있는것 만으로는 넉넉지않다。여러밤의 사람의 기억(하나가 하나와 서

로 다른) 陣痛하는 女子의 부르짖음과、아이를 낳고 햇속하게 잠든 여자의 기억을 가져야한

다。죽어가는 사람의 곁에도 있어봐야하고、때때로 무슨소리가 들리는 방에서 창을 열어놓고

죽은 시체를 지켜도봐야한다。그러나 이러한 기억을 가지므로 넉넉지 않다。기억이 이미 많

아진때 기억을 잊어버릴수가 있어야한다。그리고 그것이 다시 돌아오기를 기다리는 말할수없

는 참을성이 있어야한다。記憶만으로는 詩가 아닌것이다。다만 그것들이 우리속에 피가되고

눈짓과 몸가짐이 되고 우리 自身과 구별할수없는 이름없는것이 된다음이라야— 그때에라야

우연히 가장 귀한시간에 詩의 첫말이 그 한가운대서 생겨나고 그로부터 나아갈수있는것이다.

열줄의 좋은 詩를 다만 기다리고 一生을 보낸다면 한줄의 좋은 詩도 쓰지못하리라. 다만 하나의 큰꽃만을 바라고 一生을 바치면 아모러한 꽃도 못가지리라. 最後의 한송이 극히 크고 아름다운 꽃을 피우기 위하야는 그보다 적을지라도 덜고을지라도 數多히 꽃을 피우며 一生을 지나야한다. 마치 그것이 最後의 最大의 것인것같이 最大의 情熱을 다하야 주먹을 펴면 꽃이 한송이 나오고, 한참 心血을 모아가지고있다가 또한번 펴면 또한송이 꽃이 나오고 이러한 奇術師와같이.

나는 書道를 까막히 모른다. 그러면서도 그書道를 例로 이야기할 욕망을 느낀다. 書道의 大藝術家가 그 一生의 絕頂에 섰을때에 한번 붓을 둘러서 한글자를 이뤘다하자. 怪石같이 뭉치고 범갈이 쭈구린 이 한字. 最高의 智性과 雄志를 품었든 한生涯의 全體驗이, 한人格이 원롱 거기 不滅化하였다. 이것이 주는 눈짓과 부르는 손짓과 소근거리는 말을 나는 모른다. 나는 그것이 그러리라는것을 어렴풋이 類推할뿐이다. 이 무슨 不幸일것이냐.

어떻게하면 한 生涯가 한 精神이 붓대를 타고 가는 털을 타고 먹으로서 종이우에 나타나 웃

고 손짓하고 소근거릴수있느냐? 어쩌면 한참만큼 손을 펼때마다 한송이 꽃이 나오는 奇術에

다다를수있느냐!

우리가 처음에는 先人들의 그 부러운 奇術을 보고 서루른 自己暗示를 하고 念言을 외이고

땀을 흘리고 주먹을 쥐었다 폈다 하는것이다、거저 뷘주먹을。그러는중에 어쩌다가 自己暗示가

成功이 되는때가 있다。비로소 주먹속에 들리는 조그만 꽃하나。枯花示衆의 微笑요、以心傳心

의 秘法이다。

이래서 손을 펼때마다 꽃이 나오는 確實한 境地에 다다르려면 무한한 苦難과 修練의 길을

밟아야한다。그러나 그가 한번 밤에 흙을 씻고 꾸며논 舞臺우에 興行하는 奇術師로 올라설때

에 그의손에서는 다만 假花조각이 펄펄 날릴뿐이다。그가 뿌리를 땅에 박고 曠野에 서서 大氣

를 呼吸하는 나무로 서있을때만 그의 가지에서는 生命의꽃이 핀다。

詩人은 진실로 우리가운대서 자라난 한포기 나무다。淸明한 하늘과 適當한 溫度아래서 茂

盛한 나무로 자라나고 長霖과 曇天아래서는 험상궂인 버섯으로 자라날수있는 奇異한 植物이

다。 그는 地質學者도 아니요 氣象臺員일수도 없으나 그는 가장 强烈한 生命에의 意志를 가

지고 빨아올리고 받아드리고한다。 기쁜 태양을향해 손을 뻬치고 험한 바람에 몸을 움츠린다。

그는 다만 記錄하는 以上으로 그 氣候를 生活한다。 꽃과같이 自然스러운 詩, 찍꼬리같이 흘러

나오는 노래, 이것은 到達할길없는 彼岸을 理想化한 말일뿐이다。 非常한 苦心과 努力이 아

니고는 그生活의 精을 모아 表現의 꽃을 피게하지 못하는 悲劇을 가진 植物이다。

詩人의 心血에는 外界에 感應해서 혹은 스사로 넘쳐서 때때로 밀려드는 湖水가 온다。 이

靈感을 기다리지않고 재조보이기로 자조 손을 버리는 奇術師는 드디어 빈손을 버리게된다。

靈感이 우리에게 와서 詩를 孕胎시키고는 受胎를 告知하고 떠난다。 우리는 處女와 같이 이

것을 敬虔히 받들어 길러야한다。 조금이라도 마음을 놓기만하면 消散해버리는 이것은 鬼胎이

기도한다。 完全한成熟이 이르렀을때 胎盤이 회동그란이 돌아떨어지며 새로운 創造物 새로운

個體는 誕生한다。

많이는 다시 靈感의 도음의손을 기다려서야 이 長久한 陣痛에 끝을 맺는다.

胎盤이 돌아며려진다는 말이 있고, 꼭지가 돈단 말이 있다.

녹은 꿀을 드리우면 내려지다가 도로 올라붙는다. ——이 스스로 凝縮하는힘.

물이 잡혔든 쌀알이 굳어지는것을 거러잡는다고한다.

물과 쌀과 누룩을 비져넣어서 세가지가 다 原形을 잃은다음에야 술이 생긴다.

한百年동안 地下室에 묵여두었던 美酒의 馥郁한 香氣를 詩는 가져야한다.

이런것들이 先人이 그體驗한바 味覺을 무어라 說明치못하고 며러트린 낯말들이다.

詩를 꽃에 比喩하나, 구슬에 비기나, 과실에 비기나, 衣裳에 참으로 우악스럽게 구두에 견

주나 마찬가지로 比喩가 그것 그물건은 아니다. 如標指月이란말이 있다.

詩는 詩人이 느려놓는 이야기가 아니라, 말을 材料삼은 꽃이나 나무로 어느순간의 詩人의

한쪽이 혹은 윈통이 變容하는것이라는 主張을 위해서 이미 數千言을 버려놓았으나 다시 도리

켜보면 이것이 모도 未來에 屬하는일이라 할수도 있다. 詩人으로나 거저 사람으로나 우리게

가장 重要한것은 心頭에 한點 耿耿한 불을 길르는것이다。羅馬古代에 聖殿가운데 불을 貞女

들이 지키는것과 같이 隱密하게 灼熱할수도 있고 煙氣와 火焰을 품으며 타 오를수도 있는 이

無名火 가장 조그만 感觸에도 일어서고、머언 香氣도 말을수있고、사람으로서 우리가 아모것

을 만날때에나 어린호랑이 모양으로 미리 性함없이 만져보고 맛보고 풀어볼수있는 기운을 주

는 이 無名火 詩人에 있어서 이 불기운은 그의 詩에 앞서는것으로 한 先詩的인 問題이다。

그러나 그가 詩를 닦음으로 이 불기운이 길러지고 이 불기운이 길러짐으로 그가 詩에서 새로

한거름을 내여드딜수있게되는 交互作用이야말로 藝術家의 누릴수있는 特典이요 또 그 理想的

인 코-스일것이다。

(三千里文學創刊號所載)

『技巧主義』說의 虛妄

詩　壇　時　評

一

이 小論은 率直하게 林和氏의 詩評 『臺天下의 詩壇一年』(新東亞送年號)과 『技巧派와 朝鮮詩壇』(中央二月號)에 對한 論難의 形式을 取한다. 그것은 林和氏가 設定하며 批判하고 있는 『技巧主義』라는 槪念은 現實에 對한 우리의 認識을 混亂시키는 任務밖에는 遂行치못한다는 것을 論證하야 『技巧主義』라는 主義가 있어 現詩壇에서 旺盛한 潮流를 이루고 있다는 虛妄한 說이 아모 規定없이 一般化되는 危險을 淸掃하려는 것이다.

林氏는 『우리 詩壇一方의 가장 旺盛한 主流로서 數三年來 繁榮하고 있는 所謂 『技巧派』의 詩를 發見할수가 있다』고하고『지금새삼스러읍게 까다롭게 技巧主義라고 불려지는 詩壇의 幽靈』이라고하며 技巧主義라는 名辭를 이미 一般으로 通用되는 한개 自明의 槪念으로 取扱하고 있지마는

— 11 —

그것은 朝鮮詩史에서는 勿論、一般 文學史上에 있어서도 그 具體的인 生活歷史를가진 槪念이 아니다。 그러므로 이러한 槪念을 새로히 設定하는것은 그것이 事物의 本質을 歷歷히 들어낼수 있기위한것이요 그 創始者는 그內容과 外包에 對한 嚴密한規定을 가질 義務를 스사로 저야할것이다。

이 『技巧主義』라는 名辭를 林和氏보다 먼저 그러나 前後 단한번 써본이는 金起林氏다。 그것은 去年二月에 發表된 論文 『技巧主義의反省과發展』 가운데서의 일로 以前에는 金氏의 數多한 詩論에서는 勿論이요 우리의 一般 藝術論가운데서도 그姿態를 나타내보지아니한 槪念이다。

이論文에서는 그는 技巧主義의 反省을 眼目으로하고 『技巧主義』 發生의 朝鮮的環境으로 偶然하고 暫定的인 詩的思考나 感情을주책없이 羅列하고 排泄하므로써 詩라고 安心하는 舊式的 로맨티시즘의 思想이나 한개의 學說이나 思想이 그대로 詩가될수있다고 簡單히 信念하는 觀念主義에 對한 反抗을들고 純粹詩와 形態詩等 詩의 純粹化의 方向을 取하는 歐羅巴詩의 影響을 說明하였다。 그는 技巧主義를 定義해서 『詩의 價値를 技術을 中心으로하고 體系化하려고하는 思想에 根底를둔 詩論이라』고 하고 『朝鮮에서는 이것이 한運動의 形態를 가춘일도없

고 그렇게 뚜렷하게 一般의 意識에 떠오르지못했다。그러나 우리는 四五年以來로 이것을 個

別的으로 얼마간이고 指摘할수도 있고 또한 한 傾向으로서는 充分히 우리가 認識할수가 있었

다』고 하였다。

이 論文의 意圖하는바는 우리가 充分히 짐작할수는 있지마는 筆者의 意見으로는 이곳에 技

巧主義라는 名辭를 採用한것은 安當치않다。브레몽師의 論說한 純粹詩論은 技巧主義의 名稱

아래 總括될수없는 性質의것이요 印刷된 形態를 望視하는 形態詩는 詩의 重要한 本質을 건드

리는 問題는 아닐것 같다。그러고 近代詩의 가장 重要한 一系流인 『슈ー르・리얼리즘』을 技

巧主義라고 定義하기는 不可能한일이다。그것은 自動記述같은 그手法이 表示하는것과같이 純

粹內容主義인 一面을 가지고 있는것이다。그러므로 金氏의 論題는 金氏의 目的을 爲하여서라

도 純粹化運動이라거나 其他의 더욱安當한 名辭를 따웠드면 無端한 混亂을 惹起하지아니했을

것이다。

또한가지 이論文의 曖昧한点은 金起林氏自身의 詩가 自身의 規定한 技巧主義에 屬하는가 아

닌가에 對한 明確한 表示가 없고 그밖에 朝鮮詩壇上에 나타난 事實을 이름지어 指摘하지아니

한것이다。그러나 金氏가 그以前의 諸詩論에서 行한 浪漫主義攻擊이나 感情의 否定說等으로

보아 적어도 自身의 過去를 技術主義者로 우리는 林和氏와 함께 推測해서 無妨

할것이다. 그러고 이傾向의 詩壇的具現으로는 거저 漠然하게 技巧를 甚히 重視한다는 程度의

詩人을 指稱한것이아니라 (技巧를 重視하지아니한 藝術家가 언제어디 存在할수 있었는가!)

슈―르・리얼리즘以後의 西歐의 新詩壇風의 直接影響아래 意識的으로 새로운 詩의 創作을 向

하는 數氏를 意味한것일것이다.

誤解는 여기서 出發한다. 林和氏가 金氏의 『數年來 技巧主義가 旺盛해졌다』는 診斷을 그냥

踏襲한데 根本的錯誤가있다. 金氏는 『詩의 進步』를 주장보는 詩論이므로 先驅的徵候만으로도

그 旺盛을 論할수있다. 그러나 林和氏가 프로詩의 衰微와 技巧派의 繁榮을 歎하는 그繁榮衰微

는 多分히 商業主義的 用語다. 우리가 대체―― 로라自稱하는 部員의 數나 穫得한 文學靑年의 數

로 그藝術의 榮義를 論해 무엇할것인가. 一人이라도 比較的 優秀한詩를 創作하는 프로詩人이

있다면 그것은 優秀한詩를 生產치못하는 카프詩 部員 百人보다 繁榮할것이 아닌가. 優秀한作

品이라는 視点을 떠난 모든 藝術論이란 全혀 虛無한것이다.

二

誤解는 여기서 出發하였었다。 林和氏의 技巧主義說이 金起林氏의 이 一篇의 詩史의 解釋을

그唯一한 原本으로하고 그것을 그냥 踏襲하고 있는것은 그 言言節節에서 可히 窺察할수있다。

그러나 氏는 技巧主義라는 名辭를 金起林氏와 같이 嚴密한 規定아래 使用하지않고 그가 所

謂『뿌르주아詩의 現代的後裔』라고 생각하는 모든 詩人을 이名辭로 槪括하려드는것이다。

그리하여『詩壇一年』中에서 氏가 技巧主義를 理論的으로 批判한部分은 氏가 技巧主義라고

信任하는 金起林氏의 詩論의 一部이였음에 不拘하고 結論에 이르러서는 氏는 鄭芝溶 辛夕汀

氏等이나 朴載崙 李瑞海 柳致環氏等의 亞流者들이 모도 이와같다고해서 所謂『뿌르조아詩의

現代的後裔』들을 一律로 淸算하려는것이다。

自己를 責任있는 評者라고 自任하는사람이면 비록 하로의 新聞、한달의 雜誌에 붓을 들때

에도 이러한 人名의 分類나 並列에 있어서는 事實의 明確한 認識에서 出發해서 東洋에서 말

하는바 史筆의 嚴正을 期해야할것이다。 잘못하면 가당치도 아니한 幽靈을 世上에 橫行시킬憂

慮가 있는 까닭이다。 金起林氏流의 技巧主義의 亞流로 朴、李、柳氏等을 드는것은 그傾向으로

보나 輕重으로보나 아모 根據있는 일 같지 않다。 林氏는 이러한 羅列을 매우 질겨하는듯해서

『技巧主義란 美學上의 槪念으로 그가운데는『이마지즘』『슈ー르・리얼리즘』『플라시즘』『스

「타일리즘」其他가 雜居하고 있다」고 述하였지마는 氏가 좀더 自身의 言辭에 責任을지는 愼重

한 評論家이라면 아모러한 國際的 學識을 가지고라도 後日에 說證할수없이 이러한 命題를 허

술히 表出하지는 않으리라 믿는다.

또 氏는 『그들은 外國의 技巧派나 純粹詩人들과 같이 詩는 言語의 技巧라고 하는대신 新

詩와 플로레타리아詩의 言語的 缺陷을 攻擊하고 똑바른 朝鮮語를 쓰라는데서 出發한것이다.

이것이 鄭芝溶 辛夕汀氏等의 主張이다』하였다. 그러나 이러한 詩史的 事實을 全然 모르는것

은 筆者의 寡聞의 탓일까.

또 氏는 『今日의 寫象主義的 詩人들이나 芝溶氏 或은 起林氏같은 이들』이라하야 매우 多

數의 寫象主義詩人들이 우리 가운데서 活動하고 있는것 같이 말하였지마는 이것도 생각컨대

金起林氏 가운데서 源泉을 끌어낸 錯誤다.

批評은 언제나 即物主義的이어야 한다고하면 이것은 무단한 格言일가.

그러므로 筆者가 乙亥詩壇總評中에서 林和氏의 『薹天下의 詩壇一年』은 細密한 討議의 對象이

되기에는 너무 數많은 事實認識의 錯誤와 論理의 混亂이 있다고 한것은 決코 無用意한 放言

이 아니다. 이미 他人이 設定한 槪念을 그대로 採用하면서 그것을 混亂시켜 使用하고 事實을

事實에서 出發함이없이 叙述하고 現詩壇에서 活動하는 詩人들의 傾向과 輕重을 分類함에 事

實的基礎가 없는것을 發見하고 또 그 校正의 責을 질 必要가 없으믈 失禮를意識하며 一言으

로 表示한것이다.

林和氏는 이제 『技巧派와 朝鮮詩壇』의 大部를 筆者의 『詩壇總評』의 批判으로 채웠다. 그러

나 거기서 理論의 새로운 發展을 發見할수는 없다. 金起林氏의 自己批判에 對해서 林氏는『技

巧詩派의 指導的詩人이요 가장 誠實한 詩人까지 技巧主義의 立場을 拋棄하고 否定하는데 對

해서 朴龍喆等은 그 技巧主義의 立場을 頑固히 지킨다』고하야 『守舊的인 技巧主義』의 이름을

筆者의 頭上에 선물하였다.

그러나 金起林氏의 技巧主義詩論이라는것은 筆者가 全能力을 傾注해서 **擊破**하고저하든 多

年의 宿題로 그러나 實地에 成遂하지못한 對象 그것이므로 林和氏가 金氏의 技巧主義를 批判

하는데 筆者는 결들어갈것이 아니요 金氏의 自己批判과 筆者와의 間에 連帶關係를 設定시키

려하는것은 林氏의 錯誤임에 틀림없다. 이 技巧主義의 概念의 創始者인 金起林氏는 아마 筆

者에게 그 榮譽있는 技巧主義者의 名稱을 授與할것을 斷然拒否할것이므로.

事物의 本質과 特性과 限界를 出해서 事物을 批判하는길이 얼마던지 있다. 金起林氏의 技

巧主義를 批判하고 그 技巧主義라는 그 點에서 金氏와 强烈하게 對立하는 諸人을 거기 包括시

키는것은 批判이 아니라 混沌이다。

批判은 最後까지 即物的이어야 하리라。

三

우리는 대체 技巧라는 問題를 어떻게 正當하게 생각할것인가。 技巧는 더 理論的인 術語 技

術로 換置되는것이 正當할것이다。

技術은 우리의 目的에 到達하는 道程이다。 表現을 達成하기위하야 媒材를 驅使하는 能力이

다。 그러므로 거기는 表現될 무엇이 먼저 存在하는것이다。 一般으로 藝術以前이라고 부르는

表現될 衝動이 있어야 하는것이다。

이것은 强烈하고 眞實하여야한다。 바늘끝만한 한틈도 없어야한다。 그것은 그自體 좀을수도

있고 가늘수도 있고 조용할수도 있고 激越할수도 있으나 어느것이나 熱烈히 빠질수는없다。

밧작 켱긴 琴線과같이 스치기만해도 쟁그렁 소리가 나야한다。 一分의 弛緩도 容恕되지 않는

다。 浪漫主義가 번즈레한 古典主義의 修辭學을 輕蔑한것도 그탓이요 우리가 虛張的인 雄辯을

질겨하지 않는것도 그內面의 空洞과 弛緩 까닭이다.

우리는 고요하면 고요하므로 熱烈한 纖細하면 또 그러하므로 熱烈한 그러히 熱烈한 出發點

을 가져야한다. 그러나 이것이 決定的으로 貴重한 要素이기는하나 出發點以上의 것

은 아니다.

其體的으로 詩에 들어가 論議하자. 우리가 우리의 精神가운데 貴重하다고 評價할만한 想念

이나 情念의 成立을 알았다하자. 우리의 精神의 山脈가운데 가끔가다 불끈 일어서는 이 高峯

을 흔히 靈感이라고 부르는것은 별반거기 神秘의 옷을 입힐래서가 아니라 그成立을 自由로

操縱할수도 없고 또 豫測할수도 없는 까닭이다.

우리는 그것의 表現을 向한다. 그러나 그 表現의 길이란 얼마나 困難하고 데스퍼레트 한것

이냐. 駱駝가 바늘구녕을 들어가기보다 어렵다는 比喩가 있다. 여기나 該當할것인가. 우리는

한가지 가슴에 뭉얼거리는 덩어리를 가지고 言語가운데서 그것에 가장 該當한 表現을 찾으려

헤맨다. 言語의 왼世界를 삿사치 뒤진다. 이렇게 써놓고 보아도 아니오 또 달리써놓고 보아

도 그것이 그것은 아니다. 이 所謂 作詩苦라는것은 體驗이 아니고는 想像하기조차 어려운것

이다.

대체로 言語란 粗雜한 認識의 産物이다。 흔히는 우리가 簡單히 感知할수있는것 불수있는것

드를수있는것 만질수있는것 容易하게 思考할수있는것에서 抽象되여오고 있다。 우리는 原始로

부러 지금까지 모든것을 蓄積해 왔다하지마는 우리의 平均財實란 極히 貧弱한것과 마찬가지로

우리의 共通認識能力이란 極히 低級인것이다。 交通手段인 言語는 이 共通認識에 그不拔의 根

基를 박고 있다。 이것은 最大公約數와같이 倭小하면서 또 平均點數와 같이 아모하나에게도 正

確히 適合하지는 않는다。 우리가 조금만 微細한 思考를 發表할때는 그表現에 그리 困難을 격

지않는 경우에도 表現의 뒤에 바로 그 表現과 생각과의 間의 誤差를 느낀다。

그 생각이 特異하면 할사록、 微妙하면 微妙할사록、 남달리 强烈하면 할사록 表現의 門은 좁

아진다。 한편 言語 그것은 極少한 部分 極微한 程度를 除하고는 任意로 改正할수는 없는것이

요 長久한 時日을두고 遲遲하게 變化生長하는 生物이다。 그러므로 象徵詩人들이 그들의 幽玄

한 詩想을 이粗雜한 認識의 所産인 言語로 表現하게 되었을때에 모든 直說的 表現法을 버리고

한가지 形體를빌려서 그 全精神을 托生시키는 方法을 取한것이다。 이것은 不可能을 可能하게

하려는 必然의 길이였다。

다다이즘 以後 立體派 超現實派等이 言語의 發生保存者인 先人들 또는 凡人들과 정말 相異

— 20 —

한 精神狀態를 가질때에 그 相異는 너무 컷기때문에 그들은 媒材를 技術로 克服하는 安協의

길을 取하지 않고 그것을 全體로 破壞하고 뛰어넘는 것이다。그러나 言語를 破壞하고 改作하

는것은 이 外觀부터 分明한 破壞者들뿐이 아니다。모든 價値있는 詩人 즉 모든 創造的인 詩人

은 自己 하나를 위해서 또 그한때를 위해서 言語를 改造하고 있는것이다。그렇지 않고는 그의

目的은 到達할수 없는것이다。

自由詩의 眞實한 理想은 形이 없는것이 아니라 한개의 詩에 한개의 形을 發明하는것이다。

四

우리는 한 技術家로서 媒材의 性能을 가장 微細한 數字까지 計算하여야하고 位置를 따라 생

기는 그 性能의 變化를 가장 細密하게 豫測하여야 된다는 意味에서 폴•밸레리가 詩를 數學처

럼 明證하여야 한다고하고 一定한 區劃 一定한 法則 아래서 運行되는 將棋노리에 比하였다고하

는것은 一理가 있는말이다。技術은 그와같이 愼密히 考慮된 驅使이여야할것이다。또 허버트•

러ー드이든라는 技術과의 關係를 庭球하는사람의 庭球치는 瞬間에 比하였지마는 筆者는 오히

려 竹友藻風氏의 意見을 따라 相敵한 敵手를만나 生死를 겨루는 瞬間의 劍客의 칼끝에 비기

고싶다。 너무 悲壯한 比喩일가。 純粹詩論者이요 레오나드다빈치 方法論序說의 著者로 智性의

計劃의 가장 果敢한 主張者인쁠레리로도 『詩는 偶然의 産物이다』는 意의 歎을 發한것을 보면

詩의 技術이란 그리 悠閑한 將棋노리는 아닌것같다。

우리는 詩에서 嚴格을 期할수는 있어도 正確을 期할수는 없는것이다。

우리가 두개 以上의 言語를 한자리에 모아놓으면 그 意味를 가지고 또 音響을 가진 單語를

은 衝突하기도하고 어울리기도하여서 그 한單語의 意味나 몇單語의 意味의 論理的 總和로서만

은 測定할수없는 微妙하고 無限히 傳播해가는 效果를 우리心理에서 일으킨다。 그것을 理論的

으로 强調시킨것은 分明히 現代詩의 功績이다。

그야 言語(그 意味와 音響의 綜合體인)를 가지고 幾何模樣의 圖案(흔히 말하는 저대단한 幾

何學的藝術의 意가 아니라) 이 사람의 心理에 일으키는것과 類似한 效果를 일으키는 綜合을

시킬수도 있을것이다。

그러나 筆者가 固執하는 觀點은 이것이 偶成的(eccentric) 이아니여야 한다는것이다。 出發을

規定하는 目的없이 그저 무어든 맨들어보리라는 目的밖에는 없이 이것 저것을 마추다가 「아

이것 그럴듯하고나」式으로 이루어지는것이아니라 이미 精神속에 成立된 어떤 狀態를 表現의

價値가 있다고 判斷하고 그것을 表現하기위해서의 길로 가는것을 말함이다.

最初의 發念속에 意識的은 아니나마 모든 細部가 決定되였느냐. 아니냐. 彫刻이 完成될때 彫

刻에 나타날 形態가 먼저 腦속에 原本모양으로 있었느냐. 아니냐. 이렇게 形而上으로 問題를

끌어가려는것도 아니오 製作道程中에서 일어나는 發展修正에 蒙昧하려는것도 아니다. 오히려

最初의 一點은 製作道程에서 批判的發展을 必須로하는것을 認하려는것이다. 다만 모든出發點

으로한 人間的 衝動을 設定하려한다.

五

建築의 形態와 같이 秩序의 結果일뿐 衝動에서 出發치아니한 詩의 價値를 輕斷할수는 없으

나 筆者는 거기서도 人間性을 排除하는 그 人間的態度를 興味있게 보려한다.

詩를 理論物理學 理論化學에까지 昇華시키려는 努力이 將來에 무엇을 貢獻할런지는 모르나

詩는 結局 肉體와 情念과 想念의 機械工學이나 應用化學밖에 될수없는 運命에 있다.

幸이든 不幸이든 詩는 人間的이요 技術은 어디까지나 目的에 對한 手段이다. 이것은 技術

에對한 努力을 조금도 否定하는말은 아니다.

詩人이 詩보다 먼저 사람으로서 모든 問題에 直面할것은 論을 기다리지 않는것이다. 그는

租稅를 免除받으려하지도않고 兵役을 免除받으려하지도 않는다.

「실상 이러한 特典을 詩人에게 許與한 王者나 國家도 있지아니했다」

오히려 詩人은 自進하여 義勇兵이 될수있는 사람의 類다.

그러나 俗人들이 가르쳐서 人生의 길이라고하는 길의 많은것을 拋棄하지아니하면 그가 詩의 길에 忠實할수는없다. 詩의 길은 그렇게 精進을 專心을 要求한다. 이것이 凡人의 눈에 詩人이 詩밖에 모르는것으로 비최는 까닭이다.

技術은 決코 一場의 訓話나 論說로 傳達되는것이아니다. 이것은 修練과 體驗의 蓄積의 結果로 얻어지는것이다. 그러나 人類體驗의 모든 部面에서와같이 體驗의 相互利用을 위하여 우리는 이것을 分析하고 法則化하려는 努力을 버리지 않는다. 모든 優劣한 詩人과 詩論家의 過去의 努力에도 不拘하고 그것은 아즉 達成되지 않었다. 그러므로 모든 綿密한 詩論이 詩의 技術의 傳敎는 不可能하다는 一語를 最後에 남기는것은 조금이라도 그努力을 拋棄하는 意가 아니다. 그것은 다만 自己의 努力이 미치지 못했다는것과 또 그技術에는 最後까지 法則化해서 傳達할수없는 部分이 남는다는 意味다.

創作過程의 秘密을 밝히려하는 이 모든 努力을 도리혀 非難하여 「詩는 魔術이요 詩의 創作

過程은 科學的으로 不可解의 것이라고하는 思想이라」고 하는 일이 있다. 한편이 그 自體의 綿密

한 考察에서 그 機構를 法則化시키려하는데 한편은 技術問題에 들어가기를 무서워하고 一片

의 倫理的으로 그것을 掩蔽하려한다. 若干의 詩에 關係있는 論으로서 眞正한 모든 詩論을 代

置하려한다.

科學的이라는 自負는 스사로 돌아갈곳을 알리라. 우리의 詩論은 最後의 黑點을 豫想하면서

라도 언제나 技術問題의 解明을 向해야 할것이다.

（昭和十一年朝鮮日報所載）

効果主義的 批評論綱

예술을 評價함에 그것이 社會變化에 (特히 우리生活의 가장直接的 決定者인 政治의 變革

에) 貢獻하는 力의 方向과 強弱에 準據하야 하려하는 現代의 社會的 批評의 可能에 대한 一論

考이다.

社會的 事實……그러면 우리가 觀察할수있는 事實을 記述해보자 한 개의 예술的 作品이 作

成되면 作者의 손을 떠난다 (便宜上 例를 文學的 作品에 든다) 數萬의 新聞이나 數千의 雜誌

에 印刷되여 數萬 혹은 數千의 우리들 讀者에게 읽혀진다. 그러면 우리는 그作品의 社會的 効

果를 考察해볼수있지 아니한가.

우리들의 現在의 心理的 (혹은 生理的) 狀態A는 經驗B로 말미암아 $A+B=A'$의 變化를

일으킨다 (實로 우리의 生이란 이런 變化의 連續이다) 이 經驗B의 對體가 藝術일 경우에는

經驗B의 內容은 우리의 想像을 自由로이 飛翔시키고 感覺에 愉悅의 情을 일으키는 所謂 美

的 經驗이지마는 이와다른 論文에 依한 知識 生活上의 實經驗等도 우리에게 變化를 일으키는

點에서는 同一한 것이다.

그래 作品을 읽은 讀者는 거기서 어떠한 印象을 받어 얼마큼 心情에 變化를 일으켜서 그는 그 달라진 心情을 가지고 달라진 態度로써 모든 社會的 活動에 參加하야 全社會가 그影響을 받을것이다. 그러면 그 社會의 前狀態Y는 그 作品의 影響X로 말미암아 $Y+X=Y'$의 變化를 일으켰다고 불수있다. 예술은 隱密한 가운대 우리 生活의 모든 方面에 影響을 끼친다. 우리의 判別力으로 그것을 測定할수있고 없는 問題는 있으나 한개의 예술적 作品의 效果는 間接 다시 間接으로 우리의 生活에 作用하야 우리의 政治、經濟、思想、科學、宗敎가 다 그 영향을 입었다고 할수있다. 實로 그것은 社會의 湖水에 더져진 한개의 돌멩이다. 우리가 어떤 人物의 政治的 行動을 論評할때는 暗默裡에 이러한 方法을 使用한다.

效果의 實證的 測定……이제 가장 具體的인 例를들어 朝鮮의 어떤 新聞에 發表된 한 短篇小說이 있어 五千의 讀者에게 읽혀졌다 하자. 우리는 그 五千人에게 寄書를 求하야 그 作品에서 받은 印象 그로 말미암아 자기의 心情에 일어난 變化 即 그의 美的 經驗을 記述시킬수있고 따라 그의 行動에 일어난 變化를 報告받을수 있다. 이러한 모든 報告를 綜合하야 考察하면 우리는 그作品의 美的 影響力 또 政治、經濟、其他에 끼친 影響 따라 社會에 끼친 總效果X를

測定할수있게된다 (이것은 最近 露西亞에서 勞働組合같은 團體에서 그 成員 多數에게 同一한

作品을 읽히고 그 批評을 求하야 이것을 綜合하야 그作品의 評價를 얻으려는 集團的 批評의

傾向가운대 實行되고있다。

批評家의 職能……그러나 한개의 作品이 개인의 心理에 나아가 社會에 끼치는 影響은 果然

測定하기 쉬울만큼 두드러진것이나。아니다 이 影響은 至極히 微細한 것이어서 非常한 天才의

診脈이 아니고는 알아낼수없는것이다。純理論的으로 볼때 우리가 한마디 소리를 처서 空氣

에 波動을 일으키면 그 波動은 無限히 傳播하야 그 影響으로 全宇宙가 若干의 變化를 입는다

는것은 의심할수없는 일이나 實際로 그 變化를 測定할수는 없는것과 같이 한개의 文藝作品이

社會에 끼치는 影響은 가장 測定하기 어려운것이 아니면 아니다。普通의 讀者는 자기의 받은

印象을 分析하야 言語로 發表할수도 없는 微少한 영향을 더구나 事後의 實證的測定이 아니라

豫測할 責任을 文藝批評家는 가지는것이다。 그러므로 批評家는 特別히 銳利한 感受力을 가지

고 자기의 받은 印象을 分析하므로 一般讀者의 받을 印象을 推測하야 이 作品이 社會에 끼칠

效果의 敏感한 計量器

效果의 豫報인 晴雨計

가 되여야한다.

在來의 批評論…… 批評史를 들추어 보면 近代以前의 古典主義批評은 若干의 미듬받는 古典을

標準삼아 몇개의 法則을 抽出해서 그것으로 예술批評의 尺度를 삼는다. 가령 어떤 戱曲을 보

고는 자기가 받은 印象의 如何를 反省하지 않고 三一致의法則에 맞고 아니맞는것을 물어 그

作品을 批評하려한다. 이러한 機械主義的批評이 우리에게 興味적은것은 勿論이나 그 以後의

印象主義批評 이것은 오늘날까지도 많은 愛護者를 가지고있다. 成心을 가지지않고 比較的 素

朴한 마음으로 作品을 對해서 印象을 받어 드리고 그 印象을 魅力있는 筆致로 記述하려한다.

作品의 價値判斷보다 解釋에 가까워 우리 鑑賞의 指導가 되며 그 作品을 機緣삼아 自己의 心

情을 吐露하는 예술的作品을 스사로 지어낸다. (印象主義가 個人의 美的經驗을 記述하는데

그치고 社會的影響을 따로 考察하지아니하는데는 美的經驗 그것의 社會的價値를 높이 評價하

는 理想이 內在되여있다) 最近에 文藝批評의 新方面을 開拓한것이 맑스의 唯物史觀을 예술學

에 利用한 예술의 社會學이다. 그前의 文學理論이 많이는 個人의 天才 才能에 置重하고 예술

을 다른 事物에서 獨立시켰음에 反하야 예술도 다른 精神現象과 同一히 社會의 經濟的基礎우

에 핀꽃이라하야 예술의 發生을 그 社會의 物質的生活과 經濟組織에서 演繹的으로 說明하려한

다。 맑스主義가 우리 心理에 따라 예술의 社會的基礎를 說明하는데는 적지않은 成功을 얻었

으나 그 反面에 예술의 生理學이라고 부를만한 예술의 特性―― 웨 많은 社會現

象이 分化되여 오는가 웨 한階級의 藝術的 表現이 特히 甲이라는 예술家를 通해서 이루어지는

가 웨 예술家乙은 예술家丙보다 더强한 表現力을 가졌는가―― 에 對한 考究가 아즉까지 不足

하야 예술發生學으로서의 完成을 보지못하고 있다。 또 作品의 評價에 있어서도 그의 政治的影

響만을 決定하기에 急하야 그 影響을 일으키게하는 예술獨特의 徑路를 理解치 못하는 嫌이

있다。

藝術의特性…… 예술이 다른 社會現象과 다름없이 社會全般에 영향을 끼치는것은 이미 말했

거니와 가령 生産機械의 發明은 社會의 生産力에 變化를 일으켜 經濟組織 政治制度에까지 影

響이 미치거니와 예술은 어떠한 經路를 밟어 社會에 影響을 끼치는가 우리는 이 徑路를 理解

함이없이는 아모것도 理解할수 없을것이다。 그러므로 우리가 예술을 論할때에는 예술의 特性

그것이 무엇보다 重要한것이 된다。

요새 普通 부르조와文學論이라고 불려지는 文學論을 보면 文學은 快感을 일으키는것 그

러나 그것은 商人이 돈을 얻음같은 發明家가 發明을 完成함같은 軍人이 戰勝함같은 快感이

아니라 直接 實生活의 利害關係를 떠난 快感 (Uninterested interest) 實行에 依한 快感아닌 觀

照에 依한 快感을 말한다. 女俳優가 舞臺上에서 보여주는 모든 戀愛技巧는 예술에 屬하려니

와 閨房內의 秘手는 예술이라 부를수 없다고 斷言한다. 또 實用의 水平線을 벗어나야 예술의

名에 該當하다고한다. 살을 가리고 치위를 막음같은 實用以上에 가야 衣服의 裝飾美를 말할

수 있고 書簡이라도 事務의 範圍를 벗어 淸新한 感覺과 流麗한 감정이 있으면 예술의 경계에

든다고 한다. 果然 그러한것을 우리는 예술이라 불러왔다. 예술은 抽象的 觀念에 依해서가

아니라 具體的形象에 依해서 表現하는 것이며 社會에 끼치는 影響도 論理의 說服으로서가아니

라 感情의 傳染으로 하는 것이다. 文藝의 社會的影響을 論함에 이 文藝獨特의 經路를 無視하

는 것은 그 影響 그 것에 對한 測定을 不可能하게 할것이다. 맑스主義예술批評이 예술의 社會的

效果의 客觀的 秤量을 目標로 하면서 도로혀 作品의 效果를 綿密히 推測하려는것보다 作者의

意圖에 依해서 分類해 치우려는 傾向을 띈다. 이것은 一面 예술이 社會에 끼치는 影響이 微

少하야 그를 測量하기 어려운것과 예술의 特性을 理解함이 不足하야 그 形式的條件을 等閑視

함에 因由하는것같다 (여기 對해서는 「作者의意圖와作品의效果」라는 題下에서 다시 詳論하려

한다)

批評의 要綱……예술品이 社會에 끼치는 影響에 準據하야 예술을 評價하려는 批評家는

따한 考察을 하여야될것인가 거기 對한 草案을 條項式으로 記하면

1、自己가 받은 印象의 分析 記述 (여기서 批評의 第一段 印象批評이 成立된다。 모든 批評은 印象批評을 通過하지않고는 成立不可能이다)

2、自己批判 階級的立場과 敎養等 (우리가 直接 알수있는것은 自己의 印象뿐이요 自己의 印象은 他人의 印象과 相異할것을 豫想할수있다。 이것은 他人의 印象을 推測하기爲한 準備다)

3、社會의 諸勢力의 構成關係의 把握

4、그作品의 實際讀者의 豫想

5、그豫想讀者의 받을 印象의 推測

6、作品의 印象이 讀者의 心情에 影響하여 그後의 行動에 생길 變化의 方向과 强弱

7、6의 綜合的結果로 社會가 받을 影響

更히 一段을 進하야

8、未來讀者에게 끼칠 影響의 考慮

以上의 諸條는 作品의 效果를 測定하려는 努力이거니와 우리는 웨 그러한 效果를 가진 作

品이 産出되었는가를 理解할必要가 있다.

9, 作者의 民族과 國土와 環境

10, 社會諸勢力의 構成關係와 作者의 立場

11, 作者의 예술的 才能과 個性的特質

12, 예술的 手法 —— 素材의 取扱方法과 表現의 技巧等

以上의 考察에 依하야 作品의 效果를 測定한다음 비로소 그는 自己의 社會的理想에 비추어

그 價値의 有無 高下를 決定할수가 있을것이다. 그러므로 그 批評의 抱懷하는 社會的 理想에

따라 그 價値의 判斷이 다를것은 避할수없는일이나 어떠한 社會的理想에 비추어 이를 判斷하

던지 그 社會的效果의 事實을 測定하는 徑路를 밟지아니치는못할것이다.

附言…… 時日의 餘裕를 얻으면 제대로의 小成이라도 바랄것이나 本號에 時評的論文을 擔當

하였던 金基鎭君이 카프事件에 관련되어 締切期日臨迫해서 檢擧된 不幸이 筆者로 하여금 이

擧例說示가없는 粗雜乾燥한 草案을 發表하고 이런附言을 붙이는 부끄러움을 무릅쓰게 하였다.

(文藝月刊創刊號所載)

文學流派의 槪念

文學者의 思考란 흔히 한 이씀을 構成하기까지 組織化하지않고 남과 더불어 한主義에 服事

하기에는 너무 個性이 强烈하다。 그러므로 第一級에 屬한 過去의 모든 偉大한 文學者가 다른

사람과 共通하는 무슨主義者의 일홈으로 理解하기는 困難하다。이것이 哲學과 文學과의 方法

論上의 相違일것이다。

여러學者의 探根的인 討究를 거처나려와서 차츰 滿足한定義에 가까워지고있는 文學上의 兩

大이씀 古典主義와 浪漫主義의 理念은 文學史가운데서 抽出해온바 人類의文學史를 通해 아니

人類의 精神史를 通해 消長하는 純粹한 理念이오 한사람의具體的인 文學者의 作品의 規定에

서는 오히려 멀어지려한다。이러한 廣汎한 規定의名辭로서는 縱或은 橫의 人的結構를 理解하

는 힘은 도로혀 稀薄하다。

近代에 이르러 이매지즘 或은 未來主義와같이 文學技法上 또는 더넓은 分野에까지 且한 宣

言과 綱領을 發表할수있을만큼 組織的인 文學人의集團도 있었고 그까지 안가더라도 寫實主義

象徵主義 表現主義等과같이 理論的體系를가진 이즘도있다。 이러한 名辭들은 文學流派로 規定

하는것은 아모 疑心하지않는 文學的常識이다。

理論的 結束이 여기미치지않으나 우리는 一團의文學人을 ××派라는 集合的名辭로 呼稱하

는수가 많다。 한개의 同人雜誌 또는 한사람의 師匠아래 集結되여있는 一團 그보다 더 偶然的

인 學閥 또는 封建的分權이 文化上에 實行되는 獨逸이나 地域이 廣大한 米國에서 흔히있는 在

住하는 地方名을띄운 派別。 가장 內容이 稀薄한 경우이면 여러人名을 列擧하는 煩을 避하기

爲하여 한개의 ××派라는 集合名辭를 使用하는일까지 있겠으나 대개는 어느모로던지 一脈相

通하는点이 있으므로 남들이 그러한名稱을 使用해서 理解의 便宜를 돕게 되는것이다。 相距

가먼 文學史의 理解에있어서는 이즘의 規矩를 主張使用하게되여서 文學史家의 눈에는 當時에

熾烈한論爭을하든 文人間에 同一한 이즘을 規定하기도하고 當時에 同一한 集團을 形成하였든

데서 相異한 傾向을 看取하기도한다。 그러나 同時代의 文學을 論하는데서는 人的結聯이 아모

래도 눈에 크게보임을 免치못한다。

現今 우리文壇에서 階級文學派나 民族文學派에 對해서는 그 手法上의 相異보다는 그 政治思想의 相同에 置重해서 이것을 文學上 派로 認定하기를 어렵게 아니여기나 海外文學派에 對해서는 難色이 있는 모양이다。 그런데 海外文學派는 十九世紀末의 데카당의 일홈과 같이 남이지어준이름으로 漸次로 文壇上에 그 자리를 차지한名號다。

積極的으로 主張을 宣言한일은 없을지라도 俗物主義에 對한 政治主義에 對한 低卑한藝術에 對한 鬪爭等이있어 敵本的이나마 隱然히 그共通性이 나타나는바 있으므로 그것을 한派로 觀察하는것이 文壇時事를 理解하는데 便宜하였기때문일것이다。 海外文學派의 名稱이 將來할 우리文學史에 重要한 流派가될것이냐 一時的인 人的集團에 不過할것이냐는 거기 屬하는 個人들의 文學的 力量과 業蹟에 依할것이요 오늘에있어서 그 名號의 可否를 論하는것은 唯名主義的 論爭에屬할 憂慮가 있다。

朝鮮文學의 水準이 創作이더높으냐 評論이더높으냐?

대단이 거북한問題이나 이設問의 隱密한 意思를살피면 朝鮮文學이 創作이나 評論이나 水準이 높지못하다는데서 出發한듯하다。 小說에 對해서 創作이라는 名稱을 使用하는것부터가 小說

을 한낱 자미있는읽거리로 보지않고 거기서 人生의 直迫하는힘을 傳感하고저 하는것이다。 그

러므로 創作家에게 要求되는것은 話術이나 假作의能만이아니라 最上의敏感 理想 智能 眞摯이

다。 그런데 倭小한思想、 虛大한抱懷、 卑賤한興味를가진 創作이 그날그날의 出版物의 大部分

을 占하는 우리의 現狀은 必然的으로 知識階級讀者의 自國文學輕視를 誘致하게되고 評論家로

하여금 抽象的으로 文學一般의 上向을 意慾하게하나 우으로 文學史의 背景이없고 現代에 標

準삼을만한 創作이 缺乏한데서 그들의 議論은 空虛해지고 優越한智性에도 不拘하고 文學的作

品으로서 優秀한評論을 生産하기가 어렵게된다。 이것이 우리가 一般으로 不滿해하고 이러한

設問이 發生하게된 所以일것이다。

論證을 시험할 紙面도없고 筆者의 結論만을 말해보자。 우리의 數三詩人의 抒情詩는 朝鮮文

學의 다른分野보다 斷然優秀하다。 餘談이나 이것은 詩가 쩌날리즘에 가장 虐待받은 德澤인가

한다。 小說에있어 數三老大家의 長篇은 그 廣表와 重量에 있어 다른創作과 同軌에서 水準을

論하는것은 異質比較와같이 失當의 感이있다。 創作小說一般과 評論一般과의 水準의優劣은 대

개의 討論問題나같이 一方的結論을 내릴수가없다。 한사람이라도 拔群한 評論家나 創作家가나

외서 이 平衡을 깨기트리 前에는。

(朝光所載)

文藝 時評

演劇熱의 勃興

朝鮮文藝의 諸方面이 小說이나 評論이나 映畵나 모다 一種의 不振狀態에 빠진듯한 最近에

唯獨 演劇에對한 熱心만이 一般으로 昂揚된 表徵을 發見할수있다. 新聞紙의 傳하는 消息을

들으면 各地方에서 多數의 劇團이 組織된다. 그중몇은 左翼的 標榜을 가진것이요 나머지는 單

純한 好奇心에서 出發한듯하다. 그 組織된 劇團들이 얼마나한 演劇的活動을 하는지는 듯지못

하였거니와 비록 큰實行이 없다하드라도 朝鮮의 現實에 비추어 그것이 놀랄일이라는것보다

오히려 當然에 가까운일이고 組織된 事實만해서도 演劇熱의 潛在는 表明되는것갈다.

또 京城에서 今年여름以後 硏劇舍는 二個月동안 演劇市場은 三個月동안의 長期興行을 마첬

고 新舞臺 또한 團成社에서 一個月以上의 實演을 거듭하고 있는中이다. 이들 營業的 劇團들의

興行이 劇本의 取擇에 所謂 新派劇의 臭味를 멀리 벗어나지못하고 舞臺裝置와 俳優演出의 技

術的方面에 있어서도 括目할만한것을 길러내는 價値있는 任務가 있고 또 朝鮮에서 長期興行에

必要한 觀客層의 存在를 證明하야 常設劇團組織에 可能에 한 指示를준다.

이밖에 우리의 强烈한 關心을 끄으는것은 劇藝術硏究會의 成立이다. 이會는 外國文學과 劇

技術을 攻究한 諸氏로 組織되여 이미 第一回劇藝術講習會를 開催하였고 또 硏究生으로 實演

劇團을 組織하였다한다. 이會가 實驗的公演에나 將來朝鮮의 新劇運動에 獻身할 일군을 養成

함에 學生層을 그重要對象으로 삼는것은 가장 正當한 處事일것이다. 後進國의 諸運動에 있어

學生層이 重要한 所任을 하는것은 周知의 事實이며 朝鮮의 過去도 이를 證明한다. 劇運動의

方面에 있어서도 正當한 指導만 받으면 學生劇의 가질 任務 또한 클것이다. 朝鮮人의 各學校

의 學生團體는 學校又는 學生層의 創立紀念으로 年 一二回의 公演을한다. 그러나 그 劇本難에

헤매이는 모양 또 上演하는 劇本의 醜態는 우리들 所謂 文藝를 攻究한輩로서 悲慘의 念을 일

으키게한다. 近來 이 劇藝術硏究會에 對하야 各處의 學生團體로부터 劇本의 提供과 上演의 指

導를 要求하였으나 要求하는 期日의 短促으로말미암아 많이 酬應치못하였다고 傳함을 드렸

다. 대개 近代劇이라 或은 新劇이라하는 名稱아래서 우리는 두가지 重要한 方面을 理解한다.

한가지는 發達된近代科學을 應用한 演出、舞臺裝置等의 技術的方面이오、다른 한가지는 個人

의 自由 感情의解放 男女平等 階級平等 民族平等같은 思想的方面이다. 이 自由平等의 思想은

모든 近代思想의 基調가되는同時에 近代劇에 있어서도 「입센」以後 벗어나지못하는 正統이다.

그러므로 學生劇의 指導에 가장 適任者인 이會로서는 演出의 技術的方面의 指導는 勿論이려

니와 正當한 劇本의取擇提供이 무엇보다 緊急한 問題일것이다.

이外에 또한가지 今年에들어 劇本의 創作發表가 若干있었으나 다른이들 사이에 個評的으로

말이 많이있었고 또 上演用으로 論議될만한것이 적기에 여기서는 길게 말하려 하지않는다.

以上으로 現下의 演劇熱을 대개 測定해 보았거니와 이熱心이 한때의 부질없은 熱되기에 그

치지않고 참으로 燦然한 成果를 맺을것인가 이將來를 展望할때에 우리는 이 올라가는 언덕이

넘우나 險峻함을 느낀다.

우리의 演劇運動에는 幾多의 克服하여야할 難關이있었다. 이것의 克服을 講究하기 爲하여 우

리는 몬저 이것을 檢討해보자.

첫재—우리는 過去四千年의 歷史가온대 完全한 形體를 이루지못하고 極히 微力한 假面劇

과 歌劇의 小片들을 가졌을뿐 참으로 劇이라는 名稱을가지고 一般化된 藝術形式을 가저보지

못하였다. 이것이 우리가 첫재로 만나는 큰 難關이다. 日本內地같은데서는 數百年의 傳統을 가

지고 完成된 歌舞伎劇이있어 이 儼然한 敵國을 打破하고 新劇이 發達하기는 남이 開拓한 領地

를 侵奪함같이 어렵다하지마는 우리의 新劇運動은 荒蕪한 沙漠을 開墾하는 느낌이있다. 우리

에게는 春香 沈淸 흥보놀보를 除한外에 口說로 民衆사이에 普遍化된 劇的題目이없고 外國人

에게는 觀劇이라는것이 生活上 不可缺의 項目인데反하여 우리에게는 觀劇의 習慣이 없다. 이

新觀客의 獲得이라는 우리 新劇的開墾의 灌漑事業까지를 우리는 스사로 遂行하여야한다.

둘재—— 우리에게는 劇本이없다. 우리의 胸襟에 大波紋을 일으키는 새 傑作이었다. 그렁

다고 外國같이 民衆의 귀에익고 눈에 익어서 해마다 되풀이해도 觀客을 끄으는 傳統的傑作이

있느냐 그도 勿論없다. 그러면 飜譯劇本은? 우리가 혹시 上演用劇本의 付囑을받고 外國의 名

作百篇을 읽어보았자 우리와 그네의 生活의 過度한 差違는 우리의 觀衆앞에 내여놓아 大歡迎

을받을 作品을 만나기 어렵게한다. 또 營業的劇場같은데서 上演하는것을보면 혼히 우리와 人

情風俗이 接近한 日本內地劇의 飜案이다. 그러나 이것亦是 微溫한 구경거리에 지나지않는다.

우리의 耳目을 그劇本 그上演으로 集中시킬만한 大傑作의 現出이없어는 이難關을 넘기어렵다.

우리는 劇本難의 굴엉에서 허위적어릴뿐이다.

셋재—— 劇興行日數의 短促 이것은 總觀客數의 不足에서 생겨난 困難으로 劇本難을 더한층

甚히게하는 結果를 짓는다。西洋서는 한作品이 成功하는때는 半年一年씩 繼續上演하는수도잇

고 日本의 歌舞伎도 普通 一個月興行을한다。그런데 우리는 三日 或五日만에 새 劇本을 上演

해야한다。裝置와衣裝의費用 俳優의言辭暗誦練習의 不足은 勿論이어니와 多數한 劇作家가 잇

는 文學的先進國에서도 相當히 成功的인劇本은 一年에 한두篇 생겨나기가 어려운것인데 하물

며 朝鮮에서 이頻數한 新劇本의 提供이 어떻게 可能할일이냐。粗製의 劇本은 다시 觀客의 興

味를 減殺시킨다。이困難의 克服은 傑作劇本의 出現으로 總觀客數를 增加시켜야만 可能하다。

넷재――朝鮮의 生活그것에 劇的要素의 缺乏을 느낀다。하나 둘을 들추어보면 戀愛題材의

缺乏（社交生活 따라男女交際의 稀少로 말미암아） 華麗雄壯한 生活場面의 缺乏 家屋構造에 狹

少한 間막이가 너무 많아서 우리의 家屋과 室內를 舞臺우에 올려놓기 어려운것 이것을 苟且

히 避하기爲하여 舞臺한편에 방 그옆에 마루 그옆에 마당이 마루와마당에서 劇的動作의 大部

分이 進行되는것을보고 不自然의 感이 있는것은 나 한사람이 아닐것이다。대체로 우리의 現

實生活그것이 悲劇되기에는 너무 偉大함이적고 喜劇되기에는 너무 悲慘한것인가보다。不充分

하게나마 우리의 劇運動의 當面할 困難中 몇개를 들었으나 여기다 難中最難의 檢閱難 그리고

資本難 俳優難等 三災八難에 그치지않을것이다。그러나 그中에서 가장 中心되는것이 劇本難

일 것이오. 劇本難의 克服은 다른 諸難關을 打開하는 武器가 될 것이다. 우리의 演劇人이 創作

翻譯翻案에 依해서 어느 程度까지 이것을 克服할 것인가.

한개의 熱心이 全般的으로 勃興되는 것은 決코 一朝一夕에 오는 것도 아니요 누가 맘대로 맨

드는 것도 아니다. 新劇運動에 從事하는 諸位의 建築師같은 꾸준한 努力이 없으면 이 間歇泉은

다시 地下로 시며들고 말 것이다.

一人稱小說의 流行

내가 요새 읽어본 小說가운데 重要한 創作小說의 거의 全部가 「나」라 하는 이야기주인이 나

와서 자기의 經驗을 이야기하는, 所謂 一人稱小說이라는 것을 發見하였다. 玄憑虛作「서투른盜

賊」、廉想涉作「嫉妬와밥」、兪鎭午作「上海의追憶」洪一吾作「故友」等 이것이 한 偶然의一致

던 作者心理의 어떠한 共通이던間에 한 奇異한現象이다. 대저 一人稱小說이라는것은 어떠한

長點과 短處가 있는것이냐. 이것의 長點을 들면 첫째 써나가기가 가장수월하고 둘째 늘 한가

지觀點에서 觀察한바를 차례대로 敍述하므로 事件을 單純하고 理解하기쉽게 만들고 셋째 目

擊한事實이나 자기의 經驗을 이야기하는것이되므로 表現이 생생하고 追眞力이 있을수있고 넷

째 자기의 心的經驗이나 觀察을 더 完密히 記述할 自由가 있다. 長點만가지고 短處없는것이

世上에없다. 小說家라면 小說中人物의 누구의心理에나 自由로이 出入하면서 그것을 記述할수

가있는것인데 여기서는 이야기주인以外의 人物의心理를 記述할 權利가 없어진다. 또 事件을

多面的으로 記述하야 進展시키지못하므로 그 描寫는 平面的이되여 立體性을 잃게된다. 그러

므로 小說家가 이形式을 採用할때에 그長點을 發揮시키지못하면 그 短處만 들어날것은 勿論

이요 걸핏하면 小說家로서 描寫의 努力을 省略하고 게으름부렸다는 非難까지 들을것이다. 實

例에있어 이를보면

廉相涉作「妬妒와밥」은 이웃집 三角싸흠을 이웃집에앉어서 자기에게 關聯된部分만 써놓아

서 事件의發展과 心理의解剖가 둘다 讀者의腦에까지 分明히 들어오지않는다. 「上海의追憶」도

이것이 더强한效果를 얻지못하는原因이 이것을 單純한 一夜의 追憶으로 맨들어버린데 있는것

같고 洪一吾의 「故友」 또한 그의 立體思想에 因由하겠지마는 一人稱記述로서는 그의 逃避的

自嘲를 벗어나 稚氣없이 힘찬抗議가 될수는없을것이다.

다만 바라는것은 이 一人稱小說의 流行이 小說家의 倦怠가낳은 이-씨고-잉의 産兒가 아

너면 하는것이다.

讀者共同製作小說

讀者 共同製作小說이라는 寡聞한 우리로서는 들어보지도못하든 新樣式이 新東亞 十一月號에 出現하였다.

어떠한것인가 한小說家가 어떤이야기의 실머리를 내놓고 讀者가 그것을받어서 發展進行시키고 또 그것을 小說家가받고 또 讀者가받고 이렇게 一世二世至于千萬世하는 樣式이라한다.

머언 西洋일은 잘 모르나 日本서 連作小說이라는것이 流行된일이있다. 數名의 筆者가 豫定計劃없이 서로받아써서 小說을 맨들어나가는것이다. 日本內地의小說家는 대관절 有名하다. 現代 쩌날리즘의世界에서는 琥珀에와서붙는 몬지모양으로 어떤 큰이름에는 어떤數의 讀者가 딸아다닌다. 가령 某某等五人의 有名한作者가 連作하는 小說이 있다면 그 五人의「이름의 讀者」는 이 小說로 달라영긴다. 그러면 이 小說이 小說로됏건말건 그「이름의 讀者」가 그 新聞이나 雜誌로 들어모여서 營業的 好成績을맺는다. 그러므로 連作小說의 作者는 반듯이 專門的의 小說家임을 要치않는다. 政治家던 學者던 有名한것이 唯一의 取擇條件이었다. 그러나 그것은 名士登場의 餘興에 지나지못하였든것이다. 그 連作된小說이 한卷의 冊이되여가지고 歡迎

받지못한것은 그것이 小說로서 成功치못한證據이오 또 여러가지 不美한點이 있드라도 營業的

으로 利潤만 생기는일이면 決코 衰頹하지않는 이社會에서 이제 流行하지않게된것을보면 營業

的으로도 큰成功이 아니든것을 推測할수있다。 우리 朝鮮에서도 連作小說、連作映畵劇本도 있

었고 「學生」雜誌에서는 學校對抗릴레 小說도 있었으나 그리 人氣를 集中치못한것은 그罪가

朝鮮 쩌날리즘의 未發達로因하여 「이름에따르는讀者」가 없는데있었든가보다。이 頹勢를 挽回하

기爲하야 百尺竿頭更一步의 新案이 나온것이다。小說論을 길게 늘어놓을것없이 대체 小說이

라는것이 그 構想이 緩漫할수있고 되게 쩨일수도있지마는 플로트와 性格의 統一된發展을 꾀

고는 成功할수없는것이다。「戀愛의淸算 第一回」는 小說家로서 若干의 困惑을 느끼면서 憑虛

가 그 簡潔生動하는 筆致로 前途의風雲을 豫想시킬만한 出發을 시켰다。이것이 小說로 훌륭

한것이 못되리라는것은 우리가 豫測할수있다。未來에屬하는일이라 斷言할수없었다는것은 圓滿

을 질기는 大人의 말일뿐 그러나 이 奇想天外的 考案이 크게 餘興的價値를 發揮하야 그 營業에

利를 끼치기를 우리는 또한 衷心으로 바라는바이다。

作 品 評

— 46 —

朝鮮의 文藝批評家가 한개의 評文을 쓸때마다 그冒頭에 자기가 평소에 朝鮮의 小說을 읽지 않는사람임을 자랑하고 또 그글을 쓸 義務로因하야 읽지않든것을 읽든때의 그倦怠를 하소하는 그朝鮮의 文藝創作을 나는 習慣的으로 읽는다。東光、三千里、慧星、批判、新東亞、文藝月刊의 十月、十一月號에실린 創作小說、戱曲全部中에서 몇개를들어 여기 몇마디의 評을 쓰랴한다。

가 보 세 趙容萬作 (東光十月號)

비록 規模는 적으나마 會話나 人物出入이 相當히 째여진 作品이다。때는 甲午年東學亂의 初期 양반에게 매맞고난빌미로 生命이頃刻에 있는 김첨지의집퇴지에서 村老三人의 對話가운데 그들의 抑欝과 屈從이表示되고 다음 靑年二人의對話에서 時代를 달리하는 젊은패들의 들고일어나는 反抗이 나타난다。女子兩人을 點景으로하야 彩色을加한다음 마즈막숨人결에도 웬수갚기를 부탁하는 아버지를내놓고 가보세 가보세의 合唱을따라 東學黨에加擔하야 뛰여나가는 젊은이로 끝을막는다。

이 劇本은 東學亂뒤에 숨은 한개의 特別한 挿話라기보다 東學亂의 背景이되는 普遍的空氣가

운데의 한 代表的點을 求한것같다。 그러나 이 劇本의 空氣는 强烈한 動亂的空氣가아니라 오히

려 哀調에 가까운것이다。(薄暗한 舞臺에서 事件을 進行하는것이 이感을 더하게한다) 우리가

이作品을 아조크게 評價하지못하는 理由는 이 劇本이 우리를 動亂的空氣속에 힘쓸어넣기에는

너무 가널피고(우리를 어면 空氣가운데 同化시킴에는 고리키-의 「夜의宿」의 規模를 要한다)

우리를 感激시키는 事件되기에는 너무 單純하야 特殊性이없다는것이다。 그러나 나는 이 劇本

에 上演의 機會를 주어 그 實演의 效果를 보고싶어한다。

故 友

洪 一 吾 作 　(文藝月刊十一月號)

나는 이作品을 推奬하기에 躕躇치않는다。 實로 朝鮮的인 너무나 朝鮮的인 無力한 現實面이

우리의 가슴으로 스며들어온다。

낙수질을하든내가 偶然히 길에서 小學校時代의 同窓을만난다。 우리가 學校生活을 追憶해보

면 거기는 조금어리석고 사람이 좋아서 한班學生의 놀림감이되는 學生이있는것이다。 그는 이

러한 사람좋은 學生의하나이다。 이제그는 갈소리를 철그럭거리는 巡査요 경부되기가 소원이

다。 여전히 사람좋은그는 엣친구 나를 대접하기위하야 술집으로 들어가서 시골순사의 호기를

부린다。 들어 오는길에 자기의 실수로 길人가에다 바처 놓았든 똥장군을다처 똥물이 구두에 뒤

였다。 그는 이 똥장군의 임자를 빨을치고 구두로차고 여러사람의 말김으로 겨우 용서해준다。

이作品가운데 觀察者인 話者의心理는 조금도 나타나지않는다。 이것은 요새에 흔치아니한

態度이다。 이作品은 우리를 奮然히 주먹쥐게함보다 自嘲와 야유로 끄은다。 그러나 나는 이作

品에 더切迫한 動感을 주지못한다고 또는 아나토ー르 프랑스의 채소장사가 죄없이 法律로 말

미암아 生活을 蹂躪當함에對한것같은 人權的抗議가없다고 이作品을 非難하려 하지않는다。 作

者가興奮해서만 讀者가 奮起하는것이 아니다。 作品의 效果는 그리 單純히 作用하는것이 아니

다。 이 無力한 朝鮮의 現實描寫가 반드시 우리를 無力에 同化시키는것이 아님을 알아야한다。

嫉 妬 와 밥　　廉想涉作　(三千里十日號)

작은집으로 작은집과 단살림을하는데 큰마누라가 쫓아와서 三角싸홈이 버러진다。 작은집

은 간다고집을싸고 작은집이 없으면 큰마누라는 서방님차지만 했지 둘이 꿈을판이라 여기서 싸

홈은 愛慾에 그치지않고 더 醜劣한一面을 加한다。 이事件을 이웃집에살고 친하게지내서 양편

의 하소를듣고 중재를하노라하는 친구가 자기에게 관련된부분만 一人稱으로 쓴것이다。

그래서 이作品은 읽고나도 作中人物의 心理解剖가 事件의進行이 눈앞에 뚜렷이 보이지않는

다。 그러나 이作에서 나의興味를 끄으는것은 「나」라는 人物의 고리타분하지않고 거칠게 수많

스런態度와 俗談을 縱橫驅使한 表現이다。

이作者에게 前붙어있든 傾向이지마는 이作品에서 그 度가 더 두들어진다。(最近에 金東仁

도 「결혼식」에서 많은 俗語를 使用하였다) 所謂 文語라는 점잔흔글이 標準語노릇을하는데 좀

상스럽게울리는 俗談을 많이 使用하는것을 어면이는 자미없는일이라하지마는 나는 非常한興味

를 가지고 그 文體의發展을 注意한다。 그렇다고 이것을 제마다 본뜰것으로녀겨 勸告하는것이

아님은 勿論이다。(十一月九日稿)

(文藝月刊第二號所載)

詩의 名稱과 性質

（A·E·하우스만의 레슬리·스티븐紀念講演=一九三三年 五月 九日 캠부릿지大學에서）

나의 첫재의무슨 이 레슬리·스티븐 紀念講演의 演士로 指名된것을 榮光으로 생각하고 또 그 指名하신분들의 好意의 표시를 感謝하는 것이요、 나의 둘재 의무는 그분들의 判斷이 잘못되고 選擇이 그릇된것을 말하는것이다。 내가 마즈막으로 또 처음으로 이 자리에서 講演을 한것은 二十二年前 오늘이다。 그때의 就任演說가운대서 나는 이 大學으로서 내게 期待해서 안될것 이 무엇인가를 다음같이 말한것이다。

文藝批評의 才能이 造物主가 그 고깐속에 간직해둔 最上의 선물인가 아닌가를 내가 말할수 는없지마는、 그것을 가장 애껴하는것으로보아 造物主도 그렇게 생각하는것같다。 雄辯家 詩人 聖者 賢人과 英雄의 數가 먹딸기에 比하면 稀貴한것은 사실이나 할레彗星의 出現보다는 더흔 이무엇인가를 다음같이 말한것이다。 그러고 한世紀에 한번 혹은 두世紀에 하다。 文藝批評家는 그 彗星의 出現보다 더 귀한것이다。

한번 이 文藝批評家가 出現한다 할지라도—— 저少數의 所謂 古典學徒 가운데서 그것이 出現할

機會의 比數를 이 數學의 本家에서 어느분이 내게 가르쳐주시면 좋겠다。이 純全히 偶然的인

結合이 十八世紀에 이르러서야 「렛싱」의 出現으로 이루어졌다 하면 次回의 出現까지에는 얼

마를 기다려야 할것인가。만일 이 二十世紀에서 벌서 또한사람을 구경하게 된다 해도 그것이

내自身이 아닌것만은 내가 알수있다。

이 二十二年동안에 나는 어느點에서 進步도 있었고 또 다른點에서 退步도 있었으나 文藝批

評家가 될만큼 進步하지도 못했고 또 文藝批評家로 自任할만큼 退步하지도 아니했다。그러므

로 오늘 여러분앞에서 나는 文藝批評家의 또는 文藝批評家로 自處하는이의 尊嚴한 態度로 말

하랴하는것은 아니다。

나의 一生을 두고 數個國語의 最良의 文學이 나의 愛好하는 享樂事이었다。좋은 文學을 다

만 趣味을 위해서 끊임없이 읽는것은 아마 讀者에게 若干의 利益을 줄수 있을것이다——鈍한

대로 그의 知覺을 얼마쯤 날래게하고 무딘대로 그 識別을 날카롭게하고 個人的意見의 生硬함

을 綏熟시킬것이다。그러나 個人的意見은 個人的意見대로 남아서 優越한 洞察과 知識의 確實

性을 가지고 傳達시킬수 있는 眞理가 되지못한다。그러므로 다음에 내가 무엇이 이렇다 저렇

다 말하는것은 내가 감히 그렇게 생각해보려한다는데 지나지않고、또 여러분의 보다 明敏한

判斷앞에 躊躇하면서 提出하는 意見에 지나지 않는줄을 일일히 말치아니해도 여러분이 짐작

해주시기를 바란다。

내가 얼마쯤 有利하게 論辯할수있는 文學的主題가 실상 하나 있기는하다。웨그런고하니 그

것은 同時에 科學的이 되여서 科學人이라야 假託없이 그것을 取扱할수있고 또 大多數의 文學

人보다는 실상 適任일것이므로。「詩作의技術」그것은 내가 오늘의 主題로 처음 생각해보았든

것이다。거기 伏在해가지고있는 一聯의 事實은 그것을 實地로 行使하고 있는 사람도 大部分

그것을 모르고 있고、그들이 成功할때에 그成功은 本能的分別과 聽覺의 自然的優秀에 依據

하는것이다。모든 詩作의 條件이되여가지고있는 自然法則과 좋은 詩作이 줄수있는 快感의

秘密한 源泉을 包括하고있는 이潛在的基礎는 批評家에게 많이 探索되지 아니했다。내가 아는

範圍에서「코벤트리・팰모어」의 몇페지와「프레데릭・마이어스」의 몇페지가 이러한 事實에

關해서 씨워진 全部——價値있는 全部를 包含하고있다。그러고 나는 거기 몇페지를 添加할수

있다。그러나 그것은 좋은 講演은 아니될것이다——첫재 量이 너무 적고、둘재 너무 乾燥하

고、셋재 그것은 듯는이가 따라가기에 어려울지도 모르고 또 내가 말해야할것은 講演보다 著

作에依해서 더分明히 發表될수있다。이러한 理由로 나는 나의 첫번 意圖를 버리고 그보다 덜 精密한 主題——그러므로 내才能에는 덜 適合한 主題를 選擇하였다。그러나 나는 이것을 얼마쯤은 精密하게 論할수 있는것인줄 안다。

우리가 詩의 性質을 論하려할때에 最初로 우리게 닥치는 障碍는 그 名稱에 固有한 曖昧性이요 그것의 正當한 意味가 多數하다는것이다。「散文과韻文」이라는 대신에 「散文과詩」라고 쓴다고 나쁜 英語는 아니다。그러나 이것은 濫用이다。더廣義인 名辭로 正確히 表現할수있는 意味에 마추기위한 擴大로 말미암아 貴重한 名辭를 濫用한것이다。韻文가운데는 「로ー머스卿의 이야기」와같이 拙劣한 押韻文에 지나지않는것도 있는지라、詩의 名稱은 普通 적어도 文學이라고 부를수있는 韻文에 限定되는것이다。비록 그것이 散文과 다른點이 다만 그 韻文形式에 있을뿐이요 散文보다 優越한것이 다만 그 形의 優美와 흔히 거기따르는 簡潔에 있을뿐이라 할지라도。

×

英國에서는 完全히 한時代동안 詩의 地位가 「윗트」라는 正當하고 特殊한 일홈을 가진 아조 딴것에게 簒奪당해있었다。이 「윗트」라는것은 近代的 意味의 「윗트」가 아니라 쫀스博士가 相

異한 이메지(物象)의 結合 或은 外樣으로 相異한 事物가운데서 隱秘한 類似의 發見』이라고 定義한것이다。이 發見이 詩아닌것은「애나그램」이 詩아닌것과 다름없다。그것들이 주는 愉樂은 純全히 智性的인것이요 智性的으로도 輕佻瑣細한것이다。그러나 이것이 十七世紀英國의 知識階級이 五十年以上을 두고 詩가운데서 主로 찾고저하고 發見하든 愉樂이다。그 時代人에게 이것을 提供하든 文人들의 얼마는 偶然히 相當한 詩人들이였다。그래 비록 그들의 詩가 大體로 非和音的이요 귀먹은 數學者들이 外形에있어서 기리마처 자르고 다발로 뮦은것이지마는 그들의 詩의 어떤 小部分은 아름다웁고 또 至極히 훌륭하기까지 한것이다。그러나 그들이 이것으로 讀者의 興味를 끌려하든것은 아니다。詩의 本質은 아닌 直喻와 隱喻가 그들의 마음을 빼앗은 先急務였고 그比喻가 먼데서 가져온것일사록 稱讚되였든것이다。그들은 이러한 副隨物들이 그들의 意思를 더욱 分明하게 하고 또는 그 主想을 鮮明하게 하는데 도움이 되는 것으로 녀기지아니했다。이것을 修飾으로 보든것도 아니오 어떤「이메지」가 사람을 질겁게하는 獨立한 힘이 있는가 없는가도 상관하지아니했다。그저 놀래고 재미보는것이 그들의 唯一한所願인 多衆을 그 新奇로 놀래게 하고 그 巧妙로 재미보이는것이 그들의 目的이였다。메리·막달렌聖女의 눈을 描寫해서

— 55 —

Two walking baths, two weeping motions,
Portable and compendious oceans,

（두개의 걸어가는浴槽、 두개의 우름우는動行、 簡易携帶의兩海洋）

이라고 하였다。 이것을 듯는 愉樂이 아모리 훌륭한것이라 할지라도 그것이 詩的愉樂은 아니

다。 그러고 詩라는 名稱은 이 特殊商品의 商標로서 安當한것은 아니다。

（이사이에 英國의 十七八世紀의詩를 主로論한 本文 十餘頁는 飜譯의 便宜를 爲해서 省略했

다）

詩의 主題를 論하는데 最初의 障碍는 그言辭의 本來부터 曖昧함이라고 나는 말했다。 그러

나 우리는 이제 第二의 아마 보다 큰 困難——즉 判斷者로서의 能力有無 다시 말하면 感知者

의 感受性有無를 決定하는 困難이 우리를 기다리고 있는데 다다렀다。 내가 詩를 만난다면 그

것을 알아볼수있겠느냐。 詩를 感知할수있는 器官을 나는 가지고있느냐。 文明한 人類의 多數

는 （다아는일이고 다툴수도 없는 일이지마는） 그것을 갖지못했다。 누가 나를 그것을 가지고

있는 少數의 한사람이라고 保證을 했느냐。 나는 내가 무엇을 좋아하고 讚仰할수

다。 나는 그것을 强烈하게 좋아하고 讚仰할수도 있다。 그러나 그것이 詩라고 무엇이 나로하

여금 생각하게 하느냐。 내가 그리 생각하는 理由라고——詩는 一般으로 文學의 가장 高級인

形態라고 尊重된다。 그러므로 나의 自尊心은 내가 가장 좋아하고 讚仰하는 것이 最高級이못되

는것이라고 생각할수가 없다。——이보다 더한 무엇이 있을을까。 그러나 웨 네가 詩를 感知할수

없을을런지 모른다는것을 認定하려하지않느냐。 네가 그것을 感知할수 있다는것이 웨 너의 自尊

心에 必要하냐。 善良하고 偉大한사람의 聖者와 英雄의 얼마나 多數가 이 能力을 가졌드냐。

너는 박쥐의 찍찍거리는 소리를 드를수있느냐。 못듯는다고하자。 그렇다고 너는 네自身을 더

輕視하겠느냐。 너는 그것을 할수 있다고 남의 앞에 꾸미고 自己自身까지도 그렇게 믿도록 하

려느냐。 多數의 便이 된다는것이 그리 참을수없는 일이고 自尊心에 致命的인것이냐。

만일 누가 詩에 대한 感受性이 없다고 반드시 그가 詩篇에서 快感을 얻지 못하는것은 아니

다。 詩篇이 다만 詩로、詩外에 아모것도없이 成立되는일은 별로 없는것이고、快感은 다른 成

分에서도 올수가 있는것이다。 나는 確信한다。——大部分의 讀者가 自己들이 詩를 讚仰하고 있

다고 생각할때에 실상은 저의 感覺을 分析하지 못함에 속고있고 저의들은 저의 앞에있는 句

節속의 詩를 사랑하는것이아니라、 참으로는 저의가 詩보다도 좋아하는 그속에 있는「다른」무

엇을 讚仰하고 있는것이다。

十九世紀에는 所謂 워즈―워드信徒가 多數히 있었다。 지금은 그 數가 많이 줄었다。 그러나

워즈―워드의 詩의 鑑賞이 그 比例로 減少한것은 아니다。 나는 오히려 그것이 增加하지나 아

니했을가한다。 매듀― 아놀드가 말한바와같이 워즈―워드信徒들은 흔히 저의詩人을 그릇된

點에서 稱頌했든것이다。 그의 哲學이라고 부를것에 저의들은 가장 愛着을 가지고, 宇宙의 道

德性과 事物은 善으로 向한다는 그의 信念을 受容하고 自然을 살아있는 有感한 仁慈한 存在

로 보는 그의 思想(「드라이아드」나 「나이아드」이야기같이 純然히 神話的인 思想)까지 받아

드리랴고 했었다。 사람의 가슴을 閃貫해서 그의 意見이나 信念을 아모렇게도 알지않는 無數

한 사람의 눈에 눈물을 가져오는 저 感動的인 言辭에 對해서는 그들은 特別한 感受力이 없었

다。 그러면 아무리 저들이 人間性에對한 그의 洞察의 深遠함과 그의 道德的思想의 崇高함을

正當하게 讚仰했다 할지라도 이런것들은― 詩는 그것들과 緊密하고 調和있게 綜合되여있지

마는― 詩 그自體와는 다른것이다。

내가 내마음속을 살펴서 여기對한 더 明確한 判別을 해본다면 나는 詩的想이라는 그런것이

따로 있다고 말할수는없다。 내 생각같아서는 散文으로 表現하기에 너무 高貴한 眞理 너무 深

遠한 觀察 너무 高揚된 感情이란 있지않다。 내가 인증할수있는 最高는 이렇다―어떠한 想을

은(다른것들은 그렇지않은데) 親切하게도 詩的表現에 몸을 허락하는것이고 또 그것들은 詩로

부터 제게 榮光을 입히고 저를 거진 變容시킬만한 騰揚을 받는것이오 詩가 그것과 別物이라는

것도 分析에 依해서가아니면 觀察되지못한다.

『누구나 제生命을 求하려하는者는 그것을 잃을것이오 누구나 제 生命을 버리려하는者는 그

것을 찾으리라』(Whosoever will save his life shall lose it, and whosoever will lose his life shall find it)

이것은 일즉이 表現된中에 가장 重要한 眞理요 道德의 世界에있어 最大의 發見이지마는 나는

그가운데서 詩的이라고 부를것을 發見할수는없다. 그反面에 俚言에 『내게 잘못하는 그사람은

제영혼을 그르침이오 나를 미워하는 모든 사람은 죽엄을 사랑함이니라』한것은 내게 詩다─ 그想이 싸이여있

me wrongeth his own soul; all they that hate me, love death.)(He that sinneth against

는 옷까닭으로. 一般祈禱書의 詩篇第四十九에 『그러나 아모도 제兄弟를 救援할수없고 그를

위해 하나님과 서로 언약할수 없느니라』(But no man may deliver his brother, nor make agreement

unto God for him.) 나로 보면 이것은 아조 感動的인 詩가되여서 이것을 읽을때 내 목소리는

平穩하기 어렵다. 이것이 言語의 効果인것을 나는 實驗으로 밝힐수있다. 그와같은 思想이 聖

經에서는 『아모도 아모방법에 의해서도 그의 형제를 구원할수없고 하나님앞에 그를 대속할수

없느니라』(None of them can by any means redeem his brother, nor give to God a ransom for him.)나

는 아모런 感動도없이 이것을 읽을수있다。

詩는 말해진 內容이아니요 그것을 말하는 方式이다。 그러면 그것은 分離해서 따로 硏究할

수있는것이냐。 言語와 그 智的內容 그意味와의 結聯은 상상할수있는 가장 緊密한 結合이다。

混成되지않은 純然한 詩 意味에서 獨立된 詩 그런것이 어디있었겠느냐。 詩가 意味를 가지고 있

을때에도 (언제나 그러한것이지마는) 그것을 따로 끌어내는것은 재미스럽지않다。「콜러릿지」

는 말하였다。『詩는 完全치 않게 大綱만 理解될때에 最大의 愉樂을준다』그러고 完全한 理解

는 어떤때에는 그 愉樂을 減殺시키기까지한다。The Haunted Palace 는 「포-」의 가장 좋은 詩

의 하나다。 그것이 誘起하는 感覺속에 헤염질치고 그比喩를 다만 히미하게 理解하기에 滿足

하고있는 限에서는 우리는 (적어도나는) 不快한 感이 생긴다──그 比喩가 얼마나 細部에까

지 正確한가를 알기시작하면──그 아름다운 宮殿의 門은 「로데릭·어쉬」의 입이고、眞珠와

紅寶石은 그의 이와 입술이고、黃色旗는 그의 머리털이고、城壘는 그의 이마고、떠도는 향기

가 머리기름과 관련이없기를 히망할수밖에 없지마는 그것은 한갓되히 히망에 지나지않는다는

것을 알게될때에。

意味는 智性에 屬한것이나 詩는 그렇지않다。만일 그렇다하면 十八世紀는 더 좋은 詩를 썼

을수있을것이다。事實로 英國詩人가운데 누구에게서 그時代의 方言에서 분명히 빼여난 眞實한

詩的聲調를듯고 認識할수있는가。콜린스、크리스토퍼・스마ー트、쿠ー퍼、블레링 네사람이다。

이 네사람은 또 무슨 共通된 特質을 가졌든가。저의는 狂氣가 있었든것이다。「플레토」의말을

기억하라 詩의 門에 찾어와서 두드리는 詩神의 狂氣를 靈魂속에 갖지못하고、技術이 그를詩

人이라고 부를수있는 무엇을 맨들어주리라고 생각하는 사람은 알게될것이다──그가 그의 깨

인 精神가운데서 制作한 詩가 狂人의 詩앞에 顔色없이 되는것을。」

智는 詩의 源泉이 아니요 實地에 그産出을 妨害할수도있고 또 産出된때의 詩를 認識할것을

믿을수도 없다는것은 「스마ー트」의 例에서 가장 잘 볼수있다。토마스・시ー톤이 이 大學안에

創設한 獎勵賞이나 上帝의 다섯가지 屬性에 對한 思辨도 그가 성해있을 동안에는 그에게 좋

은 詩를 刺戟해내지못할것이다。그가 그것으로써 記憶되는 唯一의 詩──十九世紀의 보다 溫

和한 氣候에서 제기운을 타나서、二十世紀의 最上의 詩의 하나의感興의 源泉이된 그 詩는、

傳하는바와같이、실지로 監禁된中에 쓰이지아니하였다 할지라도 解放된 뒤에 곧 쓰여진것이

다。그래서 正常한 精神과 智性의 時代인 十八世紀가 그의 詩作을 蒐集할때에는 이 一篇을 빼

여 농았든것이다──『近者의 그의 精神의 異常의 憂鬱한 表徵을 띄였다』고해서.

「콜린스」와 「쿠―퍼」도 狂人收容所에 갈일은 있었으나 거기서 詩를 썼다는 說까지는 없고

「블레익」는 監禁당할程度로 미처본일은 없었다. 그러나 그들의 天性은 多少間 智性의 中央集

權的專制에 謀叛해서 그들의 腦는 이 大借主가 安泰하게 앉어있을 王座는아니엿다. 그래 散文

과 不健全하고 不滿足한詩의時代인 十八世紀가운대 異常스럽게도 가장 純粹한 靈感의 새암

이 솟아나게 된것이다. 내게있어서는 모든 詩人가운데 가장 詩的인것이 「블레익」다. 그의 抒

情調의 아름다움은 「쉑스피어」와 同等일뿐이요, 다른 누구보다도 優越하다. 그러나 나는 그

를 「쉑스피어」보다도 詩的이라고 부른다──「쉑스피어」에게는 훨신 多量의 詩가 있지마는.

웨그런고하면 그에게 있어서는 「쉑스피어」以上으로 詩가 모든것을 壓倒하고있다. 그래서 우

리는 큰 江물가운대 混惑되는대신에 그 獨特한 가는물줄기에서 純粹하게 마실수있으므로. 쉑

스피어는 思想이 豊富하야 그詩가 거기없다해도 意味 그自身이 우리를 感動시킬함을 가지고

있는데 「블레익」의 意味는 흔히 不重要할뿐아니라 全然없다고해도 無關할때가있다. 그러므로

우리는 우리의 모든 聽覺을 가지고 그의 天來的節調에 귀기우릴수가있다.

그렇게 말할것이많은 「쉑스피어」로도 어떠한때는 그의 가장 귀여운詩를 아 모 內容없는데서

맨들어 낸다.

Take O take those lips away

That so sweetly were forsworn,

And those eyes, the break of day,

Light that do mislead the morn;

But my kisses bring again,

      bring again,

Seals of love, but seal'd in vain.

      seal'd in vain.

（大意——오— 저입술을 가져가라、그렇게 달갑게도 맹세한 저입술、또 저 눈들——아츰을 그릇 이끄는 동트는 햇발인 그것들。그러나 나의키스를 돌려오라 돌려오라、사랑의印封 그러나 헐되이 봉해진、헐되이 봉해진。）

이것은 無意味다、그러나 恍惚한 詩다。쉑스피어가 이러한 詩를 거기 알맞은 思想으로 채울때——가령「해빛의 뜨거움 무서워말라」또는「오 내사랑아 너는 어디로 도라다니느냐」——

抒情詩의 到達할 極致라고도할 이러한 노래들은 아닌게아니라 더 크고 感動的인 詩篇들이다。

그러나 나는 그것들을 더 詩的이라고 부를 아모 理由도 發見치못한다。

블레익은 늘、 쉑스피어는 이따금、 우리에게 純然한詩、 意味가 아조적게 석겨있기 때문에

詩的情緒以外의것은 看取되지도않고 상관되지도않는 詩를 준다。

Hear the voice of the Bard,

Who present, past and future sees;

Whose ears have heard

The Holy Word

That walked among the ancient tree

....

'Turn away no more;

Wliy wilt thou turn away?

The starry floor,

The watery shore

Is giv'n thee till the break of day.

（大意—— 現在 過去 未來를 보는 저 歌人의 소리를 드르라。 그의 귀는 古代의 수풀속을

것든 ○。○○。 거룩한말슴을 드렀느니。 사라진靈魂들을 부르며 저녁이슬속에 우름우나니。 星의 軸

을 支配하야 너머간 빛을 도로 살릴수있나니。 오 땅이여 오 땅이여 돌아오라 이슬맺인

풀에서 일어나오라 밤은 다가고 아츰이 睡眠의 미사에서 일어난다。 다시 가버리지마라

너는 웨가력하느냐。 星의 蒼穹과 물의 海邊 날이 다시 틀때까지 네게주어진것이다。

이것이 만일 덜 神秘롭다면、 여기 包含되여있는 全部인 이 未成形의思想에 分明한 形과 輪

廓이 賦與된다면 暗示가 思想으로 凝縮된다면、 이 神秘한 莊嚴은 훨신 줄어질것이다。）

Memory, hither come

And tune your merry notes;

And while upon the wind

Your music floats

I'll pore upon the stream

Where sighing lovers dream,

And fish for fancies as they pass

Within the watery glass.

（잊히챦는 생각이야 이리로 오라 네 아릿다운 줄을 고르라。──바람우에 네 음악이 떠돌

동안──탄식하는 님들 꿈에 어리는 시냇물을 내 익넉히 구버보며 흐르는 거울속 시처가

는 부즐없은 심사를 낚으리。──정지용씨의 번역에서 인용）

이것은 實在的인 아모것과도 相應하지않는다。기억에 질거운 곡조라든지 그밖에것들도 다

될된言辭다。想像할수있는것들이아니다。이 詩節은 다만 思想없는 喜悅의 그물에 讀者를 읊아

널따름이다。내가 앞으로 引用하랴는 詩篇도 블레익에게는 아마 意味를 가젔을것이고 그의 硏

究者들은 그것을 發見했다고도한다。그러나 그 意味란것을 그 韻文自體에 比較할때에는 하잘

것없는 어리석은 落望시키는 물건이다。

My Spectre around me night and day

Like a wild beast guards my way;

My Emanation far within

Weeps incessantly for my sin.

A fathomless and boundless deep,

There we wander, there we weep;

On the hungry craving wind

My Spectre follows thee behind.

....

（大意── 나의靈魂이 밤낮으로 野獸갈이 내길을 지킨다。나의聖靈은 깊은속에서 내罪로

해서 쉬임없이 우름운다。

깊이모를 한게모를 바다 우리는 거기 彷徨하며 거기 우리는 우름운다。굶주린 치측하는

바람을타고 나의 幽靈은 너의뒤를 따른다。

네가 어더로 가던지 눈우에 너의 발자최를 냄새맡는다。겨울 우박과 비가운대 너는 언제

다시 돌야오려느냐。너는 自誇와 輕蔑가운대 나의 아츰을 暴風으로 채우고 새움과 미움

으로 나의 질거운 밤들을 눈물로 채우지않느냐。

나의 아름다운 사랑의 일곱 너의칼은 저의 목숨을 앗았다。나는 눈물로 그러고 치워뜰리

는 무섭으로 저들의 大理石 무덤을 이루었다。

또 일곱사랑은 나의 사랑들이 누어있는 무덤가에 밤낮으로 우름울고 또 일곱사랑은 밤마

다 빛나는 횃불들고 나의 잠자리에 시중든다。

또 일곱 사랑은 나의 자리속에 나의 슬픈머리를 포도주로 관씨워주고 너의크고 적은 죄

지음을 모도 불상히보고 용서한다。

너는 언제 돌아와 나의 사랑들을 살펴보고 저의를 생명에 돌려주려느냐° 너는 언제 돌아

와 살려느냐。 너는 언제 내가 용서함같이 불상히 녀기려느냐。)

나는 이 宏大한 詩作에 相當하고、이 言辭들이 智性보다 더 深奧한 마음속에 일으킨 說明

할수없는 興奮의 强한戰慄에 相應하는 定確한 思想을 構形할수있는사람은 아니다。 끝으로「이

세상의 神이신 求刑者에게」呼訴하는 이 詩節을 보자。

Tho' thou art worship'd by the name divine

Of Jesus and Jehovah, thou art still

The Son of Morn in weary Night's decline,

The lost traveller's dream under the hill.

(大意——당신은 비록 예수니 예호바니하는 거룩한 이름으로 경배받지마는 그래도 당신

은 피곤한 밤이 기울어가는때의 아츰의 아들이요 언덕아래 잃어진 나그네의 꿈이라。)

이것은 神學을 目的으로 하지마는 무슨 神學的意味가 거기 있다하드라도 나는 그것을 想像

할수도 없고 그것을 알려는 欲望도없다。이것은 純粹한 自己依存的詩다。그것은 다른것이 들

어울 間隙을 내게 남겨주지않는다。

대개의 詩人가운대서는 내가 이미 말한바와같이 詩가 그의 恒時的併存物、이것이 自然的으

로 結合해가지고 分別할수없이 混融되여있는 그어떤것들과 이렇게 分離되여있는일은 그리 흔

한것이 아니당 가령

Sorrow, that is not sorrow, but delig't;

And miserable love, that is not pain

To hear of, for the glory that redounds

The refrom to human kind, and what we are.

(大意——슬픔 슬픔이아니요 기쁨인슬픔、 이야기들어 고통이아닌 가엾은 사랑——거기로

부터 人類에게 우리의 現在에게 공헌이있는 영광으로 말미암아。)

이러한 詩行을 읽을때 일어나는 感情은 復合的인것이다——한가지 成分은 深奥하고 透徹한

眞理의 思想으로 補充되였으므로。다시

Though love repine and reason chafe,

There came a voice without rep'y,

'Tis man's perdition to be safe,

When for the truth he ought to die.'

（大意——비록 사랑이 不平을 말하고 理性이 복종아니해도 대답할수없는 한소리가 들린
다——「평안히 있다는것은 그사람의 滅亡이다。眞理를 위해서 그가 죽어야할때에。）

아詩가 일으키는 情緒의 大部分을 感情의 高尙에 돌릴수였다。그러나 「밀톤」의 單純한 여섯
개 單語가운대

Nymphs and shepherds, dance no more

（山林의 女神과 牧羊者의 무리 이제 춤추지않나니）

한사람아닌 讀者의눈에 눈물을 （나는 그것을안다） 자아낼수있는 이것이 무엇이냐。거기 눈
물흘리며 올것이 대관절 무엇이 있느냐。웨 單純한 言語 그것이 悲感의 肉體的影響을 끼칠수
있느냐——그 一節의 意味는 기쁘고 질거운것인데도。나는 다만 이렇게 말할수있다——그것

이 詩인까닭이라고。 그래서 그것은 사람의 속에 晦冥하고 潛在해있는 그무엇、 現在의 人性의

組織보다도 더 오래된、 캠브럷지㏖야의 排水된 地域에 여기저기 아직도 남아있는 沼澤의 片片

같은 그무엇에 通하는것이다。

詩는 내생각에는 理性的인것보다는 肉體的인것이다。 二二年前에 여러 사람과 같은 課題로

나는 亞米利加로부터 詩를 定義하라는 要求를 받었다。 나는 그때 대답하기를——내가詩를 定

義할수없는것은 테리아犬이 쥐를 定義할수없는것과 마찬가지다。 그러나 개와 나는 그 對象이

우리게 일으키는 表徵에 依해서 그것을 認識할수있다고 생각한다고 했다。 이 表徵의 하나는

「엘리뼈쓰」가 다른 對象에 關해서 이렇게 描寫했다——『精靈이 내 앞을 지나갔다、 내 살에 털

이 일어섰다」 어떤날 아츰 면도를 하다가 나는 내생각을 조심해 監視해야할것을 經驗으로 배

웠다。 만일 詩의 한줄이 내 마음속에 오른다면 내살에는 소름이 끼쳐서 면도가 나가지아

니하는것이다。 이 特別한 表徵과 같이 오는것은 脊柱를 타고 나려가는 戰慄이다。 또 한가지表

徵은 목이 갑갑해지며 눈물이 눈에 솟아오르는것이다。 셋재 表現은 「키―ㅌ스」의 最終書簡의

하나를 引用해서 描寫하는수밖에없다。 그가 그의愛人 「뻬니브라운」의 이야기를 하면서 『저를

내게 回想시키는 모든것은 槍과같이 나를 뚫고간다』고썼다。 이 感覺의 位置는 명치(胸窩)다。

詩에 對한 내 意見은 어쩔수없이 두가지方面으로 내가 接觸하게된 環境에 물들었을것이다.

나는 조금 前에 詩라는것은 대단 廣汎하고 不便利하게 包括的인 言辭라고 말하였다. 나의 두卷의 冊(다행히 큰것은 아니지마는)을 包含하도록 包括的이다。 나는 그것들이 어떻게해서 생긴것을 안다。 그렇다고 詩가 모두 그와 마찬가지 方式으로 생겨졌다고 敢히 생각할 權利도없지마는、 어떠한 詩는 매우 훌륭한 詩까지도 그와 같은 方式으로 생겨졌다고 믿을만한 理由가 있다。 가령 「워ー즈워ー드」도 말하기를 詩는 强한感情의 自發的流溢이라고했고, 「버ーㄴ쓰」도 이런 告白을 남겼다ーー『나는 一生에 두번이나 세번 衝動이 아니라 目的을 가지고 詩作을 했다。 그러나 나는 도모지 成功하지못했다』한말로하면 내생각에는 詩의 産出이란 第一階段에 있어서는 能動的이라는것보다 오히려 受動的 非志願的過程인가한다。 만일 내가 詩를 定義하지않고 그것이 屬한 事物의 種別만을 말하고 말수있다면、 나는 이것을 分泌物이라 하고싶다。 樅나무의 樹脂같이 自然스런分泌物이던지 貝母속에 眞珠같이 病的分泌物이던지간에 내自身의 경우로 말하면 이 後者인줄로 생각한다ーー貝母같이 賢明하게 그物質을 處理했다고할 수는없으나。 나는 내가 조금 健康에서 벗어난때以外에는 별로 詩를 쓴일이없었다。 作詩의 過程그것은 비록 愉快한것이지마는 一般으로 不安하고 疲勞的인것이다。 다만 여러분의 피해야 할

— 72 —

것을 말씀드리는것뿐일지라도 나는 그 過程의 이야기를 좀해보려한다。

점심때 한와인트의 麥酒를 마시고──麥酒는 腦의 鎭靜劑라、나의 午後의 時間은 나의 一

生에 가장 非智性的의것이된다──나는 二三時間의 散步를 나가든것이다。特別히 무엇을 생

각하는것도 아니고、그저 周圍의것을 둘러보고 季節의 經過를 따르면서、내가 어느때에、

내마음속으로 갑작한 說明할수없는 感動을 가지고 어느때에는 詩의 一二行이 어느때에는 한

꺼번에 一節이 흘러들어온다──그것이 그詩의 一部를 形成해야할 運命에 있고 어느때에는 히

미한 想을 (앞서있든것이아니라) 同伴해가지고。그런다음에는 한時間가량의 沈靜이있고 그다

음에 아마 그새암은 다시 솟아오른다。나는 솟아오른다고한다。이렇게 腦에와서 提供되는 示

唆의 源泉은 내가 認識할수있는 限에서는 深淵 即 (내가 이미 말한바와같이) 胸窩이다。집에도

라오면 나는 그것을 적어놓는다──다음날 靈感이 다시 찾어오기를 바라고 빈틈을 남겨놓고。

어떠한때는 내가 受容的인 또 期待的인 心境을 가지고 걸어다니느라면 바라든대로 되기모한

다。그러나 어떠한때에는 나는 그 詩를 붙들어서 智力으로 完成시켜야한다。그것은 試練과 失

望을 包含한 焦慮와 惱苦의알이요 어떠한때는 失敗로 끝을맺는다。나는 偶然히 나의 첫詩集

의 제일 끝詩篇을 쓰든일을 分明하게 記憶한다。두節은 (어느것이라고 말하지않는다) 印刷된

바로 그대로가 「스패니아드·인」과 「또룬」寺院의 小徑사이의 「햄프스텃드·히―쓰」의 모롱이

를 건너갈때 내머리에 떠오른것이다。 셋재 한節은 茶時間 뒤에 좀 기대려서왔다。 한節이 더

必要한데 그것은 절로 오지아니했다。 나는 全力해서 그것을 制作해야되였는데 그것은 힘드는

일이었다。 나는 그것을 열세번 고처썼고 그것을 아조 마추기까지 十二個月以上이 지나갔든것

이다。

이제 여러분은 解剖學 病理學自叙傳에 실증이나서 文藝批評이라는 外國領土에 侵入하였든

나를 도로 물러가게 하고싶을것이다。 永遠히 여러분의 平安을 빈다。 나는 콜러릿지와함께 柔

順한 自足의 깊은 安息가운대 나의 不滅의마음을 다시 集中한다고 말하려하지않는다。 다만 나

는 安心과 感謝의念을가지고 나의 日常의職業으로 도라가려하는것이다。

(譯者附記―― 詩人이라면 얼마쯤 조촐한것이 예사일것이나 하우스만같이 조촐한 詩人은 다

시 드물것이다。 大詩人의 稱을 듣는데는 詩의量이 오히려 重要한듯한 西洋에서 그는 다만 두

권의 詩集으로 現代英國의 最大詩人의 한사람이란 자리를 가지고있다。 그의 詩風의 簡素함은

그의 性格의 自然한 結果일것이나 이講演을 읽은 다음에는 그의 詩作의 態度 또한 그러하였

든가하고 도리켜 생각해지는것이었다。 모두가 두페이지넘는것이드문 短詩 A Shropshire Lad 와

Last Poems 를合해서 壹百十餘篇 二百頁 다른 散文의 述作도 별로없다。 그는 켐브릿지大學의

維典文學敎授로있다。 이講演이 英國文學界에서 대단 重視된것은 론돈타임스紙가 即時 그 槪要

를 記載쳤든것으로 一端을 짐작할수있다。 이譯文에 업너다調를 쓰지않고 이다調를 쓴것은 單

純히 簡略을 위한것이요 便宜上 數三處 省略한곳도 있었다。 핵스트늬A. E. Housman, The Nam

-e and Nature of Poetry, Cambridge Uni. Press

（「文學」第二號所載）

辛未詩壇의 回顧와 批判

記者의 指定하신 題와 枚數아래서 어디 적어보겠읍니다.

詩人은 天成이요 배화되는것이아니라하며 詩란 感情의 自然스런發露며 奔放한 橫溢이라 傳

統의멱에가 한번 强해지면 그생기를잃고 손에 붙들어보면 詩의靈鳥는 이미 숨끈치는것이라고

이러한 말들을 합니다.

朝鮮新聞이 紙面을 擴張하면서 學藝欄이늘고 數種의 月刊雜誌가 發行되므로부터 詩運은 갑

작이 隆盛해진듯합니다. 印刷되는 詩의分量의 壯하고 盛한양은 (꼬집어하는말이아니라) 貧弱

을 共通의 形容詞로하는 諸面相을 일로꾸미여주는듯합니다.

나는슬프다

내가슴은쩌여진다 또는

오 새론빛은뷔여진다

내마음은 기쁨에뛴다

내앞에는 새로운 希望의바다가 열린다

그들은 이렇게 꾸밈없이 感情을 發露시킵니다。 그렇다면 그들은 自由詩의 가장 忠實한信奉

者가 아닐까요。 將來朝鮮은 詩의成長에 가장 宜土가 될것같읍니다。

참으로 그럴까요。『그렇다』하고 싶습니다마는『그렇다』할수없는것이 슬픕니다。 값싸고 물

건좋은것이 별로 없는법입니다。 자기의 감정을 그냥 들어내놓아서 무턱대고 傑作이 되는것이

라면

그렇다면 마을 녀편네나 술주정군이 쌈하면서 들어퍼붓는 욕(그것도 그의感情의 發露가 아

닙니까)과 高貴한 詩人의 會心의作이 다를것이 없게될것입니다。

詩를 애써 지을보람이 어디있으며 남의 좋은詩를 읽을맛인들 무엇입니까。 좋은詩 궂은詩

란말은 어디서 成立됩니까。

詩의 主題되는感情은 우리日常의 感情보다 그水面의 훨신 높아야됩니다。 물은 높은데서 낮

은데로 흘러듭니다。 그래야 우리가 그詩를 읽을때에 거기서 우리에게 흘러나려오는 무엇이있

을것이아닙니까。 더 高貴한感情 더 纖細한感覺이 남에게 없는『더』를 마음속에 가져야 비로

소 詩人의줄에 서볼것입니다。

그러다 이더는 나타낼터라야 할것입니다。 우리의 感覺이 觸知할수있는 나타나있는것만

이 우리感受의 對象이 되는것입니다。

그림그리기를 배호지않은사람이 좋은경치를 그리기위하야 붓을들기로 그려놓은것을 본 우

리는 웃을뿐입니다。美人을 앞에놓고 石膏를 만저거려도 손의熟練이 없으면 훌륭한 彫像의出

來를 우리는 헐되히 기다릴것입니다。詩의表現이 그림그리기나 彫刻만들기와 그原理에있어서

다름없을줄은 사람마다 알면서도 拙劣한 말솜씨로 그려지지아니한그림과 보기중한 彫像을 만

들어 사람앞에 붓그러운줄모르고 내놓습니다。

高貴한感情과 表現의能力

이것을 기르는데는 앞서짓는사람의 좋은 作이 본보기가 될뿐입니다。

세상사람이 트집잡는데서보다 한사람이 기뻐하는데 若干의 意義가 있는것입니다。以下 나는

一九三一年에 發表된 詩作가운데서 發見한 美를 短評해보려합니다。片石村의 데뷰는 今年詩

壇의 새로운 收穫입니다。그는 詩作外에 詩論에도 적지않은 努力을 하였읍니다。

그의 詩는 한개의 獨特한 個性입니다。그는 새로운 都市의美를 理解합니다。그를 결핏모더

니스트라 부르지마는 그에게는 그 享樂的 要素가 없읍니다. 거기서 도로혀 간열픈 哀傷을 追求

합니다. 그는 이제 言語의 요술을 硏究하고있는 鍊金學者입니다. 金麗水 그가 最近에 걷는길

은 찾는이 별로없는 숲을속갈 處士같이 조용한 瞑想 成心없는 어린애같은 驚異 그는 빛같없는

빛을사랑하려하고 生命없는 흙에서 生命의 驚異를 發見하려합니다.

芝溶은 新女性十一月에『초人불과손』이라는 新作을 냈읍니다.『완ー루ー드리』하고 손을 펴

면 거기서 萬國旗가 펄펄날리는『말슴의요술』을 부립니다. 往年의 센티멘탈리즘은 어디가고

랄보가『詩人의詩人』이라는 稱을 드름같이 그는 우리의『詩人의詩人』입니다.

永郎의 詩를 만나시랴거든『詩文學』誌를 들추십시오 그의 四行曲은 天下一品이라고 나

는 나의 좁은 聞見을가지고 斷言합니다. 美란 우리의가슴에 저릿저릿한기쁨을 이르키는 것

(A thing of beauty is a joy for ever.)이라는것이 美의 가장 狹義的이요 適確한 定義라하면 그의

詩는 한개의 標準으로 우리앞에 설것입니다. 그의 高貴한 潔癖性이『詩文學』以外의 舞臺에

玄鳩는『黃昏』(詩文學三號)에서 그嚴莊한 슬픔의 美에잠기고『풀우에누어서』는 뜬 구름같이

얼굴을 나타내지않는것이 섭섭한일입니다.

덧없는 그 生命을 恨歎합니다. 여기서 까무러치는 이詩人을 우리는 부축해 이르켜야될것같습니다

辛夕汀 고요한 바다우에 붉은노을을 저무는줄도 모르고 無心히 바라보고앉었는것같은 이 詩

人의 고요한 瞑想을 나는 사랑합니다.

異河潤 英佛詩人의 紹介와 飜譯밖에 그의 詩에는 조심스러운마음씨로 우리 周圍의 참아보

지못할 情景에對한 근심이있읍니다.

許保 그는 검은 밤의 나라의 별다른言語로 모든事物을 새로哲學하려는 惟異한 詩人입니다.)

그러나 그의 追究를 中途에서 放棄하는弊가 가끔있읍니다.

金華山 내가 조금도 사랑하지않는 쓸쓸한 그女人이 나를 기다리고있읍니다.

당신의 情緒의흐름은 걸핏하면 도막이 나려합니다. 당신은 쪼각을 기워부쳐서 『하나』를 만

들려하십니까. 體貌를 아조버리고 머더버리고 울어보면 어떻습니까.

요한의 詩는 갈수록 더쪽坦化하는것같습니다. 『봉사꽃』에만해도 꿈속같은 甘美한 時調가 끼

였읍니다마는 그는 人造絹의 街上風景을 석줄글로 그려 時調를 씁니다. 그러나 그 수다한 原

稿를위한原稿를 추려내버리면 그는 本質的으로 그詩情의胎를 잃지않은 眞珠貝母이올시다.

岸曙 바다에서온 소리와같이 엷은 哀愁와 無常의 同一律을 쉬임없이 울리고있읍니다. 新詩

十年의 苦節을 혼자 등에지고 다닙니다. 그러나 그의多作은 그의 詩情을 稀釋시킵니다. 一篇

의 詩는 一種天來의 靈感을 中心으로하고 비로소 成立되는것이 아닙니까。

巴人 題目을 먼저 지어놓고 거기 마처 俗謠를 지어냅니다。 樂譜에 붙혀 자미있고 없을것은

내알바아니나 읽어서 아모런 詩味가 없읍니다。

韓晶東의 江西메나리曲은 今年에는 發表가 적으나 그꾸준한 努力뿐만아니라 그結果로서도

當今 獨步입니다。 歌曲으로서 流行을 차지하지못하는것은 詩人의 罪는 아니올시다。

春園이 아기의 노래와 자장가를 씁니다。 참말 좋은일입니다。

아가아가 우리아가

첫잘먹고 잠잘자고

모락모락 자랐으라

수명장수 하였으라

이러한 幸福感을 맛보는者 우리가운대 많지않을것입니다。

아모리 짧게주려도 指定하신 枚數는 超過됩니다。 時調와 譯詩에 對해서는 一瞥도 못하였읍

니다。 作品의 引用이 도모지 없으니 혼자말한셈밖에 안됩니다마는 作品에 記憶이 있으신 讀

者는 생각나시는바이 있을것입니다。

（昭和六年十二月七日中央日報所載）

乙亥詩壇總評

마춤 詩苑社에서 編纂發行하려는 乙亥名詩選의 編輯委員의 한사람이되게되여 恒時보다 精密하게 今年一年間의 詩作을 總合的으로 읽게되고 그끝에 이런總評이라는 것을 쓰게까지 되였으나 筆者 본시 疎懶하야 太陽曆의 一週期를 그리 重視하지않으므로 年度內의 偶發的인 詩篇들을 가지고 억지로 할말을찾어 보려는 것보다 近年우리 詩의 現勢에 對하야 느끼든 것을 약간 여러분앞에 펴보려한다.

새로우려하는 努力

最近에 東京가있는 우리 文學人들의 손으로 發行된 熱과 誠의 同人誌 『創作』의 첫페지에 첫재로 『새로움의 探求』라는 標語가있다. 새로움의 意識的探求. 이것은 世界文壇의 思潮와 關聯된바이지마는 이近年에 우리사이에서도 新奇로운 또는 衒奇的인 文學現象으로 나타나고있다.

金起林氏는 이風潮의 先驅者요 또 가장熱烈한 實踐者代辯者이다. 우리는 모든 낡은것과 完全

히 訣別하자. 日新又日新. 우리는 날마다 새사람으로 나타나자. 이얼마나 苛酷峻嚴한 要求이

며 實로 魅惑的인 主張이냐. 우리는 실상 이것을 人類의 最高理想의 하나로 삼는데도 別般異

議가없다. 그러나 이것이 文學上에 있어 實踐될때에 거기 抗辯하지 아니할수없는 傾向으로서

나타나고있다.

사람의 生理는 精神的으로나 肉體的으로나 본시 알아볼수없을만큼 每日成長하고 每日變化

하는것이다. 그런데 이러한主張의 結果는 눈에뜨이는 變化를 義務로 自負한다. 그들은 嶄新

한 衣裳을 每日 考案해 입으려하고 新奇한扮裝에 애를태운다. 이衣裳과 扮裝까지도 그대로容

認하자. 그러나 그들이 基礎的手腕을 完全히 마스터한 衣裳師로서 心血을 傾注해서 流行의 先

驅를 이룰 衣裳을 새로 考案한것이냐. 또는 그가 新考案이라는 義務에 몰려서 드디여는 등어

리를 露出하고 팔대기를 엉등이에 떼다붙힌類의 考案을 한것이냐. 이傾向의 決定的危機는 여

기있다. 아모런 名考案家라도 可能以上의 速度에 몰려서는 이怪奇에 다다르고 말뿐이다.

金起林氏가 그의 諸詩論에서 生理에서 出發한 詩를 攻擊하고 智性의 考案을 말할때에 이危

險은 內藏되여있었고 그가 『午前의詩論』의 첫出發에서

『實로 벌서 말해질수있는 모든 思想과 論議와 意見이 거진 先人들에 의하야 말해졌다……

우리에 남어있는 可能한 最大의 일은 先人의 말한 內容을 다만 다른方法으로 說論하는것이

다」고 말할때에 이危險은 이미 絕頂에 達한다.

우리는 이러한 出發點을 가져서는 안된다. 先人과 같은 詩를 쓸 憂慮가있으니 우리는 새로

운考案을 해야한다는데서 出發하면 거기는 衣裳師에로의 길이있을뿐이다.

우리는 이러한 出發點을 가져야한다. 「우리는 全生理에 있어 이미 先人과 같지않기에 새로

히 詩를쓰고 따로이 할말이 있기에 새로운 詩를 쓴다」(全生理라는말은 肉體, 智性, 感情,

感覺其他의 總合을 意味한다.)

이 두가지 길의 岐路가 여기있다. 「詩的技法의 變化는 每季節을딸아 女子의 衣樣이 變하는

것과같은 性質의것이다. 勿論 衣樣의 變化는 若干 實用에 依存하는바 있지마는 新案의 大部

分은 新奇를 사랑함에서 나온다. 新奇와 變化를 사랑함은 心理的으로 宇宙의 中心용우철이

「엘리오트는 알고있다——心理的으로 必然性을 가진것밖에는 예술에 있어서 아모 實驗도

다.」(맥니-스)

價値가 없는것이다. 어떠한 偉大한 文學上改革者도 意識的으로 新奇를 追求한것이아니라 그

들의 改革은 도로혀 쉑스피어와같이 한거름한거름 內部의 必然에게 몰려나가는것이오 形態의

新奇도 意識的으로 求한것이아니라 그의 素材로말미암아 强制되었다는 것을』(매리ー슨)

前者의 出發點에서 우리는 새로운체하는 藝術에 이를것이오 後者의 길에서 生理的必然의

眞實로 새로운 藝術에 到達할것이다. 우리는 우리의 生理的必然以外에 한줄의詩를 더쓸 必要

도 認定하지않는다.

나는 萬象은 變한다는 眞理와같이 變함없는 眞理로 믿고있는 콜러릿지의 一節을 引用하므

로 이一回를 맺는다.

『眞實한 天才의 作品은 그適切한 形式을 缺하는 일이없다. 實로 그러한 危險조차도없다.

當然히 그래야 할것이지마는 天才는 法則이없을래야 없을수없다.——天才를 形成하는것은 自

身의 機構의 法則아래서 創造的으로 活動하는 힘 그것인 까닭으로』

辯說 以上 의 詩

林和氏의 論文 『臺天下의 詩壇一年』(新東亞送年號)은 細密한 討議의 對象이되기에는 너무

數많은 事實認識의 錯誤와 論理의 混亂이있다. 그러나 그論文의本質은 亦是 表題重視의 思想에

있고 詩的技法을 理解함에 있어서는 詩를 若干의 說明的辯說로 보는데 지나지않는다.

그는 『詩人은 時代現實의 本質이나 그刻刻의 細細한 轉移의 가장 敏捷하고 正確한 認知者이

어야하고 그것을 詩的言語로 反映表現해야한다』고 하였다.

時代的現實을 正確히 認識해야 한다고 해서 某氏著 『世界情勢論』이나 某氏의 論文 『朝鮮勞

働階級의 現勢』를 雄辯會用으로 서루르게 改作한것같은 詩를 쓰지않게된것은 그들에게있어 한

가지 藝術的進步이다. 今夏以後에 發表된 林和氏의 諸詩作을 볼지라도 漠然한 現實을 論議하

는것보다는 그時代現實을 體驗하는 한個人이 (個人은 勿論 正當하게 階級이나 民族의 代表일수

있는것이다) 自己의 피를가지고 느낀것 가슴가운데 뭉쳐있는 하나의영더리를 表現할라고애쓴

것을 볼수있다.

그의 여러詩篇에서 그數多한 辯說가운데 우리는 그의 가슴속의 情熱과 感懷의 영더리를 漠

然히 살필수가있고 또그에 同情할수있다. 그러나 그가 그가슴속에 把持하고있는 영더리를 그

의 말하는바 『詩的言語로 反映表現』하는데 얼마나 成功하였는가. 우리는 凝縮을 理解치못하

는 이散漫한 表現가운데서 그詩의 모티앨를 察知할수있을뿐이요 이것이 그背景에서 솟아올라

體驗 그自體로서 浮彫와같이 솟아오르는 힘을 가추지는 못하였다.

病席에 整齊치못한 姿勢로 드러누은 著者가 冗長한 言語로 그感想을 이야기하는것을 듣는

것보다는 한가지 情熱에 浸透되여 그것이 絶頂에 다다랐을때의 著者自身이 어떠한 魔術로 갑

자기 化石이되고 그情熱이 血管속으로 돌아다니는것이 透明하게 더럭다보인다면 이것이야말

로 最高의 藝術의 이름에 適合하는것일것이다. 凡常한 同輩가 가지지못하는 熱情이나 感懷를

가지는것부터가 한가지 取할點이요 그것을 남에게 알아들을만한 言語로 說明하는것도 한가지

技術이 아닐것이아니냐 이것은 凡常한 散文으로도 能히할수있는일이다.

詩는 아름다운 辯說 適切한辯說 理路整然한辯說, 이러한 若干의 辯說에 그칠것이아니다. 特

異한體驗이 絶頂에達한瞬間의詩人을 꽃이나 或은 돌맹이로 定着시키는것같은 言語最高의 機

能을 發揮시키는길이다.

現實의 本質이나 刻刻의 轉移를 敏速正確히 認知하는것은 人間一般에게 要求되는 理想이오

詩人은 이것을 認知할뿐아니라 영혼의 가장깊은속에서 그것을 體驗하는사람이여야한다. 그러

나 이것까지도 思考者一般에게 要求될수있는것이요 그우에 한거름 더나아가 最後로 詩人을 決

定하는것은 이러한 모든깊이를 가진 自身을 한송이꽃으로 한마리새로 또는 한개의毒茸으로

變容시킬수있는 能力에있다.

性急한現實의 채찍이 그들로 하여금 이렇게 忍耐있는 藝術의 創作에 從하기가 어렵게 하는것

도 있겠으나 그 藝術의 最高의 到達點에對한理解없이 그藝術에 從事하는것은 相當한才能과 努

力을헐되이 消費하게할뿐인것이다.

(나는 辯說에 對한 對蹠的手法을 例示하기위하야 鄭芝溶氏의 詩 『유리창』을 次回에 解說하

려한다)

林和氏의 論文中 또하나 注意를 喚起하고 싶은것은 技巧主義者로 金起林氏를 功擊한가운데

있는 不懂愼한 章句다.

『進步的 詩歌에對한 不自由한 客觀的雰圍氣의 擴大는 그들의 活動에있어서는 自由의 天地

의 展開이였다』……『그들은 進步的文學의 不幸우에 自己의 幸福을 심어온것이다』……『우리

詩壇의 거의 橫暴에 가까운 支配者이었든 푸로레타리아詩의 痛烈한 不自由가운데서 詩는 言語

의技巧라는 態度를 朝鮮的인 方法으로 번역해가지고 나오는 狡滑한潮流가 漸進的으로나마 繁

榮한것은 無理가아니다』

그들이 果然 林和氏의 말하는바 今日의 時代的長霖과 曇天을 『自由의天地』로 알고 『自己의

幸福』으로알고 사는줄아는가.

藝術上 主張에있어 아모리 尖銳하게 對立할때에도 우리가 이狹小한 朝鮮文壇에서의 文壇해

게 모너를 唯一한 目標로삼는 卑劣한 徒輩가아닌以上 이러히 無用한 敵愾心의發露는 當然히

淸算하여야 할것이다。

태 어 나 는 靈魂

同期人의 創作을 過重評價하는것은 自他에 利로움이 없다하나 그러나 또 그것에對해서 거

기 相當한 許與를 아끼는것도 吝嗇한일이다。 鄭芝溶詩集이 우리詩에 한개 새로운 路程標인것

은 거의 의심할餘地가없고 이미 朴八陽 李敭河 毛允淑氏等이 그詩의 여러가지 特質과 面相에

對해 批評한일이있다。 筆者는 이短文에서 그의詩評을 따로시험하랴는것이아니요 다만 그의詩

한篇을 例示解說하므로 好辯的인 詩에對한 對蹠的泰考를 提供하려는것이다。

璃 琉 窓

유리에 차고 슬픈것이 어린거린다。

열없이 불어서서 입김을 흐리우니

길들은양 언날개를 파다거린다

— 89 —

지우고보고 지우고보아도

새까만 밤이 밀려나가고 밀려와 부디치고,

물먹은별이、 반짝、 寶石처럼 백힌다。

밤에 홀로 유리를 닥는것은

외로운 황홀한 심사이어니、

고흔 肺血管이 찢어진채로

아아、 늬는 山ㅅ새처럼 날러갔구나。

우리가 이詩를 一二三讀하는가운데는 틀림없이 事物의 本質에까지徹하는 詩人의 銳敏한 觸感을 느낄것이오 그 다음으로 一脈의 悲哀感을 맛볼수있는것이다。 그러고 혹시는 이詩를 論해서『決코感情의程度에 오르지않는 自然의 斷片에對한感覺이라』고 하는사람도 있을것이다。 내가 이詩를 解說하므로 補充하려는것이 이러한鑑賞의 未達이다。 그가 이詩를 쓴것은 그가 悲哀의絶頂에서서 그의心情이 悶狂하려든때이다。그는 그의 사랑하는 어린아들을 잃은것이다。 그러므로 好辯的인 詩人이면 이런때 當然히

아ー내사랑하는 아들아 너는갔느냐 갔느냐

내일에 피여나는 힘과 젊음을 약속하는 아모 티와 흠없는 조고만 몸아 이것이 믿을수있는

일이냐

네가 비록 여기 차게 누었을지라도

너의 손은 고대 나를 잡을것같다。

너의 어머니의 사랑이오

나의 기쁨인 아가야

네가 참으로 갔느냐

오ー나의 찌여지는 가슴!

當然히 이렇게 시작 하였을것이다。 그러나 詩人鄭芝溶은 아마 죽여도 이렇게 哀號하고 呼

訴하려하지 아니할것이다。 그는 이러한 生生한 感情을 直說的으로 露出하는것보다는 그 悶悶

한 情을 그냥 썹어삼키려했을것이다。 그래서 그는 좁은방 키와나란한 들창에 붙어서서 밝에

어둔밤을 내다보며 입김을 흐리고 지우고 이렇게 작난에 가까운일을하는것이다。 유리에 입김

과 어둠과 먼별이 그의 感覺에 微妙한 反應을이르킨다. 이때에 문득 진실로 문득 彷徨하든 그

의 全感情이 쏠려와서 유리에 定着이된다.

유리에 어른거리든 微妙한 感覺은 그의 悲哀의 體現者가된다.

우리가 한가지 强烈한感情에 잠길때에는 우리의 呼吸과脈膊에 變動이생기고 靈魂의 微分子

의 波動은 異形을 그릴것이다. 鄭芝溶氏는 이詩에서 呼吸을呼吸으로 表現하므로 그의 全感情을

表現하려고한것이다. 이얼마나 영풍한 譎說의昂揚이냐.

佛敎流의 우리 傳說에 靈魂이 그定着할곳을 얻지못해서 空中에 彷徨하다가 그때마즘 産出

하는 애기가있으면 그肉體에 가서 태여난다는이야기가있다. 詩人의悲哀의感情은 유리의 形體

에와서 태여난것이다.

詩를 이루는 源泉인 靈魂의顫動은 그自體가 決코 말을가지지아니한것이다. 表現된詩란 반

드시 기리를가진時間에 延長되는것이다. 感情은 다만 하나의 온전한 狀態인것이다. 이狀態

感情은 반드시 어떠한 形體에 태여나야 그表現을 達成하는것이다.

한氣候와 風土의 가장 完全한 體現者인 한폭이 꽃이나 한개 毒茸을가르쳐 다만 그들이 氣

候에對하야 蝶蝶喃喃히 짓거리지않는까닭으로 氣候에對한 感應을 表現하지아니한다는類의 俗

人的 解釋이 얼마나 많은것이랴。

나는 이것이 詩의 높은 境界의 한 指標라하는 것이오 모든 抒情詩가 반드시 그래야한다고 主

張하는것이아니다。 아름다운辭說 適切한辭說을 누가 사랑하지않으랴 그것은 우리 人生의 기쁨

의 하나다。 詩가 言語를媒材로하는 以上 最後까지 그것은 一種의 辭說이라고 볼수도있다。 그러

나 그것은 結晶되고 凝縮되여서 그 가운데의 一語一語가 日常用語와 外觀의相異함은없으나 詩

的 構成과 秩序가운데서 昇華된存在가되여야한다。

氣 象 圖

氣象圖와 詩苑五號

『氣象圖』는 우리의 가장 有能한 詩人의한사람인 金起林氏가 全力量을 傾注한作으로 七部四

百行이넘는長詩다。 世界文明의 各面이 解說提供된뒤에 猛烈한颱風은 亞細亞의 沿岸을 襲擊한

다。 中國中心의 世界風雲의 急迫이 이颱風가운데 體現된다。 颱風과 颱風의 지나가는자취의 描

寫。 『病든風景』은 颱風이 휩쓸고지나간뒤의 힘빠지고 頹落된世界、 第六部는 虛無와絕望과暗黑

의 율배미의 詩, 第七部 쇠바퀴의 노래는 待望하는 새로운 光明의아츰 『훌륭한새세계』의 노래

당。

이 詩가운데는 世界를 把握하려는 詩人의 熱情이 數많은奇警한 批評과 상쾌한比喻의 考案으로

나타난다。아름다운 詩句가 여기저기 散在한다。하나둘만들어도

바람은 바다까에 「사라센」의 비단幅처럼 미끄러웁고。

×　　　　×

아메리카에서는

女子들은 모두 海水浴을갔으므로

빈집에서는 望鄕歌를 부르는「니그로」와 생쥐가 둘도없는 동무가 되었읍니다。

헝클어진 거리를 이구석 저구석 혁바닥으로 뒤지며 댕기는 밤바람。

그러나 總體的으로 이詩에는 混亂과 饒舌의 印象이 있었다。金起林氏自信은 이詩로서 「나는 現

代의交響樂을企圖한다。現代文明의 모든面과 稜角은 여기서 發言의權利와 機會를 拒絕당하는

일이없었다」고하였다。

多數한樂器가 雜然히모여 소리를 내므로 交響樂을이룰수는없다。統一을 支配하는 作曲家가

먼저있고 指揮者까지가 必要하다。 나는 無意味한比喩의 論難을犯하려함이아니오 다만 나도

比喩로서말하려할뿐이다。 이 詩의印象은 한개의 모타어에 完全히 統一된 樂曲이기보다 열름

의多數한斷片을 몬타―쥬한것같은것이다。 우리가 詩를쓸때 切實히 느끼는것은 朝鮮말의 完全

終止形은 가버리고 걷어잡는맛이없어서 둥근맛을내기가 어려운것이다。 더구나 이詩에서와같

이 同格性羅列이 全篇의大部를 占領한때는 詩의各部는 제대로 뻘뻘히 다라나버리고 동실하게

받혀들리지가 않는다。 다시比喩하면 한개의 急速度로廻轉하는 軸의周圍에 詩의各部가 求心的

으로 球를이루지못하고 제각기直線의方向을 가진다는 느낌이다。

詩人의 敬服할만한 努力과計劃에不拘하고 詩人의 精神의 燃燒가 이巨大한素材를 化合시키

는 高熱에 達하지못하고 그것을 겨우接合시키는데 그쳤든것같다。 그中에서도 筆者의 가장不

滿인點은 이詩가 明朗한 아침 暴風警報에서 시작해서 다시 明朗한 아츰 暴風警報解除에 끝나

는 이完全한 左右同形的 構成이다。

詩苑五號

『詩苑』이 今年동안에 五號까지를 發行하고 詩歌專門誌로서의 步調에 조곰도 흔들림이없었다

는 것은 『愉快한일』이라 아니할수었다。이 詩苑의 編輯이 强烈한 個別的主張을 가지지않고 朝鮮

詩의 여러가지傾向의 綜合的 表現者이려하는것은 多數한 詩誌가 分派되여있지아니한 우리에

게는 有效하고 또 必然的인 方針일것이다。編輯과 營業上의 莫大한 困難을 克服하며 나아가는

詩苑을 爲하여 우리는 朝鮮詩壇을 爲하여 協調할義務를느낀다。詩苑에나타난 詩人들의 個評은

다음項에 包括된다。

活躍한 詩人들

우리의 先輩詩人들을 이年評에서 個別的으로 評할수는없다。青春의感受力을 우리가 永久히

維持할길이없으매 第一期의 多産期를經過한 詩人이 긇임없이 詩의길을 걸을때에도 同一한步

調로 그華麗한 活動을 계속하기는 至難한일이요 더욱이 詩情을喪失하거나 感性과 文章에있어

서의 精進을繼續하지않는 詩人이 詩에서 脫落함은 極히自然하다。우리는 실상 一生을通해 詩

人일 義務도 責任도 認定치않는다。그러므로 흔들어 旣成詩人들의 無能을 攻擊하는流行은 實

로 無意味한 事大主義에屬한다。

鄭芝溶 金起林 林和氏의 詩에對해서는 이미말한바있고.

金尙鎔氏의 詩風에 昨年以後생긴變化는 嶄新한角度를 보이고있고

恒常微赤된 詩魂을품고있는 柳致環氏는 質과量으로 今年에 特別한 頭角을 나타내이고

李箱氏의 怪異한世界는 人生으로서의그를 模倣하기에躊躇하나 詩로서 敬意를表하기에足하다

金珖燮氏의 孤獨과 許俊氏의暗幻의 世界에對해서는 特異한戰慄을느낀다.

張瑞彦氏는 그確實한 멋취와 虛飾없는 詩情이 獨自의境地를 가지고있고

金光均氏의 特異한色彩의 調合에서 오는것같은 繪畵的効果는 將來를囑望하기에足하고

三四文學以後의 純粹詩派 諸氏의詩는 模倣의 작난에서 眞實한 自己體驗의境地에 이르렀는

지 아닌지를 筆者로서 分別할힘이없다.

辛夕汀 金達鎭 張萬榮氏는 共通點이많은詩境을 가지고있으나 또共通한缺點으로 註釋과延長
의傾向이있다.

金朝奎 閔丙均 金顯承氏等은 이제 한거름 올라서면 佳作을보여줄듯 싶으나 아직 整理期를
通過치못한感이있고

鎔鑛爐派의稱을듣던 詩人들이 囑望받던當時에서 別般進境을 보이지못한것은 프로派에 屬하
는 몇詩人들과 마찬가지로 辯說主議의禍毒인것같다. 하로밤의興奮이 그냥 詩를 이룰수는없다

우리는 古來抒情의 傑詩가운데 쏟아져나온 (Pour forth) 詩를많이안다。 그러나 그것들은 註

釋과延長과의 正反對다。 結晶되고 凝縮되면서도 오히려 쏟아질수있는 高熱을 그들의 心胸이

維持한結果다。 粗雜과未備를 意識하며 이로서 그친다

（昭和十年東亞日報所載）

丙子詩壇의 一年成果

最近 一年間의 우리 詩壇을 그리 無爲라고 責하기는어려우리라. 去年十一月 鄭芝溶詩集의 發

刊을 端始로해서 白石詩集사슴(二月) 金允植著永郎詩選集(四月) 乙亥名詩選集(四月) 黃順元著骨董

品(六月) 金起林著氣象圖 (七月)等의 여러 重要한 詩集들이 이 期間에 뒤이어 나타났고 詩誌詩

苑은 去年末第五號를낸以後 休刊中에 있으나 詩誌(三四文學)이 繼刊되고 創造探求等의 同人誌가

다 詩를中心으로하고있는듯하고 또 最近에 詩誌「詩人部落」의 發刊을 傳하는等 活潑한움직임을

띤 一脈의 生氣를 맛보는 느낌이있다.

鄭 芝 溶 詩 集

過去十餘年間 朝鮮詩를 말하면 의례 요한 岸曙 素月을 中心으로해서 論하는 時期에 對해서

芝溶詩集의出現은 分明히 새로운 한금을 그였다. 그를批判하는편으로보나 그를讚仰하는 편으

로보나 그의詩는 事實에있어 朝鮮詩에 새로운 指標노릇을하고있다. 이 한卷의詩集을이룬詩는

十餘年間의 氏의 全作을 모은것으로 感情의 種類로해도

조약돌 도글 도글……

그는 나의 魂의 조각이러뇨。 (조약돌)

나는 子爵의 아들도 아모것도 아니란다。

남달리 손이 히여서 슬프구나!

×　　　　×　　　　×

………………

오오 異國種강아지야

내발을 빨어다오

내발을 빨어다오 (카페 프란스)

이머한 靑年期의 放散的인 憂愁로부터

온 고을이 받들만한

장미한가지가 솟아난다 하기로

그래도 나는 고하 아니하련다
....

오오 나의 幸福은 나의 聖母마리아 （또하나다른太陽）

悔恨도 또한

거룩한 恩惠 （恩惠）

같은데 나타난 信仰에 이르고 單純한 感傷은 나아가
悲哀! 너는 모양 할수도 없도다
너는 나의 가장 안에서 살었도다。

너는 박힌 화살 날지않는 새、
나는 너의 슬픈 우름과 아픈 몸짓을진히 노라 （不死鳥）

悲劇은 반드시 울어야 하지않고 흐느껴야하는것이 아닙니다。 실로 悲劇은默합니다。

그러므로 밤은 울기전의 우름의 鄕愁요 움지기기전의 몸짓의 森林이오 입술을 열기전 맘의

豊富한곳집이외다. (散文밭)

思索과感覺의 奧妙한 結合으로 表現되는 沈靜한悲哀에 이르고있다. 詩의情態로볼지라도

우리 웁바 가신곳은

해님 지는 西海건너

멀리 멀리 가셨다네

웬일인가 저 하늘이

핏빛 보다 무섭구나

날리 났나 불이 났나 (지는해)

이렇게 自然童謠의 風을 그대로면 童謠民謠類로부터 冷澈한 實玉같아서 容易히 親密을 評치

않는 近作에 이르고

鴨川 十里벌에

해는 저믈어……저믈어……

날이 날마다 님 보내기

복이 자졌다………… 여울물소리………（鴨川）

칭대나무 뿌리를 우여차 잡어 뽑다가 궁둥이를 찌었네

짠 조수물에 불리워 휙 휙 내두르니 보랏빛으로 픠여 오른 하늘이 만만하게 비여진다（말ㅣ）

이러한 朗詠調의 放漫政策에 가까울만큼 奔放하고「甘藍포기포기 솟아오르듯 茂盛한」言語의 驅使로부터 訥言을 信條로삼은듯 새로운 緻密度의 開拓과 銳角的인把握을 위한 努力에 이르고 있다。이러한 氏의 近作風을 말하는데 筆者는 李敭河氏의 評文의 一節을 借用하는 以外의 더좋은 方途를모른다「그것은 모지고 날카롭고 性急하고 안타까운 한個性을 가진 觸手다。그것은 對象을 휘여잡거나 어르만지거나 하는 觸手가아니오 언제든지 對象과맞죄이고 부대끼고야 마는 觸手다。그러고 맞죄이고 부대끼는것도 銳角과의 날카로운 衝突을 보람있고 반가운 把握이라고 생각하는 觸手요 모든것을 一擊에 잡잡지 못하면 滿足하지아니하는 觸手다。여기 이觸手가 다다르는곳에 불꽃이일어나고 이어激動이 생긴다。따라 詩人은 이러한때 다만末梢의 感官뿐아니라 깊이全身全靈이 휘들리고 보는讀者는 이 熾烈하고 아슬아슬한光景에 거이眩暈을느낀

다

이리하야 그의 力量의 廣大함에 歎服하는것은 우리 이미 誠心있는 批評의일 우리讀者가 이

詩集에서 얻는 참기쁨은 우리讀者가 이詩集의페지페지와 줄줄에서 우리가 얻는 새로운發見이

다. 우리는 날마다 바라볼수있는 한그루 나무의 몸가짐과 한포기꽃의 표정과 푸른 하늘의 얼

굴을 참으로는 알지못하고 지난다할수있다. 우리의 感覺이란 항상 事物의 表面에 그치기쉽고

참된詩人의 引導를 힘입어 비로소 事物의 眞髓에 接觸하고 그것을 感得하게되는것이다 그러므

로 詩人은 우리의 感性의敎師라는말이있다. 眞正한詩人은 우리의感性의 限界를 넓혀주고 우리

의 注意가 여태껏 가보지못한方向에 우리의눈도 뜨게한다. 天才는 우리의 精神世界에 새로운

要素를 導入하고 새로운 方向을 開拓한다. 芝溶은 그의 特異한感性과 思索에依하야 이미우리

에게 많은선물을하고있다. 우리는 짧은期間의 한두篇의 詩에서 모든 圓滿 其足함을 要求하보

다 길게 그의天才의 發展을 기다리자.

白 石 詩 集 사슴

이詩集의 特異한 位置에對해서 筆者는 이미 그詩集의 發刊當時 本誌上에서 粗評을 試한일이

있으므로 여기 그 反覆은避하려한다。 이詩集은 修正없는 方言으로 兒童期回想을 그린 部分이

中心되어있다。 그리하야 이詩集에對한 一般의 興味가 土俗學的 또는 方言探集的興味와 混淆되

어있는것도 避할수없는일이다。 그러나 이詩集의 價値는 이詩篇들이 울려나오기를 土俗學的趣

味에서도 方言探集의 嗜好에서도 아닌點에있다。 外人의첫눈을 끄으는 이 奇恠한 衣裳같은것

은· 모든 이詩人의 피의 소근거림이 言語의外形을 取할때에 마지못해 입은 웃인것이다。 이詩集

에 서感得할수있는 眞實한魅力과 迫力이 이證左다。

옛날엔 統制使가 있었다는 낡은 港口의 처녀들에겐 옛날이 가지않은 千姬라는 이름이 닳다

미억 오리같이 말라서 굴껍지처럼 말없이 사랑하다 죽는다는

이千姬의하나를 나는 어느 오랜 客主집의 생선가시가 있는 마루방에서 만났다。

저문六月의 바다가에선 조개도 올을저녁 소라방등이 불으레한 마당에 김냄새 나는 비가 날

렸다 (統營)

이詩人의 포ー즈에는 冷然하고 泰然하려는 點이보인다。 눈물과眞情에對한 過重評價로 눈물

을 誇示하고 眞情을와는데까지 이르렀던 反動으로 現代人이 感傷을 暴露시켜 嘲笑의對象되기

를 싫어하는것이 또한 當然한일일지모르나 이詩人의 冷然한 포ー즈 뒤에서 오히려 얼굴을 내

여미는 處置할수없는 안타까움까지를 味到하지않는다면 우리는 이詩集의 半을 넘어 잃어버린 다할것이다。

金允植著 永郎詩集

그는 唯美主義者다。 그는 키ーㅌ스의 句 《a a thing of beauty is a joy forever 「아름다운것은 永遠한 기쁨이다」를 信條로한다。 그러므로 가슴에 저릿저릿하게 感覺의 가쁨을 이르키게 하는 한幅의 風景畵나 또는

굽어진 돌담을 돌아서 돌아서

달이 흐른다 놀이 흐른다

하이얀 그림자

은실을 즈르르 몰아서

꿈밭에 봄마음 가고 또간다

× × ×

돌담에 소색이는 햇발같이

풀아레 우슴짓는 샘물같이

내마음 고요히 고흔봄 길우에

오날하로 하날을 우러르고싶다

이러한 詩句의 아름다움에 對해서 아무러한 느낌이없거나 또는 그런것쯤을 아무렇게도 알지
않는 사람과는 永郎詩集을이야기하는것이 헐된일이리라。그는 不自由貧窮같은 物質的現實生活
의 體臭作品에서 追放하고 될수있는대로 純粹한感覺을追求한다。그는意識的으로 言語의 華奢
를버리고 詩에 形態를 賦與함보다 떠오르는香氣와같은 自然스러운呼吸을 살리려 한다「대숲에
숨은마음 기혀찾으려 삶은 오로지바늘끝같이」라는 一節과같이 그의神經은 어디까지 纖細하고
感情은 부풀어오르지않고 가라앉은가운데서 설고 애틋하고 고읍고 쓸쓸하다。

풀우에 맺어지는 이슬을본다

눈섭에 아롱지는 눈물을본다

풀우엔 정기가 꿈같이 오르고

가삼은 간곡히 입을 버린다

乙亥名詩選集

그의 詩에는 世界의 政治經濟를 變革하려는 類의 野心은 秋毫도 없다 그러나「너 참 아름답다 거기 멈춰라」고 부르짖은 한瞬間을 表現하기 爲하야 그感動을 言語로 變形시키기위하야 그는 捨身的努力을 한다。 그는 우리의 神經을 變革시키려는 野心이 있는것이다。 精密한 言語는 이謙遜한 野心을 어느程度까지 實現하고있다。 이喧騷한時代에서 이렇게 고요한 아름다운 抒情의 소리에 귀우리는 귀는 極히 小數일런지모르나 시끄러운 舗道 우에서 오히려 이늬스프리의 물결소리에 귀를기우릴수있는 사람은 永郞詩集가운데서 좁은意味의 抒情主義의 한 極致를 發見할것이다。

이가운데 收錄된 詩篇들을 論議한다는것은 六十人의 詩人을 論評하는일이라 여기서 企圖할수 없는일이다。 그러나 朝鮮에서 最初의 試驗인 이 詩年鑑은 單行詩集보다 新聞雜誌에 依存되

어 있는 우리 詩壇을 整理 展望하는데 便宜를주는 것은 勿論朝鮮詩의 水準의 向上의 한 具體的인

表示가되고 있다。 이 詩篇들이 모조리 文字그대로 名詩라고 推獎할수있는것은 아니나 이 一年

間의 作品選集을 過去詩選詩集과 比較할때 朝鮮詩가 遲遲하게나마 進步하고있는것을 表示하는

것으로 某氏의 詩史論이 自潮時代를 朝鮮詩의 盛期로잡고 그 以後를 衰頹로 보는데對한 明確한

反證이라고할것이다。

金 起 林 著 氣 象 圖

이 長詩가 雜誌에 發表되었을때 筆者는 이詩의 이메지의 巧妙한 諷刺的文明批評의 精神 더

욱이나 그의 野心的인 企圖에도 不拘하고 이 詩人의 精神의 燃燒가 이 巨大한 素材를 化合시키는

高熱에 達치못했다는 것과 詩의 各部가 直線的으로 제각기의 方向을가진다는것을 말한일이있다。

그뒤에 이詩는 單行本으로 出版되면서 蛇足을 붙일餘地가없을만큼 崔載瑞氏의 細密한 評과解說

이있었다。 筆者는 이詩의 題材에對해서만 잠깐 論及하려한다。 金起林氏는 氣象圖가운데서 國

際情勢의 圖示와 文明批評을 試하랴고한것은 事實이나 그點만으로본다면 우리 詩人들의 國際

的智識이란 外交專門家를 못미츨것이오 文明批評에 있어서는 思索的 哲學家의 綿密을 따르기

어려울것이다。 다른詩人들이 試驗하지않은 部門에 어떠한詩가 손을 대였다는것만으로는 即 어

떠한題를 詩的手法으로 處理하였다는程度로서는 그詩의 참偉大를 證할수는없는것이다。 그것

이 그題材를가지고 다른散文的述作보다 더 深奧한內容을가지기前에는 그題材로서의 偉大는

그詩에 돌아갈것이아니다。 그러므로 氣象圖가갖는 價値는 이詩가 試驗한世界情勢와 文明批評

에있는 것이아니라 이詩의 여러가지 形象을 鑄出한 詩人의 諷刺的精神의 燃燒의 程度에 있는

것이다。

筆者가 이詩人을尊敬함에도 不拘하고 이詩를 참으로 사랑하지 못하는理由는 이詩가 暴風警

報로 始作해서 暴風警報解除로 끝나는 이均整된 左右同形的構成이다。 우리는 未來할 훌륭

한새世界를 理論的으로 否認할 理論을 갖지못한다。 勿論우리는 그것을 기다려야한다。 그러나

우리는 그것을 가져오기 위하야 實로微微한 努力밖에는 하지못하고있다。將次을 훌륭한것의 어

느部分이 우리의努力의 當然한 結果이냐 그것을 위하여 하날과 땅에 부끄럽지 아니할程度의

努力을한 사람은 우리가운대 드믈다。 실상문제는 새아침을 기다리는 동안의 우리의 가져야

할 포一즈에 있는것이다。「市民의우울과 질투와 분노와 끝없는 탄식과 원한」은 勿論外部的氣

象에 根出한것이나 無力한自己自身에對한 嫌惡感이 더욱現實的인것이다。 그러므로 이러한 現

實에서는 비록 理論的으로 肯定하는 未來일망정 太陽의 노래를 부를수가없고 이렇게너무 일즉

救援의손이 오는데서는 「올배미의 노래」는 그眞正한 깊이에 다다르지 못한나는것이 筆者의 조

그만 感想이다.

筆者에게 賦與된課題를 忠實히 實行하려면 各新聞雜誌에 發表된 詩篇들中에서 重要한 作品까

지를 論評해야할 義務가있는것이나 資料의 蒐集이 如意치 못하야 蒼卒間에 몇卷의 單行詩集만

으로 粗雜한 이 一文을 草하게되었다.

（昭和十一年東亞日報所載）

丁丑年 詩壇 回顧

形成의 길을 잃은 混亂된 感情

今一年間의 詩史을 羅列한다면

詩人部落第三輯

三四文學第六輯

子午線第一輯

尹崑崗詩集 大地

吳章煥詩集 城壁

林學洙詩集 石榴

李康岳詩集

李燦詩集 待望

그런데도 一般으로 評家들은 詩人들의 無爲를 責한다 그 意味하는바는 아마 先輩라고 할作人

들의 作品發表가 적은것과 新進詩人에 括目할만한 進出이 없다는것과 總體로 作品에 對한 不

滿일것이다。 그야 詩가 本來 大量으로 生産되는것도 아니오 또 焦燥해서 한들어질 것도 아닌

바에 內的醱酵와 沈潛을위해 하로의 精進도 게을리 하지아니하면서 十年의 沈默을 지킬 수도

있는것이오 數十行의 眞實한 詩一篇은 數十頁의 小說一篇에 該當하는 効力의 結晶이므로 自

己의 精神的精進에 조금도 부끄럼이 없는 詩人은 너무 分量에 置重하는 批評家의 쩌날리즘을

反責할수도 있겠지마는 詩에 籍을둔 무리의 多數는 이 怠慢의 責을 甘受할밖에없는 것이다。 이

와같이 或은 게을리있고 或은 아조 물러가고 極히 數가 외로히 精進하는 한편에 젊은 詩

人들가운데서는 한 混沌이 形式되고있다。明確한 形式이나 整然한 構成에 對한 努力이 있는대신

에『分裂된 感覺이 조각 조각 함부로 붙어있고 憂鬱하고 孤寂하고 또는 鄕愁를 품은 言句가

널려지고 끓기고』 奇怪하게 混亂된 幻想이 어지러이 춤을추고 있었다.

朝鮮의 現代詩는 그 出發点에 있어 이미 自己의 騎手的能力으로는 自由로이 制禦키 어려운 悍

馬自由詩를 타고나 섰다.

그러든것이 世界詩가 슈르레알리즘을 通過하는 바람에 그는 完全한 自由를 얻어 空中에 浮

遊하게되었다. 傳達과 連貫에對한 모든 責任은 免除되었다. 이 完全한自由를 어떻게 行使해서

藝術의 좁은골로 이끌어 갈것인지 할바를 모른다고 해도 過言이 아니다. 意識的 無意識的 으로

藝術的行動의 規範 노릇을하는 先人의 藝術을 갖지못했고 姉妹 藝術에서 얻는體驗의 補助도없

다. 다만 있는것은 希望없는 골자구니에 막다다른 그生活感情이 있을뿐이다.

分裂된 感覺 混亂된感情과 支離滅裂한幻想이 여기서 나타나는것은 必然의 勢다.

그러나 이것은 우리의 한心情狀態의 숨김없는 表現일넌지는 몰라도 藝術이 到達하려는 目

標는 아니다. 藝術은 受動的인 表出인것보다 能動的인 形成에 重点이있는 것이다.

우리가 남부럽지않게 豊富히 가지고있는 希望또는 不滿의感情狀態는 바로 쏟아져서 藝術이

되는것은 아니다. 그것을 素材로하야 藝術을 形成하는 藝術的才能과 努力을 通過해서야만 비

로소 藝術을 이룰수가 있는것이다

譯詩의 全滅과 漢字의 濫用

詩가 言語를 媒材로한 藝術인以上 『言語는 사람속에있는 最後의 神의 住處라』고 信仰에 가까운 생각을 갖는다거나 言語自體를 그윽한 肉體와같이 사랑하는데까지는 가지않는다 할지라도 媒材의性質을 探求하고 이 깊이모를 深海에 沈潛하며 이 頑强한 素材와 格鬪하는 것이 우리 詩徒의 義務일것이다. 그런데 近來우리 詩人들의 用語에는 憂慮할傾向이 보인다. 그것은 漢字의 濫用이다 우리의 新文學이란것이 거의 漢學에 素養깊은 몇몇先輩들의 意識的인 努力끝에생긴 收穫이며 또 現在 碧初나 爲堂같은 漢文學의 大家들도 能히 純朝鮮文으로 表現의길을 걸어갈수가 있는한편 年齡으로나 敎養으로나 漢文學에 그리 깊을수도 없고 그리 正確할수도 없는 한 世代 젊은 우리 詩人들이 漢字를 紊亂하게 無謀하게써서 그의 글로하여곰 젊은 神經痛患者의 外觀을 가지게하면서있다. 筆者는 詩에쓰는 言語와 會話用語가 完全히 一致해야 할것을主張하는 言文一致論者는 아니다. 그러나 詩의 言語가 生活하는 民族의言語속에 깊은 뿌리를 박고 있지아니해서 이暗默의 支持者를 잃은다하면 그詩는 大地를 떠난 나무와같이 될것이다. 詩의 用語와 會話用語와의 사이에 距離는 멀지도 가깝지도 아니한 그必然의 距離를 維持해야할

것으로 믿는다。이 漢字의 濫用 또한 따저보면 生活感情의 混亂 거기에 原因한다고 보겠지마는

畵工이 繪彩製造의 技術者이던 古代的인 人形態가 우리文學人에게도 負擔된듯이 보는 우리의 現

今에 있어서 媒材인 言語에 對한 이리 無自覺한 現象은 同時에 그의 藝術的 無自覺을 表示하

는것이 아닐가한다。이것은 어떻든 좀더 理論的으로 여러사람이 討究할 問題다。

譯 詩 의 全 滅

決코 煽情的인 表題가아니요 事實의指示일뿐 異河潤氏의 譯詩集 「失香의花園」 以後 譯詩集

이 다시 없었던것은 勿論이어니와 定期刊行物에 나타나는 數量도 차츰 減少의 傾向이 있더니

今年에 들어 아조 絕種하기에이르렀다。이것은 무슨 嚴格한 譯詩不可能論같은것으로 論議할性

質의것이아니라 譯詩人의 無能과 新聞雜誌編輯人의 文化企劃의 疎漏로 돌려야할것이다。

原詩의材料를 移植해서 讀者에게 感興깊은作品을 提供하고 讀者의 歡呼소리가 다시 世間에사

모친다면 決코 今日의 衰運이 왔을는것이므로 譯詩人의 努力과 技術의 兩不足이 이 主因일

것은 勿論이나 도리켜생각하면 이제 提出될수있는 譯詩와 提出되고있는 創作詩의 表

示와 作譯者의 名을 除하고 純粹한詩로 讀者앞에 提供한다면 譯詩의 이르키는 感興이 決코 더

貧弱한편은 아닐것이다。譯詩에 缺乏된것은 文學的 感興이아니라 文壇人的 興味인것같다。

詩論

今年에 詩論이 아조드물었다。한때 金起林、李敭河、崔載瑞、金煥泰、李時雨氏等이 있어서 詩論에 새로운 局面이 期待되더니 이를 義微라할가 沈潛이라할가 그러나 詩論의 必要는 한층커가고있다。우리의 詩는 過度한 自由속에 길을 잃고 있고 우리의 人生은 汚濁속에 停滯되어있다。더욱이 우리의 藝術에는 過去가없고 우리게 輸入되는 知識이란 不正確하기 짝이 없다。該博하고 正確한 知識과 明徹한 眼光을가진 詩論家를 우리詩의 混亂은要求하고있다。

時調

일즉이 詩調가 律時나 和歌처럼 一般에 普及되어서 文運에 一助가되기를 바라던 때가 있었더니 이즘은 겨우 몇분 李殷相 李秉岐 曹雲 金午男氏의 지키는손에서 殘命을 維持할뿐인상싶다 승겁게 말하자면 섭섭한일이다。

出版物을通해본詩人들의業績

鄭芝溶氏 金剛山三篇이 今年의作。詩集以後 그詩境은 玲瓏의度를더하야 이제「물도 젖어지

지 않어 휘돌우에 따로 구르는」 境地를 밟는듯하다。

金珖燮氏 近來發表의分量이 붓적많다。우리가운대 뿌리깊은 感情의 一面에 沈潛하야 虛妄과

無意味한 生活에서오는 怠慢의言語의表現을 일삼는다。

林和氏 어딘지 復響的인 情熱이 緊縮된 表現을 向해 努力하고 있는것이 눈에 띄운다。不日

刊行되리라는 氏의 詩集『玄海灘』은 左翼詩文學十余年의 唯一한 成果라는点으로보나 近來의氏

의 精進으로보나 우리가 期待하고있는 한冊이다。

林學洙氏는 純情專一의 詩人이다 詩集『石榴』가 一冊이되어 그詩作을 한데 모았다。初期에는 幽

玄한 抒情을 主調로하더니 나려오면서 人生을 自然을 좀 떠러저서 瞑想하는 경향으로 들고있

다。文學이 그社會學的階段을 通過한뒤이라 人生에對한 대범한 感懷가詩로서 魅力을 減損한것

도 事實이다。氏의 獨特한 詩風은 이 循古的인 一面을 完成시키는데 있는지도 모른다。抒情詩牽

牛는 우리詩徒가 모두 그結果를 注目하는 新分野의 開拓으로 意味깊다。

朴英熙氏 白潮時代의 舊作을모은「懷月詩抄」를 懷古의情을 가지고 기다렸더니 이 冊은 아즉

까지 우리책상머리에 놓일기회를 주지않는다。

柳致環氏의 悲痛한 詩魂의 精進 또한 그칠바를 몰라 바로이 主宰하야 詩誌『生理』를 刊行한다

들었다。白石氏「사슴」以後의 氏의 鄕土的인 情緒는 안직 길을고치지 않었다。

吳章煥氏 詩集「城壁」을세상에 물었다。이것은 氏의 詩作의 極小部分이라한다。몸부림하는 感

情과 雜然한 印象이 한덩어리된 이 한卷은 氏의 황홀한 修辭와 奔放한 詩才를 사랑하는 사람으

로도 그 正體를 捕捉하기 어려운바 있다。이러한 探索의 陣痛을격고 그 끝에 올것을 우리는 기다

린다。

尹崑崗氏 詩集大地를前後하여 活氣있는 活動을보여주고 있으나 個性化에 徹底치 못한 氏의

詩風은 散漫한 傾向이 있다。

李燦氏 詩集『待望』은 着想과 表現이 너무 平凡에지나처 그가表現하려는 想念을 印象깊게傳

達할 힘이 不足하다。

李庸岳氏의 詩集은 崔載瑞氏의 評論을通해 거기包含된 生活의 表示에 興味를가졌었으나 求해

읽을길이없어 그 詩風에接하지못함이 遺憾이다。徐廷柱氏의 詩는 어느肉體的眞率을 그냥닮은듯

무엇인지 징그러울만치 우리에게 肉迫해오는 것이있다。

金光均氏의 詩는 色彩의 秘密을 硏鑽中에있다。尹泰雄氏의 溫藉多情한 詩와

馬鳴氏의 奇警한詩는 將來를 囑望한바있다。毛允淑女士의 꿈같은 現實과 現實같은 꿈에서흘

러 넘치는 抒情의 새암물이 좁은詩形의 그릇에 담기지않고 汪洋한 散文의 흐름을 일우는 것은

또한 必然의 勢일것이다。

盧天命女士의 詩는 깎은듯이 整齊한外形과 端麗한情懷가 均齊를 가추고 있다。

白菊喜女士 過去를 業績삼아 말하는것보다! 그 淸楚孤高한 出發은 가장 큰 祝福을 받기에도

足하다。 그리고 近日發行된 子午線第一輯은 注目되는 詩誌다。

吳章煥、李成範、陸史、朴載崙、申石艸、咸亨洙、素汀、徐廷柱、尹崑崗、金相瑗、李

秉珏、鄭昊昇、呂尙玄、閔泰奎、백수、劉濱玉、李海寬氏等 三四文學 詩人部落 浪漫의 同人을

綜合해서 實力있는 우리 젊은 詩人을 總網羅한 觀이있다。詩作詩人을 個別로 論議할수는없으

나 이 젊은 詩人들이 자라는 가운데 지금 우리속에서 부글거려 混沌을 이루고 있는 潮流가形

成될것이오。이것을 이끄러나가는 詩誌의 任務는 크다。이子午線誌의 長命을 祝福하자。

(昭年十二年東亞日報所載)

白石 詩集 「사슴」 評

白石氏의 詩集 『사슴』 一卷을 처음 대할때에 作品全體의 姿態를 우리의 눈에서 가리어버리

도록 크게 앞에서서는 것은 그 修整없는 平安道方言이다。 그러나 우리가 이 作品의 주는바를 받

아들이려는 好意를 가지고 이것을 熟讀한 結果는 解得하기 어려운 若干의 語彙를 그냥包含한

채로 그 全體를 鑑味하는데 아무 支障이 없었다는 母語의 偉大한 힘을 깨닫게된다。

第一部 「얼럭소새끼의영각」은 우리에게 그이상스리 다정한 幼年期의 回想을 문득 불러이르

킨다 엄마와 단둘이 외딴집에서 무서워서 이불속에 파묻혀 숨도못쉬는밤。 명절이면 할아버지

할머니가 계선집에 시집갔던 고모들도 아이들을 다리고오고 집안이 모도 모여서 아래방에서

는 어른들이 이야기하고 놀고 웃간에서는 아이들끼리 작난을하고 놀던일。 오리치 노려 논으

로나려간 아배를 등말랭이에서 기다리다가 못해 악이나서는 아배의 신짝과 버선목과 다님짝

을모조리 뒷개울물에다 내여던지는 아이。

이러한 事件은 어느곳 아이들에게나 어느아이에게나 다 있었던일 있을수있는 일이다。 그

러나 修整없는 生生한 言語로 여기生生한 表現을 줄수있는 것은 한詩人의 特異한才能이다。 오

래된 記憶이란 그서슬이 달아져서 朦朧한 抽象으로만 남기가쉽고 成熟과 敎養이란 野生的이

고 初生的인것의 모든角을 다듬어 버린다。

比喩를 빌어 말할수가 있다면 方言은 곧 깨트려서 뿌다귀와 모소리가 있는 돌이오 辭典에

오르는 標準語(中和語)는 그것들이 맞부뒤쳐서 깎기고 달아져 동글아진 돌이다。會話語가 막

자갈이라면 文語는 바독돌이다。自然國語가 뿔있는 돌이라면 非話用語 漢文古文이나 羅甸文

이나 新造語 에스페란토같은것은 동그라진 돌이다。鄕土의 野性과 都會의 文化를 自然한돌과

練磨된 돌에 비길수도있다。다듬이돌이 概念의固定과 存在의安定을 얻은 反面에 뿔있는 돌

은 生生히 流動하는 生命을 가지고있다。지나친 結論이나 文化란것은 그自體가 제가 生長해

나온 肉身과 大地와 氣候를 얼마쯤 떠난곳에서 練磨되고 圓熟하는것이다。그러나 이것은 때

때로 그本源에서 新規補充兵의 增援을 받아야 그生活한 生命을 維持한다。

修整없는方言에 依하야 表出된 鄕土生活의 詩篇들을 琢磨를 經한 寶玉類의 藝術에 屬하는것

이아니라 서슬이선 돌 生命의本源과 接近해있는 藝術인것이다。 그것의 힘은 鄕土趣味程度의

微溫한作爲가 아니고 鄕土의 生活이 제스사로의 强烈에依하야 必然의表現의 衣裳을 입었다는

데 있다。

第二部以下에도 若干의 記述的詩篇들이 있으나 視覺의 印象을 스켓취한것들이 그大部分을 占한다。여기에 있어서도 이 詩人은 眼前의 光景을 極히 生生하게 우리앞에 提供하는 能力을 나타내고 있다。

「統營」「修羅」等에 있어 우리는 詩人의 素朴한 情念의 그림자에 잠간 접촉할수 있는듯 하나 이 詩人의 포ー즈는 全體를 通해 冷然한 散文的인 포ー즈다。

曠　　原

흙꽃이는 이른봄의 무연한 벌을 輕便鐵道가 노새의 맘을먹고 지나간다

멀리 바다가 뵈이는

假停車場도없는 벌판에서

車는 머물고

젊은 새악시 둘이 나린다。

이렇게 單純한 印像畵도 있고 또는 冷澈한 유리를 通해보는 것과 같이 정말 事實보다 더 차고

더 또렷한 視覺的 効果를 걷운것도 있으나 그가 말없이 提供한 視覺的 表象은 縹渺한 情調의 背

景色을 띠운것이 많은것을 우리는 發見한다。

이詩人은 現在의 우리言語가 全般的으로 侵蝕받고있는 混血作用에 對해서 그 純粹를 지키려

는 意識的 反撥을 表示하고있다。이詩集의 體裁와 印刷와 發行을 通해서 이詩集이 나타내는바

苟且하지 않고 妥協이없는 强한 信念은 한 偶然的이고 附隨的인 事件이라기보다 이詩人의 本

質的 表現의 一部인가싶다。

우리는 이詩人의 現在의 業績에 對해 아무 失禮되는 判斷없이 이 詩人의 길고 큰 將來를

祝福할수있다。

（昭和×年 「朝光」 所載）

女流詩壇總評

이런 총평식 글을 쓰는 사람이면 흔히는 조선문학이란 얼마나 빈약한 것이고、 조선 말이란 살아가는지 죽어가는지도 모를 형편이고、 여류시단이란 대체 어디있는것이냐 부터 캐들어가는 버릇이지마는、 그것은 다만 평소 가슴에 맺힌 불평의 터짐이라고 할것이오、 나는 목전의 목적으로 보아、 모든 구름을 잠깐 걷어버리고 광명에 찬 앞날을 바라보는 기분으로、 조선의 현대여자로서 조선말로 쓰는 시에 대해서 몇마디 비평을 써볼까한다。

본시 비평이라 하는 것이 좋은 문학을 읽는 가운데서 얻은 마음의 경험─자긔의 질거운 문학적경험을 출발점으로 해서 그 경험을 기술해보기도 하고 그 문학자의 정신의 본질을 밝혀 보려고도 하는것이 떳떳한 길이오、 그 비평가에게 있어서 보람도있고 질거운 문학적사업이지 마는 조선과같이 문학적작품에 훌륭한것이 비교적 없는 나라에서는 비평가가 이러한 내재적 (內在的) 비평의 길만 밟고 있기도 어려운 일이다。 그렇지 않고 학교선생님과같이、 이 글은

여기가 잘되었다 여기가 잘 못되었다 시상(詩想)의 착안이 잘되었다 못되었다를 논하는 것

은 조선과같이 민족전체가 작문에대한 기초가 확실히 서지 아니한 나라에서는 한때의 피치못

할일일는지 모르나 그러한 친절이란 헛되히 수고롭고 마음괴로운 일인것이다.

그러나 만연한 감상을 한편의 글로 종합해 본다는것은 언제나 자기공부에 가장 유익한것이

다. 위선 거년에 발표되어서 여러 사람의 시비의 초점이 된 모윤숙 녀사의 「빛나는地域」부터

살펴보자.

×

毛允淑女士의 시집이 발표되자 그것은 하나의 시끄러운 문단적사실이 되었다.

훼여(毁譽)가 상반이라고 하겠으나、여자로 첫시집을 내었다고 무조건한 호기심으로 칭찬

하는 사람이 있는 반면에는、그의 시 그것을 비난하는 소리가 한편으로 높았다. 무조건한 칭

찬이란 본시부터 시를 시로 보는 사람에게 문제될 거리도 안되는 것이지마는、모윤숙여사의

감상성(感傷性)을 공격하는 소리에 대하여서는 나는 오히려 모씨를 변호하는 편에 서려한다.

눈물에 빠지기쉬운 성벽이 자기자신에게 행인지 불행인지는 알수없으나、문학 더구나 시에

있어서 눈물을 부정하려는 태도는 헛된 노력에 지나지 아니할것같다. 만일 그의 시가 자기가 울었다는 사실을 말함뿐이오 남을 울릴 힘이 없다 하면, 그것은 시작(詩作)의 미숙에 최가 있는 것이오 결코 감상성 그것에 허물이 있는것은 아니다. 세계적인 범위와 삼사천년의 역사를 가진 민요(民謠)를 비롯하야 문자로 전해오는 시 전부를 통해서, 그 가장 예술적인것은, 눈물과 맥을 통하지 아니한것이 없다. 미래의 시가 어떠한 길을 밟을지 우리로서 추측할수는 없는 일이지마는 오늘날 우리로서는 시가운데 눈물을 공격할 아무러한 이유도 없을것이다 우리의 처지를 한번 살피고, 주위를 한번 둘러볼때에 눈물의 새암을 말려버린다하면, 대체 우리는 어더다 붓을 적셔서 시를 써야 할것인가, 도로 물어 보고 싶다.

우리가 주장하여야 할것은 감정을 감추고 죽인다는것보다 대담하게 감정을 발표할 권리와 감정해방의 원측이다. 우리의 민족적감정이 어느 의미에서 불란서 혁명이전 개인자유주의 이전의 봉건적유물에 채워있는것을 생각지도않고, 역사를 너무 껑청뛰어서 감정해방과 개성강조(個性強調)의 원측을 버리려하는것은 도리어 시대의 역행이라고도 할수있다.

은빛실 넘실 넘실 창문에 흐르고

붉게핀 해당화 날리는 그향기

밤깊어 잠든 나를 머리푼채 나오라니

조용히 문열고 뜰가로 거니 노라.

그의 시에는 흩어진 머리칼같이 황홀히 흐르는 달빛같이 어딘지 붙들기어려운 곳이있다. 이것을 상(想)의 분방(奔放)이라고 하는이도있고, 황당(荒唐)한 수사(修辭)라고 하는이도 있다. 수사일진대 황당하고 상일진대 분방한것이다. 한개의 시에서, 다른 말로 설명하면 이러이러하다고 할수있는 분명한 의미를 찾기 어렵다고 그시로서의 아무런 결점도 아니다. 수사의기초가 부족하다면 그것은 시인의 수치가 될것이나, 언제나 시는 수사이상의 것을 목표로하지아니하면 아니될것은 설명할 필요도 없는 사실이다. 의미를 밝힐수없는 시의 한줄이 우리의 귀를 떠나지 아니하는 음악될수가 있는것이다.

눈물의 강우에 파란빛 하나

고달픈 흐름은 언제나 끝나나 (반디불)

×

겹겹이 둘러싼 구름사이로
흩어진 생각을 한줄에 모으는
그믐하늘의 쪽달을 봅니다 (쪽달에서)

×

나는 때때로 칠ㅅ빛나는 어둠에서
신음하는 내 혼의 소리를 듣습니다 (소망에서)

×

오ー 나의 영혼의 고향
영원히 젊어있는 바다의 품이어
푸른 미소에 휘감긴 그리운 이꿈을 차라리 새벽없는 어둠속에 잠들게 하여라
(바닷가에서의 첫절)

호수엔 수선화 그물결 황홀하여

달빛에 취한 이슬 고운 꿈을 이루오 (찾는 노래에서)

× × ×

바람소리 들우에 헤엄질치고

비인 방 설렌 가슴 홀로 떠돌아

어둠우로 그물결 가엾은 생각이어 (그리움에서)

이 시점가운데 몇편의 마음끄으는 작품도 그가운데 애써맨들어 붙이지아니한 몇줄이, 혹은 그 첫절(節)한절이 그자유롭고 자연스러운 표현을 가지고 있다. 이 시인은 결코 의식적수사 (意識的修辭)에 의해서 시를 쓸 시인이아니다. 몽환(夢幻)가온데서 흘러나오는것을 그대로 정리하여야 할것같다. 「조선의딸」이나 「오빠의눈」같은 작품은 비록 수사에는 흠이 없다해도 그본체 감정의 미약함으로 인해서 시로서는 하잘것없는 시일것같다.

락식이 가버린 포근한 밤입니다

......

이 한권의 시집가운데는 약간의 소재(素材)가 있을뿐이오 한편의 완성된 시도 없었다고까지

하는이가있다. 그러나 이 시인의 장점은 그 황홀난측(恍惚難測)한 시경 그것에 있는것같다.

그 황홀한 시경 그것에 지구력(持久力)과 통제력(統制力)이 가해져서, 그 가운데서 한줄이나

한절의 시만 흘러나오게 할것이 아니라 한편의 시가 이루어나오는 날이 이 시인의 대성하는

날이 될것이다. 그의 황홀난측한 시상과 표현 또는 그의 감상성(感傷性)을 버리라하는것은

그의 시의 자살을 권하는것과 같다. 열편을 뽑아 냈드면 총망받는 여시인되기에 부끄럽지 않

은걸 백편을 모아냈기때문에 읽고 정신을 차릴수없는 시집이 되고말기는 하였으나 이것은 시

집편찬의 기술문제요 시 그것의 문제는 아니다 더구나 세상이란 북데기속에서 애써 진주만을

찾아주는것이 아님에야.

○

같은 해에 같은 여자로서 시집을 내였으면서 모씨의 작품이 말성 많은데 비하야 너무

나 문제권외에 서있는것은 장정심여사(張貞心女士)의 「주의승리」일것이다.

소리없이 그윽한데 향기를 엿보려는 생각이 필자로하여금 그 시집을 읽게하였다. 이시집은

종교시집이라는 제목을 가지고 있고 이 저자는 따로이 서정시집한권을 멀지않아 출판하리라함

으로 필자의 의견도 쉽게 고쳐질른지모르지마는 이 한권의 시집만으로 비평한다면 비난이

앞서려하는것을 어쩔수없다。

종교시라면 종교적심정이 시로 되는것이니까, 감정의시화라는 점에서 서정시 그것과 본질

적으로 다른 아무것도없다。특수취급을 할것도아니고 받을일도아니다。

　　따라서 여러가지 고운 생각이

　　저별을 바라보면서 하나 둘씩

　　자미있게 연상되오니

　　이밤을 이대로 기리 연장하소서(달밤의 끝절)

별을 바라보면서 여러가지 고운 생각이 며올랐다하면 그 고운 생각을 하나씩 하나씩 구체

적으로 그려보여야만 좋은시가 되는것이지, 그냥 여러 고운 생각이 며올랐다고만 해가지고

는 언제나 시되기 어려운 것이다。

닫힌문 두다리는 은근한 저소리
고요한 밤중마다 두다리니
아는가 모르는가 잡들은 주인
귀빈이 오래오래 두다리는 저소리

　　　　×

늘깨어 문두다리는 저소리 들으라 (닫힌문전편)
그대로 섭섭하게 돌아가게 하려나
행복을 가져온 저귀빈을
닫힌문 열어줄 저주인

　　　　×

이러한것들이 이시집가운데서는 표현이 비교적 우수한편이고 또 그 시상이 보통 서정시와
공통되는것이라 종교적 시상에 대한 편견을 가지지않고도 비평할수있는것인줄 알지마는 그렇
게 훌륭한 시라고 하기는 어려울것같다。

저비가 처량스러이 나려오는듯이

내마음 울고 싶습니다

저비에 꽃들이 넋없이 떠러지듯이

내마음속에 우슴과 즐거움도

(비와같이의일절)

좁은 이 맘을 너그럽게

인색한 마음을 관대하게

교만한 생각을 겸손하게

성신의 역사가 시작하소서

(성신의 역사에서)

시작(詩作) 이 이렇게까지 평범해져서는 아무런 감동도 줄수가 없을것이다。 종교시대에 있

어서는 시상이나 그밖에 재료가 새로운 발명을 필요로 하지않고 성경같은데서 오는것이니까

저자 독특의 종교적감정까지를 바라지 아니한다 할지라도 독특히 청신한 표현과 덕윤이 절대

로 필요할것이다。 더구나 기성의 시형인 시조형을 빌어서 기존(旣存)의 재료인 종교적사상을

표현할때에는 얼마나한 수사의 괴롬을 겪어야만 문학이라는 이름에 적당한것이 될것인가。 하

나를 잡히는데로 들추면

아버지 귀한 음성 언제 또 듣사올지

옛날에 중한교훈 날마다 새로워서

오늘도 옛교훈만은 기억하고 있어요

전권을통해서 독특한착상、 독특한 표현、 미묘한 수사를 만나보기가 어렵다。 처사와같이 세

상을 떠나서 들어앉아 있는이를 일부러 끌어내다 악평으로 욕을 보이는것같아서 미안의 정을

금하기어렵다。 그러나 이러한 고언도 시작의 년조나 분량으로 보아 이 저자에게 기대하면바

가 여기 그치지 아니했던 까닭이다。 그러고 필자의 생각같아서는 문학이상인 하나님 (혹은다

른 주의라도) 을 위해서 문학으로 봉사하려는 이는 문학을 그저 문학으로 질기는이보다 오이

려 문학에대한 더 면밀한 고려와 열열한 애정으로써 고심의 표현에 까지 갈 의무가 있는 것

갈다。

○

시조를 가끔 발표하는이에 김오남(金午男) 씨가 있다

떨리면 다시 못필 꽃이라 한때뿐의
꽃다운 그시절을 누릴듯도 싶다마는
스러질 향기라하오니 탐할무엇 었세라。

그의 작품이 잡지에 흩어져 있으므로 세명을 하기는 어려우나 그 표현의 간절하고 정밀함

이 족히 우리의 마음을 끄을만하다。다만 한가지 느껴지는 불만은 그시가 늘 인생의 덧없음

의 개념(槪念)에서 출발하야 명확한 형상(形象)과 구체성을 떠인 표현 즉 개성화(個性化)에

까지 이르지 못하고 그 개념의 설명에 그치고 마는수가 많다는것이다.

대관절 시인이라는 이름에 한게가 분명한것이 없다 반드시 한권의 시집을 내야만 되는것도

아니오, 반드시 삼백편을 채워야만 시인인것도 아니다. 더구나 사람이 쓰는것을 모도 발표하

는것이 아닌지라 한두편의 시를 어느 지면에 우연히 발표하고 다시는 그이름을 나타내지 아

니하여도 언제까지 그 시편이 잊혀지지 않는 경우가 있다.

어둑침침한 등잔밑

검은 그림자 등지고 앉었거니

세상소리 어둠에 막혀

내귓가 묘지같이 고요합니다.

이것은 어느 여학교 잡지에 있던 시의 일절이다. 대단히 얌전한 시었다고 생각한다. 나는 몇

사람의 숨은 이름을 들출수 있고、또 내가 모든 여자의 일기장이나 수첩을 뒤져볼수 있다면 더

많은 이름을 들수 있기에 틀림없을 터이지마는 이런것은 모도 그 순진한 심정에대한 십례에

지나지 아니할것이다。 우리는 언제나 이것이 찬란한 열매를 맺어 우리의 눈이 그것을 아니볼

래야 아니볼수 없게되기를 바랄뿐이다。

×

일본의 어느 비평가가 여류작가를 욕해서 여류작가는 그 문학적 역냥(力量)으로 현대의 남

자사이에 서서나가는것이 아니라 현대 저널리즘이 상품으로서 그 구색을 맞추기위해서 여류

작가를 새이에 끼우는데 지나지 않는것이라고 한일이 있다。 이말에는 그 악의를 따르하면 한

편의 진리가 있다。 즉 여자의 쓰는것은 남자의 쓰는것과 무엇이든지 다르니까 여자의 문학이

따로이 나타나는 것이란말로 볼수가있다。 문학은 언제나 자기의 체험(體驗) 가운데서 울려나

오는것이다。 체험이라하면 자기가 직접 경험하는 사실이나 독서와 다른사상의 영향으로 마음

의 세게에 이러나는 변화까지를 의미하는것이다。

제각각 체험이 다름으로 제각각 개성이다른 문학을 낳을수있다。 각기 개성이 다름으로 여

러사람이 글을 쓸필요와 권리가 있는것과 마찬가지로 여자의 쓰는것에는 남자로서 따틀수없

는 세게가 있으므로 여류문학자가 따로이 존재할 권리와 필요가 있는것이다。

여자는 흔히는 웅대하고 복잡한 체험을 가질 기회가 남자보다 적은 대신에 염려(艶麗)하고

섬세(纖細)한 자기의 세계를 따로 지키기에는 오이려 편리한 때가 있다。

현대같이 복잡한 세게에 있어서 사람들은 정치라든가 경제에 정신이 팔려 서정시 같이 고요

하고 아름다운것은 거의 잊어버리려는 형편에있다。평소에 자기의 고독한 감정의 세계를 지

키는 소장이 있는 여자는 앞으로 조촐한 그릇에 순수한 감정을 소복히 담아 놓는것같은 서정

시의 세게에 있어서는 오이려 중요한 일꾼이 될른지도 모른다。

선진의 구미각국에서는 여류문사의 수가 굉장히 많은것같다。

그러기에 독일 어느 비평가가 거리에 나서면 유대인을 맞날수 있는것과 마찬가지로 문학의

세계에서 여자를 아니 맞날수없다고 말했다하고 미국의 시선집(詩選集)같은것을 보면 여자시

인이 반수는 되는것같다。그래서 영국의 어느 남자비평가가 우리는 앞으로 서정시는 여자에

게 미루어 주는것이 좋겠다고 한 일이있다。조선남자로서는 여자에게 미루어 줄 서정시의 재

산이라고 많지못하니까 조선의 여류 시인들은 조선의 서정시를 자기네들의 손으로 건설하겠

다는 기개를 가져야 할것같다。

여자의 재능은 남자에 비해서 더하지도 않고 멀하지도않고 꼭 같은 것임으로 남자와 같은

정도의 성과만 얻으려해도 그와 같은 정도의 꾸준한 노력이 필요한것이다。

그런데 여자에게는 여러가지 사정으로 그러한 **열매를** 맺기까지의 노력을 하는 사람이 남자

보다도 섭지않은것 같다.

우리가 이런 비명을 쓸때에 조선 여류시단의 과거의 업적의 세밀한 비판에는 힘을 주지 않

고 오이려 앞날의 희망을 고조(高調)하는것과같이 이미 출세하신 또 새로 출세하려 하는 여러

분 여류시인들도 지나간 공적은 오이려 잊은듯이 버려두시고 오로지 무한한 **앞길을** 위해서 노

력하시기를 바라고 나는 이 방자한 비명의 붓을 놓는다.

(昭和×年「新家庭」所載)

그나라 말을 理解할수있는 사람이면 다 感激할수있는 作品이 있다면 누가 그앞에 이마를 숙

이지않으랴 그러한 作品을 알아보는 눈이 있다면 누가 그에게 敬意를 表하지않으랴 허나 藝

術의 끼치는 힘을 過大視하는것은 의심스러운 일이다.

△

現在認識의 主體란 지나간 認識의 內部記憶의 總和成인 한 全一體이며 한개의 存在에 對한 個人

의 印象은 제각기 相異한것이나 그 相異한 가운대의 共通性이 우리의 共同鑑賞의 基礎가 되는것

이니 이 共通性의 規定이었다면 批評은 成立不可能이 될것이다 批評은 自己를感受共通性의 한

標準으로 假定하는데서 出發한다.

이雜誌에는 조선말로쓰인글을실른다 그러니 이치대로하면 二千萬人을 讀者로對象삼아아하겠

으나 우리는 그러한 외람한생각까지는못하고 다만 數百數千의 同志가 이 잡지를기쁨으로읽어줄

것을믿는다. 많은것을讓步한者가 물러선자리를 가장굳게 지키는수가 있는것이다.

△

詩라는것은 詩人으로말미암아 創造된 한낱存在이다 彫刻과繪畵가 한개의存在인것과 꼭같이 詩

나音樂도 한낱存在이다 우리가 거기에서 받는印象은 或은悲哀歡喜憂愁或은平穩明淨或은激烈崇

嚴等 진실로 抽象的 形容詞로는 다 形容할수없는 그 自體數대로의 無限數일것이다 그러나 그것이 어

며 한方向이든 詩란 한날 高處이다 물은 높은데서 낮은데로 흘러나려온다 詩의 心境은 우리H常生

活의 水平情緒보다 더 高尙하거나 더 優雅하거나 더 纖細하거나 더 壯大하거나 더 激越하거나 어며

든『더』를 要求한다 거기서 우리에게까지『무엇』이 흘러『나려와』야만 한다 (그『무엇』까지를 細密

하게 規定하려면 다만偏狹에 빠지고말뿐이나) 우리平常人보다 남달리高貴하고 銳敏한 心情이 더

욱이 어떠한瞬間에 感得한 稀貴한心境을 表現시킨것이 우리에게『무엇』을 흘려주는滋養이되는

좋은詩일것이니 여기에鑑賞이創作에서 나리지않는 重要性을 갖게되는것이다.

△

우리가 내여던는것은 이제 첫거름이오 우리의同志는 적다 여러가지事情으로 널리求하야 많이언

지못하였으나 우리의同志는늘고 부를것을 믿어 의심치않는다 公衆의앞에 自己作品을 發表하는

데 意義가 있다면 혼자 질기는데도 趣味가없지않다 그러나 우리는 어딘지 있을듯한 이러한潔癖의

詩人을 끌어내기를 重要한任務의 하나로 여긴다.

우리의誌面은 公開되어 編輯同人會議에서 推薦되는 作品을 發表한다 그러나 作品의 이름을 보

기前에 作品을 몬저읽는것이 우리의 慣習이다.

外國詩의 飜譯과 研究에도 힘을써보려하나 오직陣容이 고르지못하였다 맛당한同志를 더얻어

우리의 希望을 이루고 讀者에게 이익을주려한다。

우리는 印刷能力을 浪費하기위하야 『읽을만』하지못한 『쓰여진』 모든것을 印刷하려하지않는

다 그것은 참아못할일임으로。

△

우리는 우리의거름을 조용조용 더듬더듬 걸어가려한다 북을치고 나팔을불어서 한때세상을

시끄럽게하다가 사라져버리는것이 되지않고 우리의 나이를 해로 세이려한다。

우리는무서운길을걸으며 그무서움을 헐기위하야 무단히 고함치는버릇을 배호려하지않는다

더듬더듬하는말이 가장自信있는말이오 더듬더듬걷는거름이 가장自信있는 거름일때가있다。

（京城玉川洞一六詩文學社發行）

（昭和五年、三、二、朝鮮日報所載）

東京外國語學校時
節――가운데앉으신
분이姜邁先生、뒤에
서신분(左)龍兒(右)
張龍河氏。

隨筆及小品

봄을 기다리는 맘

너를 어찌 참아…

四月은 至上殘忍의 달

죽은 따에서 라이락을 불러내이고

기억과 육망을 섞어서는

무던 뿌리를 봄비로 건드린다

겨울은 우리를 따숩게하였을뿐

이즘의 눈으로 세상을 덮고

마른 감자로 적은 목숨을 길렀나니   (엘리오트)

봄이라 속에 생명을 품은 나무는 모도 새가지를 하늘로 뻗히려한다。뿌리로 물을 빨아울려

새로운 가지를 하날로 뻗히려한다。 그러나 傳說의나라 이 荒廢國에서는 하늘에 비가 그친지 오

래고 땅에 새암도 마른지 오래다。생명의 불ㅅ길은 제몸을 불살을뿐인 불ㅅ길로 변하고 나리

는 봄ㅅ비도 이미 시들은 뿌리에게는 생명을 기르지못하고 목마름을 붓돋을뿐이다 이러한 가

운데서도 용서없이 새로운 가지를 건드려 나오게 하는『四月은 殘忍至上의 달』이오 잎과 꽃이

피어볼길없이 다만 목마름에 불타기 위해서 뺏혀나오는 義務를 가진새가지는 悲劇中의 悲劇

이다。이러한 起頭를가진『荒廢國』의詩는 英國의 賢哲한 한詩人의作이라 한다。더읽어가면

여기는 물은없고 다만바위……

바위로 이룬 산들 물은 없고

물이 있다면은 쉬어서 마시는것을

여기서는 설수도 누울수도 앉을수도 없고

바위속에서야 어찌쉬이며 생각하랴……

산속에 고요함 조차 없고

헛되이 비도 없는 마른 우뢰소리

산속에 외로움 조차 없고

진흙더러진 집들의 문에서

험상한 붉은 얼굴들이 비웃고 웅크린다

여기 물이 있다면

바위가 없고

바위가 있다해도

물도 함께 있다면……

물흐르는 소리만이라도 있다면

四月도 가운데가 되면 사꾸라꽃으로 燦然히 裝飾하는 우리의 아름다운 三千里 錦繡江山에 어

殘忍至上의 四月을 引喩하랴、진달래꽃앞에 素拙한 花饌의 風習은 사라져가는지 오래지마

는 滿發한 사꾸라아래 杯盤의 豪興은 오이려 성해가거든、

봄이되어 햇빛가운데 어딘지모르게 지금껏없던 밝은빛이 생기고 나무가지마다 새로운 빛남

이 불어오면 우리의몸과 양복의 해여진것을 둘러쌌던 外套를 사람들은 벗어던지게된다。그것

을 한번 벗어던지게되면 감초었던 모든것이 드러나 파리한 얼굴은 더욱파리해지고 달아쳐 번

적이는 洋服이 선득 눈에뜨이고 눈우에 오래버려진 新聞紙쪽을 가까이 들여다 본때같이 洋服前

面에 散在했던 汚點들은 一瞬에 그歷歷한 過去를 나타내인다。

이 빛나는 새세상에 대한 제自身의 부끄러움 이 부끄러운 痕跡들을 용색히 싸고있던 한벌의

낡은 外套를 벗어던짐으로 말미암아 참말 裸身이나 되어버린듯이 부끄러움의 重壓으로 果枝

같이 구부러지고 만다。 나는 이 낡은外套로 다시 몸을 싸기를 기뻐한다。

람보-의 어느詩에 여름밤 풀의 薰香의 爽然한 가운데 로만티시즘의 낡은 저고린가 外套를

입고 漫然히 걸어가는것을 노래한데가 있다。 나도 暫時 그를 본받을가한다。

×

봄을 어찌 참아 기다리랴

봄을 어찌 참아 저주하랴

나는 浪漫主義보다도 더낡은 한벌의 外套를 두르고 草原長堤에 풀속에 꽃도 드문드문한 언

덕길을 길이 길이 걷고 싶어한다。

(昭和 × 年東亞日報所載)

개 싸 움

하늘은 부드럽게 푸르고 해人빛은 흘러나리었다。 이날은 공일이라 그가 늦이막한 아침밥

을 마치고 별쪼이는 이층난간에 올라와앉아서 권연을 피우는동안에 예배당에서는 종소리가 늘

렸다。

담배연기는 게을리 꼬리를 달고 파랗게 올라갔다。 여기저기 이층에는 내여넌 이불과 기대선

사람이 보였다。

그러나 마음은 사방으로 고르게 흩어져 한군데로 모일틈이 없었다。

그때 저편길우에 몸을 반쯤사리고 다라나며 뒤를 돌아보는 흰개 한마리가 보였다。 그의 돌

아다보는 눈의방향에는 건넌 과자人점검둥이가 저의집 모롱이에서 바로뤄어나와 용감스리 쫓

고 있었다。 흰둥이는 아마 지나가던 개리라。 그는 생각하였다。 이 두개사이의거리가 흰둥이가

마을놓고 다라나기만하면 검둥이에게 부뜰리기전에 검둥이의 세력범위를 벗어나리라고。

그러나 그는 다라나지않았다。 반쯤 다라나면 돌아보며 털을 웅숭키고 꽁그리었다。 돌아서

서 용감하게 한바탕의 싸홈을돋을 용기가 없는 그는 힘스것 뛰어 다라날기운도 빠진것이었다

그가 이런생각을 느리고있을 틈도없이 힌둥이는 돌아서서 앞발을들고 약간 반항의 기색을

보였다。검둥이는 멈추었다 몸을되사렸다。전신의 중량을 뒤스발에 싫고 독한기운은 머리에

모였다。그는 뛰어 물었다。물고 한참을 끄들렀다。힌둥이의입은 비명을 내는데 쓰일뿐이었

다。끄들리는통에 그는 곁에 굴형으로 떠러졌다。이는 그에게 다행이었다。

검둥이는 더러운 그 굴형에를 적수도 아니되는 적을 따라들어가려 하지않았다。그는 우에

서 꿍그렸다 저는 아레서 울었다。

한참만에 검둥이는 태연히 돌아서서 몇거름을 왔다。힌둥이는 겨우 기어나와 몸을 움추렸

다。힌둥이는 더러워져 재스빛이 되었다。검둥이는 돌아서서 엄펑이를 한다 그는 쪼구리고

앉는다。점잔히 걸어오며 검둥이는 가끔 엄펑이를 하고 힌둥이는 몇거름만에 쪼그리고 앉았

다。그러다가 둘의사이는 아무런 위험이 없을만큼 믿어졌다。그제야 힌둥이는 허리를펴고 꼬

리가 꼿꼿해지며 뒤돌아보지않고 힘스것 뛰었다。

그는 안타까웠다。벌떡 이러섰다。그의귀에서는 무엇이 부르짖었다。

『어찌 안타까운것이 이뿐어랴』 (一○•三一)

(延專學生時代의노오트에서)

서 울

우리는 모두 서울서 산다. 그러나 서울이 얼마나 좋은곳인지를 나는 실상모른다. 서울은 어쩐지 그리 반갑고 달가운 곳은 아닌듯 싶다. 우리는 도회인듯이 여긴다. 아닌것이 아니라 도회란 이상한것이라 시베리아벌판에는 수십리, 수백리를가야 사람하나, 개하나, 집하나 얻어 볼수없는데가 있다는데 뉴욕의번화한거리에는 활동사진에서만 보아도 자동차가 개미떼같이 복작어리고 일분간에 백천의사람들이 한곳을 지나가고 마천루(摩天樓)라고 이름하는 저 거창한 건물들은 우리농담에 하늘높은줄만안고 땅넓은줄은 모르는격의 물건들이 아닌가. 그러면우리는 서울을 도회라서 서로 모여서살고 밤이면 본정거리에서 어깨를 맞부비는가. 도회라고하기에는 서울은 너무나 잔망스럽고 미지근한 도회다. 도회는 도회로서의 흥분이있고 향낙이있고 또 이를테면 그밖에 있어야할것이많다. 서울이 그러한것을 넉넉히 가지고 있지못한것은 우리가 잘안다. 그렇다해서 뉴욕서 갓나온 사람의눈엔들 이것이 한적한 농촌으로 보일리는 또 만무하다. 그러면 구지구지 이유도없는터에 구타여 이 몬지구석에서 뭉쳐서 살맛이 무엇이냐고

— 151 —

조금은 생각해봐야 할것같기도하다。

우리 아는 어느 시인이 서대문밖비탈인지 또는 아현마루턱이비탈인지 어디를보고 쓴것인지

는 모르지마는 가난한 적은 초가집들이 더덕더덕 달라붙은것을 보고 서로의 체온(體溫)을 의

지하랴고나 하는듯이 기대어있다고 쓴일이있었다。 이것은 집을 그리는데 사람을 비유로 한말

이지마는 우리가 서로 뭉쳐사는것을 초라한집들이 서로의체온을 의지하려는것에나 도리켜 비

유해 불런가。 이것도 이유라할까。

× ×

그러나 내가 서울서 사랑하는것이 분명 두가지는 있다。 하나는 활동사진이 나와비최는 은막

(銀幕) 또하나는 두줄기 궤도(軌道)가 뻗혀나가는 정거장。

설명답게 며들어놀것도 없는일이다──은막에는 「세계의애인」이 그 아릿답고 마음끄으는 눈

으로 우리를 물끄럼이바라보고 우리의 무식한 시선은 그 허리를 애무할수조차 있지아니한가。

나라에 문해닫고 양구자안드리고 살던것은 육십년전 옛일이라 하지마는 지금이래야 무엇하나

문열어논는것같지도 아니한 우리에게 넓은세계의 공기를 막우 불어넣주는것은 이 은막의은혜인

듯。 우리와 어깨를 맞대이고 앉는것이 양복점사원이나 물산상회점원일 경우에도 어느순간 그

들조차 미국이나 구라파의 가장 높은 교양을 닦은 청년들로 변해지고 만다。 나는 여기서 맛볼

수있는 도취의 순간때문으로 대낮에 허멀끔이 서있는 은막 그것까지 마음껏 사랑해한다。

그러고 정거장! 저 차더차고 감게 반짝이는 한줄기쇠에다 귀를 대보라 아너 물끄럼이 드

려다보라。 아! 북으로 북으로……철교……모스끄봐……삐리……콰리……。

이 구름같이 피여오르는 연상을 어찌 수습하리! 동경(憧憬)의 모든 장미와 물질적으로 직

접으로 꼭 연해가지고있는 이 쇠줄! 나는 숨을 딱 모아 끊고 이 비위맞후는 속살거림에서 귀

를 싹씻으리라。 돌아서리라。

그러나 조선에서 볼수있는 가장 아름다운 녀성들이 물오리떼같이 건너다니는것을 보기를사

랑할수있는 종노거리를 이축에 넣지않는것은 오로지 그것이 나의 조심과 예의일뿐이다。

(昭和×年新家庭所載)

한거름 비켜서면

내가 친한 친구에 정거장으로 곧잘 散步나가는이 두엇이 있읍니다。나도 그축에 끼입니다。

정거장이라면 바쁜곳이 아닙니까。우리가 차를 타러가거나 전별을 나간때는 남몬저 좋은자리를 잡으려고 실로 분주히 굴어야만 되는곳이지오 마는 우리가 한거름만 비켜서서 이 쉬임없는 流動、流動하는 液體같은、液體가운데 流泳하는것같은 群衆가운데 사람이 되지말고 奉天行이나 釜山行의 자리를 잡으려는 努力에서 비켜만 선다면 우리는 거기서 山中에서도 맛보기어려운 閑暇를 즐길수가 있읍니다。

希望에 빛나는얼굴、絶望에 암담한얼굴、불일에 바쁜얼굴、주름잡힌 늙은이의얼굴、명쾌한 젊은얼굴、우리사람과 외국사람、완연히 인생의 조그만 축도를 벌려놓은듯。우리는 우리의 한가함을가지고 다시 이것을 (실례같으나) 어장속에 金붕어를 翫賞하듯 즐길수가 있읍니다。이것이 다만 마음으로 한거름 비켜서는데서 오는 공덕인듯 합니다。

山에를 오르는데도 높은山에 오를것도 없어요。아침이나 안개가 어렴풋할때 서대문밖 금화

산에만 올라 보십시오.

우리가 그안으로 드나들고 우리가 그안에서 오르나리던 重大하게 보이던 집들이 우리의 사

랑과 미움의 대상인 뭇사람들이 구물거리는 집들이 실로 草芥같이 보여지고 사람이라는 생물

은 완전히 자최마자 감초아 버럽니다。 이렇게 마음이 커지고 넓어지는것이 우리가 땅우에서

겨우 삼사백척 올라서는데서 생기는 변화라하면 뉴ㅣ욕의 수십층우에서 길거리를 내려다보아

사람들이 개미같이 보이는데서 생활하는 사람은 아조 惡魔的이거나 아니그러면 훨신 解脫된

생각을 가질것 같습니다。 이것은 다만 한거름 올라선데서 오는 공덕인가 합니다。

이 금화산우에 한거름 올라선 우리를 산아래서 치어다볼때를 생각해보십시다。 참으로 홀룽

한 그림입니다。 질푸른 하늘을 背景으로하고 한장 平面같은山 그우에 뚜렷이 새까마케 새겨

진 사람의 姿態。 어느 英雄의 銅像을 여기 비기겠읍니까。 이것은 땅우에 걸어다니는 우리의

同類가 될수는 없읍니다。

이런생각을 하다가보면 歷史上에 뚜렷이 나타나는 偉人의 자최라는것도 해넘어가는 하늘을

배경으로 삼백척되는 금화산우에 우뚝한 그림자를 나타낸 우리 이웃사람이 아니였든가싶고、

그 偉人들이 세상을 대하던 갸륵한 태도도 역시 금화산우에서 안개설픗끼인 서울시가를 내려

다보는 우리마음이 아닌가 싶은 생각이 납니다。

이 조그만 글에서 英雄과 偉人의 마음과 자최를 생각해 보려는것은 처음부터 내 생각에서 머ㄴ

일이요 그것은 다만 지나는길에 던져본 한마디 말입니다。

나는 다만 이 혹심한 더위에 똑같은 키를 가지고 비비대는 사람들에서 한거름을 올라서서―아니

천만에! 한거름 비켜섬으로해서 좁은목에서 나오는 시원한 바람을 맞는때와같이 心頭에 한

점 시원한 바람을 느껴볼까해서 이런 자즐구레한 생각을 해보았던 것입니다。

(昭和×年×××所載)

秋意

가을의 깊은 뜻을 누가 다 알겠읍니까。가을의 깊은 뜻을 어이 이루 말하겠읍니까。저 아슬

히 높고 사모처 푸른하늘! 그것은 우리의 감각을 모조리 쓸어드리고, 우리의 마음은 그 끝없

는 끝을 찾아가려는듯이 그리로 쏠리어갑니다。

가을 귀뜨라미 소리에 애상을 느끼는것도 아니오 가을달을 바라보고 하염없는 눈물에 젖어본

적도 없는 마음입니다마는 이가을하늘아래에서 어인줄 모르는 그윽한 노스타르쟈에 피로워합

니다。

노스타르쟈! 그것은 고향을 그리워 파다거리는 마음입니다。어머니 아버지 계시는곳 어머니

의품에 안겨자라던 집이 있는곳 뛰어다니던 물과 언덕이 있는마을。고향은 어느때나 마음이

이세상의 물결에 부댓기어 제자리를 얻지못할때 그리로 돌아가고 싶어하는곳 거기는 완전한

쉬임이 기다리는줄로 여겨지는 리상의곳입니다。

왼세계에서 가장 포쿨라하다고 할수있는 저 단순한노래 홈 스위―트홈 가운데있는 『아무러

보잘것없었다 해도 내고향같은데없다」는 그생각은 아마 고향을 그리는 생각가운데 가장 널리 있는 것일 것입니다.

그러나 내마음은 어느 고향을 향해 이리도 안타까웁게 파다거리는지요。 불행히도 내마음가운데는 초가집웅 가즈런한 아무마을도없고 수수깡 울타리 둘러있는집도 없읍니다。 내마음은 하나의 그리운 고향을 가지지못했읍니다。

그러면서도 이리 간절한 노스타르쟈! 져 아슬히 푸른 하늘끝에 구름을 따라 사라지려는듯한 마음은 무엇일까요。 이 조불〳하고 악착한 세상살림에 마음맞지아니해서 언제나 바다건너로달리는 방낭의손이 있기는 있다합니다。 그러나 나의 소심한 마음은 날마다 낯서툴은 땅에서 새로운 모험을 차츰으로 질겁을 삼는 방낭의 아들은 아닙니다。

고향이없는 향수 돌아 갈곳이없는 노스타르쟈!

(××××××××)

하잔한 쪼각 달

해가 이제 그의권세를 막우펴서 中天에 자랑스러운 자리를 잡고있는때에 서쪽 하늘에 새파

란 쪼각달이 걸려있다。

이는 눈에 띠이지도않는 가엾은 존재다 몰락의때를 놓지고 그의생명을 넘겨살것의 하나이

다 여기서 젊었을때 콩은이의 늙어꼬불아진양을 연상하고갔다 호화론 한창때의꿈을 머리한구

석에 남겨두고 아편에 시든몸을 남의집문간에 의지한 모양이 생각된다 여기는 주인의 맛있게

먹는 음식을 뜰방우에서 침을생키며 치어다보는 개의눈치의 비열함이있었다。

다른이게로 건너간 여인을 잊지못하고 그의 남은 자비의 키쓰를 바라며 떠러지지않는 사내

의 더러움이있었다。

가엾음은 경멸에이르고 경멸은 미움에까지 다달은다。

겨울내 가지에 붙어오던 잎사귀가 봄철에 새삼스레 누력지는것갈다。

(學生時代노ー트에서─大正十二年,'10,31)

朝鮮人의 經濟的 才能과 風水說

頑 童 散 筆

흔히들 朝鮮人은 재조 있는 民族이라고 한다。經濟的 才能이 조금 不足할뿐이지 그밖에는 모든 方面의 才操가 兼備하다고 우리끼리만 그렇게 생각할뿐 아니라 朝鮮을 구경하고간 外國사람들까지 그렇게 말을한다。

或은 語學에 天才가 있다하고 혹은 科學과 發明에도 特才가있다하고 또는 運動에 남다른 素質이 있다고도한다。才勝德이 어찌반가운일이랴。朝鮮人은 道德的으로 더욱이 優秀하다。저 中華人이 朝鮮을 알면서부터 東方禮儀之國이라고 칭찬해준것이 가장確實한 品行證明書라한다。

語學天才說은 어쩌다 미끄러져서 朝鮮人이 外國語를 배호는데 非常한 才能이있다는 事實을 朝鮮人이 다른 民族의 支配아래살기에만 適當한 證據라는 엉뚱한 辯論까지 생긴일이 있지마는 朝鮮民族이 어떻든 거북船을 發明하고 飛行機를 活字를 時計를 남몬저發明하고 또 요새는

醫學博士가 輩出하고 가끔 新聞紙上에는 숨은靑年의 奇蹟的인 世界的發明이 報道되고 또보면

外地에 留學을간 靑年들은 大槪가 優秀한 成績으로 學業을 마치고 錦衣로 還鄕한다。運動에

들어서보면 蹴球에는 저兩老大英國과 中國에對等할만한 素質이있다하고 마라손에는 이미權金

兩君이 日本을 代表해서 世界的舞臺에 섰다한다。朝鮮사람은 누구나 拳鬪를 배우면 相當한進

展을보일 素質이있다고 해서 日本서 最近몇해동안에 拳鬪練習을 하다가 卽死한것은 다만 朝

鮮人二名이라한다。

朝鮮人이 이렇듯 여러方面에 다른 民族보다 나은 才質이 있다는것은 우리의 尊敬하는 여러

先輩가 權威있게 言說하는바요。또가끔 活字로 印刷되는 바이다。活字로 印刷된다는것은 우

리凡常人에게 信仰을 强要하는것인지라 結局우리는 이 모든것을 믿어야만 하게된다。더구나

이러한것을 믿는것은 朝鮮人으로써 決코 不愉快한 일일수없다。

그렇다면 나도勿論 그러한 史實을 믿는 사람의 하나일것이다。 그러나 적어도 過去의 내게

는 거기서따라이러나는 수없는 疑問이 있었다。내心中의 惡魔는 묻는다。 보아라 우리 周圍

에는 朝鮮人의 發明品이란 하나도 없지 않었느냐? 汽車 電氣는 그만두고 우리 祖上이 남몬저

發明했다는 軍艦、飛行機、活字、時計 무엇하나 우리自身의 發明品이란 볼수없지 않으냐?홀

룽한 外國語學者는 우리가운데 많지않다 慶州를 訪問하신 丁抹皇子를 놀래게한 藝術的民族인

朝鮮人의 文學的遺産이란 남과 貧弱을 競爭할수 있을뿐이지 무엇이냐? 다 그만두고라도 大

體 우리의 生活그것가운데 남에게 자랑할것이 하나나있는가。 住宅 食事 衣服其他 日常生活의

高度가 民族素質의 優越을 證明하는 唯一의것이 아닐가。

그래서 나는 귀와눈으로 얻은 知識에서 생기는 이룰길없는 欲望을품고 부끄러움에 머리를

싸매고 어둠속에 혼자서 或種의 外國人들이 朝鮮에 向하여던지는 侮辱的言辭를 朝鮮의 얼굴

에 스사로 침배알았다。 그러고저 自尊的言辭를 일삼는 國粹的色彩의 先生들에게는 그 지각없

음을 한란하고 그骨董的趣味를 비웃었다。 잘 남아있지도 아니한 歷史的材料속에서 新大陸이나

찾아내듯이 『우리의 자랑거리』를 들추거내는것으로 무슨 民族의 生活을 한거름 한거름 向上

시키는줄 아는것이 나의淺薄한 歷史的見識에는 과녁틀린 활쏘기로 보였던것이다。

지혜있는 옛사람의 比喩談에一어떠한 農夫가 밭에다 金을파묻어 두었다는 遺言을하고 죽은

다음에 아들셋이 어떻게 그밭을깊이 파보았든지 金을파묻었다는것은 거짓말이었지마는 그해農

事가 잘되어서 잘살았다는 말이있다。 이분네들이 묵은 자랑단지밭을 앨써 파뒤집어놓으면 民

族의 將來農事에 혹시 도음이될는지 알수없는일이나 당장에 눈에보이는 金이나 오지 아니하면

性急한 나로서는 웃는낯으로 보고있을수 없는것이다.

憂鬱이 特別히 깊이 내 心臟을 파먹을 때면 내精神은 부르짖는다. 歷史的으로 자랑거리 있

다는 그自體가 우리에게 恥辱以外의 아무것도 아니다. 歷史가 훌륭하고 現在도 훌륭한 國民

과는 비겨볼거리도 없지마는 歷史도였고 現在도 망칙스런 民族에 比해서도 우리는 素質에 있

어 뒤떨어진 民族이아닐가. 우리는 비탈을 굴러나리고있는 民族的 敗家子가 아니냐. 없는 살

림을 내려맡아서 잘못산다고 보통사람이 못된달것은 없지만 그렇게 훌륭한 才操와 素質을 가

쳤으면 當然히 훌륭한 現在를 가져야 할것인데 이다지 衰敗해 가지고 있는것으로보면 우리民

族精神에 무슨 病的缺陷이 있는것이 아니냐. 웨 우리는 世界에서 가장 完全 가장 便利하다는

文字를 가지고 있으면서 世界第一의 文盲國노릇을 하고있느냐. 醫學生이 자기 肺病을 가지고

걱정하듯이 遺傳學을 처음배우고 자기직안의 精神病을 무서워하듯이 나는 머리를 쥐어뜯었다

그러나 이런것들은 모두 내가 年少氣銳智慮未定하였을때의 일이오 이제 내생각은 거스를수없

는 世界의 思潮를 따라 轉向을 한것이다. 그렇지 않다해도 동냥은 못줄망정 쪽박이나 웨깨트

리랴는 격으로 불상한 우리同胞를 (미워서 치는매는 아닐지언정)막대고 辱說할 리치도없을것

이오 또 攻擊的言辭롤 그것이 아무리 正當할지라도 또는 그것이 正當하면 할사록 攻擊받는사

랑에게 好意로 받아들려지는것이 아니다。 나부터가 우리 훌륭한 人類를 원숭이같은것의 後孫

이라고 主張辯證한 저進化論者찰스・따―원을―스사로 그것을 認證하지 아니할수없으므로―

미워하는 사람이아닌가 부질없이 攻擊的言辭를 일삼아서 大方諸先生과 이로 헬수없는 大衆의

미움을 살랴고 할理도없다。

저 年少氣銳하고 智慮未定하든때의 聖物冒瀆을 질겨하던 나도 地位의 向上과 生活의 安定

을 얻게됨에 따라서 스사로의 趣味부터가 進步보다는 保守가 입에맞고 어마어마한 앞을 바라

보기보다는 옛적으로 고개를 돌리는것이 마음 편한일이 되게되었다。

거기따라 내게는 한가지 가륵한 心願이 생긴것이다。 지난일을 贖罪하는 改宗의 선물로 나

도 그자랑거리찾는데 一臂之力이되어 보겠다는것이다。 더욱이내가 改宗以後에 尊崇하야 마지

않는 朝鮮자랑의 諸先生에게도 다만 한가지 不平이있다。 그것은 諸先生의 朝鮮人諸素質을 熱

心으로 辯護해서 우리가 비록 아무러한 藝術을 못가졌을지라도 朝鮮人은 藝術的民族임에 들

림이었고 오늘에 아무러한 成果를 못가졌어도 朝鮮人이 發明的天才라는 榮譽를 누릴수있는

確乎한 證明을 하였는데 다만 經濟的才能에 對하여서만은 우리의 物質的 生活이 貧窮가운데

있다고 屈辱的讓步를 해서 그不足이 내게는 말할수없는 不滿이다。

그러므로 나는 過去의 우리歷史를 뒤져서 우리民族素質의 唯一한缺點인 經濟的才能의 不足

을 補充하는것을 實로 나의 神聖한 任務로 自處하게 된것이다.

좋은친구란 地上의 最高의 福祿이란말이 과연 옳다. 나도 내친구의 協力에 依해서 한가지

事實을 發見하므로써 이心願을 이루게되었다. 이친구는 나와 함께 中學에다닐때에는 가이 小

說에 醉하기도하고 詩를 적어보기도 한사람이다. 그뒤에 그는 經濟의길을찾아서 高等商業을

마치고 現今은 어느地方에 銀行員이 되어있다.

偶然히 알게된일이지마는 이銀行員은 風水先生이라는 奇異한老人을 데리고 明堂이라는것을

求하기 爲하야 山으로 돌아다니는 것이다. 登山이라는것은 世界的으로 奢侈로운 流行의 하나

이지마는 이렇게 奇異한 目的을 가지고 山으로 돌아다닌다는것은 아무리 우리朝鮮人의 古來

의美風이라 할지라도 現代의 젊은 사람으로는 理解하기 어려운일임에 틀림없다. 나도 勿論 처

음에는 그銀行員의 迷信을 攻擊한바 있었지마는 그사람의 說明을 듣고나서 확연히 깨닫는바

있었다.

대체 經濟라는것은 무엇이냐 西洋學問인 經濟原論이니 무엇이니 式으로 말을하면 最少의 勞

力으로 最大의 收得을 걷우는것이라고 하지마는 쉽게말하면 적게들여서 많이 맨들어내는것이

다。十圓이百圓되는것이것보다는 萬圓되는것이 더큰 經濟고 一年애써서 三年 잘살수 있는것보다

는 生前을 잘 살수있는것이 生前뿐아니라 그의子孫이 三代 五代 數十代를 잘살수있다면 이것

이 더큰 經濟임은 勿論이다。

한사람이 一生을 硏究에 沒頭해서 發明한 機械로 全人類가 便益을 받는다하면 經濟도 그런

經濟가 없을러인데 그런硏究같은것은 經濟行爲로 보지않고 어떻게 해서든지 百萬圓이나 一億

圓을 제주머니에 주어모아야 經濟라고 부르는것을보면 經濟라는것은 적게들여서 많이 맨들어

낼뿐아니라 그 맨들어나올것을 제가 차지한다는데 더욱 重點이 있는 모양이다。

銀行業이라는것은 가장 原始的이면서 가장進步된 經濟現象이다。거치장스러운 일은 조금도

없이 다만 종이장이 왔다갔다하는 가운데서 利益만을 收得하는 이를테면 坐收漁人之功流의

徹底한 經濟인것이다。

내 친구인 銀行員은 無限한前程을 가진 조고만 月給쟁이에 지나지않고 그利益을 自己가 收

得한다는 經濟的行動의 第一條件을 闕한사람이라 眞實한 經濟行爲를 하고 있는것이 아니지마

는 이 徹底한 經濟의 雰圍氣가운데서 그는 經濟의 原理를 解得해서 이것을 實地에 應用하려고

明堂을 求하는 것이다。

明堂ㅡ나는 우리의 젊은 讀者를 위해서 이 名詞를 解說할 必要를 느낀다。 아버지 어머니나 할아버지나 五代할아버지의 屍體를 어떠한 位置에 埋葬하면 그 位置의 性質로 말미암아 그子孫이 말할수없는 禍를 입게도 되고 至極한福을 받게도 된다는 虛誕하기 짝이없는것이다。 가령 한개의 조그만 明堂을 얻으면 가난하던집이 原因모르게 富者가되어서 所謂千石군이라는 것이 되고 어쩌다 宏壯히 큰놈을 얻으면 그子孫가운데서 王妃가 셋이나고 大臣과 大將이 끄치지않고 금관자와 玉관자(次官知事郡守級의것들) 가 서되씩난다는것이다。 成功한 金鑛의 比가아니다。 이것을 現代式經濟理論에 비추어보면 그렇게 利남는 장사가없다는 나의친구 銀行員의 말이다。 禮儀를 尊崇하는 우리 웃代의 어른들은 비록 할아버지의뼈를 광주리에 담아가지고 다니기는할지언정 그런 非禮의言辭를 決코쓰지 않던것인데 모든 神聖을 解得하지 못하는 紙幣장을 셀줄밖에 모르는 現代의 銀行員은 그렇게 말을 해버리는것이다。

어느 머슴사리 총각이 아버지 屍體를 지게에질머지고 가다가 어떻게 어떻게 해서 神眼風水를 만나서 明堂한자리를 얻어쓰고 不過數年에 富者가되었다는등 어쨌다는등 實로 風水라는 奇異한 老人들은 모도가 說話藝術의 極致를 體得한 사람들이라 그들의입심좋은 이야기를 여기에 펼처놀 재간이 不幸히 내게는 없으므로 나는 다만 우리同時代人인 그 銀行員의 說을 紹介하기로한다。

우리 銀行의 定期預金의 利子는 年五分이올시다。 株式을 사서 가져도 年七八分에 지나지 않

고 土地를 가지고 管理하는 수고를 무릅써도 年一割을 맨들수없고 殘忍無道하다고 辱을먹는

高利貸金業이나 아무리 暴利를 남기는 商業이라도 年二割의 利益이 쉽지 않습니다。

엎어질지 뒤쳐질지 모르는 骰子던지기의 投機를 해서 경치게 잘된다해도 十倍의 利得은 흔한

일이 아니고 불고치기 노름을해도 百倍는 바랄수없는 일이 아닙니까。

그러나 이 明堂을 얻을셈을 잡아 보십시오 十倍로千倍로의 이야기가 아니 올시다。 無限倍數

라는것은 여기事實로 存在합니다。 三年을 求해서 一年을 求해서 或運數가 있으면 來日 日曜

日하로를 저 風水라는 老人을데리고 한三十里 돌아다니는 가운데서라도 偶然히 하나의 明堂을

우리는 찾을수가 있지않습니까。 그렇게만 된다면 나自身은 勿論 내아들 내孫子는 百萬의 富와

將相의 榮華를 누리게 됩니다。 그것이 刻苦精勵해서 체험으로 되는것이 아니라 白骨의 陰德

을 입어 제절로 이루어지는 것입니다。

우리가 事業을 計劃해 무엇하며 研究는 애써해서 무엇합니까。 이 明堂찾기란 一年 三年을

들일 價値뿐이 아니라 실상 一生을바칠 價値가 있는 것입니다。 그러므로 우리의 祖上이 家産

과 一生을 다바처서 다만 이것하나를 얻으려는 欲望以外에는 다른營爲를 다 내버린것이 그얼

마나 賢明한 經濟的眼目입니까。他國人들이 百萬金을 벌기爲해서 離蹤한 勞苦를 하고 進取를

爲해서 어리석은「奮鬪」를 하는데 다만 한개의 竹杖을들고 山上으로 逍遙하는 가운데 이것을 이

른다는 것은 얼마나 飄逸한 心境입니까。어떠한 民族的 優越입니까。아ー側面攻擊의 偉効여!

나는 이銀行員의 言說을 紹介함으로써 우리 朝鮮人이 數百年以來 오늘까지 普通經濟의 례

밖에서 그經濟的天才를 發揮한것을 說證하는 宿願을 이룬것을 기뻐합니다。

(昭和×年一月「東亞日報」所載)

거 울 (밀리안·리온)

이따금 월뜨리드의 눈은 그 하던일에서 떠나 난로결에 앉은 여자에게로 향하였다. 그럴때마

다 그는 이상한감각깊은속의 전율을 느끼었다. 그여자는 두손을 무릎우에얹고 거기 가만이앉

아있다. 등불은 저의뒤에 놓여있고 옆이 터진 조고만 헌접신을 신은 발은 의자우에 쉬고있다

잔에게는 투명한 빛이 속 까지 드리비치어서 월뜨리드는 심장이 그만 딱 멈춰버릴것도 같았다

그러나 이 광휘(光輝)는 잔의자신에게서 나오는것이 아니라. 저는 그 매개(媒介)가 되어있는

것이었다. 저의 숨긴얼굴과 노아버린 몸은 저도모르게 어느 신비(神秘)한 원천(源泉)에서 이

것을 끄러오고 있는것 같았다. 그러고 월뜨리드는 자기가 이렇게 떨리는 열정을 느끼는것이

자기의 안해때문인가 또는 저의 속속드리 흐르고있는 이 광휘(光輝)때문인가를 알수없었다.

그는 잔에게 할말이 있었지마는 그말을 끄내기가 어려워서 저녁내 머뭇거리었다. 잔의 잠겨

있는 생각을 건드리기에는 용기가 말하면 신념까지가 필요했다. 거기 그렇게 침착하게 생각

에 잠겨서 앉어있는 잔은 그의절망으로도 아조 없세버릴수없는 그의맘속의 심미적욕망 (審美

的慾望)을 만족시킬만 하셨던것이다.

그는 알고있다──쟌이 개스켈의 생각을 하고 있는것을 그러나 오늘밤에는 이사실도 그 고통되

는 부분을 잃어버린것같았다. 몇주일을 두고 그를 괴롭게하던 질투심이 개인적아닌 다른 고상

한 정서에게 그자리를 밀어주고 갔다. 그의 감정은…어떻게 이것을 그가 말로할수 있으랴? 그

는 사랑을위해서 자기를 희생하고싶은 괴로운 요구를 느꼈다. 남들이 그의 생각을 들을수 있

다면 참말 어리석은 위선자라고 그는 부끄러워지지마는 이것이 그의진정이었다. 그는 자기의안

해앞에 엎드려서 떠러진 슬리퍼를 신은 저의발을 입마추고싶었다. 그는 개스켈을만나·월쯔리

드 자기가 아직도 그의우정을 대단소중히 안다고 말하고 싶었다.

쟌은 따로이 하고보면 개스켈은 그에게 소중한 또는 그를 소중히 아는 다만 한사람이었다.

개스켈은 그와 아사(餓死)사이에 서있었고 이 여러해동안 그의 생혈(生血)──그의 쇠약한몸에

잇대여진 튼튼한 심장이였다. 스사로는 아무 격정없고 완전한 교양이 있으면서 이 비극적인

조그만 되다못된 천재에게 한때 신념을 가졌었고 지금도 신념을 가지고 있다.

되다못된 천재! 참좋다. 그는 그렇다하고 그는 모든것에 개스켈의 덕을입고있다. 그는 어

느날 개스켈에게 감사를 드리리라──그에게 얼굴을 가까이대며……월쯔리드의손은 요새 그가

주머니 속에 너가지고 다니게된 권총을 쥐었다。 오냐 그는 그의 하고싶은일을 알고있다。 총뿌

리를 개스켈의 이마에다 딱 드리대고 방아쇠를 잡아당기며 말한다…… 해야할말이 무엇이든가

『나의 베스트프렌드여 나는 그대를 용서한다』。 소리를높여서 똑똑하게,

『나는 용서한다……』

『머라고 하셔요』。 쟌은 말했다。

윌프리드는 이러났다。 그는 오늘저녁에 의심할것없이 신기가 불평하다。 다만 그의 감정의

흥분력이 그를너머지지 않게 할뿐이다。

그는 방을가로 건느면서 전례대로 벽난로우에걸린 아래절반에 깨진금이 간 거울에 몸을 비

추어보았다。얼마나 조고마코 보잘것없는 유령이 그를 바라다보느냐!그는 그 새카만 표정적인

눈을 흘쭉한 뺨을 신경적인입을 싫어한다 그는 제몸을미워한다! 그러나 오늘저녁에는 자기

가 다른 일천 사람보다 더위대한것을 그는 스사로 알고있다。 그것은 그가 다른사람이 일즉이

사랑해보지못한 방석으로 사랑을하고 있는 까닭이다。 쟌은 그를속이고 개스켈은 그들둘렀다。

그러나 그는 저이들을 사랑한다。 오 참말 그는 저이들을 얼마나 사랑하나!그보다도 그는 그

의 안해와 그의 친구가운데있는 그무엇 저이들의 배반으로 말미아마 조금도 그아름다움을 빼

앗기지아니한 그무엇을 사랑하였다。 고요한달빛이 얽혀진숲속에 비쳐들듯이 그의분노를 뚫고

그것은 아직도 그의마음을 채워준다。

월쯔리드는 안해의 발뿌리방바닥에앉아서 쟌의무릎우에 그의머리를 누였다。 저의싸늘한 손

의감촉(感觸)이 그의흥분을 가라앉혀줄수도 있을것이다。 저는 아직도 그를 사랑하고 있을지

도 모를일이아니냐。

몽 포 앨르아미 (내가없은벗이여!) 쟌은 방심한듯 말하였다。 불란서 말은 무관심을 가지고

어떻게 그럴듯이 다정한 아름다움으로 맨들줄을 알았다。

『여보 쟌 나는 엇저녁에 꿈을하나 꾸었소』、그는 입안에서 말했다。『그것은……그것은 무

서웠소。 어디 이야기를 해보리까、쟌?』

그는 쟌의 어깨가 아조 조금 움짓함을 느꼈다。

『어디 얘기해보서요。』

『그래보지、내가 꿈에……』

윌쯔리드는 곧 떨면서 말을멈췄다。 그러나 그는 힘써서 자기를 제어했다。

『아조 우수운꿈이야 물론。 그러나 꿈이란건 이상한거야 어떤때는 우리가 그것을 글로 적어

놓거나 남에게 이야기를 하고야 말게하거든。 나도 당신에게 이야기를 해버리면 속이 좀 편할

지 모르겠소。 그 꿈이란것은……」

그는 다시 멈췄다。 쟌의 미(美)、 이세상것아닌 하얀광휘가 잠깐동안 바람이 훠드러올때의

촛불같이 혼들리는듯 싫었던것이다。 만일 그가 서투르게 이 불기를 아조 죽여버리고 영원히 어

둑컴컴한가운데 남아있게된다면?

『꿈속에 당신이 개스켈하고 사랑했다오』 겨우 둘리게 그는말했다。

쟌은 꼼짝않고 앉아있다。 『그래서요』 저는 힘주지 않고 말했다。

『당신은…… 내가 당신에게 그것을따져 말하려 할때에 당신은 어떻게 아름다웠는지 나는 숨

이막힐지경이었소。 당신은 내게 키쓰를했던것같소。 당신은 아조행복스러웠소。 나는 어쩔수가

없었소。 내가 말을하려하면 당신은 그순바닥으로 내입을 가만이 가렸소。 나는 불행과 질투와

분노를 그렇게 품고서도 한마디 힐책(詰責)을 못했소、 한마디도。 그러자…… 그때에 개스켈이

드러왔소。 그사람은 당신을보고 당신은 그를보는데 나는 아조 거기있지도 아니할것같이 너무

적고 너무 약해서 있는것으로 치잘것도 없는것같이 했소。 내주머니 속에는 알을쟁인 권총이 드

러있었소。 나는 그의 머리를 쏘았소。 어찌되었겠소?」

잔은 대답하지 아니했다.

『그래, 나는 그를 죽였소。그러나 정말 이상한 일이있었소。내 꿈속에서는 당신도 죽었던 것이오。당신의 영혼이 죽었소。당신의몸은 그냥 살아있었지마는 같은 그몸이 아니라 육지에 올라와서 마른 자개껍질——그속에서 바다의소리를 다시는 들을수없는 자개껍질에 지나지 아니했소。

아닌게 아니라 나는 다른 사람없이 혼자 당신을 차지하게 되었지마는 당신은 사람이 아니라 그저 장승이되어 버리고 말았던것이오 그리고 나는 당신의 애인을 죽인다면서 사랑을 사랑자체를 죽인것을 알았소。나는 사랑을 당신들 서로의 사랑과 당신에게대한 내사랑을 영원하고 지상의 가치가 있는것으로 깨달았소。그것과 비교해보면 내행복 내마음의 평화는 아무겄도 아니였소。나는 머리에 총알을맞고 방바닥에 쓰러진 개스켈을 바라보다가 소리쳐 울었소。

『여기서 나는 잠이 깼소。』

『나는 그때 곧 깨달았소——만일 그꿈이 정말이라면 나는 개스켈을 죽일수없었다고 나는 용서하겠소……』

월쁘리드는 그의 주머니에서 권총을 끄냈다。그의 안해는 조그만 소리를 치면서 의자속에서 물러앉았다.

『아이그머너너! 웨 이러서요』

이 금속이 불빛에 흐릿이 빛나는것이 그의 흥미를 끌었다. 그는 조금 있다가 얼굴을 들었다.

『놀래지마오 쟌, 나는 당신을 참으로 사랑하오……참으로 사랑하오 그래서 나는 그를 가만

이 두겠소. 아무도 일즉이 내가 사랑한것같이 사랑해 보지는 못했을것이오.』

가는 우슴이 그의입술우에서 떨렸다. 『당신의 생각에는 당신이 느끼는것이 사랑인줄알지마

는 당신은 나같이 사랑을 알지못하오 아니오 아니오.』

초인종소리가 세게났다. 웰뜨리드는 몸을일켜서 방을건너갔다. 그러나 이번에는 저 사내답

지아니한 유령을 다시 불가 무서워서 그는 감히 거울속을 바라보지 못하였다. 지나간 반시

간의긴장이 그의몸을 성치못하게 하였다. 그의무릎은 떨렸다. 그가 자기집 문을 열었을때는 낭

하의 좁은목을 불어오는 찬바람이 그와 휙부디치며 옷과 얼굴이 비에젖어 빛나는 남자가 앞으

로 나왔다. 그것은 개스퀠이었다.

『아니, 자네는 날보고 놀랜것같아이.』 그는 말했다.

『들어가도 좋은가?』

잔은 저의 의자에서 이러났다. 저의 조그만 손이 꼭 쥐여진것밖에는 잔은 저의 창백한 아무렇지도않은 침착을 회복하였다. 두 사나이를 쳐다보지않고 저는 그 방에서 나갔다.

『내 안해는 좀 불편한가보이.』 새로 온 이가 말할수있기전에 윌뜨리드는 신경적인 급한 목소리로 말했다. 『나는 지금 잔에게 내 꿈이야기를 하던 끌일세. 그래 나는 참 요새 어떻게 꿈을 꾸는지 몰라. 매일밤이야. 똑똑해 아조 굉장히 똑똑해. 거기앉게.』

그는 말하는동안 그의 친구의 얼굴을 들여다보았다. 그 두눈은 이상하게 흐릿한 푸른빛 연기의 빛이다. 물론 숨은 불에서 나오는연기──이 어두운 푸른빛이 가끔 잠깐 동안 불길이되어 혼들렸다. 잔의눈을 마조 들여다보면 이눈들은 정해놓고 불타오를것이다.

『자네 편찮아뵈네.』 개스켈이 조용히 말했다.

『그것이 다 꿈까닭일세. 바로 지금 하나를 잔에게 이야기한 끌일세. 좀 이상한 꿈이지마는 자네게나 이야기했으면 하는것이. 또 하나있네. 심리학자로서 자네는 거기흥미를 가질걸세.』

『자네 듣나?』

『그래 하게.』

윌뜨리드는 난로앞에 무릎을꿇고 두손을 가장교묘하게 불에쪼였다.

『내꿈에 말일세』 그는 말했다。『자네하고 쟌하고 사랑을 했던것일세。 내가 그것을 알게되

자、 나는……쟌을 죽였네。』

입술이 하얘지며 그는 말이막혔다。 또한 사람은 꼼짝않고 방바닥에서 눈도들지 아니했다。

『나는 쟌을죽였네』 그는 다시 말했다。『저 침실에서 저런여자쯤은 죽이기는 어려운일이 아

닐세。그때에 나는 밖에서 나는 자네발자최소리와 초인종소리를 들었네。 오늘밤과 꼭같이 나

는 자네를 들어오라고하고 앉이라고했네。 그런데 여보게 여기참말 이상한것하고는 내가 자네

게대한 애정을 전보다 강하게느꼈다는것일세。 나는 참말이지 자네를 위해서는 죽을수도 있을

것같데 그러고 꿈속에 자네게대한 내감정이 나를압도해서 나는 말을 할수가 없었네。 나는 겨

우 이렇게 말을했네。 『나는 내안해를 죽였네。 저가 자네 정부인것을 알았기때문에 나는 저를

죽였네』 자네는 저기 말없이 나를 처다보며 앉았네。 그보다도 오이려 등신이 거기앉은것같데

자네—— 자네는 거기없었네。 나는 자네까지도 죽였었네。 아―나는 분명히 알았었네。 내친구

가 사라진것을 자네의눈을 들여다보는건 참 무서운 일이었네。 늘보던 밝은빛 푸른안개속에서

터쳐나오는 그빛은 어디가고 내가 들여다보는건 깊이모를 한쌍구멍이었네。 자네……자

네가 죽었던것이네。 내가 자네가 내게서 빼앗어간 쟌을죽일때에 자네—— 이세상에서 내가 사

랑하는 다만 또 한사람인 자네까지를 죽인것일세。 나는 사랑을 죽였네。 여보게。 자네는 이

비참한 상태를 상상할수 있는가?』

월뜨리드는 불안하게 이러났다。 그의 친구도 이러나서 이 자기보다 젊은 사람의 팔에 손을

없으며,

『자네는 어쩌자고 내게 그이야기를 모도 했나。』

그는 나직이 말했다。

『어쩌자고?』

월뜨리드는 따로 떠러지며 빨리 방을 둘러보았다。 다시 한번 그의 눈은 거울속의 그의 얼

굴을 보았다。 그러고 전과같이 그는 혐오(嫌惡)에 찼다。 이 우수광스러운뽑낸 인물은 그의 가

슴을 발기발기 찢어넬것같은 이 감정을 느끼지 못하였다。

『어쩌자고?』 그는 다시 말했다。 『자네게 내가 꿈속에서 한짓대로 현실에서 하지아니한것

을 알려두기위해서 나는 어떻게해야 할것을 결단했네。 나는 잔을 죽일수가없네。 웨그러고 하

니 나는 그사람을 사랑하네── 그사람이라는건 저─ 다른게 아니라── 잔의 애인일세! 내안

해의애인! 그러고 나는 그남자를 죽일수도 없네。 나는 세상에 무엇보다 잔을 사랑하는데 그

것은 잔을 죽이는것이되고 말테니까。 자ー알아들었나? 나는…자네두사람은

나와같은 사랑을 하지는 못하네! 자네둘이 다 못하네! 저 못난이로 말하면 저기…말일세!

저 붉겟엇는 인형은。』

그는 거울속에 얼굴을 보고 **낯을찌프렸다**ーー버러먹을 그것은 꼭같이 **낯을찌프렸다**。

『너로 말하면 말이다 이 천하에 난쟁이 멍충아! 이 이 버러지야, 이 헛풍장! 이 아모것도

아닌것아! 네가 사랑을 무엇을아느냐! 조금도 모른다! 조금도 몰라!」

그는 높이 소리를처서 웃었다ーー그것이 이마당에 맞지 않고 악취미인것을 알면서도 그리했

다。 그는정말로 두사람이되어서 한사람이 다른사람의 잘못하는것을 성내서듣고 있는것같았다

잔은 방 저편끝에 다시 나타났다ーー침실에 문을 열린대로두고 화장품

이 벌려진 화장탁자의 한편구석과 침대의 한편끝을 보았다。 잔은 차차 가까이왔다。 아 얼마나

아름다우냐。 그가 꾸며낸꿈과 꼭같이 되었다。 무대는 다 채려지고 배우들의 모든 동작은 이미

깊어지고 클라이막스、 폭발、 최후의해결은 가까이 피할수없게 오고있었다。 개스켈은 잔을 바

라보고 잔은 개스켈을 바라보았다 ——저의력을 조금 사슴같이 처들고。 그의 말은 현실화하고

잇엇다 ——그의무서운 필요에서 맨들어나온 저 무서운 발명들이 되다못된 천재? 그는 뵈어줄

수가 있으리라。아 그러나 사랑은。사랑은……

윌쁘리드의 손은 그의 주머니속의 권총을 쥐었다。그가 말을 시작하자 그의 목소리는 음향

과 강도가 더해갔다。

『나의 마즈막 꿈은 그중에도 제일 이상한것이오。』

그는 말했다。『내가 셋째번꿈을 꾸었을 때 당신들은 서로사랑을 하고 있었소。그러나 나도

사랑을 하고 있었소。아ー깊이! 그러나 한여자와도 아니오。한남자와도 아니오 나와같은 사

랑이 꽃이되고 발표되고 영원한만족을 찾는데는 다만 한가지 길이있을 뿐이었소。』

그는 혼자 미소하였다。

『나는 죽어야 되오』

날카로운 총소리와 뒤를이어 나는 깨지는소리。연기가 없어지자 윌쁘리드는 방한가운데 화

석한사람 모양으로 서서 그의 내여뻗힌 팔은 깨여진 거울을 가리치고 그 손에서는 권총이 떠

러졌다。그는 거울속에 자기그림자를 쏘았던것이다。

자비론 하나님, 이것이 무엇이겠읍니까? 그이는 미쳤을까요, 그의최고의 동작이 이렇게헷

되게 될까요, 혹은 실수일까요。방은 차차 흐릿해가고 방바닥은 가라앉아갔다。……그러나

그는 까무러치기전에 그의깊은 속에서 그의 무릎에대한 대답을 들었다.

그는 다시 이러나리라 그래서 이와 관계없는 한 생활을 명화하게 살리라。 거울속의 또한사람의 윌뜨리드 가엾게 광널적인 그가 자살을 한것이다。

（「文學」 第三號 所載）

주 머 니 (런던메―큐리誌에서譯)

男子들은 대개 나와마찬가지로 女子가 호주머니보다 가방을 질기는데대하야 거번 브레이剃事의 言說을 정당하다고 녀기실줄 압니다。그이가, 當한事件이란 어느 女子가商店에를 들어가서 돈과其他貴重品이든 손가방을 거기 놓아두었다가 도적을맞고는 訴訟을 이르켜서 그 商店主人에게 자기損害를 무러달라는것이었읍니다。陪審官諸氏는 非同情的이되어 이 경우에는 責任을 그女子가 질것이라하야 그女子의 訴訟을 지웠읍니다。

勿論 陪審官諸位는 男子인지라 모도 이 포케트의 問題에 對하여는 偏見이 있는 것입니다。推定으로 나는그陪審官席에는 얼핏쳐도 百五十個의 포케트가있고 한개의 손가방도 없었으리라고 말하겠읍니다。婦人諸位께서는 이것을 이 男子專橫의 世界의 나쁜짓의 또 하나라고 攻駁하실 것입니다。그 陪審員席에는 웨 女子가 하나도 없었느냐? 웨 高等法院以下區裁判所에 이르기까지 裁判所의 判決은 모도男子의손으로 마련되느냐? 夫人, 나는 당신의 憤慨에 同感입니다。

―183―

나는 陪審官席을 속과내겠읍니다。男子陪審官의 半數를 塹壕로 가아니면 적어도 무수를갈게

내보내고 그자리에 부인네를 앉히고싶읍니다。女子는 조금도 男子만 못하지않은 能力을 가지

고있읍니다。事物에 對하야 意見을 形成하는데나 時間을浪費하는데나。그러고 意見은 正義의

要點을 붙잡읍니다 이렇게 우수운일이 어디 있겠읍니까 가령 男子陪審官들이 저의를 指導할만

한 女子專門家도 없이 가운의 裁樣의문제를 決定하기爲하야진 終日앉았는것이나 또 이보담 不

公平한일이 있겠읍니까 男子와 女子사이에 있는 事件을 온전히 男子들의 손에 마껴두다니?

예 틀림없읍니다 夫人、이一般的問題에對하여는 나는 당신과 한편이올시다。

그러나 말이 포켈의問題가되고보면 나는 그陪審官들과 한편이라고 말할수밖에없읍니다。내

가 그陪審官에 參與하였다하면 나는 그女子의 損害에는 그女子가責任을져야 된다는편에 投票

하였을것입니다。만일 女子들이 손가방을 會計臺나 버스의座席우에나 생각나는대로 아무데나

놓아두고 그것이 도적맞었다고 아조죄없는 딴사람이 책임지게 된다면 아무에게나 安全이라는

것이었겠읍니다 이것은 法律의……이될것이오 不注意 아니 詐欺의助長이 될것입니다。그뿐아

니라 포켈을 달지않는사람은 그罰을받는것이 當然할것입니다。

저이는 말성을 自願하는사람들이니 거기 不平해서는 안될것입니다。

詩 人 의 말

글쓰는 일이 값있는 일이 되는 唯一한 條件은 自己를 表出한다는데 있다. 자가의 個性의 거울에 비친 世界를 남들에게 나타내여 보인다는것 즉 獨創的이 된다는데 있다. 아직 남이 만들어놓지못한 形式으로 남들이 말해보지못한것을 말해야한다 詩人은 각기 자가의 審美學을 지어내야하고 우리는 獨創的인 心性의 數대로의 獨立한 審美學의 存在를 肯定하여야 한다.

……(구ー르동)……

詩는 가장 훌륭하고 가장 幸福된 마음의 가장 幸福되고 가장 훌륭한 瞬間의 記錄이다. 어떤한 생각이나 感情이—— 혹시는 어느사람과 곳에 관련되어 혹시는 자가의 마음에만 관련되어 우리를 찾아왔다가 문득 사라지는것을 알수있다 언제든지 찾어옴에 미리 알림이 없고 떠남에 작별이 없다 그러나 무어라 말할수 없이 우리의 心性을 높여주고 우리를 질겁게한다.

……(쉘리)……

(詩文學第三號所載)

VERSCHIEDENE

詩人이라는 것은 무엇이냐。 그 가슴속에 深刻한 苦惱를 감추고 그 嘆息啼泣을 아름다운 音

樂같이 울려낼수있는 입술을 가진 不幸한 사람이다。

옛날 希臘의 暴君 쌀라리스가 眞鍮로 소(牛)를 만들고 그속에 넣어서 태워죽이던 不幸한사

람들과 같다。 이 불상한 사람들이 부르짖는 소리가 이暴君의 귀에는 美妙한 音樂으로 들렸다

는데 그와 마찬가지 運命아레 詩人도 놓여있는 것이다。 그러나 사람들은 詩人의 周圍에 모여

와서 한번더 노래하라고 要求한다。 다시 말하면 苦惱에 마음을 괴롭히면서도 그입술을 그대

로하고 있으라는 것이다。

「나는 무엇하나 하려하지않는다。 말을타고 싶지도않다。 그것은 運動이 너무 過激함으로 거

기다 또한번 이러나는것도 싫은 일이다。 結局 나는 무엇한가지도 하려하지않는다。

「結婚을 해라 너는 그것을 後悔하리라。結婚을 하지말어라、역시 너는 後悔하리라。結婚을 하든지 아니하든지 아무래도 너는 後悔하리라。세상의 어리석음을 웃거나 슬퍼하나 아무래도 너는 後悔하리라。세상을 속여라、너는 그것을 後悔하리라。세상의 어리석음을 웃거나 슬퍼하나 아무래도 너는 後悔하리라。한사람의 女子를 믿어라、너는 그것을 後悔하리라。세상의 어리석음을 웃거나 슬퍼하나 아무래도 너는 後悔하리라。사랑을 해봐라、너는 後悔하리라。믿지말어라、역시 너는 後悔하리라。사랑을 하지말아봐라、너는역시 後悔하리라 사랑을 하거나 사랑을 아니하거나 아무래도 너는 後悔하리라。

「나는 부질없이 反抗한다。내발은 미끌린다。내 生活은 아직도 詩人的存在임을 잃지않는다 세상에 이보다더한 不幸을 想像할수있으랴。나는 詩人的生活을 하도록 選擇된것이다。

「그는 늙을수가없었다、그는 젊었던일이 없었음으로。그는 늙을수가 없었다、그는 이미 늙었음으로。그는 죽을수가 없었다、그는 살아본일이 없었음으로。그는 살아있을수가 없었다、그는 이미 죽었음으로。그는 사랑할수가 없었다、사랑은 언제나 現在임으로。그는 現在의 時를 가짐이없었다。未來의 時를 가짐이 없었다。過去의 時를 가짐이없었다。

그는 세상을 미워한다. 그것은 그가 세상을 사랑하는 까닭이다. 그는 熱情이 없었다. 그러나 熱情이 없어서가아니라 같은瞬間에 熱情과 反對되는것을 가지고있는 까닭이다. 그는 무엇을할 時間이 없었다. 그것은 그時間이 어디 使用되어서가 아니라、처음부터 時間을 갖지아니한 까닭이다. 그는 無力하다. 그것은 그가 힘이없어서가 아니라 자기자신의힘이 그들 無力하게 만드는것이다.

「演劇의 舞臺뒤에서 불이났다. 어릿광대가 舞臺앞에나와서 觀客에게 그말을했다. 사람들은 그것을 이 광대의 재담으로 알고 喝采를했다. 어릿광대는 두번 불이났다고했다. 그러나 사람들은 더욱더욱 웃고喝采했다. 나는 생각한다. 세상은 이와같이 그것을 재담으로 알고 있는 재담人군들의 一般的歡迎가운데서 滅亡하고 말리라고. (케르케고―르에서抄)

(「文學」第一號所載)

VERSCHIEDENE

어떠한 種類의 美던지 그 發達의 極點에 가서는 敏感한 사람의 가슴에 눈물을 짓는다。憂愁는 모든 詩的情調中에서 가장 正當한것이다。

×

靈魂이 이를테면 그 流謫의 버들나무아래 쉬여 앉어서 머언 故鄕을 생각하는 憧憬의 한숨을 쉴때에 그 靈魂의 노래의 主調가 憂愁가 되지 않고 어쩔것이냐。

×

모든 憂愁가운데 가장 憂愁에 찬것이「죽엄」이오、美가운데 가장 魅惑的인것이 美女。이것이 「포ー」로 하여금 美女의 死를 最適의 詩材로 녀기게 한것이다。

×

세상에 무엇이 우습다고 해도 바쁘게 덤비는 사람같이 우스운것은 없다、불난 집에서 먼저

불저까락을 집어 내왔다는 女子와 마찬가지로 그들은 人生의 불터에서 과연 무엇을 먼저 건져 내랴는가.

×

나는 思索은 얼핏하면 바람과같이 불어지나라한다. 그러나 그思索은 비와같이 스며들지 아니하면 아니된다. 내思索은 午後의 개인 하날에뜬 한조각 구름에 지나지 아니하려한다. 내가 저편風景에 잠간 눈을파는 동안에 그 구름은 벌서 사라진다. 때로 종용한물에 비최는 그림자를 보고, 흘러가는 물에 움지기지않는 그 그림자를 불잡은줄로 생각하지마는, 그 구름은 흘러가는 물보다도 더 빨리 움지기고 있는것이다. 그의 얼굴은 물의 얼굴보다도 변하기쉬워서 어덴줄도 모르게 사라져버리고 만다. 그것은 하염없는 일이다. 나의 思索은 바람에 저서는 아니된다. 그 구름은 비구름이 되고, 비가되여 땅에 스며들지 아니하면 아니된다.

×

나의 思索은 있다금 바람에불려 헛갈린다. 그러나 내自身의 思索이 바람과 같은 것은 아니라고 나는 믿고싶다. 저 虛無主義의 漂泊者, 그러고 그모양에 때때 페단트가 되는바람과 같지 아니하기를. 그는 全世界를 알고있는듯한 얼굴을 한다. 그러나 그는 全世界의 表面을 불어지나며 스처보았음에 지나지않는다。 나는 바람이 되여서는 아니 된다고 생각한다。 내思索은 개인 하날과같이 明朗하지는 못하다 할지라도 비가되여 땅에 떠러져 땅속으로 스머드는 구름이 되지아니하면 아니 된다。 그비의 스머지나는 地域은 좁을넌지도 모른다。 그러나 좁아도 깊이 大地의 中心까지 스머들지 아니하면 아니된다。

（「文學」第二號所載）

애르테르의 서름 （피ー테作）

나는 나의故鄕과 복잡한 인사관게를 벗어나서 몸가벼운 나그내가 되였다 몸에 지닌 것은 호메르의 詩集과 그림그릴 채비 그러나 그림은 한장도 그려질듯 싶지않다 다만 혼자서 나를 위해 만드려진듯한 이 地方에서 고요한 생활가운데 유쾌와 행복을 느낀다 이 근방 경치는 참으로 아름답다 나는自然의 부드러운 정서를 탐하여 하염없는산뿌로 일을삼는다 고을서 멀지않은 곳에 새암이 하나있다 언덕비탈에 있는 이새암은 대리석으로 바닥이깔리고 돌담이 둘리고 그밖에 축동이서고 처녀들이 물을 길으러 온다 처녀들이 물동이에 물을 떠붓는것처럼 淸淨한 일은 다시없을라 한번은 혼자서 색씨가 물동이 이어줄사람을 기다리고있기에 나는 그를 도아주기도 하였다.

나는본시부터 맘에 드는곳을 맛나면 암전한 집 짓고 모든 세상속박을 벗어나 숨어살겠다는 히망을 가졌더니 이제 이고을서 한시간가량 걸리는곳에 애르하임란곳을 찾앗다 언덕에 비껴있는 그위치가 재미스러운데다가 조곰올라가면 골재기가 훨신 내다보인다 거기 조고만 찻집이 있

어서 삐루와 커피를 먹을수있다 보리수 두나무가 있는데 그 그늘아래 의자와 테불을 내어놓고

커피를마시며 호메르의詩를읽는다 이렇게 아늑하고 사랑스러운곳이 어데많이 있을것이냐。

벌써 한달이 너머지나갔다 나는 이지방사람들과 꽤많이 아름도 생겼지마는 이제나는 나의天

使의 얘기를 하련다。

여기 젊은사람들의 무도회가 열리던날 나는 나와함께 춤출너자를 馬車로 데리고 가는 길에

S샤르롯테의집에 들어서 같이가기로 되었다 그집에 들어서자 보인것이 제일맞으로 열한살된

여섯아이들이 흰옷입은 한 처녀를 둘러싸고 누넘언니를찾으며 떼여주는빵을 받아먹는 아름다

운광경이었다。

그날저녁에 나는 롯데에게 따로 청을하여 함께 딴쓰를 하였다 나는平生 그렇게 가볍게 추어

본일이었다。나는 그때사람이아녔다 말할수없이 사랑스러운사람을 품에안고 주위모든것이

잘보이지않을만콤 날내게 움지겼다。

나는 롯데의 허락을얻어가지고 그이튼날 롯데를 그의 집으로 찾았다 그곳은 바르하임에서

한 三十分 걸리는곳이다 그뒤부터 나는 무슨부락받은일이 있으면 일있다고 찾아가고 바르하임

까지 산뽀를 나왔다가는 그핑계에 찾아가고 롯데를 매일 찾아가다시피 하였다 롯데가約婚者가

있는 몸이란말을 처음롯레의 입에서들었을때 나는정신을 잃을번하였다 마는 나의몸이야 나종

에어떻게되여가든지 내가여기서人生의 가장 순결한 기쁨을받어 즐기지 않았다고는 할수없을것

이다 롯레는 참으로 흠하나없는 여자다 理解가넓으면서도 單純한 마음을잃지않고 진실하면서

도다정하다 종용한 정신에 참된 생기와 활발을 띄였다 롯레와한가지 어느 늙은 牧師의집을 찾

은일도 있고 또병이 위중한 늙은부인을 찾아가는데도 따라간 일이 있지마는 아모나 롯레가 결

에 있어주면 침울을 잊고 안심의 기쁨을 얻는것같았다.

아! 우주운일이다 롯레는내마음을 아주차지하여버렸다 롯레를 만나보는것만이 내매일의希

望이다 나는 언덕에올라바라본다 산과 골재기와 들과숲 모도가 아름답다

나는 롯레를 사랑한다 그검은눈동자는 나의감각을 한없이 깊은데까지 끌고간다 이세상에 사

랑이 없으면 우리의마음은 무엇일거나 불없는 幻燈이 아니냐 생각없이 둘의 손이 다을때나 레

불아레서 둘의 발끝이 부디치면 내원몸의 피는 끄러오르는것 같았다.

그러나 롯레의 사심없는 마음은 자기의 별마음없는 친절이 나를 괴롭히는줄을 몰르고 이야

기에 흥이나면 손을잡고 다가안는다 그러면나는 번개에 다친듯해진다 그러나 롯레는 내게 신

성한것이다 그의앞에나서면 모든육망은 가라앉고 다만 황홀히 처다불뿐이다 롯레의 새까만 두

눈속에는 나와나의 운명에대한 진실한동정이 숨어있는것을 나는느낀다 이런말을 해도좋다면

그는 나를 얼마쯤 사랑하고있다 이것을생각고 나는 내자신에대한 존경이생긴다 그러나 그가 약

혼한알베르트의 얘기를 진실한 애정이 넘치는모양으로 할때에는 나는세상모든것을 빼앗기는

듯 싶었다.

이제는 아주 여름이 다 되었었다 롯테를 안제도 두달이 가까워졌다 롯테를 너무자주 찾아가지 않

으리라 몇번을 결심했건마는「래일또 오세요」한마디면 그런결심은 작년에 온 눈이 되고말뿐이다。

알베르트가 도라왔다 내가 여기 머므를수 있는것이냐 나는떠나야겠다 그러나 알베르트는

내게조금도 서운한티가없었고 친절히대한다 이것은 아마 롯테가 그렇게 만든것일것이다마는 나

의보는데서는 언제나 롯테를 키쓰하는일이없었다 롯테의곁에 언제나 있을수있는즐검이 없어졌

다 이것을미리몰랐든바야 아니지마는 내감정을 어쩌는수가없었다.

나는 알베르트를 존경하지 아니할수 없었다 그 침착한 외모와 사무적인 성격은 나의 격하기쉬

운 성정과는 크게틀린다 롯테에 대해서는 대단한 애정을 가지고있으나 겉으로는 얼마쯤 침을

해보인다 내가 롯테를 좋아하는데 대해서는 속으로불쾌한 생각이있는지 알수없으나 승리의 쾌

감이 앞서는것 같아보인다.

부끄러운말이나 나는될수있는대로 알베르트의 없을틈을틈을타서 롯데를만나러간다 알베르트는

세상에 제일선량한 사람이다 그는 나를위하여 자리를 비켜주기까지한다 둘이 산보하면서 롯데

를추어서 얘기하는것은 가장 즐거운일이다 나는 롯데의 가족의한사람같이 되어서 롯데의 아버

지는 나를 아들같이 사랑하고 롯데의 아우들은 나를 따루기를 롯데와같이하여 내손에서 난화

주는빵을 받아먹고 알베르트도 나를 배척하지않고 더우기 롯데는 나를 매우반겨한다 나는 여

기서만족해야 할것이냐 롯데를 내것삼으려는 바라지도못할처지다 나는 이것만을 행복으로 알

고 지날것이냐。

내가 이 딜렘마에서 벗어나려면 여기서떠나 전부터 말이있었던 公使의 밑에가서 취직하는수밖에

없다고는 나도 잘알고있다 그러나 결심은 항상헛될뿐이다 나는참으로 불행한몸이다 활동녁은

주러들고 불안한 게으름이 나를지배한다 할일이없는몸도 아니언마는 아무것도 할수는없다 상

상녁도 움지기지않고 자연에 대한 감정도 잃어졌다 책을보면 구역이나고 그림은 손에 떠볼생

각도었다 한번은 사람에게 행복을주든것이 다시는 불행의 새암이된다는것은 무슨일일까 주위

의 세게를 나에게 낙원같이 만들어주든 마음과 낙원인듯 느끼어지든 기쁨은 사라져버리고 그

기쁨의 유령이 나오는것같이 롯데와 함께 앉어보든 바위나같이 바라보던 저건네숲이며 모든것

이 피롬의 씨가된다 내앞에있는길은 롯레를 바라던지 바리든지 둘중에 하나일것이다 어디까지

던지 롯레를따라서 나의사랑을 만들어보던지 그렇지 못한다면 일즉이 용기를떨쳐서 버리고 가

야할것이다 현재의 내감정은 내모든힘을 좀먹게한다 그러나 그러나 나는어찌하는수없다 힘을

좀먹게하는 감정이 동시에 이처지에서 뛰어나갈 용기까지 빼앗어가는것이 아닐까.

그러나 실상 롯레도 나와 떠러지기를 싫여하는것같다 아이들은 내가 날마다 울것으로만 믿는

다 밤이면 괴로운꿈이 내잠을 차지한다 롯레를향해 두팔을 뻐친들 무엇할것이냐 풀밭에 롯레

와같이 앉어 손을 붓안고 키쓰를 하여도 깨인다음에는 그칠수없는 눈물만 자어주는 꿈인것을.

公使의 밑에가서 지나기로 決心한지도 몇주일이 지낫건마는 날마다롯레를 더한번만나는 행

복을위하여 밀려갈뿐이다 이괴로움을 벗어나기 위해서만이라도 나는새로운 활동을 필요로하

는 사회가운대로 들어가야할것이아니냐.

어느듯 九月도十日이되었다 롯레와 알베르트를 동산 으늑한 숩속에서 작별하기위하여 만났

다 아름다운달빛이 숩속으로 들어빛었다 롯레는 감동된 목소리로 달밝은밤에 산보를 하면 죽은

사람들 생각이 난다는 말을하고 날다려 다시만날수있을까를 무러보더라 나는평생에 롯레를 다

시만나지아니할 결심이건마는 「이승에서나 저승에서나 반드시 또보겠다」고 말했다 롯레는 돌

아가신 자기어머니 얘기를 하였다 롯데의입에서나온 그모든 훌륭한 말을 누가 읊길사람이 있었겠

느냐아!

두사람을 돌려보내고 나는 그자리에서 실컷울었다.

    ×

    ×

신룡치도않은 公使의 書記노릇을 하느라고 어느새 다음해 봄이되었다 미리부터 짐작도했든

것이나 나는公使의뜻을 마출수가없었다 C伯爵의 信任과 B令孃의 친절이 약간의위로가될뿐 나

는 아무래도 規則이니 지위니라는것外에는 아는것없는 이公使밑에 오래있을수는없었다 또이네들 社會란

쓸잘데없는 문벌이니 지위니만 찾으며 예절에맞고 않맞는 것하고 연회 좌석에 한자리라도 우

에앉어보려는것이 유일한 생각이다 걸으로는 바로 뽐내지마는 실상속으로는 고생하는 축들

이다 롯데를 떠나기위하여 이렇게멀리와 있었어도 떠나지 않는것은 롯데의 기억이다 때때로 롯

데와 지내든 저 순결하고 행복된순간을 추억하는것이 지금나에게 허락되는 최대의 행복이다.

롯데와 알베르트와 결혼식을하였다 한다 나는롯데다려 나를잊지말고 롯데의가슴속에서 알베

르트의 다음가는 둘째자리를 차지하기를 청하였다. 이사회의 쓸대없는 지위와 차별의 관념은

나로하여곰 아무리 참으려하여도 참지못하게 만든다 나는大臣에게 辭職원서를 내었다 사직은

—198—

다행히 생각대로 되였다 나는 어데로 도라가야할것이냐 나는 내 고향으로 가기는싫다 나는 한

갓 하나의 나그내다 한낮 地上의 巡禮者다 나는 롯데의 있는곳으로 가기로하였다 이제다시 롯

헤의 곁으로가서 또 괴로운 마음을 도둔다는것은 생각하면 싱거운 일이지마는 나의 목적은 절

로그곳을 향한다。

만일 내가 롯데의 남편이라면 얼마나 좋을것이냐 오ー하나님이여 이눈물을 용서하시고 나의

헛된 소원을 들어주소서 롯데가 내안해가되고 그사랑혼 몸을 이팔로 안을수있다면! 나는 알베

르트의 품에안긴 롯데를생각하고 몸이떨린다 이러한생각은 죄되는일일까 롯데는 알베르트

와 사는것보다 나와함께 있는것이 오히려 행복되지않을까 알베르트는 롯데의 마음을 참으로 채

워줄수는 없을것이다 그의결점은 감정의 부족이다 가령 셋이 함께 책을 읽어도 나와 롯데는

같은 곳에 흥미를 이르키지마는 알베르트는 아무러치도않고 지나간다。

나는 다만 롯데를 이렇게 애끈히 사모치게 사랑한다 롯데외에는 아무것도몰르고 가진 것도

없다 그런데 남이 이를 사랑한다니……사랑할수있을까 나는 늘 의심한다。

만일 알빠르트가 죽는다면! 나는그런생각도 한다 그러면 나는……롯데는……이런생각은 끝

없는 꿈속으로 나를 끄러드린다 롯데와 처음만나 딴쓰하든 푸른빛 연미복이 다 낡아서 어렵사

리 새것을마추기로 결심을 하였다 누른빛족기와 아랫바지까지 감과모양을 전과 꼭같이 하였다

그러나 이것이라고 요전것과 같은 효험이 있을것은 아니다 얼마 정드리면 나아질터이지。

몇일동안 남편의 旅行地에를 갔다온 롯데가 카나리아 한마리를 가지고 왔다 카나리아는 길

이 들어서 롯데와 입을마추었다 또 롯데의 시키는대로 나와도 키쓰를하였다 이조고만 부리가 롯

테의입과 내입사이에 길을 만들어주었다 그 부리의 감촉은 사랑에 넘치는 향낙의 입김같았다

롯데는 다시 빵조각을 입에물고 입을 내어밀어서 새에게 먹여주었다 그 입술에 넘치는 사심없는

애정 나는 얼굴을 돌이켰다 이러한 행복스런광경으로 겨우 잠드려놓은 내상상력을 다시금 자극

하여 추지마랐으면。

나는요새 호메르의詩보다 옷샨의 詩를감격하여 읽는다 거의 죽어가는 少女가 戰死한 戀人의

문엄에 이끼낀 빗돌을 붓들고운다 안개자욱한 달비친들에 홀로 살아남은 勇士가 돌아다니며 젊

었을때 전장의 동모들의 문엄을 찾으며 노래하기를 「나의사적을아는 나그내가 찾어와 평갈의

훌륭한 아들을 찾는날이있었으리라 나의문엄 우으로 거러다니며 헛되히나를찾으리라」아 나도

저 훌륭한 武士와같이 갈을뽑아 이괴로운 生命의줄을 단번에 끊고싶다。

어느새 가을도 이미늦어 모든나무도 그입새를 벗는다 나는마음속에 무서운空虛를느낀다 단

한번 롯떼를 이 가슴에 안으면 이공허는 채워질것이다 나는 드디어 여기까지 왔다 롯떼에 대

한생각은 정녕은 다른 모든것을 삼켜버렸다 나는 견딜수었다 롯떼가없으면 세상은 허무다.

몇번이나 롯떼의 목을 껴안으려 하였든고 눈앞에 아른거리는 그 사랑스론것을 붓들지 못하

다니……아이들은 눈에 보이는것을 모조리 붓들지 않느냐 이것이 사랑의 본능이아닌가.

잠자리에 누으면 나는몇번이나 다시깨지말기를 바랐든고 그러나 다시눈이 떠려지고 태양을

바라보면 내게는 슬픔이 찾어올뿐이다 나는 벌써 옛날의 나는 아니다 감정은 마음속에 차고

돌아다니는 한거름마다 낙원이 열리고 모든것이 사랑의 세게로 보이든 옛날의 나는 벌써 죽었

다 나의눈도 마르고 나의피롬은 눈물로 시쳐지지않는다 아침 햇빛의 훌륭한 自然을 앞에보

아도 쾌감의 한방울도 솟아나지않는다.

롯떼는 모른다 이 모든것이 어떠한 결말을지을줄을 때때로 나를 다정하게 쳐다보는 그의눈

뜻밖에 나타나는 나의감정을 깨닫는눈치 나의피롬을 은연히 동정해서 이마에 나타나는 격정

나는 롯떼가 손소주는 잔이면 그속의독약이라도 감사히 마실것이다.

十二月의 거친들에서 나는 어떤사나히를만났다 그는열심으로 꽃을 찾았다 자기사랑하는 사

람에게 줄 꽃떼를 만들겠다고하였다 그는 물속의 고기같이 자미스럽게 지나든날을 한란하였

다 나종에 알고보니 그는 롯데의 아버지밑에 書記로있다가 롯데를사모하여 울홋정신을 잃게된

젊은사람이라한다 아아 나의 장내는 어찌될것이냐 나의 기운은 다 진하였다 이세상을 더 견

대어 나갈수있을까 자나깨나 내맘속에 드러차있는것은 롯데의 형용이다 눈을 감으면 마음의

눈이 와모히는 이마 한가운데에 그 까만눈이 나타나고 눈을뜨면 바다나 깊은소같은 그눈이

저앞에 와 선다萬物의 어른이라는 사람이 대체 무엇일까 가장기운을 필요로 하는때 그의기운

은 꺽기어 이러나지 못하다니……。

나의마음속에는 불만과 불쾌가 날마다 뿌리를 뻗쳐서 정신의 평화는 완전히 파괴되었다 남

은것은 피로뿐이다 나는 나의마음의 힘을 걷어모아 이 피로와 싸우려하였지마는 마음의불안

은 원기와 총명을 좀먹어서 나는 더욱 우울하고 더욱 불행한 사람이 될뿐이다.

알베르트의 내게대한 태도도 얼마쯤 달라졌다 내가 롯데와 과히 친하게 지나는것을 보고 그

는 그의권리를 침해당하는것같이 녀기는듯하다 그는 나를 멀리하기를 바란다 우리사이에 지금

과같은 우정은 도저히 이대로 오래갈수는 없는것이다。

나는 無爲가운데 사라있을뿐이다 히망이 끊어지고 세상사람이 보통하는일을 붓들 기운도 없고

피상한감정과 괴상한사상 끝도없는 열정에 몸을 내여맞겨 사랑스론사람이 하는 걱정도 돌보지

않고 이 슬픈 교제가 영원히 끝나지않기위하여 있는힘을 다하여 아무目的없는 노력을 할뿐이

다 不安도아니요 욕망도아니다 내가슴을 찢고 목떠를 짓눌르는 마음속 말할수없는 狂氣다。

나로써도 놀날일이다 롯테에대한 내사랑이란 가장 거룩하고 순결하여 兄弟같은 사랑이여야

할것을 꿈이란것은 어찌한것이냐 어쩌녁 꿈에는 롯테를안고 그입술에 無數한 키쓰를하였다。

롯테의얼굴을 보거나 롯테의運命과 롯테가 내運命에 同情하는것을 생각하면 다 받아버린 나

의가슴에서도 눈물이 흐른다 내게는 아무 히망도없다 나는 생각할 힘조차 잃었다 나는 이제

갈길이없다 아녀! 갈길은 다만 하나다 내게는 그것이 제일이다。

나의 불상한 決心은 나날이 굳어가고 깊어갈뿐이다 나는 다만 未熟한 決心을가지고 조급하

게 일을 하지말고 냉정한각으로 일을행하기위하여 미루고 있을뿐이다。

롯테는 드디어 나를 멀리하기로 결심하였다 롯테의 부드러운 심정 롯테와 며남으로 내마음

에 받을 영향 내가 롯테를 며나기가 거의 불가능한 것을 아는 롯테가 스스로 그러한 決心을

하였을리는 없지마는 아마 나를말미암아 두사이에 불안한기운이 며돌고 알베르트가 그것을

요구하는 까닭이었을것이다。

十二月二十日이다 해으름에 나는 롯테를 찾었다 롯테는 혼자서 동생들에게 줄 크리쓰마쓰에

물을 싸고 있었다 내가 그것을 받을 아이들의 기쁨을 말하였드니 롯테는 어색한우슴을 떠우며.

「당신도 얌전하게계시면 예물을 드리지요」

「얌전이라면 어떻게하라는 말슴인지요」

「이번 木요일이 크리쓰마쓰앞날이 아니여요 아버지께서 아이들을 데리고 오셔서 예물을 하기로 되였어요 당신도 꼭 오셔요 그렇지만 그날까지만은 오시지마라 주세요」나는 아무말도 못하였다.

「한번은 그렇게될것이· 아니야요 언제까지 이대로 나갈수는 없지않아요」

내마음은 끄려 오르는것갈아서 거저 방안을 돌아다녔다 롯테는 내맘을 풀어보려고 여러가지 말을 하였지마는 한참있다가 나는말하였다.

「롯테씨 나는 당신을 영원히 맛나뵙지않겠읍니다」

「웨이리서요 왜르테르氏 그런말슴은마셔요 꼭오셔요 다만너무 자주오시지만 말라는거야요」

롯테는 내손을 쥐며

「마음을 節制해 쓰셔요 당신갈은學問과 才能이 있으면 세상에서 아모런 재미라도 보실것이 아니야요 당신을 슬프게할 재조밖에없는 저와의 이 슬픈 關係는 끊어주셔요」

내가 무슨말을 할것이냐! 悲感에 넘쳐 롯테를바라 볼뿐。

「애르테르씨 왜 스사로 소겨가며 최후의파멸로 가까히가셔요 주인있는 이몸을 어쩌자고 그렇셔요 당신의것이 될수는 없다는 까닭으로 더욱 열정을 이르키실뿐이 아니여요」

나는 롯테의 진 손을 물리치며

「훌륭한 말씀을하십니다 알베르트君에게 배운모양이구뇨」

「그런말을 누구에게배워요 진즉부터 당신을위하여 또 나를위하여 그런생각을했셔요 이넓은 세상에 달리 훌륭한 색시를 어디못구하겠셔요 훌륭한분을 찾어가지고오셔요 우리 참으로 사이좋은 동무로 행복스럽게지내요」

나는아주 冷淡해저서

「그런말씀은 印刷해서 家庭敎師들에게 돌려보이지요」

이럴때 알베르트가 돌아와서 롯테더러 맞겨논일을 해놓지않았다고 몢마디 나무랬다 나는 어쩔줄 몰르고있다가 밥때가되여서야 도라왔다。

집에 돌아와서는 혼자 방에서 몸을버리고 울었다 이튼날아침 일즈기 이런편지를 썼다。

「롯테여 나는죽기로 決心하였다 나는 이편지를 아무런 小說的誇張도 없이 냉정하게 당신을

최후로 만나든날 아침에 쓴다 당신이 이것을볼때에 는죽는날까지 당신을만나는것밖에 며큰 기

쁨이라고 없든 不幸한 사나히는 이미 싸늘한 죽엄이 되엿을것이다 무서운하로밤을

수없는하로밤이었다 나의결심은 이밤에 확실해졌다 어제 당신댁에서 돌아올때에 나는 무섭게

흥분되였었다 당신의 곁에있어 보리라는 히망과 기쁨이없어진 나는 방에까지 들어올 기운도

없었다 세상몰르고 쓰러졌을때에 하나님은 쓴눈물을 내게 최후의 위로로 주셨다 몇천의 히망

과 게획이가슴에 용소슴쳤지마는 최후에 힘까지 확실한결심이었다 「죽으리라」 잠자고 아츰에

눈을 뜬 마음속에 고요히 그러나 굳세게서있는 것이 「죽으리라」의 결심 이것은 절망이아니다

당신을위하야 나를참고 히생시키자는 확신이다 못헤여 숨기지않으련다 우리 세사람중에 하나

가죽어야 할것이 아니냐 그것이 나다 사랑하는 못헤여 이미 내마음속에는 알베르트를 죽일까

당신을 죽일까하는 생각도있었다 그러면 나는 죽으리라 못헤여 여름날 해으름에 산에 오르거

든 골자기에 늘 어른거리던 나의형상을 생각하라 긴풀이 바람에 나붓기거든 교회저편에 내몯

엄을 바라보라 이글을 쓰기시작할때 내마음은 가라앉었더니 이제 나는 애기같이 쓰려져운다

모든생각이 아릿아릿하게 나타나서」

열시쯤 나는 심부름꾼을 불러서 一二三日안에 여행을 떠날터이니 행장을 차리고 회게가릴것

은 가리라고 일렀다.

식사를 한뒤에 롯테의 아버지를 찾어뵈러 갔다 아이들이 매여달려 롯테의이야기 크리스마스

이야기를 하는것이 더우기 감회를 자어냈다 마음속으로만 작별을 하고 집에 돌아오니 다섯시쯤

되였다.

다시 롯테에게 하는편지에 몇줄을 부쳤다.

「당신은 나를 기다릴것이었다 내가 당신의말슴대로 크리스마스 전날밤에 당신을 찾으리라고

생각할러이지마는 롯테여 오늘맞나지않으면 그기회는 영원히없었다 내 죽은다음에 당신이 이편

지를 보고는 몸을 떨며 아름다운 눈물을 흘릴것이다」

여섯시반쯤 나는 롯테의 집에를 갔다 롯테는혼자 있었다 나를보고는 가장 당황한 기색으로.

「약속을 지키시지 않으셔요」

「나는아모 약속도 하지않었읍니다」

「내 청이면 그래도 들어주실텐데」

이렇게 말하면서도 롯테는 어찌할줄을 몰르는모양이었다 알베르트는 이웃고을에 무슨 일이

있어 나갔든것이다 나와 단둘이 있는것을 피하려함이던지 동모를 청하려 사람을 보냈으나 다

일이 있어 오지못하였다 롯데의 마을도 아모작정이 없든지 심부름하는 게집애를 옆에방에 있

으라고 그리다가 다시 그만두라고하였다 나는방가운데서 돌아다니고 롯데는 피아노를 쳤으나

잘쳐질 리가없다 롯데는 마을을 억지로 진정하며 나와함께 쏘파에 앉었다.

「같이 읽을것이 혹있는지요」하더니

「저 당신이 번역하신 옷샨의 詩원고가 설합에 들었서요 당신의 읽는것을 들으려고 그냥 두

었지요」

그래 나는 저 꿈같은 정널이 흐르는 옷샨의 詩를 낭독하였다 내가 번역한것은 꽤 길었다 아ㅡ

민이 자기의 딸과아들을읽고 슬퍼하는데 다다랐다.

산에서 바람이 부려치날

바다의 물결은 놀이 드날리는데

나는 저 싯그러운 물가에서서

나의딸이 마즈막 서있든 저 무서운 바위를 바라본다.

달이 히미한 빛을흘리며 넘어가는때

나라니 슬픈거름을 옮겨가는 내아들과 딸의

몽농한 형상이 나의눈에 보인다

아버지를 돌보지않고 저의는간다

나의 슬픔이어 나의 큰 슬픔이여

내근심의 새암은 크고다시 깊은것을

롯데의 눈에서는 눈물이 떨어지며 그는 늦겨울었다 나도 원고를 내던지고 롯데의 손을잡고

롯데의팔에 얼굴을 부비며 울었다 롯데는 겨우 마음을 가라앉히고 눈물을 걷우며 그다음 읽기

를청했다。

봄바람아 너는 웨 나를 흔들어깨우느냐

잠깨는 이슬을 가져온다 너는 말하나

나의 살에질때는 이미 가까운 것을

입사귀를 불어허트릴 폭풍도 멀잖을것을

고읍고 힘이넘치든 나의시절을

아는 나그내가 다음날 찾어와서

숨속을 이리저리 나를 찾으리라

그러나 나를 볼날은 영원히 없을것을

나는 여기서 가슴이 터지는듯 롯테의 앞에 몸을 내던지고 그의 손을 잡아 이마에 눈에 대였

다 이때 롯테도 내손을 마조잡아 이르키며 내게 몸을기댔다 타는듯둘의빰은 서로 닿었다 세

게는사라진듯 나는롯테를 가슴에안고 미친듯한 키스를 연거퍼하였다 롯테는 몸을 빼치며 숨매

킨 소리로 불렀다。

「빼르테르! 빼르테르!」

힘없는 손으로 나를떼밀다가 한번엄숙한목소리로。

「빼르테르氏!」

나는 롯테를 놓고 정신없이 그앞에쓰러졌다。

「빼르테르氏 인제 마즈막입니다 다시 만나뵙지않겠읍니다」

이 말을 던지고 불상한 나를 그래도 애정이 넘치는눈으로 바라보며 옆에방으로들어가 문을

닫었다。

나는 三十分동안이나 너머진대로 있다가 겨우 몸을이러 롯떼의 들어간문을 향하고。

「롯떼 롯떼 단 한마더의 작별을」

아모말도 없었다 나는 영원한 작별을 하였다「잘있거라 롯떼야」

이른날 아침에 나는 또 편지를 썼다。

「롯떼여 나는 마즈막으로 눈을떴다 이눈은 다시 새해의빛을 보는일이 없으리라 自然이여 불상

히보라 너의아들 너의친구 너의애인은 이제 그의 마즈막길을 밟는다 마즈막이란 무슨뜻인지 나

도 잘 모른다 그러나 내일이되면 나는흙속에서 잘것이다 죽엄이란 무엇이냐 나도 여러번 보았

다마는 이번이 내차례다……어제의 한때를 용서하라 어제는 내 생애의 마즈막 순간이였다 처

음으로처음으로 나는 의심없는 마음에 롯떼가 나를사랑한다 저 질거운 정

녈이빛났다 당신입에서 튀여난 거룩한 불은 아즉 내 입술우에 타고있다 나를 용서하라 당신은

나를사랑한다 나는그것을 당신과 첫번만날때의 눈에서 첫번 악수에서 알았다 그때부터 둘의

마음은 서로 아름답게 一致되여서 길게사괴는 동안 둘의 마음에 느낀일을 서로 감초지도 않했

나니 당신의 마음엔 남을것도 많으리랑。

그러나 이제 우리는 갈린다 영원히 아—모든것은 헛될뿐이다 그러나 어제내가 당신의 입술

에서 받은 타는 생명은 영원히 없어지지 않을것이다 롯데는 나를 사랑한다 이팔은 롯데를 안었

다 이입술은 롯데의 입술우에서 떠렸다 롯데는 내것이다 당신은 영원히 내것이다 오 롯데여。

알베르트君이 당신의 남편이란 무슨말이냐 이세상에서는 내가 당신을 사랑한다는것이 당신

을 남편의 품에서 내품으로 빼았는것이 죄악이냐 죄악이라도 좋다 나는 이죄악을 무상한 환회가

운데 맛보았다 오 롯데여 나는 몬저간다 우리 아버지에게로 당신이 올때까지 그는 나를 위로

해주리라 그때에 나는 달려가 당신을 안어 마즈리라 영원히 포옹하고 무한의 앞에 가서리라」

열한시경 알베르트에게 이런 편지를 들려보냈다.

「旅行을 나가려고합니다 피스톨을 좀빌려주십시오」

롯데가 알베르트와 함께 있는곳에 그아이는 내쪽지를 전하였다 알베르트는 롯데를 시켜 피

스톨을 내여주었다한다 그래 나는 다시 또 롯데에게 썼다.

「피스톨은 당신의손에서 내손에건너왔다 당신은 여기 먼지를 털어주었다 나는 구번이나 여

기 키쓰하였다 롯데여 당신은 나에게 피스톨을 주었다 당신의손에서 죽엄을받기를 원하든 나는

이것을 받았다 심부름갔든 아이의 말을 들으면 이것을 내어주며 당신은 떨며 한마디 말도 없었

다한다 아! 작별의인사도 없었단말이냐 나를 당신과 영원히 매즐 순간에까지 당신은 내앞에

마음의문을 닫히느냐 이렇게까지 당신을 사모하는자를 당신도 아마 미워할수는 없으리라」

나는 밖에나가 몇가지일을 보고 돌아와서 나의가장 가까운친구 빌헬름에게 유서를 썼다。

「친구여 나는 마지막으로 들과 숲과 하눌을 바라보았다 잘 있어라 사랑하는 어머니여 용서

하시오 빌헬름이여 어머니를 위로해다오 행복스런 날을 보내기를 바란다 잘 있어라 잘 있어

라 언제다시 만나리라」

알베르트에게。

「알베르트君 나는여러가지로 미안합니다 그러나 용서해주시겠지오 그대 가정의 평화를 혼

난시키고 그대들 사이에 의심을 이르켰읍니다 안녕히 계시오 나의축엄으로 그대들이 행복에

들어가기를 알베르트君 저天使를 행복스럽게 해주시오」

나는 그밤으로 모든 書類를 整理하였다 태울것은 태우고 몇개의 原稿는 묶어서 빌헬름에게

로 일흠을 쓰고 열時가 지나서 포도주를 가져다가 한잔을 마시고 나는 마즈막 붓을 드렸다。

「롯테여 열한時가 지났다 세게는 아조 고요하다 사랑하는 롯테여 나는 窓에 기대였다 하날

에는 永遠한 별이 두셋 반짝긴다…… 나는 당신의 아버지께 편지를써서 나를 교회의 墓地한편

보리수나무가 있는아레 묻어줍시사 하였다.

옷은지금 이분대로 묻어달라 당신의몸이 다어서 거룩해진 옷이니 나는 싸늘한 죽엄

의 잔을 손에들었다 나는 무섭지않다 주저하지않는다 나는당신의 平和와 幸福을 위하야 질거

이죽는다.

탄환은 발서 재여있다 열두시치는 소리가난다 그러면 롯레여 롯레여 나는간다 잘있거라」

나는 정신을 가다듬어 피스톨 끝을 머리에다 대였다 나의 過去와 未來는 모도 이 한점에 와

모였다 나는 방아쇠를 잡아다렸다.

(이書翰文體의 小說「젊은베르테르의서름」은 發表되자 곳 獨逸은勿論 全歐洲의 歡迎을받어 各國語로

번역이 되였다 大나풀레온이 이책을 일곱번이나 읽고 埃及遠征때에까지 몸에 지녔다는 것은 너무나 有

名한 이야기다 當時의 獨逸青年사이에서는 베르테르의 입은옷을 본받어 푸른빛燕尾服에 누른족기가 流

行하였다한다 내자신에 있어서도 이作品에 이렇게 추술한옷을 입혀내놋는 것은 사랑하는 사람을 추하

게 채려내놋는 느낌이있다。)

(「文藝月刊」피ㅡ테死後百年紀念特輯號所載)

斷　想

내려 쪼이는 볕의 세상、 호박잎은 맥이풀려 힘없이 조을고 마당 앞에 포플라가 잎새하나 깟닥하지 않는다。

하날에는 솜뭉얼같은 구름이 여기저기 몇덩이 그래도 자리를 옮기고 있었다 바람이귀한바람이 휙 스쳤다——하날 한편에 검푸릇한 구름이 어느제 생겨났다。

차차 짙어지고 넓어지고 바람은 사람의 생기를 돌리게한다 더구나 바람은 남쪽에서 오고 구름은 남녁 벽한산 근방을 옹거하였다 이것은 이 시골사람이면 별 공부 않드리고 짐작 할수있는 소낙이의 전조다。

—215—

斷　想

아―사랑아 우리는 참되자 우리 서로에게…… 세상이란 우리앞에 꿈의나라같이 놓여 그렇게

변화많고 아름답고 새로워 보이나

참으로는 기쁨도 사랑도 빛도없고 안정도 평화 피로움에서 구원도 없나니!。

殘

影

昭和十二年여름江
原道松田海水浴場에
서。──前列右로부터
柳致眞・鍾達・金一
英・後列右로부터吳
時泳・鄭寅燮・龍兒
張翼鳳諸氏。

編輯殘影

寄稿規定

寄稿範圍（創作詩、飜譯詩、研究等）

第二號 原稿締切期日 三月二十日

이雜誌를 보시고 이雜誌에 자기의 作品을 실른것이 과히싫지않다고 생각하시는분은 아끼지말

고 玉稿를 더지십시오.

發表되는것이 의례當然한일이고 發表되지않는것은 그야말로 編輯者의 眼力에 責任이있다는

自信을 가지시고

原稿採擇에對하야 自働計算器와같은 公平을 期할수없는以上 어찌는수없이 編輯同人의 눈이

라는 조그만한 문턱을 넘게됩니다 우리同人들의 意向까지는 될수있는대로 偏僻된個人의 趣味에

기울어지지않으려 힘쓰나 그것은 차차로 編輯의 實際에서 證明하겠읍니다 外國詩의 飜譯에는

반다시　原作者名과　詩題等을　그外國語로　적으시고　더욱이　本文을　寫送해　주시거나　出處等을

밝히　가르쳐주시면　親切하신　노릇이겠읍니다.

（昭和六年三月「詩文學」創刊號）

詩 文 學 後 記

……우리는 詩를 살로색이고 피로쓰듯 쓰고야만다 우리의詩는 우리살과피의땟힘이다 그럼으

로 우리의詩는 지나는거름에 슬적 읽어치워지기를 바라지못하고 우리의詩는 지나는거름에 슬

적읽어 치워지기를 바라지 못하고 우리의詩는 열번 스무번 되씹어읽고 외여지기를 바랄뿐 가슴

에 느낌이 있을때 절로 읊어나오고 읊으면 느낌이 이러나야만한다 한말로 우리의詩는 외여지

기를求한다. 이것이 오즉하나 우리의傲慢한宣言이다.

사람은 生活이다르면 감정이같지않고 敎養이같지않으면、 感受의 限界가 딸아다르다 우리의

詩를 알고느껴줄 많은사람이 우리가운데있음을 믿어 주저하지않는 우리는 우리의 조선말로 쓰

인詩가 조선사람전부를 讀者로 삼지못한다고 어리석게 불평을 말하려하지도 않는다.

이것이 우리의 自限界를아는 謙遜이다.

한민족의言語가 발달의어느정도에이르면 口語로서의존재에 만족하지 아니하고 文學의 형태

를 요구한다 그리고 그 文學의 成立은 그 민족의 言語를 完成식히는길이다。

우리는 조금도 바시대지아니하고 늘진한거름을 뚜벅거려나가려한다 虛勢를펴서 우리의 存在를 인정받으려하지아니하고 儼然한存在로써 우리의 存在를 戰取하려한다。

이미 一家의 品格을 이루어가지고도 또이루었음으로 作品의 發表를 꺼리는詩人이 어떤자 여러분이 있을듯싶다 우리의同人가운데도 자가의 詩를 처음 印刷에붙히는 一二三人이있다 우리는 모든謙虛를準備하야 새로운 同人들을 맞이하려한다。

第一號는 編輯에急한탓으로 硏究紹介가없이되였다 앞으로는 詩論、時調、外國詩人의紹介等에도 있는힘을 다하려한다。 더욱이 여러가지 어긋짐으로 樹州의詩를 못시름은 遺憾이나 次號를 기약한다。

本誌는 一、三、五、七、九、十一月의隔月刊行으로할作定이다 여러가지 形便도있거니와 詩의雜誌로는當然한일일듯싶다 이번號는 어쩌는수없이 三月에나가게되였으나 第二號는四月初에

（原稿締切三月二十五日）第三號는五月 編輯에 주문이 있으시는이는 거침없이……

（龍兒）（昭和六年三月詩文學創刊號）

詩 文 學

編輯後記……첫재로 去年六月에 第二號를 내고는 同人들의 사정으로 여태껏 讀者諸位와 隔

阻해왔음을 스사로 미안히 녀깁니다.

본시 隔月刊行의 豫定이였으나 이번부터 發行回數를 年四回 (三月、 六月、 九月、 十二月)刊

行으로 變更하는대신 發行期를 約束과 틀리지않게하기를 期합니다.

美의追求……우리의 감각에 녀릿녀릿한 기쁨을 이르키게하는 刺戟을 傳하는美、 우리의 心

懷에 빈틈없이 푹 들어안기는 感傷、 우리가 이러한 詩를 追求하는것은 現代에있어 힌거품 물

려와 부디치는 바튀우의古城에 서있는 感이 있읍니다. 우리는 조용히 거러 이나라를 찾어볼

가 합니다.

또한가지 말해둘것은 이번 우리 詩文學同人中에서 異河潤 朴龍喆兩人이 編輯을 맡어 『文藝

月刊』이라는 文藝全般을 取扱하는 雜誌를 十一月부터 創刊하기로되였읍니다. 여러분의文藝知

識을 넓히고 文藝趣味를 涵養하는데 조그만한 도음이 될가합니다. 詩의鑑賞을 깊게하는데 文

藝全般의 造詣를 必要로하는것은 多言을 要치아니할줄 압니다.

여러분의 많은 贊助를 바랍니다.

詩文學이 여러분의 寄稿를 기다리는것은 前號에 發表한方針과 같습니다.

詩文學一、二號는 自畫自贊으로서만이아니라 長遠한 美的價値를가진作品이 많이 실렸습니

다 各各七、八十部殘品이 있으니 所用되시는분은 本社로 直接注文해주십시오.

—(龍)— （詩文學第三號）

「文 學」編 輯 餘 言

우리는 單純또謙遜하게 一九三四年을 하나의 出發의 契機로해서 文學에對한 우리의 熱情을

더욱 强化시키고 文學에對한 우리의 認識을 한층 明確히 하기위해서 이 조고만한 月刊誌를 가지

고 여러분과 한가지 우리의 에스프리를 단련해가련한다.

宇宙의 모든事象은 그것이 본시부터 明確과分離되여 存在해있는것이 아니다. 그것은 모두 하

나의 連環을 이루고 그 境界는 언제나 混融되여 있는것이다. 그것을 分離시켜볼수 있는것은 우

리의 認識가운데 存在해있는 다만 한가지의 能力이다.

文學이라는 藝術은 藝術가운데서도 다른社會的現象――政治、道德、哲學等과 가장混緣되기

쉬운 形態이다. 더구나 現在와같이 人類歷史가 하나의 全然새로운文化의 生成을 앞둔混沌期에 있어서 우리가 文學에對한認識을 分明히해두지아니하면 우리는 創作에있어서나 鑑賞에있어서 나 誤謬와混亂以外의 아모進展도 가지지못할것이다.

文學은 우리를 어떻게 맨드러주는가. 왜 우리는 文學을 좋아하는가 왜 特別히 우리는 文學을일삼는가. 政治나 科學의 論文을 쓰지아니하고 何必文學을 쓰는가、文學은 다른社會的現象 과어떤點에서 共通 또 相異되는가. 우리는 여기對해서 쉬지않고 反省할 機會를 갖지아니하면 아니된다. 우리의 이 조고만努力이 文學에留意하는 우리──넓은 意味의 우리에게 文學에對한 하나의새로운 反省의機會를 준다면 이것은 우리의出發이 바랄수있는 高價의報酬라할수있다. 우리는 여기나타난 結果가質로나 量으로나 微弱한것을 누구보다 스사로 不足하게 여기는者 이다。그러나 우리는 이것으로 여러분의娛樂과 消日의資料로서가아니고 實로하나의 思索의실 마리되기위하야 提供하는것이다。

우리는 우리의가난한精神과 物力을가지고 이러한선물을 사랑하는 여러분앞에 내여드리기를 실상 부끄러워하는것이나 가난한대로 드리지않고는 못견디는것을 드리기를 한편으로는 은근히 자랑스러워하는것이다。

── 昭和九年一月文學第一號所載 ──

編輯餘言……우리가운데「文學을한다」고쁨하는사람이면 누구나 적어도 한때의 文學愛好의時

期를 가져보았을것이다. 그愛好는 六七歲때의 심청전 소대성전의 耽讀에서 그 첫얼굴을 나타내

가지고 나종「베르테르의슬픔」이나「루르게네프」의 愛讀에서는 그 將來의 方向을 決定하다싶이

도 하였을것이다 뒤에다시「쟝크리스토프」에서 구원을 얻거나「고르키-」에서 깨닫는바 있었

거나하는것은 오히려 다음게단에 속하는 문제라고 보여진다. 어떠튼 한때에 그가 文學을 사랑

하기를 寢息보다 더하든 시절을 통과한것만은 확실하다. 이것을 文學靑年時代라고 해서 幼稚

한때에 헐된戀愛熱情같이 비웃으려하고 그것을 오래가지는 것을 西洋사람이 남의앞에서 제안

해에게 키스하는것을 보드시 誹謗하려는 嗜好가있다. 이것이 흔히는 賢明이라기보다 熱情의

冷却과 純情의 揚棄일뿐인것같다. 아무러한 愛好의 精神을가지지 아니한 心情에서 나타나는

文學的作品이 無情愛한夫婦生活의 繼續에있는 그偶然한事實같이 沒趣味한것은 또한避치 못할

것이아니냐. 實로 우리는 愛情의過剩에서 困惑되는것이아니라 純情의缺乏에서 萎縮되고 있는

것이다.

우리가 스사로 외람된붓을들어 저魅惑있는 存在의 創造라는 자랑스런業에 從事하는것도 그

은근한模倣의元型이 가슴속에 어렴풋이 남어있는 까닭이오、우리가 東西古今의 典籍가운데를

헤메여서 찾으려하는것도 저한때의 華麗한 經驗의 類似한 反覆을 求하는데서 나오는것이다。그

러나 單純한 愛讀者라는것과 「文學을한다」는것과의 사이에는 若干의 相異가 있는것같다。愛讀

者라는것이 忘却이라는 人體의 奇妙한 機構를 가지고 남의 주는 刺戟에 應하여 單히 受容的으로

同一한 經驗과 興奮의 데바커속에 맴돌기를 즐기는 傾向이 있는데 反하야 「文學을한다」는것은 이

被動的 經驗을 分析하는 方法的 精神에서出發하야 類似가운대의 相異의 發見에 오히려 힘을쓰게되

고 未踏의 曠野에 探求의 大膽한 발길을 내놓게까지 되는것이다。여기서 大衆의 文學과 少數

文學하는이들의 文學이 分化하기에까지 이불수있는것이다。그러나 그어느길에서나 文學愛好

의 精神을 喪失한 乾性의 沙漠속에서 아무런寶石도 發見되지 못할것은 또한自明한일이다。

—(龍)(昭和九年文學第二號)—

編輯後記……後輯子는 讀者에게 무언지 애틀로지가 있어야만 하는것인가보다。이러한 말이

있다한다。「文學」誌는 讀者의 모든程度를 參酌해서 親切을다하는 써—비스의 精神이 不足하다

고。그러나 우리가 참으로 남의趣味를 어데까지나 마춰나갈수 있는것인가 매우 疑問이다。오

히려 各自가 자기의 趣味와 意慾을 딸아 共鳴해서 딸아오고 아니딸아오는것은 나종 結果로서

나라날뿐인것이아닌가。어디까지던지 讀者의 程度를 考慮하는 新聞小說에서도 傑作이야 産出

될터이지마는。文學其他의 예술에 있어서『저사람의 理解와 趣味는 이러이러하니 우리는 이

런物건을 맨들어 주어야겠다」는 先入見을 가지게되면 쓰는 힘에 대할 節制가 자연 생기게 되

여 全生命을 傾倒한類의 第一級의 傑作은 아니나오는것이 아닐까。그럼으로 우리가 대관절 藝

術道로 나갈 希望이라도가진다면 우리는 남의 顔色을 둘러볼 必要없이 자기의 趣味와 意慾의

길을 强烈한 거름으로 걸어나가고 그結果로 생기는 모든것은──누구에게 말길가── 「惡魔에

게나 말겨」두는것이 좋을것같다。

또하나 이런말이 있다한다。「文學」誌는 朝鮮文壇에 對한 關心이 不足하다고。아닌게아니라

「文學」誌는 文壇的關心을 意識的으로 節制하고 있다。그러나 所謂文壇的關心과 朝鮮文學의 建

設을爲한 熱意와는 全然別物인것이다。우리가 실상 한줄의 創作을 쓰고 한줄의 紹介文을 쓰고

한줄의 번역을 하는것이 모두 朝鮮文學의 建設을위하는 熱意에서 나온일이아니면 아니된다。우

리는 그것이 별난 各譽도 별난收入도 가져오는것이 아닌줄을 안다。다만 熱意가 있을 뿐이다

그런데 실상 우리는 甲이 某月刊誌上에 數頁의 短篇小說을 發表하면 그것이 잘되고잘못된접과

傑作이고 駄作인것을 判斷해서 그것을 文章으로 印刷하고 또乙이 某新聞學藝欄에 數日間評論

文을 揭載하면 반드시 그 是非를 따져야하는 類의 文壇的關心의 過多에 依해서 禍를 받아왔을 뿐이다。

이러한 狹窄한 關心의 結果는 日本말의 所謂「ドングリの背競べ」를 現出할憂慮가 充分히 있는 것이다。 오히려 貴重한것은 멀리떠나서 바라보는 精神、거기서 수리개같이 내리襲擊하는 精神이다。 우리가 第一로 第二로 또 第三으로 必要한것은 文學에 대한 眞實한 熱意일뿐이지、文壇的 關心같은것과는 疎遠해지면 질사록 좋은것이 아닌가한다──編輯子는 敢히 이러한 愚見을 가지고 있다。

(昭和九年四月文學第三號)

독자 문예란의 두방향

아이생활 讀者文藝欄 朴龍喆先生考選

우리는 이 독자 문예란의 선택의 표준으로 시(詩)와 산문(散文) 두개의 방향(方向)을 세우려 합니다。

시(詩)는 지금까지 여러분의 작품을 많이 실어오던 동요란 (童謠欄)의 정신대로 예술에 있어서 상상적(想像的) 발명력(發明力)을 기를수 있는 방향으로 나가려 합니다。 그러므로 여러

분은 선배(先輩)의 좋은 시작(詩作)을 많이 읽고 외이시고、 더 너그럽고 더 날카롭고 더 탄

력(彈力) 있는 마음씨로 모든것을 대하여서、깊은 감정(感情)과、재조있는 착상(着想)과、음

률적(音律的)인 말을 가진 좋은 시(詩)를 쓰도록 노력해 주십시요。

다음 산문란(散文欄)에서는 여러분의 언어묘사력(言語描寫力)을 기르는 방향으로 여러분을

이끌어 볼까합니다。 묘사력은 문학에 있어서의 한 기초적(基礎的)인 기술(技術)입니다。여러

분의 나이도 언제까지나 소년잡지의 독자로 또 독자문예의 투고자로 있을것이 아닙니다。 나

이와 공부가 함께 자라서 자기 천분(天分)에 대한 자각(自覺)이 생기고 환경이 허락하면、조

선의 문학의 한구통이를 메고 나설 일꾼이 되실것입니다。 그러나 우리가 한 주(株)의 꽃피는

나무、곡식건우고 가마귀 나르는 들농사군들이 모혀 밥먹는 광경、복남이가 어름타다가 개천

에 빠지고 질에 못들어가는 이야기、순히가 벼루ㅅ돌에 물을 가지고 실수를 한 이야기、길동

이와 막동이가 무엇이 어찌어찌해서 머리가 터지도록 싸호던 이야기、가믄해에 이동내와 저

동내 사이에 큰 물쌈이 났던 이야기、이렇게 한가지 광경으로 부터 적고 큰 사건(事件)까지

틀 말로 그려서 읽는 사람이 그것을 분명히 알아보게할 힘이 없으면 그러한 터우에 문학의질

은 세워지지않습니다。 그림그리는 사람들은 멧상이라는것을 한니다。 장내에 여러가지 그림을

그릴 준비게단(準備階段)입니다。 조각해서 맨든 사람얼굴이나 사람몸둥이를 검은 목탄을가지고 이모저모로 돌려놓고 작고 그립니다。 큰 화가(畵家)가 된 사람에는 이 뎃상공부를 여러해를 애써한 사람이 많다합니다。 여러분도 이 뎃상공부하는 셈 잡고 학교에서 동내에서 이러나는 여러가지 광경과 사건을 그려보십시오。 도화시간에 꽃나무하나를 그리며 그림과 꽃나무를 비겨보고 비슷하게 되였나 않되였나 해서 고치고 새로 그리고하든 모양으로 글도 고치고 새로쓰고 해서 사건을 분명하게 독특하게 전하도록 애를 써보십시오。 이 연습이 여러분이 장차 시나 소설을 쓰는데 또 교양있는 사람으로 편지라도 한장 깨끗이 쓰는데 적지않은 도움이 될것입니다。

끝으로 한가지 부락은 여러분의 쓴글이 여기 발표되고 않되는것을 돌보지말고 꾸준하게 써보내주시라는것입니다。 발표하는 지면에 제한이 있고 글이 좀나은 것을 꼴르게 되여서 여러분의 애쓰신 원고를 읽어만 보고 한편구석에다 쌓놓게 됩니다。 그러나 여러분은 스사로 공부하시는 셈만잡고 쉬지말고 노력해 주십시오。 글씨를 잘쓰는데는 조히와 먹을 없애는수 밖에 없다는 말이 있읍니다。 여러분 잘 생각해 보십시오。

（박용철）

글쓰는　여러분에게＝選者

여러분의 동요는 웨 그리 모도 같습니까。 모도 똑 같이 소위 동요라는 냄새가 납니다。 글을 쓰랴면 눈과 귀와 모든 감각을 날카롭게해야 할것은 물론입니다。 묘한 생각도 맨들어내야 합니다。 여러분의 동요에는 아닌게 아니라 날카롭고 묘한데가 있읍니다마는、 모도 마음이 좁습니다。 동요식이라고 부를 좁은 창문을 통해서 세상을 내다보는것 같습니다。 좁은 창문을 깨트리십시요。 마음을 휠신 자유롭게 넓히십시요。 동요라고 시(詩) 그밖에 문학 (文學)과 아모 다른것이 아닙니다。 여러분은 동요를 쓴다는 생각에 너무 붓잡히지 말고、 자기힘에 미치는 시 (詩)를 쓰는 가장 좋은 글을 생각으로 동요를 쓰십시요。 그래야만 동요도 좋은 동요가 써집니다。 독서의 범위를 동모들이 쓴 동요나 동화에만 한하지말고 널리 여러가지를 보십시요。 먼저 사람으로 커져야 글도 커집니다。

단문(短文)이라고 한것은 여러분이 날마다 직접보고 당한일 가운데서 재미있었다고 생각하고 동모들에게 이야기라도 하고싶은것을 글로 써 보기를 바랍니다。

『友情』에 대하야

劇研 三回 公演 劇本 解說

한사람이 다른 한사람에대한 끝없는信賴、 한사람이 다른 한사람에대한 애낌없는犧牲 거기는 아름다운友情이있다『유안』과『요르게』사이에는 世上에 보기드믈 이러한極盡한友情이있었다 『유안』이 그사랑하는 안해 『유아나』를 두고 멀리航海의길을 떠나야하게되었을때 그는自己없는 동안의家事를『요르게』에게 매낄수있기에 安心하고 떠났든것이다 그러나 그의탔든배가 破船이되여 깨여진 배쪼각만이 떠도라단이드라는 消息이傳해지고『유안』은 돌아오지않는사람이되였다。

힐되히 기다린지도 四年 그동안 男便을잃은『유아나』와 친구를잃은『요르게』의 感情이 그共通의對象을 追憶하는가운데서 차츰親密의度를加해진것은 가장自然스러운經路였다 두사람사이의사랑이자랄사록 죽은『유안』은 그사랑가운데 살아오는듯싶었고 세사람은 난홀수없는 한덩이가되는듯싶었다 그리하야『유안』이 떠난지 五年째되는날에 남은 두사람은 結婚까지하게되였든

것이다 그들이 새소리가득찬 庭園에서 結婚첫날의 저녁食卓을對하였을때에 그들은 『유안』의

영혼이 기쁜얼굴로 祝賀의 손님 노릇하는것을느꼈다 實로 『유아나』에게 있어서 『요르게』를사

랑하는것은 『유안』을 사랑하는마음의延長일뿐이다 友情에至極히 充實한 『요르게』는 모든意味

에서 『유안』의代身이 였었다 그의말을 『유안』의 말과 分別할수없이 같았고 그는 『유안』과 꼭같이

親切하였었다 끝없이 親切한心情을가진 『유아나』는 決코樂를 爲하야 한사나히를取하고 다른한

사나히의얼굴에 침뱉은것은아니다 거기는 아모變化도없었었다 그女子와夫婦生活을한것은 두男子

였지마는 그의마음에는 한男子였을뿐이였다 슬픔을넘어서 그를幸福으로이끌어준 이友情을 그

는銀河水에반짝이여 나란히거니는 두별과같이 讚美하였다 한편 『요르게』는 『유안』의 肖像畵를

그리기 爲하야 날마다畵家의앞에 『유안』의 얼굴을 말로그려보였다 이至誠이 成功하여 마침내

畵家도 虛空에 『유안』의 얼굴을보게되여 一年만에 그肖像畵는完成되였다 이같이 完全한友情

을 어디서볼수있는가.

이劇을 形成하는場面은 結婚한지一年되는날이다 질어가는 黃昏의庭園에서 두사람은永遠의 친

구 『유안』을追憶하며 一年前의 그날과같이 이밤을 지나기로하고 『요르게』는 이제야完成된 肖

像을 찾으려畵家에게로간다 그러나 똑같은밤이 두번있을수는없다 老僕이 準備한 食卓에 마조놓

은 두개의 椅子 거기第三의 椅子를 要求하는 사람이 나타난다。

죽었든『유안』이 살아돌아왔다 그림자같이 庭園에나타났다 『유아나』의 모양을 對한때의 그 歡

喜 그가五年間生死의線에서 流浪한것도 이瞬間의歡喜를위한것이다。여기대하야『유아나』는 다

만冷情히『너무늦었어요』『유안』은 이感情의奔流가운데서도 自己의집을 이렇게 安保해준 親友

『요르게』의 消息을 熱心히 묻는다 그러나 最後로『유아나』의 입이『나는 그의안해야요』할때에

그의 눈의앞에 모든光明은 한꺼번에꺼졌다 그의取할길은 오즉 하나다 그는 미리準備해두었든

毒藥을 葡萄酒에타서 마시려하였으나 사람기척에놀라 멈췄다『요르게』가 들어온것이다 누가

물러서야할것이냐 누가讓步를 할것이냐 두사람가운데 한사람만이『유아나』의 방문력을 넘어서

야할것이아니냐 피를난혼兄弟보다더한 友情도 한개女子를다토는 사랑의앞에서는 暴風앞에 초

불과다름이없었다。

이두사나히의싸훔은 하나의죽엄만이解決할수있다 그것을決定하는것은『유아나』의 손이라야

한다 둘이 다같이『유아나』에게 葡萄酒를請하기로하자 아까『유안』이 먼저먹으려든 毒藥의 술잔

을『유아나』가 모르고 주는사람이 그것을 반갑게받아마시고죽자 둘의議論은 이렇게決定되었다。

집안에서老僕에게 이消息을듣고 미리큰決心을하고 이자리에나온『유아나』는 無上의 苦悶을

속에 품고 그러나 冷然히 두사나히를 左右에 앉히고 그들의 옛날의 아름답든 友情을 讚美하야 성

낸싸홈에 醜해진그들의얼굴을 푸러보려最後의 和協을 힘써본다 그러나 두사나히는 各各葡萄酒

를請할뿐이다 단 하나인술잔은 누구에게로 갈것이냐 유안이냐 요르게냐 또 혹은 유아나냐 술

잔은유아나의입에 닿었다 그女子는 죽으면서 부르짖는다 『거룩한友情앞에 戀愛는아무것도 아

닙니다 두분의 손을 내가슴에얹어주세요 나의죽엄을넘어서 두분은 힘있게握手해주서요』

友情 (原名유아나) 一幕은 獨逸表現派의 가장有名한戲曲家 『게오륵카이제르』의 作으로 그體

裁結構起伏等의 一幕劇으로서 훌륭히成功한作이라할수있다 그러나 이劇은 한개의三角關係의

寫實的再現은아니다 여기는 다만 한개의 思想的命題가있다 한개의理想的友情이 理想的戀愛와對

立될때 그것은 어떻게結末되느냐『유안』과 『요르게』의 友情은 友情의理想型이다『유안』과『요

르게』의 『유아나』에對한戀愛는戀愛의理想型이다 하나가斷念하고 讓步할수도있고 둘이한女子

를共有할수도었다 거기다 『유아나』의心情은純潔하다 그러기에 이三角關係는 三角關係의理想

型이다 거기는 悲劇的結末이있을뿐이다 作者는 마침내 이純潔無垢한 女子主人公을自殺시켜 이

劇을解決짓는다 그러나 實로 이 얼마나 東洋的인解決法이냐。 ―(昭和×年東亞日報所載)―

피란델로作『바보』에　對하야

劇硏의　第五回公演　上演劇本解說

劇硏도 이제第五回의公演을 맞이하게 되었다。 五라는 數가 큰것은아니나 實地로 演劇運動의 內面에들어서본사람이면 짐작하는일이지마는 한回의演劇을 準備해가지고 公演까지하는데는 無數한困難이있다。더구나 完全한 物質的基礎를 가지지못하고 迎合主義的이아닌 理想만가지고 새로운境地를向해나가는데는 絕大의困難이있다。 이러한困難을克服하면서 第五回의公演을成遂하는 우리에게는 이제 야릇한微笑의境地가있다 할수있다。

이번公演劇本의하나인 『바보』의作者 피란델로는 伊太利의現代劇을 世界的으로有名하게한巨人이다。 누구나 그것을 한번읽거나 그上演을보거나한다음에는 理解의與否는 그만두고 그奇怪性마는 永遠히 잊을수없는 저『作者를찾는 六人의登場人物』이라는劇의作者를 여러분은 記憶하고게실것이다。 그는 五十歲가되기까지는 有名치못한小說作家에 지나지못하였지마는 一九一七

年부터 劇作으로 轉向한지 不過十年에 世界的名聲을얻고 一九二七年에는 저國民的榮譽인 노ー 벨賞까지를받었다.

그는 舞臺技巧의 革命家라는말을 듣는다。 過去의모든戱曲形式을 自由로驅使하고 任意로 破壞하고 奇拔한 新形式을創造하고있는것이다。 그이같이 舞臺의모든効果를 意識的으로 利用한作者는 없을것이다 그는俳優를 觀衆을 演出을 裝置를 即 舞臺의 可能性을 最後의一線까지 利用한作者이다。 舞臺에올라야 비로소 그戱曲의眞價를안다는 一般的眞理가 그의作品에있어 더욱 强調되는것이다.

그는 언제나外面으로 懷疑的인微笑를띠우고있지마는 그는決코 輕薄한魔術師는아니다。 人生의 正不正과 人類의悲慘不幸에對한 銳利한透視를가진 現實主義의根據를가지고있다。 그에게는 虛無의哲學이있었다。「모든事物은 모든物體는 모든生命은 그것의死滅에 이들때까지 결코 벗어날수없는 生活形式의苦惱를가지고있는것이다」「모든形式은 죽엄이다」「한사람에對한 眞實도 한사람에게있어서는 거짓이되고 한사람이 웃고있을때에 다른한사람은 울고있다。 이러한個人의 絶對的인境地가他人과의 無理解의原因이되고 人生의劇은여기서 發生한다。

그러나 그는 이러한 問題에對해서解決을 提示하는作家는아니다。 다만絶望的인 虛無의 背景

앞에 怪奇한 微笑의 假面을보여줄뿐이다。

劇硏의上演劇本『바보』는 이 偉大한作家의 조고만한喜劇이다。

그러나 여기서도 그의 自由로 驅使하는 舞臺効果와 怪奇한假面의 片鱗을 볼수있다。

全宇宙의運命이 자기들의 政黨에 원통매인듯이 無意味한政爭앞에 사람들은 熱狂한다。멀리

各派의 示威行列이 背後에있다。

이 조고만한 고을의 一政黨의中心이요 新聞社長인人物은 國家社會를恒常云々하는 가장威嚴

부리는政治家의一人이다。그는 자기의反對派의代議士를 暗殺할생각으로 世上에 아모希望도없

는 瀕死의肺病患者를 利用하라고 돈을주었던것이다。

그러나 이肺病患者가 自殺하였다는 消息을듣고 그는 이無意味한 自殺을攻擊하고 國家社會를

爲한暗殺을主張하는 雄辯을吐하고 그를「바보」라고痛罵한다。여기 또하나瀕死의 肺病患者가있

어서 이社長의政敵인 代議士의付托을받고 亦是 國家社會를爲한 暗殺의使命을띠고 社長室에들

어와있다가 이痛罵를듣는다。

그는社長앞에 拳銃을내댄다。

社長의 모든尊嚴은 한瞬間에깨여지고 그는 엎디여서 生命을빈다。

그는 拳銃의 威脅아레 이러한 自白書를 쓴다。『自殺者를「바보」라고 辱한것을 깊이 後悔합니다 참말바보는 다른사람이아니라 내自身인것을 여기告白합니다。』 肺病患者는 이告白書를 품에갈므고 悠悠히 그러나 그날밤에 自殺할場所를 찾아서 어두운밤가운데로 사라진다。

(昭和×年東亞日報所載)

哀　詞

그대 발서 가는가 그대의 가는 한거름을 멈추고 우리의 짧은밤에 귀를 기우리라。그대가 이 길을 이같이 가시리라 뉘 생각해보았으며 이제 이길을 떠나셨다하나 뉘 참아 그를 믿을수 있으랴마는 소연한 증거가 눈을 의심코 귀를 못믿어함으로 씻어버릴수 없으니 우리의 가슴에안은 광명한 그대의 얼굴을 허트러진 생각으로 가림을 그대 평소에 모든것을 받어드리든 너그러움으로 용서하라。

이세상이 비록 그대의 깨끗한마음을 붙이기에 너무 추하다하나 그대의 조그만 집이 그대를 둘러 지킬수있을지며 그대의 불려가는 길이 비록 급하다하나 남긴자에대한 그대 사랑의 충함이 그대의 발을 멈추기에 넉넉하려든 그대의 거름이 어찌 이리 총총한바 있느냐 아ー군아 그대의 인자하고 착한성품이 머언 남에게 대하여 일측 서운한 일이 없거든 스사로 가장 사랑하든자들을 이 서름의 굴헝가운데 떠러트리고 훌훌히 떠나시니 이 어찌 그대의 뜻이랴 우리 함부로 하날을 원망하고 사람을 나무라는자 아니언만 억울한정과 비분한 생각이 오로지 운명의

믿을바못됨을 서어하고 사람의 밝지못함을 뉘우쳐 죽엄과 삶의 사이에서 오히려 종용하든 그

대를 본받지 못하고 아직 생생한 그대의 앞에 수다한 말로 구구한 사정의 줄기를 찾어 늘어

놓음을 붓그리노라。

은애의 지중함에 몸을 바루시는이가 게시고 어리고 약함이 의지할데 적은이 있나니 그 애끈

한 서름앞에 우리의 조그만 서름을 발뵈기 어렵고 마음의 상처는 씻을길 없어 따우에 사람의

서름은 길이 끝이없나니 이미 가시는 그대의길을 오래 멈을출 없으매 눈물로 이들 맺노라。

一九三〇年九月十五日 아우 朴龍喆—

親友 廉亭雨氏靈前에

父 主 前 上 白 是

前殷土哲伏想下覽矣　伏未審寒沍

外內分氣體一享萬安、諸節均安伏慕區區不任下誠之至　子　客中眠食無恙　新學期自昨日始業耳　就

伏白　昨年에말슴하시던　女敎員來任事는　如何히　決定되었사온지　今春부터오게되랴면　只今까지

萬事가다　決定되었어야될줄압니다　小子는今日까지　다만　수접은생각으로　저의所見을한번도　아

버지께　說破하지　못하였읍니다　아버지께서　듣기를願하심을　알면서도　제가　생각하여도　못생겼

읍니다　그러나　오늘부터는　생각하는바를　腹藏없이　말슴　여쭙기로　決心하였읍니다　그리하는　것

은　아버지께서　家事를處理하시는데　有益無害할줄로믿난　緣故입니다　小子로하여곰　이와같이決

心하게한動機와　放學동안에　생각한바를　여쭙겠읍니다。

저는　鳳愛의前程에대하여　前부터생각하여왔읍니다　그리하여工夫시켜야하겠다는　結論에到達

하였었읍니다 그러나 그것을 實行하는데는 많은 困難이 있읍니다 그러고 當人에게는 自覺이 없다

또 時期가너무늦었다는 어리석은 핑게로 우선당장을덮어갔었읍니다。

지난年末에봉애에게서 便紙를받았읍니다 그便紙의끝을同封합니다 짧은두어줄가운데 얼마나

슬픈意味를 품었는지알수없었읍니다 어떤大詩人의詩라도 이보다더 悲哀調를띠었겠읍니까 이것은

自己의슬픈運命의自覺입니다 저는 그것을읽고 가슴이떨렸읍니다 마치檢事의 起訴理由를읽혀들

린罪人같이。 저는봉애에게 罪를지은것같습니다 鳳愛와저는 다같은 아버지의 子女입니다 같은

權利를가졌을것입니다 그런데實狀을보면 저는不滿없이 마음대로 工夫하고지냅니다 鳳愛는 萬

一 그대로두면 不過三年에 輕謀浮薄한少年에게 시집이라고 가겠읍니다 只今年은 다輕謀浮薄한

故로 十中九 百中九十九人까지도。 衆人座上에서 自己의妻를 사랑한다고하면 큰羞辱으로여기난

故로 무삼矛盾인지 妻字의 定義가무엇인지요 그後의鳳愛의運命은暗黑합니다 想像할수도없읍니

다 어떠한悲慘한運命에울며 世上을보별지豫測할수없읍니다 破滅로들어가는것을 救하는것은지

금입니다。 今春을 넘기면 다시슬픈 一年이 늘어질줄압니다 아무것도모를 줄알고 가르치지도아

니하고 버려두었어도 제절로自己의悲哀가 가득한前程을豫想하고 슬퍼하게 되었읍니다 그것을

생각하면 눈물을 禁할수없읍니다 하물며 他人도아니오 自己의肉身兄弟姉妹인데야。

時期가 이미 늦었다고 하면 그 時期를 늦게 한 것은 누구의 責이냐고 저의 良心은 反問합니다 이와같

은口實 참으로 떠럽고 卑劣한 責任廻避의 생각입니다 사람이 自己의 當然히질 責任을 廻避하는 것

은 가장卑怯한 일입니다。 저는 鳳愛와 갈라받을 權利를 獨點하였읍니다 即盜賊한것입니다 지금까

지 鳳愛에게 對하야 罪를 지었읍니다 그代身에 只今부터는 鳳愛를 爲하야 全力을 다할 義務가 있읍

니다 下答을 받자오면 即時通信敎授를 始作할決心입니다 時期도 決코 늦지않았읍니다 七八年工夫하

야 二十二三에 婚姻하면 일른셈입니다 西洋사람같이 二十五六에 結婚할생각있으면 大學이라도

卒業할수있겠읍니다 저는제아우나四寸들이 한사람이라도 長上의專制로結婚하기를 願하지아니

합니다 힘만자라면 왼世上이 그렇게되기를바랍니다 제從行間에서 제가한사람 犧牲이되었으니

넉넉할줄압니다 事實이 그러하기를祝願합니다 나무에서 떠러진 經驗있는者로서 後生이 危殆한

나무끝에 오르는것을 힘을다하여 막지아니할不道德者 沒人情者있으리오 前車의覆한길을 다시踏

할愚者어디있으리오 靑春時에 사랑의꿈속에서 彷徨하는것은 人生에 다시없는 快樂일것입니다

사랑하는子女로부터 따뜻한火爐를빼앗고 어름장을쥐어줌이 어찌賢父母의할바리오 그렇다고 小

子의 그前마음이 變하였나하고 念慮하실必要는없읍니다 小子는充分한覺悟를가졌읍니다 自己의

快樂을위하야 人을犧牲으로하는 그런利己的은아닙니다 더욱이 어린弟妹들의 犧牲이된다면슬픈

中에 오히려 기쁨을 發見하겠읍니다.

今春에 女教師를 招來하는데 집에서 若干의 寄附金까지라도 覺悟하면 반드시 될줄 밉삽나이다 정不能하면 個人教授라도 雇聘할수밖에 없는줄 밉삽나이다 그것은 勿論經濟的困難인줄 압니다 小子도집의 經濟가 넉넉지못한줄압니다 小子도可及的所用을 節約할생각입니다 사랑하는 어린것의 幸福을위하야 困難이라도 忍耐할수밖에없는줄 밉삽나이다 萬一經濟上問題로못한다고 하면 小子에게는 더욱큰苦痛입니다 安閑하게工夫하고있을수도없을듯합니다 小子가速하게―六年보다는四年에 四年보다는三年에마치고 歸國하랴는原因의 大部가거기있는것을 諒察하시옵소서 女教師가 오게되면―勿論을것이오 期於코招來하여야 할것이나―室人도 人情上어려우나 데려올수밖에었었다고생각합니다 오래가슴에 맺혔던것이오 또神經이興奮되어서 말이不足한것도過한것도있을터이오나 下諒하시옵소서 小子는 다만 우러나오는 情誠으로 이것을썼읍니다 두번 세번 下覽하시옵소서 또깊이깊이생각하시옵소서 어리고 철모르는것의 불상한前途를. 賢玉이地位도 鳳愛보다 나을것이었읍니다 이上書를 季父主에게도보이시고 目前의情實에 억매이지말고 어린것의 참幸福을위하야 適當한 手段을取하면 喜悅千萬이겠삽나이다.

大正癸亥 一月九日　不肖子　龍喆　上白是

餘不備伏帷　下鑑上書

봉애 보아라

너의 두번한 편지는 다 받아 잘보았다、漢文글자가 이곳저곳 눈에떠이고 말을 맨드는것이 참

나아가는것을 볼때에 하면 어렵지않게되겠다는 생각이나서 조금 기쁜생각도난다 실상말하면 너

같은어린때에는 快活하고 재미있고 질겁게웃고 이세상을 지내야할 때인데 이런걱정 저런걱정

하는것보면 하염없는 한숨에 이세상은 어찌 이모양으로 되였는고 싶으다 그리고 나와 제일 가

까운사이에있는 동생을 마음것 유쾌하고 幸福스럽게 못맨든 爲人이 다음날 이 온세상을 내손

으로 행복스럽게 맨들어주리라고 믿고있는나를 도라다보며 웃을수밖에없다 그러나 봉애야 安

心하여라 내가못생긴쟁이가 아니고 쏘스사로 이러한것을 깨달은以上에 너하나를 버리고 아무

렇게나 되여라하고 나가고 싶은대로 다라나지는아니하리라 지금은 믿난것은 同氣間들뿐이다

내가지금 깨닫고 옳다고믿고나가리라 하는길을 찾어낸이상에는 나는믿고 너의들을 그길로 끌

고나가리라 따라오기만하면 어며한어려운것이 있을지라도 몸도 마음을 따라가는적이많으니라 제

약하여서 第一걱정이다 마는 마음을 먼저 굳세게먹어라 몸도 무서워하지않고나가리라 너도 몸이

일은 저같이 생각하는 사람은었나너라 父母너兄弟너하야도 다 제일다음에 생각하는 것이다 勿

論 아는 것이없으니 우에사람의 指導는 받아야하지마는 亦是 제主見이 第一이니라 나를 너는 밑

지마는 아조그렇게 흠쑥 믿을것은못된다 나도 바로말하면 내생각 다다하고 다음에 네생각을 하는

데 不過하니라 그러나 너는 언제든지 마음에 있는것은 숨기지않고 나와 이야기하야 의논은 하여

야한다 이말은 네가 요다음 다 커서라도 않잊어야할것이야 어머님이 지내시는것을 想像해 보면

참 未安하단말밖에없다 生前을두고 별 자미스러운일이라고는없고 고생으로 지내시다가 늙은末

年에 또저렇게지내시니 참 慰勞할말슴도 없을가보다 西洋상말에 『불상한자여 네일홈은 女子니

라』하는말이있다 이말이 항상 생각이난다。 가깝한일 물어불일 그외에라도 마음에 있는말을 편

지로 항상하여라 이만둔다。

十一月十八日 멀리있난오라비로붙어

봉애 보아라

네게 붓든지가 매우 오래다 네편지는 번번히 받었다 여기도 요새는 패 칩다 서울쯤 아마 쌀

쌀한바람이 살을 에일게라 시험이 가까우리라 너무 마음을 죄인다던지 오새보새한다던지하면

못쓴다 몸이 몬저 성해야지 학교성적쯤이야 아모렇거니 참으로 事物에 對한 理解力이 하로한달

한해 차츰 나아가면 그것이工夫의 참길일뿐。 그러고 한가지 우리가 살어가는데 우리의 感情에

얼마큼 餘裕가있어야한다 감정이 너무切迫하면 이른바 센티멘탈리즘(感傷主義)으로 흘러드러

가는 것이다 우리의 감정을 한거름 늣구어 더져놓코 웃어가며 批判할라면 할만한 餘裕(間隔)

가 있어야한다 그 餘裕가없으면 正確한斷判은 바라지못한다 무엇을 불라면 얼마쯤 때워놓고 보

아야 보이지않느냐 거듭말한다 「나」가무어냐 「幸福」이무어냐 「사는것」이무어냐 「갈길」이어디

냐 이러한무름에 대한 대답이란 그리쉽사리 얻는것이못되고 또 그것을 얻으랴고 괴로워하는것

은 高貴한 괴로움이다 一生을두고 그解答을 얻으려 괴로워하다가 눈감는날 그虛無를 깨닫는것

도 우수운노릇이다 그러나 그 괴로운가운데도 스사로 괴로워하는 제心理를 도라보고 批判할餘

裕까지 잃어서는안된다. 우선 이만두자 맞날때나 기다리자.

十二月十二日 옵바

누이 보아라

네게 편지를 쓸랴고쓸랴고 벼룬지가 벌서 언젠지 몰르겠다 이「キョミデラ의 종소래」라는 글을

번역해놓고도 아마 한열흘은 더지난듯하다 그결로만보드래도 내가 네게편지게을리한 책망은 얼

마를 들어도 들을만한줄안다 그러나 편지에 야속하니 어쩌니하는 소리를 그렇게 쓰는것은아니

다 내야 그런말을들어도 적어삼킬만한 배도있지마는 어머니께서는 그런소리를 들으시면 정말

로 미안스럽게 녀기시니 어머니께 그런 무정지책은 하지마라 사람이란 특별히 너희들자라나는

게 짐작아희들이란 걸핏하면 그런생각을 하는법이다 내가 그를 모름도아니다 그러나 그런생각이

이러날때에 그것을야하네 설업네하고 그대로 내뿌릇는것은 高尙한 感情을가진사람은 못하는

것이다 그러한情을 흑은 지는달에 비기고 듣는꽃 우는새에 견우며 서리차고 달밝은 새벽하늘

에 南에서北으로 외로이 울고가는 기러기에 비기는둥 或은이글에있었듯이 고요한 밤중에 하소연

하는듯 울려오는 종소래 그외에 아모것이나 興이나는대로情이가는대로 마음에서 이러나는 波動

에마추어 노래하면 詩로되는것이오 그것을 더 잔잔히 적으면 散文도되는것이다 그러는 동안에

처음에는 單純히 야속하다든 俗되고 平凡한情이 달과꽃과기러기로 洗練한바 되여 高尙한感情으

로化하는동시에 훌륭한 詩가되는것이다 이것이글의 본색이다 또한가지 할말이있다 네가 있

따금 家庭의妨害者니 또는 내가너따문에 내마음대로 못한다느니 그러한격정을 많이 하는듯하

니 아ㅣ여 그런말은 하지도말고 생각도하지마라 네가그리 家庭에 妨害者될거야 무엇있느냐 내

생각으로는 그理由를發見할수가없다.

내게대한격정은 或그럴법도하지마는 그것도 그런생각은 하지말라고 우리집안에 이

러난 不幸事를 내가 참아입으로 多幸이라고 할수는 없는일이요 더군다나 어머니의늙으신얼굴을 이

뵈올때 그런생각을 한것만해도 罪지은듯한 마음이있는바이지마는 실상 어떠한意味로보면 三年

前부터의不幸은 너와나에게 한幸福이라 할수가있었느냐 우리집이 前같이 그대로 지내왔다면 너

와내가 지금같은徹底한(지금徹底하다기는어려우나)覺悟를했을수가있을가疑問이다 나는지금보

기에는 이럭저럭지내는듯도 싶으나 마음에는 단단히 정한바있으니 너무격정은 하지말어라 네

가 왔기로서니 설마 손에 冊한권든세음밖에더되랴 가지고 가는데 그리 짐될거야 있겠늬 시험에한

창 밧불렌데 너무 길게써도妨害될라。成績이 좀 뜻같이 되지못하여도 그리 落望할거야없다。사

람의行爲의價値는 반듯이 그結果만가지고 評價할것은 못되는줄로안다 두사람이 꼭같은 結果를

얻었다하더라도 그것을行하든 動機의如何로 말미암아 그行爲의價値가같지않다 簡單한例는 正

當히얻은 點數와不正하게얻은點數를比較해보아라 한가지잊지마라 「靑春의落望은 오히려 달큼

하다」落望한다고 하는가운데로 前程이 아직 멀므로 오히려 希望이있는故이다。 龍喆쓴다

봉애 읽어라

네편지는 거퍼 받았다 객지의몸이 여러가지 바쁜中에도 과히 건강치못한듯 싶으니 멀리서 락

잡기만 하구나 누이야 너 울기는 웨우늬 사람이 너무 푸러져서 죽같이 되여버려서야 버린것이

지만은 너는 아마 마음을 지나치게 緊張식혀서 못쓴다 줄이 너무되면 떠러진다 더구나 굶고 실

하지는못한줄이。네가 成績이 前學期만 좀못하기로 내가 그렇게 걱정될줄아늬 거야 일이 너무

말리면 弱한몸에 괴롭기도할라 弱馬卜重이란다 집이무겁다고 괴할수가 있는 사람들이냐 네가

무엇무엇을 말였다고 그것이 榮光될거야 있겠늬 그렇지만 나는 學校다 닐적에 會의任命이라고

띠여본일이었다 그래 너와나와 對照해 생각코는 가만이웃는다 나의 마음의 자랑인 누이야 어

리고弱한 마음을 너무 괴롭히지 말어라 우리가 아무리 꾀는것이아니며 새는 누구를기쁘게 하려

하고 三百六十五日의 公轉을한다 꽃은누구를 위하야 꾀는것이아니며 새는 누구를기쁘게 하려

고 우는것도아니다 그대신 물론 누구를울리려는것은 아니다 우리는 한가지한가지일을 차근차

근히 하여나가는데 結果를 豫見하고 手段을 講究하여나가야한다。우리는 生活을 觀照하는 同

時에 生活을生活하여야한다 누이야 붉은 꽃닢을 눈물로 너무적시우지말라 人生이란 살기에 그

리 자미스럽기만한것은 아니나 努力해보잘 값이없는것은아니다 西洋活動寫眞같은데 女子가父

母나兄에게 무엇을 하여달라고 목에 매여달리고 얼굴을 부비며 조르는것을본다 이제네가 나의

어려울것을 미루걱정걱정하며 말한자리하기를 어려워하는것을본다 어느게 人情아닐배 없지만

은 저의 繁華함에 우리의 외로움이 너무 마조비친다。

무슨일이던지 말이던지 좀더 어린사람같이 수얼스럽게 그래야 나는무슨 말이던지 좀더 수얼

하겠다 서울다 집은 쉽게 작만하지못하겠다 그러니 우선한두달 寄宿舍에 더 있겠게 하여라 그렇

지 않고라도 다른道理 가있으면 나는 너를 믿으니 알아서하여라마는 夏命會討議問題라고는 別

로히 생각 나는것이없다 또 問題를 提出할만하면 一個抱負가있어야할텐데 별로히 이야기할 것이

없다 그리고 날짜도 지나갔겠고나 위선 이만하고 學年初에 費用이나 알려라 얼마간不足하겠지

이만둔다。

봉자보아라

네글은 받아읽었다 네가 생각하고있는것도 대강엿볼수 있고 네글쓴것도 전보다는 얼마간 나

어진것같다 나는 이것을 그대로 고치기가 어려워 새판으로 맨들었다 될수있는대로 너의 본뜻을

상하지아니하려고하였으나 네가 애써맨들어쓴말이라든지修辭는 다 다려나고 졸가리만 남었다 또

는 너의들少女時代에있는 感激性이 다 사러졌다 이것은 아까운 일이나마 내가 고쳐지으면 피할

수없는일이다 정아까우면 네글끝한토막을 내가 지은끝에다 붙혀달아도 無妨하겠다。자세한이야

기는 학교로 가서보고 말하겠지만 너는 幸福이란말을 일부러피한것같이 내눈에보인다。勿論사람

三月廿八日 龍兒

― 250 ―

은 맞당히 더욱이나 이 時代에태여난우리로서 제스스로의幸福만을위하야살어서는 아니될것이나

그러나 죠취 民族이나 나라만을위하야 獻身하기도어려운일이다。 그것이 한 非常時期、가령 戰

爭이나 民族的激烈한鬪爭期에 있어서는 不可能한일은 아니리라마는 길게두고 個人生活에 樂이

없으면 全生活의 推進力을 잃어버리고 停滯에빠져 아모일도 못하는危險이있었을것이다(여긔例外

가없다는것은아니다) 作文末段은 以上의 意味로 내가 적어넌것이다 잘생각해 보아라。 日氣도

치워지고 서울서 지벌 별맛도 없음으로 쉬(月末)집에 가서 겨울이나 지내고 올가한다 이번 토요

일에는 나 오겠지(그안에 맞나 보겠지마는)둘이 사진을하나 백일까하니 그리준비를하여라 될수

있으면 검정옷으로 늦어 미안하다。

十一月二十三日 오빠서

봉애야 너아마 그동안궁금하였을라 네편지를 본지가 한수무날이나 되는것같다 그때에 현옥

이에게한편지도 보았다 그러고 네가 내생각기보다 더비관도하고 더 괴로워하는줄도 알았으나

무어라고타이를말도 쉬생각나지않고 또 이런데서 일에 흥없이사는사람은 날의限界가없어서 하

로이를하는것이 수무날도가고 한달도가는 수가없는거야 아니지마는 모도가 다 내붓이 게을르

고 마음이 부족한 탓이지 다른것이 있었겠늬 내가 네마음먹는데對하야 몇마디 말하고저 하는것이

니 새겨드러라 대범 젊은사람치고 그날 그날 밥먹고 잠자고 머리는 쓰는일없이 사는사람이면

모르거니와 비록 꿈같은 리상일망정 어떠한 리상을품고 아렷다운 장래를꿈꾸다가 뜻갈지아니한

현실(現實)의 세상을 눈앞에 대할때에 비관으로 들어가지 아니하는 사람은 천생이 아조 락관

적(樂觀的)이거나 神經이 鈍한사람이리라 그러나 비록 내일죽을지는모를지언정 앞으로 긴날이

남은줄로 녀기는 젊은이의 비관에는 어대인지 달콤한 맛이 있어 앞길의빛을 기대하는것이다 그

러므로 「젊은이의 비관은 달큼하고 어른의 비관은 쓸쓸하고 늙은이의 비관은 아조 절망으로 들

어 간다」는말이 있었나니라 오늘은 비록 어려운가운데있고 뜻을펴지못할지라도 얼마동안만참고지

나면 다시 새로운길이 열리리라 오늘날참고 지내는것이 내리상으로나가는길을 한거름이라도 가

깝게하여준다면하고 오늘을참는것이다 만일 이만한 바람이라도 없으면 어느뉘가 그시각에 이

세상을떠나기를 주저하랴마는 이러한 바람을바리게할것이 무엇이냐 이바람을 가지는것이 청춘

의힘이란다「함렡」라는 연극에 「함렡」라는 王子가 자기어머니와 삼촌과 간통하야 아버지를 죽

인 흔적을알고 원수를갚을까말까혼자괴로워하다가 거짓미친체하고 혼자썹으렁거리는말이 「산

단말이냐 만단말이냐 그것이 문제로고나 살자니 이세상은 이것저것속상하고 화나는것뿐 기나

긴잠가운데 한쪽꿈같은 이세상을 떠나기야 무어 그리 어려우랴마는 죽음으로 이 꿈을 끊고 다시긴

잠으로 들어간다면 그 잠가운데 다시또 더사나운꿈이 없다고 누가말하랴」이같은말로 그의흔들리

는심사를 나타냈데가 있다。 봉애야 눈을 널리고 날카롭게하야 비극(悲劇)덩어리 괴로움덩어리 이

세상을 보아라 더자세히 살펴라 「구약」에 「예레미야」라는 선지자가 자긔나라가 망하야 예루살

렘이 터만남은것을보고 「아ー내슬픔같은슬픔이 어데있나 보라」하고 부르짖은이가 있나 보

내한사람으로 그렇게 눈앞에 괴로움이 있다하면 그는앞으로 나갈길을 찾는괴로움이오 아조 그자리에서

라」하고싶다 눈앞에 괴로움이 있다 도로혀 「나의괴롬같은 괴롬을격지않는이가 있나보

꺼꾸러지는 괴로움은 아니다」이것을 알어라 우리의 길이 여긔서 막혀서 우리가 꺼꾸러지는것은

아니다 그렇게 사못친길은아닌것이다 지금우리가 머뭇거리는것은 어느길이더넓을가하고 주저

하는데지나지않다 마즈막 악을내여서 죽기를한정하고 나갈지경까지는 아니되였다 지금아버지

께서 네게 좀 심하게 하시는것같으나 다른 사람은 그뜻을 모를지언정 나는 그뜻을 짐작한다 아

버지께서는 다만 네가만일 실수를하면 그시비가 자긔에게로 돌아올것을 두려워하야 지금부터

시비맥이를하시는데 지내지못한다 아버지께서 그렇게 말슴하시는것은아니나 우리알기에도 아

버지가 그리몽매하셔서 여자학교에 감은 큰죄로 아시는것도아니오 또 부모와자식들 형제남매간갈

은 관게는 부부라든지 임군신하의관게와는 다른것이다 끊으면 끊어지고 붙히면 붙혀지는 것으

로는 생각지않는다 뗀다고 떼여도 쓸데없고 자기가 한번 낳은이상에는 아들이며 딸인가한다 그

러므로 아버지의하시는것은 될수있는대로 내게어렵게하여서 너로하여금 실수함이 없게하려는

마음이 많으신줄안다 무릇 사람이 범연한사이면 저사람이 위태한 일을하던 좋은일을하던 「맘

대로해보게」하고 구경만하는것이다 참으로 사랑하고 친한사이라야 저사람이 내마음에 마땅치

않은일 실수하면큰일날일을하랴고할때에는 싸흠을하야 틀리기를 어려워하지않고 말리는것이다

내가 무엇을 하랴할때에 충심으로 그것을 도아주는이도 나를사랑하는사람이지만은 나와다토기

를 사양치않고 구태여 말리는사람도 나를사랑하는 사람인줄을알어라 다만 그때에 그일에對하야

뜻이 같고다틀뿐이지 정은마찬가진것이다 지금우리집형편을 말하면 네가학비관게로 어렵게되

여서 잘못되기를바랄만큼 아버지께서 너를 그렇게 미워하는것도아니오 도로혀 너에게 은근히

바람이 있는것이오 또 어머니와 아버지관게를 말하여도 어머님을 생각하면 눈물도 나오는 일이

지마는 뉘힘으로 어떻게 할수없는노릇 효성도효성이오 인정도인정이려니와 남은날이기ㅣ라사람이 늙은사

가돌아가실수밖에없는노릇 박절한 말슴이나마 길지않은여생 어떻게든지 지내시다

람을위하야 전연 히생을 할수는없는노릇인줄로 일수밖에있나냐 그외에것이야 다 어떻게던지 되

여갈것 그러고보면 남은것은 내일뿐이다 내일도 다른것이야 문제될것없었다마는 네형과의 관게

가 어려울뿐이다 그러나 모든것이 다만어렵고 까다로울뿐이지 不可能한 노릇은아니다 일로말

하면 끊기가 어려운일은 있으나 끊을수없는 일은 없는것이다 실이 잘못맺히면 온전히 풀기는 어

려울지언정 마즈막끊기로하면 무엇이 그리어려우랴 어린네가 내일을가지고 걱정하는것만보아도

내가 미안스러운마음이없지않다 더욱이 내일까닭으로 네가그렇게 걱정한다면 (걱정아니할수야

없겠지마는) 내마음을 둘데가없었다 그러고 사람의목숨이 적어도이지마는 그리 가벼운것도 아니

다 죽고살기를 걸고하는 일은 그 目的物이 또한 그만큼커야하는것이다 「사람이 한번죽지 두번죽

나」하고 높은가지에달린 감한개를따러 죽기한하고 올라간다던지 남과싸호고 화난다고 목매죽는

다던지 싸호는 소의뿔을 붙잡는다던지하야 목숨을버린다면 이것이 이른바 「외자죽엄」이오 日本

말로 大死(イヌジニ)라는것이다 사람이 큰일을 이루랴면 목숨을 걸어야하는 것이지마는 죽으면 하나밖에

없는귀한목숨을 바치는것이니 살아서 얻을랴고하는것이 또한 내목숨과比較하야 부끄럽지 아니

할만한것이라야하지 그렇지아니하면 죽고살기를 걸만한것은 없나너라 바느질을하다가 일가슴

이사나와서 애가터진다고 우물에빠저죽은女子가 있다고하거든 그것을웃지말고 스사로도리켜살

펴보라 그렇지않아도 「兒女子의偏狹한마음」이라고 두고쓰는말이 있는줄을알어라 사람이 목숨

을내걸면 하지못할일이 별로없나니라 精神없이 걸어다니다가 電車에치여죽은사람과 姜하고싸

호고 물에빠져죽은 사나희가 있는것을 新聞에서보고 불상한생각보다도 비웃는마음이 몬저이러

나더라 정신이삭막해서 두서가없어 알아보기어려울것같다 내가 정신없이 썼으니 네나 정신차

려읽어라 몸성히공부잘하여라。

새가三年을 날지아니코 울지아니니 그 날매 장차하날을 찔를것이오 (飛將冲天)울매 장차 사

람을 놀래리라 (鳴將驚人)는 말이 있느니라。

九月二十日 네오라비씀

아조 깜박 잊고있었다 九月末이되라면 한참 남은것으로만 녀기고 있었고나 덧없는 나달이 흐

르는 물같다고 누가하든가 너희가 金剛山에를 가면 벌서 丹楓닢이 붉게 빨갛게 奇岩怪石사이

를 단장하고 있겠고나 內金剛에를 못간다면 甚히遺憾이다 費用關係도 많이들릴것은 없을 터인

데 그러나 玉流洞의美는內金剛의 山色에 淸秀脫俗하여 仙味가있는데비겨 健康美가 있다고할까

검우레메한게。 그러나 九龍瀑가雄壯하야 瀑布밑에沼에서는 소름이 끼칠것이다 上八潭에 기어

올라 內金剛을 望見하면 金剛山眺望의 一適處일것이다 金剛山의全景을질기는데는 높은데올라

멀리바라보는데있다 그中 上八潭도한곳이다 萬物相은記憶이茫然하다 去年에는 病이나서 미처

萬物相을 못보았을으로。 그러나 거기도 길은 험하야 새악시들에게는 適當치않을듯하다 新萬物

相의 險을밟으면 奇恢한 맛은 있을것이다 海金剛의뱃노리로 日氣나 晴朗하면 一日淸遊에는 足할

것이다 金剛山出入口되는 長箭港의 兩便風光도 그것이 金剛山옆에 있으니가 빛어가리워지지

그렇지않으면 훌륭한 別莊地帶라고 할것이다。 金剛山이야기는 이만하고 脚本인가는 참淸書하

느라고 고생많이했다 명소게으른 約束보다 一週日以上이 늦어져서 未安千萬

이다 劇이라는것은 이야기까닭도 문제러너와 對話를 끌고나가는데 妙가있어야하는데 본솜씨도

不足한데다가 벼락것으로 뚜드려 마치니까 淸書할때에 붓이나가지 않는데가 많더라 그러니까

勿論다른데서 더適當한것이 있으면 그렇게하고 어쩔수없이 「夕陽」을 하게된다면 낮낮이 말을

그대로 외이려고 受苦할必要는없을것같다 더구나 四場같은데는 마음대로 말을 더넣어서 더 우

습게하여도 좋을것같다 거기혹 더注意할것은 그것이決定된다음으로 밀우고。

時計는 어떻게 마음에 들드냐 여기서몇일 찾어보니까 아무래도 조곰빠르든데。 學費를 더일

즉 보내 줄것인데 정말마음을 놓고있었다 金剛山못가게 된다고 너의들격정 무던히 했겠다 電

報爲替를보냈으니까(五十圓)지금쯤은 네가 받었을지도모르겠다 나하는일은 그저그모양이다。

上八潭올라가는데 石面이끼를 쪼아서 龍爺 永郞이라고 題名한것이있너니라.

九月二十一日 龍兒

봉애 받아보아라

이번學校일에 대해서 네게 直接여러가지周旋을 命令한것은 좀無理한注文이였든가 나는 네가

될수있는대로 너의 性情의가는길을 取하야나가게하고 —— 勿論그것이 내見解에 過히 그릇치지않

는것으로 보이는限에서—— 내힘자라는데까지는 부축하여 주려는것이 소원이다 그런데 나는 실

지로 네性情嗜好等을 觀察할機會를 적게가졌었다 네가 女高普에있는中에 같이 좀지내보려든우

리의經綸은 나의無能으로말미암음인지 빈탕이되였고나 昨年에 林貞姬도 서울있을제인데 오막

사리라도얻어 自炊生活이라도 시작될듯하더니 지나간이야기거리가 되고말았지 그러고너는 내

게대하여서는 네自身의發表라고는없이 내말만唯唯히들어두고 마는사람。 내가 참사람의心肝을

드려다보는 눈이있는外에는 널 알아보기어렵지않겠니 나는 그래 네동무들의편지쪽들에서라도

네日常生活을 줏어모아보려고도하지 너는네將來에대하여서도 내게 말을못해보았지 나를 대하

면 하랴든말도 못한다는 너도 딱한일이지 네가 그것을 發表치 못하는것을 네心中에서도 分明

한 計劃이 서지못한 연고일 것이다 (누가 自己將來에대하여 明確한예정을세우는사람이 있겠느냐) 그

러나 때때로 떠오르는 空想같은조각이라도 있을것이니 그런것들도 材料삼아 같이 研究하였으면

도움도될터인데 너는 듣고웃는 사람노릇만하니 나는 그저 내意見에 몇개를 느려노아 너의選擇

에 參考로하여줄밖에。 말이좀 줄을빙글빙글 校長에게請하란것은 덮어놓고 同志社高等學部에 入

學시켜달라고 졸르란말이지 校長이야 聽講生을알며 特別을알겠니 시험않보고 어데入學할수있

느냐고하거든 交涉만잘하면 이편이조선사람이고하므로 特別이入學식혀주는수도있다고 아모래

도 外國사람이되여서 日本사람들과 똑같이 시험을보아서 드러가기는어렵다고 어떻게잘周旋해

서 交涉만해준다면 그다음에 同志社便에 特別入學이라야 된다던지 選科라거나 聽講生으로는될

수있다거나 하는回答이있었다면 그때알지。一般受驗者와같이 受驗하는데가서는 紹介가 別効果

없는것이다 奈良도 選科시험이 있다고하나 어떻게하는것인지 모르거니와 (奈良에科別도 좀 적

어보내라) 一般에 競爭이된다면 어려운말이지 어떻게든지 個人으로 特別取扱을받어야 수얼하

지 日本女子大學募集規定도 얻어다보아라 네가 勿論校長에게 그런말하기도싫을것이요 白氏에

게 편지하기도 창피하게녀길지나 일을 위하여 結末을위하여 効果를위하여 두번말하고 세번請

하여될터이면 그렇게라도하여보라고命하는것이다 혹간 네게 보이는 過度한淸廉介潔、그것은이

세상에서 事業을 하여나가는데는 좀억제하여야할것으로 녀긴다 그 廉潔이 極度까지 行動에나타

난것이 古代的忠臣 烈女일가한다 거기 感情의 淸快는있을法하나 事業은없다 烈女에 대하여는

너의생각에맡기자。敵軍이 한城을 占領할時에 스사로 목숨을끊는 忠臣이 그自身의感情에는 한

충快할것이나 이 感情의 快를取하지않고 羞恥를참으며 隱忍하야 後日에 事業이있으면 우리는그

것을 取할것이다 (後日에事業을 期必할수없는것이매 만일 잘못되면뒤 그의心思를 알어주랴마

는) 우리는 行하는사람 스사로의 感情如何보다도 그의人間에 끼치는 事業成績의大小를 가지고

그行動의 價値를 評하려함이 나의效果主義의道德觀이다 一時感情의 快不快보다도 그結果의綿

密한豫測에서 行動의左右를 決하여야 한다는것이 이敎訓이다。行하기가 가르치기같이 쉬운것

은아니다 무슨일에 臨하던지 짜식거리지말고 고개짓하고웃지말고 正面으로對하라고 내일직이

너를 가르치었다 내自身보다도 네가 그原理를 더 敢行한것을기뻐한다 이제 이敎訓도 같은結

果를 가져왔으면한다 네 생각이란것이 언제完全한 形體를 잡기를기다려 發表할게 아니

라 생각하나는 조각조각을 뭝수있는대로 알리어라 그리하여 그것을 材料삼아 같이 네將來의 方

途를 硏究하자 웁바에게 매달여 어리광부리고 줄르는누이도 있지아니하냐 너다려 그러라는 말

은아니나 그氣分을 좀 理解하고 배워라 우리의 무老性은 決코 贊成만 할것은 못된다 문잡그고

무색옷입으며 분발르고 자리에 들어가는 氣分가운데는 美에대한 애띠고 귀여운 憧憬이 있지아

니한가한다 英語를 벳겨보내라 講義해보내마 무엇이든지 어려워말고。

옵바

봉애보아라

약속대로 붓은 들었다 네졸업에對한 축하인사도있었어야 할터인데 어찌생각하면「네가벌써」하

고 신기한생각도 나지마는 또 어찌생각하면 가장당연한일갈애서 할말조차없는듯하다 우리의記

憶에남은 時間觀念이란 대단히 정확지못한모양이다 四年前이라고하면 數字的으로 分明한듯하

지마는 엇그젠듯 가까히생각되기도하고 또 한없이 멀어버린일갈기도하다 다만 입학시험때에운

동장에서 기다리며 바람과몬지에 부댓기여 제가시험을 치루는게 한결나으리라고 생각하든게생

각히며 철로어진다 네 그동안四年間의 學校生活은 집의 무거움에 부댓기는 괴롬은있었으나勞

力과奮鬪의生活이 있을것이다 내가널더러 가라치기를 미루기웃거리지말고 고개짓하지말고 반듯이 걸어가

慰安은 있을것이다 스사로 돌아보아 結果에는 滿足지않는다할지라도 誠心껏 일렀다는

서 正面으로衝突(이두字가 싫으나 그밖에말이었다)하라고 하였다 그래너는工夫에 公會活動에

演劇에、 運動에、그誠實함은 가르친나로하여금 奮發을 본받는마음을 이르키게하는 바이있었다

실상무슨일에나 미루 겁낼것없이 한번락부디쳐보고 다시手段을 생각하면 大槪方道가 생기는것

이오 미루 이러하면 이러하고 저리하면 저리한다고 열아문가지로 생각만하고 있다가는 한번부

디처보지도 못하는수가많다 漢文에도再思는可 三思는不可라는말이있다 한번락쳐보고 다음 手

段을생각하라 남을대해서 千번가르쳐도좋다고 생각한다 英國에쁘라우닝(Browning)이라는 詩人

은 樂觀的思想을가지고 사람의 세상이라는것은 필경 좋게되리라고믿고 그것은 사람의奮鬪에依

해서만 實現될것이라고믿은사람이었다 그의죽을때쯤의詩에 (never turned his back but marched

breast forward) 、 둥어리를 돌려댄일없고 (人生을廻避하야도 망한다는뜻) 가슴앞으로 나아가며

구름의벗어짐을 의심치않고 옳음(正)이지는일 있더라도 그름(不正)이 이기리라고는믿지않으며

우리가 넘어지기는 이러나려함이오 지기는 더잘싸호려함이오 잘자기는 깨기위함이라고하였다

(march breast forward)이른바正正當當한態度다 비록 이러한줄을안다하자 남의얼굴을 치여다보지

않고 마음으로 웃으며 미리 겁내지않고 일에다할수가있을가 이것이 문제다 佛敎의이야기를좀

하자 여기 어떤사람이있어서 人生을苦海로 본다고하자 거기는 生、老、病、死가있다 오늘 歡

樂의極을다하던사람도 내일병들넌지모르며 三十年後에는 老를免치 못할것이오 世界를 흔드는

事業을 한다할지라도 死를한번만나는 날에는 그것이 다무엇이냐 死字가눈앞에 걸려있을것이다

사람마다 그렇게 死를 늘 생각하는것은 아니지마는 눈앞에 늘 死가 어룽거리는 사람을 생각해보아

라 그사람에게 무슨藥이 있을것이냐 그 煩惱이 어떠할것이냐 苦痛끝에 이러한 解答을얻을것이냐

내가 煩惱할게무엇이냐 사람은 낫다죽는다 아침에생겼다 사라지는안개나 하루사리의 목숨이나

人生五十年이나 무슨다름이 있느냐 모든세상것은 생겼다(生) 조금멈췄다(住) 문허져서(壞)뿐

는것(空)이 아니냐 그렇게 變轉하는가운데서 내가 또 그變轉을 걱정하고 괴로워 할것이 무엇이

냐 괴로움이란 무엇이냐 우리의괴로움가운데가 헛된것이아니냐 모든것이 우리 마음가운데 생겼

다 사라지는 헛되고헛된것이아니냐 이것이 理論的知識이다 이만한解決은 누구나하는것이냐 옆

에서 누가가르쳐주면 누구나 알수있는 理論이다 이러한理論을 한번만들으면 그괴로움은 다없

어질가 아니다 亦是죽기는싫고 무섭다 찌프려지고 좋은것은 욕심이난다 이

것을 表面的知識이라고한다 참으로 得道를하면 헛된것도없고 헛되지아니한것도없다 귀한것천

한것도없고 욕심나는것도 없고 괴로울것도없다 모든것이 훤하게빛외는 光線과같다 이것이 道

通이라고하고 眞智의 경게다 佛教뿐아니라 예수교인이면 누구나 모든사람은 똑같이 사랑해야

한다고말하며 또 그리해야할줄찜은 알것이다 그러나 밥먹다 더러운거지를보면 구역질이나고 미

운사람은 싫고 어여뿐사람은 사랑읍다 어쩔수없는 노릇이다 아마예수는 유태民族은 똑같이사랑

했을지 모른다 그러나 그도 이 방사람을 얼마나 사랑했든가는 의문이다 表智는 배웠다 잊어버리는

英語와 갇고 女學生들이 외여가지고 간 代數式과갇다 眞智는 우리의 國語와갇다 眞智는 곧우리의

意志요 生命이다 「正進」과 「眞智」가 다 오늘 새로하는말이아니냐 새로이 反省記憶하는 意味로

이만큼 訓說하였다 네게는 한가지더말이 있다 언제나 웃지않고 쓴맛본괴얼굴모양 찌프리고만앉

었는것이 人生에對한 誠實이아니오 樂은 排斥하는것이 事實에대한 熱心이아니다 우슴만이 人

生이아닌거와 마찬가지로 人生은우름만도아니다 人生그대로가 人生이다 그러므로 그 괴롬과질

검에 다 사모치는것이 거기誠實하는 길일가한다 日常生活에 樂이없이는 事業에對한 熱心은 長

久하지를 못하다 心志의和平은 樂이없이 연을수없다 그러므로 樂을求함이 罪惡뿐은아닐것이다

여기서 네生活의 調和를바란다 事業을爲하여서라도。

인제 바람철도 지났는가 비가개인뒤에 하날이 포ー랗다 옷도 저런옷을입고 방도 저런색을 칠

했으면 쓰겠다 사람마다 편지머리에 봄에對한 文學的叙述이 있을러이니까 나도 닥금으로적어

두었던것을 좀볏겨보자

三　行　詩

　　나무님 피기전

귀에선 새소리 창밖에 숫더리여

잠긴마음 깨트리고 불연듯 뛰여나니

봄조차 서로부르노라 재처우는 소리오녀

　　　×

뿌렸다 근첫다 개고리우름에석기는비

게을리 굴려가는 첫봄의 우뢰소리에

한바로 누었던몸을 모으로 누이도다

　　　×

이밤에 고요히 내리는 가는비는

첨하끝에 듣는소리 헤이기도하울듯이

행여나 님의눈물아니면 이대도록다수리

따에서 오르는김 품었느며 파란내암

씻은듯 비지나고 돌우느니 푸른빛이

미칠듯 부둥켜안고 빰을부벼 보오리 ── 이것이 제일 좀 나은 모양이다

×

웃으며 넘어질듯 다름질하는 마을애들

마른잔되우에다순해를 저희혼자 차지한듯

어제도 찌푸렸던하날이 오늘이리풀리심은

晩蟬이 童謠로 벗겨주다 이런것도 적어보았다

봄에부는바람

바람이 불어서

대수풀이 휘여질듯 넘어질듯

바다물결같이 출렁거린다

×

몰려오는 몬지가

때로떼를지여 고함지르며

병정떼같이 쳐들어온다

×

내사 무섭지도않다

보아라 마른잔디틈에

새파란 대가리가 여기저기서

푸른하날을 보랏고있지않느냐

어떻든 잘놀고 지내랴.

林 貞 姬 氏

이렇게 내가 먼저 붓을들어 길을 열기로합시다 貞姬라는 일홈을 귀로안지는 꽤 오래되었고 또 내
게 글을쓰고싶다는글을구경한지도 얼마되여서 便利함으로만 보아서라도 내가 먼저쓰는것이 마땅
하였으나 그리 긴급히할말이 있는것같지도아니하고 (그것은 오늘도 다름없는바이나)또 갑작

三月二十八日 오빠서

이 나오지도않아서 오늘까지밀렸소 이새 가을하늘이 연해맑고 마음이 그 높음을따르려는제

모시고 지내는양이 한갈같으신지 세사람동무의 섭지않은友情이 철원넓은벌을 앞에놓고 그宏

潤한삼사를이여폐여나가기를 멀리서바라오. 한장글이 짧아지려는것이 너무 초솔한듯하나 아모

래도 나타나지않는마음을 구타여 붓으로늘여보는것도 용한일이 아니니 貞姬氏의글이 내앞을

다시 열어주기를 기다리기로합시다.

처면삼아 봉애의일을 페끼치노라 잘보아달라 부탁하는것은 친형제지지않는사이에 도로혀서

어한일같으나 집안과 집안사이는 그렇지도않은 것이니 우에두분에게나 봉애집에서 인사말슴있

더라고 해주셨으면좋겠소、 이렇게쓰고보고 걸펏하면 생겨나는 어려워집을막기위하야 지은허물

없음이 지나치는듯도하나 사랑하는누이의 사랑하는벗에 대한 허물없음으로 말하지않아 집작하

기를바래오 아모래도 거북스러워지는붓을 오늘은 이만큼겠소。——九月十五日(昭和四年)龍兒

貞 姬 에 게

푸른하날에 가을햇빛이우렷하고 은비눌구름이 손짓하여부르듯 (반듯반듯하며) 「나아가잤구

나 나아가잤구나」가자니 오— 어디를가잔말이냐 이야말로 락가운마음 生의探險에 배질할용기

야 물론없고 가을날 우는듯한 비올린소리따라 마련없는 나그내길을걸을 실망도없었으니 솔나무

밑에가 서있었어도보라 잔디밭에가 퍽주저앉어도보다 할뿐 日前 어느동무에게 보낸글에

오ㅣ 이하날아레 이공기속에

열매익히는 저 햇빛가득 담은술잔을

고마이받들어 앞뒷없이 취하든 못해도

눈감은 만족에 바다같이 가라앉지도못하고

가슴에 머리에 넘치는 우름을

눈섭하나 깟닥하지 못하는사람은.

우리의 말할수없이 漠然한不滿 분명히目標가서지않는憧憬 우리의괴로움은 어쩐지宿命的인가

보오。

우리는다만「무언지하겠다는 마음만가득안고」저 참나무같이 커지기를 바라는것인가보오ㅣ이

옷사람의生이야 너무도倭小하고나 우리는 좀더 좀더 偉大하게살고싶고나 큰 물ㅅ결을이르키는

물ㅅ장이 치고싶고나 여늬사람의 열읍절힘세인 장사를봅시다 그사람의生活이 반듯이 安樂하고

幸福할것이냐 아니다 반듯이 그렇지는못하다 그의 生命의波動의幅이 클뿐이다 우리의 求하는것

도 다만 힘있는生 우리는 知識나부랭이에서 힘을얻어서 열사람의 힘있는생활을해보려는것인가

보오、우리는 歷史에制約될 여러가지環境의刺戟에서 이러한欲求를갖게되었소마는 그를 實現시

킬힘을 가지지못한것 우리가반듯이 일의成功만을 바랄것이요 일 그것가운데에서 全神經이緊張

하고 온몸에 땀을흘릴 명에라도 메이기를 바라는것이지마는 그명에를 매일만한 기회를 붙잡

을힘조차 不足한것에 우리의 탁가움이있소、이당나귀는 제게 실을 짐을 찾지못하였구려 이렇

게 혼자중얼거려 글을지었소、그래

댁내가 한가지평안하시고 서이지내는모양이 한갈같은지 같은것이 좋을것이야있소 나어졌다

는소식이 듣고싶소、봉애의건강이 별로 나어지는게없는모양이니 실로딱하오、동모들에게까지

겨정끼칠것같소、나 지내는모양은 그야말로한갈같소。

날더러 兄主라고부르니 기쁜마음은 제처놓고 兄主라는 일홈을 감당할런지는 모르겠소마는

貞姬를 사랑하는 누이로 여기는데는 주저하지않겠소、누이에게도 건강이앞서기를바라오。

정 희 보 오

親披두자를 無視하는 好奇心에 끌렸으니 親披라고 쓴것이 첫재실수요 봉애없을때 체夫온것은 運命으로돌리고 斷念합시다 그러나 요다음부터는 安心하고 아모말이라도하오 「戀淚」라는 新術語에「白色의淚가紛紅色의淚로變하며이다」라는 그어떤사람의 惡文을想起하고 破顔大笑하였소 그러한 惡文을쓰지말고 詩를쓰오、다음페지에 좋은文例를 하나뵈리다 읽어외여보시오、詩를읽거던좀천천히 읽으시오 貞姬가 좀速히읽는버릇이 있는가하여하는말이오、무엇이던지速히읽는것은 그리좋은 일은아닌것같소、이것은 내스사로가 가진 惡習慣에서 밀우어하는말이오。

봉애를 도로보내달렀으니 깟닥하면 내가미움받겠소、본시생각은 봉애를 한번도 데리고있어본적이 없으므로 좀같이있으면서 모든動靜을몸소살펴보자는 생각에지나지않았지 그렇게 정희의눈물을 짜는일될줄은 짐작못했소、같이자미있게지내는것도 좋지마는 서로 좀떠러져서 기겨보는것도 精神上약될가하오。

十、十七 龍兒

오 월 소 식　　정 지 용

오동나무꽃으로불밝힌 이곳첫여름이 그립지아니한가?

어린나그네꿈이 시시로파랑새가되여 오려니。

나무밑으로가나 책상턱에이마를고일때나。

늬가남기고간 기억만이 소근소근거리는고나。

모처럼만에날러온소식에 반가운마음이 울렁거리여。

가여운글자마다 머언황해가남실거리나니。

……나는 갈매기같은 종선을 한창치달리고있다……

쾌활한 오월넥타이가 내처 난데없는순풍이되여、

하늘과땅은 푸른물결우에솟은、

외따른섬 로만틕를 찾어 갈거나

국어와 아라비아글씨를배우려간

쩌그만 페스탈로치야 꾀꼬리같은선생님이야。

날마다밤마다 섬둘레가 근심스런풍랑에씹히는가하노니

은은이 밀려오는듯 멀리우는 울간소리。──끝──

이것은 江華島로先生노릇간 사랑하는 누의를 불러서 지은詩이니 비록그대의 切迫한感情과符

合하지는 못할지언정 곳곳이 그럴듯할것이니 외여보오、게으른나도 이렇게외여 쓸만큼외이는

詩요 그러고 정희도 좋은글을써보시오 詩와文의差異가 그리明確한것이아니니 어떻든 感情이 物

象의形態를 빌어서 表白되면 좋은것이니、아쉬우나마 내가 試官노릇은하지「나도」하고 시조

를 몇首짓는데 한五十分걸렸소。

○

공기는 높고맑아 새암물 약이되고

천구같은 아버지와 동기같은 어머니라

집웅이야 조그마하던 다시없어뵈더라

(Your home)

○

시냇물 소리따라 짓거리는 말소리와

새악시 우슴에 굴러가는 거름이매

어느덧 접어드는길을 잊고지나가더라

(安養寺道中)

○

어째야 알었던가 십년을 사괴였던가

뷔인말 하지아녀 마음서로 비최던가

많을듯 적은말삼을 그대하소하여라,

○

마른닢 갈아놓은 뒤언덕을 뛰여채니

장하다 철원벌 눈아래 깔리는고

말달릴 젊은마음이 도로살아오도다

○

발맞호든 여섯거름 돌아서니 헐되여라

마음에 등을지니 그림자ㄴ들 위로되랴

뒤ㅅ자최 애처로워라 더진듯걸어 가더라

○

옷방에 누이의숨소리만 들려들려 오더라

흐린눈 떼여보니 다만한방 전기불을

궁예의 꿈을실은 철원벌의 달만녀겨

○

이런것들이 다 헐되인붓작난인가하오、英語工夫는 내가오면서곧 冊을指定하고 方法을 말하랴

든게 며칠듯었소、ナショナル四卷講義를사부치오 工夫하기에 大段좋은冊이라고 定評이 있는것

이오、나는읽어보지못했어도。이것을 하로열페지씩、單字알고 뽑아쓰고 채리는데四五十分 英語

만열다섯번가량읽어서외여보는데 約한時間 읽는方法은너무빠르지않게意味와맛후어서 句節이잘

떠러지게 처음읽을때는10페지에四分ー五分걸리게 느릿느릿읽고 입에익거든 좀빨리읽어도되나

너무빠른것은禁物 熟語와特別한 用語例等을 좀자세보는데一二三十分 그래 두時間남짓 걸릴것이고

그 외에 單字에 對한 時間이 좀 걸릴것이오, 이것을 하로 쉬지말고 行하오 하로라도 빼면아니되오、 나

종에야 무엇이 되던 위선 한가지의 專門的習得이 있어야할터인데 貞姬에게는 語學이 適切할가하오

英文學을 硏究하는 意氣로 좀 해보기를바라오、 이點에서 우리붕애는 專門의習得이 대단어려울듯

싶어 격정이오、 아마도 바쁜마음먹지말고 大器晚成이어니하고 핑계나하는게 좋을런지 貞姬는 집

실리는대로 실을수있을것같으니 내가무슨指導를한다하면 肉體的能力이 許諾하는데까지 실어볼

까하오。

月下의一群에 フランシス·ジャム의哀歌第一（サマンに送る哀歌）을 읽어보오 이것은 죽은벗

을 생각한것이지마는 읽으면좋을것이오。

내、 정희의 손을쥐오

十一月十七日 （昭和四年） 龍兒告

쓰고나서 정희아버니 편지를뵈오니 정희의눈물이 훤칠한강이되여흐르오 내가 울기는왜〜

하는」그대의性格이 보이는듯 同感을마지않소 쫓아오던지 떼려가던지 끼리끼리의交涉을 마음대

로하구려

貞姬 보오

　조선의문학적작품 춘향전 심청전등은 다 解怨하기위한 작품이라하오、 해원이라고까지는 할

수없지마는 내가정희의못견디는정과눈물을가름하야 이러한시조를지었으니 한편으로 내잠못자

는 심심풀이를하고 한편으로 親披의죄에대한 노염풀이를 할까하오、(親友와같이앉어破顏은하였

을지언정 그대의창피를 그렇게널리披露했을理없고 이後량은 별다른조심이있을터이니 마음놓고

美文的러앵레터를써보오) 이다음時조 여섯首는 정희가봉애에게지어보낸것이니 내가요전에정희

에게보낸여섯首와는 비교할수도 없는걸작이오 내시조를貞희가 추었지마는 그것은 다음정희가

批評眼이없었음을 말함에지나지않고 情誼의 친함으로 글의잘잘못을 덮였으니 정희의 眼目이 본

시았다면 그 정의 다시두터움을감사하오。

정희로부터 봉애에게

초ᄉ불이 무어완디 멀거니 바랐는고

품이 그립단 말이야 참아하랴

네얼굴 다만바랐고 손을쥐여 보고저

「우습다 우습다」하며 제절로 나는눈물
「운다 운다」웃으니를 무어그리 우수운고
날다려 어리석단가 저도보면 알것을

남달리 여겼더니 내허어이 어리석어
밝은달이 원망될줄 이제야 깨달은고
가지를 울리는바람아 고이건너 가렴아

그윽한 닭의우름 하멀리 들려온다
달근한 잠은 널조차 거기간가
벼개만 빰을만지니 헐든하다 하올가

눈에자최 아른아른 가슴만 문득메어
또렷한 그림을 들어보니 도로십중

이렇듯 못잊을놈을 어이멘고 싶어라

너도공주 아니언더 내사무슴 왕자라냐

이야기 가운대 나오는 사람같이

며러져 서로기리기만은 무슴일고 싶어라

이시조에 대해서는 그대가 가장鑑賞을正當히할 처지에있어서 批評의資格과 權利가있으니 마

(十八日夜)

음대로트집을잡아보는게어떻소

「ラマンチョオ」는 받았는지 그小說冊은 歷史가있소、내冊을 尹心德이가 얻어갔든게 어디로

간줄을 몰랐더니 尹聖德에게 놀러갔다가 偶然히發見해가지고 주인모르게 훔쳐가지고 왔소、참

主人의권리를 行使하였지만 前에내가읽을때에는 描寫의支離함을 느끼면서도 대단히感激하여읽

었든것인데 지금은 이야기를 다잊어버렸소 정희가 그것을읽는데 첫째부탁은「천천히읽으시오」

그러고 感想文(이렇드면 作中의諸主人公에對한)을 써보오 그리고 다시 힘이미치거던 梗槪를 적

어보오、作品을읽고 梗槪를적어보는것은 대단한 공부일것같소 그러나胃는 더욱애끼시고 工夫

를指導해서 學者를맨드는것쯤은 어려운일로아니여기오마는 heart의병과 胃의병은 낫울재주 없

어 보입더다 아버지어머니 강녕하시고 아이들무고하며 순남이 안녕하기를바라고 이만

11. 22 龍兒

나는 너를 잃어버렸다

나는 이글이君을기다리게될넌지 君이 이글을기다리고있는 처지인지를모르고 이글을쓰오。 君의身邊에對한 나의 이 놀랄만한無知를생각고웃으며、엇그제까지의詳知에返照하여。

오늘아침에는 비인정거장에서—— 비인게아니라 群衆가운데서의 孤獨에서—— 필요이상의 기나긴時間을 シャクに障つて 惱ましげに歩き廻つた。

그래 오늘하로의 氣分의울침은 반듯이 하나님의탓만도아니오、종일 세염없는 비人소리에 부대끼며 문두드리는 사람도없이 책을집어먹었더니 소화불량이되었소、밤에는 雨中을 부러 寫眞구경을갔지요、갔다오니까 옷은 웃옷까지 젖었소、수밀도를씹어먹으며 이편지를쓰나 이대로그치지않으면 오늘밤에는 京元線이不通이될게고 이방은새여서 잘데가 없겠소。

나는 作文비슷한글을쓰오、그래 作文속에Joke를 집어넣고 入場券을 同封할만한 마음의 餘裕를 活動寫眞덕에 연었오、그러나 恨み를述べる 機會는 잃지않는게上策이오、설마 비때문에 물

—— 280 ——

렸을理는없고 그렇지않다면 더구나 그만한 理由를推察할재조도없었고 그래 집에는 無事히 到着

해서 우으로 아버지 아래로 아오들 얼마나반기고 새어머니의환영도 많이받는지 실로알고져하오

물론 여기대한答을 들으렴이아니라 오고가는길에 서로만나지못하고 어긋지는 不幸을 期待하

는바이지마는

여기서 끊으려오 流暢한攻擊의붓이 레터페퍼를 펄렁거려넘길셈을잡고 會心의미소를 가졌더

니만 막상당해보니 붓은맘을 딿지않고 맘은 빗소리를딸아 헐어지오。

七月四日 (昭和五年) Yours very truly 龍兒

君의 고달픈 자미의 幸福을 비오。

정회 案下

정거장에서 ションボリ서있던君과 깊은밤중을달리는기차 비 月井里에서 기다리고앉었는 君

의외로움 자동차집에서 밝기를기다리는 君의고달픔 나로하여금 諧謔以上의 哀愁를느끼게하오

그래 요새일과는? 君의 집공기의 건강함을알므로 새삼스리 건강을묻지 아니하려오、나의 하

로하로는 아모데섬불로 別로 다를것이없었소、綠陰의푸름이 나를기쁘게하지못하고 회화나무의질

은 그늘이 우리사랑채를 외려 갑갑하게하오。

나는 어제 한직을 앓았오、 그그제 몸에 異常이 있기에 설마하였더니 亦是京城以來의 延長일

가보오。날이 우슙게넘어가오 讀書日誌를比較하면 君들에게 무릎을굽힐가보오 君이나 봉애가

意外의無知를폭 노할때에 나의沈鬱해짐을 기억해두오。

내가 무서워하는것이 하나있소、 내人生의決算期가왔다하고 그때에 붓대를놓고누으며 부르

짖기를「我世に敗れたり」나는 이것만을 避하고싶소。

不足한才能과 空想的大望이는 一生을眞空속에 몰아넣으려하오 理由없는 不安과焦燥、쓸데없

는걱정과 헐된希望 이모든憂鬱의구름을 벗겨버리고 靑天白日같은심사로 아모不安없이 일을計

劃하고 부디쳐서해내는지경 나는진실로 偉大한健康이 욕심나오。

아침에쓰던걸 밤에있어쓰오、글을如前히 미끄럽지못하오、요새詩를좀쓸라하지만 토막밖에생

기지않소、君도혹?

가령 비ㅅ속에정거장에 앉었던氣分은 一個의感情狀態이오、그것을 君의눈앞에 뚜렷한實體로

걸어놓고 言語로.再現하려할때에 君은 非常한困難을느낄것이오、「비는오고 이어둔밤에 나는집

에를못가고 기다리고있고나 아 외로워라」해도 나타나지않고 「나는졸다가ノリコン를쳤다」하면

더욱이나 이것이 所謂詩人의 表現苦라오、 近代詩人의 特別한 主張으로 詩가單純한 말재주가아니

라는것은 이러한體驗的感情狀態(勿論非凡한)를 要求하는것이오、 쌀박재주가있는 말한마디를가지

고 몇줄의글을 이루는것을 情緒의基礎가薄弱하대서 抒情詩로서 놓이보지아니하려는理由라오 그

래서 感情의訓練 銳敏化 深刻化를求하다 甚하야는 表現不可能의 境界에 떠러지고만다오 勿論

君에게 詩作을薦하는 意思는毫末없고 英語工夫나 많이해서 나를 뒤딸아오며 채찍질했으면

學業과健康의兩報告에 다 君에게 뒤떠러졌으니 이미一回戰은지나고 二回戰에나 어디

七月九日 (昭和六年) 龍喆

仙人掌 꽃봉오리를넣어보내오 거기가서 물에나 잠가놓면 꽃이필넌지

정희 앞

벌써 여러날되었소 그간은 몸성히지나는지 아버지와 여러동생들 다연고없고? 요전편지보아

서는 몸이편치못한모양같더니 이새 회복되었소 연해서氣溫이 났소 우리몸약한 사람들은 치운기

가들면 모든機能이 活발치못해지오、 君들도 치우면 여름이라도 릴샤쓰쯤내입을만큼 몸조섭을할

줄알았으면 싫읍데다 綠陰속에 쌓여서 개고 리소리를 듣고사오마는 田園이 樂園이아니오、 生活

의 最低線上에서 사람들은 배회하오、 나도 요새좀색다르게 빚催促 競賣手續 논調査 이런일을 해

보았소 하면못할거야없지마는 다른모든일과 마찬가지로 無意味하오、이事件이 가을이나되여 끝

을짓기까지는 우리집經濟가 潤滑을 얻지못할모양이고 나도雜務의 責任을벗지못할것같소 요새波

蘭作家 「레이몬드」의 노벨賞받은 小說「農民」을읽으오、秋、冬、春、夏、四卷에 두卷千餘頁를읽었

소 波蘭의 一農村에서 그마을에서는第一너녁너하다는 自作農의한집안을主로 氣候의變化 節季딸

아 村中에서行하는 여러가지일이 風俗報告格으로 寫實的으로 描寫되어있고 먹고살기爲한 苦役

서로사이의貪慾、 듣고 할키고 싸우고 욕하고 바늘끝만한일만있어도 혀끝이간지러워서 마을도

는 여편네들 술잔끝에싸우는 사내들 愚昧 陰險 여기도 한개의 最低線의生活이있소。

朝鮮도 偉大한 寫實主義作家가나서 農村의 暗黑을 그대로 그려놓는다면 이와性質은 다를지

언정 人類에對한 絕望을이르키는데는 同一한效果가 있을것같소。

내 요새 가끔 優しさ가 가슴에 가득한狀態를 그리려하오 やさしい에對한 譯語를發明해주오。

仙人掌은 꽃이되었소그래、

오늘은 君의머리로 다리를매며 讚嘆이대단합데다 나는 그것을목에감고 놀았소、

七月二十一日 龍喆

우리 정희 보소

날마다 편지한장씩쓰기도 文辭가 枯渴해서 힘이드니 그럴지경이면은 글쓰는 러웠가 대체 무

슨소용이겠는냐는 의논이생기겠소。 어제는 또좀마음을놓아서 하로걸렀지 본시 날마다 쓰기로

한약속이라는것이 하로걸러큼씩쓰면 리행되는 무언중의약속이아니겠소。 그것은 물론그렇다손

치고 밤사이라도

집안이모도 연고없으며 鍾逸이 一秒에일곱센치나 기게되었는지요 여기서는 오늘이 南甛이 생

일이라 미역국끄려먹었소 어제나는 達이를 집에맡겨두고 송정리가서 머리깍고 죽니댁 한재댁

다녀들어왔지요 총시간은 세시간밖에 않들였으니 염녀놓소 종달이는 아즉도 기침을 콜록콜록해

서 방에 가도아놓고지내오 구미도 좀 상해서먹는것도 셍치않지만 올때보다 말러가지고 갈게 지

금부터 격정이오。 明日 光州좀다녀오려하오。 九、十日頃떠나려려는데 아침車 밤車가 또문제요 스

럼이있어 피웠다 껏다하는데 더워서 땀이죽죽흐르고 꺼놓면 얼마식은 다음에 다시

피워놓면 또땀이나고하니 요전밤에 도내가 땀을어찌흘렸는지 모른다오、 그래도 가기는밤에 가

는게 나을듯하고 아즉 질정하지못하겠구려。

돈이 그렇게 똑 떼려 졌으면 어떻게 살겠소

이속에 살 그만이 十圓넹보내오、

土地問題에 繼續的投資活動은 反對 이번만은 해둘수밖에없다는말슴

이만주립니다

三月六日 (昭和十年) 龍喆

貞姫 보이소

오늘여기 떠나는날아침

어쩌녁에는 늦게잤지오 그래도 아침에는 여섯시에 이러났소 마침 築地劇團 (日本劇研格)京

都公演 櫻花園구경을했지요 조선영화원을못봐서 比較研究를못해서 遺憾이오 晩詰이가 比較批

評을할테니 들어보오. 그적게는 굉장한 行程을했지요 먼저大阪으로가서 大阪城구경을 했는데

豊臣秀吉이가 築造한것 참말 宏壯합데다 日本國力이 그때能히 이런 土木事業을 할수있었다는

것을보면 놀랬소 豊臣秀吉의 畵像을보니까―자 어떻게생겼을듯하오 한번 알어마쳐보시오 바

짝마르고 못나게생긴것이 이것이 日本史上의最大英雄인가하면 나도말른것 悲觀않기로했소 살

오르기소원아니오 그런데 요새 살도좀 오른것같소。

三越을 잠간들러서 寶塚(三四十里떠려저있소)으로 少女歌劇구경을 갔지오 이만한것이 그렇

게人氣가있는가하면 우스운생각이나오 獨唱하나 변변히하는것없었고 合唱은 梨花코ー러쓰를 當

하랴면 아직멀고 舞踊이래야 그야말로 그럭저럭 人形같은것들이 나와서 女學校學藝會같이 에

로리써즘이있을까、나원 모를일이라고 ツク〳〵 생각했소이다。

京都와서 京美人이라기에 어디를가나 일부러 注意를해봤지오 둘레둘레 야단하지마소、曾我酒

家劇매나 活寫나 寶塚이나 그中에서는 寶塚이 좀낳고 그러나 失望을 할번했는데 어쩌녁 築地

公演에는 宛然히程度가 틀려서 기쁩데다 이를테면 京都인텔리를 쑥뽑아논모양인데 눈에 띠이

는 얼굴들이 많아요 이걸로봐도 美가結局 얼굴뼈생김보다 그腦속에 있는 情緒、教養에서 나오

는 表情如何에 左右되는것이 더 크리라는것을 切實히、이렇게理論的이되여서야 어디「戀愛便

紙」의 模範文이 될수있겠소이까。

당신 먹면야다되었거던 重澈이에게가서 또 얻어다먹고 어머니께 兩儀煎다려드리소 우리애

기들다 잘있는가。

三月二十五日 (昭和十二年) 龍生

貞姬 보오

　밤새 집안에 별연고없기 소원이오 우리는 그날무사이 왔지요 종달이가 먹겠다는것이 어찌 많

은지 타자마자 빵한봉 만주한봉 사이다하나 우유에 변또까지 路費를 굉장히 많이 썼소이다 와

서도 밥을잘먹소。

　아버지병환은 거진나으셔서 손가락끄터리만큼만 차올르면 完治되겠으니 그만이나 목에 멍울

이 굉장히커져서 격정지경이오 前에 잡숫든 丸藥을 湯藥해서 本格的으로 잡숫는中인데 이제좀

크는것이 中止된듯하다하오 서모도 기침에 오래보대끼는中 未差한편이고 열울댁이는 첫몸

살等等에 좀보대낀다하오 수곡할머니 송정리제사에 가셨다가 어제저녁에야 오셨는데 밤에 열

울댁으로 가셨소 무장어머님 별로대단히 아프지는아니하시고 그외에는 다들잘있는가보오、종

원이 산술과국문이 잘못한다고 어제부터 내게로공부온다오 종대여전하고 용진이한창이쁘게구

는데 따님이 아직은 에쁘지못한편으로 공논이오、여기는 농사는전에없이잘되었는데 베여드릴

때 비가많아서 곡수받는벼가 흙투성이된놈 썩난놈해서 말성이 많다고하오。

　위선이만쓰니 짐작하시오 난로는어찌했소 어머니 肝油도 繼續服用시켜드렸으면 애기들약도

잊지말고

나는 여기서 며칠먹고자고하면 살이좀 찔상싶소 제일 뜻뜻해서 몸이활발하오、치워서 웅구

리고 들어갈생각은 아직나지않소

써야할날 하로늦어서

（昭和十二年十一月二十八日） 龍生

張起悌氏에게 보낸 글

──────── ○○○○ ────────

我等が あの日の話と歩は愉快なものでした　我等の心霊は互に近よる様でした　それが　かくも
突然に切斷されるとは！　私は自由を失つて居ります　危險なまもりものが　多くあります　我等の
途は 今は らんでぶーの外はありません　傳染病室とか云ふ　けつたいな名の建物の前一二三十歩の
處枝の茂つた古木があります　そこでは 毎晩ナイティンゲルの　音樂がありますが　私は只あなた
のギターをそこにき〜たいのです　その眞向ひの窓にあなたの苦心の人形が　お見えになるでせう
我等は甘き らんでぶーに ひたるでせうよ　あなかしこ　熱は三十九度です　此はたはごとぢやあ
りません。

昭和七年七月十四日　龍生

인제야 兄에게 몇字적어볼가합니다

대단히 어려운편지라고 책망하시겠읍니다 상제님에대한 문안은 따로드리지 않겠읍니다、柳

君과李君에게보낸편지 얻어읽어서 대강소식은 짐작하고있었읍니다마는 요새는 더욱이 추수니 무

엇이니 재미있는일도 많겠읍니다 近況이 듣고싶소이다 나는그저 그렇게 지나지요 鍾達이도 무

척커서 인제걸어다니면서 작난하고놀만합니다 여름에 집에다녀온뒤 나는서울와서 어떻게 자조

알른지 격정스러울만도합니다 가을에는 큰決心을하고 東京을가서두어달있었다 오기로했지요 갔다

와서봄에말하든雜誌를 하량으로、九月에가서 十月十一月을나량으로 軒求하고갈이 떠나기로마

첬든것인데 好事多魔라고渡航證明을못얻었지요 去年事件때문에 그바람에 セッカク計劃했든것

이다オチヂャン 그래요새는 雜誌이야기가 다시익는中이지요 될수있으면 十一月中에 한號를 내량

으로 筆者範圍는大概海外文學派에 詩文學一派 거기李敭河 帝大의崔載瑞쯤

隨筆조곰 詩(創作번역)그러고는西洋作品의 飜譯과評論의飜譯 섯불리 우리네가研究한것보다

는 저이끼리의評論을번역하는것이 오히려좋을듯해서 讀者니 後進의指導니 그만두고 우리끼

리册보다가 대단재미있어서 동무들보고 자네도 이것좀읽어보게의態度로、印刷는 一二三百部해서

한다섯部팔씸잡고　資本은많지못하니　冊은　자연작어쳐서　三十頁以上五十頁內　詩隨筆은　조금식

이라도每號실릴테지마는　그나머지頁는　한가지作品에다　提供해도좋고　않해도좋고　이것저것의比

例를　마쳐나가는일은　그만두기로、

우리가　文藝作品을읽는것은　우리의精神的糧食이되거나　기쁨을　위해서나　그래야할젠데　朝鮮

産出되는것은　一年내읽어야아무재미가없으니　하다못해外國것이라도가지고　우리의　文藝的기쁨

의材料를　삼어야겠다는　것이지요.

原稿가　어떻게모일런지　詩と詩論을　주린것같이만　되여도　좋겠는데

兄도어디一臂의힘을　애끼지마십시오　短篇小說같은것　참으로　재미나게　읽으신것없었읍니까　隨

筆좀써보시오　自己　雜誌로알고　애좀쓰십시오.

劇研은　이번柳致眞作　버드나무선洞里의風景(一幕)에　피란델로　바보　一幕　처음에　사람도없고

그것만할가했더니　또公演이승겁다고　貧民院을더하기로했답니다　亦是波瀾重疊　柳君의고생이많

지요.

女子戰線이金福鎭氏남고는　全部移動　그래도　인제하기는하기로　되였읍니다　十一月中旬頃公演

되겠지요　柳君이張兄원망좀합니다　플라타느는　大盛況이여요　柳君이　마담노릇까지하지요　龍君

도 都染洞이없어진뒤 갈데가없어고생하다가 요새는 플라타느에가 가끔혼자앉었었지요 軒求는가

네가네하고 무척애쓰더니 인제一二三日사이에는 정말가는가봅니다.

친구간에라도 너무오래막히는것 좋지않은 줄알면서도 그리됩니다 荒筆잡작해보시오.

昭和八年十月二十三日 龍生

太陽의 스피-드도 곳을따라다른가보오 兄의글을 읽은것은 어적겐데 그놈이 아마벌서 열번

이나 도라갔나보오 年末이닥처도 寥寂한줄도모르고 感想한편 없던몸이 林和君까닭에 공연히

世事를 위하야 詩評을쓰노라분주하오。

兄도 아마 世事를 우려하야 刺戟을주고싶은 慾望이 勃々한모양이구려 거름이 되겠다고 한것은

벌서 김나간 옛말이지마는 刺戟說도取할곳이없소 大丈夫 본시 疎懶하야 行動을하직하고 萬年筆原

稿紙로空想의나라를 유람하는것이 우리네일인데 深夜의 告白을내버리고 行動主義者로 變節이

웬일인고! 行動主義는主義者에게맡기고 어디그心感을任意로쓸自信이있다니 自信이있거던 써

보구려 ㄷ、ㅅ、ㄚ。

信仰이없는 修道士 참좋은發見이오 내가그말을探擇해두기로 작정했으니 양도가어떻소 共有

가물론 害로울배없었지만 信仰없는 修道士 내 간번여름에 德源가서 修道院見學을 하로쯤했소 信

仰없는 修道士 修道院없는修道士、 이것은안되나?

무엇을위한修道……를目標로하고? The Fountain에 그러한作家가 主人公으로 나오지마는 우리

가 그것을 꼭바라고 살수있을까 싸ㅡ닌主義의修道士! 그또한 우스운지고。

競鬪에對해서는 正式으로 受諾한다는 回答을 發送하기로했소 受諾書無慮數人 연치、ハト、

쥐에말까지끼고 珖과勳만未祥이오 永郎에對해서는 웨그리어려워하오 반드시分析을해야하고 思

想을、技巧를해야하나 요새芝溶을 위한騎士가 여럿인데 아모리 파묻혀있기로 永郎을위해서는

한사람의騎士가 어찌 必要치않을까 제아모리 시골구석에서 아모렇지도 않다는듯한 얼굴을하고

있어도 アニ サビシカラザランヤ

昭和十年十月二十日 龍生

발서 몇일인가 나는그동안에 消化不良症이없어졌네 兄이가시던翌日인가 저녁床을 받었는데

夕刊이와서 늦추니 劇研公演評人物은 例의 金文輯。

金文輯萬세! 가라사대 劇研에가서 세개의 사과를 대접받았는데 그中 첫째는 내平生먹든 中

最下等品이라고 그러고 攻擊攻擊 만세가아니고 무언가 君이 그런暴論을할수가있나 내가 그런結

論을 할수가있나。

金文輯그自身 中央日報座談會에서 보았는데 사람은 좀멀된데가 있는듯하나 좀痛快하고 ヅウ

〈シイ하고 ゴロツキ하고 그렇데 劇研은 모든計劃이急轉直下로 柳致眞이나와서 어둠의힘演

出 十二月十八日에公演하고 洪은東劇에就職、張起悌上京日도 一個月繰上되지않겠나 永郎詩集

이 나거던 評하나지금부터준비하고 기다려주오。

위선이만

昭和十年十二月三日 龍生

요새 시비가많소 남이앨써맨든 冊을부쳐주어도 쓰다 달다 말한마디없으니 그게인사냐고 아

무래도 시굴 무지랭이버릇이라 그래 이제야 上來한、 그罪어더比하기도 어려운永郎의 무슨會쯤

이 열리기로되는데 鳩 大異 晉芝 龍之類가 모여서 協議한結果 獐에狗에猪를 어른으로 모시

기쯤爲主하니 筩속이좀뜻뜻한생각이있거던 꼬리를떨고 이러나보는게若何 이번土曜를爲期하고

昭和十一年五月十一日　龍生

兄아 이렇게 事務的인 쪽지까지를 客納하실 雅量이 게십니까 靑色紙宣戰文은 日前에 받아보

셨겠지요 개꼬리三年묵어 머이못된다고 또 이어슬픈 文壇從業員 노릇을 시작해볼가합니다 發行

責任은 도롱 彰文社에서 지는데 月刊五十頁式을編輯해서 넘겨주기로되었읍니다 飜譯과 創作을

半豫算하고 詩 隨筆 小說 硏究 評論에 亘해서 될수있는대로 누어서 읽기는 힘드는 것으로 채

워볼생각입니다 잘잘못은 그만 두고라도 앞으로 爲先一年동안 장수를 채워낸다는것만 큰일입

니다。

兄은무엇으로 이 俗擧를 援助하시겠읍니까 自己페지를 따로 두페지나 네페지 占領해서 名論

卓說을 맘대로 展開해보셔도좋고 이것이 上望이고 그렇지않다면 쓰고싶은말을 때때로 쓰는데

每號걸르지않도록 一號를三月中 發行해볼생각이니 原稿는 十五日안으로。

コノ哀レナル編輯쟁이를助ヶ給へ

永郞이 日前에와서 엘만듣고 四五日놀다갔지요 鳩의說로 兄에게對해서도空然한期待를 가졌었

지요 이놈도 덕분에 엘만 구경했는데 그야말로 구경이라 못솔리니 할일없는 그 頭相과 火焰같

은 그 態度에 感嘆했을뿐 귀는 베로벤못지않게 悲觀입니다. 昭和十二年二月二十八日 龍生

서울서 편지받고 京都와서 答狀쯤쓰게되니 旅行家의本色이躍如하구려 宿望을 達한셈이나 오

늘까지受驗護衛의任을마치고 二三日 琵琶湖上에 떴다가 東京갈생각이오 九重구름속에 숨었는

지 美人은 눈을굴려도 보이지않고 遊覽뻐쓰 하로終日에본것은 神社佛閣이오 얻은것은 疲勞요

헌冊이나 좀얻어주을가했더니 完全히失望이오 Yellow Book 열세권에 三十圓주고샀소 Opium E

ater의 일러스트레숀마는 豪華版이있기에 샀으나 揷圖가 그리좋은줄 모르겠고 Leopardi의 傳記한

권 Non posso, non posso piu della vita. I cannot, cannot endure life any longer. 다そうな——と云ひ

たげに 俺を放つといてくれと君は云つたつけ 反駁하고싶은氣持도없는데 云ひたい事が ある

んだこれだけ無爲徘徊の地獄と云ふのが あるんだつけ 今の我等程 これで苦しめられたものが

嘗つてあつたかね 惡魔の囁きがあるんだ わが同僚諸君をして金鑛より 自殺을懷하게하 出來得

べくんば世界の同類を毒殺したい この虚無と絶望の歌への念願。

君は詩人へも一度と云ふ ギリシャの暴君の喩を以て叱るのかね がこの滔々たる俗物主義「現實への關心」に戰争がしたくなる。

もつと旨く云へる筈だけれど 氣持悪い程 abruptなこの云ひ方、何だかもつと長く云ひたいともあつた筈 だが 今夜も 僕は疲れてゐる 待河清 頭が はつきりするのを待つより これだけ云つて 君の察しを 乞ふことにしよう。

この花封筒は如何思召す。

昭和十二年三月二十日　龍生

張　兄

水谷八重子に プロポーズする事に決心したんだけど 協はなかつたら 三原山に上る事にするよ 芝居も達者だけれど いゝ世話女房になれると思ふね 藝術家より。崔も そういふ風に思はれるし 女は臺所かね。山本安英さんは京都で 櫻の園があつて 拜顏の榮を得たが やせて見るにも傷ましかつたね 金女史よりもずつと。芝居も 東山千榮子より見劣りがしたよ。こんなの

—293—

一　二　見てゐたつて　ちつとも樂しくならん　東京も　そう　變つてるとは思はんし　街に出ても
女が　そう美しく　なつてるとも思はん　そらね女は差問ひでないと　分るもんかと　仰つしるぢ
やらうゝむ　それはそうだらうよ　まあ　しかし　どつちみち　つまらないさ　そのとでも云つとく
よ　ほんとに又書くぜ。
弟達が多すぎるよ　弟に從弟に　外從弟に永郎の弟に　こう四角帽の四つに　圍まれては　色氣の
ないこと夥しい。

十一年三月三十日　龍生

G. L. Bickersteth : Poems.

James Thompson : Operette Morali

辨出如是馨語兄其赦之

嗚呼心爲俗務所虜無路

此二行事務後當有數行馨語

歸臥舊巢心唯平安

體唯肥大是祈

昭和十二年五月一日　龍生

지난번　松汀서投函한彼旅行的葉書는　그때入手하셨으리다　一金一錢의避치못할被害를　有信하

면　다음書留를　부치오리다　鑛業家的任務를　채마치기도前에　阿父의義務로　急遽召還되어가지고

三兒等連繼紅疫이다　한二十日泪沒헀소이다　이제鑛業家的任務도　利害間淸算키爲해　淸算해버렸으

니　일로부터　作家的（？）혹은可憐編輯人的事務에　손을대볼까하나이다　일로써　人類에　貢獻하

가하오니　마음에　足給한바이있었읍니다.

이쯤썼을지음해서　金君이와서　베토벤을보러갔었지요　그이튿날 Last Horizon 을　보러가고　보고

이튿날 le Bonheur 를　보러갔지요　좀數學的으로　말하자면　한줄과　한줄사이에　사흘의間隔이생

겼읍니다　한나절　구경하고나면　고단해서　한나절은자고　한나절구경하고　한나절자고　That's the

ideal life 인가요　Nineties 의 ideal life 揷畵가생각납니다　베토벤은　音樂이　添物쯤않되고　너무骨子

를　이룬것같해　내겐　過分한映畵입니다　かりそめの幸福의　보아이에는　沙漠의花園의　보아이에와

그야말로 한사람입니다 모르레보다는 디트리히가 좋으니 結局은沙漠이 幸福보다 나은셈이지요

요전 四葉클로버의 稀貴性에關해 言論된바 있는듯한데 弟가 여기그平凡性을實證하려합니다。

써어떻다하느뇨? 대개는 어덴지 찌부러지고 甚하여는 五葉의極形까지 생각노니 이러한 장

사를하면 어떨가 합니다 또잘못하면 몇일이묵을지 이만 올립니다。

昭和十二年六月三日 龍生

南行車로 낮에며난분을 追擊하는셈입니다 그러나 일곱時間의差를 어데서短縮시킬넌지 一夜

之變도아니오 陰卅日이면 上京하신다던 オヤヂ의便紙뒤를이어 병환이니 내려오라는 庶母의편

지 그래 이리창황한길을가오 太田을자고지내고 松汀里를 다왔소。

昭和十三年一月十八日 車中 龍生

귀하신 祈願이 맺혀진 마스콜머리마데 놓았읍니다。

네 쉽게 이러나 겠읍니다。

단지 慨歎할바는 籍을 文에두고 생각을千古에 달린다는者로 이生死의界線에서 한개 高尙한感

動이없다는것입니다 이 鈍感 아니 이 泰然의原因이 決코 龍君의修養이나 得道에서가아니라 單

純히血型 O라는데 因由한다는것이 不幸하게도科學的證明을 얻었읍니다 이만큼 無心히 병을 對

하니 제아모리 妖女라도 물러날수밖에없을줄압니다 몸은비록 寢臺에누었으나 藥은 主張 漢藥

을씁니다 二三日이면 醫員이장담하는 大藥이지어질터이니 그때부러 本格的差癒에 들어가기로

합시다。

昭和十三年二月十日 龍生

李軒求氏에게보낸글

鳩兄

오자마자 妙하게 數日 ねてしまつて집에서는 大警重病人あつかひ 書見 文かき等嚴禁형편입

니다 내생각에는 그저그만한데 밖에서 보기에는 그저그만한모양이 아닙니다 劇硏번역을 도적

것으로하느냐라고、 미안한생각만있고 어쩔줄모르겠읍니다 기관紙에 낼글은 아무나 맡아서 쓰시

도록하지요 지금 이모양에 쓸것같지못합니다 上京日字도 如意치못할것같고 괜히 내려왔든가합

니다。久兄일은 李晶來氏에게 付托해왔는데 準備된기별왔기 기다려서 兄에게 電으로라도 알리

겠읍니다。 요전 시굴서는 왔었는데 또어디가지나 아니했나 한번 들러보아만 주십시오。

내 한가지 걱정이 있는데 (누어서 일걱정이라는것이지) 賣買委任狀에 정말賣價를 적은것이라

면 久氏에게 떨어질것이 없을것이고 그委任狀에 價格規定이 없으면 將來鑛主가 말성거릴것 같

은데 이 難關을어떻게 벗었는지 알고싶습니다。 위선안녕하시고 일잘되기빕니다。

고처적지요。

昭和九年三月二十三日 龍弟

鳩兄

주신글은 지금받아읽었읍니다。 모든일 그렇게如意하게 되는듯하니 멀리서도 기쁘고 더욱궁

금하기도합니다。 실상 어제형의편지를 기다리다가 그냥지냈읍니다。 오늘은 편지받고 곧電報첬

으니 아마時間이 늦으니 찾아쓰기 어렵겠지요。 나는 極度로 衰弱한데다가 劇演일이 하로七八

時間되니 도시恢復이않됩니다 上京은 豫料보다 좀 늦어질밖에없을듯합니다 이만 주리겠읍니

다。

昭和九年三月二十六日 龍弟

鳩兄

요새는 視務餘隙이아니라 視務餘劇으로지나겠소그려 奔餘忙餘에 밖에는 눈보라가쳐도 兄에
게 氣分좋은 하로하로가 있기를빕니다 그래우리狗猪兄은 約束대로 上京하고 또計劃대로 懷中
金을 剝奪해서 老婆에게 貯金을시켰소 듣고싶은消息이올시다 公演날 아침이라도 대여 보려든
것이 인제는 아마 틀렸는가봅니다 詩苑에 글못써줘서 罪悚하고 櫻花園구경이라도 못가서罪悚
하고 시굴날은 거저 無事합니다.

昭和十二年十二月五日 龍生

趙貞順氏에게보낸便紙

늬 京都와서 무얼 봤음마 하면 경도란 神社佛寺사이에 틈틈이 사람들이끼여삽데 하게스리 이
게많소이다 그러나 그京美人이란 九重구름사이에나 숨어있는지 두루봐도 않보이고 오히려 서울
사람이 그리워질뿐입니다.

昭和十二年三月二十日 龍生

오늘奈良을갔었지오 잔디가 정말로 좋와요 거기서 사슴과사괴였지오 數없는 사슴들

도 菓子나콩을 잇대여주지않으면 다라나버려요 장사치도 數없이 많고요 뒷山이 그리깊지도않이헌

데 保存原始林이되어서 樹木이 장이茂盛한데 그사이에도 사슴奈良女高師三年이 무던해보입데

다 여기 따넝은꽃이馬醉木이라고쓰고 アシビ라고 읽는대요 한두길 따북이 灌木으로자란 우에

다닥〈〉 붙은꽃이 香氣도 아카시아 香氣비슷 아주달큼해요 女高師卒業期에 이꽃이滿發해서 이

꽃의 香氣를 이꾀꼬리 같은 페스탈곳치들이 全國女學校에가져다뿌려준다나요 이건勿論引用이

지오 어제는比叡山에가서 케불카一를타고 琵琶湖를 바라보았읍니다 湖水가에 살고싶은생각이

가지록더합니다 도라도는길에 湖水를배도 한시간半가량건넛지요 石山寺月色이 琵琶湖八景의

하나라는것인데 望月樓 결에섰다 하날을치어다봤더니 햇슥한半月이 나를 나려다보고 있읍데다

二十五日에 晩喆이는 내보내고 南喆이와 같이 東京을 갑니다。

안영히주무십시요。

昭和十二年三月二十五日 龍生

여기는 말이 벌서몇일있으면 솔에바람소리가 달러진다고합니다 十日이지나면 水溫이달러지

고 二十日이되면 추워서고만이랍니다 사흘째더위가 話題거리를 그쳤읍니다 더구나 어제오늘은

날이엷게흐려서 아프개타지않고 몸을쏘이기가 좋읍니다 三日間熱心攻學한바 헛되지 아니하야

能히數間을前述합니다 鍾達이도 물에親해서 잘놉니다 밤에가려운게病이지 鍾達이所願이두가지

가特히强하지요 옥수수먹고싶은것하고 배타고싶은것 옥수수는 비록 하로한개의制限은있으나마

所願을 이루는데 배를 탈수가 없어서 배안태워주면 서울로간다고 나를 위협합니다 오늘午後에

마침 남의배에붙혀타서 그所願마저이루웠지요 먹을게맛지않고 人口가좀적은게 흠입니다 너무

쓸쓸해서, 더구나 女性에 이르러서는 貴하기가寶石에 비길배아닙니다 尹氏집金孃으로해서 이

루어질希望도없는 사랑을가지고 다투기가앞을서서 茶慕수브니ー르 中心으로 小風波도 있읍니다

庫底도하로가서 叢石亭구경이나할까하나 이루어질까 몰르겠읍니다 여기서一週日이나채우고十

一日쯤떠날가합니다 釋王寺도 數日들닐가하는데 요전말슴대로 釋王寺구경오시면 맞나볼수있을

가합니다 釋王寺旅舘은松仙舘이 제일낫다든가요 집안에서 모두그리워하실껄 休暇껏 어리광이나

많이하다 오시지요 옥수수잎지마시고 재미많이보십시요。 昭和十二年八月七日午後 龍生

永郎에게의便紙

더워서 더워서 저녁밥이나 어이고나면 뻐더버리고지나네 그래도 獨房이 내自由의 全領域일

세 금년여름은 집에서 나볼랴네。 몸에 거리끼지않을만큼 工夫도하고 그러고 누이가 이왕세상

에나서볼 예정을하는모양이니 特別注入敎育을 좀시켜야겠네 누구를 무엇을 가르칠랴고 나서보

면敎材를 全部스사로 편찬하고싶네 몹슬버릇인가보네。

「베ー벨」의婦人論을 같이읽는다고하는데 내게도工夫가될모양일세 詩도추려서 읽혀주네。그

ムミユナアル煙管도 에르헤르의슬픔도읽혓네 今年에는 내가되려 詩人이된셈인가 兄의 激勵까지

받고 보니 英雄篇도좀더 느려야겠는데 이거또한못된노릇으로 한번그목을넘기면 끝이이여지질

않는단말이야 될수잇는대로 쉬어떻게해보지 그대신 굉장한결披攊하지 요전에 漢詩이야기할때

내가빗을젓다고했지 하도 졸리기에 詩調形으로 빗을땠지。

님을만나 (逢美人)

꿈에늘 보든사람 너아니고 누구런가

이제처음보아 첩갈지아니하니

언제부터 그리든 님이기로 이제뵌고하노라。

그아래 담은입조차 차마 엽버하노라。

맑은별 눈동자에 상큼한 코스날이니

날신한 몸매모새 갸름한 닭이알얼굴

愛 美 人

（사랑하는마음으로）

애끼는맘과몸을 애낌없이 내맺기는

믿는맘 고은맘을 받드는맘 떨리나니（此行뜻이 통하는가）

얼굴로 어여삐 여기든맘 부끄러워하노라。

○

넓은이마 지혜롭고 흰살이 맑았나니

한절티여오는 옥이란들 어떠하리
조심히 어루만지어 참아놀줄 없어라.

×

(사랑받는마음으로)

수접은 부끄러움 잠간어데 가려두고
나리깔돈 눈조차 작난스리 뵈네그려
손끝에 어리운사랑이야 말슴헐되여하노라.

○

님의눈에서 흐르는이 이세상에 없는복이
님의품에 안긴몸이 불사라저 사라지리
이중에 않사라저 남으면 큰일인가 하노라

×

(사랑을 이룬 마음으로)

하날도 웃어주고 해ㅅ님은부러하소

수접은 큰애기 별님들은 숨어주소
그 님을 안았든 이두팔에 기쁨가득 남았네。

○

어제같이 가난든맘 온세상이 가수롭네
백두산 꼭두에서 웨쳐본다 쇠원하리
세상아 날우러러보소 님의사랑이라네

×

님을그리여 (憶美人)

비소리 나무소리 바람소리 새소리에
기리는이 나넌님을 어늬한때 잊을줄이
꿈에야 부러맞나뵈려니 잊고살줄없어라。

○

봄날이 질겹단이 모도다 거짓말이
숲사이 새소리가 시름만 자아낸다

—310—

님이야 한님뿐이어니 마음어더불하랴

×

（님을떠러져）

산이야 멀다하랴 물이야 깊다하랴

하로밤 꿈길에는 얼른다녀오는것을

이자리 못뜨는몸을 안타까워하노라.

○

내마음 모진줄이 님떠나 모진줄이

이님을 떠나이고 목숨어이 남단말이

님께야 반흰목숨이니 끌내기려 보리라

이만큼 하로 아츰에 빚었으니 戀愛詩人도 넉넉하지만 明眸皓齒의 對象이 具體的이 아니라 그런
지 어찌 槪念的이여.

漢詩總作이 열首야 밀천이 짤를듯해서 一先づ切上げる했지 할말 한자리 없든것도 韻字를 눈
앞에펴놓고 한時間쯤 맛보랐기하면 그래도 네句中에 그럴듯한 소라가 한자리쯤은있어 오늘 喜

雨詩의 첫머리—

비 젖은 닢사귀는 반득반득 빛이살고

춤추는 가장이는 나붓나붓 절을한다

닢은옷 비마져보져 (非常に明るい氣持になつて雨に濡れて見たい樣な)꽃빛산뜻하여라。

　細雨活葉誇榮生

　輕風舞枝感天情

　田潤不厭衣沾濕

　山昏却喜花鮮明

이만큼 늘어놓았으니 자네에게서 좀더 긴놈을要求하여도 괜찮을듯하여。 애로메리고 짝짝궁이

나 많이하고 고은색시생각은 자그만치하면어떠료 喜雨의비가 온듯하지도 않어서 벌서 개력고

하네。

　　花明先生案下

　　　詞은 이라고 할까! Ha—ㅡ 그런데 啄木의 dedication에 보니까 金田一

　　京助가 花明이드만 그러나 저편이 無名이니 관게없지

　　　　　　　　　29、6、10

　　　　　　　　　　龍爺

龍爺

永郎兄

요전雜誌받고 곧좀 쓰려든것이 그럭저럭 잊어버렸어 요새 우리동생들하고 노너라고。그럭저

럭。亨語이 가을제 부락을 했더니 童謠選集을 가지고 왔겠지 그런데 나는 지용이에게 갈수록 호

럭지는셈일세 //해바라기씨// 라하고 이런게있어

해바라기 씨를 심자

담모롱이 참새 눈감기고

해바라기 씨를심자

눈아가 손으로 다지고 나면

바둑이가 앞발로 다지고

괭이가 뒷발로 다진다

우리가 눈감고 한밤자고나면

이슬이 내려와 같이 자고가고

우리가 이웃에 간동안에

햇빛이 입마추고 가고

해바라기는 첫시악시인데

사흘이지나도 부끄러워

고개를 아니든다

가만히 엿보러 왔다가

소리를 캑지르고 간놈이

오오 사철나무 닢에 숨은

청개고리 고놈이다 (92)

어쩐지 밝은 유머가있어서 유쾌해 그外에 無名二三人에 혹좀 才分이 뵈는듯도한게 더구나 七

五調에 가서는 字數마치느라고 아니해도 헐말을 작고느려서 골이아퍼。日本童謠集에서 西條八

十其他의 七五七을 읽어보면 七五줄을 모르고 自然스럽게 읽을만한데 우리七五調는 어찌그리 잡

어느린게빌까 맨드는사람의 솜씨의 不足인가 우리말은 바침이드러가니까 갈은音節數라도 time

이 기러서그럴가。

高長煥君이 實際編輯인모양인데 自作에별로 取할게없고 韓晶東에게 좀더앳떠고 쌈박한게 있

을줄 알었더니 별로없어 그런데내아오(열살된)가 있지않은가 첫날徐德出의것을 하나외이라고

그리다가 그럭저럭 좀더많이외여보일 생각이있어서 童詩集(나는 이말을 더 좋아하네)을 選編

하랴다가 우리 童謠集만 가지고는 不滿해서 日本童謠集에서 約二十篇번역해서 한四十篇 한권

을맨드러주었네 從第하나와 둘이외이는데 재미나게 외이는 모양이야。島本赤彦에서 셋을譯했

는데 유모어가 있어서 아히들이 좋아하데 白秋건모두모두 갈어서서 어느걸 추릴줄 모르겠데그려

너무싱겁기에 나도하나 있어야겠다。

　　　하날을 바랫고

　달도 조맘때가 맛치이뻐

반이조금 덜되여 초일헷날

열살먹은 우리처럼 이쁘겠지

별도 조만한게 사랑옵지

너무 많이나면 눈이 아릿아릿해

은하수가 안보여 서운하달까

솜것을벗고 겹옷을 입으면

기쁠듯한요새는

양지짝이 퍽도좋아

마른 잔디밭을 오비면

포롯 포롯한 놈들이 내밀고나오지

二段三行이 잘붙지를않고 一二段과三段이 좀 석그러서 三段을獨立한 詩篇을 만드러야할까 한

번 죽써버리면 더整齊된形으로 쌓기爲해서 努力한根氣가없네 이根氣問題가 큰문제일세 글써를

한줄만써도 좀 힘드려쓰면 처음과나종이 체가달러지데그려。

이런것이 한材料의程度에 벗지않었지만은 무릇쓰고 적는것은 兄에게答禮의意味와 또하나는

무어랄까 兄의潔癖이랄가에對한抗議 한번推敲를하면 그前形이 남에게 남어있는것도 不滿히여

기면 自己筐中의 舊稿까지라도 燒却해버리는。 나는 지난번康津갔을때 兄의舊稿에對한 興味를

많어가지고갔다 실상실망했네 지금의整齊된詩形 전의オモカゲ를接하야 닦어지기전 흙 묻은實

石의 形態를살피고 모거기서 이제로 整頓되여나오는 詩態發展을 내딴엔 研究겸 좀보려든것

인데、그사 衣冠을整頓한뒤에 비로소 外人을대하는것은 우리東方君子의 禮道이지마는 그러지

않어도 괜찮은ウチワ同士는 있어도좋지않을까 김에 ボロ를좀더 내놔볼까。

心德追想일세

그대와 한자리에 나달을 보내올제
하날도 푸르러 우슴에장겼으나
님이라 부드롭기는 생각밖기옵더니

배흰듯 나뉘옵고 말삼없이떠나시니

하날이 물에닿아 다시 빌길바이없어

님이라 거침없이불러 야속하야합내다

——序——

五百年 풍유으스림 하다는 모래텁을

나란히 거닐믄 모래알만 밟음이런가

님이여 흐르는 노래를 걸어잡아 무삼하료

（漢江岸）

사람소리 버레우름 섞여남도 한햇여름

놀은목청으로 강물을 놀랬거든

님이여 하날을바라고 우음이나마소서

이마당 가운대서니 달도또한가이없다

뮑인발 푸는듯이 가벼운 뛰염거리

（漢江神社）

우리는 하날의 그림자 춤추는가싶었네

序詩外의 十餘首는 되여야할러인데 이걸 하로저녁해놓고는 그만일세 마음이 계속되지를않어.

梁柱東君의 文藝公論을 平壤서發刊한다고말하면 이에妨害가 될듯싶네 그러나 通俗爲主일게

고 敎授品位를 發揮할모양인가보니 길이다르이 何如間 芝溶 樹州中得其一이면 始作爲主 劉玄

德이가 伏龍鳳鶵에 得其一이면 天下可定이라더니 나는 지용이가 더좋으이. 文藝公論과 特別

한關係나 맺지않었는지 몰르지 서울거름은 해보아야알지.

雜誌表裝愛誦그대로 따다해도 租方에近代風景의 無修飾도 アッサリ하지마는 愛誦

의頭飾은 나도取하네. 나도二三생각해보았는데 어떻든 몇號내보았으면 쇠원할까 誌名 丹弓

(丹을赤과같이볼사람도있는가) 丹鳥、玄燈(너머神秘的) 詩嶺(バルナシャン의 련상이 좋달가

굿달가) 우리말 單語가 좋은게 있었으면 제일 좋겠는데. 해바라기는 어떨는지 트집없기는 詩

嶺이 나흔것같지만은 어느것이고 感覺的은아니여서 산뜻하지는 못하겠지마는 오히려 트집적

은것이 군容性의 순데에서낫지않을가 丹字가 우연 마음에드러서 내論文署名을 丹弓이라고해도

좋을것같네. 꾀꼬리의 幽美는 그만두고라도 두견이목놓아울어서 조고만시골이 깨질듯한 놈이

라도 얽어어보이렴아.

실비단 問題에 대해서는 본시 가지고 있든 感じ와 사이에 어떤관계로 고치라고하는지는 모르
나 〃실비단〃이라는 名詞的形容을 〃보배론〃이라고 明白히 形容詞의 形態를取하는게 더넝
을지나는 모르겠데. 그안에 오든지 동생개학때 같이 오든지 해보지.

三月二十六日　龍兒

日前편지받고 여지껏 분주해서 무엇에 분주하냐고 이것은 上京後準備行動期일세. 앞으로進行
할것은 全혀 無定見일세 이전冷洞生活같은것이 무엇그리 시원할것이 있으랴마는 집에서 나온
것만은 어떻든 大傑作이옵고 아즉도 工夫도 着手못했네. 아모래나 事業도事業이오 工夫도 工
夫려니와 사람이란 즘생은 또한 질거움이 아주없이는 목숨부지하여가기가 어려울것같네. 어
면 方畧으로 그 엔쪼이멘트를 취할까 또享樂과 所謂事業이라는 것과의 比例配分을 어떻게할가
이것들이 나의當面問題라 그중에도 어떻게取할까가 코앞에 일일세 날이나 더 다수워지면 책이
나몇권 싸짊어지고 山水나 찾어갈가 그것이 우리 홀아비의일일가 享雨를 맞나서 아들자랑에 등
쌀일세 너도맞나서 딸자랑은 자그만이 하기로 미리 分量契約을 하고 맞나세 속상하네 「애로」는
조금 보드라우나 밉게쓰면愛奴라겠네 그것도 해롭지않을까 나라는사람은 미천을 록록 떨어도

創作은 나올곳이 없었네.

이밤에 고요히 나리는 가는비는
첨하게 듣는방울 헤이기도 하올듯이
행여나 남의우름 아니면 이대도록 다수랴.

따에서 오르는김 품었느니 파란내맘
씻은듯이 빛이나고 돋우느니 푸른빛이
미칠듯 부등켜안고 뺨을부벼 보오리

이런건 다입내요 戰作일세 創짜는 과하옵시다고.
原稿 자네詩를 될수있는대로 벗겨보내게 創作家松岡先生 推천이라는것이 아니꼽지만 다른것
이 없어서 獨特한廣告術을 發揮하지!。) 改造는 받었지?

——朴龍喆——

允植이 어떻게나 지내는가　矢張り　そのヒョロ長い寂しみの中で　獨り何かを囁いてゐるのか、

そして　レコードに　あこがれ　ギオロンに焦れてゐるのか　あゝ傷しきかな　汝　朝鮮の詩人なれば

允植아 새해도되였으니 나를보아라 지난가을과 겨울을생각해보자 龍喆이가 한해가을과겨울

을 그렇게 지냈대서야 보지않는누가 고지드를라구 참으로 우수운 세월도보낸지고。 龍の隨落も

極れるかな。 그末期에 하로밤 누어맨든詩作이있네 詩야되였건되였건 詩壇에올리지 않는대야

상관있겠나 자네에게나 公開하지。 여러해만의作일세。 傑作이 實作에 正比例하는것이라면。

1

나는세상에 즐거움없는 바람이로라

너울거리는 나비와꽃님사이로

속살거리는 입술과 입술사이로

거저불어지나는 마음없는 바람이로라。

2

나는세상에 즐거움없는 바람이로라

따에엎드인사람 등에땀을 흘리는동안

쇠를다치는 마치의 올랐다 나려지는동안

흘깃 스처지나는 하욤없는 바람이로라。

3

나는세상에 즐거움없는 바람이로라

누른이삭은 고개숙이어 가지런하고

빨간사과는 산기슭을 단장한곳에

한숨같이 옮겨가는 어듬없는 바람이로라。

4

나는세상에 즐거움없는 바람이로라

넘버슨 가지는 소리없이 떨어울고

검은 가마귀 넘는해를 마자지우는제

자최없이 걸어가는 느낌없는 바람이로라。

5

아ー나는세상에 마음끌리는곳없어

호을로 이러나다 스사로 사러지는

즐거움 모르는 바람이로라。

×

龍兒絶望篇일세 이러한 心境에 오래있어서야 죽지않고 살겠나만은 요새는 새해라그런지 좀希
望도 생기고 어떻게 順風이불면 쉬 자네손을잡고 반길넌지도 몰르겠네 여보게 永郎 어떻게나
도글을 좀써보았으면、한얼마동안 職業的으로라도 붓들려서 써보았으면。

二九年一月八日 龍兒

얼마전에 이런것을 써보았는데 나도꿈같어서 도모지 好否를 모르겠네。

떠나가는배

나두야간다

나의이 젊은나이를

눈물로야 보낼거냐

나두야 가련다

안윽한 이향군들 손섭게야 버릴거냐

안개같이 물어린 눈에도 비치나니

골작이마다 발에익은 멧뿌리모양

주름쌀도 눈에익은 아ー사랑하든사람들.

버리고 가는이도 못잊는마음

쫓겨가는 마음인들 무어다를거냐

도라다보는 구름에는 바람이 히살부린다

압대일 어덕인들 마련이나 있을거냐。

나두야 가련다

나의 이 젊은나이를

눈물로야 보낼거냐

나두야 간다

八月十五日

忌憚없는 批評을해보 아주게 지난번時調의 評과 修正도 자네意見을따르네 再現說과 情緒를폭 삭

후라는것도 알어드렸네 나는 이즘와서야 그것들을 차츰깨달어가네 좀늦지만 어쩔수없지 느끼

는것이없이 생각해理解할라니까。 그前에는 詩를 (뿐만아니라 아무글이나) 짓는 技巧 (골씨)만

있으면 거저 지을셈잡었단말이야 그것을 이새와서야 속에덩어리가 있어야 나오는것을 깨달었

으니 내깜냥에 큰發見이나한듯 可笑! 詩를한개의存在로보고 彫塑나妻와같이 時間的延長을며

난 한낱存在로理解(當然히感이라야할것)하고 거기나와있는 創作의心態 (이것은創作品에서 鑑

賞者가받는心態인지 創作家가 갖었든 或은나타내려하든心態와는獨立한것이지)를 解得하는데서

차츰여기 이르렀단말이야 그래서 가장粗雜하게 讀後의統一的情緒를 優美 哀傷 崇高等 抽象的

形容詞를써서 輪廓을定할수있는것이라하거든 抽象的形容詞가發達하야 數萬語가된다면 거진거

진가까히갈건 事實일듯。

詩論을좀해 놀라고 생각해 두었든 것이다　詩論을 展開시킴이었으니　그만두려네。

참!　자네가부탁한 노릇은 Father is a Father 일세。　어느F는그리다른가　나는兄의F가　自由스

러워보이고　兄에게는　나의F가自由스러워보이지、F가아니므로써지 그런소리를듣고　거년봄

너를비슷한기분이되네　매임없는行動을　하려다가도　우리의　경멸하는 바者에 매이는바되니　自

分自身가、이야늬나루　所以다네　마아　許해주게。

昭和五年九月五日　龍兒上。

永郎날새안영한가　여름에 온　그렇게많앉드란　말인가 나는그래도　많기까지는　아니했는데찬

바람을타서　좀살아날러이지
　　物わすれしたるが如き心地よさ

薰園것이든가 어떻든 괜찮데
　　今宵すじしき秋風とねる

지난번 「나두야간다」로는　料外로好評을얻어서ー참 永郎의칭찬을 얻으면安心도할만하지 나는

실상 내가쓴것에對해서는 確乎한批評이어서지를잃네 그것은 지을때의 經路로보면 象徵의本格을

간것같네 꿈같이드러누운데어쩐지 눈물흘리며 떠나가는 배가보이데 그저떠나가는 배일뿐이야

그래 그대로 풀어 놓은것이 그 詩가되었네 잘잘못은 무고라도 成立의過程은 象徵의本格이야 그

런데 象徵詩가 所謂 「現階段」에서 重要한와ー ㄷ틀 못가지는것도事實인모양이고 그러한 詩境을

내가維持할길도없을것같네 「港」은 얃트레르가아니고 아옄ー시몬쓰것이지 矢野의詩學끝에있었

지 횔신說明的으로된것이었지 가을의哀感을 「후굴근한느낌」으로 나타낸詩가있었으면좋겠는데

말하면 얘르렌의눈물 줄줄흐르듯하는 내가쓴것은어쩐지 石像같이凝固해버리고마네 눈물이철철

흐르지도않고 느낌이움즉이지도않고 지을때의 態度가드러누어서 몸과정신이 착굳어앉어버리

고 거기서 한줄기떠도는놈에서 생기는까닭인것인가보네.

나도자네좀 맞났으면하겠데만은 거기간다는것은고만두어야겠네 그리고 博覽會도아직아무런

생각이없었네 싯그럽기만하고 그러고서울을간다면 집에서무슨 決定이있고가야 하겠으니깐 京城

光州間旅客飛行을한다면 그놈을타고 서울을가고싶네 勇氣무던하지。 자네는九月二十五日에간다

면 좀미리와서 날좀보고가는것이어떨고 그렇지못하면 停車場에서라도잠깐맞나지。

내오새누구를맞났더니 鄭芝鎔이 이가을부터 서울徽文와서있으리라고하데 서울가거든한번맞

나보게。 詩誌에對한計劃은 나는抛棄하지않네 또자네評을받으려적네 이것은아즉갈자리가 선연

하네 줌억지로만들었어。

쎈티멘탈

포름한 가을하날에 해빛이 우렷하고
은빛 비눌구름이 반짝반득이며
「나아가잤구나 나아가잤구나」
가자니 아ー어디를 가잔말이냐。

솔나무 그늘에 가만히 서있어 볼까
잔디밭에가 퍼주저앉을거나
그러지않아 안타까운가슴을
웨이리 건드려 쑤석거려내느냐!
가을날 우는듯한 비올린소리따라
마련없는 나그내길로 나를불러내느냐。

(여기두줄을더넣고싶네)

저 넓은들에 누른기운이 움지기고

저기 사과밭에 붉은빛이 얽혀기는데

병풍같이 둘린산이 의젓이 맞는듯하고

훤칠한 큰길이 끝없이 펼쳐있는데

아ー 이하늘아래 이공기속에

열매 익히는 저햇빛 가득담은 술잔을

고마이 만들어 앞뒷없이 취하든못해도

눈감은 만족에 바다같이 가라앉지도못하고

가슴속에 머리에 넘치는 우름을

눈섭하나 깟닥이지못하는 사람은!

九、一四

四行六節을맨들고싶은데 나는한번 어지간이 얽은다음에는 손을 잘 못대는 버릇이있네 또한

나이야기함세 今年여름에 不快와暗黑의氣分에 있다 금싸일때 그것을 어떻게 맨드러보려는 野心

을먹었으나 着手를 못하고 만세을일세 구역이나고 소름이끼치는 무덤같은暗黑 腦속에서 分裂

이 이러나는듯한 이라다다시이氣分 美는아닐지언정「구역」이라는것은 나의이투고싶은 것의하나

일세 하나 또 무를것있었네 자네 シヤトブリアン말하지 않았나 에르레르에 끼ー레 飜譯외에 또

어디있든가 소식기다리네。

昭和五年 九月十五日 龍兒씀

잠깐 얼굴이라도 대할가했더니 그기회도 늘어지는 모양인가

자네글은 거푸받았네 청명이란 命令은 대단適切한듯하시 우리가 한문에서 나온것을 다버릴

수없을것같으니 音響이 語感에 맞기만한다면 가을아침 무어라 이름지을수없이 개완한심사를

청명이라고 한것만해도 고마워이 감감의 넋인듯 모다 눈이오 입된 그청명 그놈을 조각像같이

조회우에올려앉히기는 兄으로도 어려웠던가 兄으로서는 兄스스로의氣分을 十分나타내이지 못

해 서운할려이지마는 이감각에對한 이만한指示도 나로서는多謝 兄의本式인 昇華體가아니고 내

사랑하는 동백꽃式의 叙述體가이상했네 자네가 自由詩形이되었다고 기뻐하는 심사는 집작도하

겠네마는 청명 이놈은 그本質氣分이 神經細胞의 묵금인듯한 結晶하는듯 冴えた 感覺인듯하너

기회가있었거던 다시한번 또렷이 오려주셨으면 싶으네 樹州가 六堂의 時調에서 말도막추리듯이

입이오 눈이다、 자고깨인 어린애모양、 나는 이청명에도 주런다 그리고 참 셋째節이 좀빠지는

것같내 별똥 떨어진뒷、 ㄷ음이 고요하고 못어울리지않을까 오쟌은 자네가 언젠가 오샨같은 詩

를쓰고싶다고한것을 물어본다는게 シヤトオブリアン이 잘못나왔네 오쟌은 나도잘모르네。英國

詩人이 제詩集을내면서 古人오샨의 散佚한作을 모은것이라고해서 내 가지고 大好評을 받어서

浪漫文學의 先驅로 꾀레、シヤトオブリアン、쉘리等에게 많은 影響을주었는데 나종에 古人의

作이아닌것이나타나서 僞作問題로 名望이떨어졌다고 英文學史에서 본것같으이 參考書가 아모

것도 없으니까 더는모르겠네 우리가 오샨의 情熱을 欽仰하네그려 그러나 우리의 쓰는것은 그

와對蹠點에 가까운것이 되고마네그려 거기 問題가있지 마르크스的으로 말하면 生活條件이 意

識을決定하고 沒落하는 階級에屬하고 支配의自信에서 생기는 意氣가없고 적게들어가 生活에快

適이없고 사랑이없고……자네듣고 반갑지않을 이런수작을 낸들 늘어놓기좋아하겠나마는 强烈

한 意慾과情熱을 주린듯이바라며 겨우 「나두야간다」를쓰는 自身이 실소증이 나지않는다면 셋

티멘탈에對한 다른意見이래야 너무 露骨에기울지않는다면 題를 「라가운마음」이라고 하고싶었

네。「가자니 아ー어디를가잔말이냐」를 主調로・イラダタシイ락가움 腦自體內의 分裂 하였있는

自然에 Contrast로 自身의 安定못되는 마음을 세워볼랴던 것이네 對像의 定함도없이 다만 발사

슴하는慾求 꿈에 한자리에서서 다름질하는듯한 탁가움 一語로 그것을 어떻게 成功스

럽게 나타낼수있을가 渾然한調和는 勿論 求해보지도 못했네 末二行에 너무切迫한것 事實이네

마는 어쩐단말인가 취하던못해도 에 兄의意見 알아들었으나 어떻게할수가있을넌지? 第二行의

音響에 對해서는 나의exoticism에서 나왔네 미끔하게 만나가는데 反動으로 奇怪에 가까운律을

써보려는 傾向일세 答辯 이만하고 舊作에 손댄것하나를 또보내네 자네의 評을 叅酌해서 舊作

(당지도못한)까지를 좀整理해볼까하니 말을애끼지말게 四年前에 이렇게 始作한것일세

몸은사라저 넋이만 남은듯이 해파란 저달빛을

이몸에 비최과저 왼밤을 비최과저

무덤과달

오랜병에 여윈빰에 피어리어 싸늘한 이몸에.

몸은 사라저 넋이만 남은듯이

다만 한줄기 생각만 살아돈다

해파란 저달빛을

이몸에 비최과저
왼밤을 비최과저

오랜병에 여윈빰에
피어리어 싸늘한 이몸에
헬슥한 저달빛을
옴시런이 비최과저

검은 솔그림자 어른거리는
달빛 하얀 풀넢우에
한줄기 생각이 살아돈다

헬슥한 달빛이 은실을 흘려
생각마자 얽히여 녹아저
하이얀 그림자 아지랑이같이

사라저간다 사라저간다

달에쌓이여 무덤에 기대여 싸늘한石像에 넋이 있다면 싫은 詩가 이篇의 目標였지마는 四年

을묵혀도 별수가없네

조히가 비였네 쪼가도 좋은가

큰 어두움가운대

홀로 밝은불 켜고있으면

모도 빼앗기는듯한 외로움

한포기 싼꽃이라도 있으면 얼마나한 위로이랴

좀더 느리면 무엇이 될법도 하나 겨을 물건인것같네。

ことこととわけもなく 事なく 雨が降るぞよ。

昭和五年九月二十五日 龍兒

— 335 —

永郎兄

龍爺가부르짖네 하나님이여 게시옵거던 내머리속에 淸明을불어넣어 주시옵소서 모든살풀과

릴끝이 눈이요 귀되게하여주시옵소서 어쩌면 이놈의腦가 좀나어진단말인가 몸낫기를바라는

것은 뇌에대한手段으로서일세 哲學에倫理學에나오는 큰 일홈들인들 그리부러우랴마는 무거

운것을 뒤집어 씨인듯한머리속、실로구역이나고 오슬하고 메식거려지네 神聖한구역을 써보

앗으면 구역을하나 없어보앗더니 너무바라저서 敬虔한맛이없게되었어 내몸도 내몸이려니와

누이의健康도 문제거릴세。 鐵原가잇다는말을 자네더러해던가 鐵原林貞姬에게가잇다네 조금

도 改善의希望이없어 아측은貞姬와通信을 하기로하고 편지로인사는닦엇네 그런데 편지한장

이실로어려워이 붓을들면 어떻게몇장 멍치지마는 시작할때는 한장을쓸것갈지를않네。

부영이운다

1

부영이운다

부엉이 운다

밤은 깊으고 바람은 불고 구름 덮힌데,
부엉이 운다

녹은 옛갈이 몸에 엉기는 어둠 가운데,
부엉이 운다

어둠 가운데 외땐 집하나
불은 희미히 창을 비친다,
부엉이 운다 불은 깜박인다,
부엉이 운다 불은 까물친다,

2

부엉이 운다
부엉이 운다

이슬에 젖어 축은한 풀닢 쓰러저 눕고,
부엉이 운다

검은따에서 모를그림자 뽑아나오고

　　부영이 운다。

무덤가에서　허매는　늑대

꼬리느리고　고개숙이고。

부영이운다　붉은깜박인다

부영이운다　붉은까물친다

　　　　　　3

　　부영이운다

　　부영이운다

오ー무엇을 부르는우름

네 무엇을 불러내느냐。

　　부영이운다

　　부영이운다

모든이야기　가운데사는

머리푼귀신 피묻힌귀신

　　　부영이운다。

　　　부영이운다。

구름밑에서 따우에까지

키를 뻗지른 귀신상같이

휘ー휙불어 지나가는바람

부영이운다 불은깜박인다。

부영이운다 불은까물친다。

오ー불은 아조 사라저바린다。

　　　부영이운다

　　　부영이운다。

　　　……

　　　……

六年冬에 초잡힌것을 이제야 맨들었네 3에서 부영이우름 부영이우름 해봤으나 統一시키는것

이나 울듯해서 全部를 「부엉이우름」으로도 해보고싶지마는 너무切迫할것같데 poe의鴉는 never m

ure, 에 Leonore 로韻을마처서 恐怖의效果를 얻었다고하데마는 첫머리만 읽어본일이 있으나 이

詩를 맨들기 前에全部를恭考할라든게 이루지못했네 村놈노릇도 어지간이했으니 博覽會구경쯤

가보는게어떨고 나는가면 統計室에가서 한열흘工夫하고 싶은데 놀라지말게 엉뚱한생각이지。

車가꼭 좀을바야아니지마는 어떻게좀부비고 가보지못할가 想涉君의 博覽會記를가지고는 본듯

싶지도않고。

자네나 편지로라도 좀구경시켜주게

兄의요새健康은 어떤가 여름의심술구집을 때워주는바 있는가 나는여러가지로 거의모든方向

으로 食指가움지기려고하네ー려고할뿐일세! 健康한腦만갓는다면 우리에게 한놈의小說家가없단

말인가

아이 반호ー빠저서 단숨에읽었으나 곳곳이아름다우나 興味本位이고 지금놈이그렇게쓰면 트집

몬저잡히렸다。

Sweet Dreams to you 다。

昭和五年十月十二日 龍兒

永郞兄 너무 예사로하는일이 되여서 사과도 그만두기로하고。兄도 편지로살피면 너무 氣分

이 沈滯되여지는것같애서 격정스러운일일세 대관절 우리生活은 어데로發展되여갈것인고 나는

本性 좀樂觀的이되어서 意識치않는中에서도 環境이 어데로 갔던지 意志로 生活을 끌고가리라

고 믿었던모양이더니 지나온길이 차차 멀어지는탓인지 環境이 더 壓迫的勢力을 가진것같고 運

命的勢力에서 헤여날수가없는것같애서 我는 今 墓穴の底にありて 隻手に搖らる丶搖籃なり 이

暗黑에서 벗어나려면 生活意慾의 陽轉이 있을뿐일터인데 힘! 이었다니 有島의或る女에 女主

人公이 前남편말을 强大한 性的慾望을 알맞지않게 貧弱한 肉體的勢力으로 채우려 허덕대는미

じめな 存在라고 한데가 마음에 백혀있네。

우리가 現狀에서 아무런快心을 못얻는다는것은 觀火같이만밝을것인가 또그것이 사랑까지될

것은 없을지몰라도 부끄러울것까지도 없는일이나 대가리만 커다란 한怪物이라고 나쁘게 말할

수는 있을것이고 階級的 觀察을 利用한다면 沒落하여가는 階級에 屬하므로 써라고 批評하겠

지 내 어제부터 열이좀있어서 누어있네 대답지는않고

설만들 이대로 가기야 하랴마는

이대로 간단들 못간다 하랴마는 (마는을 안고도는 마음이여!)

바람도없이 고이떨어지는 꽃닢같이

파란하날에 살아저버리는 구름쪽같이

조그만열로 지금 숫더리는 픠가멈추고

가는숨ㅅ길이 여기서 끝맺는다면

아ㅣ 얇은빛 들어오는 영창아래서

참아 흐르지 못하는 눈물이

온가슴을 젖어나리네

——龍生——

돌아가서 어떻게 지나시는가 때아닌비가 ㄷ또 없く わけもなく 오는데 후줄근한 느낌이 있

거든 Sentimentalism을 가림없이 좀 發揮해 보는게 어떠리오.

아버지 어머니 강녕하시고 애로 현욱이 엄마 다일없으시든가 너무 ＜ᄉᄉ＞ 하지 말고 일좀 많이하게。

樹州에게 편지를 쓰면서 酷使하고 搾取를 하겠다고 宣言을 하였네 麗水에게도 오늘아침에야 띄었네 다른데는 쓰지도못하고 집에와서는 아모래도 좀더욱게되니까 피곤한기운이 더하네 어제저녁에 「비소리」를 二十餘行을쓰고 오늘아침에 「새악시」를 쓰고 미리 생각지못해본놈을 이리썼으니 나로서는 大勞役이지 그래그런지 오늘은 나릿하네 「새악시」가 더나흔것같네 題材의 性質上 百퍼ー센트를 가지는못할지언정 三十或五十퍼ー센트야 갈수있는것아닌가

「비소리」는 難物이네 그러나 비를바랐고 비를듣고 곱박앉어 쓴것이지 音樂을 詩로맨든셈이 지 내게도 이렇게 느리는재주가 있는가하고 기뻐하였네 素雲을 檢討하듯이 트집을 酷毒히 잡어보게

副産物부터 紹介하지 時調 バリ로。

◎ 조록 조록 세염없이 하로를 내리는고나

바없는 내맘이 이리 여뤴을바에

아까운 갈매기들은 다 젖어죽었겠다

◎ 순이야 금아 남아 빛나든날의 동모들아

눈물 머금은채 웃으며 나좀 봐라

따느린 너의머리를 더한번 만저보자

末行에 愛著을 가졌을뿐이지 物にならん

芝溶의 白鳥三行バリ로

내맘이 고만 여위여가느니——

세염도없이 원하로 나리는비에

아까운 갈매기들은 다 젖어죽었겠다.

龍弟上

언제가느냐고 요새몸은별로좋지못하지만 工夫가되니 곧갈생각은없네 누이의 졸업식을 보러

갈가했더니 四月 바로初에나 가볼가 준비는별로없지 덮어놓고 가는게일이지 三月안에 좀빨리

오게그려 誌名 香爐 나는永郎詩를 흙이나 풀에서 살기어 오르는 김같이녀기네 언제도 말한듯

하지만 그래 자네 詩集名에 마침일듯해서 玉香爐라면 더좋을듯하지만 音이나ㅃ 出版誌名으로

는 너무線香臭ㅣ 순수예술이고 아니고 대관절 標榜은 無用 어느運動을이르키는건 아니니까 푸

로藝 組織部에 八陽이가 되였다고 머 별일이야있나 푸로藝가무얼 實地行動을 해야말이지 特別

한理論을세우는 사람이아니고 많이 八峯을따르지 마음弱한사람인 까닭이겠지 일없는일이야 誌

名은東方詩人도좋아 너무民主主義式이야 어쩐지 whitman、 알지도못하고、 어떻든 서울가서 卜

맛나고 爲堂과도 의논해서 定하자 생각나는대로 腹案감으로 적어보게 美學(阿部) 보고 많이

배호네 矢野의詩學도좋데 美의硏究만은下ラ ナイ 보다말었네 어떻든 三月內에오게나 방구경도

하고。

三月十五日 龍兒

불이야 불이야 벳긴게다되었어 靑寫는 힘드는일이나 踈忽히 한罪인가.

묫아 그간잘있느냐 내편지는 그쳤거니와 어찌 그대조차 이리 消息이멀가 편지를 오래동안

쓰지않는것은 그사람으로 보아서 좋지않은동안에 일이아닌가하네 가령 무슨일을할랴고〳〵하

며 날마다 미루어가는것같은 혹시는 날마다하는생활이 내마음에 맞지는않고 글을쓴다면 그것을

그려야 할게고 이러트면 이러한 궁경에있을제는 글이한사코 안쓰여지는것이아닌가 이것은자

네일도 내일도아니고 말일세 봄에이야기할때 정희가 義州무슨 색시가있다고 그리지않았나 거

기를 정희가 편지를 해도 이내답장이없더니 요새 시절간다고 請牒이왔데 내가 보고싶어 했든

것과 서운해했든것을 자네나알아두게 그래 자네는 편지쓰기싫을만한 재미롭지않은 일은 없을

거고 자네좋와하는 요새아닌가 무슨좋은일이 있다면 가령 詩가 마음에드는것이 한편이

되었다거나 그런일밖에 자네따위가 무슨 시원한일이 있겠나마는 있으면 가슴이 조근〳〵해서

내게 편지를쓸터인데 어떻게지내시는 모양인가 몸이나 대단건강해졌는가 나는 아모래도 기운

을타날수가없네 溫泉서도 아모자미없고해서 바로왔었지 그래 아모리달아보아도 十二貫이야 그

래 설만들 이대로 가랴마는이 읊어지네 허지만 詩란 貧弱한健康에서 나오는것은 아니야 무엇

을 붓잡고있었드라도 머리서꼬리까지 一氣呵成으로 가질않아서는 좋은 것이 못되네

그려 짜내다싶이 맨들어낸것은 ゴタ〱 틈이벌고 또 重複된데가있고 이렇게되는건가바 詩文

學달났네 芝溶은 詩가 못나오네 어떻든 三號는 섭게 マトメテ 내놔버리고 明年부터나 陣容을

달리하지 玄鳩兄 어떻게 지나시는가 佳作이 많이 밀렸을듯싶네 나갈은 말라붙은 腦와달라 정

말나는 봄以後 한편없네 묵은것도 하나 내고싶지는않네 三日詩人이라는 말도있을까 Poetic talent

의 문젤세 三號를 읽을셈을잡으니 두루빠지네 자네四行을 두었더보내게 다른것과 바꾸더라도

玄鳩兄은 黃昏의感覺에 〃풀우에누어〃를 配하고 四行이란이름없이 四行二二를 加하면 더어울

리지않을까 會心의新作이있으면 勸해서 보내주게 Page를 느려도좋으니

자네 옛적같은 傾向을 달리하지아니한놈으로 詩集한卷을! 나요새 佛蘭西美展을 보았네 生前처

고누구있나 四行이나 八行이 아니나오나 그런 美詩形을 完成한사람이 朝鮮안서 자네내놓

음자네다려 무슨새삼스런 說敎야되겠나마는 나는 이제껏 朝鮮서 所謂風景畵라는 것을보고 사

실아름답다고 생각해본적이없네 그리고 생각같은 風景畵라는것은 그렇게밖에 못그리는것인가

하였네 그랬더니 고은風景畵가있데 가슴이 폭 가라앉을마큼 海景三點 何とキレイな 色使ひだ

たらう 風景의美를 體得한듯싶었네 詩・畵 かく美しくあるべきぢやないか バルザック의 조각

つ이 조그만대가리셋이 왔데마는 모르면 맛이않나는것인가보네 아름다운詩는! 네의 모든 아름

다운詩에 祝福있으라 그대의 Nightingale은 다시보아도 ダレル하는데가있는것같네 그렇게긴詩일

사록 정말散文化를시킨다면몰라도 形의整化를求하지 않을가하네.

녀름에 草잡어가지고 못이룬것이 하나있네 내머리를ノロフ 芝溶이에게 보였더니 잘 모르겠

다네 적어보내네.

Happiness Renewed

검푸른 밤이 거룩한 기운으로

온 누리를 덮어싼제,

그대 아츰과 저녁을 같이하든

사랑온 눈의앞을 몰래 떠나,

뒷산언덕우에 혼잣몸을 뉘라!

별맣은 하날 무심히 바래다가

시름없이 눈감으면!

더 빛난 세상의문 마음눈에 열리리니,

기쁜가슴 물결같이 움즐기고,

뉘우침과 용서의 아름답고 좋은생각

헤염치는 물고기 떼처럼 뛰여들리。

그러한때, 저 건너、

검은둘레 우뚝이선 산기슭으로

나르듯 빨리 옮겨가는 등불하나

저의 집을 향해 바뿌나니、

무서움과 그리움 석긴감정에

그대발도 어둔길을 서슴없이 다름질해!

더 안윽히 웃는 사랑의눈은

한동안 멀리두고 그리든 이들같이

새로워진 행복에 부시는 그대눈을 맞어안으려니。

나 그 넷 길 의 아침

어둠한방에 새벽빛이 빗겨흐르나니

복스러웁다 너의들 잠얼굴이여

멈춤없는 나그넷길에 나날이 떠돌거니

고달픔 피로움이 밤쉬임에 가셨(消)고나

아죽 가만이누어 한참단잠을 더질기라

아버지의 감정으로 너들지켜 앉었나니

행장을 손만져도 피로움 숨어지고

달큼한 눈물만이 두눈에 고여넘노나

昨朝 그애들방에서 即興의 轉化일세 나는 모도 어쩐줄을 모르겠네 자네말을 기다리네 다음

說明、即辭明이있었으니 미리보지는말고 批評을 잘하고보소 첫번것은 今夏에 비슷한경험에서서轉

化된것일세situation이 잘 나타나지않았을가하야 사랑하는 사람과 어쩌좀서운해서 갑갑한 뒤산

우에를 혼자갔다하세 거기서 뉘우침과용서、ㅋㅣㅋㅋ愛ヘノ 여러생각이 한참나는데 저산기슭

으로 지나가는등불 그는 갑작이 뛰어나려왔네。

이런것들이야 다어떻던지 내 가슴아픈것이나낫고 자네게서

나아가잦구나 나아가잦구나

마조가는 가을날을 이나왔으면 그만이겠네 프라ㅡㅈ란 어떻한나무인지(은행비슷한가)한번

써보았으면 散りゆくプラターヌの葉 가을다운風景 郊外를 도모지 아니나가니 내가을은 槪念

일세 편지속에 향기나는듯한 마른잎을 따넣소 新潮社世界詩人選集에서 한꺼번에 對比를 하니

까 佛의上位가 더分明치않은가 獨이 Sentimental 하기는하나 너무 單純素朴해서。露에는 좋은

것이많데 내 하이네「새봄」篇을 다譯하면 한벌벗겨 進呈하지 아모래도 않되는놈이 멫편있어서

〃나는안단다、사랑아、네맘이 얼마나가엾은 가를〃

이렇게 悲痛한 놈으로 이번에는 한열개 할가하네、

10,30 Yours Pak

永郎兄

웨또 웨또 우엣말은빼고라도 단꿈에취해있어야할 자네가「예사고요히지렴으나」는? 내가

돈많이벌어서 자네乞人않시킬게 마음놓게 내이번에 實業的任務를 가지고 집에를 오늘저녁에

가네 可笑可笑 가서자네를 맞나보게될는지 않될는지모르겠네 四五日에돌아와야하고 鍾達이

를떼어더리고가니까。 오랫만에詩하나 맨들었으니 자네볼가。

마음아 너는머 어질어지렴아

너는 다만 헐되히……

아ー진실로 헐되지아니하냐

남국의 어리석은 풀넢은

소김수많은 겨울날 하로햇빛에 고개를들거니

가믄하늘에 한조각뜬 구름을바랏고

팔을벌려 불타오르는 나무가지같이

오― 밤길에 이상한나그네야

산기슭 외딴집에 그물어가는 촛불로

네 희망조차 헛되히 날뛰려느냐 아―――

그 현명의 노곤으로 그희망의 목을잘라

거르라 거르라 거르라 무거운짐 곤한다리로

거르라 거르라 가도갈길없는 너의길을

거르라 거르라 불꺼진 잿숯을 가슴에안아

새벽도라옴없는 밤을거르라 거르라 거르라

詩苑二號에 주기로 했네 創刊號가났었지' 體裁는다시없이 깨끗이 되었지마는 中味가 볼것이

없네 싸서뿔이는 수고가 싫혀서 兄께않부첫지 東亞日報에「봄을기다리는마음」連日隨筆어나는데

내가 名作을 寄稿했네 東亞日報못얻어 보거든 素村우리집으로 편지하게 오려부칠게。

요새 詩歌復興일세 자네 詩原稿料로 넉넉먹고살리。

二月二十七日 龍弟

永郎兄!

사랑이어떻드냐 지난밤 꿈이로다

괴로움이 있었드냐 내거의 잊었노라

흰날빛 바람에 감겨 나를싸고 돌아라

×

먼산은 어렴풋이 열은 단풍에 붉고

다수굿 드린이삭 낫에몸을 바리운다

꾀꼬리 우든동산에 넘아 어디 갔느냐

×

밤은이리 고요타 별하나 나르지않고

반지라운 감넘에 달빛은 어려있어

下弦달 鬼氣띠운 눈아래 부질없은 그림자야

遺懷三章써 어떻다하느뇨 오늘밤車로 서울가네.

光州旅舍에서　　龍生

永郎兄

여러날 소식막혔네 어쩐지 분주히 끌리는 것같이 몇일지내었네.

자네의 파우스트的事業은 어찌進行되나 내從業員的事業도거진 끝이났네 印刷는 다되였는데 表裝이決定되지않아서 지금 기다리고있네 漢圖와ゴタ〈 가즌있어서 자네詩集은 오늘이야넘기네 페이지까지 다指定해서주니 校正볼게편하겠네 活字도 9ポ〈詩文學一號〉와 5號〈二號〉의 二者中에서 取할뿐인데 그러면 9ポ가낫지않은가 十ポ니 十二ポ니 가있다면 변롱도 있겠지마는 다른道理없에 表裝도芝溶것은 놀미야한조하로 決定했네.

자네詩에서 다시물을빼고 넘기에 四行「胎출」八行「배만또로 널싸주랴」 詩集을 한「줄」로 보아

서 줄다리기에서 여기가 끊어질 弱點인듯싶어서 그것을 除去했네 悲行을 容恕하게 順序는

1 동백닢 호래비 페지고 마조보는 페지에 印刷되네 2 돌담에 3 어덕에 4 뉘눈결 5 단풍 6 바람이 부는대로 7 눈물에 8 쓸쓸한 9 굽어진 10 남두시고 11 허리띠 12 풀우에 맺어지는 13 좁은길가에 14 밤사람 15 숲향기 16 저녁때 17 문허진 18 山골을、19 그색시 20 바람에깔리는 21 뻴음 22 다정히도、23 떠날려가는 24 그밖에、25 뵈지도 26 사랑은、27 미움이란 28 눈물속、29 밤이면 30 빈포케트、31 저 곡조만 32 향내 없다고、33 어덕에누어 34 푸른향물、35 빠른철로 36 생각하면 37 원몸을 38 除夜、39 온꿈이 40 창낭에、41 아 머누어 42 43 내가슴속에 44 45 네마음아실이 46 47 물소리 48 49 모란 50 51 佛地庵 52 53 물보면 54 55 降仙台 56 57 사개를런 58 59 마당앞 60 61 황홀한 62 63 64 杜견 65 66 67 청명

除夜 杜鵑두편에는 題名이붙고 佛地庵에는 文學때대로 꼬리를부치려네 詩에 番號를붙일뿐폐지도 매기지않을을생각이에 詩넘버와頁가 거진맞먹는데서 着想이에 世界에 類例가없으리、첫페이지考案해주게。

金允植著
永郎詩集

京城
詩文學社

이렇게하나 어쩌나 金允植著를 어대넣나 表裝은芝溶것보고 決定할것이지마는 クリ―ム色紙에

金字는 나쁘지않을듯하네、

十月十日지나서 지용出版祝賀會가 있을테니까 그때는 좀왔다가게 자네冊도그안에되리、

나는十月一日께 집에좀갈듯하네、海南事件때문에잘하면 結末이날까보네 내가요전 말하든詩

라는것은。

너히는 이를갈쳐 어리석다 이르느뇨

내생명의 불길이 이제차츰 주러드러

세상에대한 욕망이란 연기같이사라질제

오히려 저를맞나 한마디말슴하려함을

저의손 내가슴에 두손으로 부여안고

그리못한다면 얼굴가만이 보라드며

그도 못한다면 고개다만 수기고

할말은 「그대여 나를 용서하라」

이것이 첫두節인데 다음두節을 모르겠네 더 높아저라、를八行으로 맨든것과갈이. 자네게를보

냈든가 (혹자네가여기왔을제보였든가 모르겠네) 何如間詩行이 길고해서 자미없었다는 評을 받엇

드니、

나는 未成品을 五六個 マトメル하고못수있으면 新作을하나언고해야 詩集자미가나겠네、新作

이었어어떻게 詩集을내나。

또씀세

絕　筆

彰植이말로는 팬찬흐신듯하더니 도로 중하신모양일세그려 一生의奉仕로알고 看病잘하게 나

는 二月中旬 大端好轉되였다가 藥이빗나가 極度로惡化되였었지 물한모금도 못생키고 꽤 고생

했네 月末께다시 好轉三月一日이리움갈때는 패 좋아가지고왔네 七八日頃부터 다시좀 나뿐便으

로옮기기시작 목은조곰나빠젓으나 겨우먹을수는있고 約十日前부터 열이며 나기시작 그前에는

九月二十四日　龍弟

最高七度八分까지못가든게 最低七度三四、最高八度三、シカモ八度以上이七八時間식持續 消耗

가甚했지 요새三日재 熱이좀덜해서 モトル했네 자네上京은 急히서두실게아니라 집안緣故다갈

아안진다음 ユックリ하게 나는 섯부른速治의希望은포기 持久戰의覺悟를할밖에없는가보이。

昭和十三年三月二十四日

日 記 抄

○ 昭和二年、四月十二日 （火）

三月十五日밤 집에서—어머니를남기고— 떠난지가 벌서 한달을 바라본다。 며날제생각은 그 다음날이라도 病院에가서 내몸을 튼튼케할 꾀를하고 工夫도 곳 착실히게시작하리라는 마음이 었는데—— 이것도 한 게으름의나타남이다 나는이것을 이겨넘겨야겠다 요몇일 가슴이편치않은 모양이니 내일은 기어 병원에를 가보겠다。 그리고 독일어 그외의 공부를 따복 따복 시작해야 겠다。

나 는 역시 죽는날까지 공부에매여달리는것이 일일까보다。

병으로 몸을버리지않는限에서 三個月안에 Otto's German-Conversation Grammar를 잡아쥐여야 겠다。

What we have lost in extension, we must recover in intensity. 丁抹農業振興의 標語란다。

이래도 不足하다 lost만 recover 해가지고 자라랴?

○四月二十五日

그동안의 모든 나아감에는 또한 遲遲한 모양이있다 나의 心理的 肉體的으로 發生하는 습관
은 하로날 하로아침에고치기를 바라지는 못할일일것이다 그러나 모든意志를 송곳끝같은 한點
으로 集中하여야겠다는 必要는 어느때나 줄지는않는다.

그동안 獨逸語는겨우 名詞의 語尾變化를 넘겼을뿐이다 이또한 豫定에 늦어짐이었다 다시한
번 허리띠를 졸라매야할까 單字도 第一카-드를 마스터하지 못한모양이다 하로를 세갈래로난
호아 한쪽은英語、한쪽은獨逸語、한쪽은內容있는思想書에 써야할것이나 消化不良에 對한 저픔
은 모든計劃의 實行性을없새준다. 李重澈君에게서 얻어다먹는藥에 약간의효험을 보는듯도 하
니 그것도 더이어보아야 알겠다 요새는 날이따뜻한김에 조끔돌아다니게 되여서 나음인지도 모
르겠다.

○五月十一日

한달이 훨훨지나고 두달이 또한 날나가는구나 어린애자라듯 무럭무럭자라는 새잎들은 어느
새 편지쓰는사람들에게 쓰기좋은綠陰무글자들 받히게되였고나。
내게는 무엇이 어떻게자랐느냐 豫定이 그대로 이루어나가는수야 내게있으랴마는 아침에 오
ー듯 죽을먹고지난지가 아마 二週日은 될가보다 重激君에게서 消化劑는 그대로갖다먹는中이나
약간의효험이 있는지어쩐지 獨逸語공부는 Auxiliary의 Conjugation을 하는中이다 이것도 그리많
이 한셈은 되지못하나 요사이는 너무 專力을 여기다하는모양이다 亦是 英語와科學書類에대한
시간을 좀떼여야될터인데 저녁먹은 뒤의시간을 어떻게利用할까 공부하기는무섭고 놀기는승거
운일이라 무엇에다던지 좀利用을 해야할터인데 요새일기는 변태이다 아침밤으로 몹시차고 오
후에는 바람이다 어데로가기는 아직너무이른가?

○六月三日

오ー매 달이슬적바꿔였네 日氣가 괴상스럽게차고굿어서 No Summer를 云云하더니 요새四五
日 비로소다ー수어서 겹것으로고치고 길로다니면 겨드랑에 땀이젖는다。 五月十四日엔가 水利組

合일로 아버지께서 오셔서 約一週日묵어 가시고 그동안 社會運動者中央協議會가 開催되었었고

하여서 한週日동안 공부는 아조○이되고 말았었다 그뒤에도 課程을 잇다금비여서 獨逸語三個

月豫定이 아무래도 實行될것같지않다 來週日에는 十二指腸虫관계로 三四日동안 入院을 하여야

할 모양이다.

中央協議會 첫날午前午後를보고 議場整理와議事進行의 混亂을보고 寒心스럽게 녀겼더니 밤

에들어 常設非常設問題에들어가 間島金午山 東京崔益翰의說은 다理論言辯에 感服할만한點이

있었다 二十六日엔가 다시 槿友會創立大會가있었다 金活蘭의 純無垢한 態度와 黃信德의 言論

이 若干 異彩를發하고있었다.

六月十三日

이 노ㅣ트에다는 이따금붓을대고 세월의 빠름을 한하는듯 말하게된다 그것도 내가무슨 세월

이 다라난다고 항상 격정을하는것은아니나 노ㅣ트를 펼때마다 날자적은것이 건너뛰는 것을보

고 한동안 잊어버리고 지내든날이「이리도길었든가」새삼스럽게 늣겨워하는것도 인정에 어글어

짐은 아닐가.

날이 이어 가물고 더워서 더웁다고 구둔버려 인사를하게된다 시골서는 물을기어다린다한다。

지난七日에 入院(세부란스)하야 처음으로 병원살림맛을보고 앉았다 exotic한기대를 전에혹 가저보

앉든일도 있었는데 極히平凡하고 지루하였다 十一日에 退院하다。 십이지장충이 스물여섯마리

가나왔다고 우슴을 받았다。

胃는筋質衰弱アトニー、胃液은普通、呼吸音銳利、呼氣延長 右肺가 特히 沈着되고 血檢에

헤모그로빈80% 貧血症 이것이 몸둥이現狀이다 Good food, fresh air, exercise 1 란다。

六月二十六日

三防길三百里 무에그리멀다고 미루고미루다 廿二日에는 떠나게되였든것을 뜻밧 康昊君으로

말미암아 하로를 미루었더니 廿三日에는 三防은못갈지언정 반가운비가하로終日 부슬부슬내렸

다 밤이나들면 포근히쏟아질까 바뤘더니 亨雨접에를갔다 열시에 나와보니 새파란한날에 별이

총총하다 농사하는사람의 서운함이야 말할것없것지。 亨雨가 Love is great thing for me. 라고!

오해다! 그 가나를 오해하는구나 그러나 피치못할건오해다 다 웃어라! 나는 외로움에견디는

공부가 더필요하다 가슴을에이는듯한 외로움을 꾹꾹씹어삼켜야한다 나의 가려가는 길이 그것

을 그렇게하는길이다 버스사로 추린것이니 내목구멍으로 넘어가야지

마음의 외로움에 가슴이 쇠어이네

어루만지는손 다정히 물려놓네

아서라 손수지은칼 나를베다 어이리。

廿四日에 雨의 보냄을받고 호을로 三防으로오다 車속에서 다정이말부치든 여자의 인도로 一

二旅舘으로 왔으나 남의집보다 조고만데 존엄이 상하는듯 목적의藥水 옛부터나려오며 하로살

이에 비기는목숨 그래도 무슨기대를가지고 이약을먹어보고 저 노릇을하여보고 요행을바라는꿈

갈은마음 애처롭지아니하랴! 한끼밥을먹고 몇잔물을마시고 스사로 뱃속을드려다보는마음 오

래두고 껌벅어림보다는 한번에 활작타오르고말았으면야! 물의利害는 길게두고보아야 自水관

으로 보름을정하고 앉았다 방의깨끗함이라던지 其他設備가 있음직하다마는 어제밤 기생다리고

온패가 남의잠을 밋지게하고간 오늘은 개울물소리에 퉁소소리가 바람따라올뿐이다 기각봉으

로나림이 唯一한 散步요 운동인데는 울창한 大松숲사이에 훤칠한 길을가진 釋王寺가 부러워

진다。

○七月卅日

붓이 무던히 오래떴다 三防서열흘 긴장마를 치루고 十七日에 서울로가서 누이의入院 其他를
보살피고 二十三日밤 다시三防으로 서울을떠나다 三防있는동안 서로알아진 몇분 처음 以堂金
殷鎬와 거의一週間을 같이보내다 다정하고 친함이 오래사괸과같어 서울가서도 잠간찾다.
郭玄成、和田松校、金錫奎、金貴南、李漢永夫妻 이 여러분과 愉快로운몇날을 보내다 柳葉對
李用雨의의론中 柳葉氏의 藝術至上主義的 藝術論을 겯든다 尢植君의 詩稿를 보였더니 格言風
의小句를 讚揚할뿐이다 괜한짓을하여서 金君에게 미안한마음까지 생긴다 그러나 柳葉君의 눈
도! 하는 感이있다.

○九月八日

七月卅一日에 三防을떠나 元山으로가다. 처음 松鶴舘에 얼핏들었다가 金錫奎氏가 먼저와서
얻어가지고있는 朴泰茂氏方으로 옮기다 날마다 열시지나서부터 午後네다섯시까지 소금물에잠
갔든몸을 모래별에 말리고말리고 새까마케 벗어지도록말렸다. 그러나 중간에감기로 七八日께
부터 닷새동안을 府內에가서쉬다 十八日에 夫王敦 李敬愛 兩人의結婚式을 구경하고 十九日밤

車로 金貴南 金尙鎔氏로더불어 京城으로오다 아래 호복다리에 조고맣게 부르튼것을 손톱으로

긁었다가 그것이드디어 부스럼이되여 한週日 고생을하였다 四日에 偶然히 漢江을나가게 되

여 뽀ー트에 손을대여보고 그뒤날마다 二三時間을 저었다 運動으로 極上의効果가 있을듯하니

될수있는대로 게속해 볼생각이다。

○十一月三日

九月十日(陰八月秋夕)에 집에를 다니러갔었다 집에 다른연고는없었으나 聖喆이가 리질로오

래고생을하여서 무장댁에는 우아래로 경황이없었다 그러나 내가 거기있는동안에 차츰 회복이

되여서 나아가는것을 보았었다 約一週日이지난뒤에 강골누님에게를 다니러가기로작정하고 康

津金允植君에게 가서 오래人만에맞나 이야기가 끝날줄을 모르고 三日後에 강골을 갔었다 進來

遑來君이 다 집에있어서 사흘을또쉬였다 누님은 생각기깐에 늙지는 않았었으나 그 조마조마하

는모양은 一種애처러워젔다 二十七日夜에 允植君 한가지로 松汀里를 떠나서 서울로왔다 十月一

日에 京城發 어두운뒤에 長安寺에 到着하였다 毘盧峯에 永郞峯건너는 特冒險을하였다 金次와라

는 젊은修道者가 길을引導하여준 德이였다 內金剛을다돌고 八日에 九龍淵구경을다녀와서急遞

十一日에 주인을 平洞으로 옮기였다。

○昭和四年三月十日

金剛山서돌아온 三十日동안 永郎과한가지 フタミスシ 경성식당으로 커피차먹기가일이고 밤

거리를 鍾路한길로 太平通골목으로 목을놓아 하 하 하 웃고 거칠것없이 싸다녔다 그 우슴에

비록속에있는 굴형을감초려는 示威였을망정 방야무인하는 白眼의행동이였을망정 우슴의 한달

이였다。

十二月一日에 집으로돌아오다, 내딴엔 다 예산이있는일이였다 中學生雜誌경영이 欲望의焦點

이였다 그러고 돈이 事業에絕對必要한道具로 要求되였다 앞으로 滿一年동안 希望과落望의 賭

博的興奮가운데서 지냈다는것은 辨明의길없이 돈에 머리숙인일이였다 承喆從兄의紹介로 咸鏡

道行한참 問題되였다 十二月一日은 어떻든 記憶될날이다。

昭和三年一月十一日은 家庭的衝突의 한頂點을 이루었다 月末부터 새방을거처하였다 二月三

日은 春喆君의 신행날이였다。

二月十五日에 康津을 가서 一週日만에 돌아왔다 永郎君은 建設委員長이라는 弄談을 할만콤

店建에 골몰하였다。

그사이에 三部詩篇等에 着手하였다。

二月十日(正月初二日)이었다 詩雜誌의出版等의 決定的의론을하고 三月下旬의上京을 約하였

다。

四月에 누의는 梨花로갔다。

四月二十日에 떠나겠다는通知를하고 路費의拒絶을當하였다 二十三日이었든가 明心의訪問을

받았다 三日을留하고갔다 京城을 强行하려든 計劃이 侮謗의毒矢에 中挫되고 鬱鬱의 日字를보

내다 五月十九日이든가 永郎이光州를왔다 光州가서하로지나고 그이튿날같이와보니 누의가 와

서있었다 身弱이理由이나 家庭問題의解決을 自任하는모양이었다 희생적精神의過多가 나를 괴

롭게한다 永郎과하로를즐기기爲하여 無等山에를 올랐다 瑞石의꼭대기는 돌로 더큰山의模形을

새긴느낌이었다。

누의에對하여 態度의表明이있었고 같이 工夫를하기로하였다。

詩文을읽히고 社會問題其他의 槪念을얻게하는것이 위선目標일듯하다。

○九月六日

여름동안에 여러아오들과 朝鮮歷史講義를 하였다 엉터리없는 歷史抄를꾸미며 수많은問題가

알수없다는것만알았다 남을가르쳐본다는것은 참으로큰공부다 아는것과모르는것이 正確한區分

이서게된다 어떻던지 二十餘日間에 檀君以下 合邦까지를끝내였다.

鳳君은 和文詩集、月下의 一群等에서 詩를추려읽히고 コムミナ-ルの煙管、ヴェルテルの悲

しみ를읽히고 ベ-ベル婦人論을 여름걸려겨우읽혔다 나는 八月末부터 經濟學의輪廓이 좀쥐여

질듯싶어서 카-버-、高橋龜吉、阿部賢一、イリ-、의것들을 通讀하였고 앞으로도 原論의草

案을 잡어불가한다、九月一日에 鳳과亭을떠나보내고 좀서운하기도하길까 참 그안에 外叔母의

喪으로 在千君을생각고 水原을갔었다.

三川으로 校村을다녀왔고 光州 田炳憲이라는 의원을맞나서 加味滋降湯을 먹기로 하였다 四

月五日은 身熱이좀있어서 누어지냈다.

言語槪念의 成立過程을 認識論과言語學을 連結시켜서 發展道程대로따라서 좀캐여 보아야지

科學이란 科學的言語槪念의 構成이될듯하다。 事物間의關係(規則性、共通性、複起性等이있는)

의新發見은 새로운 槪念言語를 成立시켜야할것이다。

○十月二十七日

十月二十二日에야 어렵든서울길을 떠났다 그 전날에 允植에게電報를해서 熙喆과 서히 同行

되였다 驛에닿으니 亨喆이 亨雨와같이나오고 鍾佑와 晶來도나왔었다 서로갈리여 雨에게로 갔

다가 아침뒤에 學校로 龍河를찾고 茶屋町에서 서히다시맞나 博覽會를갔다 그러지않아 고된몸

이 몬지에 사람에 견딜수가없었다。

二十二日에는 允植과 培材에서마초아 진고개를돌고 任性彬을찾다가 못만났다 二十三日에는

允과 任性彬을맞나서 午後에다시 博覽會를가서 萬國街를구경하고 二十四日에 允이 나와서 崔承

一을찾었으나 맞나지못하고 鍾佑를찾어보았다 二十五日에는 蹴球大會를 하로종일보고나서 저

녁에 任性彬 李承萬 永郎과같이 鄭芝溶을찾었다 생각든바 老熟보다는 學生風이앞서고 날낸才

華에 俗流攻擊이 비오듯하였다 그러나 나는 그의넘우군은카톨릭이 좀격정되였다 그의 年前에

보여주든 繁華하고멋있는作風이 없어졌을 가하고。 雜誌의이약이는 손섭게 同意가나왔다 밤이

늦어서 집으로돌아왔다 二十六日에는 이튿밤이나찾다못맞난 龍河를 學校로가보고 熙喆이를맞

나고　午後에　重澈에게　同行하려고　學校에를　갔다가　龍河、東赫、鄭琪燮과　료리집에가서　저녁을

먹었다　二十七日에는　아침에　亨雨네의　敎會길과같려서　崇二洞으로　鄭寅普氏를　찾었다　같이나

와서　宗敎禮拜堂에를　갔다가　다시　鄭氏宅으로　갔다　孤寂함을　닷하는　先生과　한나절을이약이하고

거기서　帝大學生　閔泰植、成樂緒兩君을　만났다　저녁에야돌우와서　이것을　썼다。

○十二月二十三日

맘먹었던것을　일우지못하고　다시절에와서야　이것을쓴다　十一月七日엔가　鐵原을가서　貞姬집

에가묵었다　安養寺의하로밤과　歡待의三日을지나서　十一日에　누이를　다리고　같이서울을　왔다　竹

添町三丁目四九에서　우아래방에서　남매가처음지내보았다　貞姬와　그아버지에서　돌우오라는　便

紙가　이마금온다　鳳애는드디여　二十三日엔가　다시　鐵原으로　갔다　雜誌의일은　수얼스럽게되는듯

도하였으나　詩文學이라는　命名을　하였을뿐　二十七日을　第一次期日로定해보았으나　實行할아모

재조도없었다　그동안에　芝溶에게서　金素雲을　알게되었다　日本內地서　공들인　朝鮮民謠集을　낸

사람으로　마음속에　熱을　가지고　이길에　精進하는　사람으로　뵈였다　우리의일에　協力을　約束하

였다

이한달에는 朝鮮에도 큰일이 있었다(中暑) 允植과나는 이밖에 京城을 떠나 집으로 돌아왔다詩

文學의일은 原稿關係도 있거니와 明春으로밀우고、 이것이 在京五十日의 所得이다。

龍兒의最終紀念寫
眞으로昭和十三年一
月十五日撮影──前
列右로부터金珖燮·
張起悌·崔玉禧·李
軒求·後列右로부터
咸大勳·龍兒。

戲

曲

人形의 집

헨릭·입센 作

=原名、노라=劇藝術研究會—第六回公演臺本—

• 人物 •

로—발드·헬머

노 라 (그의안해)

랭크 의사

크리스처나·린덴

크록스탓드

헬머의 아들 둘과 할 하나

안 나　(그乳母)

앨 렌　(女下人)

짐 꾼

×

크리스챠니아에있는 헬머의집(한층게를쓰는것)에서 진행된다。

第一幕

돈을 많이 드리지는 아니했으나 취미있고 쾌적하게 꾸민房。 正面바른편에 호ㅡㄹ로 나가는門、 왼편에 헬머의 서재로가는門、 이두門사이에 피아노한데。 左便壁中央에門、 客席으로다거서窓。 窓가운데둥근데불 아ㅡㅁ쇠아들과 조고만 쓰따한개。 右便壁 조금뒤로다거서門。앞으로 나와서 陶器製난로、그앞에 아ㅡㅁ쇠 아들과목킹췌아아한개。右便壁門과 난로사이에 적은데불。壁上에는 印畵물。磁器와骨董品들을 오려놓은 층 층장。裝幀좋은 책들이끼인 조고만책장。바닥에카ㅡ펭。난로에서는 불이탄다。겨울날이다。밖앗호ㅡㄹ 에서 뻴이 울린다。바로 이어서 이층게의 밖앗문이 열리는 소리들린다。

노라 들어온다。 집접게 흥흥거리며。 外出服을입고 몇개의 물건뭉치를가졌다。 그것들을 바른편 떼ㅡ불

에다 놓는다。 호ㅡ파 사이에있는 문을 열린대로두었다。 배달인이 크리스마스나무와 바스켈를 가지고 있다

가 문율연 下女에게 그것을주고 있는것이 보인다。

노라 크리스마스츄리를 잘감춰둬、 엘렌。 오늘저녁에 불을 켜놀때까지 애기들이 그것을 봐서

　　는 안돼。 (지갑을 꺼내며 배달인에게)얼마요？

배달인 삼십전입니다。

노라 자 오십전자리요。 (배달인 거슬르려한다) 아니 남어지는 고만두우

　　(배달인은 인사하고 간다。 노라는 문을 닫는다。 외출채비를 벗으면서 속으로 자미가나서 연해웃

　　는다。 주머니에서 막카론 봉지를 끄내서 하나둘먹는다。 그러다가 발왈축으로 가만가만거러서 남

　　편의 방문에가서 귀를 기우린다。)

　　오라、 방에 계시군。

　　(다시 흥흥거리며 바른편 떼불로 간다。)

헬머 　(자기방에서) 거 우리종달샌가ㅡ거기서 조잘거리는게？

노라 　(물건뭉치를 끄르기에 바쁘다) 네ㅡ그래요。

헬머 우리다람쥔가, 거기서 돌아다니는게!

노라 네—

헬머 그래 다람쥐가 인제 돌아왔노?

노라 방금 왔어요。(마카론 봉지를 주머니에 집어넣고 입을닥는다)이리와요, 토—발드、내가 사온걸 좀 구경하세요。

헬머 내 지금 좀 바빼。(조금있다 문을열고 드려다본다。손에 펜을들고。) 무얼 사왔다고 그랬소 웬, 이렇게많아 우리 난봉아씨가 또 돈을 퍼퍽쓴 모양인가。

노라 여보、토—발드、인제 좀넉넉히 써도 좋지않어요。우리가 어렵지않은 크리스마스는 이번이 처음인데요。

헬머 이거보, 우리가 돈을 헤푸게 쓸 처지는 못된다오。

노라 정말、토—발드、인제 우리 조금만 더 넉넉히 써봅시다—아조 쪼금만— 인제 당신은 돈을 무척 벌헨데。

헬머 그래 새해부터는 그렇게되지。그렇지마는 내가 그월급을탈라면 아직도 석달은 꼽박기다려야할걸。

노라 괜찮어요。 그동안엔 빚을 얻어쓰지요。

헬머 노라! (그는 노라에게로 가서 작난삼아 귀를 잡는다) 그래도 속이들지않아! 가령 내가 오늘 千圓을 빚을내서 당신이 크리스마스주일동안에 진탕 맘을놓고 써본다고 합시다。 그러다가 섯달그믐날밤에 집웅에서 기왓장이 떨어저서 내골룽을 깨트린다고 합시다。

노라 (손으로 남자의 입을 가리며) 아니 웨 그렇게 무서운 소리를 하셔요

헬머 그렇지마는 그렇게 가정을 해보란말이오ー그러면 어쩔레요?

노라 그렇게 무서운일이 생긴다면 나는 머 빚이 있으나없으나 마찬가지지요。

헬머 그렇지마는 빚받을사람들은 어쩌란말이요。

노라 그사람들을 누가알아요。 알지도못하는 사람들인데。

헬머 노라、 노라! 당신은 참말 별수없는 「여자」요。 그러나 농담은 그만두고、 노라 당신은 거기대한 내 주의를 알지요。 빚쓰지않기! 취해쓰고 빚쓰고 하기시작하면 가정생활이란 자유롭고 아름다운것이 되지못한단말이오。 우리둘이는 지금까지 용감하게 견디어 오지아니 했소、 우리는 이 최후의 순간에와서 저서는안되오。

노라 (난로로가면) 네 알앗서요ー총도록하지요。

헬머 (따라가며) 여보、여보! 우리 쪼고만 종달새가 그렇게 날개를 내려트려서야 되나。응、

여보、우리 다람쥐가 왜 골이 났나？ (지갑을 끄내며) 노라、내가 여기가진게 뭐이겠소？

노라 (팔리 돌아스며) 돈이지요!

헬머 그래! (노라에게 몇장돈을준다) 물론 크리스마스때가 되면 별것이 다있어야할줄도알지

노라 (돈을세며) 십원、이십、삼십、사십원、아이 토―발드、감사합니다。인제 한참쓰겠에。

헬머 그랬으면 오죽좋으리

노라 정말이어요、한참써요! 그렇지만 이리와요。내 사드린걸 모두구경시켜 드려야지。아조

싼것이야요。자―이건 아빠―르의 새옷하고 칼이구요、이건 봅브의 망아지하고 나팔이

구요。그러고 이건 에미의 人形하고 搖籃이랍니다。별로 좋은건 아니지만 인제곳 부서버

릴메니까 그만하면돼요、하인들 옷천좀하고 수건감을 샀지요。안나할멈에게는 좀더좋

은걸 사줄껄 그랬나봐。

헬머 또 한뭉텡인 무어요？

노라 (소리치면) 토―발드、그걸 지금보면 안돼요。이따 밤에 보서야지。

헬머 아― 이 조고만 난봉꾼이 당신차지로는 무엇을삿소

노라 나요? 나는 아무것도 일없어요,

헬머 말이되나. 어디 꼭 쓸만한것으로 사고싶은것을 말해보오

노라 아니요, 난 가지고 싶은게없어요— 저 이거봐요, 토—발드—

헬머 그래서?

노라 (헬머의 웃초고리 단초를 만저거리면서 그의얼굴은 처다보지않고) 정말 내게 무얼주고싶으시
면 저 꼭한가지, 저……

헬머 그래뭐요 말을 하구려

노라 (빨리) 저 돈을 주서요、네、토—발드。주어도 팬찮을만큼만 주서요。그러면 그걸가지고
나종에 무얼사겠어요

헬머 그렇지만、여보—

노라 아이 정말 그리서요 토—발드、정말이요。아조 예쁜 금지에싸서 크리스마스튜리에다
걸어놀테여요。자미있지않겠어요?

헬머 돈을 함부로쓰는 새이름을 무어라드라。

노라 네、네、알아요—난봉꾼이라 말이죠? 그렇지만 나하자는대로 하세요。토—발드。그

— 381 —

헬머　래야 천천이두고 쓸데를 생각하지요。 그게 지각있는일 아니에요。

　　　그렇다 할수있지! 만일 당신이 그것을 꼭 애껴두었다가 당신의 쓸것을 산다면이야。

　　　그렇지만 그것이 살림하는데로 들어가버리고 쓸데없는데다 써 버린다면, 또 내게서 돈

　　　이 나와야 하게。

노라　그렇지만 이거봐요——

헬머　그렇지않다고 할수있오? 노라、(노라의 허리에 팔을두른다) 이조고만 종달새가 정말 이

　　　쁘기는해도 돈이 무척 든단말이야。 당신같이 쪼고만 새한마리를 기르는데 돈이 그렇게

　　　든다고하면 사람들이 고지듯지않을게요。

노라　어쩌면! 그런말슴을 하세요。 나는 내재주대로 모든것을 절약해 쓴답니다。

헬머　암 그렇고말고——될수있는대로—— 그게 바루 문제거든。

노라　(흥흥거리며 웃는다 속으로 기쁨을감추고) 흥? 당신이 우리네종달새 다람쥐들이 돈쓸데가

　　　얼마나있는줄을 아신다면, 참말。

헬머　당신은 참말 이상한 솜씨야。 당신아버지하고 꼭갈애——언제나 손을벨수있는대로 널리

　　　돈에다 손을대지요, 그렇지만 손에 들어온돈은 그냥 손가락새로 새여 나가버리는게 어

더로 들어가버린줄도 모르지、 그렇지만 당신은 당신의 그대로 보아줘야되지、 그것은혈

롱이니까. 그렇지、 노라、 그런것은 遺傳이치.

노라 우리아버님 성질에는 내가 유전받고싶은것이 많이 있어요.

헬머 그러고 나는 지금 이대로의 노라를 가장 좋와하니까! 그렇지——우리 요 조고만 예쁜
종달새、 그렇지만 말이야 오날 나보기에 좀 이상한것은——저 뭐라고할까——당신이좀
수상한데가 있다는말이요?

노라 뭐이 수상해요?

헬머 정말 수상해. 내눈을 똑바루 처다보.

노라 (처다보며) 그러세요

헬머 (손가락으로 위협하며) 이 단것패장이 오날 무슨군것질을 했지.

노라 아니애요 어쩌면 그런말슴을 하세요.

헬머 정말 과자점엘 들머온게 아닐까.

노라 아니여요 정말

헬머 쎌리를 몇개 안먹었을까.

노라 아니요 절대로 없어요。

헬머 마카론을 한두개 입에 넣치않았을까。

노라 아이 여보、정말 아니여요。

헬머 그래、〳 이거야 물론 다 농담이지 (바튼편의 테불로간다)

노라 당신이 싫여하시는걸 내가 어떻게 할생각을 하겠어요。

헬머 그야 나도 아는게지。 그러고 또 약속이 있지않나。(노라에게로 가까히오며) 당신의 그 조고
만 크리스마스 비밀을 꼭 감춰두:. 우리예쁜노라。 크리스마스츄리에 불이켜지면 그것이
모도 환히드러날메니까

노라 랭크 의사는 청해두셨어요

헬머 청할것도없이 의레을걸。 그래도 오늘 들르거던 말해두지、훌륭한 포도주를 좀가져오라
고 그랬는데: 여보 노타、나는 오늘저녁에 퍽 재미있는 기대를 가지고 있다우。

노타 나도 그래요 아이들도 퍽 재미있어 할메지요

헬머 아 사람이 안전한 지위와 넉넉한 재산이 제게있거니하는 생각만해도 질거운일이아니오。

노라 참말 즐거워요。

헬머　작년 크리스마스는 웨 당신이 삼주일동안이나 밤마다 자정이넘도록 딴방에 들어앉아서 크리스마스츄리에 꼿하고 또 우리를 놀래여줄 별의별것을 맨돈다고 그랬었지。나는 일생에 그렇게 심심해 못견던적은 없었오。

노라　나는 심심하진 않았어요。

헬머　(웃으면) 그렇지만 나종에 쓸데가있게 됐어야지 여보 노라。

노라　또 그걸로 잔소리를 하실랴고 그래요。고양이가 들어와서 그걸모다 망처버린걸 어떻게 하는 재주가 있어야지요。

헬머　그거야 어쩌는수없지。우리 가엾은노라、당신은 우리에게 쾌락을 줄랴고 당신의있는 힘을 다했거든。그것이 충요한점이야。그렇지만 어려운시절이 지나간다는것은 어떻든 좋은일이요。

노라　아이 정말 그래요

헬머　인제 나는 여기서 혼자 심심하게 앉았고 당신은 그예쁜눈하고 귀여운 손가락을 고생시킬 필요도 없이되었구려。

노라　그래요 그럴필요가없어요。그렇지요、여보、생각만해도 어쩌 좋은지몰라、(헬머의팔을 붙

잡으며) 자 인제 우리가 어떻게 살아갈것을 내 얘기할께요。 크리스마스가 지나거든요ㅡ

(초인종 울리는소리) (방울치우며) 누가 찾아오나봐 아이구찮어。

헬머 나는 오늘 손님을 안보는날이야, 잊지말우。

엘렌 (문을열고) 부인손님이 아씨를 좀 뵙겠다고 그러서요。

노라 들어오시래라

엘렌 (헬머에게) 그리구 저 랭크 의사께서 지금 오셨어요。

헬머 서재로 들어가셨늬。

엘렌 네,

(헬머 서재로 들어간다)

린멘夫人 (거북해서 머뭇거리며) 안녕하세요? 노라,

(엘렌이 며행복올인은 린멘부인을 안내해오고 나간다)

노라 (잘모르는듯) 안녕하세요。

린멘夫人 나를 잘 몰라보시는구려。

노라 아이 잘 생각이……아이 참……아마ㅡㅡ(갑작이 반가워서)아이구 크리스치나야, 이게 웬

일이요 이게 정말 크리스치나요

린덴夫人 네 정말 나요.

노라 아ー내가 크리스치나를 몰라보다니ー 그렇지만 어디ー (좀더 순하게) 아이 아조 많이 변했소

린덴夫人 정말 그래요 八九年동안에……

노라 우리가 헤진지가 정말 그렇게 오래돼우? 아이 정말 그래. 지나간 팔년동안 나는 행복스럽게 지낸셈이얏, 그래 다시 서울로 나왔소? 이 치운겨울에 그렇게 먼데서…… 참말 대단해!

린덴夫人 오늘 아침배로 왔어요.

노라 크리스마스를 쇠러왔지. 아이 참말 반가워. 그래 우리 크리스마스를 재미있게 쉽시다. 외루도 벗고 모자도 벗우. 칩지않아?(도아서 벗기며) 우리 난로 결으로 가요. 자 여기 안락의자에 앉을우. 나는 이 椅子에 앉을게. (손을 붙들고) 그래두 옛날 모습이 있군. 정말 처음엔 몰랐어ー! 그렇지만 얼굴빛이 좀 좋지않은데ー 그리구 아마 좀 말렀지.

린덴夫人 그리구 무척 늙었지 노라.

노라 그래 아마 좀 늙었나봐——무척이뤄야——좀이지。(문득中止하고 점잖케 열성으로) 아이

　　구、내 이런 멍텅이보아。이렇게 쓸데없는 소리만하고있구——여보、여보:: 크리스치나

　　나를 용서하우、

린덴夫人 무슨말이요、응、노라。

노라 (부드럽게) 아이 딱해라 나는 잊고 있었어。당신 남편이 돌아가셨다지。

린덴夫人 그래 벌서 三年前이야。

노라 그래그래 그때 신문에서 봤다우。그리구 저 크리스치나 정말 편지를 꼭 할랴고 그랬다

　　우。그렇지만 어쩌어찌해서 미루고있었다가 그만、

린덴夫人 그런건 아모 상관없어

노라 아니야、내 정말 잘못했어。참말 가엾이도、그동안에 얼마나 고생을했을까——그리구그

　　이가 남긴건 별로없오。

린덴夫人 없어。

노라 애기도없어。

린덴夫人 없어。

노라　아모것도　아모것도　없어。

린덴夫人　슬퍼하거나　생각하고있을거리도　안남겼다우。

노라　(못믿어운듯　들여다보면)　아이　크리스치나　그럴수가　있을가？

린덴夫人　(슬프게　微笑하고　머리를　쓰다듬으면)　그런일도　혹시있다우。

노라　그렇게아주　아무도없이！　아이　그럼　어쩔까。나는　예쁜애기가　셋이　있다우。지금　유모

하고　밖에나가서　좀　뵈여드릴걸　못허우。자　인제　이야기를　자세히　좀해요。

린덴夫人　아니야　내　이야기보다　노라이야기나　드릅시다。

노라　몬저　이야기를하우。나는　오늘　나를　잊어버리고　당신의　일만　생각할테요。그렇지

만　저　한가지　할말이있어──당신은　우리가　이번에　아조　큰　수가　난걸　드렸오。

린덴夫人　못드렸어、뭐야、

노라　다른게아니라、우리집　양반이　련합은행의　전무리사가　되였다우。

린덴夫人　어쩌면！　참　잘되였소。

노라　그렇지、변호사의　직업은　안정이　되지못하다오、더구나　토ー발드같이　조금만　그늘진일

이라도　관게하려하지않는　사람에게는　더욱　그렇지오。우리가　얼마나　좋아하는지　짐작

할수있지。 그이는 신년부터 온행사무를 보기로 되었는데 그러면 월급하고 배당이 무척

많아진다우、 앞으로 우리는 아마 하고싶은대로 하고 살수가있을거야。 여보 크리스치나

나는 마음이 가볍고 행복스러워、 돈이 무척많구 걱정할게 없구하면 참좋겠지 안그래?

린덴夫人 그렇고말구、 어떻든 필요한 돈이있으면 참 좋을게야。

노라 필요한 돈뿐 아니라、 무척 아조 많은돈이야!

린덴夫人 (옷으면) 노라 여보 아직도 철이 안든것같구려、 학교다닐때 노라는 돈을 참 함부로
썼지。

노라 (조용하게옷으면) 토―발드는 지금도 날더러 그렇다구 한다우 (앞손가락을 쳐들면서) 그렇
지만「노라、노라」도 당신들이 모도 생각하는것같이 그렇게 바보는 아니라오。 나는 실
상 돈을 써볼래야 써볼 기회가 없었다오。 우리는 둘이 다 일을했어요。

린덴夫人 노라가 일을해。

노라 그래 수예같은거지、 편물도하고 자수도하고 (방신한 어조로)또 다른일도하고。 우리가 결
혼할적에 토―발드는 관직을 고만뒀지요。 승급할 히망도 별로없고 그 수입가지고는 생
활이 부족하니까。 그래서 결혼하던 첫해에 토―발드는 아조 과로를했어요。 아모일이나

주어 말아서 하느라고 아침부터 저녁까지 일을 했어요。백여날수가 있나요 병이나서 위험

하게 됐었지요。나종에 의사의 진단이 이태리로 전지요양을 가야된다고 하겠지요。

린덴夫人 이태리가서 아마 한일년이나 지나고왔지。

노라 그래요 그렇지만 그때는 큰아이를 바로 난뒤이고 모든 채비가 쉽잖았어요。어쩔수 없으

니까 떠나기는 떠났지요。참 훌륭하고 자미있는 여행이었어、로ー발드는 그덕에 생명

을 구했지요。그대신에 돈이 무척 들었다우。

린덴夫人 그럴거야

노라 딸라로 一千二百딸라、四千八百크로네니 큰돈 아니우。

린덴夫人 그런돈이 있었으니 다행이지。

노라 그것은 아버지께서 주셨지요。

린덴夫人 아ー참、아버지께서 그임시에 돌아가셨지

노라 바로 그때지요。이런일이 있어요? 나는 가서뵙고 잔병도 못했다우。그때 나는 첫아이

해산이 임박했고 로ー발드의 병을보아야 되고하지 않아요。그 정애깊으신 아버지를 나

는 다시 못뵈었어요。내가 결혼한뒤에 그것이 제일 기막힌일이었어요

린덴夫人　원체　노라가　아버지를　좋아했거던　이태리를　가기는　그때갔지。

노라　돈도　마련이되고　의사도　하로바삐　며나야한다고해서　한달뒤에　떠났어요。

린덴夫人　그래　주인어른은　거기가서　아조　완쾌되셨던가요。

노라　강철같이　튼튼해졌지。

린덴夫人　그런데　의사는？

노라　그건　또　무슨말이야？

린덴夫人　아니　아까　나들어올쩍에　무슨　의사가　오셨다고　하던것같은데——

노라　아ー　랭크　의사라고　일이있어서　온것은　아니고　우리하고　제일친한　친군데　하로도　빼지

않고　들른다우。　로ー발드는　그뒤로　실상　한시간도　알은일이없고　아이들도　모다　튼튼하

고　나도　그렇지　(뛰어일어서며　손벽을친다)　아이참말　크리스치나、　살아있어서　행복스럽게

된다는것은　얼마나　훌륭한일일까——아이　나좀봐。사람이　웨　이럴까？　하고　있다는것이

모도　네　이야기뿐일세。(크리스치나　바짝곁에　발의자우에앉어서、그무릎우에　자긔의　두팔을얹

는다)　자、노여워하진말우、아니　그래　결혼하신양반을　사랑하지　아니했다는게　정말이

우？　그러면　어떻게해서　결혼은　하게되었던가？

린덴夫人 어머니는 그때 살아게셨는데 병환으로 누어게셔서 할수없는 형편이고、 또 동생이
　둘이있었어서 그것도 돌보아줘야되겠고 그래서 그때 마음에 그사람의 청혼을 거절하는게
　정당하다는 생각이 들지못했어요。

노라 그거야 그렇기도하지。 그러면 아마 부자였겠구려

린덴夫人 꽤 지냈던모양인데、 사업이 불안정한 사업이되어어서 그이가 죽자 그만 모도 없어저
　버리고 남은것은 없었다우。

노라 그래서 어쨋수？

린덴夫人 그담에는 하는수없이 내가 벗고나섰어。전人방도 열어보고 조고만 학교도 말아보고
　내재주닷는대로 해봤지。 지난三年동안이란 내게는 한개의 긴 전투와 다름없었어요。 그렇
　지마는 인제 그것도 다지났다우。 어머니가 돌아가셔서 어머니를 모실일도없고、 동생들
　도 직업을 얻어서 제앞을 가려가게 되었어요。

노라 그러면 인제 마음을 푹놓겠구려。

린덴夫人 그런게아니야 노라、다만 말할수없이 공허해。위해서 살사람이 없다는것이！（불안
　해서 일어난다） 그렇게되니까 다시 그구석진 시골에서는 참고살수가 없어요。그래도 여

—393—

기서는 무엇이라도 할만한일도 있고――거기다 마음붙일것을 찾기가 쉽겠지. 무슨 안정

된 직업이 생긴다면――사무원이라도.

노라 그렇지마는 그런일은 대단 힘이 드는데 크리스치나는 지금도 퍽 쇠약한것같애, 온천같

은데나가서 얼마 휴양을 하는게 무척 **좋을게야.**

린덴夫人 (창문께로가서) 나는 돈을줄 아버지가 **있나요,** 노라.

노라 (일어서면서) 내말을 그렇게 듯지는 마라요.

린데夫人 (다시 노라에게로오면) 여보, 노라, 나도 그렇게할말이 아니야, 고생을 너무하면 마

음씨가 좀 이상해지긴 하나봐.

위해서 일을할사람도 없지요. 그렇다고 마음을 턱 놓이고 살수도 없지요. 살기는 살아야

하자니, 리기적이될밖에. 나는 노라의 집 좋은소식을 드렸을적에――이걸 정말로 알겠

소?――나는 당신들을위해서보다 나를위해서 더 기뻤다우.

노라 그건 또 무슨 말이야? 오라 알았어 토-발드가 어떻게 좀 해줄수가 있을까해서말이지

린덴夫人 나는 그렇게 생각했어.

노라 그럴수있을거야, 응 크리스치나, 내게 말겨두고보오, 내가 감쪽같이 맨들어놀께, 그이

틀 어떻게해서 아조 기분이 좋게할 기회을 해야지。 내가 크리스치나를 도아줄수 있게되

면 참 좋겠어。

린덴夫人　그렇게 생각을 해주니 참 고마워요。 더구나 이세상에 피로움이라고는 모르는 노라

　가 그래주니 또 달라。

노라　나말이야? 내가 몰라。

린덴夫人　(웃으면) 옳지―― 수예하고 또 무엇하고말이지―― 노라는 아직도 애기야。

노라　(머리를 쓱 흔들어치키고 방안을것는다) 아― 아주 그렇게 장한척 하지말아요。

린덴夫人　아유!

노라　당신도 다른사람들하고 똑 같아요 사람마다 노라는 진실하게 하는일하고는 담쌓을알지

린덴夫人　그거야 어디――

노라　노라란사람은 이 괴로운세상에서 피롬을 모르는사람이라고 알지요。

린덴夫人　노라의 고생이라는것은 지금 다 내게 이야기한것 아니오。

노라　맙시사―― 고까짓것둘! (가만이) 대사건은 이야기를 안했어요。

린덴夫人　대사건? 그건 또 뭐야?

노라 크리스치나는 아조 나를 내려다 보지。그렇지만 그럴자격이 없단말이야。어머니들위해서
　　오랫동안 고생스런일을 한것을 속으로 자랑스럽게 알지오。

린멘夫人 내가 왜 누구를 내려다본단말이오? 그렇지마는 내가 어머니의 마즈막날까지를 잘
　　모셨다는것을 생각해보면 기쁘고 자랑스런생각도 있기도해요。

노라 동생들을 위해서 해준것도 생각해보면 자랑스럽지。

린멘夫人 왜 그래서는 안될일이 있나

노라 안되기는 왜 안돼? 자 인제 이야기를 들어보우。──나도 생각해보면 기쁘고 자랑스럴
　　만한 일이 있다우。

린멘夫人 그거야 없을거라구。무슨일이우?

노라 쉬……(손가락을 입에대며) 가만이해요。로─발드가 듯는다면 야단이야。별일이있어도 안
　　되지、아모도 알아서는안돼、크리스치나밖에는 아모도。

린멘夫人 뭐이게 그리 야단스러?

노라 이리와요。(크리스치나를 끌어 쏘딱우에 나란이앉는다) 정말 내가 기뻐하고 자랑스럽게 여
　　길만한일이 있다우。나는 로─발드의 목숨을 살렸다우。

린덴夫人 목숨을살려、 어떻게?

노라 아까 왜 우리 이태리간 이야기를 했지。 가지않았더면 토ー발드는 죽었을거야。

노라 그래 아버지께서 돈을 주셨다고 그랬지。

노라 (웃으면) 그랬지 토ー발드고 누구고 모도 그렇게알지、 그런데ー

린덴夫人 그런데?

노라 한푼도 아버지가 주신건 아니라우。 이 내가 그돈을 맨들었다누。

린덴夫人 노라가 그 큰돈을。

노라 一千二百딸라、四千八百크라운、 그래 어떻소?

린덴夫人 아이 노라 무얼로 그마련을했어? 만인게에 뽑혔든가。

노라 (경멸적으로) 만인게?피ー。 그러면 아모나 할수있는일이게。

린덴夫人 그러면 대관절 어디서 그걸 맨들었어。

노라 (코노래롤하며 선비적으로 미소한다) 흥、 투랄랄랄라。

린덴夫人 빗을 벌수는 없었을텐데。

노라 왜 못내?

린덴夫人　그건 안해는 남편의 동의 없이 빗을 얻을수 없었다는 법률이니까 그렇지.

노라　(머리를 치키며) 아이! 그렇지만 안해된사람이 좀 일을볼줄알고 잘 주선할줄만알면—

린덴夫人　난 무슨소린지 모르겠어.

노라　몰라도돼. 나는 그돈을 빗으로 얻었다고 말한일은없어. 그야 내가 돈을 얻을라면 여러

　가지 수가 있을게아닌가베. (쏘파에서 더 물러앉으며) 가령 내게 반해가지고 있는 사람에

　게서 얻을수도 있고、나같이—이렇게 이뿌면말야.

린덴夫人　그게 무슨 종작없는 소리야

노라　아조 수상해서 죽을지경이지.

린덴夫人　이거봐요 노라、무슨 실수를 하지는 아니했지.

노라　(다시 바로앉으며) 남편의 목숨을 구하는것이 실순가.

린덴夫人　내 생각엔 실순것같애. 그이 모르게—

노라　그렇지만 그걸알면 그이 생명이 왔다갔다해도. 무슨뜻인지 모르겠어? 그이는 자기 병

　이 그리 중하다는것을 몰라야돼요. 의사가 내게 따로 말하기를—그이생명이 위험할지

　경인데 남국에가서 한 겨울을 나는것밖에는 아모도리가 없다고 그랬어요. 처음에는 나

는 술책을 써볼라고 해봤지요。 그래 나는 다른 젊은女性들과 같이 외국여행이 해보고싶

다고 울고조르고했지요。 내몸 형편을 생각해서 반대를 하지말라고 말했지오。 그리고

나서 슬그머니 빚을 얻도록 말을너봤지요。 그랬더니 그만 그이가 거진 화가나가지고날

더러 경박하다고 그리겠지오。 그리고 그이는 남편된 의무로라도 내맹상과 훨든 생각에

는 따라갈수가 없다고 그리겠지요。 그럼 그렇다하고라도 당신의목숨은 살려야만된다고

나는 결심을하고 그방법을 찾어냈지요。

린덴夫人 그러면 그이는 노라의 아버지께 그돈이 거기서 나온것이 아니란말슴을 안들었을까。

노라 못들었지요 아버지께서는 그때 바로 돌아가셨으니까。 처음에는 아버지께 그말을엿줍고

아모말슴도 말아달라고 하려면것인데 불행히 너무 위중하셔서 그럴 필요도 없었어요。

린덴夫人 그러면 이제껏 밖알양반에게 그이야기를 안하셨구려？

노라 천만에、 어림도없는 소리야、 빚이란 말만 들어도 끌쌀이 찌프러지는데 그런말을해。 더

구나 그이의 남자다운 자존심에 내떠올 입고 있다는것을알면 얼마나 괴롭고 불유쾌하겠

어요。 만일 그러면 우리의 관게가 발딱 뒤집혀저서 우리의 아름답고 행복스런 가정은

다시 전 얼굴을 못볼게야。

린덴夫人 그러면 영영 이야기를 안해버릴테요.

노라 (생각깊이 절반웃으면) 하지요, 때를봐서, 아마――여러해 여러해뒤에 내가 늙어서 꼼질

않게되거던, 그렇게 웃진마라! 물론말이야 그이가 지금가치 나를사랑하지 않게되는 때

다시말하면 내가 춤을추거나 가장을하고 연극을 한마당해도 그이가 그리 자미없게여기

지않게 된때에 말이야 그러면 무엇하나를 감춰서 남겨두는게 좋지않겠나말이야 (혹끝고)

안될말이야! 안될말이야! 그런때가 왜 오나?

자―인제 내 비밀이라는게 어때? 이래도 내가 아모짝에도 쓸데없는 사람인가. 생각해

보오 고생이 무척 많었을것아니오? 게약을 틀림없이 지킨다는것은 쉬운일이 아니야.

왜 그런대는 삼개월만에 이자무는 것이있었지요. 본전에 얼마씩부어가는게있었지요, 그것을

마련하기가 굉장히 어려운일이 아니우? 여기 저기서 그저 조금씩 주어모았지요. 그래

도 생활비에서는 땀이는 못떼내는게 토―발드는 아모래도 잘하고지내야지요. 아이들을

헐벗겨서 내놀수도 없는일이지요. 그 목스로 생기는것은 거기 다썼어요 고 에뿐것들을

어떻게해요.

린덴夫人 아이 가엽서라. 그러면 노라의 용돈에서 그것이 다 나왔겠구려.

노라　그럴수밖에。어떻든 그일은 내가 가려나왔지요。그래 토ー발드가 내 옷을 사라거나 무엇을 하라고 돈을주면 그돈의 절반도 못되는 잡혈한것을 골라 산다우。무슨덕인지、나는 아모것을 둘르나 척 아울리는구려ー토ー발드는 조금도 의심을 부지는 아니해요。

그렇지만 여보 크리스치나、어떤때는 그것도 고롱이됩디다。누구나 고흔옷을 입으면 좋은게아냐、그렇지 않아?

린덴夫人　그거야 그렇지

노라　그러고 또 나는 다른일을해서도 돈을 벌었다우。작년겨울에는 다행히도 문서 복사할일을 많이맡았지。저녁마닥 따로들어앉어서 밤늦도록썼지。어쩔줄 모르게 고단한때는 혹시 있었어。그렇지마는 그렇게 일을해서 돈을버는것은 참 재미있는일이야。난 아주 사내가 된상 싶읍디다。

린덴　그럼 모두 얼마나 갚은셈이오?

노라　지금 자상이 모르겠어요。그런일을 분명히해두기는 여간 어려워요。그저 모이는대로긁어모아서 갖다 갚었지요。그러다가 어쩌면 끔짝도못하게 되는때가 있읍디다 (옷으면) 그러면 곳잘 여기 혼자 앉어서 공상을하지요、어면 늙은부자가 나를 사랑해가지고ー

린덴 뭐야, 누가어째.

노라 아모도 아니야. 그이가 죽은담에 그 유언장에 큰글짜로 씨워있기를 「나의유산전부를 저

아름다운 노라, 헬머여사께 양여하노라」

린덴 그렇지만 노라. 그이가 누구란말이오.

노라 아이 그걸몰라요? 그러한 늙은이가 있는게아니라 내가 돈주변을 할수없게되면 그런 꿈

을 꾸었단말이요. 인제 다 쓸데없어. 그런 구찮은 늙은이는 아모데로나가래 유언장도다

소용없어. 인제는 그런걱정은 다 지나갔어요. (뛰어일어나면) 아ー 크리스치나. 생각만

해봐요 얼마나 좋은가. 아모걱정도없이 어린것들하고 작난하고 놀고, 집안의것은 에쁘

고 깨끗하게 꼭 토ー발드의 취미대로 꾸며놓고, 아ー 오래지않아 봄이오고 푸른하날이

활작 열리겠지. 그래 잠깐 어디 여행이라도 가면 다시 바다를 구경할수가있을테지. 아

살아왔어서 행복스럽게되다니 얼마나 훌륭한일일까! (밖에서 초인종소리)

린덴 손님이 오신게지. 나는 인제 갈까봐.

노라 아니야, 가지말아. 올 사람없어. 누가 로ー발드를 보러온게지.

엘렌 (문에서서) 아씨 어떤손님이 오셔서 주인어른을 뵙겠다고.

노라 어면양반이야

크록스탓드 (문에 나타나며) 저울시다。 헬머부인。

린덴부인은 깜짝놀라서 창있는데로 향한다)

노라 (한거름 다가가서서、 걱정스럽게、 가만한소리로) 웬일이세요? 밖앝양반하고 무슨일이게셔요。

크록스탓드 이를레면 은행의일입니다。 나는 저 연합은행에서 명색이 사무를봅니다마는 이번

　　 에 주인어른이 거기에 새지배인이되기로 안되셨웁니까?

노라 그런데요?

크록스탓드 그저 머 신통찮은 이야기지요。

노라 그럼 저 서재로 가보시지요。

　　 (크록스탓드 간다。 호ㅡ로나가는 문을닫으면서 심상히 허리를 굽힌다。그다음에 난로로가서 불을드

　　 려다본다)

린덴 노라ㅡ그이가 누구요

노라 크록스탓드라는인데ㅡ 전에 변호사지요。

린덴 그럼 정말 그이였구면。

노라　그이를　아우。

린덴　전에　알았어요──　여러해전에。그　때　우리고을에서　변호사머리를　했어요。

노라　오라　그렇지。

린덴　어떻게　변했는지　몰라。

노라　아마　그이결혼이　불행했었나봐。

린덴　그리고　지금은　혼자지。

노라　아이들이많지요。자─　인제　잘　타는군。
（난로문을달고　의자를　곁으로　밀어놓는다）

린덴夫人　남의말에는　그이가　좀　자미스럽지　못한일을　한것같이　말하든데。

노라　글쎄　그런지도　모르자마는　나는　잘　몰라。인제　그런　자미없는　이야기는　그만둬。
（랭크의사　헬머의　방에서　나온다）

랭크　아닐세。일에　방해가되여서　되나。나는　저리가서　자네부인하고　말슴이나하겠네
（문을닫고나서　린덴夫人을　본다）　아　용서하십시오。이리와도　실례가됩니다그려。

노라　괜찮습니다。（소개한다）　랭크의사。──　린덴夫人

랭크 아 그러십니까。 말씀은 가끔들었읍니다。 아까 층대올라오실때 제가 앞을처왔지요 아마

린덴 네 전 아주 천천히 올라왔어요。 층층대가 그렇게 힘이들어요。

랭크 아ー 몸이 좀 약하십니까。

린덴 모도 과로를 한탓이여요。

랭크 그러십니까。그럼 도회지에 나오셔서 마음을 터 풀어놓고 휴양을하실 생각이십니다그려。

린덴 나는 일자리를 구하려 왔답니다。

랭크 그것이 과로에 대한 적당한 치료법일까요。

린덴 그렇지만 사람은 살아야 하지아니해요。

랭크 하긴 그것이 세상에 흔이있는 의견인것같드군요。

노라 나 보셔요、 선생님。——선생님도 살고싶으세요。

랭크 물론 그렇읍니다。 아모러한 꼴이되던지 될수있는대로 오래 끌어가고싶읍니다。 내게 오
      는 환자들도 보면 다같은 육심이지요。 도덕적 환자들도 마찬가지 생각이고, 지금 저방
      에와서 이야기하고있는 사람만해도 그런 도덕격 병잡니다。

린덴 (가만이) 아ー

—405—

노라   누구말슴이여요.

랭크   저 크록스탓드라는잔데── 당신이야 그런사람을 알수가있나요── 마음의뿌리까지 부패
한사람이요. 그런데 이런사람까지도 처음부터 나도 살아야만 하겠다고 사는게 마치 무

노라   큰 일인것같이 말들을하드군요

그렇데요? 로─발드하고는 무슨일이래요?

랭크   모르긴몰라도 아마 저 은행에 관계된 일인가봅데다.

노라   저 크록스탓드라는이가 은행하고 무슨일이있었단말은 처음인데요.

랭크   은행에서 무슨일을 본다던데요. (린멘夫人에게) 당신계신곳에도 이런사람이 있슴니까?
남의 도덕상부패를 코를씩씩거리고 찾어다니다가 하나를 발견을하면 그 사람을 좋은자
리에다 올려놓고 감시를 할랴는 사람말이예요. 전전한사람은 아모렇게나 내버려두면서

린덴   그것은── 병약한사람은 간호를 필요로한다는것이 아닐까요.

랭크   (어깨를 웃숙하면) 그게 바로 문젭니다. 그런생각까닭에 온 사회를 병원으로 맨들고말게
됩니다그려.○(노라는 혼자 생각에짚히 잠겼다가 터지는 웃음을 눌러웃으며 손바닥을친다) 어째
서웃으십니까? 당신은 사회가 무엇이라는것을 아섭니까.

─ 406 ─

노라　당신의 그구찮은사회가 나하고 아랑곳이 머애요? 내가 웃은것은 다른일——아조 팽장

히 자미있는일이지요。 이거보서요、 선생님、 인제 저 은행 직원전부가 토—발드에게 매

이게 되나요?

랭크　팽장히 자미있는일이라는게 겨우 그것이오?

노라　(옷으면서 코노래) 그렇고말구요! (방을 도라다니며) 생각하면 웃으워요。 우리가——토—

발드가 많은사람에게 그런 권리를 가지다니。 (주머니에서 과자봉지를 꺼낸다) 선생님 과

자하나 잡수세요。

랭크　아니! 마카론이야! 이건 이댁에서 대기하시는건줄 아는데。

노라　그런게아니라 크리스치나가 가지고왔어요。

린덴　내가 언제!

노라　아니야、 괜찮아요、 크리스치나는 모틀거야 토—발드가 날더러 이과자를 못먹게 했다우。

이가 상할까 무섭다고。 그렇지만 꼭 한번만 괜찮지요。 자— 이건 선생님、 (하나둘 그의

입에다 너준다) 이건 크리스치나、 그러고 나도하나、 조고만걸 하나、 기껀해야 둘。 (다시

도라다닌다) 아 참말 나는 행복스러! 인제 내게 부족한것이 이세상에서 꼭한가지。

랭크 그게 대체 뭐일까?

노라 내가 꼭 하고싶은말이 하나있어요——토—발드의 듯는데서、

랭크 그럼해버리지 왜 둬두시우?

노라 차마 못하지요、 아조 흉한말이라

린덴 흉하다니?

랭크 그럼 그만두시는것도 좋지요。 그렇지만 우리앞에서는 괜찮을걸요。 그런데 헬머군이 듯는데서 꼭 하고싶다는 말슴이라는건 대체 무엇입니까?

노라 내가 꼭 하고 싶단말이라는건 이거여요. 「이놈의자식」

랭크 아니 웬셈입니까

린덴 어쩌면! 노라、

랭크 아따 한번해보시우——저기 나오니、

노라 (파자볼 감추며) 쉬—쉬
（헬머 자기방에서 나온다 모자를 손에들고 외투를 팔에걸고）

랭크 (그에게로가면) 여보게 그래 그 사람은 보내버렸나?

헬머　지금 바로 갔네.

노라　자 인사하셔요, 크리스치나씨, 서울로 오시는길이여요——

헬머　크리스치나? 용서하슈 누구시든지——

노라　린덴夫人이여요, 크리스치나.

헬머　(린덴을 향하야) 네 그러십니까。제 안해하고 학교의 **동창**이시지요。

린덴　네 학생때 친히지냈어요.

노라　그리고 둘어봐요, 이번길은 당신을 뵈러오셨어요.

헬머　내게 말이오?

린덴　아니 꼭 그런건——

노라　크리스치나는 사무를보는데 아조 솜씨가 있답니다。그런데 무엇을 더 배화불려고 일류 사무가 밑에서 일을 해보고싶은 생각이 간절하대요.

헬머　(린덴에게) 대단 좋은 생각이십니다.

노라　그래서 당신이 은행의 지배인이되었다는 소식을듯고——왜 신문에 나지**않**았어요？—— 곳**창** 떠나왔대요。그러니 여보서요 꼭 좀 어떻게해주세야 하잖습니까。

헬머　그거야 못될일도아니지。 저ー 밖앗양반이　안계시든지요

린덴　네

헬머　그러고 사무에 경험이있으시다지요。

린덴　얼마간 있습니다。

헬머　그러면 자리가 생기도록 해드릴수가 있을것같습니다。

노라　(손벽을치며) 자 어때요! 어때요……

헬머　부인께서 마침 좋은시기에 여기오셨습니다。

린덴　무어라고 감사한말슴을 해야할지……

헬머　(웃으며) 천만에. 별말슴을。 (외투를 입으면서) 지금은 좀 실례를 해야겠습니다。

랭크　나하고 같이가세. (홀에나가서 털외투를 가저다가 불에쬐인다)

노라　곳 들어오셔요。

헬머　한시간도 안될걸。

노라　왜 크리스차나도 가게?

린덴　(외출할 채비를하며) 나가서 있을메를 좀 봐야지。

헬머　그럼 모도 같이 나가겠군.

노라　(린덴을 도아주며) 이럴때는 남은방이 없어서 참 안되겠어. 그렇지마는──

린덴　그런페를 끼처서는안돼. 노라, 잘있어, 오늘은 여러가지로 감사해.

노라　위선 잘가오. 그리고 있다 저녁에 다시와요. 선생님도 오시지요. 뭐요. 일없이 성하면 오신다고. 그럼 일없이 성하지않구요? 몸을 잘만 싸서요.○(이야기를하면서 호-로나간다. 유모 밖앗충뎨우에서 아이들소리 들린다) 아 인제오는구나─ (밖앗문까지나가서 그것을연다. 유모 안나가 아이들을 데리고 호-로 드러온다) 일루와! 일루와! (허리를숙여서 애들과 입을마춘다) 아이! 고것들! 크리스치나 좀 봐요 어때요 에뻐잖어요?

랭크　이렇게 바람바지에서 이야기를하고 있어서야 되나요.

헬머　자─ 가십시다. 모성이아니면 이런데서 배겨나나요 (랭크외사·, 헬머, 린덴夫人, 충대를 내려간다)

노라　(안나 아이들과 방으로 들어온다. 노라도 들어오며 문을닫는다) 아주 생생하고 반짝반짝하는구나 이뺨 빨안것들봐, 사과나 장미꽃같네 (다음말 하는둥 안 아이들도 어머니에게 말한다) 너이들 자미있었늬. 오 그래정말. 네가 에미하고 뺨브롤

썰매에다 태워줬었어。 둘을 한꺼번에、 아아 참、 이빠르 너 아주 어른이 됐구나。 안나 그애

나좀주。 우리 에쁜딸래。 (풀의 팔을 유모에게서 받아가지고 안고 춤을춘다) 그래、그래、뿝브

하고도 인제 춤을추지。 뭐 눈 던지기를 했었어? 오 엄마도 갔드면 좋을걸。 안나 내버려

두 내가 웃을 벗길께。 내가 할테니 돼요. 모도 재미지。 애기들 방으로 가보오、 몹시 치

워뵈는데、 거기가선 난로불우에 뜨거운 커피가있을게야 (유모 왼손편방으로 들어간다。 노

라는 아이들의 웃을 벗겨서 함부로 여기저기다 내버린다。그동안에 아이들 모도 떠든다)

아이 어쩌면- 큰개가 늬어를 쫓아왔어? 그래도 물지는 아니했어。아니다。개도 참으로

에쁜애기들은 물지않는단다。 애 아빠ー르 그싸논걸 글러보면 안된다。 무어냐고? 무언

가 알고싶지? 가만이뒤라! 손대면 문다。 뭐 작난을해? 무슨작난을하나? 술레잡기?

그래 우리 술레잡기하자。 봅브 너 먼저숨어라! 엄마가 숨우라구? 그래 내가 몬저숨지

(노라와 아이들은 웃고 소리치면 논다。 그방과 바른편거기마른방에서 마즈막에 노라가 테볼밑

에 숨는다。 아이들이 몰려와서 찾어도 찾어내지못하다가 노라의 참녀가 터저나오는 웃음 소리를

듯는다。 테볼로 몰려가서 테볼보틀 걷고 찾어낸다。 와ー소리친다。 놀래출라는것같이 하고 기여나

온다。 또 와ー소리친다。)

(그동안 호ㄹ로 뒷한문에 두드리는 소리들린다. 아모도 못듯는다. 문이 반쯤 열리며니 크룩스탓드 나타난다. 잠간 기달린다. 작난이 다시 시작된다.)

크룩스탓드 실례합니다. 용서하십시요.

노라 (감추려하는 놀랜소리, 돌라보고 반쯤 뛰여일어난다) 웨 무슨일이셔요.

크룩 용서하십시요. 밖에 문이 마침 열려서——누가 나갈쩍에 닫지를 아니한게지요——

노라 (일어스면) 주인어른은 나가시고 안계십니다.

크룩 네 알고 있읍니다.

노라 그럼 또 무슨일이셔요?

크룩 부인께 몇마디 엿줄말슴이 있어서.

노라 내게요? (가만이 아이들에게) 저 안나있는데로가. 아니다 이양반은 좋은양반이야. 아모 일도없다. 손님가시거든 우리 다시 작난하고놀자 (아이들을 원편방으로 들어보낸다음 문을 닫는다. 불안가운대 긴장되어) 내게하실 말슴이 있다구요.

크룩 네 그렇습니다.

노라 오늘은! 오늘은 아직 초하로날이 아닌데요.

크룩 네 오늘은 크리스마스전날밤입니다. 크리스마스를 잘쇠시고 잘못쇠시는것은 아마 당신의 하시기에 매인것갈습니다.

노라 그건 무슨말슴이여요. 오늘은 아직 준비를 못했는데.

크룩 지금은 그 일 상관이 아니올시다. 다른일때문에 온것입니다. 지금시간에 여유가 계시겠읍니까

노라 네 별로 상치는 없읍니다만——

크룩 그럼 말슴하겠읍니다. 나는 지금 저 마즌편 요리집에 들어앉어서 댁의주인어른이 저리로 가시는것을 보았읍니다.

노라 그래서요?

코룩 어떤부인하고.

노타 네 그런데요?

크룩 그부인은 혹시 린덴부인이라는이가 아닙니까

노라 그렇습니다.

크룩 바로 서울로 나오신길이지요

노라　오늘 오셨어요。

크록　그이는 아마 부인하고 친한동무가 되시지요。

노라　그렇지마는 그게무슨 상관있는 말슴인지!

크록　나는 전엔 그이를 알았읍니다.

노라　그러신줄도 알아요.

크록　아니 그걸 다 아십니다 그려。 그럼 바로 내가 생각한대로입니다。 그렇다면 엿쳐볼것은
린멘부인이 저 은행에를 들어오게됩니까?

노라　어떻게 함부로 내게다 그런 자세한말을 무르십니까—— 당신은 내 남편밑에서 일할이가
아니여요? 뭇는말슴은 대답해 드리지요。 린멘부인은 취직하기로 되었답니다。 내가 그
이를 추천한것이여요。 알아드르셋서요。

크록　모른것이 내짐작하고 꼭 맞습니다。

노라　(이리저리 거닐다니며) 사람이 혹시는 조고만한세력을 부릴수는 있는것이니까 녀자라고
해서 반드시 수얼하게붙일것도 아니여요。 남의밑에 있는사람은 말이애요 아모에게나 함부
로해서는 안돼요。 그 사람이—— 흠——

크록　세력을 부릴 사람이면 말이지요。

노라　그렇지요。

크록　(어조를 변하야) 여보섭시오 헬머부인、 저물워해서 그 힘을좀 써주실수가 없으십니까?

노라　그건 또 무슨 말슴이여요?

크록　제가 그 은행의 남의 밑에가지고있는 지위에서 쫓겨나지않도록 주선해주실 도리가없을 까요。

노라　무슨 말슴인지 모르겠어요。 누가 당신을 쫓아낼라고해요。

크록　모르는척하실것도 없습니다。 부인의 그 친구되시는분이 나를 대하기가 불유쾌할것도잘 압니다。 또 누구때문에 내가 쫓겨난다는것도 알수가있습니다。

노라　나는 전연히 그에에——

크록　자 자 그러시지마시고。 아직도 될수가 있습니다。 그 세력을 좀 부리셔서서 이것을 막아 보시는것이 좋을것입니다。

노라　그렇지마는 내가 무슨 세력이 있어요——전연없어요。

크록　없다구요? 지금 바로전에 무어라고 하셨든지。

노라 물론 그런뜻이 아니여요ㅇ나요ㅣ 내가 어떻게 주인어른 뒤에서 세력을 부린다는것을 생
       각이나 할수있어요.

크록 나는 댁의 주인어른을 학생시대부터 잘 압니다. 다른남편들보다 그렇게 특별히 강경하
       실리야 없겠지요.

노라 주인어른의 말슴을 함부로하시면 여기게시도록 할수가없겠습니다.

크록 부인께서는 용감하십니다.

노라 나는 인제 당신을 무서워할게없어요. 신년이된다음에는 오래지않아 그 일도 다 끌이날
       게 아닙니까

크록 (자체하며) 내말슴을 드르십시오. 만일 어쩔수가없다면 나는 그 은행의 조고만자리를 위
       해서 내 생명을 위해서나같이 싸흘것입니다.

노라 그러실것도 같은데요

크록 그것은 월급관게뿐이 아닙니다. 그까짓것은 상관없습니다다마는 다른관게가있어요. 자상
       히 말슴드리는게 낫겠지요. 물론 당신도 아시겠지요ㅡ세상사람이 다아는일이니까 수
       년전에 내게ㅡ저 문제가있었지요.

—417—

노라　그런 이야기를 드른상도 싶습니다。

크록　그 문제가 법정에까지 나오지는 아니했지마는 그때부터 내길은 아모데로가나 모다맥혔습니다。 그래서 시작한것이 당신도 아시는 그대금엽입니다。 아모것이나 아니할수 없으니까 했지요마는、 내가 세상에서 가장 흉악한인물이라고 생각지는않습니다。 그러나 인제는 그것을 다 벗어버려야 겠어요。 자식들이 모다 장성해지는데 나는 그것들을 위해서 될수있는대로 내 사회적지위를 향상시켜야겠습니다。 이 은행의 자리라는것이 그첫거름인데 덕의 주인께서 날 사다리에서 차내릴랴고 하십니다——다시 진흙속으로、

노라　그런데 말슴이여요。 내힘으로는 어떻게 하는수가 없잖습니까。

크록　그건 아니하실랴고 하시니까 그렇지요。그렇지마는 나는 당신을 억지로라도 그렇게하시도록 할수가 있습니다。

노라　내가 돈 뀌어쓴 이야기를 내남편에게 한다는말슴은 아니겠지요。

크록　흠 그러면 어쩌실레요。

노타　어디 말삼이 그럴법이있어요 (눈물젖은 목소리로) 나의 기쁨이고 자랑인 비밀을——그이가 이렇게 추잡한방식으로 당신의입에서 그것을 알게되다니。 어디로보던지 불쾌한일이여요.

크록 불쾌뿐입니까.

노라 (맹렬하게) 그래만보셔요. 해로운것은 당신뿐일레니. 그러면 우리집어든 당신이 얼마

나 나편사람인줄을 알게되고 당신의 자리도 그대로 가지고있을수없는게 아니여요

크록 나는 당신이 무서워하시는게 가정내의 불쾌뿐인가를 여쭈어보았습니다.

노라 내 남편이 그것을 알게되면 물론 그것을 직시 갚어버릴것이니까 그담에는 당신하고 아

모관게도 없어질것뿐이지요.

크록 (한거름 다가서면) 여보십시요 헬머부인. 당신은 기억이 좋지않으시던지 세상일을 잘 모

르시든지 하는것갈습니다. 좀더 분명한 말슴을 드러야할 모양입니다 그려.

노라 어쩐 말슴이여요?

크록 댁의 밝아어른이 병환이드셨을적에 당신은 나한테 一千二百딸라돈을 얻으러오셨지요.

노라 달리는 아는사람도 없었으니까 그랬지요.

크록 나는 그돈을 주선해보겠다고 그랬지요.

노라 그래서 왜 주선해 주셨지요.

크록　내가 그돈을 주선해본다고 할때 조건이 있었겠지요。 그때 당신께서는 주인어른 병환에 마음이 쓰이시고 여행갈돈을 마련하시기에 생각이 급해서、 그세세한것에대해서는 아마 주의를 잘아니하셨을겝니다。 다시 생각이나시도록 말슴을해 드릴까요。 나는 그돈을 마련해드리는데 내가 작성한증서를 받은다음에 드리기로 했습지요。

노라　그러고 내가 거기다 서명을 해드렸습니다。

크록　네 그렇습니다。 나는 거기다 몇줄을 더쓰고 거기 아버님이 서명을하셔서 보증을하셔도록 해달라고 말슴했지요。

노라　말슴뿐이아니라 서명을 다해서 드리지 않았어요。

크록　나는 그날짜쓸메를 비여놨었는데요 아버님이 자필로 그것을 써너시게。 생각나십니까？

노라　아마 그랬지요。

크록　그리고 그서류를 당신께서 아버님께 우편으로 보내시기로 했었지요。 그렇지않습니까？

노라　그렇습니다。

크록　당신은 곳 그렇게 하셨든 모양이지요。 그리고 오륙일후에 당신은 아버님이 서명을하신 그 증서를 가지고 오셔서 나는 당신에게 그돈을 드렸든것입니다。

노라 그러고 계약대로 갚을것은 갚어오지 아니했어요.

크록 그건 그리섰지요. 그렇지만 도로 아까 말슴으로 도라가서. 그때 부인께서는 퍽 곤경에
　　　게섰지요.

노라 그렇습니다.

크헬 그때 아마 아버님병환이 대단하섰습지요.

노라 임종지경에 게섰어요.

크록 얼마아니해서 도라가섰습지요.

노라 네―

크록 그러면 말슴이을시다. 도라가신날짜를 어느날이라고 기억할수있으신지요

노라 구월二十九일에 도라가섰습니다.

크록 바로되였습니다. 나도 그것은 알아봤습니다. 여기가 이상한점인데요――(서류를 끄내며)
　　　잘 알수가없어요.

노라 무엇이 이상한점이란 말슴입니까?

크록 이상한점이란 부인의 아버님께서 도라가신지 사흘뒤에 여기 서명을하섰다는것입니다.

노라 뭐요 그게 무슨말슴이여요!

크룩 아버님께서는 九月二十九日에 도라가셨지요。 그런데 이걸보십시오。 서명하신날짜는 十月二日로 되여가지고 있습니다。 이게 이상한일이아닙니까? (노라역시 아모말도없다) 설명을 하실수가 있습니까 (노라역시 아모말도없다) 또 하나 눈에 뜨이는것은 이十月二日이라는 글자하고 년호가 아버님의 글씨가아니라 내가 아는 필적인듯해요。 혹시 이런해석도 있겠지요。 아버님께서 서명하실때 날짜를빼놓고 하셨기때문에 아버님의 도라가신 소식을 듯기전에 누가 맘대로 적어넌것이라고 할수있겠지요。 그러면 그것은 아모렇지않다고 하고, 서명에 모든것이되였습니다。 물론 그것은 친필이시겠지요? 아버님께서 친히 명함을 여기다 적으신게 틀림없습지요?

노라 (조금 가만이있다가 머리를 뒤로치키며 반항적으로 그룹본다) 아닙니다。 내가 아버지의 서명을 했든것입니다。

크룩 아ー 주의하십시오。 그것은 위험한 말슴입니다。

노라 무엇이 위험해요。 당신은 오래지않어 돈을 다 받아가시면 고만이지요。

크룩 한가지 더 여쭈어볼게있는데요 왜 그중서를 아버님께 보내드리지 아니하셨든가요?

노라 그것은 못될말이여요, 아버님은 병환이신데 서명을 청하자면 나는 돈쓸 사정을 말해야

할것이 아니여요。 내 남편의 생명이 위태하다는 것을 그렇게 병환이 중한 어른에게다 어

떻게 말슴합니까。 안될말이여요

크록 그러면 여행을 고만두셨드면 좋을뻔했지요。

노라 그것도 그럴수가 없어요。 내 남편의 생명이 그 여행에 매였는데 그것을 그만둘수는 없

었어요。

크록 그러면 그것이 이사람에 대해서는 사기가 된다는것을 생각해보지 못하셨든가요。

노라 그것은 상관없이 여겼어요。 당신이 어떻게하는것은 조금도 생각해보지 아니했어요。 나는

당신이 내 남편의 병이 위험한줄을 알면서 여러가지 가혹한 조건을 제출하는데 진절머

리가 났었어요。

크록 부인께서는 부인의 행동이 범죄가된다는것은 조금도 모르시는모양입니다그려。그렇지만

말슴이올시다。 내가 이사회에서 아조 버린사람이된것도 별로 그와다른일은 아니랍니다。

노라 당신이요! 그럼 당신도 안해의 생명을 구하기위해서 그러한일을 했단말슴이지요。

크록 법률은 동기의여하를 묻지않는답니다。

노라 그렇다면 그 법률이 대단나쁜 법률이여요.

크록 나쁘던지 좋던지간에 내가 만일 이서류를 법정에다 제출한다면 당신은 법률에 의해서
처분을 받으실겝니다.

노라 그럴리가 있나요。당신은 사람의 딸이 도라가실라는 아버지에게 수고와 걱정을 끼치지않
도록 할 권리가 없다는말슴이지요? 안해가 그남편의 목숨을 구원할권리가 없다는 말슴
이지요。내가 법률은 잘 모르지마는 잘 찾어 보시면 그것이 허락되는것을 어디서든지밧
전하실거에요。당신은 변호사이면서도 그것을 모르섭니까?아마 센찮은변호산가봅니다

크록 그럴지도 모르지요。그렇지만 이런사건은 잘 알고있답니다。당신도 그전 아시지요。자
그럼 마음대로 하십시오 다만 한말슴해둘것은 내가 다시한번 진창에 빠지게되는때에는
부인을 동행으로 모시도록 할것입니다。

(허리를굽혀 인사하고 호을을 지나 나간다)

노라 (조금생각하고 섯다가 머리를흔치면) 헐소리야! 나를 위험을할라고, 내가 왜 그리 어수룩
할까? (아이들의 옷을 재이기 시작한다。손을 멈추고) 그렇지만! 아니 안될말이야! 사랑
을위해서 한일인데。

아이들 (원편문에서) 엄마 그 손님 갔어요。

노라 오냐 가셨다。그렇지만 아모 보고도 그 손님 이야기는 하지말아。응— 아버지 보고도 하지말아。

아이들 그럴께 저 엄마 우리 또 작난해요。

노라 아니야 좀있다。

아이들 엄마 숨기해。아까 그린다고 그랬지。

노라 그랬어도 지금은 안돼 너의들방으로가、나 지금 아조 바쁘다。자 빨리빨리 아 착하다。(그애들을 유순하게 안의방으로 밀어보내고 문을닫는다) (쏘파우에 앉어서 한두밤 수틀놓다가곳 멈춘다) 아니다! (일감을 내버리고 일어서서 호ー르로난 문으로 가서멈춘다) 엘렌ー 크리스마스츄리를 일루가저와! (원편메불로가서 설합을연다 다시멈춘다) 아니야 절대로 안될말이야。

엘렌 (크리스마스츄리를 가지고서) 아씨 어디다놀까요?

노라 저 방한가운데 놔라!

엘렌 또 가저올게 있습니까?

노라 없어 인제 다 되였다。(엘렌은 나무를 놓고 나간다)

（빠쁘게 나무를 꾸미며） 여기 초가 하나 있어야하고—— 여긴 꽃이하나。 아이 징글징글해 헐소리야! 헐소리야! 무서울게 머있어! 크리스마스리츄를 에삐게 해야지。 토―발드 당신의 맘에들게 모도해야지 나는 노래도 부르고 춤도추고 그러고——（헬머 호―ㄹ로난 門으로드러온다。 손에 서류뭉처를 들고）

노라　아이 벌서 오셔요。

헬머　에! 그런데 누가왔다갔오?

노라　여기요? 아니요。

헬머　이상한데。 크록스탯드가 여기서 나오는것을 봤어。

노라　그리서요? 참 저― 여기 잠간왔었어요。

헬머　노라 때도로 짐작하겠오。 그사람이와서 제게 좋게 말을좀해달라고했지?

노라　네。

헬머　그러고 당신은 당신의 의견에서 나온것같이 그말을 하기로했지。 그 사람이 여기왔든것 은 말안내기로하고 그것도 그사람이 낸 생각이지 아마?

노라　네, 그렇지마는요!

헬머 여보 노라 그래 그런 웅대를 한단말이요? 그따위 사람하고 이야기를하고 또 약속까지
한다! 그러고 날더러는 거짓말을하고.

노라 거짓말이라니요?

헬머 웨 아모도 오지아니했다고 그랬지. (손가락으로 위협하며) 우리 조고만새가 깨끗하게 참
말로 노래를해야지——거짓노래가 될말인가. (팔로 노라를 안으며) 그렇지, 안그래? 내
가 다알아 (놓아주며) 자— 그이야기는 그만 두기로합시다. (불앞에가서 앉으면) 참 포군
하고 조용하다! (서류를 뒤저서 본다)

노라 (장식을하며 얼마 말이없다가) 여보 토—발드!

헬머 왜!

노라 난 저 모레스밤 스텐브르그집 가장무도회를 여잔 재미로알고있다우.

헬머 나는 또 당신이 무슨 가장을하고 나오나하고

노라 아이 참 속상해!

헬머 무에 그래

노라 무슨 좋은생각이 나야지요 아모것도 다 승겁고 우수워서요!

헬머 우리 이쁜 노라가 그런발전을 했든가?

노라 (헬머의 의자뒤로가서 의자뒤에다 팔을얹고) 무척 바쁘세요?

헬머 왜!

노라 그게 다 무슨 서류요?

헬머 은행 일이야

노라 벌서부터요.

헬머 사직하는 지배인에게서 위임을 맡아가지고 인원과 조직에 변경할것을 변경하기로 해놨는데 크리스마스주간에 해버릴 생각이야. 신년까지에는 모든것을 처리해놔야지.

노라 그럼 그래서 크록스탓드도 가엾이——

헬머 암,

노라 (아직도 의자뒤에 기대서서 그의머리를 가만이 만지며) 만일 지금 대단바쁘시지않다면 내가 꼭 긴한 청이 하나있는데요.

헬머 뭐인구? 어디 말해보오.

노라 당신같이 훌륭한 취미를 가지신분이 없지요. 그러고 나는 저 가장무도회에가서 잘보이

고 싶지않겠어요。 그러니까 말이여요 나를 좀 도와주세요。 무슨 가장을 해야할지 무슨옷

을 입어야할지 좀 가르쳐주세요。

헬머 아하, 우리 고집쟁이도 어쩌는수가없으니까 인제 항복을 하는군。

노라 정말이여요 나 혼자는 어떻게 할줄을 모르겠어요。

헬머 그래 그래。 나도 생각해보지。 그래도 무슨 생각이나 나겠지。

노라 아이 그래주시면 오작좋아! (나무있는데로 다시가서 멈춘다) 이 붉은꽃 참 좋아! 그런데

저 크록스탓드가 실수를 했다는것이 무슨 아조고약한 일인가요。

헬머 일종위조야 그게 어떤것인줄아나?

노라 아마 무슨 급한일이 있었기에 그런게지요。

헬머 그야 그렇겠지。 그러고 또 세상에 많은사람과 마찬가지로 단순한 경솔로 그랬을지도 모

르지。 나는 사람을 한가지 잘못에의해서 판단해버릴려는 그런행복한사람은 아니야。

노라 ──암 그렇구말구요。

헬머 자기죄를 자백을하고 상당한 벌을 받고나서 도덕상으로 좋은사람이 되는일도 많이있지

않나。

노라　벌이요?

헬머　그런데 크록스탓드는 그렇게 하지를않고 게교와 술책으로 법률을 모피했던 말이야。그 때문에 크록스탓드가 도덕적으로봐서 아조 버린사람이 된것이야。

노라　그래서 저——

헬머　마음속에 그따위 어둔구석을가지고 거짓말을하고 사람을속이고 도라다닐것을 생각만해 봐도! 제일 가까운사람、제안해자식앞에서도 가면을쓰고 있을것을생각해보오。자식들 에대한 영향——그것이 제일무서운것이오

노라　왜요?

헬머　그러한 허위의 공기속에서는 가정생활이란 속속드리 독이들고 부패되는법이오。아이들 의 호흡하는 공기속에 악의씨가 들게되는것이오

노라　(바짝다거스면) 꼭 그런가요

헬머　나는 변호사로서 그런례를 여러번봤소。소년기의 범죄는 대개가 그 근원이 어머니의거 짓말에 있는것이오

노라　왜 하필 어머니요?

헬머 일반으로 어머니의 편에서 오는것이 많습디다마는 아버지의 영향도 마찬가지 작용을 하지요. 법률에 관게해본 사람이면 그런것은 다 잘 안다우. 그러고 이 크록스탓드라는 자도 제자식들을 과거 여러해를두고 거짓말과 위선으로 부패를 시켜왔단 말이오──그 러기에 내가 그사람을 도덕적으로 버린사람이라고 하는것이지 (손을 내여밀면서) 그러니 우리 에쁜노라가 다시는 그사람을 위해서 내게 말을하지않기로 약속을 합시다. 약속을 해요. 자─ 이게뭐요? 저손을 내밀우. 자 됐어 약속이야. 나는 그사람하고 함께 일을 하기는 아마 불가능할게야. 그런사람과 접촉을하면 어쩐지 육체적으로도 불쾌한 감정 까지 생긴단말이오. (노라 손을 빼가지고 크리스마스츄리의 저편으로 옮겨간다)

노라 방이 넘우 더운가봐. 아직 할일이 많은데.

헬머 (이러서서 서류를 주어모으며) 저녁 먹기전에 이서류를 좀 봐두기로할까? 그러고 노라의 가장할의상도 생각해볼께. 또 그리고 금지에싸서 크리스마스츄리에 걸어놀것도 좀찾어 불까 (노라의 머리에 손을없으며) 우리귀염둥이 종달새 일잘하오! (자기방으로 들어가며 문을 닫는다)

노라 (조금있다가 가만히) 그럴리가있나! 안될말이지! 도저히 안될말이야──

안나 (왼편쪽 문에와서) 애기에들이 엄마께 오시겠다고 작고 그리시는데요.

노라 아니야, 안돼 일루 보내지말구 거기서 데리고놀우.

안나 그러면 그렇게 합지요 (문을닫는다)

노라 (공포심에 새파래져서) 우리 아이들을 타락을시켜── 우리가정을 부패시켜 (잠간 멈추고.
머리를 뒤로치키면) 거짓말이야. 절대로 거짓말이야.

─一幕終─

第二幕

제일막과같은방. 피아노곁에구석에는 꾸몃던것을 벗거버리고 초도 멸둥만남은 크리스마스츄리가 서있다

노라의 외투등속이 쏘파우에노여있다.

(노라 혼자 어쩔줄을 모르는듯 거러다닌다. 마츰내 쏘파곁에가서 거름을 멈추고 외투를 든다.)

노라 (외투를 떠러트리며) 누가오나! (호ㅡ로난 문으로가서 귀를기우린다) 아니야 누가 올사람이 있었어 오늘이크리스마슨데、내일도없을레지 그렇지마는 혹시── (문을 열고 내다본다)편

지함속에도 아모것도없지。(앞으로나오며)쓸데없는 걱정이야。그사람이 그런짓을 하지야

않겠지。 그런일이 생길리가있나。 안될말이지。 나는 자식이 셋이나 있지안나。

(안나 왼편에서 들어온다。큰 마분지상자를 가지고)

안나   인제 겨우 의상이 든 상자를 찾었읍니다。

노라   수고했어。 그데불우에 놔두。

안나   (그리하면서) 모두 좀 뒤엉크러저가지고 있는것같습니다。

노라   아이 나는 그걸 발기발기 찢어버렸으면 시원하겠네。

안나   아이 조금만 손을보면 바로될걸요——조금만 수고를하면 합니다。

노라   내 가서 린덴부인더러 좀 해달라고 그래야지。

안나   또 밖엘나가세요? 이렇게 고약한 날세에! 아씨 감기드시면 안됩니다。

노라   더한일이있을지 누가아나? 애기들은 무얼하우?

안나   크리스마스에 받으신 것들을 가지고 노신답니다。 아잇, 애기네들도, 참——

노라   나를 가끔 찾지않아?

안나   언제나 어머님결에서 모시고 지나왔어요。

노라　그런데 안나、 요다음부터는 내가 그렇게 늘데리고 있을수가 없어。

안나　애기네들은 또 곳 하는대로 길이 듭지요。

노라　정말그럴까? 엄마가 어메로 가버리고 없으면 아조 엄마를 잊어버릴까?

안나　아이 깜짝이야。 가버리시다니!

노라　여보안나――나는 가끔 생각을 해봤다우――안나는 어떻게 해서 어린애를 남에게 맡길 생각이 났을까?

안나　내가 우리 노라아가씨 유모가 되여오는데 어쩌는 수가 있어야지요。

노라　그렇지마는 어째서 그런 결심을 했드란말이야?

안나　그런 그렇게 좋은자리를 내버립니까? 고생에든 가난한 여자는 어려운일도 해야한답니다。 남편이란 사람은 내게 고약한 일박게 한것이 없었지요。

노라　그럼 안나의딸은 아조 어미를 잊어버렸군?

안나　웨요、 아씨 안그렇답니다。 그애가 견신례 받을때하고 시집갈때하고 두번이나 편지가왔답니다。

노라　(안나를 안으며) 아이참안나! 내가 어렸을적에는 안나는 내게 좋은어머니 노릇을 했지。

안나　우리에쁜 노라애기가 가엾이도 나밖에는 엄마가 없었읍지요。

노라　만일 저어린것들이 어미를 잃으면 안나가——아니、 쓸데없는 (상자를 연다)

들어가 애기들을보우。나는인제——오늘저녁에 훌륭히 채릴테니 봐요。

안나　우리노라 아가씨같이 에쁜사람이 무도회를 다 처도 어디 있을라구요。

(안나 원편방으로 들어간다)

노라　(상자에서 옷을 끄낸다。도로 꼿 내여던진다) 내가 나갈수만있다만。아모도 오지않는다면。

아——그동안에 여기서 아모일도 안생긴다면。아이 쓸데없이 오긴 누가와。생각을안해

야지。그팔로시 참부드럽고 다수워이! 장갑도 참말 입분베 참입버! 잊어버려——잊

어버려! 하낫、둘、셋、넷、다섯、여섯——(소리치면) 아— 사람들이오네。(뮨으로가서

마음을 못정하고 있다)

(린덴부인 호—ㄹ에다 외투를 벗어놓고 들어온다)

노라　아—누구라구、크리스치나。또다른사람없어? 이렇게와서 참말잘됐어。

린덴　노라가 나왔는베를 다녀갔다고 하기에。

노라　나갔던걸에 잠깐 들렀지。자— 크리스치나 나좀 도와주어야 할 일이있어。자 우리 이 쏘

와에 앉읍시다。내일저녁에 이 웃충스텐보ー그 영사의집에서 가장무도회가 있는데 말이
야、로ー발드는 날더러 나폴리 어부의딸 가장을하고 타란텔라춤을 추라는구려。그전에
카프리에가 있을적에 배운것이라우。

린멘 그래ーー참 한번 볼만할거야。

노라 글세 로ー발드가 그걸 좀 하자는구려。자ー이게 그옷인데 로ー발드가 이태리에서 내게
마춰서 맨들린거라우。그렇지만 모두 떠러저서 어떻게하면 좋와ーー

린멘 손을 좀보면 쓰게 될테지。장식만 여기저기 조금식 떠러젓구면。바눌 실좀주우。아ー여
기 바로 있군。

노라 참말 고마워요。

린멘 (바느질하면) 그럼 내일은 노라가 가장을 하는구려。그런데 저ーー나도 내일은 그훌륭한
모양을 보려 좀 들를떼요。깜짝잊고 있었네。어제저녁은 참말 잘들앉어。

노라 (이러나서 걸어다닌다) 아 어제말이야、전같이 자미있지 못한것같애ーー크리스치나가 여
기를 좀 일즉왔드면 좋았울껄。로ー발드도 집안을 자미있고 명낭하게 하는 솜씨가 없지
않다우。

린덴　노라도 누구에게 안빠질걸。안그러면 아버지딸이아니게。그런데 저ー랭크의사라는이는
언제나 어쩌녁같이 침울한 양반이오?

노라　그렇지도않아 어쩌녁에는 별낳게 그랬지마는。그이는 무서운 병을가지고 있다우。가엾
이도 脊柱결핵이라나요。남들의 말을들으면 그이아버지가 무서운 사람이여서 자근마누
라를 언메 어쩌네 못할짓이 없이했대。그덕으로 그자식은 애기쩍부터 병이들었다우。

린덴　(바느질하던것을 무릎우에 노며)아이 어쩌면 노라가 다 그런것을 알게되였을까。

노라　(방안을 돌아다니며)아따、나도 아이가 셋식이나 되자니까 말로는 의사 노릇이라도 할만한
여자들이 찾어와서 이런아야기 저런이야기를 들려준다우。

린덴　(바느질을게속한다。잠간말없다) 랭크의사는 여기를 날마다 오시나요。

노라　그이생전 날마다야。토ー발드하고는 어릴때부터 극진한 동무고 내게도 좋은동무가돼
요。랭크의사는 이틀레면 우리가족의 한사람인 셈이야。

린덴　그렇지마는 저ー 그이가 아조 진실한 양반이오? 다른말이 아니라 그이가 혹시 이면닥
금을 너무하는 사람이 아닌가해서 말이야。

노라　아니 정반대지、어째 그런생각이 났을까?

린덴　어제 노라가 그이하고 나를 소개했을때 말이야, 그이말이 내일훔을 여러번들었다고 그
랬지. 그런데 나종에 보니까 여기박잣양반이 내가 누군줄을 모르시든베. 랭크의사가 어
떻게 알아——

노라　그이말이 정말이라우. 토ー발드는 나를 말할수 도없이 사랑을 하는데 그이말마따나 그이
는 나를 아조 혼자차지를하고 싶다는거라우. 우리가처음 결혼을 했을때는 그이는 내가
예전친구이야기만해도 그야말로 새암을 부렸는베. 그러자니까 자연 그런말은 그만두게
됐지요. 그런데 나는 옛날이야기를 가끔 랭크의사하고 한다우. 그이는 그런이야기를 퍽
좋와해요.

린덴　이거봐 노라. 당신은 아직도 여러가지로 애기로구료. 나는노라보다 나이도며먹고 경험
도 더많지않소. 자ー내말을드루. 노라도 랭크의사하고의사이는 인제 고만두는게 옳지.

노라　고만두는게 뭐야?

린덴　무어고말이야. 어저께 왜 노라에게 돈을 줄 돈많은 숭배자이야기를 했지.

노라　불행히도 그런사람이 없었다는베야 어쩌라고.

린덴　랭크의사는 부자지?

노라　그래 부자라우。

린덴　그런데 물려줄 사람도 없지요。

노라　없어。그렇지마는——

린덴　그런데 날마다 여기를 온다지。

노라　그건 날마다 오지。

린덴　그런데 그이가 웨 그렇게 무식한일을 했을까。

노라　무슨 말인지 그런이 하나도 모르겠어。

린덴　팬이 나를 소길랴고 그리지말아 노라가 一千二百딸라 빌려쓴사람을 모를줄알고。

노라　아이 크리스치나도 정신이 어쩐가베。어터면 그런생각을해。날마다 여기를오는 친구에게서 돈을취해。그러면 어떻게 견디고 살게?

린덴　그럼 정말 그이가 아니오?

노라　그럼 정말이고말고。나는 그런생각은 해본일도없어——그뿐인가 그때만해도 그이는 빌려줄 돈이라고 있었나。재산을 차지하게 된것도 그뒷일이지。

린덴　그럼 그건 노라에게 잘된 일이오。

노라 아이, 정말. 랭크의사에게 그런말을 할생각은 해보지 아니했지마는── 만일 했드면 되
였을걸──

린덴 그렇지마는 할리치가 없지.

노라 물론안하지. 그러고언제 또 그럴일이 생길리가 있나? 그렇지마는 만일 랭크의사에게 그
청을 한다면 말이야──

린덴 집의 사내양반 모르게 말이지.

노라 아ー 또 한가지일도 깨끗이 해버려야지. 그것도 그이모르게 한일인데. 그것을 깨끗이 해
버려야 되지.

린덴 그러고말고 웨 어제도 그렇다고 그랬지.

노라 (이리저리거르면서) 남자는 이런일을 여자보다 잘 처리할메지.

린덴 안해요. 남편이면 더욱 그렇지.

노라 아이 헬소리야ー (가만이섰다) 돈을 다갚다가 갚으면 증서는 찾어 오는것이지.

린덴 그야 물론이지.

노라 그러면 그것을 천만조각으로 찢어서 불에다 태워버틸걸. 그추하고 더러운것을.

헬멘 (노라를 찬찬히 처다보다가 바누질감을 놓고 가만히 이러난다) 여보 노라, 내게다 그렇게 숨기는게 무어요?

노라 내얼골에 그게 나타나오?

런멘 어제 아침이후에 무슨일이 분명히 생겼는데. 그게 무어란말이오?

노라 (그 에게로가며) 크리스치나! (귀를기우린다) 쉬― 로―발드가 돌아오는구려. 미안하지만 잠간만 저애기들 방에가있어, 로―발드는 옷바느질하는걸 못보는 버릇이 있다우. 안나 더러도 같이손을 보라구하우.

런멘 (일감을 모아가지고) 그렇게하지! 그렇지마는 노라이야기를 죄다 듯기전에는 나는 자지 아니할테니 그리알아. (왼편으로나간다)

(헬머 호―에서 들어온다)

노라 (쫓아가맞는다) 아이 들어 오시기를 얼마나 기다린지 몰라요.

헬머 재봉사가 왔읍디까?

노라 아니 크리스치난네 내옷을 맨들어준대요. 내인제 얼마나 고와지나봐요.

헬머 내가 이번엔 참 훌륭한 의견을 냈지.

노라 훌륭하고 말고요! 그런데 나도 당신에게 아조 말겨버린게 장한일이지요。

헬머 (노라의 턱아래를 쉬이며) 무에 장하다고! 남편의 말을 들은게 장해! 그런데 내가 방해를

해서 되나 지금아마 옷을 입어볼라든 판이지?

노라 가서 또 일을 하시게요。

헬머 그래(서류한뭉치를 보이며) 이걸봐。내가지금 은행에서 오는길인데。(그의방으로 **향해간다**)

노라 이거보세요。

헬머 (거름을멈추며) 왜?

노라 저 당신의 조고만 다람쥐가 당신에게 아조 긴하게 무슨 청을 한다면요——

헬머 그래。

노라 드러주시겠어요?

헬머 뭐인줄 몬저 알아야지。

노라 당신이 친절하게 말만 드러주시면 다람쥐는 뛰여다니면서、별의 별재조를 다부리겠어요

헬머 자 어디 말을해보。

노라 당신의 종달새는 아침부터 저녁까지 노래를 불러요——

헬머 그거야 언제는 안그러나。

노라 나는 선녀가되여서 달빛에서 춤을추겠어요。당신을 위해서。

헬머 노라! 그게 오늘아침에 얼핏 비최든것은 아니겠지?

노라 (가까이들어서며) 그말이여요。나는 당신에게 아조 꼭 청을합니다。

헬머 당신은 그이야기를 다시 끌어낼 용기가 정말있소。

노라 네 그래요。나를위해서 크록스탓드를 은행에서 내보내지 마서요。

헬머 이거봐 노라、린덴부인을 은행에 들어 오게 한다는게 그이나간자리요。

노라 네 그건 고맙게 아는 노릇이지마는 크록스탓드대신에 다른서기를 내보내시면 되잖아요。

헬머 아 세상에 이런 억지소리봤나。노라가 생각없이 말을해주마고 그사람에게 약속을 했다 고 나까지—

노라 그런것만도 아니고 당신의 몸을위해서 말슴이여오。그사람은 아조 고약한 신분과 관게 가있다고 왜 그리시지 않었어요。당신에게 무슨 해독을 끼칠런지 몰타요。나는 그사람 이 참말 무서워요。

헬머 오 알아드렀오。예전생각이나서 무서운 생각이 드는구려。

노라　무슨 말씀이여요?

헬머　왜 아버님생각을하고 그러는말이지。

노라　네 그래요。 그나쁜사람들이 아버지에게 대해서 창피한 욕설을 써내든 일을 생각만해보서요。 만일 당신이 정부의 명령으로 조사를오셔서 아버지에게 호의를 가지고 원조를안 하셨든들 아버지께서는 면직을 당하셨을지도 모를꺼예요。

헬머　여보 옹 노라, 당신아버님과 나와사이에는 천양지차가 있단말이오 아버님은 전연 실수가 없었다고 하실수도 없지않소。나는 아조틀리오。장내도 그럴것이지마는。

노라　악한 사람들은 무슨 재조를 벌린지 몰라요。지금 우리는 우리의 평화한 집안에서 조용하고 행복스럽게 살지요。당신하고 나하고 애기들하고서。내가 자별히 청을 하는까닭은 거기있었어요。

헬머　당신이 그렇게 청을할사록 내가 그사람을 두고볼수없게 맨드는 세음이요。내가크록스 탓드를 내보내려 한다는것은 은행에서 다 아는일인데 이제 또 소문이 돌기를 새지배인은 제여편네지휘를 받아지낸다 하면 말이요——

노라　그럼 어때요?

헬머　아모것도 아닐지도 모르지。 그렇지마는 나는 은행안에서 우슴거리가 될것이고 무엇을

　　제마음대로 못하는 사람이 되고 말것이오? 그러면 자 그뒷일이 무엇이되겠소。 그러고

　　그밖에말이요 ── 내가 크록스탓드를두고 보지못하는 티유가 하나있소。

노라　무어예요?

헬머　나도 머 어쩔수없으면 그사람의 도덕상실수쯤은 눌러볼수도 있지마는 ──

노라　그야 그럴수 있겠지요。

헬머　그러고 들으니 일은 잘 본답듸다。 그런데말이요 그사람은 내대학생때 친군데 처음에는

　　경솔하게 맺어놓고 나종에는 후회하는 그런우정이 둘이새에 있었드란말이오。 말을쉽게

　　해버리자면 그사람은 나하고 하게를 하고 지나는 새인데 그사람은 남들 있는데서도 나

　　보고 합부로 하게를 하는 눈치없는 사람이오。 인제좋와라고 가장 친근한체를 하고 ──

　　여보게。 자네。 여보게 토─발드군 ── 이럴거란말이요。 나로보면 여간 고통이아니오。그

　　사람이 있으면 은행안에서 내가 창피한 일이 많을것이오。

노라　여보세요。 그건 농담이 아니서요?

헬머　아니 농담이라니 ─

노라 그런것은 하찮은 리윤데요.

헬머 뭐! 하찮아! 내가 그렇게 하찮은 사람인줄 아오.

노라 아이 별소리를 다 하시네. 그렇지 않기에 말슴이여요──

헬머 그만두 날더러 하찮은 리유라고 그랬겠다! 그럼 나도 어디 잔게 굴어야지, 흥하찮다! 자─다시 말할것없이 아조끝을 내버립시다. (호ㅡ로향한문으로 가서 부른다) 엘렌!

노라 뭘할라고 그리서요?

헬머 (서류중에서 찾으면서) 결정을내야지. (엘렌들어온다) 자ㅡ 이편지를 가지고가서 배달인을 주어 곳 가지고가나 보고와. 주소는 거기적혀있고. 돈은여기있어.

엘렌 네. (편지를 가지고 간다)

헬머 (서류를 주어모으며) 여보, 고집동이 마넘.

노라 (숨도 막힐듯이) 그편지속에든게 뭐에요?

헬머 크록스탓드의 면직롱지오.

노라 여보 토ㅡ발드, 도로불러와요. 아직도돼요. 아ㅡ여보서요. 도로불러와요. 나를 위해서 당신을위해서 아타드렸어요? 그대로해요. 그편지때문에 우리에게 무슨일이 생길지 당신은 모르섭니다.

헬머　인제 틀렸소.

노라　아ー인제 틀렸다!

헬머　여보 노라．그렇게 걱정을 하는게 끔찍이생각해보면 내게 모욕이되는 것이지마는 그것은 용서한다고 칩시다. 웨내가 그 하잘것없는 신문둥지따위를 무서워 하리란 생각을 한단말이오. 그렇지마는 그게다 내게대한 사랑이 지극한 탓이라고 모도 용서를 하지。(노라를 안는다) 자인제 다바로되였소。무엇이든지 오라고해요——무슨일이 생긴다면 내가그때 힘과 용기를 구경을시키지。자 내억개가 이렇게 넓으니 전책임을 질만하지않소.

노라　(깜짝놀나며) 무슨 생각으로 그런말슴을 하서요.

헬머　그저 전책임이란 말이요.

노라　(결심을가지고) 안돼요, 절대로 안될말슴이여요.

헬머　허ー 그러면 둘이 난호지 남편과 안해로서. 그게 당연한일이지。(노라를 어루만지며) 그만하면 됐소？자ー 자ー 그렇게 놀랜 비들기모양을 하지말아요。아모것도 아닌데——어리석은 걱정을해。인제 타란텔라를 한번 내리해봐야지。랜버린을 가지고 연습을해봐

야지되지안나。 나는 저뒷방에가 들어앉어서 두문을 다덤히고 있으면 아조 소리도 안들릴

테니까 여기서는 떠들대로 떠들어 보우。(문을 향해돌아서면) 랭크가 오거던 내가 어듸있

다고 말만 해주구려。

(고개를 끗덕하며 서류를 가지고 자기방으로 들어가서 문을 닫는다)

노라 (공포에 정신을 잃고 따에 뿌리박은듯이 서있다가、 중얼거린다) 그사람은 할거야。 하고 말고
별일이 있어도 하고 말걸——아니 안될말이야、 안될말이야。 그럴레면 차라리 아모짓이
라도 하지、아 피할도리가없나。 어떻게하면 좋와! (밖에벨울린다) 랭크의사야! 그러느
니 차라리……
(노라는 손으로 얼굴을 만지고 몸을 도사리고、문으로가서 연다。 랭크는 밖에서 털외투를 벗어
걸고 있다。 이때를 지나서부터는 차차 어두어지기 시작한다。)

노라 안녕하서요。 종소리로 누군줄아랐지요。 지금 토ー발드에게는 가지마서요。 아마 일이있
나봐요。

랭크 부인은 어쩌십니까?

노라 아이나는 왜 언제나 선생님하고 이야기할 시간은 있기로 했지요。

랭크　감사합니다。부인의 친절을 할수있는때까지 이용을 해야 겠습니다。

노라　무슨 말슴이서요。할수있는때까지라니?

랭크　네 그런말에 접이 나십니까?

노라　이상한말슴인것 같어요。무슨 일이 생길것을 알고 게서요?

랭크　오랫동안 채비를하고 기다리고있든 일입니다。마는 그것이 이렇게 쉽게 오리란 생각은 못했읍니다。

노라　(그의팔을붙들며) 그게무엇이여요? 말슴을 하서야 해요。선생님。

랭크　(란로옆에앉으며) 나는 비탈로 내리다름질 치는것같습니다。별도리가 없어요。

노라　(사라났다는듯이 긴 숨을쉬고) 선생님이 그래요?

랭크　그럼 또 누가 그럴사람이 있읍니까? 제가 저를 속이면 멀합니까? 나는 내가 보는 병자중에서도 가장 희망없는 사람입니다。나는 최근에 내신체를 전부검사해봤는데——파산입니다。아마 한달이 다가기전에 내몸둥이는 저무덤속에서 썩고있을겝니다。

노라　아, 웨 그리 흉한 말슴을 하서요。

랭크　그일이 본시그리 흉한것이니까 그렇지요。그렇지마는 그중에도 고약한 것은 여러가지 흉

한일을 몬저 지나가야 한다는 것입니다。인제 최후로 꼭 한가지 검사할것이 남엇는데 그것

만 끝나면 언제쯤 꼭구라질것을 대강알게 될것입니다。부인께한마디 부탁할게있어요。

헬머군의 미묘한 천성은 흉한것을 싫여하니까―― 나는 내병실에 헬머군을 안드릴럽니

다。

노라　그렇지마는、선생님――

랭크　별일이 있어도 안드려요。나는 문을 잠거버리겠읍니다。――내가 최후를 분명히 자각하

게되거던 나는 내명함에다 검은십자가를 그려서 이리보낼엽니다。그러거던 나의 최후공

포가 시작된걸로 알아두섭시요。

노라　오늘은 웨그리 종작없는 말슴을 허서요。나는 선생님이 유쾌하게 이야기라도 해주시기

를 바랐는데。

랭크　주검이 마조 보랄고 지켜섰는데요？――그러고 다른사람의 죄값으로 이렇게 고생을 하

고！천도가있다면 이럴것일까？어느집안에나 형식은 다를지언정 이렇게 참혹한 보복

이 있단말이요。

노라　（귀를막으며）쓸데없는 소리 그만하고。인제 유쾌히 노세요。

――450――

랭크 어떻든지 세상것은 모도 우서줄 가치밖에는 없는것입니다。내 불상한 척주가 내아버지

젊었을때 오입의 보복을 받어야 하다니。

노라 (왼편쪽떼불에서) 선생님 아버님께서는 아마 아스파라가스하고 게우(鵞) 간(肝)복기를 질

겨하셨을걸요。

랭크 그리고 송노(松露)도 질기셨지요。

노라 참 송노하고、그러고 굴도 좋와 하셨지요?

랭크 암 굴이야 더말할것도 없지요。

노라 그우에 포도주하고 쌈펜주하고。그렇게 좋은것들이 척주에가서 해를끼치다니 안되였어

요。

랭크 더구나 그해를 받은척주는 그 좋은것들을 구경도 못했으니 우습지요。

노라 그게 그중에서도 고약한 일이여요。

랭크 (외심스러운듯이 드려다보며) 흥?

노라 (조금있다가) 왜 웃으셨어요?

랭크 아니요、웃기는 부인이 웃으셨지요。

노라 아니여요, 선생님이 분명히 우스섰는데요

랭크 (이러서며) 생각기보다 작난을 좀 하십니다그려.

노라 오늘은 어쩔줄 모르게 작난이 하고싶어요.

랭크 그런것 같은데요.

노라 (랭크어깨우에 손을놓고) 이거 보서요 선생님 죽엄이 선생님을 우리에게서 뺏어 가지는못해
요.

랭크 당신들은 곳 아무렇지도 않게될겝니다. 없는사람의 일은 쉽게 잊어버리지요.

노라 (걱정스럽게본다) 정말 그럴까요.

랭크 사람들은 새동무를 맨들고 그러면──

노라 누가 새동무를 맨들어요?

랭크 내가 간담에 토─발드군하고 부인말슴입니다. 부인께서는 미리부터 그준비를 하시는것
이나 아니신지요. 그 린덴 부인은 어저께 여기서 무엇을 했읍니까?

노라 아이! 선생님이 저가엽슨 크리스치나에게 샘을부리실까─

랭크 웨 안그래요. 그이가 이집에서 내뒷자리를 차지할겝니다. 내가 없어저버리면 그이는 아

─452─

마——

노라 쉬, 조용이하세요。 그이가 저기있어요。

랭크 오늘도 왔지요。 안그렀읍니까!

노라 내 가장할 옷을 좀 봐주러 왔는데, 선생님도 종없는 소리를하서。 (쏘따에앉는다) 자 인제 얌전해지서요。 선생님。 내일 내가 얼마나 이쁘게 춤을추나 보서요。 그러고 그게 다 선생님을 기쁘게 해드릴랴는것으로 아서요——토ー발드야 물론이지만○(상자에서 여러가짓것을 끄낸다) 선생님 여기앉으서요。 뵈여드릴게있으니。

랭크 (앉으면) 그게 무엇니까?

노라 이거봐요。 이거!

랭크 비단양말 이군요。

노라 미색이여요。 안이뺘요? 여기는 어두우니까 그렇지마는 내일은——안돼요。 안돼、 발목 까지만 보서요。 아이 그래 그우에도 볼랴면 보서요。

랭크 흥——

노라 무얼그리 정신드려 보서요? 내게 안맞일겨같아서 그러서요?

—453—

랭크 거기는 내가 적당한의견을 말슴할수 없는데요.

노라 (흘깃쳐다보고) 어쩌면 저런! (양말로 랭크의 귀바퀴를 살작 때린다) 좀 맞어보서요. (양말을 도로 말아버린다)

랭크 이제는 또 무슨 구경할게 남엇습니까?

노라 인제 아모것도 안보여 드려요. 얌전히 인사를 채려야지요. (노라 콧노래를 잠간하며 이것저것을 듣춘다)

랭크 (잠간말이 없었다가) 비가 여기부인하고 앉어서 이런저런 이야기를 하고있으면 나는 생각하지않을수가 없는것이——내가 만일 이댁에 출입을하지않았든들 어찌되었을런지 모르겠다는것입니다.

노라 (웃으면서) 제생각에도 선생님은 우리하고 퍽 마음이 맞나봐요.

랭크 (더욱부드럽게 자기앞을 똑바로보며) 그런데 그것을 모도 떠나서—

노라 편이 그리서요. 선생님은 우리를 떠나시지 못해요.

랭크 (같은어조로) 그런데 감사의 표적하나도 못남기고 떠나는 구려. 인제 섭섭하다는 말한마듸 못듯고 남겨논 빈자리는 누구나 처음오는 사람이 차지할데지요.

—454—

노라 그럼 내가 선생님께 청을 한다면?——아니야!——

랭크 무엇을요?

노라 선생님의 깊으신 우정의 표적을요。

랭크 네 그러서요?

노라 다른게 아니라 아조 아조 큰 수고여요。

랭크 정말 나를 그렇게 질겁게 해주실 생각입니까?

노라 아니 무언줄도 모르시고。

랭크 그러나 이야기를 하서야지요。

노라 아니 정말로 할수가 없어요。 그건 아조 어떻게 큰일인지——그저 수고가 아니여요 조력하고⋯ 상의하고 또 그우에——

랭크 그럴수록 좋습니다。 무슨말슴인지 알수는 없어도。 이야기를 하세요。 나를 믿지를 못하십니까。

노라 누구보다도 믿지요。 나는 선생님이 내게 가장 진실하고 좋은 친군줄을 알아요 인제말을 할레니 드르서요。 선생님이 나를 도아서 해주세야 할일이 한가지가 있는데요。 저ー 선

생남은 로ー발드가 저를 얼마나 진정으로 사랑하시는지 아시지요。 그이는 나를 위해서
라면 목숨이라도 애낌없이 버릴쎕니다。

랭크　(노라편으로 몸을 굽히며) 아니ーー부인생각에는 그이만 그렇게ー

노라　(조금 놀라며) 무어요?

랭크　부인을 위해서 질거이 목숨을 바칠이가 그이뿐일까 말입니다。

노라　(슬프게) 아이 참、

랭크　나는 여기를 떠나기전에 그말슴만은 해둘랴고 결심을 하고 있었답니다。 다시는 더좋은
기회가 없겠지요。 자ー인제 그말슴을 했으니까 나를 누구보다도 믿어주십시요。

노라　(이러선다。 아무렇지도않게 냉정하게) 잠깐 비키셔요。

랭크　(길을 치어준다! 그대로앉었다) 여보ー

노라　(문에가서) 헬렌、 등잔가저와! (난로있는데로가며) 아이 선생님이 어찌면 그런 실수의말
슴을 하셔요。

랭크　(이러서며) 내가 부인을 누구에게 지지않게 깊이 사랑했다는게、 그게 실수일까요。

노라　아이 그런말슴을 하신다는게 말슴이여요。 불필요해요ー

랭크　그게 무슨말슴입니까? 부인께서는 알고게셨습니까? (엘렌이 등불을 가지고 들어와 테불

우에 놓고 다시 나간다) 여보―― 노라―― 헬머부인―― 그것을 미리 아셨단말입니까?

노라　아랐느니 몰랐느니 그런말을 어떻게해요? 정말할수없어요―― 어쩌면 그렇게 모도 자미

없게 맨들어 노십니까? 지금까지 잘 지나오지 아니했어요.

랭크　어떻든지 나는 몸과 마음을 다해서 부인의 일을 보아드릴테니 자―말슴을 하십시오.

노라　(바라보며) 인제 말을해요?

랭크　아까 청한다든것을 말슴을 해주십시오.

노라　인제 아모 말슴도 못하겠서요.

랭크　자― 그렇게 미움을 주지는 마십시오. 내가 부인을 위해서 사람이 할수있는 일이면 한

번 하게 해주십시오.

노라　인제 저를 위해서 아모것도 못해주십니다―― 그뿐아니라. 실상 청할게 없어요. 이것이

다 내 공상인것을 아실거예요. 공상에 그치고 말겠지요! (록킹체아에 앉어서 랭크를 바라

보고 웃는다) 아이 얌전하신 선생님이―― 인제등불을 보니까 부끄럽지 않으셔요.

랭크　아니― 꼭 그렇지도 않습니다. 그렇지마는 인제 아마 가야할것같습니다―― 영원히.

노라 아니안됩니다。 전에 다니시듯 늘 오셔야돼요。 선생님없이는 로—발드가 못견듸는 줄을
잘아시면서。

랭크 그럼 부인께서는?

노라 나야 언제나 선생님이 여기오셔야 좋지요。

랭크 그때문에 내가 딴생각을 한것입니다。 당신은 수수꺼이와 같아요。 당신이 헬머군과같이
있는것과다름없이 나와같이있기를 좋아하는것같이 내게는 보였드랍니다。

노라 그건 그래요 그렇지마는 사랑하는 사람 따로있고 같이이야기하기 좋와하는사람 따로있
지않어요。

랭크 그도그럴듯한 말슴입니다。

노라 내가 어렸을적에요 나는 아버님을 제일 사랑했지마는 부리는 사람들 방에 드러가기가
언제나 좋왔어요。 첫재로 날더러 이래라 저래라 말이없고 둘재로는 그사람들 이야기듯
기가 참 자미있었서요。

랭크 아니 그럼 나는 그사람들 대신입니다그려。

노라 (뛰어이러나서 랭크에게로 쫓아가며) 아이고, 선생님, 그런말슴이 아니여요。 그렇지마는요

저—토—발드는 어찌하면 아버님하고 같아요。 (엘렌 호—ㄹ에서 들어온다)

엘렌　저— 아씨——— (노라에게 가만히 말하고 명함을 전한다)

노라　(명함을 흘낏보고) 아이! (주머니에 집어넣는다)

랭크　무슨 일입니까?

노라　아니— 아모일도 아니여요。 다른게아니라——— 새의상을 해왔어요。———

랭크　부인의 의상이오? 저기있는것은?

노라　그건 그렇고 또 이건 새거예요——— 새로 마춘거예요——— 토—발드가 알면 안돼요。

랭크　아하! 대비밀 이라는게 그깁니다그려—

노라　네 그래요。 로—발드는 저 뒷방에 있으니 글루가보서요。 한동안 불들고 게서요。

랭크　걱정마섭시요。 꼼짝못하게할테니 (헬머의 방으로들어간다)

노라　(엘렌에게) 그래 주방에 게시냐?

엘렌　네 저뒷층계로 올라왔어요。

노라　나는 맞나될 시간이 없다고 말슴을 안드렸어?

엘렌　그렇게 말슴을 했어도 듯지를 아니하셔요。

— 459 —

노라　안가신단말이지

엘렌　네 아씨를 맞나뵙기전에는 안가신대요。

노라　그럼 조용히 들어 오시라고 그래。 그러고、 엘렌、이말은 내지말아——주인어른에게는 나
　　　종에 말슴드릴일이야。

엘렌　네 말슴대로 하지요。(나간다)

노라　인제 오는구나! 무서운일이 오고 마는구나。아니야 아니야、안될말이야。(헬머의 방문
　　　으로가서 빗장을 건다)(엘렌은 크룩스탓드를 호을토난문으로 데리고와서 달고나간다。크룩스탓
　　　드는 여행외투와 장화와 털모자를 썼다)

노라　(그에게로 가까이가며) 조용히 말슴하세요。지금 밖알어른이 게시니까。

크룩　네 그러겠습니다。

노라　무슨일이세요?

크룩　여쭐말슴이 좀 있습니다。

노라　그럼 빨리하세요。무슨말슴인지。

크룩　내가 면직롱지를 받은줄은 아시겠지요。

노라 어떻게 막는 재조가 없었어요。최후까지 애를 써봤지마는 어쩌는수가 없었어요。

크록 주인어른께서는 부인의일을 그렇게쉽게 아십니까? 내가무얼하면 부인께서 어떠한일을 당할것을 알면서도 그래 그이가——

노라 내가 그이야기야 어떻게합니까?

크록 그러실것입니다。나도 그렇게 생각은 했습니다。우리친구 토ー발드헬머군이 그런 용기를 낸다서야——

노라 여보서요。주인의 말슴은 좀더 조심있게 하서요。

크록 네、조심하지요。그런데 부인께서 그걸 그렇게 비밀로 하실라고 애쓰신것을 보니까 아마 어제보다는 하신일의 성질을 잘아시는것같습니다。

노라 다시 없이 잘알고 있습니다。

크록 네 나같이 얼빠진 법률가지마는——

노라 그래 어떻게하라는 말슴이여요?

크록 그저 어떻게 하고게신가를 좀 뵈려왔습니다。나는 하로동안 부인의 생각을 해봤습니다。아모리 대금업자고 악덕신문기자고 또——쉽게 말하면 나같은 인생이라도——소위 감정

——461——

이라는것이 조금은 있습니다.

노라 그럼 그 감정의 덕을보이서요! 제어린자식들을 생각해보서요.

크록 부인과 주인어른은 제자식 생각을 해보섰니까? 그러나 그말은 할게없고. 내가 할말슴

은 이사건을 너무 어렵게 생각하시지 마시라는것입니다. 나는 당분간 이사건을 법정에

내놀 생각은 없습니다.

노라 그야 그러시겠지요. 그러실줄은 저도 알아요.

크록 사건 전체를 순순히 해결할수가 있습니다. 딴사람이야 알릴게없고. 우리세사람만 알고

지날수있지요.

노라 주인어른은 알면 안돼요.

크록 안알리고 될수가 있겠습니가. 잔금전부를 갚으시겠습니까?

노라 지금곳은 못합니다.

크록 그러면 수일사이에 그돈을 마련하실 도리가 있겠습니까?

노라 그럴도리는 없어요.

크록 하실도리가 있다고해도 되지는 않습니다. 만일 그돈을 다갔다 갚는다해도 나는 그차용

증서를 돌려 드리지 아니할 생각입니다.

노라 그럼 그걸 어찌하실 테예요?

크룩 그저 말어 두지요──내 손에 가지고만 있으면 됩니다. 다른 사람이야 그 이야기도 들려주리

노라 그럴 수도 있지요?

없지요. 그러니까 부인께서 혹시 절망 끝에 과격한 계획을 품고 계신다면──

크룩 가령 남편과 애기들을 버리고 갈 생각이라든지──

노라 그럴지도 몰라요.

크룩 또 혹시 생각 끝에 더 고약한 생각이 나시던지──

노라 그건 어떻게 아십니까.

크룩 그런 생각은 다 내버려 섰시요.

노라 내 속에 생각을 어떻게 아셨느냐는 말슴이여요.

크룩 누구나 처음에는 그 생각을 하는 것이랍니다. 나도 그 생각을 했지요마는 나는 용기가 없

어서요.

노라 (기운 없이) 나도 없어요.

──463──

크록 (마음을놓고) 아니 누구나 그용기는 없답니다. 부인께서도 아마 없으실겁니다.

노라 없어요, 없어.

크록 그뿐아니라, 아조 어리석은 생각이지요. ──가정 풍파가 한번만 있으면 다 해결이 되는일인데요. 나는 주인어른께 보내는 편지를 한장가지고 있습니다.

노라 거기는 그사실을 다 적었겠군요?

크록 부인께서 하실수고를 멸수있는대로 멸어드릴양으로.

노라 (날래게) 그편지를 그이가 읽어서는 안됩니다. 찢어버리서요. 돈을어떻게던지 마련해 드릴께니.

크록 용서하섭시요. 부인, 그건 아까도 말슴디렀지요.

노라 아니 당신에게 갚을 돈말이 아닙니다. 내 남편에게 요구하는 돈이 얼만지 말슴을 하서요──내가 맨들어 볼메니,

크록 나는 주인어른께 돈을 요구하는것은 아닙니다.

노라 그럼 요구하시는게 뭡니까?

크록 그럼 말슴을 드리지요. 나는 다시 사회에 나서기를, 우으로 올타가기를 바랍니다 주인

어른께는 그것을 바라는 것입니다。 나는 일년동안이나 아모 흠없이 지나왔습니다。 빈궁과 싸호면서도 앞으로 한거름한거름 길이열리는것을 자미로 알았지요。 그런데 나를 도로 구렁에다 처넣습니다그려。 인제 선심을써서 도로전人자리에 앉혀주는것만으로는 만족할수없습니다。 나는 우으로 올라가랴는 것입니다。 도로 은행에를 드러가는데 전보다 높은지위라야만 되겠습니다。 댁의주인께서는 나를 위해서 따로 자리를 맨들어주서야합니다。

노라 그이는 절대로 안할겝니다。

크록 안하시기는……! 하십니다。 그이는 쉽게 구부러질껩니다。 그러고 그이와 내가 한은행에 있으면、 인제 보십시오。 인제보십시오。 일년안에 나는지배인의 바른팔이되는것이고 련합은행을 지배하는것은 로ー발드·헬머씨가 아니라 이 닐스·크록스탓드가 될것입니다

노라 그건 절대로 안됩니다。

크록 그러면 부인께서 혹시ー

노라 인제는 나는 그용기가 있어요。

크록 아ー 그렇게 놀라운 소리는 마십시오。 부인같이 귀하게 자란양반이ー

노라 예— 두고 보서요。

크록 저 어름장밑에 저 시꺼멓고 치운물속에 말슴이지요 이듬해봄이되면 머리털도없이 누
군줄도 모르게 추하게 되여가지고 떠오르게 말슴이여요—

노라 그걸로 나를 위협하면 되는줄 아시지마서요。

크록 예 나도 위협으로는 안됩니다。 사람들이란 그러한일을 하는게 아닙니다。 또 그걸 한들
어떼쓸메가 있습니까。 나는 어떻든지 댁의 주인을 주먹안에 넣헨메요。

노라 아니、 내가 없어저버린 다음에도—?

크록 모르십니다그려、 나는 당신의 명예를 쥐고 있지않습니까? (노라 말을 읽고서서 그를 바라
본다) 자— 인제 부인도 다아셨으니 엉뚱한짓은 마십시요。 헬머씨가 편지를 보시고 난
다음에는 무슨 기별이 있겠지요。 그러고 나를 다시 이러한길로 드러오게한것은 댁의주
인냥반이라는것을 잊지마십시오。 나는 그이를 용서하지 않겠습니다。 자 부인 안녕히게
십시요。

(호을을 지나 나간다。 노라는 문있는데로 빨리가서 조금 열고 듯는다)

노라 아니 그이가 편지함에다 편지를 넣지않고가네。 아— 그럴리가 없는데……(차차 널리문을

연다) 웬 일일까? 가만이서서。 내려가질않고。 생각을 고쳤을까? 혹시 그이도──(편지

함에 편지하나 떠러진다。 크록스탓드의 층게나려가는 발소리가들린다。 노라는 빠摩을 억지로 참

으며 쏘싹앞에테붙로 쫓아간다。 잠간동안) 편지함속에! (무서워하면서도 가만가만문으로간다)

거기들었지── 토―발드、 토―발드! 우리는 인제 고만이야!

(린덴夫人 왼편에서 의상을 가지고 들어온다)

린덴　자― 인제 다―된것같은데。어디 한번 입어볼까?

노라　(목선소리로 가만히) 크리스치나、이리와요。

린덴　(쏘싹에다 옷을 내면지꼬) 웬일이야? 얼골이 이상해。

노라　이리와요。저편지봐요。저기저──편지함 유리속에、

린덴　그래、그래、봤어。

노라　저편지가 크록스탓드에게서 온거요。

린덴　노라―! 노라가 돈을 빌려쓴게 크록스탓드요?

노라　그래 그런데 인제 로―발드가 모도 알게될거야。

린덴　내말을 드러 노라、그게 두사람을 위해서 다좋은일이야。

노라 아직도 사정을 다 모르고 그래요. 나는 도장위조를 했어요.

린덴 아이 세상에——

노라 자ー 내말을 드러요. 크리스치나. 요담에 증인을 서줘요.

린덴 무슨 「증인」이야? 내가 어떻게——

노라 내가 만일 미친다면 말이야——그럴런지도 몰라——

린덴 여봐 노라!

노라 또는 무슨일이 생겨서——내가 여기못있게된다면 말이야——

린덴 웬말이야. 노라. 정말 정신이 없나베!

노라 누가나서서 그책임을 질라고 하는 경우에는……그전책임을 말이야——

린덴 그래. 그래. 그렇지마는 웨 그런 생각을해——

노라 그러거든 말이야 그게 사실이아니라고 증인을 서줘요. 나지금 정신없진않아. 하는말다 알고 있어요. 아모도 그일은 안사람이없고. 내혼자 그일전부를 햇만말야. 잊지마라요.

린덴 그래 안잊을게. 그렇지마는 무슨 뜻인지를 잘모르겠는데.

노라 아ー 알리가없지. 이제 기적이 이러나요.

린덴 기적이라니?

노라 그래、 기적이야。그렇지마는 아이무서워。별일이 있어도 그게 일어나서는 안돼。

린덴 내가 바로 크록스탓드를 찾어가서 말을 해볼까。

노라 가지마라、무슨일을 당할줄 아라?

린덴 한때는 나를 위해서는 아모일이라도 해줄만했다오。

노라 그이가?

린덴 그이가 어디 살아요?

노라 그걸알수가 있나。──아─그렇지──(주머니속을찾는다)여기명함이있었어。그렇지마는편지는──

지는 편지는──

헬머 (문을 두드린다)여보!

노라 (놀라서소리를친다)아이 웬일이서요?

헬머 아니야、아니야。놀래지말어。들어가지않을테니……빗장을 걸었구면。지금옷을 입어보는거요?

노라 네지금 입어봐요。아조 꼭 아울리는데요。

린덴　（명함을보고나서）　아니　바로　요근처루구면。

노라　그렇지마는　쓸데없어요。　다틀렀어요。　편지함속에　그편지가　들었는데。

린덴　열쇠는　주인어른이　가지고　게시나？

노라　언제던지　그래。

린덴　크록스탓드가　와서　편지를　읽어보지말고　돌려달라고하도록　하면되지。　무슨구실로든지。

노라　그렇지마는　지금이바로　우편함여는　시간인데。

린덴　못하게해요。　무얼로　붙들어놔요。　내어떻든　빨리다녀올게。（빨니나간다）

노라　（헬머의　방문을열고　드려다보며）　여보셔요。

헬머　인제　어떻게　제방에를　들어가도　괜찮게됐나？　여보게、　랭크군　어디들어가보세。（문에들어서면）　그런데　웬일이야？

노라　웨　그리셔요。

헬머　훌륭한　옷을　채린　구경을　할걸로　랭크가　그리든데。

랭크　（문에들어서면서）　글세　그리알았더니　잘못안모냥이로군、

노라　내일저녁이　되기전에는　내가　채린모양을　아모에게도　안보여드려요。

—470—

헬머 그런데 노라. 웬일로 그리피곤해봬? 연습을 너무 한게로군.

노라 아니 연습조금도 못해봤는데요.

헬머 해봐야 될걸.

노라 그럼 해야하고 말고요. 그렇지마는 당신이 어떻게 안해주시면 꼼짝을 못하겠서요. 그만 죄다 잊어버렸어요.

헬머 해보면 곳다 생각이나지.

노라 여보, 토ㅡ발드 좀도아주서요. 내게 약속하서요──아ㅡ어떻게 걱정이되는지 모르겠어요. 많은사람앞에서 할생각을 하면── 오늘 저녁시간을 온전히 내게다 받히서요. 일은 조금도 하시지 말고. 붓을 들으서도 안돼요. 자ㅡ 약속을하서요.

헬머 그래 약속하지. 오늘저녁동안은 내가 당신에 매인사람이 되기로. 어쩔줄을 모르는군!

(밖일문으로 향한다)

노라 뭘하러 가서요.

헬머 혹시 편지온게 없나싶어서.

노라 아이여보, 가지마서요.

──471──

헬머　웨 그래。

노라　가시지말라고 청을 하는데、 하나도 없어요。

헬머　잠깐 보고 올께。

（간다。 노라피아노에앉어서 타란텔라의 첫절을탄다。 헬머는 문께까지가서 멈춰선다）

노라　당신이 연습을 시켜주시지않으면 나는 내일 춤을 못추게 될꺼예요。

헬머　（노라에게로오며） 정말 그렇게 걱정이 되오？ 응 노라！

노라　정말 굉장히 걱정이돼요。 지금곳 연습을 시켜주서요。 아직도 저녁까지는 한참이여요。

헬머　우리노라의 분분메 범연할리가 있나。 （피아노에앉는다。 노라는 상자속에서 램버린을 집어들고 여러가지式으로짠 긴 쇼ー루 얼른두르고……무대정면으로 뛰어나온다）

노라　자ー 처요。 춤을출요。

헬머　（헬머는 피아노를 치고 노라는 춤을춘다。 랭크는 피아노곁에 헬머의 뒤에서서 바라본다。）

노라　천천히는 안돼요。

헬머　그렇게 격렬하게 추지말아。

노라　그 밖에는 안돼요。

헬머　(뙈아노를 멈추고) 아니야 그래서는 안되겠는데。

노라　(옷고 템버린을 흔들면서) 그러기에 그렇다고 말슴을 했지요。

랭크　어디 피아노는 내가 처불까。

헬머　(이러서면) 그러게—— 그래야 내가 고치기도 좀쉽지。

(랭크피아노에앉어서친다。 노라는 더욱더욱 격렬하게춘다。 헬머는 난로결에앉어서 자꼬 고칠데들 말하지마는 노라는 못듯는것갔다。 머리는 풀어저서、 어깨우으로 흘러나린다。 노라는 그것은 알지 도못하고 이여 **춤을춘다**)(린멘부인들어오다가 문에서놀라선다)

린멘　아 이런!

노라　(춤을추며) 우리는 한참 재미있게 노는판이요 지금。

헬머　여보노라、 바로무슨 생사를 결단하는 춤갈구려。

노라　정말 그런데요。

헬머　여보게 피아노 고만두게。 이거아조 미친짓일세。 고만두게。 웅、(랭크피아노를 멈춘다。 노라는 잡작이 서버린다。——헬머노라에게로 가까히가며) 그럴줄이야 누가 알았나。내게 배운 것을 정말 다잊었소그려。

노라 (렘버린을내버리고) 지금 보신대로 지요。

헬머 정말 배와야겠단 말이오？

노라 그럼요 지금모양을 보시지 않었어요？ 춤을추러가기 바로전까지 내 연습을 시켜주서야 해요。네 약속하서요。

헬머 그래、그래、약속하지。

노라 오늘이나 내일이나 나밖게는 아모것도 생각지말일。편지한장만 펴봐도 안되고요 편지함을 드려다만봐도 안돼요。

헬머 아니 아직도 그사람을 무서워 그리는구려。

노라 아이、그래요、무서워요。

헬머 노라의 얼골에 바로 씨여있소——지금그사람에게서온편지가 함속에 들어있구려。

노라 몰라요、그런지도몰라요。그렇지마는 지금은 아모것도 봐서는 안돼요。일이 지날때까지 흉한것이 여기를 들어와서는 안돼요。

랭크 (헬머에게가만히) 지금 부인의 말슴을 거슬르지말게.

헬머 (팔로노라를안으면서) 어린애 고집은 세여줘야한다지. 그런데 내일밤 춤이끝나면——

노라 그때는 맘대로 하시는 거지요.

엘렌 (바튼편문에나타나서) 아씨 저녁상이 다되였습니다.

노라 **샴펜**을 좀 내 놓게해.

엘렌 네— (나간다)

헬머 아조 연회를 하는것같군.

노라 내일아침까지 우리 연회를 해요. (소리친다) 과자도내놔—— 많이 이번마즈막인데요.

헬머 (노라의 손을 붙들며) 아니 이리 흥분해 덤벼서야 되나. 도로 우리 귀여운 종달새가 돼야지.

노라 네그렇게 할께요. 인제 식당으로 가서요. 랭크선생님하고, 크리스치나는 내머리좀봐줘.

랭크 (가면서 가만히) 무슨일이 있는게 아닌가? 무슨일이 말이야——

헬머 어디! 일은 무슨일이야. 아까이야기한대로 그쓸데없는 걱정이지.
(두사람 바튼편으로 나간다)

노라 어쨌어?

린덴 시골을 갔대。

노라 크리스치나 얼굴을 보고 짐작했지。

린덴 내일 저녁에 도라온다기에 할말을 적어놓고왔지。

노라 내버려둘걸 그랬군。 일은되는대로 돼야지。 어떻든 기적을 기다리는데는 무슨 찬란한것

이 있단말이야!

린덴 그 기다린다는게 뭐인데?

노라 아이 크리스치나는 몰라요。 저식당으로 가요。 나도 곳갈게。

(린덴부인 식당으로 들어간다。 노라 잠간 정신을 걷어잡는것같이 서있다가 손시계를 본다)

다섯시。 밤열두시까지 일곱시간。 그다음 내일밤열두시까지 스물네시간。 그러면 타란텔

라가 끝난다。 스물네시간하고、 일곱시간。 설흔 한시간의 생명。

(헬머 바른편문에 나타난다)

헬머 우리 종달새가 뭘하고 있나?

노라 (팔을버리고 쫓아간다) 여기있어요。

── (幕) ──

第 三 幕

（一、二幕과갈은방、 의자를 둘러논 테불이 中央에있다。 테불우에 불켜진남포、 호ー르로가는 문은 열리었

다。 웃층에서 무도곡소리 들린다）

（린덴夫人 테불에앉어서 정신없이 책장을 뒤진다。 읽을랴고하는 모양이나 주의를 집중하지못하는

것같다。 가끔귀를기우리고 호ー르로난문을 근심스럽게 바라본다）

린덴夫人 （손시게틀드려다보며） 올사람은 안왔는데! 시간은 거진다가네。 어디들갔을까──。

（다시귀틀종군다） 아ー온다와。 （호ー르로가서 조심스럽게 밖앝문을 연다。 가만한 발자취가 들

린다。적은 목소리로） 들어오서요、 아모도없으니。

크록 내집에다 적어 놓았읍니다마는 무슨일이십니까?

린덴 꼭 여쭤야할 말씀이 있어서요。

크록 그런데 하필 이댁에서 말입니까?

린덴 따로 드나드는데가 없어서、 저있는데서는 맞나볼수가 없어요。다른사람은 없으니 들어

오세요。 하인들은 자고 주인내외는 웃층무도회에 가 있답니다。

크롭 (방으로들어오며) 아ㅡ 이집사람들이 오늘저녁 무도회에들 갔어요, ?

린멘 왜요? 의례히 같게지요。

크롭 그렇지요。 의례히 같게지요。

린멘 자ㅡ 이제 할 이야기나 하지요。

크롭 우리둘이 무슨 할말이 있던가요。

린멘 많이 있었지요。

크롭 나는 그런생각은 못해보았읍니다。

린멘 그것은 저를 이해하시지 못한 까닭이지요。

크롭 무슨 이해를 합니까? 세상에 가장 자연스런 일이지요。 좋은 혼처가 생긴때에 몰인정한 여자가 먼저 남자를 차버렸다는 것이지요。

린멘 정말나를 그렇게 몰인정하다고 생각하십니까? 내가 당신하고 그리 쉽게 헤여진줄 아서요。

크롭 안그러셨든가요。

린덴 정말 그렇게 안단 말씀이지요.

크록 그렇지않다면 그편지는 왜 쓰셨읍니까?

린덴 그게 옳지않았을까요? 내가 당신과 헤여저야만 된다면 당신의 내게 대한 애정을 모조리 없새도록 하는게 옳을일이 아니였을런지요?

크록 그런시단 말씀이지요. 그런데 그것이 모다 돈때문에——?

린덴 그때 나는 병든 어머니하고 어린동생들이 있었다는것을 생각해주셔야 합니다. 그때 당신의 형편으로는 우리가당신을 바라고있을수는 없지않었어요,?

크록 그러셨겠지요. 그렇지마는 당신은 그게 누구든지 다른사람을 위해서 나를 차버릴 권리는 없는줄 압니다.

린덴 모르겠서요. 나도 가끔 그런권리가 있는가하고 혼자 생각해보기는 했읍니다.

크록 (더욱낮은목소리로) 나는 당신을 잃었을때 발밑의땅이꺼지는것 같었다오. 자ー 나를보시요. 파선을 당해서 나무조각하나를 붙들고 있는사람밖에 안되니.

린덴 구원이 가까이온지도 모르지요.

크록 가까히온 구원을 당신이 들어와서 방해를 놨습니다.

린멘　나는 모르는 일이여요. 내가 은행에 들어가는 것이 당신을 내보내고 들어가는것인줄을 나는 오늘이야 알었어요.

크록　당신의 말을 그대로 믿겠읍니다. 그러면 인제 알었으니 물러나시겠단 말씀입니까?

린멘　아니여요. 그런들 무슨 소용이 있어야지요.

크록　흥, 소용이야 있든지없든지 나갈으면 그러고 말겠읍니다.

린멘　생활과 빈곤가운데서 나는 리성으로 사물을 처리하기를 배왔답니다.

크록　나도 인생가운데서 훌륭한 인사가 믿을것이 못되는것을 배왔읍니다.

린멘　그건 좋은것을 배우셨어요. 그렇지마는 행동은 믿으시겠지요.

크록　무슨말씀입니까.

린멘　아까 당신은 파선을 당해서 나무조각에 매여달린 사람이라고 그리셨지요.

크록　실상 그런말을 할만한 처집니다.

린멘　나도 파선을해서 나무조각에 매달린 사람이여요.

크록　그건 당신이 지어한 일이지요.

린멘　어쩔수가 없어 한일이여요.

크룩　그래 어쩌시겠다는 말씀입니까?

린멘　여보세요, 우리와선 한사람 둘이 손을 잡는게 어때요.

크룩　무어요?

린멘　둘이 따로 나무조각을 붙들고 있는것보다 한데 모여가지고 있으면 살아날길이 더많을거 아니애요.

크룩　여보 크리스치나!

린멘　내가 무얼 하러 여기 온줄 아세요.

크룩　나를 맞날 생각을 하셨든가요.

린멘　나는 일을 해야해요. 그렇지않으면 살아갈수가 없어요. 나는 일생동안 일을 해왔고 일하는것이 유일한 기쁨이여요. 그런데 지금 나는 버림받은 사람같이 목적도없이 홀로 세상에 서있어요. 제몸을 위해서 일하는데는 기쁨이없어요. 여보세요. 내가 위해서 일할사람을 만들어주세요.

크룩　나는 이말을 모두 믿을수가 없읍니다. 이것은 자기희생에 대한 여자의 로만틱한 요구밖게 안될것같습니다.

린덴　언제, 내가로만뢰한것을 보셨읍니까.

크록　아니, 당신은 정말로——? 당신은 내 지난일을 모도 아십니까?

린덴　네! 압니다.

크록　그러고 사람들이 내말을 어떻게 하는줄을 아십니까?

린덴　지금도 당신은 나하고 같이 있었드면 딴사람이 되였을것이라고 말하지 않었어요.

크록　그건 그렇습니다.

린덴　지금은 너무 늦었을까요?

크록　아니당신은 지금 하려는일을 잘알고 계섭니까, 아— 당신의 얼굴에 그것이 나타나있음니다. 그럼 당신은 용기를내서——?

린덴　나는 내가어머니 노릇할사람이 있어야하고 당신의 애기들은 어머니가 있어야 합니다. 당신은 내가 필요하고 나는——나는 당신이 필요합니다. 나는 당신의 좋은 일면을 믿습니다. 당신과 같이 있으면 나는 아무것도 무섭지 않어요.

크록　(크리스치나의 손을붙들고) 참말고맙소. 고마와. 나는 당신의 생각하는 사람이 되어 그것을 세상에 보여주겠소——아— 잊은것이 있는데.

린덴 (귀를기우리며) 쉬— 저게 타란텔라지요. 인제가세요.

크룩 뭐요?

린덴 저웃층에 무도곡이 들리지요? 저게끝나면 모도들 나려와요.

크룩 아 그럼 가겠읍니다. 그렇지마는 모도 헐일이 될것같습니다. 물론 당신은 내가 이집에 대해서 행하려는 계획을 모르시겠지요.

린덴 아니 알고 있읍니다.

크룩 그런데 당신은 그럴용기가——?

린덴 네! 사람이 절망끝에는 어느끝까지 갈수도 있지요!—

크룩 아! 내가 이것을 취소할수가 있다면,

린덴 할수있읍니다. 당신의편지는 아직도 저합속에 들었어요.

크룩 정말입니까?

린덴 네! 그렇지마는——

크룩 (크리스치나를 의심스럽게 드려다보며) 이게 그것때문에 하시는 일입니까. 당신은 어떻게 해서든지 당신의 친구를 구하실 생각으로 하시는 일아닌지요. 생각을 분명히 말씀해보

—433—

린덴　남을위해서 한번 제몸을 팔아본여자는 무번 그런짓을 안한답니다。

크록　나는 내편지를 도루달나고 하겠읍니다。

린덴　아니야요。

크록　그래야지요。나는 헬머씨가 나려오기를 기다려서 그편지를 도루 달나겠읍니다——내 사

린덴　아니 편지는 도루 찾어가지 마셔요。

크록　그렇지마는 나를 이리오도록 한것은 그까닭이 아닙니까?

린덴　네! 처음엔 그렇게 생각했어요, 그렇지마는 그뒤로동안에 이집에서 그짓말갈은일을 보았서요。지금은 헬머씨에게 모든것을 알게해서 이 불행한비밀을 끝을내는게 옳을 줄 압니다。새이에 숨기는일을 없새버리고 꾸머대기 발라마추기는 그만 둬야 할것 갈어요。

크록　그런생각이면 고도 좋지요。그렇지마는 또한가짓일은 할수있으니까, 곳가서——

린덴　(귀물종구며) 빨리가세요。춤이 끝났으니까 곳들나려오겠지요。

크록　그런나 가서 길에서 기다리고 있겠읍니다.

린덴　네, 그리서요. 집에까지 바라다주서요.

크록　나는 일생에 이런행복을 처음느낍니다.

　　　（크록스탔드 밖앝문으로 나간다. 방과 호ー르사이에 문이 열린대로있다.）

린덴　（방을 좀 치우며 자기의 외루등속을 챙겨든다.） 이렇게 변할까! 이렇게변해! 위해서 일하
고 살아갈사람이 있고 행복스럽게 맨들 가정이 있고 하다가 잘못된다고해도 내잘못은
아니지. ──내려올때가 됐는데── （귀를기우린다） 아ー 내려온다. 주어입어야지 （외루를
입고 모자를쓴다）（헬머와 노라의목소리 밖에서난다. 잠을쇠둘리는 소리가나고 헬머가 노라를 거의
억지로 끌고 호ー로들어온다. 노라는 이태리옷을입고 검정빛 큰숄을 둘렀다. 헬머는 야회복을
입고거믄도미노를 둘렀다. 문열린대로.）

노라　（문께서 안들어올랴고 버티면서） 아니, 아니 난 안들어가요. 웃층에 또 한번가요. 이렇게
일직 오기는 싫여요.

헬머　무슨말이야 응 여보!

노라　아이 제발, 제발한시간만 더 있다와요.

헬머 일분도 안될말이야. 노라. 약속한것이 있지않나. 자— 들어와. 거기선 감기들기 쉬워

（노라의 반항도 쓸데없이 순순하게 방으로 데리고 들어온다.）

린덴 안녕하십니까?

노라 아이 크리스치나.

헬머 아— 린덴부인이십니까. 이렇게늦게, 뜻밖입니다.

린덴 아이 용서하세요. 노라의 그옷입은것이 어떻게 보고싶든지.

노라 여기서 나를 기다리고 있었어?

린덴 그래요. 와보니까 발써 늦어서 웃층에 올러가신뒤겠지. 노라의 옷입은것을 보지않고갈 수가 있어야지. 그래서.

헬머 （노라의 숄을 벗기며） 자— 좀보십시요. 한번볼만한 값이있지요. 어때요, 이뿌지요?

린덴 참 어쩌면!

헬머 훌륭하잖습니까? 사람마다 그럽디다. 그렇지마는요 조고만것이 어떻게 고집이 센지— 어떻게해야 좋읍니까. 글쎄 억지로 끌고왔읍니다그려.

노라 아— 요다음에 좀 더두었드면 하고 후회할날이 있었어요. 한 반시간만이라도.

헬머 이걸 보십시요。한 반시간만이라도。대갈채를 받았읍니다。 —— 사실 그렇게 받을만두

했어요。 —— 어찌보면 너무 좀 격렬했다고할까? —— 엄밀하게 보면 예술적이라고 하기가

어려울런지도 모르지마는。그렇지마는 상관있읍니까。어떻든 박수갈채를 터지게 받았지요。

그런데 거기서 그대로있으면 인상이 약해질것이지요。모르면 몰라도。그래서 이에뿐 캐

프리의 죠고만 색씨를 팔에다 안고··· 방안을 한번휘둘러서 인사를 한다。음에 —— 소설적으

로말하면 그 아름다운 그림자가 사라졌지요。퇴장이라는게 효과가 있어야 하잖읍니까? 아

그걸 노라는 못알아 듯는구려。아ー더워。(도미노를 의자에다 던저놓고 자기방문을 연다)

노라 니! 서재에불이 꺼졌네··· 잠간 불을켜고오겠습니다。(들어가서 불을켠다)

노라 (숨도 매킬듯이 소근거린다) 그래 어찌됐어?

린덴 (가만히) 맞나서 이야기를 했지。

노라 그래서——?

린덴 노라 저ー주인어른께 모도 이야기를 해버리우——

노라 (힘없이) 나도알아ー

린덴 크록스탓드는 무서워할께 없어。그렇지마는 이야기는 해버려야해。

노라　이야기는안해.

린덴　그럼 편지가 대신말할걸,

노라　고맙소, 크리스치나. 나는인제 내가해야할 일을 알았어. 쉬——

힐머　(돌아오면서) 자 어떻게 잘보셨읍니까?

린덴　네 인제 가야겠읍니다.

힐머　벌써 가세요. 저— 이편물은 부인의 것입니까?

린덴　네. 고맙습니다. (받아들며) 하마트면 잊고 갈뻔했어요.

힐머　아니 편물은 손수하십니까.

린덴　네,

힐머　그만두고 자수를 하시지요.

린댄　왜요?

힐머　그게 훨씬 더 보기가 좋지요. 이거보십시요. 자수를하시면 일감을 왼손에다 들고 바른

손으로는 길고 아름다운 선을 그리면서 바늘을 놀니지 않습니까?

린멘　네 그렇게하지요.

헬머　그런데 편물은 언제나 보기가 좋지안습디다。자ー 두팔을 두엽구리에 꼭붙히고 바늘이 오르락 내리락 하고——어딘지 중국식인데가 있어요。오늘 저녁엔 참좋은 샴펜을 먹였습니다。

린덴　인제 가야지、노라、잘자우、인제 고집은 부리지말구。

헬머　훈계 잘 하십니다。

린덴　(헬머를향해) 안녕히 주무셔요。

헬머　(문까지 따라나오며) 안녕히 가십시오。(린덴夫人 간다。헬머문을 닫고 다시 앞으로 나온다) 어렵게 배송했군。대단히 추군한 냥반인데。

노라　안녕히 가십시오。바라드리면 좋겠습니다마는 머! 댁이 멀지 않으니까。

노라　고단하시지 않아요?

헬머　조금도 고단하지 않아、

노라　졸리지도 않고。

헬머　안졸려。유별하게 정신이 싱싱한데。당신은ー 아ー 아조 고단하고 졸려뵈는군。

노라　아조 고단한데요。곳자야겠어요。

헬머　자　어때。 당신을　웃층에　더두잖은게　옳게됐지。

노라　당신이　허시는일은　다　옳지요。

헬머　(이마에입마추면)　인제야　우리종달새가　바른소티를　하는군。 오늘저녁에　랭크떠드는걸　봤습디까?

노라　정말　떠들어요? 난　맞날　틈이　없었었어요。

헬머　나는　잠간봤어。그렇지마는　그사람이　그렇게　기분이　유쾌한것은　이한동안　없든　일인베。
（노라를잠간　바라보고　가까히닥아오며） 이게　참말　좋은　일이요──제집에서　단둘이　있는게。아―　뮤척　이뿐메。

노라　나를　그렇게　드려다보지　마세요。

헬머　날다려　내　제일중한　보물을　보지　말란말이지。내것이요　다만　내것이고, 완전히　내것인　아름다움을　보지말라고。

노라　(헤불저편으로가며)　오늘저녁에는　날더러　그런말씀을　마세요。

헬머　(따라오며)　아직도　타란텔라가　머리속에　있군그래──그러니까　더욱　더욱　이뿌지。저봐　사람들이　모다。 헤저가는군。 (머욱가만인)　노라──좀있으면　윈집안이　조용해지겠소。

노라　그랬으면 좋겠서요。

헬머　그야 그래야지。 그런데 노라 우리가 딴사람들가운데 쎄었을적에는 웨 내가 당신하고 말
도 별로않고 멀리떠러저서 가끔 결눈으로만 보는줄을 아오? 나는 우리가 남모르게 사
랑을하고 남모르게 부부약속까지 했는데 남들은 우리사이를 꿈에도 모른다는 공상을 하
고 있는 까닭이라오。

노라　네, 네, 그래요。 당신생각이모도 내게 있는줄은 나도 알아요。

헬머　그러다가 갈때가 되어서 내가 당신의 그부드러운목과 어깨에다 숄을둘러 줄때는 내가 당
신을 결혼식장에서 처음내집으로 데리고오는 신부로 상상을 해본다우。 오늘저녁에도 더
욱이 마음이씨어서。 타란텔라를 추면서 돌고 흔들고 할때에는——내피가 끓는것같습디
다——더 참고있을수가 있어야지。 그래서 그렇게 일직 데리고 내려왔지。

노라　아이 저리가서요。 저리좀 가서요。 아모것도 싫어요。

헬머　웨그래? 아— 나를 좀 골려주는 셈이로군。 안돼! 안돼! 어디 부부간에 그럴까——
(문밖에서 무드리는 소리)

노라　(깜짝놀란다) 누굴까요?

헬머 (호ㄹ로 나가면) 거누구요?

랭크 (밖에서) 날쎄, 좀 들어가도 좋은가?

헬머 (낮인목소리로, 구찮아서) 이렇게늦게 무슨일일까? (소리를높혀서) 잠깐기다리게. (문율연
다) 들어오게, 잘들렀네.

랭크 자네 목소리가 나는것같아서 들를생각이낫네. (둘러본다) 참 오래정든곳일세! 자네 두
사람이있는곳은 참말 아늑하이.

헬머 자네 오늘저녁에 웃층에서도 유쾌하게 놀데.

랭크 정말일세, 안그럴수있나? 사람이 이세상에서 제차례에 돌아오는것을 내버릴것이 있나.
될수있는대로 될수있을때까지는 말일세. 오늘저녁술은 참 좋데.

헬머 더욱이 그샴펜은 상둥이든데.

링크 자네도 봤는지 모르겠네마는 내오늘저녁에 엄청나게 술을 먹어봤네.

노라 토ー발드도 샴펜을 많이먹었어요.

랭크 그랬습니까?

노라 그러고 그다움에는 언제나 저렇게 기분이 좋답니다.

랭크　하로스일을 잘 본다음에 밤에 좀 떠들고 놀아도 좋지요。

헬머　일을잘본다？ 나는 그점에 장담을 못하겠는데。

랭크　（어깨를치면서） 나는 하로일 잘봤네。

노라　그럼 선생님은 그 말씀하시든 연구를 하셨구면요。

랭크　네、 그렇습니다。

노라　이거봐라！ 우리 노라가 연구이야기를한다。

노라　그 절과는 축하를 드릴만합니까？

랭크　그렇고말고요。

노라　그럼 걸과가 아조 좋군요。

랭크　더말할수없이 좋습니다。 의사로보나 병자로보나——확실합니다。

노라　（날래게 의심하는모양으로） 확실해요？

랭크　절머로 확실합니다。 그것을 안 다음에야 유쾌히 눈것이 잘못이 아니겠지요。

노라　네 그야 그렇습지요。

헬머　그건 나도 찬성이야、 그이튼날 그벌을 받지않는다면 좋지만。

랭크 세상에 값을 치루지않고 가질게 어디 있어야지.

노라 선생님은 저 가장무도회를 퍽 좋와하시지요?

랭크 네 재미있는 가장이 있으면――

노라 이거보세요. 내년 가장무도회에는 우리둘이 무얼할까요?

헬머 이런속없는 애기보게 내년이야기를 벌써하네.

랭크 우리둘이요? 말씀할까요? 부인은 선녀가 되십시요.

헬머 아니 무슨옷을 입어야 그표시가 되나?

랭크 부인은 매일 입는 옷만 입으시면 되네.

헬머 그건 참 묘하다. 그런데 자네는 무엇이 되려나?

랭크 나말인가? 내생각은 아조 분명한게 있네.

헬머 그래?

랭크 내년 가장무도회에서는 나는 눈에 안보이게 나오겠네.

헬머 참 재미있는 생각이다.

랭크 왜 시커먼 큰모자가 있다고 하지않아――자네 못보는 모자이야기들어알지? 그걸 뒤집어쓰면 아모도 못보게 된다네。

헬머　(우슴을참으면) 그럴듯해。

랭크　하마트면 들어온 목적을 잊을뻔했네그려! 자네、 나 담배하나주게、 검은 하바나、 한개 주게。

헬머　자、 집게。(권연상자를 내어린다)

랭크　(한개를들고 끝을잘는다) 고마워이。

노라　(실석냥을 친다) 자ー 불을 드릴께요。

랭크　참 감사합니다。(노라는 석냥을 들고 있고 랭크는 담배에 불을붙힌다) 자、 안녕히계십시요。

헬머　잘가게 자네 조심하게。

노라　안녕히 주무세요。 선생님。

랭크　고마운 말씀입니다。

노라　내게도 인사를 하고 가세요。

랭크　당신께요? 그러라고 하신다면——그래 안녕히 주무십시요。 그러고 불은 감사합니다。

(랭크는 두사람에게 머리를 끄덕이고나간다)

헬머 (소리를 낮후어서) 워낙 술을 많이 먹었어.

노라 (정신없는듯이) 그런가봐요. (헬머 주머니에서 열쇠꾸러미를 끄내가지고 호ᅳ로나잔다) 토ᅳ발
　드·무얼하세요?

노라 편지함을 비어놓아야지 가뜩차서。내일아침 신문들어갈메나 있나。

헬머 오늘저녁에도 일을하시게요。

노라 아니야 일은 안하지마는——아니 이게 웬일이야。누가 여기 손을댓군,

헬머 편지함에다요？

노라 분명그런데 웬일일까？ 하인이 그랬을리는 없구·, 여기머리빈 불어진게 있군。당신의 것

헬머 인데。노라。

노라 (빨리) 애들이 그런게지요。

헬머 그런장난을 다시는 못하게해야지。——아·, 인제겨우열리는군。(편지를끄내고 주방을향해부른다) 엘렌, 엘렌, 밖에불을 꺼버려。(그는편지를 손에들고 도루와서 안문을 닫는다) 얼마나 쌓였나봐요。(뒤적거리면서) 아 이게무어야？

노라 (창에가기대서서) 편지요！ 아ᅳ 고만두서요。

헬머　명함이　두장——랭크에게서。

노라　랭크선생요?

헬머　(들여다보면)　의사　랭크、맨우에있는걸보니　아마　갈때　넣고　간게루군。

노라　그우에　무슨　표적이　없어요。

헬머　이름우에　검은십자가가　있군、이걸보오。웨이리　불쾌한짓을　할까?　바로　자기사망을　통지하는것　갈구려。

노라　정말　그렇다오。

헬머　무어요?　당신더러　무슨　말을　합더까?

노라　네　이명함은　우리를　영원히　떠난다는　뜻이래요。그이는　그뒤에　방에들어앉어서　죽는답니다。

헬머　참　안됐다。물론　오래가지　못할줄이야　알았지마는　이렇게　섭게　간담。그러고　총맞은짐

노라　어차피　갈거면　말없이　가는게　좋을거예요。안그래요?　로—발드、

헬머　(이리저리걸어다니며)　이사람은　우리생활과　아조　결련이되어서　이사람이　없어저버린다는

것은 생각할수가 없는데·, 그 사람의 고통과 그 사람의 고독은 일종 우리행복의 일광에 배

경이 되는 구름노릇을 해왔어 ──그렇지마는 그게 결국 자기에게는 좋은일일찌모르지·

(가만히 서 있었다) 우리에게도 그럴찌몰라· 인제 완전히 우리두사람 밖에는 없게되였군· (노

라를 팔로 안는다) 나는 당신을 인제까지 마음껏안아 보지 못한것갈구려! 자─ 노라, 나는 가

끔 무슨위험한 일이 노라에게 생겨서 내가 몸과마음과 또 그밖의모든것을 다 바리고 노

라를 구할기회가 있으면한다우·

노라 (그에게서 몸을 빼치며 황초하게말한다) 자· 편지나읽으세요·

헬머 아니 오늘저녁엔 읽을거없어· 나는 네에뿐 부인하고 가치 있을 생각이야·

노라 그 죽어가는 친구의 생각을 하면서요?

헬머 그렇긴 그렇소, 둘이다 놀랬으니까· 죽느니 어쩌느니 불유쾌한것이 우리새에 들어 있었단

노라 말이야, 우리 그것을 머리에서 지워버려야지· 그때까지는 우리 따로있읍시다·

(팔로그의 목을껴안으며) 안녕히주무서요· 안녕히주무서요·

(노라의 이마에 키쓰하며) 우리종달새잘자, 우리 노라잘자, 나는 가서 편지를 읽어봐야지·

헬머 (헬머는 손에 편지를들고 자기방으로 들어가서 문을닫는다)

노라 (어릿어릿하며 不安定한눈. 손으로 머듬다가 헬머의 도미노를 집는다. 그것을 둘른다. 헬머 목잠

긴소리로 토막토막 중얼거린다) 그이를 다시는 못본다. 다시는 다시는 (숄을머리에둘른다)

애기들도 다시 못보고── 아 저 어름깔린, 시커먼물! 아─ 저깊은물── 아조 얼른 당

해버리면! 그이는 지금 편지를 읽고있지. 아니, 아니 아직 안읽었서요. 아 료 ─발드잘계

서요.── 애기들도 잘있거라! (호─ㄹ로 뛰어나가랴한다. 그순간에 헬머 문을활작열고손

에 편지를 들고나선다)

헬머 여보!

노라 (소리친다) 앗!

헬머 이거 뭐요? 당신은 이편지속에 있는것을 알고있소?

노라 네, 알아요. 나는 가겠어요! 내버려두세요.

헬머 (노라를붙들어온다) 어디를 가겠단말이오?

노라 (빼처나갈랴고하며) 나를 붙잡지마서요.

헬머 (물러나며) 정말이오? 이편지에쓰인게 정말이냐말이오? 아니야, 이게정말일수는 없지.

노라 정말입니다. 나는 당신을 세상에 무엇보다 사랑했답니다.

헬머　쓸데없는 핑게는 하지말어。

노라　（한거름다가서며） 여보서요！──

헬머　할수없는 계집이다──무슨짓을 해놓았담。

노라　나를 내버려두서요──내가지은 죄를 당신이 입어서는 안됩니다。

헬머　그런 연극식은 고만두。（밖앝문쇠를 잠가버린다） 이리와서 이야기를 하우。 당신은 당신이 무슨짓을 했는지 알고있소？ 대답을해요。 알고는냐말이야？

노라　（그를 찬찬히 보며。 차차 거세어지는 목소리로 말한다） 네. 인제야 모든것을 알기 시작했읍니다。

헬머　（이리저리걸어다니며） 아─ 참 무서운데서 잠이깼다。 이 팔년동안을 두고──내자랑이오 내 기쁨이던여자가──위선자고、 거짓말쟁이고──한거름더나가서 법률상죄인이라。 아 이것을 모도 어찌한담！

（노라 아모말도없이 그를 찬찬히 처다만보고있다）

나는 이것이 이렇게 될것을 알았어야 할일이지、 미리알었어야 할일이야！ 당신의아버지의 無定見을──가만있었어……──당신의아버지의 무정견을 당신은 모도 유전을 받었지。

── 500 ──

종교도없고、 도덕도없고、 의무관념도없고、 내가 그런사람을 떠어준 값으로 이런벌을 받는것이야? 내가 당신을 위해서 한일을 당신은 이렇게 갚아주는구료。

노라 네 이렇게 갚었읍니다。

헬머 당신은 내 행복을 왼통 깨트리고 내 장내를 여지없이 만들었소。 아ー 생각만해봐도 무서운 일이다。 나는 저 불량자의 손아귀에 쥐여서、 그놈의 하자는대로 한다。 그놈은 나를 제맘대로 지배하고 나는 복종을 해야한다。 그런데 이모든불행과 파멸이 무정견한 여자하나로、 내게 일어난단말이지。

노라 내가 세상에서 없어쩌버리면 당신은 자유롭게 되시겠지요。

헬머 아니 그런수작은 그만둬요。 당신의 아버지도 노상 그런수작을 했지。 당신의 말대로 당신 이세상에서 없어저버린들 내게 무슨 소용이 있단말이오? 쓸데없지! 그놈이 그이야 기를공포를 하면、 나는 공모의 혐의까지 받을것이오。 사람들은 내가 뒤에서 당신을 시켜 한짓이라고 할것이오。 이것이 모든 당신의 덕이로구려ーー결혼해가지고 사는동안에 에빼 하고마음대로 내버려둔 죄밖에 나는 없소。 자ー 인제 당신이 내게 해준일이 무엇인지 알 겠소。

노라　（냉정하게）　네　압니다.

헬머　하도엄청난　일이라、정신을　차릴수가　없소그려。그래도　어떻게　이야기를　지워야하챦겠소？그속을　벗우.그걸　벗으란　말이오。이사건은　무슨　값을주던지　물어버려야　할　메니까──나는　어떻게　해서든지　그사람을　무마룔시켜야겠소。그러고　우리둘의　사이는　말이오、외면의　변화는　없이　나가기로합시다。외면의　변화는　없이　당신은　여기　그냥있기로하지마는　아이들을　당신의　손에　맡겨둘수는　없소。아모래도　당신에게　맡겨둘수는없소。아─　그렇게　사랑하던　사람에게　이런말을　하게되다니！그렇지마는　다　지나간일이다。장내에는　행복이라는것은　문제도　안되고　다만　이　파물을　이껍질을　이외면을　어떻게　유지해가는것밖에　안남었소。──（초인종소리　헬머　깜짝놀란다）뮐까？이리　늣게。최후의　흉본가？　당신은　저리가있소。아프다고할메니、

　（노라　뮴으로가서　연다）

엘렌　（옷을　가라입을랴던　모양、호ㄹ에서서）아써께　편지가　왔어요。

헬머　이리줘　（편지를　휙　집어채고뮨을닫아버린다）바로　그놈에게서　왔군。내가　뜯어봐야지。

노라　뜯어　보서요！

── 502 ──

헬머 (등잔께로가서) 차마 볼수가없군。우리둘이 다 몸을 망치고마는지도 모르지。아— 그래도 보기는 봐야지。(급하게 편지를 뜯어가지고 몇줄을읽고, 그속에 따로 든것한장을 보더니, 기뻐 서 소리친다) 여보, 노라! (노라 웬일인가 못는 눈치로 그를본다) 노라——\ 다시읽어봐야 지。그래 틀림없어。나는 인제 살았소! 노라 나는 살았소。

노라 나도요?

헬머 당신도물론。우리둘이 다 살았소。이결보——당신의 채용증서를 돌려보냈구려。이편지 에는 미안하다고 사죄를했소。자기생활의 행복스런 전환으로 해서——아—편지가 무 슨 상관이있나。그저 우리는 살았소。노라 아모도당신을 어찌지못하오。여보노라。노 라 먼저 이 흉한물전을 치워없애야지。어디좀보고——(차용증서를 흘러보라다가)아니 볼 것도없다。이사건은 내게 한마당 꿈갈이 되고 말아야지。(차용증서와 편지를 찢어가지고 난 로에다 넣고 타지는것을본다) 아조 타버렸군!——편지에 크리스마스전날부터라고 그랬 으니——당신도 사흘동안은 무서운 격정속에서 지났겠구려。

노라 네 지난 사흘동안은 어려운 쌈을 싸웠읍니다。

헬머 그때 그괴로운속에서 다른 생각은 못나고……아니 이런 재미없는일은 생각해볼게없지。

그저 기뻐하고 「다지났다」고 하면 되지。어때요; 노라? 웬셈인지를 모르는것갈구려。

다지나갔어요。왜그리 무서운 얼굴을하고 있어? 오ー 내가 노라를 용서한다는 것을 믿

을수 없어서 그러는구면。여보, 노라; 나는 맹세를하고, 모든것을 용서하오。당신의 한

일은 모도 나를 사랑하는데서 나온일인줄을 나는 안단말이오。

노라　그건 사실입니다。

헬머　안해로서 당신은 나를 극진이 사랑했소。다만 경험이 없는탓으로 수단을 잘못취했을뿐
이지。그렇지만 당신이 혼자서 길을 잘못찾어간다고 내가 당신을 덜사랑할리야 있나。
그저 나를 믿어。가르처도주고 인도도 해줄테니。당신이 그렇게 여자답게 어쩔줄모르는
것이 내눈에 당신을 더욱사랑스럽게 뜊들지 않는다면 나는 참말 남자가아니지。내가 처
음 놀랐을적에 혹, 심한말을 했을때는 그렇게 걸려하지는 마오ーー그때는 왼세상
이 허물어저 나리는것 갈었으니까。나는 노라를 용서했소ーー벌써 용서했단말이오。

노라　용서해주신다니 감사합니다。(바른편문으로 나간다)

헬머　가지말고 여기좀 있어요。(문으로 들여다보면) 무얼하오?

노라　(안에서) 옷을 벗겠어요。

헬머 (문에서) 그럼 벗고나오。 놀란새같이 그러지말고、 안정을해서 정신을 차려요。내 넓은날 개밑에서 편안히 쉬게해줄테니。(문가까히서서 이리저리거닐며) 아참 질겁고 아늑한 가정이다。 여기서 나는 매에게 쫓겨들어온 비들기같이 당신을 보호해줄레요。당신의 그 뛰는 가슴을 곳가라앉혀 줄테니 봐요。내일만되면 모든것이 달라지지──모도 전과 꼭 같어질게요。나는 당신을 용서한다고 다시 말할것도 없이 절로 알게될거란 말이오。대체 내가 당신을 쫓아내려니 심한공박을 하려니 그런마음을 먹은것같이 생각이 된단말이오? 당신은 참말 사내의 마음을 모르오。 남자가 안해를 용서하는데── 단순히 용서하는데는 말할수없이 질겁고 아름다운 기분이 있는것이라오。 그여자는 二重으로 그의 소유가 된단말이오。 그여자는 갱생을 하는것이니까、이를레면 동시에 그의 안해요 그의 자식이 되는셈이란말이오。당신도 내게 앞으로 그렇게 될것이오。아모 걱정도 말고 나를 믿고 버게다 모든것을 맡기고 지내오。(노라日常服을 입고 나온다) 아─ 이게 웬일이오? 안자러갈테요? 옷은 웨 가라입고서?

노라 네 옷을 가라입었어요。

헬머 그런데 웬일로 이리늦게?

노라 오늘 저녁에는 자지않겠어요.

헬머 그건 웨 여보?

노라 손시계를 드려다보면) 아직 그리늦찮아요. 거기좀 앉으서요. 우리 서로 할 이야기가 많이

　있어요. (테불 한편에 앉는다)

헬머 여보 이게 웬일이요? 당신얼굴이 이상하구료.

노라 한참될테니, 앉으서요. 나는 당신하고 말슴할게 많아요.

　(헬머 테불에 마조앉는다)

헬머 이게 웬섬이오? 나는 당신의 하는것을 알수가 없읍메다.

노라 네 그게 바로 문제지요. 당신은 나를 모르고 나도 당신을 몰랐어요──오늘저녁까지는

　가만히 제말슴을 드르서요. 아모래도 결단을 지어야 할테니까.

헬머 그건 또 웬말이오?

노라 (말없이 조금있다가) 이렇게 마조앉으니까 이상한 생각이 나는게 없어요?

헬머 무슨 생각이오?

노라 우리 결혼한지가 팔년이시요. 그런데 당신하고 나하고 남편과 안해인 우리두사람이 농

── 506 ──

담없이 진실하게 이야기를 해보기는 이것이 처음이니 이상하지않어요。

헬머 진실이라니 무얼보고 진실이라고 그리오?

노라 팔년동안、 좀 더되지요 아마——우리가 처음 만나든때부터——우리는 진실한일에 대해서 진실한 이야기라고는 한마디도 해본적이 없어요。

헬머 당신이 어쩔수도 없는 밝알일을 가지고 서로 걱정을 끼쳐야만 할건머 있었소?

노라 걱정이니 머니하는 말이아니여요。우리는 무어고 그것을 근본적으로 해결하기위해서 진실한 태도를 취해본일이 없다는 말이여요。

헬머 여보、노라、당신하고 진실한것하고는 실상 맞는성미가 아니오。

노라 그점이 문제여요——당신은 나를 잘몰랐어요。——나는 첫째로 아버지다음에 당신에게 서 큰해를 받었어요。

헬머 아니……아버지와 나라니、세상에서 누구보다 당신을 사랑하는 그두사람이 아니오?

노라 (머리를 흔들며) 당신이 나를 사랑한일은 없어요。나를 귀여워하는것을 자미로 알았을뿐 이지。

헬머 아니! 어디 그런말이 있단말이오?

노라　그럼 그렇지 않구요。 내가 집에 아버지하고 가치었을적에는 아버지께서 자기생각을 모

도 이야기 하시지요, 그러면 나도 무엇에나 같은생각을 가졌어요。 만일 생각이 다룰때

면 아버지께서 싫여하실가보아 아모말도 안했지요。 아버지는 나를 늘 인형애기라고

부르시고 나를 가지고 노시기를 내가 인형을 가지고 놀듯하셨어요。 그담에 나는 당신의

집으로 살러왔지요——

헬머　우리의 결혼을 그렇게 말하는 법이 어디 있단 말이오。

노라　(까딱않고) 나는 아버지의 손에서 당신의 손으로 건너왔단 말이여요。 당신은 당신의 취

미대로 모든것을 해나가고 나는 같은취미를 갖게되였지요—— 혹시는 갖는체만 했는지

도 모르고—— 혹시는 두가지가 섞여 있었든지도 모르겠어요。 지나간 일을 이제 생각해

보면 나는 주는데로 받어먹기나하는 거라지 생활을 해왔어요。 나는 당신의 앞에서 재

조를 부리고 얻어먹고 살았어요。 당신은 그것을 바랐지요。 아버지하고 당신은 내게 큰

죄를 지었어요。 당신의 잘못으로 내생활은 헐것이 되고 말았어요。

헬머　그게 무슨 인정없는 억지 소리요? 당신은 그래 여기서 행복스럽게 살지아니했소?

노라　행복스럽지 못했어요。 나는 행복인줄 생각했었지마는 알고보니 아니여요。

헬머 아니, 행복이 아니란 말이오?

노라 아니여요, 그저 웃고 놀았지요。 당신은 내게 다정 하게하기는 했어요。 그렇지마는 우리 집이라는건 유히실밖에 더안돼요。 나는 본집에서 아버지의 인형애기 노릇을 하듯이 여기서는 당신의 인형안해 노릇을 했지요。 그러고 어린것들은 또 우리의 인형노릇을 하고 요。 애기들이 내가 같이 놀아주면 좋아하듯이 당신이 나를 떠리고 놀아주면 나는 그것을 자미로 알았어요。 이것이 우리의 결혼이였읍니다。

헬머 좀 지나치게 과장을 했지만 당신의 말에도 일리가 있는 하오。 자ー 이담부터는 우리고처서 지내봅시다。 유히시간은 지나가고 인제 교육시간이 온것이오。

노라 누구의 교육이요? 나요? 애기들이오?

헬머 둘다말이오。

노라 아ー 당신은 나를 가르처서 좋은 안해가 되게할사람은 못됩니다。

헬머 당신이 그런말을 한단말이오?

노라 그러고 나는——내가 어떻게 자식들을 교육을해요?

헬머 여보!

노라 바로전에 당신의 입으로 그리쳤지요? 자식들교육은 내게 맡길수없다고.

헬머 한때 흥분에서 나온 말을 가지고 그렇게 두고두고 썰어서야 되나.

노라 아니여요——그말슴이 옳아요. 그문제는 내힘에 벗습니다. 내가 먼저 풀어야할 문제는 따로 있어요——나는 내자산을 교육해야해요. 당신은 나를 도아줄수는 없읍니다. 나는 혼자 해봐야 하겠어요. 그까닭으로 나는 당신을 떠나렵니다.

헬머 (뛰어일어나며) 아니——당신의 하는말은——

노라 내가 내자신과 내주위를 조금이라도 리해할랴면 나는 먼저 완전히 독립을 해야 할것입니다. 그러니까 당신하고 가치있을수는 없어요.

헬머 여보, 노라!

노라 나는 지금 떠나겠어요. 오늘저녁은 크리스치나에게서 묵게되겠지요.

헬머 당신은 미쳤소! 나는 이것을 그대로 둘수는 없소! 단연안되오.

노라 안된다고하서서도 쓸메없읍니다. 나는 내게 딸린것만 가지고가지 현재고 장내고 당신에게서는 아모것도 받지않겠어요.

헬머 이게 무슨 미친짓이란말이요?

노라　나는 내일 집으로 가겠어요── 내 본집말슴이여요── 그래야 아마 살아나갈 길이라도섭
　　게 열릴게니까.

헬머　아──당신은 경험이 없으니까──

노라　나는 경험을 얻도록 해봐야 할게아니여요.

헬머　가정을 내버리고 남편을 내버리고 자식을 내버리고 말이오! 세상에서들 무어라고할런
　　지 아오?

노라　그것은 아랑곳할것없어요. 나는 내가 해야할일을 알뿐입니다.

헬머　참 엄청난 소리다! 당신은 이렇게 당신의 가장신성한 의무를 버린단말이오?

노라　무엇이 내 신성한 의물런지요?

헬머　그런말을 새삼스럽게 해야한단말이요. 그것은 당신의 남편과 당신의 자식에 대한 당신
　　의 의무요.

노라　내게는 꼭가치 신성한 의무가 또있어요.

헬머　안될말이오! 그게 뭐란말이오?

노라　내 자신에대한 내의무입니다.

헬머 무엇보다도 먼저 당신은 안해요 어머니요.

노라 나는 인제 그런말을 믿지 않습니다. 내가 이제 믿는것은 내가 무엇보다도 먼저 사람이라는 것, 당신과 꼭 같은 사람이라는 것입니다. 적어도 그렇게 되도록 힘써봐야 하겠다는 것이여요. 그야 세상사람들은 당신과같은 생각이고 책가운데도 그런말이 있겠지요. 그렇지마는 앞으로나는 세상사람들이 하는말, 책에씌었는말만 믿지는 못하겠어요. 나혼자무엇을 생각도 해보고 무엇을 분명히 알아도 보아야 하겠읍니다.

헬머 당신은 이가정안의 당신의 지위를 분명히 모르고 있소? 이런문제에 대한 틀림없는 안내자가 당신에겐 없단말이오? 당신은 종교가 없소?

노라 여보서요, 나는 정말 종교가 머인지 분명히 모르겠어요.

헬머 그건 또 어쩐말이오?

노라 나는 세례받을때 한센목사가 하든말밖에 아모것도 몰라요. 그이는 종교란 이러이러한 것이라고 설명을 해줍디다. 나는 여기를 떠나서 혼자서게되거던 그것도 생각을 해보겠어요. 이게 내게 한말이 옳은가 어떻든지 나로봐서 옳은것인가 생각해보고 싶어요.

헬머 천고에없든 말이다. 더구나 젊은 여자의 일에서! 그런데 만일 종교도 당신을 어찌지못한다면 어디 당신의 양심보고 무러봅시다—— 당신도 도덕적 감정을 가지고 있겠지요.
그도없다고 해버릴례요?

노라 자ー 그것은 말슴하기가 어려워요. 나는 정말물라요—— 그런문제는 어떻게해야 할것인
지 갈피를 못잡겠어요. 그렇지마는 그런문제에도 당신과 나와도 전연 생각이 다르리타
는것만은 알고있어요. 들어보니까 법률도 내가 생각하는것과는 다르던데요. 그렇지마
는 나는 그것이 옳다고 믿을수는 없어요. 그대로 하면 여자가 자기의 돌아가시게된 아
버지의 수고를 멀수도없고 자기남편의 목숨을 구원할수도 없게 되여있지요! 나는그것
을 믿을수 없어요.

헬머 당신은 어린애같은 수작을 을하오. 당신이 살고있는 사회가 무엇인지도 모르는 말이오.

노라 네 모릅니다. 그렇지마는 지금부터 알아보려고 해요. 세상이 옳은지 내가 옳은지 분명
히 알아둘렘니다.

헬머 노라, 당신은 몸이 성치못하오. 열이있소. 어찌보면 아조 미친사람같구려.

노라 나는 오늘저녁같이 정신이 분명하고 확실한적은 평생처음입니다.

헬머 당신은 정신이 분명하고 확실해서 남편과 자식을 버린단말이오.

노라　네 그렇습니다.

헬머　그러면 거기는 한가지 해석이 있을뿐이오.

노라　무엇이여요?

헬머　당신은 인제 나를 사랑하지 않는구려.

노라　네 바로아셨읍니다.

헬머　노라——당신의입에서 그런말이 나온단말이오?

노라　나도 매단 미안한줄알아요。 당신은 언제나 내게 다정하게하셨으니까。 그렇지마는 어쩔 수가 없어요。 나는 인제 당신을 조금도 사랑하지 않게되었어요。

헬머　(어렵사리 자기를 억제하면) 그점에 대해서도 분명하고 확실하오?

노라　네 그래요。 그까닭으로 나는 여기 더있을수 없다는것입니다.

헬머　그러면 내가 당신의 사랑을 웨 잃게되었는가도 분명히 할수가 있을가요。

노라　네 할수있어요。 오늘저녁에 일어나야할 기적이 안일어난까닭이여요。 그때에 나는 당신 이 내가 생각하든 사람은 아닌것을 알었어요。

헬머　더 분명히 알어듯게 말을 좀 해주구려。

노라 나는 이 괄년동안 근기있게 기다렸답니다。 물론 나도 기적이 매일 일어날수었는것은 알

아요。 그렇지만 이 대라젹이 내위에 내려오라할때에 나는 혼자 자신있게 말했어요。인
제 기적이 일어난다」고。 크록스탓드의 편지가 함속에 들었을등안에 나는 당신이 그위

협에 복종하리라는 생각은 해보지도 못했어요。 나는 당신이 그사람을 보고 『맘대로 해
보오』 그러실줄 믿고 있었어요。 그런데——

헬머 아니。 그것은 내안해를 불명예와 치욕에 빠트리는 것이 되게。

노라 나는 그때에 꼭 믿고 있었어요。 당신이 모든일을 질머지고。 『내가 책임자라』고 앞으로
나서실줄 알었어요。

헬머 여보!

노라 내가 그런 히생을 그냥 받지않으란 말슴이지요。 그야 물론 않습니다。 그렇지마는 당신
의앞에서 내주장이 무슨 쓸메가 있어요?——이것이 내가 무서워하고 바라고하던 기적
입니다。 이것을 막기위해서 나는 죽으랴고 했던것입니다。

헬머 나는 당신을 위해서는 밤낮으로 질겁게 일을하고 아모런 불행과 빈궁이라도 견뎌 가겠
소。 그렇지마는 아모리자기의 사랑하는 사람을 위해서라도 자기의 명예를 히생하는 사

람은 없을것이오.

노라　수없는 여자는 그렇게 해왔답니다.

헬머　아ー 당신의 생각하고 하는말은 어린애기와 다름없소.

노라　그럴지도 모르지요. 그렇지마는 당신은 생각이고 말슴이고 내가 일생을 같이할만한 내답지못하섰습니다. 당신의 그공포상태ー 내게대한 위협으로해서가 아니라 자기의 몸을 생각하는 그공포상태가 지나가버리자ー 당신에게는 아모일도 없었던것같았지요. 나는 다시 전대로 당신의 종달새 당신의 인형이되고 당신은 내가 약한탓으로 나를 더 둘보신다고 그렇지요. (이러서며) 여보서요ー 그때 나는 문득 생각이났어요.나는 팔년동안 여기서 모르는 남하고 같이살고 그사람의 자식을 셋이나 났다고. ーー아ー 생각만해도 몸서리가처요! 내몸둥이를 발기발기 찢어버리고 싶어요.

헬머　(슬프게) 알았소, 알아. 우리사이에는 깊은 골재기가 생겼구려. ーー그렇지마는 노라, 다시는 그틈을 못메여 붙일것일까?

노라　지금의 나는 당신의 안해는 될수 없어요.

헬머　나는 아조 딴사람이 될만한 힘이있었소.

노라　당신의 인형을 벗겨버린다음에는 그러실수있겠지요.

헬머　갈려—— 당신하고 갈려! 아니오, 아니야. 그것은 생각할수없는 일이오.

노라　(바른편방으로들어가며) 그러니까 더욱이 이일은 해야하지요. (노라 외투등속과 조고만 여행가방을 가지고 들어와서 그것을 의자우에다 놓는다)

헬머　여보 지금 가지말고 아침까지 기다리오.

노라　(외투를걸쳐며) 모르는 사람의 집에서 밤을지날수는 없읍니다.

헬머　그렇지마는 우리가 여기서 같이살면서 형제간같이——

노라　(모자끈을매고) 그것은 오래못가는줄을 번연히 아시지요 (숄을두르고) 자— 잡니다. 어린 것들은 보지않고 가겠어요. 나보다 더나온 사람이 봐주겠지요. 지금 이대로하면 나는 저애들에게 쓸데없는 것이여요.

헬머　그래도 앞으로 어느때——

노라　그걸 어떻게 압니까? 내가 무엇이될지 나는 조금도 모르고 있읍니다.

헬머　어떻든 당신은 앞으로 언제나 내안해인줄아오.

노라　여보서요—— 안해된 사람이 지금 나와같이 남편의 집을 버리고 갈때에는 법률상으로는 남편의 안해에대한 의무는 모다 없어진답메다。 어떻든 당신은 내게대해서 아모 의무도 없는것으로 합시다。 그러니 당신도 나와같이 아모속박도 없는것으로 생각해주서요。 둘이다 완전한 자유를 가지도록 해요。 자— 당신의 반지를 돌려드릴메니、 내것을 도로주서요。

헬머   그것까지。

노라   네、 그것까지。

헬머   자 여기있소。(無言반지를 빼어준다)

노라   자— 인제다。끝이났읍니다。 열쇠는 여기놔둡니다。 집안의일은 부리는 사람들이 다알아요。——나보다 잘알지요。 내일 내가 떠난다음에 크리스치나가 내가 본집에서 가지고온 물건을 챙기려올집니다。 뒤미처서 내게로 보내도록 할헤여요。

헬머   다지났다! 다지나! 노라、 그래다시는 내생각을 안할헤요?

노라   가끔 당신하고 아이들하고 집생각을 하겠지요。

헬머   편지를 해도 괜찮소。

노라   아니요 절대로 안됩니다。

—518—

헬머 그렇지마는 내가 보내는것은——

노라 그것도 안됩니다。

헬머 어려울때에는 좀 도웁도록 해야지요。

노라 안됩니다。 안돼요。 나는 모르는사람에게서 아모것도 받을수는없어요。

헬머 노라—— 나는 영원히 당신에게 모르는 사람밖에는 안될것이오?

노라 (여행가방을들며) 여보、 로—발드 거기는 기적의기적이 일어나야해요。

헬머 기적의 기적이란 무엇이란 말이오。

노라 우리두사람이 다 변해서 아조—— 아니 로—발드 나는 인제 기적을 안믿어요。

헬머 그래도 나는 믿을테요。 자—— 우리가 변해서 어떻게 된단말이오?——

노라 우리의 결합이 참으로 결혼이 될때지요。 안녕히게서요。 (호—르문으로나간다)

헬머 (문가까운데있는 의자에주저앉어서 얼골을 손에다 과뭇고) 노라! 노라! (회둘러보고이러선다) 가버리고 없고나! (갑자기 히망이 생긴다) 아— 기적의 기적!

(저아래서 무거운 문을닫히는 반향이들린다)

——(幕)——

昭和九年四月十二・十三日 於公會堂上演

「낸」의 悲劇

第一幕

一八一○年 세번 江岸 브로ー드옥의 가난한 小作農의집 부엌

登場人物

과겟터夫人、 제늬、 과겟터、 번、

(과겟터夫人과 제늬는 가루반죽을 하며 사과를 썰려한다)

(제늬가 찬장에서 밀가루를 끄낸다)

제늬 남의집에가 살다오니까 여기는 참 종용합니다。어머니。

婦夫人 나도 인제 좀 종용히 살아야겠다마는。

제늬 이거봐요。어머니 부잣집 부인들은 일어나기도 前에 침대속에서 커피차를 먹는대요。엄 청나지。

婦夫人 네가 왔으니 인제 나도 아마 차를먹게 될가보다。요얼마동안 지낸일을 생각하면 지긋 지긋하다。나도 인제 좀 편해봐야지。

제늬 무슨 일이 있었나요。

婦夫人 저놈의 게집애 말이다——커단눈으로 두리번 두리번하고。

제늬 낸 말이여요。우리사촌언니 말이지요?

婦夫人 네일이나 잘해。채소장사나 왔으면 좋겠는데。

제늬 채비가 다될런지 몰라요。손님들은 어둡기前에 올랜데。

婦夫人 아모튼 채릴걸 채려놔야지。짓거리지말아。

제늬 어머니 누구누구 온대요, 되거벨하고 또。

파夫人　젊은아티피어스하고 피어스늪온이하고 또 로벌스네딸들하고 토미아ー커하고.

제늬　그럼 아주 한판채리고 놀만하겠는데.

파夫人　한판이고 머이고 나는 낸하고 한데있는건 질색이다. 그애는 제애비하고 어쩌그리 갑
　　　은자.

제늬　웨요.

파夫人　언제나 행동거지가 분명허시고 얌전허시고 제가 남보다 훨신 나은줄안단말이야.

제늬　저런.

파夫人　제말마따나 언제나 남을 도아준다지.

제늬　도아주다니요.

파夫人　걸핏하면 남의 새끼들을 싯겨주지. 어느굴영창에가 놀다온줄알어. 그리고 또 옷을기
　　　워주지 머이 제뜻대로 모두 될줄알구. (의자를가지며 한편으로가다) 애야 몇번일러도 이
　　　모양이냐. 제입성은 아모데나 두지말라넛가. 이걸봐 이걸.

제늬　웨.

파夫人　네 이 웃저고리를 봐라. 이게해지면 누가 또 새걸해준단말이냐. 정신을채리고 살아.

—522—

제늬　나는 언제나 네옷만 치우고 산단말이냐。에이 개절치않은년!

제늬　그건 제게 아니라 언니 해애요。

과夫人　그러면 웨 얼른 그렇다고 그리지않아? 오라 이게 그애거야。어디 주머니 속에 무에들 었나보자。(주머니를 뒤진다) 이게머야? 음 그놈의 목에매는 리봉 또 이건? 오라 오라
（조희를 꺼낸다）

제늬　머요。어머니 편지는?

과夫人　이게 모두 까닭이 있는게다。(슬적내려본다)

제늬　(디려다보면) 뒤거벨 글씨같은데。

과夫人　넌 너헐일이나해。(조희를 자기주머니에다 집어넣는다) 내가 됐다 주지。저리비켜라。웨 이마위걸 아모데나 놔두구그래。
（옷옷을 구석으로 내던진다）

제늬　아이그머니 어째。구정물통으로 들어갔네。

과夫人　그럼 어쪄란 말이냐。

제늬　다시는 못입게되지 머요。어머니。

파夫人　벗고다니래지。 다시 또 그놈의 옷을 아모데나 버려둬봐라。 너는 어델가늬?

제늬　그걸 전저다 널랴고 그래요。

파夫人　만지지도 말아。가만이 자빠저서 하든일이나해。그 전중이딸년의 물건에 손을 웨 댄단
　　　　말이냐。

제늬　그건 무슨말이요。어머니?

파夫人　제가 전중이 딸년이지 머냐。

제늬　낸 언니말이지요。웨 그런 악담을 하서요。

파夫人　아마 너의 아버지한테 이야기를 못드른게로구나。

제늬　드렀어요。

파夫人　좀 내다봐라。 뒤가 채소를 가지고 오나보다。

제늬　(창을내여다보고) 아모도 안와요。

파夫人　에이 비러먹을것。 자ㅡ 이건 너만알아야한다。 남이 알면안돼。 그애아버지말이다。 네
　　　　사촌 낸의 아버지가 너의 아버지의 누님하고 혼인을하지 아니했늬。

제늬　그걸 누가 몰라요。

派夫人　에미가 이야기를 하거든 가만이 듣는거야。 그애아버지는 말이다。 그애가 그리장하게

아는 그양반은 사형을 당했단다。

제늬　사형이요。

派夫人　글로스터 감옥에서 사형이 돼서 목을매여 죽였어。

제늬　무엇때메 그랬어요。 어머니?

派夫人　羊도적질을 했지。그럼 사형이지 머냐。

제늬　그래서 목을 잘렀어요。

派夫人　그러니 그집안 꼴은 머이 되겠니。

제늬　그래서 넌이 우리집에 와 있구면。

派夫人　모두 너의 아버지 덕분이지。

제늬　남의집을 살다 제집이라고와서 전충이년하고 가치 지낼줄은 꿈에도 생각지·못했네。

派夫人　너의아버지가 생각이 온전하기만 해도 이런일은 없을게다。아마도 하나님이 너이아버지

에게 벌을내리시는거야。그놈의 계집애를 두었다 무엇에 쓸랴는건지 나는 도모지모른다。

제늬　걔를보면 옛날 아주머니 생각이 나는게지요。

파夫人　하나님이 부부로 맺어준 사람밖에 다른여자 생각은해서 멀하는거냐。 그놈의 계집애하
　　　고 한집웅아래서 지내다니 세상없는 사람도 못할것이다。 아이 진절머리가 난다。

제늬　아이 아버지가 오시네。

파夫人　점심을 자시러 오겠지。 저선반에서 능금주를 내려라。

제늬　빵하고 치ー스는 어디있어。

　　　（술잔을 내려들고 마음놓고 둘러보다가 술잔을 화덕우에 떠러트려 깨트린다）

파夫人　저걸 어째。

제늬　어쩌나 깨졌네。

파夫人　무슨놈의 손복아지가 그꼴이냐。

제늬　이게 아버지가 애끼는 술잔인데 어머니 야단나면 어떻게해요。

파夫人　애웃층으로 가。 건넌방으로 가거라。

제늬　막 야단이 날텐데 어떻게해。 （운다）

파夫人　내가 잘말하마。 얘 실수로 그런거아니냐。 빨리 절로가。 오시기전에。

제늬　벼락이 내릴걸！ 아이 어쩌나！ （나간다）

꽈夫人 （편지를 끄내서） 이게 다 그렇고 그렇게 된 일이라 말이지,

（소리를 내서 읽는다）

뒤거벨은 그의 사랑하는 사람에게

지는해 언덕길에 고흔이 맞나뵈니 그 뺨에 붉은장미 내 사랑인줄 알았어라。그 뺨에 고흔

장미 그처럼 아릿다워 내마음은 뛰여라。비닭이처럼 다라났네。어디두고 고봅시다。이서방님

（꽈게터氏 들어온다。손에 스녕을 들었다。그는늙었으나 아즉도 건강한 키가 잘막하고 딱버러진체

격이다）

꽈氏 （꽈夫人에게로 갓가히가며 점잔히 인사한다） 별일없오?

꽈夫人 양금쟁이는 맞나보았오?

꽈氏 응、 봤지。

꽈夫人 오늘밤에 온답디까。

꽈氏 온답디다。오늘밤에는 한번 자미있게 놀겠소그려。뜨끈뜨끈한 양고기만두에다가。

꽈夫人 임자는 羊고기만두는 못먹어요。그놈의 羊이 속병이 들어죽은줄을 번연히 알면서 （사

이） 사과만두야 별로 장할것도없지。

파氏　한편에서　양금을켜고　사과만두를　먹으면　그만해도　장하지。

파夫人　사과만두라도　차비나　되었으면　좋게요。집안에　손보는일이　한두가진가。

파氏　또　그이야기로구려。

파夫人　그말을　열번　백번은　못해요。

파氏　그래　어떻단　말이요?

파夫人　아니　저계집애　꼴을　한집안에서　언제까지나　봐야　한단말이요?

파氏　내족하딸　낸은　내가　공동묘에　가는날까지　우리집에서　산단말이요。그러치않으면　제가　결혼을　해서　가든지。（사이）　자　인제　내속을　알았소。기애는　착한　계집애란말이요。임자가　들볶기만　아니하면。

파夫人　들볶다니　여보?

파氏　진종일　들볶으니　어느　게집애가　착해지겠소。

파夫人　내가　언제　들볶는걸　눈으로　봤오。

파氏　언제라니?　기애가　여기온담에　임자가　다정한　말한마디　해줘봤오。

파夫人　나　하는일은　하나님의　뜻에　어그러진　일은없어요。주의　벌을주시는자는　너의가　가까이할것이 아니니라、 성경에 다 있었오。

화氏 저따위 수작하는 임자를 웨 하느님이 내버려두는지 모르겠오。

화夫人 하느님께서 어련이 알아서 하실까。 내딸을 귀담아 드러둬요。

화氏 그래봅시다。 그러고 임자도 내딸을 귀담아 들어두。 임자는 내족하딸 낸을 임자의 딸 제

늬를 대접하듯 대접해야 할줄아우。

화夫人 우리딸 제늬는 버젓한 어미 아비의 자식이오。 저비렁뱅이 계집년은 누구의 딸이게。

화氏 내누님의 딸이지。 누구의 딸인줄을 인제 알았오?

화夫人 목매여죽은 도적놈의 딸이지。 나는 오늘날까지 남에게 손까락질받을만한일은 안해왔

어요。 내딸도 그만하게 몸을 가저왔는데 인제 그 더럽고 천한것들하고 한데 섞이기는

싫어요。

화氏 아모래도 낸은 우리하고 가치 살것이니 임자 그 쓸데없는 샘부리지마오。

화夫人 샘이라니?

화氏 샘이고말고 기애가 내누님을 닮아서 임자가 더구나 기애를 보기싫여 하는게아니요。 그

리고 또 우리매부는 임자가 은근이 좋아하지않았오。 그래서 그애를 그렇게 미워하는게

아니고 뭐요。

婆夫人 허 허 저런말좀봐。 내 생전에 별소리를 다듣네。

婆氏 말이야 바른말이지。 내가 임자의 속을 모르는줄 알고。 이십년동안 한가지 살면 그래도 알만큼은 알지。

婆夫人 쓸데없는소리 말고 내말을 들어요。 임자는 그래 임자의딸이 못당할일을 당해도 그대로 보고 있을레요。

婆氏 그건 또 무슨 딴 수작이야。

婆夫人 들어보면 어련이 알까。 저 언어먹이 계집애가 처음 여기를 와서——

婆氏 낸이란 이름이 버젓이 있어요。 어쨌다고 그종이장은 내게다 대고 흔드는게요。

婆夫人 우리 제늬가 남의집사리를 마추고 돌아오기만하면 뒤거빌하고 혼인을 시킬생각이 있 든게 아니요。

婆氏 그야 뒤가 알아서 할일이지 우리 마음대로 하나。

婆夫人 그래도 뒤야 어려울거 없지않소? 제늬가 여기있을때는 둘이 늘 가치 지났고 또 그 때뒤가 그애를 따라다니지 않았오?

崔氏　그녀석이야 계집애라면 누구나 다 따라다니지。

崔夫人　가만있었어요。그런데 저 화냥년이 오면서부터 되는 그년에게 고만 홀딱한 모양이란 말

이요。자 이걸봐요。이걸! (편지를보인다。)

崔氏　편지가 나하고 무슨상관이람。본시 있든데다 도로둘게지。그렇다면 되란녀석 하든중 잘

한일인데。인제 저도 맛당한 예편네를 얻어야지。

崔夫人　아니 우리 제늬를 마음대로 데리고 놀게 두었다가 그년을 되하고 혼인을 시킨단말이

지。그래서 제자식의 애간장을 썩여주잔 말이요。

崔氏　제늬가 무슨 애간장이 있나。

崔夫人　제늬는 되를 일생 배필로 알고 있었어요。그런데 임자는 어째자고 제자식 험담을 하는

거요?

崔氏　험담이 무슨 험담이야。제늬라는 계집애는 맛다가리없고 인정머리없는 조그만나무토막

이지 뭐요。그애를 백개 묶어놓면 우리 낸을 당할줄아남。

崔夫人　아니 내가 그눈만크고 보기도 싫게생긴 도적년이 우리사위감하고 혼인하는것을 가만

두고 볼줄알고。

꽈氏　뉘가 왜 하필 우리 사위감이랴。천하에 누구 사위가 되면 못되나。만일 제가 잘만해서 우

리 낸하고 혼인을 한다면 제일평생 성공이지。점심이나 가져오우。

꽈夫人　이걸어째。깜짝잊었네。임자가 남의부아를 돋아서 그랬지。공연이 아모커나 짓거렸구

려。이주둥이가 병이야。(픽능친다)

꽈氏　그만해두고 먹을거나 가저오。

(꽈夫人은 빵과 치-스를 갓다놓는다)

꽈氏　거기 뉘두。(술잔이 깨진것을 본다) 아니 여보, 임자가 내잔을 깼오?

(꽈氏는 화덕결에 선반에서 술잔을 가지려 이러선다)

꽈夫人　날좀봐요 어쩌다 실수지。

꽈氏　내술잔이 깨졌오 어쨌오。

꽈夫人　어쩌다 그만 실수로。(깨진 조각을 줍는다)

꽈氏　누가 내잔을 깻단말이요。웨 날더러 말을 미리안해?

꽈夫人　기애가 말을하겠다고 그럽디다。

꽈氏　낸이 그런건 아니지? 낸이 그걸 깨진 않었지?

꽈夫人　기애가　임자더러　말은하겠다고　그럽디다마는　정말　실수로　그랬어요。

꽈氏　실수고　뭐이고　내잔을　웨깨여。

꽈夫人　아니여보　또　그만한걸　하나사면　그만아니오。

꽈氏　우리　할아버지께서　저잔을　물려　받은　다음에　五十年동안을　나는저잔으로　능금주를먹고　살었오。내가　그잔을　여간귀하게　녀기는　줄아오。

꽈夫人　자세한　이야기는　기애가　인제　할게요。마는　잔치를　채린다고　바뿌게서드느라고　그랬　어요。잠간실수가　어째다　그리됐지。

꽈氏　실수는　어떻게된　놈의　실수란　말이야。

꽈夫人　손에　물이　묻었드란　말이요。기애가　손을　여간위하오。

꽈氏　비러먹을　손목아지。

꽈夫人　손을　싯느라고　비누를　잔뜩　무쳤지요。그러다　그만　실수로。

꽈氏　그래서　그걸　노쳤단말이지。

꽈夫人　아마　뭐이잘안보였든　모양이지요。눈이　부셨든지　어째　그런거야。인제　기애가　자세한　이야기를　임자한테　할게요。

過氏 할아버지때부터 내려온 귀한잔인데 에잇° 내눈을 뽑아가는게 외레낫지° 외려나!(빵과

치ー스를 밀친다) 이런꼴을 보고 먹기는 밀 먹어 먹을수가있나° 미처빠진년의 계집애(번

이드러온다° 늙은 과게터는 다음場面 번을 몹시 바라본다)

번 아저씨 벌써 오셨어요?

過夫人 그래 어쩼어°

번 네!

過夫人 네는 무슨 네냐° 그래 거울은 보고싶은대로 봤니?

번 무슨 거울이요?

過夫人 웃층에 거울말이다°

번 아주머니 자리보전은 다해놨어요° 그말슴이지요?

過夫人 아저씨가 계신앞에서 그게 무슨 말본새냐?

번 저도 사과써는일을 해드릴가요°

過夫人 아니다° 네가 안썼어도 된다° 너는 네일이나 해라°

번 제일은 다 했어요°

파夫人　뻔뻔스럽기도하다。

년　정말다했어요。

파夫人　다하긴 멀다해。아무케나 해치웠지。그저 꼭 생각나는대로 하면 모도 고처해놓게했으
면 쓰겠다마는。

년　이게 만두 만들반죽이지요?

파夫人　너는 참견말아。(년이 궁글대를 든다) 고만두라거든 썩고만둬。

년　아주머니。저도 일을 같이 거들게 해주세요。모두들 어둡기전에 올걸요。

파夫人　그게 네게 무슨 상관이냐。네가 아는체하고 일러주지 않어도 손님이 언제 오는것쯤은
나도 안다。(년은 가만〈─히 부엌에붙있는데로 간다) 웨그렇게 발끝만 던고 고양이거름을
건니? 누가보면 네애비나 마찬가지로 너도 도적놈인줄 알겠다。

년　(온순하게) 아주머니가 성가시게 녀기실가봐서。

파夫人　성가시여。흥 일부러 성가시게 할려면 너보다 더하는수는 있는데。

년　미안합니다。

파夫人　그건 네가 나보다 더잘안다。

넌 미안합니다.

차夫人 얘 화증난다.

넌 웨 또 머리가 아퍼서 그리십니까?

차夫人 너때문에 머리가 아프지 뭐냐。 남의 신세를 지면 신세를 지는 줄이나 알면쓰지。

넌 내가 신세를 갚아볼려는 생각이 있을적에는 나를보고 갸사하다고 그러시고。

차夫人 아니 네가 언제 신세를 갚아볼려고 했어。 말은 잘한다。

넌 제가 처음 여기왔을적에는 저는 제 힘껏은 했어요。 제가 일을 부지런히 해서 아주머니를 거드러디리면 저를 귀애해주실줄 알고。

차夫人 오냐 잘알았다。

넌 그래서 이러나시기전에 차도 만드러디리고 점심지난다음에 낮잠이라도 한숨돌우시게점 심설거지도 해디렸지요。 제가 온 다음부터는 아주머니가 빨래에 손은 대이시지 않았지요。

차夫人 그만한 일이야 해야지 뭐냐。 너를 위해서 해준것을 생각하면。

넌 저를 위해서요。 저를위해서 대관절 무엇을 해주셨단 말이지요。

파夫人　네게　집을주었지。

넨　집을줘요。

파夫人　애비가　사형을　당한계집애를　집에다　받어둘사람이　많을줄아너。그것도　내가　아저씨께　말슴을　해서。

넨　아저씨보고　말슴한것은　저도압니다。목사님이　저를　데려다두라고　그　말슴을　전했지요。그것은　싫다고하면　목사님이　사람들을보고　그말을　해서　남들이　아주머니의　참마음속을　알까바　무서웠지요。그래서　저를　데리고　온게지요。(더온순하게)　아주머니는　제가　모르는줄아세요。그만것은　안답니다。(사이)　저아래　상점사람들은　저를보고　『너의아주머니는　너를　참귀애하나부다』고　하고　또　목사님댁에　드나드는유부인은　무어라고하는고하니　『파게댁터네는　네게　여간한　은인이아니라』고　모도들　그래요。그러면　당신은　빙긋이웃지요。웃으면서　그런체　해두지요。그런　칭찬을　듣고는　재미가나서　혀로　입술을　할지요。또　어느때는　당신은　큰고통을　참고　당하는　사람노릇을　하지요。당신이　이런말슴을　하는것을　못드른줄　아세요。아주　『그렇게　해주면　무엇합니까』　그러시지요。남들은　당신이　내게　착하게　하신다고　칭찬을해요。착해요。당신이。그런데　당신은　나사는것을　지옥을맨

들어요。 맛있게 입맛을 다시며 내생애를 지옥을 만들어요。 그러고 내이야기라면 그짓
말을하고。에이 천한계집。바로 갸륵한체하면서 거짓말만하고。

파氏 (성을내서) 애 듣기싫다。 그만두고 저리가거라。

파夫人 가기는 어디를가니 가만있었어라。너도 버릇을 좀 배워야지。(낸에게) 네가 그렇게 좋와
해서 먹은 하로세끼 밥을 나하고 너이 아저씨하고 주어서 먹는것을 잊지마라。

낸 주기는 무엇을 쥐요。

파夫人 밥도 안먹고 산다고 할염체로구나。먹기는 남의 곱절 먹는꼴이。

낸 먹는것마다써요。참말 써요。내목구멍에 들어가면서 불이 붙어 타저요。

파夫人 그러고 편안히집속에서 사니 그것이 네게 당한줄아니。

낸 옥속에 죄인도 집이야 있지요。

파夫人 옳다。 말잘했다。 사형을 받기전까지는 집이있었지。그러고 입은 옷은뉘덕분이냐。옳지！
옷말이 났으니 애야 저구영물통속에 네가 집어넣어둔 네 드러운 옷좀 끄내가거라。인제
우리집도야지를 다 독을 먹일생각이로구나。

낸 (구정물통을 본다) 아―니 누가 저런짓을 했어。(눈물이 나올려고한다) 당신은 불상한 계집애

옷을 버려주는것을 재미로 아는 모양이지요。 자ー 다버렸어요。（주머니에서 리본을 끄낸다）

이것도 버리고 내가 애를써 돈을 모아가지고 산것인데。인제 다시 살수도없고 당신이 통

속에다 그것을 집어넛지요。 당신이 그랫지 누구요。

좌夫人　오냐。네 그드러운옷을 날더러 통속에다 집어넛다고하니 어디 너마저 그 통속으로 들

어가보렴。네가 내게다 그따위 말뺀세를 할테면 해보아라。인제 개색기갈이 매를 때려줄

테니 봐라。 너갈은것은 그래야 바로돼。

낸　（눈물을 감초려고 도라서며） 당신은 성경을읽고 교회를 다니고 그러면서 하는짓은 이래요。

불상한 계집애옷을 통속에다 집어넣고 도리혀 모른다고 시침이를 때요。

좌氏　그만둬ーー다ー고만둬。 오늘저녁 채비를 언제할려고 그래。

좌夫人　누가 임자하고 말하잡띠까。가만히 계서요。（말을막는데 화가바처서） 이년아 날좀보아라。

（낸에게） 네 은혜는 모르고 배심만 부리고 속검은 고양이년아。인제 세상마지막 심환날

네 속창자가 얼마나 드러운가 두고 보자。

낸　호흥 （물에 척저진옷을 펴든다）

좌夫人　어디서 배워먹은 흉이냐。얘 드러온 물을 아모데나 흘리지마라。얘 봐라。이리다오 이리줘

（옷을 훔처잡은 낸의 손에서 그것을 빼스려 한다）

낸　어데다 손을 대요。뇌요。뇌——

꽈夫人　뭐야 이년아 놓아라。

낸　못놓아요。놓아요 이걸。아이 찌여지겠네。쩟어만 봐라。죽일헤니。

꽈夫人　무얼어째。

낸　당신을 죽여요。당신을 죽여。

꽈夫人　（두손을 대서 옷을 빼서가지고 낸의 얼굴을 갈긴다） 자— 이집에서 누가 주인인 지인제알 었니。이아가씨야! 자— 보아라。（깃을 잡어떠여서 칫밟는다） 자— 시키면 시키는대로 국 으로지내。이놈의 아가씨。

（낸은 떼불을 손으로 부뜰고 꽈夫人을 흘겨보고 식도를든다）

낸　（천々히） 아버지가 주신옷이야。（사이） 아버지가。

꽈夫人　저것을보오。아버지가。

꽈氏　（낸에게로 가서） 그따위전 이리보내 （그는 칼을 뺏는다） 함부로 이리지마라。그러지 않어도 네게 한가지 치부된일이 있는데。오늘은 네게 무엇이 뒤집어 씨웠단말이냐。

坡夫人　마귀가 씌웠지. 하마트면 내팔을 잡아 **뺄번했지.**

낸　（천々히） 조심해요.

坡夫人　그렇지마는 네마음대로 할줄아늬.

낸　조심해요.

坡夫人　얘 너는 네방으로 가거라. （낸은 마지못해 찌여진옷을 집어들고 우름이 터진다） 아버지가 주신옷을 소중한 이웃을. （찌여지고 첫부빈 조각을 편다） 그만 다 찌여지고 말었네.

낸　（坡夫人은 경멸하는 눈으로 낸을 바라본다） 인제 다시 입지는 못하겠고나. 아ー 아버지. 나는 죽었으면 좋겠어요. 정말 죽었으면 좋겠어요.

坡氏　그런 벌받을 소리는 하는게 아니다.

낸　아저씨 저는 제힘껏은 했어요. 정말.

坡氏　얘 그건 나보고 할말은 아니다. 하나님께 말을해라. 마귀가 씌워댔지. 그리고 너는 정직하지가 못해. 네가 내게 말만바로 했으면 아모리 어려운 일이라도 내가 눈감을지 몰라. （잠간 사이 그다음에 가중한듯이） 자ー 바로 말을해. 그게 제일 좋은일이다.

（사이 낸흘적여운다）

파氏 (이려서면) 너 내게 헐말있었니?

낸 없에요。 없어요。

파氏 (미운생각에 냉연히) 있을법 하다마는。(낸을 돌인다)

낸 아ー 아저씨 마저。

파氏 (가면서) 네가 그럴줄은 몰랐다。

낸 아저씨!

파氏 그럴줄은 몰랐어。

낸 당신이 오ー (파夫人을 피해 돌아서면) 오ー 아버지 나는 아버지계신데 가고싶어요。 정말죽고 싶어요。

파夫人 (낸에게로 갓가이가면) 성경에있는대로 내가 네 배속을 쓰리게 해주마。

파夫人 (빈정맏다) 오늘 구경시킬려든 네 잘난얼굴 다 망한다。그러면 젊은놈들이 네꽁문이를 따러다니겠니。더러운 개녀석들。

(낸은 사과를 들고 쓸기시작한다。아직 울면서)

파夫人 젊은놈들하고 노는걸 내가 좀 지킬걸。그놈의 제어미가 내게와서 시비를 걸면 어쩌게。

넌 (천수히) 내가 겪는 슬픔을 당신이나 생전에 겪지마시오. (제늬 돌아온다)

제늬 어머니.

파夫人 시끄러.

제늬 뒤네구루마가 채소를 가지고 왔어요.

파夫人 마침왔고나. 얘! (번을보고) 네가 가서 가지고오너라.

넌 내ㅣ가요.

파夫人 그럼 누구 또있늬. 어쩌다 한번쯤 그런일이라도 해서 밥먹고사는 값을 하렴.(넌나간다)

제늬 어머니. 아버지 뭐랍디까.

파夫人 가만있어. 내가 다 잘 해놓았다.

제늬 정말이요. 나는 내목아지가 성하지 못할줄 알었는데.

파夫人 그걱정은 그만둬라. 그런데 네게 할말이 있다. 저계집애 낸말이다.

제늬 그래 어째요?

파夫人 (아조빠르게) 까딱하면 네어미모양으로 너 그년에게 봉변할테니 조심해라.

제늬 그게 무슨 말유 어머니.

파夫人 되거ㅡ엘말이다.

제니 그래!

파夫人 그래! 그래! 뭐이 그래야. 그런데 되도 그애에게 반한모양이구나.

제니 그럼 무슨 상관있어요.

파夫人 왜 상관이없어. 네 그어림없는소리 작작해라.

제니 되가? 아모래도 나는 상관없에요.

파夫人 네가 상관이 없다고해도 상관이 있는걸 어쩌니. 그사람을 놓지면 너는 뉘게로 시집을
      갈테냐. 사내란 붓들수있을때 붓들어야 하는게다. 함부로 언제나 기다리고 있는건출아
      니? 애야.

제니 난 정말 상관없어요. 난 사내 일없어요.

파夫人 일이없어? 내말 좀 들어. 네가 좋던 싫던 사내는 맞어야 할게 아니냐. 나는 네가 동
      네사람들 이야기거리가 되는건 보기싫다.

제니 아니 어머니. 나는 그생각은 미처 못했어.

파夫人 그렇지. 네가 그런생각을 했겠니.

제늬 아이 참말!

꽈夫人 누가 전충이 딸년에게 사내를 **뺏긴단** 말야.

제늬 정말 사람들이 그럴가 어머니.

꽈夫人 그깐년에게 **되**를 **뺏겨** 네가 창자가 있으면.

제늬 정말 넌이 되하고 눈치가 달습떠까 그래.

꽈夫人 네가 눈을 크게뜨고 보렴.

제늬 그럼 내 정신을 채리고 볼깨.

꽈夫人 (넌이 드러오는것을 보고) 아ㅡ 그래야하고 말고。 인제 집안을 좀 치워야지。 내가 오기전에 채비를 다 해놓아야 돼。 (넌에게) 너는 네가 꽨줄 알지마는 어디 꼴좀보자! 요기서 고양큼한 수작을 고만둬。 그러고 네 어미행실도 배호지 말고。 (사이) 사내눔들하고 막 놀고。 알아들었어 전충이년。 (꽈夫人 나간다。 넌은 의자를 떼불로 가지고가서ㅡ 제늬는 벌서앉었다ㅡ 사과를 쓸기 시작한다。 울고있다。 찌여진옷을 소중이 주어 모은다。)

제늬 이거봐 어머니 말은 상관말어。 응 어디 정말 미워서 그러나。

넌 괜찮어。

제니 손님 맞을 채비에 공연히 화증이나서 그러지。

넌 아니야 그렇지 않어。우리아버지 욕 만아니 했어도。

제니 아ー이 저걸어쩨。내화로에 다 숯물을 따러줄께。눈이 아조 새빨개。

넌 괜찮어 괜찮어。

제니 그럼인제 우리 정말 사이좋게 지내。응 정말 어머너는 비위 마치기는 어렵지마는 정말
마음이 곳은건 아니야。

넌 그렇지만 하는 말마닥 나를 못살게구는걸。온세상이 내게는 무정해。

제니 (물그릇과 수건을들고) 눈을 좀 씻어요。내가 씻어줄가。

넌 그렇지않아도 좋와。이렇게 울다니 나도 맹초야。

제니 눈이 빨개지네。자ー 자 오늘저녁에 잘난 젊은이들이 와요。모도들 언니에게 반하는것도
괴이치 않어。인제 이다음 부활제면 좋은사람이 생길걸。

넌 좋은사람。얻어먹이에게。

제니 웨 그런 생각을 한담。우리정말 의좋게 지내。응。정말。

넌 제니 말이 나는 어떻게 고마운지 몰라。

제니 우리 공일 같이 산보나가 정말 의좋은 동모가 되지。뭐 나는 언니 고생하는 생각을 하면 마음에 안됐어。

낸 정말 동모가 돼 줄레야。

제니 자ー 자 눈이 어쩌면 저렇게 어엽쁘담。머리도 내머리보담。아조 좋고。이머리는 어떻게 든거요。우리 아모것도 감추지않고 이약이하고。

낸 정말 내동모가 돼 응。제니 내게 몹시 굴지말어。제니까지 내게 몹시 굴면 나는 정말 못살어。나는 여기온 다음에 여러번 자살할뻔했다우。아주머니가 어지가니 몹시 굴어야지。

제니 그런말은 하지 말어。

낸 제니 내가 왜 자살을 안했는지 이야기를 할께。

제니 그만두어요 언니。

낸 가만있어 들어봐。내가어째서 자살을 안했는지 이야기할게。나는 말이야――저ー 쓸데없는 생각이지마는 제니는 사내라는 것을 생각해본일이 있어。사내와 사랑한다든지 결혼이라 든지――

제니 그야 나도 제살림이란걸 생각해보지。언제나 여기 저기서 남의집 노릇하기가 좋은가。

낸 그래 그렇지만 사내를 돕는다는걸 생각해 보았어。

제늬 사내는 힘이 있지 않은가봐。 사내가 여자를 도아주지。

낸 나는 사내를 도을수가 있어。

제늬 아이 어쩌면 그런 생각이 날가!

낸 여자가 참으로 슬픈일을 겪으면 그런 생각이 난다누。

제늬 정말。

낸 이거봐。

제늬 그래!

낸 내가 다른여자에게 이렇게 이야기 하기는 생전 처음이야。 지금 나는 누구에게 말을 하지 아니하면 죽어버릴것 같애。

제늬 정말 그럴거야。

낸 제늬가 이렇게 마음도 착하고 얼골도 어엽분걸 보니까 이야기를 꼭 해야 할것같애。

제늬 정말 내가 입버보인단 말이야。

낸 그렇고 말고。

제늬 나가서 일하던집에서도 모ー도 나를보고 이뿌다고 그랬어。찬모만 내놓고는。

낸 정말 이뿐데 뭘。

제늬 그 찬모는 보기도싫은 늙은인데 잘때는 종이로 머리를 싸고 잔다우。정말잘사는 댁내들 이야。왜 그러나 아이고 그 아침에 이러날때 꼴이라니。그러고 그집에서는 모ー든것이푼 문해서 날마다과자를 먹지요。아침열한시면 댁내들은 우유하고 비스켙를 먹는단말이야。

낸 이거봐 아모것도 숨기지말고 이야기를 다해요。

제늬 나는 그럴테니 언니도 다 할레요。

낸 그러고 말고。

제늬 그럼 좋은사람이 생기면 나를보고 이야기 할레요。

낸 아이그 좋은사람。제늬 좋은사람 이야기를 해。

제늬 나는 아직 없다우。

낸 정말。

제늬 내놀만한것이 없어。

낸 인제 곧 생길걸。아ー 제늬는 참 행복스럽게 될게야。

제니 사랑이란건 이상한건가봐。 안그래。 그것때문에 사람들이 하는것을 보지。 언니는 사내가
　좋을것 같애。

낸 그럴지 몰르지。

제니 내생각에는 보기싫은 물건들같애。

낸 어디 다 그럴라구。

제니 언니 그럼 무엇이 있구면그래。 그렇지。 정말이지。 누구야。 알으켜줘요。 내 아모보고도
　말하지 않으께。 누구야。 아까 나보고는 아모것도 속이지 않는다고 그랬지？

낸 아ㅣ

제니 나도 아는 사람이야？

낸 그렇다누。

　(낸은 제니에게로 가서 한팔로 제니를 안고 키스를 한다)

제니 그럼 아ㅣ뤼・피어쓰요？

낸 아니야。

제니 그럼 누구요？ 아이 속상해 죽겠네。

넨 이거봐 응。

제늬 그래 말을해 가만히 귀에대고。

넨 듸•거ㅣ엘이라누。

제늬 듸•거ㅣ엘야?

넨 난 그이를 사랑한단다。

제늬 그이를 무척 사랑하우?

넨 꼭 내마음이 꽃이퓌는것 같애。

제늬 아ㅡ 그럴거야。(샤이) 나는 언니가 행복하기를 바라요。 언니하고 듸•거ㅣ빌써하고。

넨 참말 고마워。

제늬 아니 언니 눈좀봐。 언니가 듸를 좋아하다니 언니같은 동모가 있으니 난 참좋아。

넨 자ㅡ 키스、 나를 키스해야지。 넌 나를 한번도 키스해본적이 없지。

제늬 자ㅡ 가서 눈을 씻어요。 않그러면 빩애질걸。 오늘저녁에 듸가 올텐데。빩아면 않되지。

찬물로 씻어요。 넨ㅡ

넨 나는 울것만 같애。(천천히 걸어나간다)

제늬 (다른편門으로가서) 어머니! (사이)(가만히) 어머니!

파夫人 (밖에서) 왜!

제늬 일루 좀 와요。

파夫人 (손에 물을 씻으면) 웨그러니!

제늬 낸 말이요。

파夫人 그래 어째?

제늬 (킥쓰우스면) 개가 딕에게 반했다누。어머니 나보구 최다 얘기를 했어。

파夫人 저거봐。

제늬 (킥쓰우스면) 잘 지켜야 할거 아니오。어머니!

파夫人 내가지키마。

第二幕

───幕내린다───

(부엌。 낸은 정돈한다。 목판과 잔과 병을 뒤의 방으로 가져간다。)

낸 (노래부른다)

　　불어라 불어라 겨을바람아。

　　빛나는 흰눈으로 나를덮어라。

　　저나무 가지를 꺾어나리어。

　　마른닢 내위에 고이뿌려라。

듸 (들어온다) 아무도없어?

낸 아이 누구라고! 깜짝놀랐네。 그런데 아주 일측 왔구나。

듸 그래? 다른사람들은 언제오누。

낸 안왔어。 아직 반이 못된걸。

듸 이댁 아주머니는 어디있고?

낸 웃층에서 옷을입지。 한십분이나 있어야 내려올껄。

듸 양금켜는 령감도 아니오고?

낸 아니。

듸　그럼 한번 갓다가 다시 와야겠구나.

낸　그럴것 없이 들어와 앉었으렴. 모도들 곧올껄. 나도 일 다했는데 무슨 재미있는 이야기나 들은것있거던 좀하렴.

듸　사람들이 그러는데 글로스터감옥에서 죄인이 파옥을 했다더라.

낸　아이 저런!

듸　그래서 이근방으로 도망해 들어온모양이래.

낸　정말 그럴가.

듸　글세 모르기는해도 고을서 순사가 나오고 또 무슨 관리같은이가 와가지고 목사님사는 데를 무러보는게 아마도 무슨 종적을 탐지해가지고 온 모양이지. 넝큼 그놈을 잡어가지고 사형을 시켰으 면좋지만. 그놈들에게는 개라도 몰아됐으면.

낸　그렇지마는 그사람들도 우리나 같은사람들이 아닌가베.

듸　(목도리를 글르며) 우리하고 같은사람이라니 어째 같은사람이야. 여자는 그런 생각이 틀렸단 말이야. 그걸 인정으로만 생각해서 되나. 나는 죄인이라는것은 모조리 사형을 했으면 좋겠더라. 그래야 우리 바른사람들이 마음편히 잘살지. (목도리를 벗는다)

낸　무엇좀 먹지 않을테야? 걸어와서。

딕　무엇을 먹누。

낸　능금술하고 과자가있어。 저방에다 다 채려놨는데。

딕　갖다주면 고맙게 먹지。 (낸은 술잔과 접시를 가져온다)(딕 과자를 집으며) 네가 내시중을 들게 아니라、내가 네시중을 들어야 옳은일인데 그렇구나。다만 나는 지금 천사떡을 가지고 있는게없다。천사떡밖에는 네게 마땅한 떡이 없을텐데。

낸　아이 저런말봐。너 계집애더러 몇번이나 그런소리 했니?

딕　이게 정작 처음이다。

낸　그래 떡이 맛이 있어。

딕　참좋다。이게 약념을 드린떡이지。둘로 쪼개서 빼터를 발라가지고 빼터가 녹도록 불에다 살작 쬐이거던。불에다 굽는게 아니라。살작 쬐인단말이야。그리고는 맛이나게 설랑은조금 뿌린단 말이지。그래도 너무 달아서는 안돼。이게 막 정신차릴틈없이 넘어가는구나。

낸　정말 그렇다면 한개더먹으렴。저시게를 둥근달로만 여기고。가을철에 어여쁜 처녀의 입을 마추는 맛갈애。둥근달이 훤이 비칠적에。(하나를 더가져다준다)

딕 맛있는 떡을먹고、 그떡을 네가 갖다주어 먹으니 이런 좋은일이 있나。(먹는다) 아이고 이
떡은 설랑이 안묻었고나。 여봐、 낸 그 고흔손으로 이떡을 좀 만저주렴。 그럼 설랑을 잘바
른 셈이 될거야。

낸 누가 그따위짓을 한담。 난싫여。 자、 이걸먹어。 이건 설랑이 묻었으니。

딕 (먹으면서) 오거 절반을 네가 먹으면 세상에 그렇게 좋은일이 없겠다마는。 나는 어쩐지ㅡ

낸 저ㅡ 생각이。

낸 난 먹기싫여요、 능금주 더먹을테야?

딕 이집 능금술은 너무시여。 그야 검정푸덩이 잘익은것이 좋드시 능금주는 얼마쯤 신것이좋
기는 하지마는、 능금주가 이렇게 신데는 좋은 방법이 있지。 저ㅡ 물에 적신 빵 한쪽하고
군사과 한개를 그속에 넣고 그다음에 육두구(肉豆蔻) 가루를 살작 뿌리거던。가루가 굵어
서는 안돼。 그러면 말이야 공일날 맨든 애플파이 모양으로 들큰하고 맛좋은 술이 된단말
이야。

낸 정말 너는 쿡가 됐드면 졸껠 그랬나보다。

딕 우리아버지가 말슴이 『배속의것을 조심하라』고 그러신단 말이야。 어머니가 죽은다음에는

넌 내가 아버지를 보살펴 드렸는데 아버지가 배속조심이 여간이 아니여서 나도 그것을 배왔지요.

딕 보살펴드릴 아버지가 계시면 얼마나 좋아. 애기때부터 자라난것을 다 알것아니야. 그러고 큰사람이 되여서 세상에서 살게하기 위해서 자기는 여러가지 것을 희생했을지도 모르고.

딕 우리아버지가 희생이 되여주낭. 한번은 조금 그래볼랴고 했다고 그러시두군. 그렇지만 아마 성미에 맞지 아니했을거야.

넌 남자는 제 아이를 위해서라도 희생하기는 어렵다고 그러드라. 그렇지마는 여자는 희생을 하는거야. 남자는 몰라요. 남자는 여자가 무슨 희생을 하는가를 생각도못할걸. 고은것도 버리고 평안한것도 버리고 이세상에서 맛볼수있는 향낙도 버린단말이야. 그 조고만 애기 하나를 낳기위해서 늙은다음에 제게서 먹을것을 줄지못줄지도 모르는걸.

딕 나는 웨 여자가 아이를 가지랴고 하는지 모르겠더라. 아이를 가지기전에는 여자란 참 어여뿌지. 그 붉은뺨이 부드럽고 그달큼한 입술은 새빨갛고 고 눈은 반짝반짝한것이 별같이 빛나고. 또 그부드럽고 흰손을 생각해봐. 거기덯기만하면 왼몸에 전기가 찔찔롱하는걸, 참말 곱고 에뿌고.

낸 사내의 마음속에 사랑이 생길만큼 에쁘다는 건 자랑스러운 일이야.

듸 그러다가 아이를 난 다음에 갈은여자의 꼴을 좀 봐요. 빨내에 손등은 다터지고 바느질하

느라고 손가락은 상하고 빨은 축 처저 들어가고 두꺼비배갈이 눈은 히멀끔한게 다

늙어 빠진 암염소나 다름없고 입술은 터지고 허리가 아퍼서 꾸부정하고 걸어가는 꼴이란

비참하다고 할밖에 없지. 떨어진 치마를 끌고 가는데 어린색기는 캥캥 거리고 울고 머슴

애색기는 부억에서 넘어저서 피가나고 계집애색기는 마당에서 너머저서 머리에 진흙투성

이를 하고 아이! 생각만해도 끔찍해!

낸 여봐 듸 그래도 사랑에서 생기는것이 그것뿐인줄 알면 안돼. 그야 고흔것이 없어지고 향

낙도없어지고 질겁든 마음도 달라진다는것은 섭섭한 일이지마는 애기를 가진다는것은 얼

마나 대단한일이게. 산 사람을 이세상에 내보내는것을 생각해봐, 그러고 몇달을 두고 속

에서 발닥거리는 조고만덩어리. 그러고 젓을 먹여 길르고 그렇게 어쩔수도 없는것을.

듸 그야 어린애들도 깨끗이만 해두면 어여뿌지. 나도 어린애들찬송가 하는것은 듣기좋와. 또

물에서 헤엄치고 노는애들도 보기좋와. 하야코 날신한것들이 물속에서 놀고 반짝 반짝하

는 물방울이 팅겨나서 금강석갈이 빛나지. 오늘 누구누구 오는게야, 우리 말고?

낸 개펴피어스 늙은이가 양금을 켜려온데。

듸 늙은이는 미친병원에 가있는게 옳은걸。정말이야。얼빠진늙은이 같으니라구 그늙은이는 정

낸 신이 온전치못해、사람이 다 그리는걸。그렇지마는——

낸 늙은이는 양금을 잘켰는데。

듸 그래 그늙은이가 그건 참 잘켜。

낸 지금도 그전 생각을 하고 또 그 새악씨생각을 하고 켜면 참 잘켜요。오십년도 전에 죽은

낸 사람을 아직도 새악씨라고 그러지요。

듸 그색씨는 참 어여뻤대드라。그래서 사람들이 서관의 별이라고 불렀대、나도 우리 아버지

낸 한테들었는데'、아조 얼골이 그림같었다고 그러드라。

낸 그이는 그색씨를 위해서 아름다운 노래를 짓고 음악을 짓고 그랬어요。나도 한번 그이가

지은 노래를 부르는걸 들은일이있어。한편으로 노래를 부르면서 한편으로 양금을 가만이

켜는대 눈에는 눈물이 글썽글썽 고이겠지。그색씨가 저승으로 간다음부터는 그이는 정신

이 온전하질 못한가봐。

듸 그이 말고는 또 누가 오누。

냄 토미하고 아리하고 온데, 참 아리는 훌륭한 청년이 되였더라.

뒤 아 그래, 나도 그런말은 들었어도 아직 그애를 보지는 못했다.

냄 아조 저이 어머니를 닮어서 머리가 까만게 엡버.

뒤 나는 검은머리 좋은게 좋와. 그러고 노란머리 좋은것도 에뿌고 붉은빛나는 노란머리 참좋와. 검은머리에도 윤이 있는거 하고 없는거하고 있지 내가 어떤걸 좋와하는줄 아니, 에머리빛이 그게 꼭 내가 좋와하는 빛이다. 정말이지 참 어여뿌다.

냄 능금주를 더먹지 않을테면 잔을가저갈테야 이거봐.

뒤 왜?

냄 지난주일에 우리집 양이 죽어서, 오늘저녁에 양고기 만두는 못먹는줄 알어.

뒤 그래 나는 오늘저녁 아주 재미있는 판인줄 알었는데.

냄 그렇고 말고 우리는 오늘저녁에 달이 넘어가도록 춤을 출렌데.

뒤 냄은 아마 춤을 잘추지.

냄 나는 춤을 추어본지가 일년이 넘는다.

뒤 너의집에서 살적에는 아마 춤을췄지.

낸　우리는　언제나　우리문깐에서　춤을　췄단다。　양금켜는　노인하나가　우리춤에　마춰　양금을

켜주고。　달이　뜨기만하면　춤을췄단다。　女子들은　나막신을　신은채　춤을추기도　하지。　멀

딕　그덕　멀그덕　그렇게　소리나는게　꼭　북치는　소리같지。

나는　거기서　너하고　춤을추었으면　좋았을걸。

낸　그러고나서는　『꽃기둥세운데로　춤추러가자』는거랑　『랜달』이랑　그런　옛날부터　내려오는

노래를　부른단다。　어떤때는　산에서　목동이　나려와서　피리를　불어주기도　하고、　참　집에있

을때는　좋았어。

딕　너　여기온뒤에　벌서　얼마되였지。　언제나　집을　떠나있으면　마음이　언짢은　거야。　그렇지마

는　아마　오래지않어　너는　집으로　돌아갈거아니냐。　어머니　아버지가　기다리실걸。　그렇지。

낸　두분이　다　돌아가셨단다。

딕　그게　무슨소리냐。　이댁　아주머니가　두분이　다　계시다고　그리든데。

낸　아주머니가!　아주머니가　그러시는건、　그만한　까닭이　있어서　그러신단다。

딕　까닭이라니、　그런　까닭이　어디　있겠니?

낸　인제　이야기할날이　있을걸,　자—　외투하고　모자나　벗어줘、　내　갖다걸게。

（뵌은 외투 모자등속을 받어가지고 뒷방으로 가져간다。다시 들어온다。）

딕　여봐、뵌、너는 얼굴이 참말 곱구나。

뵌　비누에 물이 약이라고 사람들이 그런답네。

딕　여봐、뵌은 쇠통 장미꽃이야、아주 쇠통 百合꽃이야。

뵌　아이 별소리를 다하네。무슨 말솜씨가 그렇게 좋으냐。

딕　아ー（장미하나를 내놓으며）여봐。

뵌　웨 그래。

딕　이장미를 봐。

뵌　제녀 줄거지?

딕　그럼 준다면 갖지。

뵌　아니야、뵌줄거야。그래 이걸 가질테야。

딕　자 여기있다。고맙다고 그럴테야?

뵌　그래 고맙다 그장미 참 고와!

딕　그게 캡텐 원더러는 종자야、발갛지。사랑같이 사랑은발간게지。장미같이。

넨　아이!

딕　나는 저장미가、 왼걸 보고 말이야——저ー 만일 넨이 그걸 꽂으면——저ー 꽃도 픽고와 보일거라고 그랬어。

넨　그렇다면 작히나 좋을까。

딕　넨에게 대면、 그 꽃도 아모것도 아니야、 저、 여봐?

넨　웨?

딕　저 한가지 청이 있는데。

넨　뭔데?

딕　그 장미를 머리에다 꽂지 않을레야。

넨　내머리에다 말이야。 웨、 그래?

딕　나는 넨이 머리에다 장미꽃을 많이 꽂은 꿈을 꾼일이 있어。

넨　(장미를 머리에다 꽂으면) 옛날에는 女子들은 머리에다 늘 장미를 꽂고 살았다는데。 춤을출 때도 머리에다 장미를 꽂아서 춤을추면 발아래가 꽃잎사귀가 떠러졌대。 어머니한테 들은 이야기야。

되: 꼭 네머리속에서 꽃이 철노 피어난것 같구나.

낸: 불을 켜야겠어.

되: 켜지마라 켜지마라.

낸: (성냥을그으면) 그女子들은 참 고왔을거야, 옛날에 그女子들은. 그러기에 그女子들 이야기가 노래가 되여있지. 참말 예쁘다는건 얼마나 고마운일일가.

되: 고운女子란 참말 훌륭한거야.

낸: 고운女子는 신선이지, 어디 사람이야.

되: 여봐, 낸, 낸은 참말 고와. 참 고와.

낸: 아이!

되: 낸은 고와, 낸은 仙女야, 장미화갈애, 내 꿈속에서 처럼 낸은 고와.

낸: 아ー 놔요, 이 손을 놔요.

되: 낸은 고와, 저눈, 저 파리한얼굴, 장미를 꽂은 저 머리, 아 낸, 너는 참말 예쁘다. 참말 예쁘다.

낸: 이러지말어, 이러지말어.

되 내사랑, 내예쁜사랑。

낸 아이!

되 나는 너를 사랑한단다。

낸 놔요, 놔요, 제발。

되 너도 나를 생각하니、애 너도 나를 사랑하니。

낸 너는 몰라요 너는 몰라요。너는 내일을 모르는걸。

되 나는 너를 사랑한다。

낸 아이! 안돼요。나를 사랑해서는 안돼요。

되 어디 임금님의 따님 입술은 너같이 고울것이냐。

낸 아이 놔요。

되 내사랑아、내고운 사랑아。

낸 아이 어째。

되 얘 너 나하고 결혼할테냐。나를 사랑할테냐。

낸 나도 너를 사랑한다。

되 오ㅣ 내사랑아 내예쁜 이 내사랑。

낸 내사랑。

되 내예쁜사랑、 나는 너를 두고 노래를 지을란다。

낸 네가 나를 사랑하는것이 벌서 노래지、 또 무슨 노래가 있늬。

되 애 네머리에 꾄을 빼장 저 고운 머리가 최다 푸러저 내리게、 여봐、 낸、 너는 참 예쁘다。

낸 제발 하나님、 내가 예쁘기만 했으면!

되 그럼 예쁘지。

낸 더 예뻤으면、 그러면 너를 줄게 더 많지안니。

되 참、키스、키스。

낸 이게 내머리야、 아모래도 많지도 못한걸。

되 (머리에 키스하면) 아꿉다。 고와、 너는 내사람이지。

낸 나는 네사람이야。

되 우리인제 혼인할까? 우리인제 같이살까?

낸 이만하면 돼요。 이만하면 돼。

딕 언제 혼인할테야?

낸 키스해요.

딕 돌아오는 미카엘節에 할까.

낸 키스, 키스해요.

함 우리 귀동이, 우리 예쁜이.

낸 인제봐요。 (서로놓는다) 나는 더바라지 않아요、 나는 행복을 맛봤어요.

딕 여봐 낸.

낸 나는 혼인은 못해요。 저리가요 저리가。 (딕가 낸을 향해온다) 웨안가。 우리는 혼인은 못한 대두。 알기만 하면 너는 나를 미워할걸, 그래도 이야기할수는 없어。 오늘 저녁에 할수는 없어。 다ㅡ들 곳 내려올걸、 내가 만일 혼인한다면——아니야 안될말이야。 만일 우리가혼 인을 해서——같이 산다면——그러면 네게 욕이 돌아갈걸。 사람마다 내 욕을 할렌데。 모 두 알고야말걸。 모두 알고야말걸。

딕 얘 나를 보고 이야기를 하렴。

낸 아니야 아니야 나를 받아치지 말아요。 공연이 알지도 못하면서。 저ㅡ 나는——나는 너 하

딕 고 혼인할 처지가 못된단다。우리 아버지가、불상한 아버지——(우름이 터젼다) 여봐 딕

딕 내가 얼마나한 고생을 해온지를 너는 몰라요。이가슴이 터질것같애。

낸 자、날봐요。나를 보고 이야기를해。너는 내사랑이지。우리 사랑하는 사이가 아닌가베。

딕 만일 네가 나를 사랑 한다면——아이 정말——우리가 마음만 합하면 남이 무어라던 무서 울게뭐야。멀리 가버릴수도 있지。저 미국같은데로。거기가면 편안이 살걸。여봐、나를여 기서 데리고 가줘요。우리가 가진게 우리가 사는거밖에 뭐있어。사랑이 있으면 모자랄게 뭐야。그렇지 우리는 사랑이있지。나를 데리고 가요。

딕 그래 데리고갈게。오늘저녁으로 사람들보고 이야기하지。

낸 저—내가 말하라는것이 무엇이든지 상관없이 말이야?

딕 아모려면 어때。오늘 저녁이야 바로 오늘저녁。양금하는이가 오기만하면。

낸 오— 내사랑。

딕 내가 네게 청혼을할께。여럿이 있는데서 청혼을 할께。

낸 딕의 안해! 아!

딕 자—키스해

낸 모도 오기 전에

(문밖에서 발소리와 우슴소리)

소리 있다 소리가 난다。

소리 아니야 없다。

소리 아ー티야 그리지말어。(함께、 **빠르게**)

소리 쉬ㅅ。

소리 다함께해。

소리 하나씩 차례로 해。

뒥 오는데。

낸 내사랑。

여럿의 노래。

꽃기둥세운데로 춤추러 가세

세월은빠른것이 두번안온다

(거름을 멈추고 키ㅅ거려 웃는다)

하나 아모도없다.

(한사람이 그곡조를 콧노래로 한다)

듹 오늘저녁 여럿이 있는데서 양금을 켜기만 시작하면 자、내안해다.

낸 내 남편.

여럿이노래 『아름다운 사람이 기다린다』

광 광 광

(문을 두다린다. 돌이는 머러진다. 콰게터夫人과 제늬는 빨리 내려온다. 낸이 문을연다. 피어스 늙은이、아ー티피어스、토미아ー커와 두게집애 들어온다)

콰夫人 모두들 오는구면、아이 잘들왔네.

(두게집애를 키스하고 낸을 모질게 바라본다)

제늬 (낸에게) 이거봐、나를 장미화를 갖다준다드니 가저왔늬.

듹 네가 장미는 해 멀하니.

제늬 그런 말법이 어디있늬.

듹 너는 내빰에 장미가 피어있는데 그러는 구나.

좌夫人　老人안녕하시오?

（모두들 서로 인사한다）

아ー티　할아버지가、 말이 들립다까、 바로 때린다면 몰라도、（귀에대고 소리를 꽥 지른다） 할아버지 안녕하시냐구요。

개퍼　（변을보며） 두번 나는 저를보았다。 두번、저는 길로걸어갔다。 머리에 장미를 꽂고 저의 눈은 빛난다。 두번 사월에。

아ー티　할아버지 이리 앉으십시오。 할아버지는 늙으셨어도 양금은 켜실수가 있는데。 모르는 사람하고 이야기는 아니하신답니다。

娘ー　참 우리 마을에 모르는이가 왔어요。 아주머니。

좌夫人　그래서!

톰　그러지않어도 아주머니 댁을 찾습메다。 목사님도 같이 다니시면서。

아ー티　아주머니 무슨 도적질을 하신게로구려。

좌夫人　맙시사! 도적질은 나아니라도 할사람이 많어서 걱정이라네。

아ー티　그렇습데다。 그중에 하나는 그게 순검일세。

—571--

뒥　그래 나도 그사람들을 본걸。

파夫人　아니 자네는 그럼 이사람들하고 함께 안왔는가。

뒥　네 그렇지만 나도 봤어요。

모두　대관절 무슨일로 왔을가?

파夫人　우리집으로 오드라면서 오면 곧 알겠지。나라에서 잡으라는 도적놈은 잡히고야 말걸세。

（파氏 내려온다。족기단추를 잠그면서）

파氏　잘들왔네 그려。

모두　안녕하십니까。

파氏　（게집애들을 보고） 너의들 참 예쁘고나。（뒥를보고） 너는 훌륭이 채렸고나。아조새실랑갈다。여 늙은이 자네는 아조 꼬부랑강아지가 다 되었네그려。양금이나 가지고 왔나?

개퍼　（오히려 낸을 바라보며） 그가 누군가? 빛나는 그를 길에서 나는 보았다。꽃을 흘리며 꽃을 흘리며。

제늬　（개퍼를 흘깃보고나서 닦를향해） 너는 그럼 일즉왔고나。아이 낸좀봐。머리를 안빗었네。
어머니 낸의 머리 좀 봐요。

파夫人 애 넌 대관절 멀났다고 머리에다 장미는 꼽고 이러는거냐。 그러고 웨 머리는 풀어느 리고 여기 내려와있어?

낸 문을 열러 내려왔어요。 그러고 촛불을 켜고。

개꿔 내게 붉은 술한잔과、 흰술한잔을 다오、 또 꿀과 사과와。 (낸에게로 가까이오며)그러면나 는 신부의 발아래 기쁨을 드리는 양금을 타리라。

아—터 할아버지 어쩔랴고 이러시오。 어렷어럿 하지말고 거기앉아계시오。 여기 무슨 신부가 있다고 그리오。

파夫人 (게집애들을보고) 이렇게 젊고 예쁜애들이 모두 신부지 뭐냐。 젊었을때 연애같이 좋은 게 있나。 애 너의들 웃옷이랑 벗어야하지않니。

아—터 아니 우리는 어쩌고요?

파氏 한패식 차례로 해야지 좁은대로 양을 몰아드릴때같이 너의들 색시들이 낸하고 제늬하 고 먼저 웃층으로 가렴。

낸 저리가자。

제늬 애 그양산은 이리다오。

（게집애들은 웃층으로 간다）

꽈氏　자 우리들은 이리갑시다。（그는 앞에서 뒷방으로 간다）

꽈夫人　（따려가랴는 딕를보고） 여보게 딕。

딕　네。

꽈夫人　자네는 옷을다벗었네그려、 나를 좀 도아주게 자, 이리오게。

딕　네 무슨 일입니까。

꽈夫人　춤을출랴면 이걸모두 치어야지。 나는 촛대를 저리로 가저갈테니、 자ー 자네 손을좀

　　　　빌리게。 이테블을 저리치어야지。 됐네。 자네는 여기 벌서 왔지 그래。

딕　조금전에 왔지요。 이의자는 모두 어쩜니까。

꽈夫人　그대로 둬요、 좋와이、 넌이 자네올때 문을 열어주었지。

딕　네。

꽈夫人　그럼 둘이서 아주 재미를 봤그면 그래。

딕　뭐요？

꽈夫人　공연이 시침이를 떼네그려。 그래 기애하고 키스를 했나。

—— 574 ——

딕 （불룽스럽게） 어쨌다고 꼬치꼬치 캐십니까?

파夫人 내야 상관이야 있나마는 그래도 나는 이눈이 있단말일세。

딕 아니! 그러니 어쩡단 말슴이여요。

파夫人 흥 계집애가 얼굴이 새빩애가지고 머리를 모두 풀어느리고 머리에다는 장미를꽂고 곁에는 젊은사람이 어쩔줄을 모르고 자네같이 해가지고 섰는걸 보면 그만하면——까닭이!

딕 그러니 어째요?

파夫人 흥 그러면 그게 아주 까닭없이 그럴리는 없다는말일세。

딕 （불룽스럽게） 아니 그럼!

파夫人 아니 자네를보고 잘못했다는 말이 아닐세。

딕 그럼 멈니까。

파夫人 그야 젊을때는 누가 그걸 모르나, 그렇지마는 말일세。

딕 그래서요?

파夫人 아니 별게 아니라——

딕 무슨 말을 할랴다 마십니까。

과夫人 아니야, 아무것도 아닐세。

되 할랴든 말슴이 있지않어요。

과夫人 아닐세 아니야, 거저 좀 이상할런지 모르지마는 자네아버님은 또 별나게 까다로우시지않으신가。

되 그건 그래요。

과夫人 아버지께서 자네 분재를 해주셨든가。

되 아니오。

과夫人 그래 그런줄은 나도 아네。내가 자네게 이야기 할게있는데, 자네 좀 뜻밖일걸세。

되 그래 무엇입니까。

과夫人 자네댁 아버지께서 날보고 말슴하신건데 말일세。자네보고 이런이야기를 해서 좋을런지。

되 아니 내게 분재를 해 주신답니까。

과夫人 아직은 할말이 아니라고 그러시데。그렇지마는 자네보고야 내가 들은 소리를 아니할 수가 있나。

듸 그야 그렇습지요。

꽈夫人 흥 자네아버지께서 나를보고 말일세。『여보 꽈게터맥네 나도 인제 나이차차먹으니까 자식이 자리잡아드는걸 보고싶소그려。 그런데』 아 이러신단 말일세 『그애가 혼인을하

는날에는 나는 살림을 매낄생각이오。 그러고 새살림채비하라고 이백원을 따루 주겠소』

듸 야 이거 수가 티였구나。 우리아버지가 그래도 장하시거든。

꽈夫人 그래서 내가 『아 그러시겠읍니다。 그만하면 누가 신부가 되던지 그집에서 좋다고 하겠읍지요』(목소리를 변해서) 그애는 자네를 일생 배필로 알고 있네그려。 그래서 나가있으면서는 꼴작이에 百合花같이 폭시들었단 말일세。 자네도 그걸 봤으면 이번 주일에라도 바루 청혼을 할걸세。 그렇지않으면 그애가 말라 죽는걸 볼레넛가。 그래 청혼을해볼 렌가。

듸 네 지금 바루 청혼을 했지요。 바루 조금전에。

꽈夫人 지금 문에 나왔을때 말인가?

듸 네 제가 바루 와서요。

꽈夫人 그래 뭐라든가? 이건 또 아직 둘이만 알아 둘렌가。

딕　다 보셨다면서 뭘 그리세요。지금 그리셨지요。

와夫人　내가 보기는 어떻게 보나。

딕　머리를 풀어느리고、 장미를 꽂고 그랬다고 하시면서。

와夫人　머리를 풀어 그얘가 언제 머리를 풀어 내가 지금 따쳤는데。

딕　풀었답니다。지금 자기도 그러시고서。

와夫人　제늬가 언제。

딕　낸이 그랬지요。

와夫人　낸? 낸이 또 무슨 상관인가。

딕　저는 지금 낸을보고 청혼을 했답니다。그래서 낸의 대답까지 받았어요。(사이) 살림을 난다는건 참 좋은일이지요。저녁때면 집에 마차라도 내몬단말이지요。그러고 또 돈이 생기고。

와夫人　(심술궂게) 자네가 살림을나、 혼인을하면 분재를 해주신단 말일세。속으로 그렇게 정해놓신걸、 우리하고 혼인을 하실 생각이야。

딕　우리아버지생각은——

파夫人 『내 자식은 아비가 정한대로 혼인을 시킬생각이야』 그러시데 『만일 그녀석이 모른다면 나가래지、 나가 빌어먹으래지』

딕 빌어먹어!

파夫人 『엽전한푼 줄줄아나』 그러시데、어떤가。

딕 그럴가。(파夫人은 딕를 가만히 보고 잇다。)

파夫人 우리 제늬하고 자네하고는 사람들이 다아는 사인데 자네 마음대로하게、우리가 가만 있을줄아나。

딕 계집에 들하고 키스나 한두번 하는것하고 정말 장가를 들고 싶은것하고는 딴일이지요。(파氏 천々히 걸어서 다시 들어온다。얼골이 아조 햇슥해진 딕를 노려본다。조리대잇는데로 가서 마개빼는걸 집어들고 천々히 걸어나간다。딕를 노려본다。아모말도 않는다)

파夫人 그러니 어떻단 말인가。

딕 (입술을 축이며) 아버지보고는 말슴을 잘드리면 될걸요。

파夫人 뭐라고 할텐가。

딕 제늬는 내가 손톱에 때만큼도 여기지 않는다고 그리지요。 그러고 나는 낸을 사랑한다고

하고 샌애게 장가 들 생각이라고 그리지요.

파夫人 (천々히 심술있게) 말을 해보게 아버지께 말슴을 해 보게그려. 가령 말일세. 자네가글
　　　로스터 감옥에서 사형을 당한 도적놈의 딸하고 결혼을 하겠다고 해 보게 오래나 됐나,
　　　거년 세전이지.

듸 샌의 아버지가 그랬어요?

파夫人 그러고 에미년은 사내놈을 보고, 흥 (사이) 그래 그런 이야기를 아버지보고 할렌가.

듸 이를 어쩌나 도적놈의 딸이라.

파夫人 아비만 그런가, 어미도 그렇지.

듸 세상 맙시사.

파夫人 자네 마음이 뛰어나서 비닭이같이 다라나겠네그려.

듸 당신이 보기싫여서라도 나는 샌하고 혼인을 할레요.

파夫人 혼인은 하게마는 무엇을 먹고사나. 자네가 돈이 있나 그애가 돈이 있나. (사이) 그애가
　　　저이아버지 죽었다는 이야기를 자네보고 왜 않했을가. 옥문 앞에는 병정들이 늘어서고
　　　장관이었지, 자네보고 그이야기를 안하든가.

— 580 —

뒤 안했어요、할랴고는 했지만、아ー 참ー

파夫人 그애가 자네를 낚을때까지 기다렸네그려。아이 저 떠드는걸 보게。

(안에서 웃는 소리、닭우는소리를 한다)

그애가 여간 수단인가。나는 그애같이 영름한 년은 생전에 처음봤네。

뒤 듣기싫여요。이 늙은여우가트너라구、남 속상하는데。

파夫人 여보게 자네 사람이 웨 그런가

뒤 아주머니 여보서요。나는 다른게 아니라ー

파夫人 그래 어째。

뒤 모르겠어요。나는 어째야 졸지 모르겠어요。

파夫人 아버지 하시는대로 하게。

뒤 아이 몰라요。나두 돈이 좀 있으면。

파夫人 어디 굶어보고싶거든 굶어보게그려、박아지하나들고 끄덕끄덕 돌아다녀 보게。

뒤 아ーー동냥아치가 돼、맙시사。

파夫人 이 동리를 지내는것만해두 여간 많은가、더럽게 채리고 구두바닥에서 발이 밀고나오

고 내어버린 빵쪼각을 주어먹고 어떤 놈은 덤불에서 열매나 따먹고、집덤불 밑에서 꽁

꽁얼어죽는수도 있지않던가。왜 많지않아。

딕　제발 고만뒤요。 그럴수가있나。 (사이)

파夫人　자ー 여보게 그래 어쩔렌가、 제니로 할렌가。

딕　에라、비러먹을것。 그래 제늬다、제늬야。 병습포를 하는셈이로구나。 그래 제늬로합시다。

　　자ー 이만하면 시원합늬까。

파夫人　(그를 키스하면) 나는 자네가 일 처리를 그만큼은 할줄 알았다네、내가 자네를 범연이

아냐。

(문이 열리고 남자들이 웃고 노래하며 들어온다。 아ー티퓌어스가 닭의 우름을 운다。게집애들도

싯그러운소리를 듯고 나려온다)

파氏　임자는 그동안에 뭘햇소。

밀그리 오래 있다오늬。

아ー티 (노래부른다)

　　해만지면 나는 너를 찾아 간다

해만지면 너를 찾아 나는 간다

파氏 능금주를 한잔만 하면 기운이 난단 말이야。 (입을닦는다)

파夫人 (파氏에게) 내 이마 이야기를 하리다。애 제늬야、이 의자를 좀 치우자── 내가다 잘

　　맨들어 놨다。듸하고 너말이다。다 작정됐어。

제늬 (의자하나를 가지고) 그걸 이리줘요。오늘저녁은 참 재미있겠네。

파氏 인제 춤을 춰야하지。

娘一 아저씨도 춤을 추세요。

파氏 그럼 추고말고、여보게 영감 양금을 타게。

娘一 나는 양금이 좋와。

제늬 손풍금도 나는 좋와。

파氏 영감 시작하게。모두 마음놓고 놀기로하세。쩌푸린 얼굴은 하지 말기로하고。

낸 (노인을보고) 가만있었어요 내 의자를 바루 놔 드릴게。

개퍼 (불평스럽게) 길에서 나는 그대를 보았노라 분명이 바람은 몹시 부는날。

낸 여기 앉으서요。이 방석을 드릴게。

아 ― 리 잘못하면 할아버지는 불속으로 들어간다。 조심해서 봐드려。

개퍼 (옛날식으로 허리를 굽혀 절을하고) 아름다운 女子는 마음이 높아서 늙은사람을 보살펴주는일이 없는것을。 아 ― 늙은사람에게는 아무 즐거움도 없고 잘해야 젊은사람의 즐거움을 도아줄뿐이라、 나는 늙었다。 아주 아주 늙었다。

낸 늙으면 지혜가 있읍지요。 늙으면 널리 세상을 본뒤이라、 마음에 평안이 있읍지요。

좌夫人 별소리다한다。 (카ㅅ우슴)

개퍼 그대를 본사람에게 무슨 평안이 있으랴、 아름다운모양으로 지나가며 가슴에 불을 붙혀주는것을。

娘들 자 ― 기다리고 있는데 얼른 허서요。

좌氏 모두 쌍을 지어。

개퍼 (번에게) 신부는 무슨 곡조를 원하느뇨。 종소리울리자 처녀들은 꽃을던진다。 나와 그새 앗써때와 같이。 (사이) 나는 그같은 꽃을다리고 교회로 갔더니。 (사이) 나의 꽃을 사람들은 땅속에다 묻었고나。 (사이) 나는 부디치는 흙소리를 들었다。 (말을하며 양금을 골튼

다) 사람은 모두 나의 흰꽃을 잊어버렸다。 (사이) 육십년이 이미 지냈다。

낸 인제 그를 맞나겠지요. 지금 옆에와있는지도 모릅니다.

개떠 (반쯤일어서며 소리를높혀) 그래 네가 **왔구나.** 아름다운 내사람!

봐夫人 여봐요. (노인의 손등을 치며) 자ー 양금을 켜요. (낸에게) 너는 어쨌다고 이老人의 정

　　신을 뒤집어놓니. 저리가, 남의 마음속도 좀 생각을 해 줘야지.

봐氏 모두 쌍을 지어라, 자ー 모두 짝을 맨들었니.

모두 애 그리지말아, 아ー티야. 가만이있어. 어떻게 딴스를 하니. (그렇게들 **떠든다**)

딕 너이리오렴.

　　(낸은 조곰 떨어저서 딕가어쩌기를 기다리고 바라보고 있다)

봐夫人 자ー 인제 다 되었지. 잠깐들 나를보게. 춤을 추기전에 내가 잠깐 하고싶은이야기가

　　있네.

아ー티 뭐야! 뭐야!

봐夫人 들으면 깜짝 놀날일일세, 정말 나두 뜻밖이라 숨이맥힐 지경일세. 젊은사람들 춤추

　　는데 방해가 되어서도 못쓰지마는 이건 지금 이야기를 해둬야 할일이야. 히ー 히ー 다

　　른게아니라ー

아ー리　눈감고 듯습니다。

娘ー　가만있었어 얘。

파夫人　제늬하고 늬하고 혼인을 하게 되었다네。 여러동무들이 이 두사람의 기쁜일을 축하해

주게。 늬! 제늬야ー 손을이리다오。 자ー (둘의손을 쥔다) 너의 둘의 행복을 빈다。(늬를

키스하면) 인제 자네는 우리 사위일세。

아ー리　그리 빨애질건 뭐있니。

모도　돔ー 그게 웬일이야。 둘이 행복을 빈다。 정말 뜻밖이야 말도 나오지않어。 제늬 이리와

키쓰를 하게。 늬하고 야 키쓰를 할수가 있나 어른이랍시고, 아조 뽑낼걸。 벌써 점잔을

빼나。

낸　늬! 늬! 오 늬! 너는 나를 놀린건 아닐테지。

늬　늬는 다 뭐냐 저리가!

파夫人　너 웨 늬를 구찬케 구니?

낸　나는 저ー 늬가 나를 보고 할말이 있는줄 알았어요。

늬　나를 아조 멍텅구리로 안 모양이로구나。

낸　나는 내게 행복이 찾어온줄 알었더니。

（뒤를 처다보고 가만이 걸어서 저편 의자로 간다 가면서 말한다）

좌氏　낸아 얘 너는 웨 가만있니。 이리와 춤이나 추지。

좌夫人　아마 저의 아버지를 배운게지。

제늬　（발을 이리저리 놀리면서） 뭘배워。

좌夫人　아마 공중에 매달려야 춤을 출걸。

낸　（좌夫人에게로 가까히가며） 그래 그래 나는 아버지를 배웠서。 그런 말을 하다니。 에이 더러운 심청구러기。

좌氏　손님들있는데 무슨 생각을 하는거냐。

좌夫人　가만봐두。 버릇을 좀 가르처놀테니。 （여러사람을 향해） 그애는 머리를 풀어느리고 옷가슴을 헤치고 하면 뒤를 제손에 널줄만 알았다네。

토미　여보게 듹 우리가 일측와서 안되였네。

낸은 사랑을 위하야서 코든것을 바친다나 어쩐다나。

좌夫人　이집안에서는 다시 바칠일은 없지 그애아버지는 지난겨울에 도적질을하다 사형을 당했다네.

화氏 임자 그이야기는 웨——그래 해도 상관없지. 아이가 정직하지가 못한걸.

모도 저런.

낸 그렇다, 다—들 알어서 좋다. 우리아버지는 글로스터에서 사형을 당했단다. 그말을 하지 않고는 너의 들하고 악수를 하지않었어야 옳았을게다. 듸야, 너 보고는 그이야기를 할려고 나는 애를썼다. 아— 듸야 나는 모든것을 네게바쳤다. 평생처음으로 아모에게도 허락하지아니한 마음을 너를 주었다. 듸야 나는 네행복을 빈다.

듸 애 그따위수작은 일없는 저늙은이더러나 해라, 나는 너하고 그만이다. 애 제늬야 나하고 춤이나 추자.

제늬 (킷쓰우스면) 나는 너를 도을수가 있다누.

듸 자— 그럼 이리오너라.

제늬 이거봐, 내마음은 완통 꽃이피네, 이게 낸의 말솜써라누, 별나게 멋이있는 말솜씨.

낸 오— 내가 무엇하러 살어있노!

듸 자 춤취야지. (낸 한편으로 간다)

개구리 신부의 눈물은 쉽게 마르는것이다. 그러나 사랑은 아름다운꽃, 참으로 붉은꽃, 영원이 살어지지않는 꽃, (꽃기둥세운대로 춤추러가세 곡조를란다) 나 나 나의 시악씨같이 영원히 살아지지않는다.

(모도 춤춘다.)

第 三 幕

(같은장면, 번은 후면옆에. 뒤에서 시끄러운소리. 노인은 의자에 앉어있다)

번 세상이 괴로워요. 오ー 아버지 세상이 괴로워요.

개구리 그리 젊은 나이에 세상을 괴롭다느냐.

번 나이를 먹어서만 사람이 늙는게 아니여요.

개구리 사람가운데는 죽고 싶어하는 사람도 있느니라, 아조 젊은 나히에.

번 나는 죽었으면 좋겠어요. 죽었으면 좋겠어요.

개구리 누구나 모도 죽느니라. 오래지않아.

낸 나는 지금 죽고 싶어요.

개퍼 나는 나의 꽃이 없어진다음부터 언제나 죽고싶어했다. 여러해를두고, 그러면서 나는 이렇게 아조 늙은사람이 되었다. 일에 손을뗀지도 오래다. 나는 이제 늙었다. 아조 늙었다.

낸 아마 오래지않어 할아버지는 그이게로 가겠읍니다.

개퍼 아니야 아직도 멀었다. 그의 조고만 무덤이 있는데 나는 그 무덤을 보살펴야한다. 꽃이나 그런꽃으로 만일 내가 부자와같이 황금주머니가 있다면 나는 비명을 세울수가 있지마는. 그 조그만 무덤을 모도 새김질을해서 비명을 색이고 또 돌우에 그 얼굴을 색일 것을. 나는 하얀돌에다 내꽃을 색일것이다. 하얀돌. 어느임금에게도, 지지않을 하얀돌 그러나 내게는 비석을 세울돈이없었다. 그래 나는 죽지않으련다. 아니다 나는 죽지 않는다.

낸 사랑이 죽은 다음에는 무엇이 남습니까.

개퍼 무덤이 남는다. 가난한 사람에게는 무덤만이 남는다. 나도 내꽃의 무덤을 가졌다. 그때 나의꽃과 같은나이의 여덜 처녀는 흰옷을 입고, 흰꽃을 그우에 뿌렸더니라. 흰옷입

낸 그이는 아조 젊은 나이에 죽었어요.

은 여멀처녀, 그때 교당의 종은울고 나의 흰꽃은 풀밑에 묻혔다.

개퍼 그이를 실어갈때 여멀처녀가 흰옷을 입었더니, 모도 안악네가 되었다. 아름답든 그들은 모도 늙어었다. 하나하나씩. 그렇다 저의들의 집은 모도 뷔이고 유리창은 깨졌다. 그러고는 푸른풀만 욱어지고 저의들은 모도 떠났다. 내가 가는날은 나의 꽃의 아름다움을 말할사람이 없었다. 저의몸이 누은자리를 가라칠 사람도없고 나는 그의 조고만 무덤을 원통 자개껍질로 꾸몃다. 거기서 피는 꽃들은 그에게서 오는 조고만 말씀이다. 조고만 빛나는 말씀이다. 쉰아홉해동안 이조그만 말씀들은 피고피였다.

낸 할아버지 나도 무덤이 있어요. 그러고 나는 쉰아홉해 앞으로 올날이 있어요.

개퍼 나의 고흔 사람아, 그대의 무덤에는 누가 있느뇨.

낸 나는 내 마음을 무덤에 묻었어요, 그러나 거기서는 꽃도 피여나지않을것이고, 그러고 나는 아마 여기서, 쉰 아홉해를 지날것입니다. 당신과 마찬가지로. 쉰아홉해. 열둘을 네번하고 더해야, 쉰아홉. 일년이면 삼백예순다섯날, 날마다 일어나고 일하고 다시 들어 눕고. 그러나 죽은몸○죽은몸. 이미죽은몸 언제나 죽은몸, 아니다 아니다. 그렇지않다.

할아버지 당신의 꽃이 죽을때 이야기를 들려주세요.

개퍼 해질무렵에 황금의 기사가 왔었다.

낸 그때 같이 계셨읍니까.

개퍼 나의 흰꽃은 창으로 내여다 보았다. 그는 말하기를『조수 조수 조수가 강으로 올라온다』고 하면서 그때 角笛 부는 소리, 황금의 기사가 각적을 불었다. 나의 흰꽃은 몸을 이르켰다. 별안간 웃음이 터저 하하하하 웃었다. 그러나 나의 흰꽃은 쓸어졌다. 벼개에 황금빛머리, 그러고 피와피. 내 시악씨의피. 나의 꽃의피.

낸 당신의 팔에 안겨서요?

개퍼 내가슴우에서. 나의 흰꽃은 내가슴에 누웠다. 조수 조수 조수는 강으로 올라왔다.

낸 그러면 그는 죽으면서도 질거웠을 것입니다. 참사랑이 결에 있었으니 당신은 당신의 꽃과 함께 사랑의 행복을 가졌읍니다. 사랑의 괴롬밖에는 없는 사람들, 사랑의 행복을 가저보지못한 사람들, 아ー 나는 조수가 내머리우으로 넘어오기를 바랍니다.

개퍼 오늘은 보름달이다. 오늘은 조수가 논다. 우리가운데 하나를.

낸 무엇이 우리가운데 하나를.

개퍼 조수가 우리가운데 하나를 데리러온다。

낸 할아버지를 데리러?

개퍼 아측도 내게는 소식이 아니왔다。 그러나 조수는 우리가운데 하나를 데리러온다。 그것은 올때마다 한사람을 데려간다。 한번은 나의 꽃을 데려갔다。 조수는 세상몹쓸것이다。

처음에 진흙같은것이있었고 모래언덕과 진흙언덕 고기를 노리는 황새。 조수가오기전에 강바닥에는 모래와 진흙암소가 목장에서 물을 먹으러나온다。 모래있는데 온다。 붉은 암소들、 그러나 저이는 조수를 무서워한다。

낸 즘생에게는 슬픔이 없어요。 해가 빛날때 물밭에서 물을 뜯는밖에。

개퍼 저이는 조수를 무서워한다。 처음엔 우ー 우ー 소리가 저멀리서 바다쪽에서 들린다。 뱃사람들은 가슴에 십자를 그린다。 조수는 차차올라온다。 차차 가차히온다。우ー。 우ー。 쉿。 쉿。 쉿。 그리다가 바위를 넘어 철석 부디친다。 히게 히게 새와같이、 물에서 날아올르는 백조와같이。

낸 빛나게간다。 높히、 높히온다。 번드기면서。

개퍼 우ー하고 버큼을 일으키며 좍 퍼진다。 느러선 병정같이 줄을 지어온다。 굼틀거리고 굼

들거리고온다。 부서지고 부서지며 밀려든다。

낸 빠르게 빠르게 검은줄하나。 버큼이 우에몰리며。

개퍼 그것은 배암이다。 배암이다。 머리를 치어든, 큰 물 배암이다。 헤염치며。 달려온다。

낸 빛나는관 머리에이고 모든것 삼키려。

개퍼 와락 닥치며。 소리치며。 그발룹으로 너를 훔치려。 너의 옆구리로 달겨든다。

낸 조수의 발룹이。

개퍼 노래하며, 노래하며。 바다는 소리치며, 뒤따른다。 아ー 잡는다。 저의는 강속에서 있다

물은 넘어간다。 넘어간다。 문득 소리치고 닥치며。

낸 깊히, 깊히, 물은 눈을 넘어 머리를 넘는다。 오늘밤은 다음철드는물이다。

개퍼 (꿈에서깨인사람처럼) 연어잡이들은 오늘밤에 그물을 잊어버리리다。 조수는 그것을 쓸어

간다。 나는 안다。 조수는 그물을 몇십리 밀어올려서, 글로스터도지나고 하트펠리도 지

난다。 노랑창포꽃이 그우에있고 능금나무가 그우에 자란다。 붉은 능금과 노란능금 모도

물로 떨어진다。 능금떨어지는곳에 물은 고요하다。그물에는 능금이 걸린다。

낸 고기도 걸려요?

개퍼　이상한고기가，바다에서　온　이상한고기가．

낸　그래요．정말　이상한고기지요．내일은　그물에　이상한　고기가　걸립니다．말도없는　것이　다

리에와　부디처서，하얀　무엇이　물속에서（혼자　물속을　드려다보는　얼골로）　내가　바다물에　빠

저죽은　후에는　나를　끌어넬것이다．뱃사람들은　내몸을　건질것이다．（몸서리치며）

안될말이다．안될말．

（안에서는　소리노픈　우슴소리와　칼다치는소리．문이열린다．제늬가　안방에서　나온다．더러운　접

시에　더러운칼과　삽지창을　늬가지고．제늬가　들오며　꽈게터夫人의　소리　들린다）

꽈夫人　기애　거기있늬．

제늬　있어요．

꽈夫人　이리　오래라．

제늬　（번더러）　어머니가　오래．

꽈氏　（소리를　번다）　애　문좀　닫고다녀라．바람에　목다라나겠다．（제늬　돌아서서　문을닫는다）

낸　너　무얼　가저왔늬．

제늬　（어쩔줄몰라하며）　어머니가　안에서　오래．

낸 (일어서면) 어머니야머래면 내말대답이나 하렴。 흥 우리동무 우리훌륭한동무。 살살기여
드는 동무야 가지고온게 뭐냐。

제늬 (움치러지며) 양고기만두야。어머니가 할아버지를 주래。 실컨먹으라고。

낸 (바라보면) 누구의 그릇에다가 담어왔니 애 착한동무야。

제늬 (말을 잘 못하며) 어머니접시야。

낸 그릇도 더럽고 갈과 똑도 더럽구나。

제늬 (부러지게) 늙은이가 뭘아나、저런늙은이게는 이만해도좋지。여보할아버지。이걸먹어요

낸 (제늬게로 갓가히 가며) 안된다。이동무 우리 훌륭한동무。우리 유다 노름하는동무。 조그만
배암같은 동무야、이만해도 좋은게뭐냐。너도 그 만두를 하나 먹었니?

제늬 (소리를질러) 먹을테면 먹지--누가 못먹어--

낸 넌 먹었니? 양은죽었어、지난주일에 죽었어、너는 그만두를 한개 먹었니?

제늬 나는 양이죽은줄을 아는걸 먹어、늙은이는 상관없대도 그래、할아버지。

낸 (맹렬하게) 앉어 이착한동무야、앉어서 그만두를 먹어라、먹어라、안먹으면 죽인다。먹어。
늙은이게나 젊은이게나 인정은 모르는애야。인정없는사람의 인정을 맛을뵈일테니 먹어

라。먹어。이조고만 배암아、먹어라。

제니　난 어머니를 오랠테야。(일어선다)

낸　(막으며) 안된다。안돼。(억지로 억세게 앉힌다) 먹어라。먹어。(제니 하도무서워 먹기시작한다)

제니　병이 나겠네。

낸　먹어。(제니먹는다。그리고는 움추러진다)

제니　(한입먹고) 웨그렇게 드려다봐?

낸　내동무를 드려다보지 내동무를。

제니　(한입먹고) 그렇게 드려다보면 못먹어。

낸　애 제니야、이게 네 혼인떡이다。혼인상에 채려논 혼인떡이야。

제니　(소리를 꽥지르며) 노려보지 말아。

낸　(밧작 닥어들어서 제니의 얼골을 노려내려다본다) 오냐 제니야 나는 너를 노려보겠다。나는 네 마음 속을 노려봐야겠다。네마음속을。(천수히 조용히)

제니　아——

낸　너는 눈이 파래、그파란눈으로 나는 네속을 디려다 볼수가 있어。내가 무얼 보는줄 너아

니? (사이) 나는 네속마음을 본다。 고건 차디차다。 고건작고 다랍고 차고 남 속이는거

다。 너는 운수가 좋다。 너는 사랑할줄도 모르고 미워할줄도 모른다。 개도 감정이 있고

버러지도 너보다 나。 고런사람은 어떻게 되는줄 아니。

채늬 (숨이 갑브게) 어머니! 어머니!

넌 내가 가르처주마、 내가 네 장래를 일러주마。 고 화란 눈속에서 네일생을 분명히 볼수가 있

다。 불밝은 어떤거리에 네가 술집에 나앉었는게 보여。 빰에는 빨갛게 칠을하고 고눈은 술

에젖어서 부풀어올라가지고、 떠러진 치마를입고 콜록콜록 기침을하고 발발떨면서 앉

었는게 보여。 그게너같이 다랍고 차고 작고 거짓말하는것이 받는 값이야。 그러고 더러운

침상이 있는 더러운방에서 너는 죽는단말이야。 분칠한빰을 벼개에다 올려놓고、 그러면

임자없는 네죽엄을、 동리서 처줘。 가거라、 가、 나가。 (제늬는 씨근거리고 비척거려서 문에

까지 간다)

제늬 아이그머니! (제늬는 문에가 기댄다。 손잡이를 쥐고、 무서워서、 거반 정신이 없다)

개퍼 (정신을채려 손을 이마에대고 치어다본다) 너는 길떠날 채비를 했니。

넌 나 떠나는 길。

개퍼　고은사람아　너는　먹고　마셔야　한다。그이가　온다。

낸　누가　와요。

개퍼　황금기사가　온다。그이가　저길로온다。

낸　황금기사요。오늘것을　먹읍시다。갈길이　머니。

（오븐을　열어서　사과만두를　끄낸다。칼과　접시를　가저온다。또　쁘랜디병을　가저온다。만두를　썰어서　늙은이에게　준다。）

개퍼　（비척거리며　일어나　손을　마조잡고）하나님　이음식에　복을　내려주시옵소서。좋은것을　베푸는이를　복　주옵소서。아멘。（먹는다）

낸　아ㅣ멘。（밖앗문을　두드리는　소리、발자최소리）이걸　자세요。（늙은이에게　쁘랜디를　한모금준다）

개퍼　（낸의　건강을　빌며）잘가거라、너　가는길우에는　꽃이있다。아ㅣ　황금　말굽소리　말굽소리

　　　빨리빨리。

　　（밖에　문두드리는　소리）

소리　아모도없소？문열우。

낸　자세요。할아버지。（밖에서　세게두드린다。안에서　사람들이　안문을　열랴고　흔든다。제늬가　손잡이

　　　　　　　　　　　　　　　　　　　　　　　　　　　　　　　　ㅡ599ㅡ

를 붙들고있어 열리지 않는다)

제늬 아이구! 아이구! 벤이 못달라들게、벤이 못달라들게。(벽으로 넘어진다)

(파게터 내외와 뒬들어온다。다른 사람들은 문에와 모여선다)

듸 (제늬를보고 벤이 잘못한일이 있는것을 좋와라고 성낸소리로) 너 제늬를 어쨌니? 응?

파夫人 (벤에게로 달겨들며) 너 왜 문을 못여니、고기 가만이 섰으면서。

파氏 제늬야 웬일이냐?

파夫人 (돌아서면) 제늬가 어쨋든 아른채말고、나가서 문이나 열어요。애 제늬야 저리가자。

듸 남들이 보기전에 들어가。

듸 저걸── 저걸──어디다가 때려 가둡시다。

파夫人 문을 열어요。

(제늬 비틀거려 나간다)

파氏 기애가 어째서 그러니?

벤 제가 제모양을 봤답니다。제모양을 보고 가만이 견달사람은 별로 없어요。

파夫人 얘 네가 만두를 떨어 벤 모양이로구나。

좌氏　쉬! 손님 듯겠소。

좌夫人　술병까지 끄내놓고, 어디 내가 너를 가만둘줄아니。(두드리는소리)

밖에서소리　여보, 여보, 빨리나오。

좌夫人　(문으로 나가면서) 부르는 소리를 못들었지요。손님들이 있고해서。오래 기다리셨으면

어쩌나。(차저온이를 찬々이 보며) 안녕히 오셨읍니까。의자를 내다노우, 앉으시게, 목사

님이 오셨네。들어 오십시요。좀 들어오세요。

드류　고맙소이다。

(드류목사와 덕슨과 가방을 든 순검이 들어온다)

좌氏　(의자를 가저오며) 안녕하십니까。

드류　평안하시우。

좌氏　(덕슨을 보고) 안녕하십니까。

드류　(순검을 보고) 그 가방을 테불우에다 노우。

딕슨　딕인가。엘렌도오고, 무척 자랐고나。낸인가。그래、그래。다들 평안한가。

좌氏　(가만이 좌夫人을 보고) 저레불을 치우。

뒤슨　(화중사납게)　테불상관없소。

파夫人　좀 지저분해서 죄송합니다。 손님이 있고해서 말하자면 뒤축 박축입니다。(뺀을보고 은근하게) 애 저 테불에 만두를 좀 치렴 얌전스럽게。

드류　응、 응、 잠간 좀 말을 들어 (모도 조용하다) 아ㅡ 이리들 들어오지。 그래、 응、 응、 이건 좋은일이란 말이야。 이렇게 기쁜소식은 근내에 드문일이야。(의자에 앉으면) 고맙소、 앉으시요。(뒤슨을보고 있는 사람들을 보고

뒤슨　괜찮습니다。

드류　오늘저녁에 우리가 여기 오게된 내력을 드르면 모도 기빼할거야。

드류　(날카럽게) 여복、 목사님、 그런것보다 바로 말슴을 하시지요。

드류　네、 네、 그렀읍니다。

뒤슨　늦으면 돌아가는 마차를 놓치겠읍니다。

드류　어디 천만에、 아니올시다。 아직도 십분은 더 있읍니다。 아직넉넉합니다。 마차가 오기휠 신전에 角笛소리가 들립니다。

파夫人　그렇읍지요。 각적소리가 멀리서도 들립니다。

개퍼　각적、 각적。 길우에 들리는 황금 발굽소리。 (페불로 갓가이 나오며) 심장의 고동같이 들

린다。

콰夫人　(화를내서) 이게 웬일이야。 (가만이) 망할 늙으니。 저리 데려가요。 말참견을 못하。

　　(덱슨을보고) 늙은이가 아조 망녕이랍니다。

　　(노인은 문으로 가서 달빗을 내여다 본다)

개퍼　(문에가서) 나는 그를 길에서 만나리라。 (나간다)

드류　저런일이 다——흠。 (이마를 손가락끄트로 룩々친다)

콰氏　가끔 그리 정신 없는 소리를 한답니다。

드류　가엾은 노인이로군。

덱슨　찾어 오기는 바로 왔는가요。

드류　그렇고 말고요、 바로왔읍니다。

덱슨　(가방을들고 글른다) 혹시나——저— 올아、 올아、 됐어。 (갑작이) 누가 낸 하드웝요。

낸　제가 그렇습니다。

덱슨　당신이요。 음 그래서 틀림없읍니까。

(드류를 보고)

드류　네 그렇습니다。

딕슨　부모는 메리、 하드윅와ㅡ 그러고ㅡㅡ에드워드하드윅고 그는 에ㅡ

낸　글로세스터에서 사형을 당했지요。

딕슨　스완스콤지방 주후 일천팔백ㅡ에ㅡ 음 그래서。(다른 사람들을 향해서) 모도들 이사람이

낸　하드윅인것을 인증하오?

모도들　네 그렇습니다。

딕슨　응、그래서。(드류를 보고) 그게 각적소리 아니오?

드류　천만에 아니올시다。

딕슨　(가방에서 주머니와 조희를 끄낸다) 펜하고 잉크를 좀 주시오。

좌氏　(찬장에서 끄내오면) 여기있읍니다。

딕슨　네ㅡ (쓴다) 이펜은 아ㅡ 여보 목사 다른 펜이 없겠소? (좌氏를 보고) 펜닭을걸 좀 주우 (ㅡ을 닥고 칼로 까든다) 음 그래서、(날카롭게) 낸 하드윅、그대의 부친은 아스톤막나 근 방에서 양을 도적한 죄로ㅡㅡ음ㅡ 사형을 당했것다。아니 가만이있어。그게사실이니까

음 그래서──그양은 니콜스란 사람의 소유인데。그런데 이번에 판명된 사실로보면 그

대의부친 에드와드하드윈는 그사건에 관게가 없단말이야。

낸 아니 그래서 당신께서는 그말슴을 해주시러 오셨어요。당신의 수하에는 누구만 못하지

않은 홀륭한 사람이 수백명식있지요。그러고 붉은옷을 입은 법관과 탈 을쓴 변호사가있

고。길거리에 있는 어린애라도 우리아버지가 죄가없다는 것은 가르처줄수가 있어요。길우

에서 노는 조그만 어린애라도 우리아버지눈을 한번만 드려다보면 알것을。

딕슨 지금 그러한것을 의논하고 있을수는 없는일이니까、지금 관게있는 점만을 가지고말해야

지。(드류가 귀에대고 소근거린다) 뭐요。네、네、그러니까 말이지。

드류 (낸에게) 딕슨 검사의 말슴을 끝까지 가만이 들어。

파夫人 그게무슨 배혼데없는 버릇이냐? 가만이 말슴을 듣지않고。

딕슨 하든말로돌아가서。 그양을 사실도적한것은 니콜스의 양직인데 그자가 그대의 아버지를

도적이라고 고발을 했든거란말이야。

낸 그양을 도적한것은 리차드 쇼플랜드여요。

딕슨 (낸을바라보면) 그자의 자백에 의해서 비로소 죄상이 판명된것이야。

모두　아— 자백을해。 그런일이 어디있었어。아이 저런。

듸슨　슬퍼할만한 재관의 실수야。응, 그런데 우리가 헌법률을 옹호하는 이상 때때로 그 실수로 인해서 생기는 손실을 달게 받을 각오가 있어야 한단말이야。（시게를 끄내본다）

드류　아직 멀었읍니다。

듸슨　흠。그래서 이번사건에 대해서 국가에서는 정당한 배상금을 지출하기로 결정이 된것이 야。

낸　위자료, 일금 삼십원。

듸슨　아니냐。일금 오백원이야。（주머니를 쏟는다） 서명하기전에 맞는가 세여보지。

낸　아니야 아니냐 괴와 눈물이 거기 묻었다。

드류　정신이 없는 모양이로군, 내가 세여보지。

콰氏　（낸에게 브랜디를 부어주며） 얘 이걸 좀 먹어라。

모두　오백원이야 오백원이야 어쩌면!

듸　（중얼거린다） 말과 마차와 살림채비한벌。

드류　오백。（콰氏를보고） 한번 세여보구려。

콰氏　아니올시다。 뭐 셀것있읍니까。

딕슨　바로되였지。（날카롭게） 낸 하드윅。

낸　또 무슨 일이 있읍니까。

딕슨　금액에 틀림이 없는줄을 알었지。

낸　아ー 돈이요? 범연할가바, 이렇게 법석을 부릴것은 없는걸가지고, 펜 이리주서요。 자ー 서명을 합니다。 일금 오백원 정히 영수함。

딕슨　날짜를 음。 그건 내가 써넣지。（순검을 보고） 중인서명을하오。（서명한다。 딕슨은 다시 시게를 끄내본다） 마차를 놓지지 않을까。

드류　밤에 고생을 하시느니 오늘밤 쉬여 가시지요。 하로저녁 쉬면서 조수구경을 하십시오。 정말 장관입니다。

딕슨　네, 감사합니다。（가방을 챙긴다） 자ー （순검에게 준다 번에게） 그 금액이 그대에게 위자가 되기를 바라오。 마차 탈메는 어느길로 잡니까。

콰夫人　저밭둑으로 내려가시면 얼마안됩니다。 밭둑만타고 곧장가시면 그냥나옵니다。

콰氏　가시느라면 마차의 각적소리가 들립니다。

뒤슨과 순검 갑녀다.

모도 안녕히 가십시요。 안녕히 가십시요。

뒤 (콰氏를보고) 자실걸 좀 드릴걸 그랬읍니다。

콰氏 어디 우리같은 사람이 그럴처지가 되나。

뒤 반드시 그럴게 있나요。

드류 우리가 오늘저녁에 들은 소식은 모도 크게 기뻐할만한 일이요。 (번에게 향해) 네마음의 만족은 여러번 말하고 싶으지는 않다。 그렇지마는 너를 친절히 돌보아준 너의 훌륭한 아주머니에게 대해서는—

콰夫人 별말슴을 다하십니다。 당연히 할일을 했읍니다。

드류 아하 그렇게 검사할것도 없는일이고, 또 여기 모인 여러 젊은친구들이라던지 모도마음 에—

(뒤슨 다시 들어온다)

뒤슨 여보시오, 목사。 마차탈메로 가는 길을 좀 가르처주시오。 길이 어떻게 소삽한지。

드류 네 그렇게 하지요。 어렵지 않습니다。 (여러사람을 향해) 잘 놀다들 가오。 재미있는데 튀여들어서 미안스럽소。

파夫人 온 천만의 말슴을 다 하십니다。

드류 (넨에게) 그런데 얘。아이구、인제 훌륭한 재산을 갓게되였으니까 존대로 해야겠군。내

　　일 우리집으로 와서 우리안사람을 만나봤으면 좋겠는데――가정부로 와서 있어 줬으면

　　하는 생각이던데。

뒤슨 자ー 갑시다。

드류 곧갑니다。그이야기는 내일 자세히 하기로 하지。

넨 대단감사합니다。그렇지마는 내일 댁으로가지는 못하겠읍니다。만일――만일 어부들이 목

　　사님 댁으로 잡은것을 가지고 간다면 몰라도。

드류 (웬영문을몰라) 어 그래어――잘생각을 해봐、밤을지내고 생각을 해봐。

넨 네 잘자고 생각해 보겠읍니다。

드류 먼저 갑니다。(뒤슨을보고) 저ー 가십시다。(나간다)(다시 들어오며 파夫人을보고) 여보。

파夫人 네。(드류는 파夫人을 한편으로 끌고가 넨을가르치며 속색인다)

드류 곧 재우시오。(넨 苦笑한다)

파夫人　네 그렇게 하겠읍니다。너무 뜻밖의 일이라、어쩔줄을 몰라 그렇습지요。아이 가엾어라。(드류나간다) 겨우 갔네나。(여럿을 보고) 들어가 먹든거나들 먹지。나두 곧갈레니。문을닫게。바람이 몹시 불어。(모도들어간다)

듸　낸도 먹을걸 좀 가저다 줘야지。

파夫人　남의 걱정은 그만두고 제걱정이나 하게。들어가 제늬 좀 봐주게。

파氏　세상일이란 그래도 받아질 날이 있는것이다。느이 아버지하고 나는 어릴때부터 동무다。같이 두더줘. 잡으려도 다니고 아하 그뒤에 감자재배 콩재배에 상도잘랐느니라。나는 기쁘다。오늘 그소리를 들으니 참 기쁘다。

낸　아저씨가 정말 기쁘십니까。

파夫人　애봐라、네가 정말 마음이 바로 백혔다면 너는 웨 기쁘지않겠니。요런 독살스런계집애봤나。

파氏　그러고 오백원이면 돈도 큰돈이다。

낸　사람의 목숨값이 큰돈이나 되어야지요。

파氏　네가 그돈을 가지고 할일이 두가지가 있을것같으다。은행에다、예금으로 매껴둘수도 있

는 일이고, 그렇지않다면 말이다—— 내가 그돈을 네게 빗으로 얻어가지고, 농사자금으
로 쓰고싶은 생각도 있다。 빗에 이자는 물론 상당이 물겠지마는。

낸　제가 그러기 싫다면 어떻게 하고요。

좌夫人　싫다。 싫단말이지。 네가 아주 한번 뽑낼생각이로구나。 네가 그럴줄은 미리부터 알았
다。

좌氏　(말을막으며) 네 의향을 물어본거니까—— 될수있으면 그돈을 밝으로 내보내지말고。

좌夫人　(좌氏를보고) 의향을 뭇는게 다뭐요? 저 계집애를 제멋대로 하게 둘생각이요? 의향
이 다뭐야? 애 너는 아즉 성년이 못되였어。 그러니 우리가, 네 후견인이다。 그돈은 우
리가 말아서 처분을 하는것이니 그리알아라。

낸　그래요。 제늬를 시집보낼랴면 돈이있어야 하지요。

좌氏　(화를누르며) 내가 하는말은 말이다——

좌夫人　맙시오, 참새하고 싸우는 도야지등신만도 못하오。

좌氏　쓸데없는 주둥이 까지말어。

좌夫人　나를 섯불리, 건드리지마우。 좋은일없을레니。

넨 돈은 내것이고, 당신들것은 아니오。나는 쓸데가 있어요。

파氏 (넌에게) 그럼 나는 너하고 그만이다。너는높은사람들에게도 막드리대지를못하나 아무

말이고 못할말이 있어야지。네돈은 가지고 네마음대로 해라。그렇지마는 너、내술잔은

물어놔야한다。어쩔테냐。

넌 무슨 술잔이요?

파氏 웨 그걸 몰라。

넨 옳아、저 우리동무가。저 착한동무가。(안에서 우는소리) 그 우는소리가 네마음의 소리로구

나。옳아 그래서——

파夫人 그뿐인가。너는 뻔뻔스럽게도 사과만두를 마음대로 먹지않았니。

파氏 그러고——자— 나는 그것을 네마음에다 맡기겠다。

파夫人 잠깐 기다리오。임자、우리 얘하고、아주 귀정을 집시다。

넨 옳소、귀정을 집시다。(돈을 쏟우면서) 이걸봐라。이걸봐。돈、돈、노라코、동그란돈 노라

코 조그만 동그래미가 쉬흔개。자— 이것이 한사람의 목숨값이다。아— 나는 거미줄에

걸린 파리모양으로 거미줄은 나를 차차휘감어서、그것은 시체를 싼 이불이되고 세상에

는 질겁이 없어졌어요。내마음은 잉크같이 쓰고 숨이맥혀요。그값으로 나는 저 조그만

노란 동그란것을 얻었어요。(사이 목소리를 변해서) 그러고 이 모든것이 우리 아버지의 목

숨, 당신들의 모욕, 나의 깨어진 마음。모든 것이 실수야, 실수, 오백원이면 마쳐지는

실수다。가지고온 관원은 마차를 기다리면서 이것을 아무렇지 않게 여긴다。마차 탈일

밖에는 생각해주는체도 않는다。(안에서 우는소리) 저봐。저애는 제자신을 보았다。우는

것도 당연한일이다。저애눈에는 무료시체운반차가 오는것이 보인다。

　（되가 문으로 머리를 디여민다）

되　장모님 체늬를 좀 가보시오。

좌夫人　체늬고 무어고, 나는 여기 할일이 있네。

되　가위를 눌렀는지 어쩐지。우리로는 어쩔수가 없는데요。

좌夫人　(번에게) 이것도 네탓이야。다녀와서 이야기하자。

少女—　(문에와서) 아주머니 빨리 오서요。

　（좌夫人 브랜더병을 집어들고 나간다）

좌氏　이게 나종에는 어찌 되는거냐。(나간다)

(딕가 다시 들어온다)

딕　낸, 먹을걸 조금 가저왔는데.

낸　그건 웨.

딕　저― 말이야. 앉아서 이걸 먹어. 웅, 의자를 바로놔야지.

낸　이걸 웨 나를 가저다 주는거냐.

딕　나는 말이야, 저― 낸이 시장하지 않을가해서.

낸　나는 아무것도 싫다.

딕　여봐낸. 내생각은 말이야 말하기는 좀 어렵지마는, 저 나는―― 낸이 나를 용서해 주기를 빈다. 정말 내가 잘못했다. 아― 낸. 이고혼사람에게 내가 잘못했어.

낸　무얼 잘못했다는거냐?

딕　나는 저― 나는 모르겠다―― 나는 남의 말만 믿었어.

낸　그래. 남의 말을 믿었다. 어떻게 남의 말을 믿었다는거냐.

딕　다른게 아니라. 낸의아버지 이야기를 듣고나서는 말이야. 아이고 모르겠다. 나는 어쩐지 이런 생각이 났어. 아이고 목이 말라서 말을 못하겠다. 저―

낸 그래 어쩐생각이 났어。

뒤 네머리가 줄이되어서 내목을 졸라매는 것같애서 숨이 맥혀서 정신이 없었다。어쩔수가없었다。어쩔수가。

낸 꼭 그래서 그랬단말이지。

뒤 웅 그렇단다。

낸 그런데 웨 제늬를 끌랐닌、내키스의 뜨거운 기운이 아즉 사라지기도전에 (뒤에게로 가까히 가서) 네핏줄속에 피는 아즉도 나와 한가지 노래를 부르고 있을때에 너는──너는 웨 제 늬에게로 갔니。(사이) 징역군의 딸이아니래서 그랬니?

(사이、되는 입술을 핥아서 침을 삼킨다)

(개퍼다시 들어온다。장미멏송이를 손에들고 낸에게로 간다)

개퍼 보름달이 둥글다。풀밭에 소는、무릎을 꿀고 울며、꽃도무릎을 꿈다。내 아름다운 사람아 네머리에 장미화를、세상에 예쁘게 빛나는 사람아。

(청충하게 장미를 바친다)

네 머리에 장미화를、신부의 머리는 풀렸다。

(낸 장미하나를 머리에 꽂고 머리를 풀어 느린다)

낸 (돈을 얼마집어) 비석값을 하시오. (날카롭게 뒤를향해) 그래서?

듸 나는 말이야——아이구 머라구하나. 너하고는 아주 그만둔다는것을 보이기위해서 그러나 는 골이 났거든.

낸 내가 그말을 안했대서.

듸 그럼.

낸 애 여자가 아무말도 할수없는때가 세번있다. 아름다운때다. 사랑하는 사람의말에 귀를기 우릴때. 자기의 몸을 허락할때, 어린애를 나을때, 내가 말을할랴고 했드면 네가 먼저 막 았을게다.

듸 나는 말이야. 네가 정직지 못한출로 생각했어.

낸 그런데 너는 또 제늬에게서 돌아설 생각이로구나. 웨 제늬를 버리니?

개퍼 (돈소리를 내면서 돈을 센다)
아흡하니 종소리 석겨난다.
열하나 앞에길 열린다.

듸 내가 그애를 생각이나하니。 인제나는——

개떠 열하나 하날에 가는길은。

듸 시끄러워 이놈의 늙은이。

낸 인제 어째。

듸 아 여봐、내가사랑하는건 낸이야。 우리아버지가 전갈으면 못하게 할터이지마는、인제 너
도 깨끗한 사람인것이 알려지고。

낸 네생각은 그것 한가지로구나。

개떠 열둘、열둘、열두시면 종을 울린다。 천사、 황금의천사。악마가 열두시면 걸어나온다。
귀신、귀신、흰비석뒤에、황금기사야、 그것을 처라。빛나는 날낸 창으로。

낸 그것 한가지 뿐이냐。 그러면 너는 나를 사랑하니。

듸 그렇다、그것하나다。 나는 너를 사랑한다。

낸 그러면 아주머니가 무어라고 할까。

듸 아주머니고 무어고 그게 우리 이간을 붙혔지。

낸 아주머니께 할말을 내가 알으켜줄까。

되 그래.

낸 지금가、저 돈주머니를 가지고 아주머니게로 가서 그돈을 주고 돈은 아주머니 네가 가지고 혼인은 제녀를 그만두고 낸하고 하겠다고 그래.

（되 뜻밖에 말에 깜짝놀라서 주머니를 들고 천々히 문으로 걸어간다）

되 그거보다 말이야、낸、내생각같아서는 말만 해도 될게아니야.

낸 그럴줄 알았다 알았어.

（멀리서 각적소리 가늘게 들린다）

개며 바다에는 음악이 부드러운 음악이 배들은 그 소리에 혼들리운다.

낸 되야、이리와 남들이 우리아버지가 양을 죽였다고하지. 목에 갈을 댈것도없이 다 죽어가는 늙은염소한마리、남들이 죽였다고 하는 말한마듸에 우리 아버지는 사형을 당했다. 원고을사람이 구경하는데서 목을 졸라서.

너는 왔다. 너는 이계집애가 좋와서 별말을 다한다. 아무여자나 귀를 기우릴수밖에 없는 말을. 그런데 그것이 모두 욕심에서 나온거야. 여자의 입술을 제입술에 댈랴는 욕심、여자의 입에서 좋은말을 들으랴는욕심、그러다가 심술궂은 늙은이 말한리마에 제가 키스한

그 입술을 때린다。 십분이 못되어서 너는 그의 사랑하는 마음과 여자의 자랑과 이 세상의

모든 질거움을 빼앗어서 흙에다 짓밟는다。 너는 그의 흰몸을 밟고 춤을추면서 피가 묻어

서 구두가 더러울것만이 걱정이다。

(각적소리가 가까워진다)

개꿔 각적、 각적。 아 부엉이는 숲울속에서 웃는다。

낸 너는 다른여자에게로가서 그에게 질거움을 준다。 그러다가 늙은이가 그전여자를 두고 한

말이 거짓말인줄을 안다。 그뿐인가, 제입맛에 맞고 거기다 돈이있어 허영을 첼수있는 집

하고 말하고살수있는 노라코 동그란 것이 있는줄을 알고 우는소리를 하면서 돌아온다。

우는소리를 하면서──그여자가 다시 너를 사랑해주게。 그러고 그돈이 네게로 들어오게。

늬 너로서는 그런 말을 할만도 하다。 그렇지마는 나는 너를 사랑한다。 나는 정말 너를 사랑

한다。

낸 오냐。 오늘저녁에 나는 잘알았다。 너는 남을 보고 도적놈이라, 사람을 죽인다──여자를

버려준다 그런말을 한다。 그사람들을 죄인이라고 한다。 그렇지마는 네야말로 죄인이다。

너는 남의 마음을 죽인다。 버러지나같이 그것을 흙에다 짓밟는다。

낸　（소리가　높아짐을　따라）　조수다。

개퍼　조수。

낸　（우스며）　조수가　강으로　올라온다。

파夫人　돈을　감장해요。임자。부란디고　무엇이고。

少女一　순검을　데려와。아ー티야、순검을。

낸　（조수소리　높아짐을　따라）　내일아침　그물에는　이상한　고기가　걸린다。（나간다）

개퍼　노래하며、노래하며、소리치며　온다。가슴을　넘어、입술을넘어、눈을넘어、

（각적　부는　소리）

파夫人　（돈을　의장에다　바쁘게　너면서）　이건　괜찮다。무어하고　이야기를　하나。

（마차의　각적이　분명히　높히　들린다）

개퍼　각적소리、각적소리。

―――（幕）―――

바 보

피란델로 作

劇研第五回公演臺本

『人物』

루ー카・딱치오…………폐병든靑年………………二十六歲

레오폴드・콰로ー늬………………社　　長………………五十歲쯤

外交員………………………………………………………………

로ー싸…………………………………女記者………………三十歲쯤

第一記者…………………………………………………………………

第二記者…………………………………………………………………

『舞臺』

코스라노아市民衆新聞社長, 『레오폴드파로―늬』의 質素한 同新聞社編輯室은 同地方共和黨領袖 파로―늬의 住宅안에있다. 낡고 부서진 家具에 몬지가 자욱하다. 어디까지 亂雜하다. 四方에 조희가山積해있다 椅子에는 冊과 書類가 많이 있다. 新聞紙가여기저기흐터져있다. 冊이 막쌓인書架, 속이꺼여져나오는 椅子入口는 左便에 있다. (俳優便으로보아서) 編輯室로通하는 유리낀門이 뒤편에 있다. 左便門은 파로―늬의 私室로通한다.―――

밤. 幕이열리면 뒷編輯室에 불빛이 더러운 유리넘어로 빛어서 書齋는 겨우흐릿하게 보인다. 長椅子우에는 머리를쿠손에기대고 억개에 灰色목도리를둘르고 旅行用帽子를 코까지 눌러쓴 루―카・따치오가 꿈짝도않고 그 어두운대 누어있다. 아모도 그의잇는것을 모른다. 해골같이마른두손을 목도리밑에 감추고 있지마는 손속에 수건을 뭉처들였다. 二十六歲의 靑年. 書齋에 불을킨다면 죽은사람같이 말라빠지고 노란 머리털, 턱에 수염이 조금 있는얼골이 보일것이다.

때때 바른기침을 하다가 숨이 맥힌다。그러면 手巾을 입에다 랜다。뒤ㅅ편에서 파로ㅣ늬와 記者들의 목

소리 數分동안 들린다。.........

파로ㅣ늬 그 녀석을 餘地없이 攻擊하라고 전부터 일러두지 않었나ㅣㅣ

여럿의 소리 네그렇습니다ㅣㅣ徹底하게 해내지오ㅣㅣ勿論이지요ㅣㅣ아니안됩니다。

第一記者 (남보다 소리를 높혀) 그러면 우리는 保守派市場의 利益을 옹호한것이 됩니다。

여럿의 소리 그렇다ㅣㅣ그렇다ㅣㅣ反動派의 옹호다ㅣㅣ안됩니다ㅣㅣ絕對로 안됩니다。

파로ㅣ늬 (놀랜소리로) 그런걸 누가 생각한단 말이오。우리는 우리의 계획대로 實行할뿐이지

우리 共和당의 主義主張에 依해서 그놈을 공격하는것이야。다시 여러말 할건 없어。나

는 論說을 써야할테니까。

(동안、루ㅣ카·빡치오는 가만히 있다。왼편門이 半쯤열리고 뭇는 소리。「아모도 안게십니까」따

치오는 대답을 안는다。또한번 뭇는소리。「그냥드러가도 좋습니까」外交員(비에몬드出生의 四十

才된 男子 주저하며 들어온다)

外交員 (獨白비슷이) 아모도없나。

루ㅣ카 (동하지않고) 저기 안방에들 있어。

外交員　（깜짝놀라서）　아이　失禮쩼읍니다──저──未安합니다마는　파로ー늬　社長께서는。

루ー카　안에있어……절루들어가。（유리찐문을 가르친다）

外交員　들어가도　관계없을까요。

루ー카　（락무러지며）　들어가고　싶으면　들어갈게지。

（外交員 그門으로 가는中에 編輯室에서 떠드는소리들리며 또좀 먼곳에서 群衆의소란이 들린다。

이것은 廣場으로 지나가는 示威行列인모양이다。外交員은 멈줏서서 어쩔줄을 모른다。

여럿의소리　（編輯室안에서）──저걸보　들어봐요──시위운동이야、시위운동이야──빌어먹을

反動파의 시위야。

第一記者　市長萬歲라는데야 내가 아까말한대로 되네。

파로ー늬　（주먹으로 책상을 치며）「기도맛차리ー늬」야 내가 죽여야한다고 하는것은 우리공격의

目標든 社會당이야。市長같은거야 아모래도 問題가 없어。

（廣場의 騷音이 編輯室의 소리를 잠시 壓倒한다）

騷音　『市長萬歲！ 打倒社會黨』（이소리가 멀어지며 編輯室의 따聲 다시 들린다）「이런빌어먹을

저놈들은 市의 公敵이다。市長에게 買收된놈들이야」──별안간 손에 棍棒을 들고 帽子

들쓴 記者두사람이 안門을 열고 나와서 示威行列있는데로 가려고 벼口를 向한다。

第二記者 (흥분되어 달려가며) 망할개자식들。(나간다)

第三記者 (外交員을 보고) 저놈들은 『市長萬歲』를 처불르고 있었어。(나간다)

社長의소리 자— 다들가봐。다—들。나혼자 남어있을터이니。인제 論說을 써야할테니까。

(안門을열고 帽子쓴 記者다섯이 뤼여나온다)

여럿이 더러운놈들。저놈들은 買收를 當했어。

(그中의 한사람이 外交員앞에 달려들며)

記者 들어봐、市長萬歲라고 하잖나。(다나간다)

外交員 대체 이거 어찌된 영문입니까 (루—카에게) 이게 무슨일인지 좀 알려주실수 없읍니까 (루—카 기침을 連해한다。手巾을 꺼내서 입에댄다。外交員은 極度의 不快를 느끼면서 몸을 굽히고 드려다본다)

루—카 저녀석의 담배연기——에—에— 헤— 고만 기침이 터저서……여보 좀 저리비키우… …숨을 좀 돌려야지。(기침이 그친다) 당신은 이고을사람은 아니로구려。

外交員 예— 나는 타관에서 온 사람이올시다。

루ー카　그러면　우리둘은　다같이　타관사람이로군.

外交員　저는　싼고ー네紙物商會　사람인데　注文을　맡으러돌아다닙니다。지금　社長을　뵙겠다는
　　것도　新聞用紙까닭이올시다。

루ー카　그렇지만　지금　이모양이니까　봬야　쓸데　없을걸。

外交員　네ー　지금　들었읍니다마는　무슨　示威運動이　있다구요。

루ー카　(深刻한　諷刺의　어조로)　흥　代議士選擧가　지난지　八個月이　되었는데　新代議士　기도●맛
　　차리ー늬에게　對한　反感이　이렇게　強烈하다우。

外交員　맛차리ー늬라면　저社會黨、代議士입지요。

루ー카　음　아마　社會黨이지　그런데　이　코스타노아市는　모도　그에게　反對야　지금　이　民衆新聞
　　社社長이오　또이　코스타노아市의　共和黨領袖인　파로ー늬氏一派가　그렇고　또共和黨의　원
　　수인　現市長一派保守黨도　그렇단　말이야。그렇지마는　같은選擧區의　다른　地方에서　絶對
　　多數를　차지해가지고　代議士當選이　되엿서。社會黨이지마는　돈이무척많거든　(손가락으로
　　동구라미를　만드러뵌다)　참말　위대한　人物이지！그렇지마는　아직도　이고을　사람들은　反感
　　을　가지고　있단말야。그런데다가　요새는　現市長을　쫓아내고……저만큼　비켜요……아이

— 626 —

숨이 가빠—— 자기黨派사람으로 새市長을 任命하게되였어……이게 重要한 일이거든 새

市長의 손으로 이고을 政治를 맘대로 하자는거야——

外交員 그래아까 『市長萬歲』라고 펴드는군요.

루ー카 그래서 오늘 示威運動은 三角戰爭이라우 아까 떠들든것이 保守黨의 市長派이고 또이

社長一派의 共和黨의 行列이였고 아마 社會黨에서도 가만있지않을테니까 (諷刺的으로) 아

여보, 이조그만 코스타노아市가 이를테면 세상에서 제일 重要한데란 말이오. 全世界의

運命이 여기매였다고해도 過言이 아니란 말이오. 당신이 저 유리창에 기대여서 하늘을

처다본다고 합시다. 무엇이 뵈이겠소? 별이란별은 모도 이 코스타노아市를 向하고눈을

깜박이고 있지않겠오. 그것을 별들이 嘲笑를 하고 있다고 할사람이 있을까. 없지었어.

별들까지 부러워서 한숨을쉬고 있다고할게요. 별도 이코스타노아같은 고을이 람이난다

오. 여보 그러고 당신은 宇宙의 運命이 어디달려있는것을 아시오? 勿論 이 코스타노아市

協議員會에 매였지요. 자 市協議會가 解散이되였다. 그만 왼宇宙가 빨딱뒤집혔다. 당신

이 여기 社長의 얼굴을 처다보시오. 거기 그렇게 씨여있을테니, 그 유리창으로 들여다

봐요.

外交員　저ー한 유리라 안보이는데요。

루ー카　아ー 참 그렇든가 그건 미처 생각을 못했군。

外交員　당신은 이 新聞編輯에 關係하고 계십니까。

루ー카　關係가 무슨 關係요 나는 거저 同情者지——그보다도 同情者였다는거지 그건내가 앞
　　　이길지않는다는 말이요。코스타노아에는 肺病이 끈칠날이 없어서 내兄님도 둘이다 이 新
　　　聞編輯의 일을보고 있다가 둘이다 肺病으로 죽었다오。그런데 나는 말이야 나는그적게
　　　까지 醫學工夫를 하고 있던 學生인데 오늘 아침에 본집으로 죽으려 돌아왔오。대체 당
　　　신은 新聞백히는 조히를 파는거요。

外交員　네ー 저 조히라면 없는게 없읍니다。新聞用紙도 勿論이구요 값으로 말을해도 어느會
　　　社보다 싸게할 自信이 있읍니다。

루ー카　그러면 新聞部數가 작고 增加하게 되게。

外交員　예지금 市勢로 말씀하면 조히값이라는건 참말……

루ー카　(막으며) 알었오알었어、만일 당신이말이요 이앞으로 몇해식두고 당신네 工場의 조히
　　　를 다른 會社보다 헐값으로 시골新聞에다 팔고 한十年지난뒤에 밤에 꼭 오늘같은 밤에

다시 여기를 와서 이늙은 長椅子가 그대로 있는것을 본다고하면 그때 나는 이세상에 있

을것은 아니 오마는 생각해보면 재미있는 일이야。그러고 코스타노아市는 平穩해지고…

(示威運動을 따라갔든 三人의 記者가熱狂해서 소리치며 돌아온다)

第一記者　파로ー늬社長、 파로ー늬先生!

第二記者　세상에 이런일이 있담。

第三記者　社長님、 빨리 나오십시오。 우리와같이 가서야겠읍니다。

(레오폴드・파로ー늬、 編輯室에서 나온다。 손에 石油남포를 들고 있다。 五十歲쯤、 獅子같은 머리

털、 큰코、 카이제르쉬염、 메딱스트렐레스같은 턱쉬염、 붉은 넥타이)

파로ー늬　뭐야 뭐야 무슨活劇이야。 (冊床우에 조히를 한쪽으로 밀고 남포를 놓는다)

第二記者　큰 야단났읍니다。

第一記者　社會黨녀석들이 굉장한 示威隊를 지어가지고 南쪽큰길에서 처들어왔어요。

社長　(막으며) 그래가지고 保守黨示威隊를 습격했나?

第三記者　아니올시다。 우리共和黨示威隊를 습격했읍니다。

第一記者　자ー 빨리가십시다。 社長께서 안계시면 안되겠읍니다。

社長 (뿌리치며) 아니 가만있어 그렇다면 저 경찰은 어찌되였노 경찰의 태도는 어때?

第一記者 경찰의 태도는 아즉 不明합니다。市長은 우리편을 全滅시키고 싶을지도 모르지오。

社長 자 그럼 나가보지 (이소리와함께 몸차림을 하면서 第三記者에게) 내 帽子하고 스틱을 가져와
자ー 빨리 가셔야겠읍니다。

第一記者 빡브리치는 어디있노? 콘희는 어디가고?

第二記者 그두사람은 示威隊가운데 있었읍니다。죽을힘을 다해서 싸호고있읍니다。

第一記者 防禦에 全力을 다하고 있읍니다。

社長 그런데 왜 保守黨에서는 警察을 부르지 않누。

第一記者 그녀석들은 벌써 다라났답니다。

社長 그럼 자네들도 마찬가진가 왜셋이나 함께 나를 찾으려왔나 한사람이면 足할텐데。

第二記者 (돌아와서) 스틱을 찾어도 없읍니다。

社長 그럴理가 있나 구석에 옷거는데 거기 있을텐데。

第三記者 암만 봐도 없읍니다。

社長 없을理가 있나。내가 내손으로 둔것이。

第二記者　그럼 콘트라나 빠브리치가 가지고 잔게지요。

社長　그렇지만 스락이 없어야 될수가 있나。

第一記者　예 제걸 더릴테니 어서가시지요。

社長　자네는 스락없이 그속에를 어떻게가나?

（이때에 三十歲가량의 男子같은 옷을입은 마른 로쌰가 허덕거리면서 정신없이 뛰여들어온다）

로ー쌰　（숨이가빼서） 큰일이 났어요。

一同　（狼狽하고 걱정스러워서） 뭐야 무슨일이야。

로ー쌰　다들 모르서요。

社長　누가 밟혀죽었나?

로ー쌰　（무슨뜻인지 몰라 一同을 둘러보며） 아니오——어디 무슨일이 생겼나요。

第一記者　당신은 示威運動을 못보셨구려。

로ー쌰　示威운동이라고요。 못봤어요。 나는 지금 불상한 프리ー노의 집에서 오는길인데요。

第二記者　뭐라구요?

로ー쌰　프리ー노가 自殺을 했답니다。

第一記者　自殺을!

社長　프리ー노가?

第三記者　루、프리ー노가 自殺을 했다?

로ー얘　한時間쯤 되었어요。食堂에서 목을 맨것을 發見했어요。

第一記者　목을매?

로ー얘　아이 무시무시해 나는 내눈으로 봤어요。새파래저가지고 눈은 붉어지고 혀는 빼밀어

나오고 축처저서 달려 있겠지요。(몸서리를 친다)

第二記者　그래 그건 가엾은걸。

第一記者　참불상해 아모래도 그사람의 病은 낫지를 못할거야。나을 希望이 도무지 없어。

第二記者　苦病을 短縮시킨게지。

第三記者　피로워서 서있지도 잘못했으니까。

社長　그녀석은 제生命을 어떻게 쓸지도 몰랐든거야。바보같은짓을 해버렸어。

第一記者　그건 왜 그래요。

第二記者　自殺을 했다고 해서요。

第三記者　왜 바보같다고 하세요?

第一記者　아모래도 죽을것은 빤한 일인데요.

第二記者　살아있다고 해도 말뿐이지.

社長　글세 그러기에 말이야 내가 族費까지도 대주지 않었나.

第三記者　무슨 旅行에 쓰라구요.

第一記者　무엇이요?

第二記者　黃泉에 旅行費用입니까.

社長　아니야 그러찮아。로一마에말이야。로一마에 갈 旅費를 나는 아조 넉넉히 내줬어。이세상에서 살아갈 希望이라고는 없고 제몸을 어떻게 해야 좋을지 모를때에 아모래도 自殺을할것이라면 무슨 기쁨을 느낄만한 일을 시켜주려고 나는 생각한걸세。아모래도 죽는 것이라면 그래도 社會에 무슨 貢獻이 될만한 일을 하고축으면 제게기쁜일이 아닌가。나는 본시부터 이런일을 좋와해 자一 나는 병이깊이들었다。내일이라도 죽어야 할몸이다 아제 나라의 名譽를 더럽히고 있는 사내가 하나있다。天地에 용납할수없는 大惡漢이다。그것은 누군고하니 기도·맛차리一녀다。옳다 나는그놈을 죽이자。그러고 나서 泰然히

若히 죽엄앞에 나가자。 자ㅡ 이래야 비로소 大丈夫의 할 일이지。 그렇지않다면 그것은 할일없는 바보가 아닌가。

第三記者 그렇지만 거기까지는 생각이 못밋첬을지도 모르지요。

社長 왜 그런 생각이 못난담 두時間前까지 우리가 呼吸하고 있는 이空氣와 日光을 더럽히고 우리國民을 짓밥은 恥辱을질머지고 허덕이고 있지않었나。 나는 프리ㅡ노에게 拳銃을집 어주고 旅費도 넉넉히주었으니 그만큼 해주면 내마음을 알만한 일이 아니야『그놈을 죽 여라 그리고 自殺해라 이바보야』 이런뜻을 몰라?

(이때에 新聞記者兩人 기뻐서 뛰어들어온다)

第三記者 누가 부뜰려가?

第四記者 됬다 다들 부뜰려갔네。

第三記者 누가 부뜰려가?

第一記者 (冷然히) 警官이 왔던가。

第四記者 그러이 다지난 담에야。

第五記者 警官들은 참 勇敢하메 막 突進하메그려。

第四記者 마치 쇠몽둥이같이 처들어가메。 (自己네도 사람의 興奮에 反響하는것을 보고) 왜 또 무

─634─

슨일이 났나。

로ー얏 프리ー노가。

第五記者 프리ー노가 여기 무슨 상관이 있나。

第一記者 목을 매 죽었다네。

第四記者 루、프리ー노가? 목을 맸다고?

第五記者 허ー 참 안됐군。그사람은 언제던지 自殺自殺 하더니 더 견딜수없어서 기어 죽고말었군。

社長 머 그보다도 훌륭한일을 할려면 할수있는것이지。지금도 내가 말한것이지만 사람이 自己를 위해서 자살을 한다면 먼저 社會民衆을 위해서 國家를 위해서 몸을버리고하는 일이 있어야 하지。그녀석은 로ー마로가서 萬民의敵 기도맛차리늬를 죽였어야 할것이란말야。머 旅行에라고 돈이드는것도 아니고 내가 그만한 돈을 벌써 줬겠다 바보같이 自殺을 하지아니해도 될것인데。

第一記者 여보게 인제 너무늦었네。

第二記者 그래 저녁記事는 내일 편집하기로하세。

第三記者　日曜夕刊까지는 아직 時間이 넉넉하이。

第二記者　(한숨을 쉬면서) 그렇지만 프리ー노이야기는 몇줄 써야 하지않겠나。

로ー야　(社長을 向해서) 쓰라고 하시면 제가 그 記事를 쓰겠어요。 저는 現場을 보고왔으니까요

社長　쓰시우 아조 짭게 쓰시우。

第四記者　우리들도 좀 보러갔으면 좋겠는걸。

로ー야　아측도 목을 맨채 매달려가지고 있어요。 檢事가 오는것을 기달려서 풀어놀려는데 檢事가 모르고 地方에出張을 갔다나요。

社長　유감千萬인걸。本紙의 日曜附錄全部를 그녀석에게 바쳐도 좋을것이 아닌가 國家를 위해 서 원수를 갚는 그런 行動을 했다면。

第一記者　(長椅子우에 루ー카파치오를 發見하고) 저게 누구야。 아니 루ー카파치오가 여기오지않 았나。 (모다 도라다 본다)

社長　야 파치오君。

第一記者　왜 아모말도 없이 그런데가 백혀있나?

第三記者　언제 돌아왔나?

루ー카　(힘이 탁 풀려서) 오늘아침에 왔네.

第四記者　그래어때? 별로 신통치 않은가?

루ー카　(잘대답을 않는다. 먼저 손짓을 하고) 거저 푸리ー노하고 다름없네.

外交員　예 파로ー늬社長이십니까. 저는 다름아니라 新聞用紙의 注文을 말으러다니는 사람이 올시다.

社長　아 당신이 산고ー네製紙工場에서 온 外交員이오? 내일 다시 오시구려 오늘은 너무 늦었으니까.

外交員　來日다시와 뵈여도 좋습니다. 그러면 午前에와 뵈입지오. 午后에는 떠나야 할레니까 요.

第一記者　자ー 모다, 갈 時間이 되었네. 안녕히 주무십시오. 파로ー늬 社長!

(모다 社長에게 인사한다)

第四記者　(파치오에게) 자넨 안가나.

루ー카　(음울하게) 저 社長에게 잠간 할말이 있었네.

社長　(놀라서) 내게?

루ー카　네ー　잠간동안만。

（모다 놀라서 루ー카를 드려다본다。 시끄럽게 떠들면서 루ー카의 絶望한 모양과 바보같이 自殺한 프리ー노의 相似点을 찾으려한다）

社長　여러사람앞에서는 말해서 안 될일인가。

루ー카　따로 좀 뵙고 여쭤야 될말슴이올시다。

社長　（一同에게） 그럼 여러분은 나가서 자게。 （다시 인사를한다）

外交員　저는 열시에와서 뵙겠읍니다。

社長　더 일직와도 관게치않소。 안녕히가시오。

（一同退場、 社長과 루ー카만 남는다。 루ー카 마루에 발을꿀은채앉어서 몸을무구리고 눈을 내려뜨고 周圍를 본다。 社長은 親切하게 가죽이가서 어깨에 손을 얹는다）

社長　여보게 와치오君。

루ー카　（곧 손을 처들면） 않됩니다。 저만큼 비켜스십시오。

社長　전 웨 그러나?

루―카　당신이 옆에를 오면 기침이 나옵니다.

社長　대단히 不便한 모양이군!…… 얼굴빛이 아조 좋지않아이.

루―카　(고개를 끄떡인다) 그문을 꼭좀 닫으십시오.

（머리로 왼편문을 가르친다）

社長　(그대로한다) 자 닫혀주지.

루―카　쇠를 잠그십시오.

社長　(우스면서 그대로한다) 그렇지만 必要없는 일인걸. 이時間에 우리를 妨害할사람은 아모도없네. 무슨일이던지 자네생각을 숨김없이 말해주게. 우리둘뿐이니까 아모말이라도상관없네.

루―카　그문도 다 처주십시오. （편집실문을 가르친다）

社長　쓸데없는 소리야, 아는바와같이 나하나밖에 누가있나…… 편즙실에도 아모도 없네…… 잠간기달리게. 불을끄고 올레니까. （방으로 드러간다）

루―카　당신은 거기서 들어오는 담배냄새를 모르십니까.

（社長 편즙실에드러가서 켜있는 電燈을 끄고 문을닫고 돌아온다. 그사이에 꽈치오는 일어선다）

社長　자 인제 다 됐네 무슨말인가 대채。

루ー카　저만큼 게서요、、저만큼。

社長　그건 왜 그래 내게 病이 전염될 까무섭단말인가。 난 무섭지않네。

루ー카　당신은 무섭지 않다구요? 그런말은 미리 허지마십시오。

社長　그건 그렇고 대체 말이라는 건 무엇인가⋯⋯ 앉는게 어때。

루ー카　아ー니 나는 그냥 섯겠읍니다。

社長　자네는 로ー마 있다 돌아왔지。

루ー카　네ー 로ー마서 왔읍니다。 보시는바와 같습니다。 나는 몇 千圜이나 있든돈도 다ー 써 없었읍니다。 꼭이것살돈만 남겨놓고。(손을 주머니에서서 커단 拳銃을 끄낸다) 이拳銃을요。

社長　(이런 狀態에있는 사람이 兇器를 들고 있는것을 보고 顏色蒼白해저서 本能的으로 두손을 든다) 여보게 탄환이 들어있나? (루카가 兇器를 뒤적어리는것을 보고) 루ー카 거기 탄환이 재여 있느냐말일세。

社長　그랬지 그렇지마는 萬一 실수를 하면⋯⋯(兇器를 뺏으랴는드시 한거름나온다) 자ー 이런짓

루ー카　(冷然히) 네 재여있읍니다。(拳銃을 겨누면서) 바로 지금 무섭지않다고 그리겠지요。

은 고만두게。

루―카　당신더러 내게 갓가히 오지말라고 그랫지요。 나는 로―마서 어면 방에 들어앉어서。

社長　마―악――

루―카　무슨 말이야 자넨미쳤나。

社長　마악 自殺을 할랴고 햇지오。 바보같이。 당신이 나를 그렇게 부른건 당연합니다。

루―카　(루―카를 더려다보며 기쁨에 눈이 빛난다) 그러면 여보게 자네는,

社長　(막으면서) 가만히 계시오。 내마음은 들어보시면 곧 아십니다。

루―카　자네는 내가 프리―노의 自殺에대해서 한말을 들었나。

社長　내가 여기를 온것은 그것을 들으러 온것같이 됏읍니다。

루―카　들었읍니다。

社長　들었다고?

루―카　네 들림없이。 내말슴을 들어보십시오。 내가拳銃을 머리에 드리대고 잇을때에 문을뚜 드리는 소리가 낫어요。

社長　그건 어더서야 로―마에서 그랬나?

루―카　네 로―마서 말이올시다。 나는 문을 열었읍니다。 내앞에 나선것이 누구이겠읍니까?

기도·맛차리ー늬였읍니다.

社長　뭐 그녀석이 자네집에를 갔어?

루ー카　(몇번이나 고개를 끄떡이며 말을잇는다) 맛차리ー늬가 내손에든 권총을보고는 곧 事情을 짐작하고 내게달겨 들었읍니다. 손을 붙들고 하는 말이ーー무슨짓을 하는거야. 自殺을 해서 어쩌잔말인가. 루ー카자네는 天下에 바볼세. 自殺을 할랴거던、내가 旅費를 대줄 터이니 빨리 코스타노아로가서 레오폴드·파로ー늬를 죽이고오게、자 이렇습니다.

社長　(이때까지 거끄리하고 비롱한 告白에 留意하면서 面前의 루ー카가 自殺하는 것을 期待하고 惘然해있 다가 갑자기 大地가 꺼진것같은 感에 입을 딱벌리고 참담한 微笑를 하면서) 괜헌 롱담이지.

루ー카　(한거름 물러서며 빵을 痙攣시키고 임을 찌푸리고 말한다) 아니 롱담이 아니올시다 맛차 리ー늬가 내게 旅費를 주었읍니다.

社長　맛차리ー늬가 자네게……그럴理가 있나.

루ー카　그래도 나는 당신앞에 이렇게 서 있잖읍니까 먼저 당신을쓰고 그담에 自殺을 하겠읍 니다。(팔을 처들어 겨냥한다)

社長　(놀래서 두손으로 낯을가리며 피하려한다) 자네는 미쳤나……미쳤서? 루ー카 롱담은 그만

두게 아모래도 자네 정신이 아닐세……

루ー카 (猛然하게) 꿈쩍하면 쏜다.

社長 (茫然自失해서) 자ー 가ー 가만이있네, 제발 좀 참게 가만이 있을테니.

루ー카 자ー 이것이 날다러 미쳤다고 한 값이야. 당신은 날더러 미쳤다고 그랬지오. 불상한

프리ー노가 목을 매기前에 맛차리ー너를 죽이려 로ー마로 가지않었다고 당신은 그이를

바보라고 그랬지오.

社長 (反抗할랴고) 아니 그거야 같이 볼게 아니지――나는 맛차리ー너가 아니거든.

루ー카 같지않다고? 당신들의 存在와 奸計를 비웃고있는 프리ー노와 나에게는 당신이나 맛

차리ー너나 꼭 마찬가지오. 당신을 죽이나 다른사람을 죽이나 길거리에 지나가는 사람

을 함부로 죽이나 우리에게는 다 마찬가지오.

社長 그건 갈지안네 아조 달라이. 자네가 지금 犯하려는 罪는 가장 無益하고 가장 어리석은

결세.

루ー카 당신네들은 무덤속에 한쪽발을 드려놓은 우리를, 아모 希望도없는 우리를 당신들 사

이의 증오와 쓸데없는 싸흠의 道具로 利用할랴고 그리지오. 그러고 道具가 되지않으면

바보라고 욕을하지요. 나는 프리ー노같이 바보가 되고싶지않으니까 당신을 쏠테요.

社長 (哀願하면서 총뿌리를 피하려 몸을 비튼다) 여보게 루ー카 자네ー 이거ー 어쩌자는건가ー

안되네ーー어쩔랴고이러나 자네, 안되네ーーー이거 어쩔랴고 이러나ーー아니 자네와나

는 친구가 아닌가ーー제발 이러지말게ーー살려주게.

루ー카 (방아쇠를 잡아당기고싶은 誘惑이 눈에 얼찐한다) 가만있어 꿈쩍말고⋯⋯거기 무릎꿀우ー

무릎을 꿀어ー

社長 (꿀는다) 자ー 제발 살려주게ーー쏘지말게ー

루ー카 (비우스면서) 하하하 生命을 어떻게 해야 좋을지모르는 때에는 가만히 있는 거야. 나

는당신을 죽이지는 않겠소. 자ー 일어서요. 가까이 오지는 말고.

社長 (일어서면서) 롱답으로 해도 참말 너무 甚하이. 자네는 兇器를 손에들고 있으니까 이런

짓도 하는걸세.

루ー카 틀림없읍니다. 그러고 당신은 무서워서 땀을 뻘뻘 흘리고 있지요. 生死가 내 손가락

하나 까딱하는데 있으니까. 당신은 自由思想家지요. 에ー 無神論者! 틀림없지오 그렇

지않다면 프리ー노를 바보라고 욕은 못할꺼야.

社長　아닌게아니라 나는 그렇게 말했네。왜 그러냐하면 자네도 아는바와같이 나는 카스타노

아市가 무릎쓰고있는 恥辱을 누구보다도 분개하고 있으니까。

루ー카　암 그렇지마는 당신은 역시 自由思想家지요　否定은 못하지요 당신의 新聞은 그것을

看板으로 하고 있으니까。

社長　自由思想家라고……내생각에는 자네도 저생에가서 이생에한일에 報復을 기다리지는 않

지。

루ー카　그게야 그렇지요。제일 괴로운것은 세상에나와서 二十六年 自己의 맛본 經驗의 무거운

짐을 질머지고 다녀야 한다는 것입니다。

社長　그러니 말일세。

루ー카　그렇지오 제마음대로 하면 당신은 단번에 죽일수도 있다는 것이오。지금은 하나님이

라도 나를 제어할수는 없소。그러치마는 나는 당신을 죽이지는 않겠소。당신을 죽이지

는 않는다고 내가 바보라고 생각지도 않소。나는 당신이 불상해보이오。당신과 나사이

에는 큰 거리가있소。정말이오。당신은 아조 조고마코 아조 귀엽고 얼골이 새빨안 난장

이 사람으로밖에 안보이오。그렇지마는 나는 당신에게 우슴꺼리 興行을시킬 權利를 혼

자 차지하고 싶소。

社長　무어라고。

루ー카　혼자 차지를 하고 싶단말이요。特許를 맡아요。내게 그럴 權利가 神聖한 權利가 있어요。나같이 삶과 죽엄의 境界線에 서있는 사람에게는 反抗을 않는게 좋습니다。앉으시지요。거기 앉어서 쓰시오。(拳銃으로 冊床을 가르친다)

社長　무엇을 쓰나。정말 이야긴가?

루ー카　事實은 정말보다 더 重大한것이오。자ー 앉어서 쓰시오。

社長　쓴다ー 무엇을 써。

루ー카　(다시 拳銃을 드리대고) 일어서서 거기걸어앉어。내命令하는대로 해。

社長　(兇器가 무서워 冊床으로가서) 그다음에는?

루ー카　걸어앉어、그러고 철필을 들어、자ー 철필을。

社長　(服從하며) 무얼 쓰란말인가。

루ー카　내가 인제부틀레야。당신이 지금은 이렇게 쩔쩔매지마는 나는 당신의 성질을 잘알어。내일만되여서 내가 프리ー노와같이 自殺한줄을알면 意氣揚々해가지고 돌아다닐걸 카ー

社長　페에가서 파치오하고 프리ー노하고는 똑같은 바보놈이라고 몇時間씩 며들어멜걸。

社長　그럴理가있나 자네는 웨 그런생각을 하나 그럴理가없네。

루ー카　나는 당신을 잘알고 있소。 나는 프리ー노의 원수를 갚어줄테요。 자ー 써!

社長　(卓上을 보면) 어데다 쓰란말이야。

루ー카　아모것이나 상관없어 여기다써。

社長　그렇지만。

루ー카　그저 두어마디면 돼。 아조 짧은 宣言書야。

社長　짧은 宣言書。 누구에게。

루ー카　그건 상관말고。 쓰면 고만이야。 쓰기만하면 살려줄테야、 안쓰면 쏠테고。

社長　그럼쓰지。 불러봐。

루ー카　(부른다)『本人은 대단 후회합니다』

社長　(反抗的으로) 날다려 무슨 후회를 하란 말인가。

루ー카　(파토ー늬의 머리에 拳銃을 드리대며) 무어 후회도 하기싫다고。

社長　(武器를 볼랴고 고개를 조금돌리며) 대체 무슨 후회를 하누?

루ー카 (다시 부른다)『本人은 프리ー노氏를 바보라고 욕한것을 깊히 후회합니다』

社長 그대로써.

루ー카 그래 그대로써.『友人諸君의 面前에 삼가 이事實을 開陳합니다. 그것은 프리ー노氏가 自殺하기前에 맛차리ー늬를 暗殺하려 하지않은 까닭으로해서. 이것이 事實이야 나는당신이 프리ー노에게 旅費를 주었다 어쨌단말은 하지안해. 어서써.

社長 (斷念하고) 썼네, 또그담은.

루ー카 (다시부른다)『루ー카파치오 自殺하기前에』

社長 아니 자네는 정말 自殺하나.

루ー카 그건 댁이 상관할거없어 쓰기만해『自殺하기前에 小生을 訪問하야……』이렇게 追加해도 좋와『拳銃으로 武裝하고』

社長 그래 쓰라면 쓰지.

루ー카 쓰고 싶으면 쓰란말이야『拳銃으로 武裝하고』나는 武器取締規則違反으로 罰金 물지는 아니할테니까. 썼지. 또그다음에『拳銃으로 武裝하고 小生에게 말하기를 맛차리ー늬에게 바보소리를 듣기지아니하기 위하야 나를 개같이 처죽이겠다고』(파로ー늬가 다쓰기를

기다린다) 分明히 『개같이』라고 썼지。자ー 거기서 點을 찍고 딴줄을 잡아서 『파치오는

그렇게 하라면 할수있는것을 실증이나서 그만두다』(파로ー늬 얼골을 든다。루ー카 嚴然히)

무얼하고있어 어서써! 『실증』그러고 『불상』하단말을 집어 너야지 자ー 『小生이 너무

놀란데 실증이나고 불상한 생각이 나서 中止하다』

파로ー늬　그건 차마。

루ー카　그게 정말이야……웨그러냐하면 내가 武裝하고 있으니까。武裝하고 있으니까 댁이 내

게 服從을 하는게지。

社長　아닐세 나는 자네를 깃브게해줄랴고 쓰는걸세。

루ー카　그렇다면 그래도 좋지。나를 깃브게하기위해서라。

社長　자ー 썼네。썼어。이만하면 넉넉한가。

루ー카　아니 또있어 結論이。結論이。

社長　結論으로 두어마디만 더쓰우。

社長　무슨 結論이 있나。

루ー카　부르는대로써 『루ー카・파치오氏에게 對하야 참말 바보는 딴사람아닌 小生이라고 告

白하다』

社長　（조히를 내밀면서） 그건 너무하네。

루ー카　（決斷잇게 한마디한마디씩）『참말 바보는 小生이라고 告白하다』당신의 體面은 얼굴을처 들지않는게 좀낫겠오。 겨누고 있는 拳銃은 격정말고。 나는 아까 프리ー노의 원수를 갚겠 다고 그리지않었소。 인제 署名하시오。

社長　자ー 署名까지 했네。 인제 고만인가。

루ー카　일루 보내우。

社長　（조히를 내밀며） 대체 이것은 무엇에 쓸헨가。 만일 이것을 秘密로만 해준다면 나는……

루ー카　（대답않고 社長의 쓴것을 읽는다） 바로됐오。 이걸로 내가 무엇을할테냐고。 아모것도 하 지않겠오。 내일아침에 내自殺한몸에서 이종이짱이 發見될뿐이지。 （넷으로접어서 포케트 에 넣는다） 여보 친구、이만쯤생각하고 위로를 받우。 댁이 지금 당한일보다는 내가지금 나가서 할랴는일이 좀더 어려우리라고 생각해보우。 문을좀여시오！（社長시키는대로한다） 자ー 안녕히 계시오。

——（幕）——

베니스의 商人

쉑스피어 作

劇研 第五回 上演臺本

『人 物』

쇠일록 …………………………

포-시아 ………………………

안토니오 ………………………

밧사니오 ………………………

公 爵 …………………………

그라시아노(밧사니오의 下人)………

쌜러리오(法廷의 下人)……………

書記………………

其他 A、B、傍聽人、廷丁數人…

『舞　臺』

A　때니스의 法廷、正面에 재판관席 原告와 被告의 席　證人과 傍聽人席도 있다。

A　오늘 때니스의 商人 안토니오와 猶太人貸金業者 쇠일록의 裁判이 있다는데 어디서 열릴모 양입니까?

B　예 아마 여기서 열릴겝니다。

B　그런데 아즉 아무도 없군요。

A　글세요? 좀 기다려보지요。(거러않는다)

B　안토니오氏는 참 가엾은일이야 친구를위해서 그돈을 얻어썼다고 그러잖읍니까。

A　그렇답니다。 밧사니오氏때문에 그리되였답니다。 밧사니오氏가 포―시아에게 구혼을 하러 가는데 그 비용이 없어서 앨쓰는것을 보고 전부터 원수로 지내는 유태인에게가서 머리를 숙이고 빗을 얻었답니다。

A 안토니오氏의 우정은 참말 대단하군.

B 우정에 있어서는 내니스 왼나라를 찾아도 그만한이가 없을껍니다 대단한양반이지요.

A 그렇지마는 안토니오氏같은 大商人이 三千兩돈을 못갚는데서야 말이됩니까.

B 그의 장사라는것이 海外貿易이라놔서 믿을수가 있나요 그이 재산이라는것은 공중에 떠있는것이지요. 트리포리다니는 大商船이 한척 印度行이 한척 또 하나는 멕시코틀가고 넷재가 영국행이라나요 그외에도 여러가지 하는일이다 바다우에서 하는 일이어요. 水夫는 사람 風波와 암초의 위험이 있잖읍니까. 이번에도 貨物船이 모조리 영국해협에서 난파돌해서 파산지경이 되었답니다. 그런데 밧사니오는 포-시아라는 벨몬트서 제일가는 부잣집 딸하고 결혼을 꼽절을 해서 쇠일룩을 가저다줬는데 쇠일룩은 까딱않고 기어코 계약서에있는대로 안토니오의 가슴에서 살한근을 베어가겠다고 고집을 세운다나요. 그래서 이렇게 재판이 되었답니다.

A 쇠일룩도 무슨 혐의가 있기에 그러겠지 아마 猶太人이래서 평소에 너무 경멸을 한게지요. 그래서 이런기회에 복수를 할랴고 한게아니겠소?

(안토니오, 밧사니오, 그라시아노, 쎌러리오 등장)

B 저게 안토니오氏요—— 그러고 그옆에있는이가 그친구 그이를위해서 안토니오가 빚을얻은

밧사니오랍니다。

(公爵、書記、廷丁等 登場)

公爵 여봐라 안토니오는 出廷했느냐。

안토니오 네 여기 있읍니다。

公爵 너 참 안되었다。 이재판에 너의상대되어있는 것은 木石이나 다름없는 사람아닌賊人이

다。 仁慈한맘은 찾아볼래야 털끝만치도 없고 자비삼은 무엇인지를 모르는놈이다。

안토니오 네 들어압니다마는 각하께서는 그苛酷한 要求를 緩和시키기위해서 많은수고를하셨

다합니다。 그러나 原告가 고집을세우는 이상에 正當한手段으로는 그惡意에서 저는 벗어

날수없읍니다。 저는 忍耐를 가지고 그의복수에 대항하고 沈着한 精神을 가지고 그의잔

인과 폭학을견딜 각오를 가지고 있읍니다。

公爵 누구나가서 그유태인을 불러드려라。

쎌러리오 문밖에 대령하고 있읍니다。 들어옵니다。 각하—

(쌰일록 들어온다)

公爵
자리를 비켜서 쇠일록을 내앞에 바로세워라. 여봐라 세상사람들도 모두 그렇게 생각하

고 내생각도 그렇다마는 너는최후까지 결으로는 이惡意를 가지고 나가다가 그순간에 지

금너의 기이하게보이는 殘忍보다도 더 기이한 자비와 선심을 나타낼랴는것이 아니냐.

너는 지금도 이불상한 商人의 살한근을 約束違反의 罪로 기어 요구하고 있지마는 이약

속의 별만 물시해줄뿐아니라 사람다운사랑과 情에 끌려진 본전에서 얼마돈을 탕감해주

기타도 할것이다. 아무러한 大商이라도 내려누를만한 損失이 저사람에게 겹처온것

을 생각만이라도 해봐라. 아무리 몰인정하고 차돌같은 가슴과 친절이 무엇인지도 모르

는 무도한 토이기인이나 달단인이라도 불상한 생각을 어쩔수 없을것이다. 여봐라 우리

는 너의 호의있는 대답을 기다린다.

쇠일록 제생각은 벌서 각하께 다 말슴드렸읍니다. 저는 우리神聖한 安息日을 걸어 맹세하고

證書에써워있는대로 약속위반의죄를 시행하기로 했읍니다. 각하께서 만일 그것을 거절

하시면 이 빼니스의 헌법과 자치권에 위험이 있을것입니다. 웨내가 돈三千兩을 받지않고

쓸메없는 고기한근을 가지려하느냐고 무르실메지만 저는 그대답은 못하겠읍니다. 거저

제성미라고나하면 대답이 불른지요. 만일 저의집에 취한마리가 있어서 성가시게 하는

메 그것을 없애주는 사람에게 一萬兩을 주기로 한다면 어떻읍니까。 그걸로 대답이 됩니까。 어떤사람은 롱으로 군 도야지를 싫여하고 어떤사람은 고양이를 보면 질색을 하고 또 어떤사람은 風笛소리를 들으면 오줌이 나온다고 하찮읍니까。 좋고 싫은것은 감정을 지배해서 제마음대로 방향을 정합니다。 자ー 이만하면 됩지오。 어째서 롱 도야지를 보기 싫여한다던가 어째서 해로울데없는 고양이를 보거나 風笛소리를 들으면 저도싫고 남도싫여할 창피한짓을 하지않을수가 없느냐 하는 확실한理由를 설명할수는 없지않읍니까。 그와 마찬가지로 제理由도 설명할수도 없고 설명하지도 않읍니다。 저는 안토니오를 싫여하고 도 묵은 혐의가있기에 이렇게 손해나는 소송을 제기한것입니다。이만하면 설명이 됩지오。

바사니오 이 몰人情한 사람같으니 그걸로 이잔인한 요구를 당신이 하는 설명은 되지않소。

쏘일록 당신의 맘에드는 설명을할 의무는 없읍니다。

바사니오 사람이 다 제가 싫여할것은 죽여버린답니까。

쏘일록 누가 죽여버리고 싶잖은걸 미워한답디까。

바사니오 不快한감정이 첨부터 미움은 아닌것이오。

쏘일록 뛰오 당신은 배암에게 두번식 물리고싶소。

안토니오　여보게　자네는　유대인하고　이야기를　하고　있는것을　잊지말게。그브다　자네는바다가

에가서　바다물보고　좀　물러가라고　해보게。늑대를　만나서　웨羊의새끼를　잡아먹어서　그

어미를　울리느냐고　무러보게。바람이　불때에　산에　출나무가　혼득――지도않고　소리도　나

지않게　해보게。세상에　할수없는　그런일을　했으면했지　저　무도한　유대인의　마음을　누가

緩和시키지는　못할것일세。그러니　여보게　다시는　아무말도　말고　아무짓도　하지말고　어

서섭사리　나는　판결을받고　유대인은　요구를　이루게　해주게。

바사니오　삼천兩본전에　六千兩을　내리다。

쇄일록　六千兩을　다시　여섯곱절을　처주어도　나는　싫소。나는　그저　게약대로　받을뿐이요。

公爵　남에게　자비를　행하지　아니하면　남의慈悲를　어떻게　바라겠느냐。

쇄일록　내가　잘못한일이　없는데　무슨　재판을　무서워하겠읍니까。각하는　돈주고산　노예를　많

이가지고　계셔서　개나　당나귀같이　천한일이라도　시키시지요。돈을주고　사셨으니까『그

사람들을　다　자유로해주고　당신의　자손과　결혼을　시켜라　웨　그사람들은　땀을흘리고　일

을하느냐　당신의　침대와　꼭　같은　부드러운　침대에　재워주고　먹을것도　훌륭한것을　추어

라』이런말을　할수있읍니까　그러면『노예들은　내所有』라고　대답하겠지요。제대답도　마

찬가집니다。내가 요구하는 그의 고기한斤은 비싼돈을 주고 산것이오 내所有이니까 내

가 요구하는 것입니다。만약 각하가 이것을 위절하시면 法律은 헐것이올시다。베니스의

제도는 아무 능력도 없읍니다。저는 판결을 주창합니다。자ー 어찌하시겠읍니까。

公爵　나는 직권으로 이재판을 연기를할레야。그렇지마는 이事件을 재판하기위해서 저유명한

법률박사 뻴라리여씨를 청해놓았으니까 오늘은 박사가 여기를 오실레야。

셀러리오　각하 박사에게서 편지를 가지고온 하인이 파듀아에서 오는길이라고 밖에 대령하고

있읍니다。

公爵　편지를 이리가저오너라 그사람을 불러들이고。

바사니오　여보게 안토니오 용기를내게 저 유대인에게 내살과 피와 뼈를 다주었으면 겠지 자

네의 피 한방울이라도 나때문에 흘리지는 않게하겠네。

안토니오　나는 이틀메면 한무리가운데 병든 羊이니 죽기에 제일적당하잖은가 과일도 제일약

한것이 먼저 떨어지지 나도 그와 다름없네。 여보게 바사니오 자네는 무엇보다 일없이

살아있어서 내墓碑銘이나 써주게。

（메릿사 辯護士의 서기같이 채리고 등장）

公爵 파듀아의 삘라리오 박사에게서 왔느냐?

네릿사 네 그렇습니다。 삘라리오 박사께서 閣下께 안부올시다。

（편지를 내여 올린다）

바사니오 뭘할랴고 같은 그리 부즈런히 가는거야。

샤일록 저破産者에게 받을것을 받을랴고。

그라샤노 구두바닥에다 갈지말고 마음에다 대고 네칼을 갈아라 네날카로운 惡意에다대면 세
상의 같은 死刑囚목베는 도끼라도 아무것도 아니다。 별말을해도 그래 너는 깜짝않느냐
이사람아닌 놈아。

샤일록 너의 재조로는 아무수도 없다。

그라샤노 이 세상에 망할놈의 개같은이라구 너같은놈을 살려두느니 正義가 들렸다。 피타고라
스가 사람의속에도 집생의 넋이가 들어간다더니 정말인가보다。 네놈의 전생은 늑대다。
늑대를 사람잡아먹은 죄로 목잘라 축일적에 그넋이가 베어미 더러운뱃속으로 튀어들어
갔던가보다。 네놈의 할라는짓은 굼주린 늑대같이 무지하고 잔인하다。

샤일록 자네가 욕을해서 증서의 도장이 지워진다면 몰라도 자네허와만 헐 고생하겠네。 자네

公爵 빼라리오 박사의 편지는 이제 그와같다。아― 여기 그박사가 오시는군。

公爵 빼라리오 박사의 편지는 이제 그와같다。아― 여기 그박사가 오시는군。

公爵 (읽는다) 각하의 貴意를 받자왔을때 저는 不幸히 病中이었읍니다。 그때에 마침 로―마의
젊은 법률박사 발타살이 來訪한때이므로 우리는 그유대인과 商人 안토니오의 소송사건
을 이야기하옵고 많은 서적을 참고하였읍니다。 저의 意見과 그의말할수없이 넓은 學識
을 종합하온뒤에 저의 간청에의하와 그분이 저대신 閣下에게로 가기로 되었읍니다。 황
감하오나 그의 年치로 그를 대접하시지 말기를 바랍니다。 나는 그렇게젊고 그렇게老
成한 人物은 달리없을줄압니다。 각하의 신임을 바랍니다。 그의實力은 이런추천을 안색
없게 할것입니다。

公爵 어서 들어오시래라 너의중에 서넛이가서 禮를다해서 이리모셔오너라。 그동안에 빼라리
오박사의 편지를 읽어서 여럿이 듣게해라。

네릿사 閣下의 부르시기를 기다리고 밖에와 계십니다。

公爵 빼라리오博士의 이편지에는 젊고학식있는 박사를 천거해 보냈는데 어디계시냐。

지혜주머니를 잘때워주게 잘못하면 아주 폐저버릴테니。(公爵을向해) 저는 재판을 기다
리고있읍니다。

（포ー시아 등장　법률박사로　채려고）

포ー시아　악수합시다　벨라리오박사에게서　오십니까?

포ー시아　네　그렇습니다。　공작각하!

公爵　참　잘　오셨읍니다。　저기앉으십시오。　박사는　지금　여기서　문제가　되어가지고있는　소송사건을　아시지오。

포ー시아　네　그사건은　자세히　들었읍니다。　그　商人은　어느사람이고　그유데인은　누군지오。

公爵　안토니오하고　쇠일록하고　이리앞으로　나오너라。

포ー시아　당신이름이　쇠일록이오。

쇠일록　네　쇠일록이라고　합니다。

포ー시아　원고의　제기한　소송은　대단　괴상한것이나　뻬니스의법률은　원고의　하는일을　반대할　수는없는　것이오。（안토니오를　향하야）당신의　목숨은　저이　맘에　매인것이아니오?

안토니오　네　그렇다고　합니다。

포ー시아　피고는　이증서를　인정하는가。

안토니오　네　인정합니다。

포ー시아 그러면 원고가 善心을 가지고 양보해야 할것이 아닌가.

쇠일록 무얼로 그런 의무가 성립되는지 저는 모르겠읍니다.

포ー시아 선심이라는것은 본시 의무로하는것이 아니야 하날에서 내리는 단 비같은것이야 그 것은 二重으로 축복된것이어서 주는사람과 받는사람이 다 복을 받는것이야 王座에 앉은 임금에게도 그 王冠보다 더알맞은것이야 그의 玉笏은 세상의 권력과 위엄을 나타내는 것 이어서 거기王者의 尊嚴이 있는것이지마는 慈悲心은 이 임금의 威力보다 더높은것이야 그것은 임금의 가슴속의 玉座에 앉아 하나님의 덕성에 속하는것이야 그러고 이세상의 권 력이라는것은 그위엄의자비가 조화되는대라야 비로소 하나님의 권력과 같아지는것이야 그러니 여보 原告의 要求가 아무리 正當하다 할지라도 참말 正義의 법정에서는 우리는 한 사람도 용서를 받을수가 없는것인것을 생각해보오. 우리는 하나님께 자비를 빌지않 소? 그 기도속에서 우리는 자비있는 행동을 할것을 배울것이오. 나는 原告의 正義를완 화하려고 이렇게 여러말을 한것이오. 그러나 原告가 어디까지 주장한다면 뻬니스의 嚴 正한 法廷은 저 商人에 대하야 관결을 내려야할것이오.

쇠일록 제가 한일은 제 머리우에 내려오지오! 저는 법률에 의해서 게약위반의 벌금을 요구할뿐입니다.

포―시아　피고는　돈을　갚지를　못하는가.

바사니오　네　저는　이　법정에서　그이대신　돈을　내놓습니다.　본전의　곱절입니다.　이걸로　不足
하다면　내손과　머리와　심장을　저당하고라도　그돈의　十倍를　갚기를　맹세합니다.　이걸로
도　부족하다면　그것은　악의가　진리를　이기고　있다는　증거이올시다.　박사께서는　한번만
직견을　가지고　법률을　굽혀서　큰　正義를　위해서　작은　不正을　돌보지말고　이잔인한　악마
의　뜻을　물리처　주시기를　바랍니다.

포―시아　그것은　안될말이오　이뺴니스의　기정한　법률을　변경할권력은　없는것이오　한번　그런
일을하면　그것은　전례가되어서　그를　모방한　잘못이　이나라정치에　자꾸생길것이니　될수
없는　일이오.

솨일록　아―　명재관관　따니엘이　재림하셨다.　아―　젊은　명재관관　나는　참말　박사를　존경합
니다.

포―시아　자―　그중거를　이리내놓우.

솨일록　여기있읍니다.　이것이올시다.

포ー시아 여기 당신의 돈을 삼배를해서 주겠다는이가 있지않소。

솨일록 맹세올시다 맹세。 저는 하날에다 맹세를 세웠읍니다。 맹세를 안지키는죄를 지으라십 니까 아니올시다。 왜 니스를 주고 바꿔도 안됩니다。

포ー시아 흠 이게약은 기약이지냈군 법률대로하면 원고는 살한斤을 피고의심장 제일 가까운 대서 손소 베어가질 권리가 있소。 그러나 선심을 써서 삼배의 돈을받고 이증서를 찢어 없애는게 어떻소。

솨일록 게약조문대로 시행을 한다음에 그리하십시오。 보아하니 당신은 훌륭한 재판관이십니 다。 당신은 法律을 잘알고 또해석이 지극 정당하십니다。 나는 法律에 의해서 요구합니 다。 당신은 법률의 훌륭한 기동이십니다。 판결을 지어주십시오。 제영혼을 걸고 맹세하 드라도 사람의 舌끝로는 제맘을 돌릴수가 없읍니다。 저는 그저 게약대로 주장합니다。

안토니오 저는 진심으로 판결을 내려주시기를 빌뿐입니다。

포ー시아 그렇다면 판결을 하지。 피고는 원고의 칼을 받을준비로 가슴을 풀어야하겠오。

솨일록 아 훌륭한 재판관이다。 굉장한 젊은 양반이다。

포ー시아 법률의 정신과 목적으로 봐서 이證書에 나타나있는 계약위반의 벌금은 조금도모순

된것이 없는것이오。

쇠일록 여부가 있읍니까。아 현명하고 공명한 재판관이다。절으로뵙기보다는 참으로 老成하

신 양반이다。

포ー시아 그러므로 피고는 가슴의옷을 헤치게하오。

쇠일록 아 그가슴을 중서에 그렇게 써워있읍지요。훌륭하신 재판관! 『심장에서 제일가운

대서』바로 그대로 틀림없읍지요。

포ー시아 네 그렇소 여기살을 달을 저울이있오。

쇠일록 네 다 준비해왔읍니다。

포ー시아 쇠일록 당신은 당신의 비용으로 의사를 불러오게 하시요。상처에 수당을 하저아니

하면 피가 흘러서 죽을테니까。

쇠일록 그런말도 중서에 써워있읍니까。

포ー시아 그런말은 없지마는 상관이있오? 그만한일은 선심을 써도 좋은것이 아니요。

쇠일록 그런말은 없는데요。證書에 그런조문은 없었읍니다。

포ー시아 여보 피고는 무슨 할말이 없오!

안토니오 잠깐만 나는 충분한 각오를 하고있읍니다。 바사니오 악수를 하세、 잘있게 내가 자

네때문에 이렇게 되었다고 설어하지말게 실상은 運命이 내게 친절을 보인 셈일세 때가

한사람을 그재산이 없어진 뒤에도 오래 살게해서 우묵한 눈과 쩌프러진 이마로 老年의

빈궁을 구경시키는것이 예사 있는일이 아닌가 그러한 不幸의 장구한 형벌에서 운명은

나를 구해준것이 아닌가 자네의 귀한 부인에게 인사를 전해주게、 내죽든때이야기와 내

가 자네를 사랑하든 이야기를 하고 죽은담에 내말을 부디 잘해주게 그런다음에 바사니

오에게 親友가 있었나 없었나를 부인께 판단하시라고 하게 자네는 친구를 잃는것을 서

러하지는 않네。 저유대인의 칼이 깊이베이기만한다면 나는 그야말로 심혈을 다해서 그

것을 갚는것일세。

바사니오 여보게 안토니오 내안해는 내게 생명과같이 귀한것일세마는 생명과 내안해와 세상

을 모도해도 자네의 생명보다 더충한것으로 생각히지지는 않네。 나는 모든것을 내버리

겠네。 아니 이악마에게 희생으로 받히기라도 하겠네。 자네생명을 구하기위해서는。

포ー시아 당신의부인이 만일 이자리에 게서서 당신의 그런말씀을 듣는다면 고맙다고 하시지

는 않겠오。

그라샤노　나도 참말 사랑하는 마누라가 있지마는 그가 죽어서 하늘에가서 이런 망할놈의 유

대인의 맘을 돌릴수가 있다면 죽기라도 바라겠오。

네리사　모르는데서 그런말을 하기에 망정이지 그런말을 마누라가 들으면 집안이 조용하지않
겠오。

쇠일록　이것이 예수교도 남편들이야。나도 딸이 하나 있지마는 예수교도를 주느니 되놈에게
주고말지。(傍白) 공연히 時間만 늦습니다。판결을 계속하시면 좋겠읍니다。

포ー시아　저상인의 살한斤은 原告의 소유다。法廷은 이것을 결정하고 법률은 그것을 原告에
게 준다。

쇠일록　참으로 공명하신 재판관이다。

포ー시아　그러니 原告는 그의가슴에서 이살을 베여내되 법률이 이를허락하고 법정이 이것을
결정한다。

쇠일록　참 학식있는 재판관이다……자 판결대로 채비를하오。(안토니오를 向해)

포ー시아　잠깐 기달리오 한가지 남은것이있오。중서에 의하면 피는 한방울도 당신에게 준것

이 아니요。분명히 있는말은 『살한斤』이요。자ー 계약을 시행하오 당신의 소유인 살한

근을 버여가지오! 그러나 그것을 베는데 만일 한방울이라도 이기독교인의 피를흘린다

면 당신의 動産, 不動産은 전부 뺴니스法律에 의해서 쎄니스國庫로 沒收해드릴메니 그

티알아。

그라시아노 아 공명허신 재판관, 봐라! 이유대놈아! 오 학식높은재판관!

쇄일록 법률이 그렇습니까。

포ー시아 가만있오! 저사람은 법률을 가저야 할사람이요。 가만있오 급하지않소 그는 이 위

약한 벌금밖에 다른것을 받어서는 안된오。

그라시아노 아 이유대놈아 공평한 재판관! 학식있는 재판관!

포ー시아 자ー 그러니 살을 빌 준비를하오 피를 흘리지말고 더도말고 꼭한斤을 비게하되 만

일 한斤을 더비거나 들비거나 한푼중에 섭분의 일의 경중만있다해도 아니 저울이 한편

으로 털끗만치만 기운다해도 당신은 死刑이되고 財産은 몰수를 당할것이오。

그라시아노 다니엘의 재림이다。 명법관이다。 야 이유댓놈아 너 인제 끔쩍못한다。

포ー시아 원고는 왜 가만이있는고? 받을것을 받어가라는데。

쇄일록 본전만 주면 받어가지고 가겠읍니다。

바사니오　돈은　벌써　저기있었오。

포ー시아　그사람은　공개한　법정에서　그것을　거절했으니까　그는　다만　법률과　계약한것을　받아가야　되오。

그라시아노　명재판관이다。　참말　더니엘의　재림이다。　여보게　쥬ー　그런말을　가르쳐줘서　고마워이。

샤일록　그러면　본전도　못받어　간다는　말씀입니까。

포ー시아　계약에　있는　벌금밖에는　아모것도　못받어가。　지정한　대로　하지아니하면　생명이　없어。

샤일록　망할것　될대로　되여버려라!　저는　아모　청구도　하지않겠읍니다。

포ー시아　아직　거기있어　법률은　아직　당신에게　체재할것이　있어　쌔니스의법률에는　이와같은　규정이　있는것이야——외인이　쌔니스시민의　생명에　직접　혹은　간접으로　위해를　가하려　한것이　탈로된　때는　그음모를　당한　피해자는　가해자의　재산의　절반을　차지하고　남어지　절반은　國庫에　물수를　하고　범인의생명은　아모의　말도　쓸메없고　공작각하의　처분에　매인것이야。　지금　그대는　이조문에　해당한것이야　그대가　저피고의　생명을　간접으로　더욱

직접으로 해칠려고 계획한것은 여러가지 행동으로 분명히 나타난것이니까 당신은 내가
먼저 말해준 죄과를 범한것이오。 거기 엎디여서 공작의 처분을 기다리오。

그라시아노 잘말씀해서 나가서 제손으로 목을 매도록하게 그렇지마는 재산이 다몰수를 당했
으니까 노끈살돈이나 있나 불가불 관비로 목을 매야겠고나。

公爵 너의와 우리의 정신이 같지않은것을 보이기위해서 나는 네가 빌기전에 네 목숨은 용서
해주마。 그러고 네재산의 절반은 안토니오의 것이고 절반은 국고로 갈것이지마는 특별
한 참작을 써서 벌금으로 마감할수도 있다。

포―시아 국고에갈것은 몰라도 안토니오의것은 그리안됩니다。

싸일록 아니 내생명과 재산을 다가져가오。 용서가 무슨 쓸데있오。 내집에 바침기둥을 빼어
가면 내집을 다 가저가는게나 다름없지않소。 내가 의지하고사는 재산을 가저가면 그것
이 곧 내생명을 갖어가는것이오。

포―시아 안토니오 당신은 저이에게 무슨 선심을 쓰겠오。

그라시아노 목맬줄이나 하나 주지 다른것은 주지마시오。

안로니오 공작각하와 법정 여러분께 그의재산 절반에 대한 벌금을 면해주시기를 바랍니다。

저는 만족합니다。 그재산절반은 제가 관리를 했다가 그의 죽은담에 그의딸과 비밀히결
혼해가지고 피신한 사람에게 주겠읍니다。 두가지 조건이 더있읍니다。 한가지는 샤일록
이 예수교를 믿기로 하는것이고 또한가지는 이법정에서 문서를 작성해서 그의유산전부
를 그의 좋아낸 아들과 딸에게 주기로 하는것입니다。

공작　그래야하지 그렇지않다면 아까 선언한 용서를 도로 취소할테야。

포ー시아　샤일록 그럴레요 어쩔레요。

샤일록　네 그리하겠읍니다。

포ー시아　여보 서기 증서를 꾸미시오。

샤일록　여보십시오。 저를 집으로 내 보내주십시오。 몸이 편치못합니다。 서류는 나종에 보내
　　　시면 싸인을 하겠읍니다。

공작　나가거라、 말한것은 꼭 해야한다。

그라시아노　세례받을테로 보내느니 교수대로 보내고 말지。

　　（샤일록 퇴장）

공작　박사 내집에가서 같이 만찬에 참석하실수 없읍니까。

포ー시아 후의는 감사합니다마는 용서하시기를 빕니다。 오늘밤에 파듀아로 가야할터인데 지

금 곧 떠나야 좋겠읍니다。

공작 그렇게 바쁘시다니 대단 섭섭합니다。 안토니오, 인사를 잘 드리오, 이선생님의 은혜가

평장한것같소。

바사니오 여보십시오 박사의 지혜로 말미암아 오늘 나와 내친구는 큰위험을 면했읍니다。 그

사례로 그유대인에게 출 三千兩을 당신께 드려서 우리의 간절한 뜻을 표하고싶습니다。

안토니오 우리는 맘가운데 영원히 당신에게 사랑과 봉사의 의무를 가지고 있을것입니다。

포ー시아 만족한다는 것이 즉 보수가 아닙니까 나는 당신을 구합으로 말미암아서 이미 보수

를 받은것입니다。 저는 머 사례를 바라지는 않습니다。 다시 맞나거든 얼굴이나 알아보

시기 바랍니다。 안녕히 계십시오。 저는 가겠읍니다。

바사니오 설례가 될지라도 강권을 하겠읍니다。 보수로 아시지 말고 그저 기렴으로 무엇이나

받어주십시오。

포ー시아 그렇게까지 말씀하시면 호의를 거절하지는 못하겠읍니다。 (안토니오에게) 그장갑을

주시면 기렴으로 끼겠읍니다。(바사니오에게) 당신에게는 그반지를 청하겠읍니다。왜 손을

그리 뒤로 당기십니까。 다른것은 원치않읍니다。 그것을 거절이야 하시지 않겠지오。

바사니오 이반지는요 저 하찮은것인데 이런것을 드려서 공연한 창피를 당하고 싶지않습니다

포ー시아 저는 그것밖에 다른것은 갖지않겠습니다。 그러고 어쩐지 그것이 마음에 듭니다。

바사니오 가격으로 상관이 아니라 여기는 다른 이유가 있읍니다。 베니스에서 제일 값비싼 반

지를 광고를 해서 구하겠읍니다。 자ー 특별히 용서를 바랍니다。

포ー시아 네 좋습니다。 당신은 입으로만 푼푼하신 모양입니다그려。 처음에는 무엇을 요구하

라고 강권을 하고 지금은 도리어 창피를 주시니ー

바사니오 그런게 아니라 이반지는 제안해가 좋것인데 끼여줄때에 팔지도말고 남주지도 말고

잃지도 않기로 맹세를 했읍니다。

포ー시아 그핑게는 매우 훌륭합니다마는 당신의 부인이 미친사람도 아니고 내가 그반지를반

을만한 일을 한줄을 알면 그것을 나를 주셨다고 어떻게 아실理가 있읍니까 안녕히 계시

오。

──（幕）──

喜劇

技師와 書記 中國、丁西林 作

마 디 오·드 라 마

開幕前의 解說。 舞臺。

支那舊式의 室內、正面에는 庭園으로 通하는 門、左右兩便壁에는 各々寢室로 通하게되어있고 室內中央에

右側으로는 白色레이불덮개가덮힌 四角形卓子가 놓여있는데 그周圍에 椅子四脚、卓子우에는 담부와茶

左側에는 茶卓、거기椅子二脚、椅子뒤에는 레인코―트가 걸려있고 손가방이 놓여있다。正面左側壁쪽에

具는 化粧室、時計、花瓶이 놓여있다。幕이 열리면 洋服에 長靴를신은 손님이 그리멀지않은곧에서 들려오

는 音樂소리를 드르며 茶卓옆에서 담배를 피우고 있고 이집에 심부름하는 老婆는 門밖에서서 손을란간에 내

밀어서 비가오나 안오나 보다가 손님이 앉어있는 室內로 茶를 권하러 들어온다。

『人　物』

一、　男客(沈重한)

一、　老婆(極히마음씨좋은)

一、　女主人(四十넘은　심술있는)

一、　女客(聰明한　辯說如流한)

一、　巡査

（멀리　都會의　소란한　소리가　들려온다）（初저녁氣分）

（마루에　걸린　時計가　午后五時를　친다）

老婆　비도　멈춘지가　오랜데　웨　안오실까。

男客　오시던　안오시던　인제　깜깜해오는데　먹을거나　마련해주구려。

老婆　그것도　주인마님이　오서야　어떻게　합지요。

男客　집도　풀지말고　저녁도　먹지말고　주인마님오시기만　기다리타니　오시면　별수가있었드란말이요。

老婆　（잠간주저）　주인마님께서는　아마도　선생님께는　방을안빌려드릴　기색이시든데요。

男客　방을 안빌리다니? 아니, 집세까지 다 받아놓고서 말이되나?

老婆　그건 젊은아가씨가 실수를 하신집지요. 우리주인마님은 성질이 좀 이상하서요. 선생님 같은분이 와계시면 못믿어울것도없고 사내양반이 계시면 밤갈은때는 더든든합지요마는

男客　이방은 전에도 손님에게 빌린일이 있소.

老婆　일년이 넘도록 그대로 비여가지고 있답니다.

男客　방은 괜찬온데 세들사람이 없드란말이요.

老婆　없기는, 있죠, 이렇게 깨끗하고 볓잘들고 앞에 마당까지 따로 붙었는데 왜 없기야하겠읍니까.

男客　그럼 왜 일년이나 비여있드란 말이요?

老婆　저― 선생님이니까 이런말슴을 여쭙니다마는 우리주인마님은 마―짱에 재미를 부치서 아츰부터 저녁까지 나가서계시고 젊은아가씨하고 제가 있자니까 집을 보러오시는 손님이 게시면 아가씨가 만나보시지요. 그래서 부인이있었고 아희들이 있는 양반이면 그냥 안둔다고 보내버리시고 혼자계실 젊은양반이면 승낙을 하시지요. 그러다가 또주인마님 이돌아오서서는 주인마님대로 혼자있을 사내양반은다― 거절하섬니다그려. 그러자니까

일년은말고 십년이되면 방에 손님이 드시겠읍니까.

男客 그런일이 지금까지 가끔 있었단말이요.

老婆 네— 방일로는 늘 두분이 다투신답니다. 그렇지만 전에는 아가씨께서 혼자서 아조작정
을 하시지는 아니했는데 이번에는 집세까지받고 계약을 해버려서 이렇게 되였읍지요.

男客 아가씨마음대로 하젔드면 이방은 지금쯤 비여있지는 않겠군.

老婆 그야 그렇습지요 지금까지는 어느손님이나 주인마님이 안된다고하시면 그만두시지요.
그런데 짐까지 가지고 들어오신 손님은 선생님이 처음이십니다.

男客 주인마님이라는이도 좀 이상한 성밉인데. 그렇지만 이방은 훌륭해 이앞에 마당이 따로
있는게 별취미야.

老婆 선생님께서는 아마 조용한것을 좋아하시지요. 여기는 참 조용하고 또 일보시는 公司에
도 바로 가깝고 꼭좋으신데—— 제가 어떻게 변롱을 해보지요.

男客 어떻게 변롱할 재주가 있겠소.

老婆 이렇게 말슴해보지요. 선생님은 부인이 시골계신데 오래지않어 올라오신다고하면 될듯
합니다마는.

男客　그도 괜찮치만 그러다가 암만 기다려도 부인이 안오면 어쩔렌고。

老婆　그러고 있노라면 그동안에 친면이 생겨서 어떻게 되겠지요。

男客　그건 안될일이야 결혼안한것이 무슨 죄될일도 아닌데 거짓말할것까지야 있나。

老婆　(당황해서) 아니 거짓말을 하시라는 아니라 저ー늙은것이 생각을 하자니까 그런 말슴

이나왔읍니다그려。(이때 大門열리는 소리 들린다) 아니 마님께서 오시나봅니다。(나가면)마

넘 댕겨오십니까 네ー네ー

女主人　(들어온다) 미안합니다。오래기다리서서。

男客　안게신데 실례을시다。

女主人　천만에 (지갑에서 돈을 꺼내며) 계약금받었든걸 도루 드리겠읍니다。

男客　미안합니다마는 나는 이사를 온것이지 계약금을 찾으러 온것은 아닙니다。

女主人　아니 어저께 이방은 빌려드릴수없다고 분명히 말슴여쭙지아니했어요。

男客　네 분명히 그렇게 말슴하셨지요。

女主人　그러시면서 짐을 꾸려가지고 오신건 무슨 생각이 서요。

男客　(태연이) 오지말나고 말심하신건 당신이지 나로서는 그것을 승낙한일은 없지않습니까。

女主人 (불쾌해서) 무슨 말슴인지 모르겠는데요。당신말슴 같어서는 이방을 빌리고 안빌리는건 당신에게 매인것같읍니다그려。

男客 그렇지는 않지요 이방을 빌리고 안빌리는건 물론당신이 작정하실것이지마는 한번 이사람에게 빌린 이상에는 내여드리고 안내여드리는건 또 이사람의 권리지요。그런데 지금에 있어서는 당신이 방을빌리느냐 안빌리느냐가 문제가 아니라 빌렸든방을 내드리느냐 안내드리느냐가 문제지요。

女主人 (더욱분개) 내가언제 이방을 빌려드렸단 말슴입니까。

男客 방세를받고 게약을하면 빌려준거나 다름없지요。

女主人 내가 언제 게약을 했어요? 그건 우리딸이 아모것도 모르고 한일이지요。

男客 따님이 철모르는 어린애도 아니고──

女主人 그런쓸데없는 말슴을 할필요는 없구요。(온화하게) 나도 방을 아조 안빌린다는게아니라 내외분이 살림하시는이에게 빌리겠다는 게지요。

男客 그건 안될말슴입니다。처음부터 그런말슴을 하섰다면 몰라도。내가 머 거짓말을 한것도 아닌데。

女主人　（좀 조용하게）처음에 그말슴은 못했지요마는 어저께 분명히 말슴둘였지요。

男客　아니 그럼 처음에는 생각도 못하셨든것을 어제야 생각이 나셨단 말슴입니까。

女主人　어디 그런 무리한말슴이 있어요。이런양반하고는 길게 이야기할필요도 없어。

老婆　저ㅡ 마님 오늘은 날도 저물고해서 지금나가서 여관을 구하시기도 어렵지않습니까。그

러니 오늘저녁만은 여기서 지내시고 내일다시 변롱을 하라고 하시지요。

男客　그전 그렇지않읍니다。내가 이방을 빌린게 아니라면 일분이라도 내가 여기 더있을필요

가 없는게지요마는 방세를 받은 이상에는 내가 방을 얻은게 사실이지요。

女主人　어떻든지 나가주서요。

男客　（냉소） 천만에ㅡㅡ

女主人　아니 안나가겠다는 말슴이예요。

男客　못나갑니다。

女主人　여보게 저 파출소에가서 경관을 모서오게。

老婆　아이구 마님도!

女主人　딴소리말고 갔다와요。

老婆　제생각에는　저──

女主人　안갔다올테야　가서　순사를　데리구와요。

老婆　네ー　네ー　불러오겠읍니다。（나간다）

女主人　빨리다녀와　아이　속상해　그럼　나하고　같이　불르러가요。（따라나간다）

男客　이건　참　우수운데　나혼자　남겨놓고　다들　나가버리니　속상하는데　담배나　한대먹자（태연히　의자에앉어서　끌동대를　끄내　담배를　담어가지고　필랴고할때　문두드리는　소리、　도라보지도않고　큰소리로）　들어오우。

女客　（살작들어온다。레인코ー트를입고　한손에　손가방　한손에우산　흘러나리는　물같은　辯說）　용서하십시요。실례합니다。대문이　열렸고　소리를해도　아모도　안나와서　그냥　들어왔읍니다。용서하서요。

男客　（怒氣未去）　그런데　무슨일로──

女客　저요？　저는여기　大同物產公司에　일을　보게되여서　여섯시車로　바로나린길이예요。南京서여기까지、　웬걸、　네時間이나　걸립니까　그런데　있을데를　구하려고　가르처주는대로　서너집도라봤는데　다　마음에　안들어요。댁에　세놓는　방이　있다구　말슴듯고　왔는데。

─63」─

男客　（겨우마음놓고）그럼 당신도 방을 얻으러 다니십니다그려。

女客　네 그래요 그런데 아직 빈방이 있읍니까。

男客　（어쩔줄모르고）마침 안되였읍니다그려。지금막 이방이 작정되였답니다。

女客　아이어쩌면！재수가없읍니다그려。마침 비는오고 땅은질고 이것보서요 옷이 다젖지않 었어요。아이ー 고단해。저 의자좀 빌려주시면 좀 쉬였다 가겠는데。

男客　네 그렇게 하십시요。

女客　그럼 실례합니다。（앉으며 피곤한 숨을 내뿜는다）

男客　大東產業公司에서는 무슨 일을보시나요。실례지마는。

女客　（웃는다）호……… 실례될게 머있었어요。그런일이 무슨 비밀인가요。한 一二주일전에 그 회사에서 서기를 한사람 채용한다고 신문에 났었지요。각신문에 다났으니까 아마 보섰 지요。

男客　네。

女客　그리고 지난 금요일에 大東產業의 書記채용은 결정이 되였으니까 각응모자에 대해서는 일일히 통지를 않는다는 광고가 났지요。보셨서요。

—682—

男客　네。

女客　제가 바로 그 채용한 서기랍니다。 그게 여자라고는 아마 생각을 못해보셨지요。

男客　참 생각도 못해봤읍니다。

女客　(意氣揚々) 그렇지마는 이걸 어쩝니까 모래부터는 출근해서 일을봐야 할텐데 아직도 쭈인을 못정했으니。 여섯시부터 지금까지 돌아만다니고 아직 저녁도 못먹었어요。

男客　거참 안되었읍니다。 차나 한잔 자시지요。 (茶具소리)

女客　고맙습니다。

男客　(담배를 꺼내며) 담배는 안피우십니까。

女客　나는 안먹습니다마는。 잡수서요。 상관없으니。

男客　그럼 실례합니다。 (몸을둘리고 담배를 피운다)

女客　아ー 이걸어째、 이발모양이란 이것이 사람의 발이탑 젖은건 외려괜찮지만 흙 투성이가 되였으니。

男客　거 안되였읍니다。 양말을 갈아신으시지요。 그동안 나가있을테니。

女客　고맙습니다。 안갈아신어도 좋아요。 갈아신는데도 당신을 쫓아벌것까지야 머있어요。

男客　상관없읍니다。 양말은 드려도 좋습니다마는。

女客　호의는 감사합니다마는 갈아신으면 멀합니까。 아모래도 또 진탕속으로 나가야 할껄。

男客　웨요。

女客　그렇지않구요。 캄캄한속에 어디가려틀구 다니는수가 있나요。

男客　(묵연히 생각는다) 그렇지만。

女客　(차를마시고 한숨을쉬고) 실례했읍니다。 고만 가겠읍니다。 (가방을 들고 나가랴고 한다)

男客　그렇게 바뿌실거야 머 있읍니까。 좀더 앉어쉬십시요。 저ー 그런데 방을얻으시겠다고 그리섰지요。

女客　(떠여들듯) 아니 인제까지 이야기를 듯고도 그걸 모르신단 말슴이예요。

男客　아니 압니다。 알어。 그런메 이걸 좀 둘러보십시요。 이 방둘 하고 마루하고。

女客　아니 다 약속이 되었다면서 그건봐 멀합니까。

男客　네 약속이 되기는 되였지마는 당신에게 드릴수가 있단말이지요。

女客　정말이요?

男客　정말이지요。 (차물 따룬다)

女客　（차를 받으면） 어떻게 그리될수가 있읍니까。 몬저 말한양반에게는 고만둬도 좋은가요、

男客　아니요。

女客　오 그럼 아직 아모게도 빌려지않은걸 가지고 나롤 속이셨군요、

男客　아니올시다。 빌려주기는 줬지마는 그렇다고 그양반을 그만둔다는것도 아니고 이방을엄 은 그양반이 당신에게 드린다면 자진해서 드린다는 말씀이지요。

女客　무슨말씀인지 도모지 모르겠어요。 제가 어디 그분을 맛나 뵙기나 했어요。

男客　그건 상관이 없답니다。

女客　그럼 이방에 독개비가 나나요。

男客　아니 독개비가날까 무서우십니까。

女客　내가 무섭단말이 아니라 그사람이 독개비가 무서워 그러는게 아닌가 말이지요。

男客　천만에 그사람도 독개미는 무섭지않답니다。 자ー 어떻든 방울보시지요。 （문을 열고） 이 게마루고 저편에 또간반방이있고 앞으로 따로 정원이있고 남향에 볕이 잘듭니다。 방이 깨끗하고 조용한데다가 다니실공사가 가깝고 이보다 더좋은데를 얻기는 힘드시리다。

女客　그러면 방세는 얼마인가요。

男客 대단싸지오。 방둘에 마루해서 십원이랍니다。

女客 방도좋고 집세도 빗싸지않고。 (잠간 생각하다가) 정말 제가 빌텀수가 있어요。

男客 공연히 빈소리를 하겠읍니까。

女客 그렇지만 오늘밤부터 올수는 없겠지오。

男客 됩니다。 돼요。 (벽안간에) 그런데 당신은 결혼을 하셨읍니까。

女客 (뛰여일어나며 柳眉를 세운다) 그게 무슨말씀입니까。

男客 결혼을 하셨느냐는 말씀입니다。

女客 (怒한다) 이건 너무 실레가 아니예요。

男客 너무 실레라니오。

女客 그렇지않구요。 바로 모욕이지 뭡니까。

男客 (좋아한다) 그렇지오 모욕이지오 제생각에도 그래요。 그렇지마는 지금 이방을 빌리라는 사람은 무엇보다도 당신이 결혼하고 안한것을 뭇는답니다。

女客 내가 결혼을 했든 안했든 그게 무슨 상관이예요。

男客 그렇지오그래。 내가 결혼을 했든 안했든 그사람들게 무슨 상관이란말이요。 그런데 그사

람들은 그걸 먼저 문제를 삼으니 해괴하지 않습니까.

女客 무슨말씀인지 난 알어드를수가 없는데요.

男客 아― 그 러실겁니다. 천천히 드러보십시요. 저― 당신은 大東産業公司에 일을 보신다고

그리셨지요.

女客 기억력이 좀 나뿌신가봐 지금 곳 말한걸 되물으시니.

男客 그렇게 짜증을 내실게 아니라 저도 그 大東産業公司에 일을 보게되여서 왔답니다.

女客 아니 정말이세요 그럼 무슨일을 하세요.

男客 技師랍니다.

女客 오―라 그럼 당신이 이집주인은 아닙니다그려.

男客 누가 주인이라고 그랬읍니까. 당신이 혼자서 그렇게 아셨지요.

女客 인제 알었읍니다. 당신이 이방을 언은 사람입니다그려. 언기는 언었지마는 마음에안드

니까 도로 내놓는다는 말씀이지요.

男客 누가 내놓는다고 그랬어요.

女客 아까 이방을 저를주겠다고 그러시지 않었어요?

男客　당신을　드려도　좋다고는　했지마는　내놓는다고는　안했어요.

女客　또　모르겠는대요.　내놓기싫은걸　왜　나를　줍니까.

男客　정말　모르겠읍니까.

女客　정말모르겠어요.

男客　다른게　아니라　당신을　맛나보니까　말이지요──저　실상은　집주인이　내게는　안　빌리겠답니다그려.

女客　무슨까닭으로요.

男客　인제　이야기가　바로됩니다.　한일주일전에　내가　여기와서　방을보고　이집　아가씨라는이를　맛나봤지요.　그랬더니　단박에　마누라가　있느냐　아이들이　있느냐고　내리　물어보고　내가　아직　독신자라고　대답을하니까　그제야　방을　빌리기로하고　방세를받고게　약을　했지요.

女客　아마　당신이　기사인줄알고　그아가씨가　시집을　가고　싶든게지요.

男客　뭘　그럴리야　없겠지요.　그러다가　어제　와서　주인마님이라는이를　맛나잖었읍니까.　이야　기가　퍽달라집니다그려.　마누라하고　같이　오지아니하면　방을빌려주지　않겠다니　내가결

혼인한줄은 번연히 알면서 그런조건을 불이니 그런법이 어디있읍니까。

女客　그건 또 왜그런조건을 붙일까요。

男客　이집이 과부하고 딸뿐이라 그런다나요。

女客　그럴리가 있나요。

男客　아조 모욕이지요。

女客　그래 어떻게 하졌어요。

男客　그래 싫건 敎訓을 했지요。

女客　理解가 되었나요。

男客　四十넘은머리에 어디 새理論이 들어갑니까。

女客　그런 어쩌실레예요。

男客　멀 어째요 안나가지요。

女客　主人은 어디 있어요。

男客　主人이요 순사를 떼리러 갔답니다。

女客　순사는 왜 불르러갔어요。

男客　나를 끌어벌려는게지요.

女客　정말이요?

男客　보시구려 인제 순사가 오는걸.

女客　재미있게 되는데요. 그래 순사가 오면 어떻게 하시겠어요.

男客　당신이 오시기전에는 어쩌면 좋을가 몰랐더니 인제 좋은 생각이 있읍니다.

女客　어떻게요.

男客　나는 순사헌태 끌려서 유치장으로 가고 당신은 이방을 쓰시게되면 둘이다 오늘밤 숙소가 생기는 셈이 아닙니까.

女客　그건안됩니다. (생각는다.)

男客　안되다니 왜 안된단 말씀이요?

女客　가만있지서요. 내가 더좋은 생각이 있어요.

男客　무슨생각이요.

女客　(조끔의여서) 제가 당신의 부인이 되지요.

男客　천만에 어디.

女客　그리 놀래지마서요。 제가 당신께 청혼을 하는건 아니니까。

男客　그야 압니다마는 그런수단은 뜻밖인데요。

女客　한번 묘한게교지요。 이집주인은 당신이 부인이 없어서 방을 못빌린다고 그런다지요 인제 부인이 있다면 아모말도 못할거 아니에요。

男客　그거야 말이없겠지요 그렇지만 당신은 그래도 괜찮습니까。

女客　어때요 내게손해가 되는일도 아닌데요——어디 정말 당신의 부인이 되는건가요。

男客　이거참 천만감사합니다。

女客　그런말은 아니여요。 또 정말 당신의 부인이라면 제가 무슨 손핸가요。 그거와 이거는전 연 별문제지요。

男客　그럼 전연 별문제지요 다만 당신덕택으로 곤난한 주택문제가 해결된것을 감사하는것입니다。

女客　감사는 두었다하서요。 (밖에서 소리난다) 사람소리가 나요。

男客　순사겠지요。 (황급히) 아—참 나는 부인이 없다고 그랬는데 인제 무어라고 합니까。

女客　저—요 내외싸홈을하고 집에서 나온게래서 남에게 말하기가 싫었다고 하서요。

（巡査、老婆、女主人 드러온다）

아이 순사가 돌어와요.

女主人　巡警나으리 이양반이예요 글세 이양반이……자꾸……

巡査　姓名은.

男客　吳壽源이오.

巡査　住所는.

男客　住所는 없오이다.

女客　（버럭일어나며） 아니 그러면 당신께서는 인제 영 집에 안돌아 가시겠다는 말슴이예요. 정

巡査　말.

巡査　（깜짝놀라며） 이분은 누구십니까.

男客　（당황한다. 아죽도 성벤 남편모양으로） 나는 모르겠오. 그이더러 물어보시지요.

巡査　名啣은.

女客　정해원이예요.

巡査　주소는.

女客　주소요？　北京西四牌樓太平胡間關帝廟前、三百七十五번지　전화　西의　四千六百九十二番

巡査　잊어버리지않게　수첩에다　적으세요.

女客　(手帖에　적는다)　北京……

女客　西四牌樓太平胡間(좀　사이를　두고)　關帝廟前、

巡査　番地는？

女客　三百七十五번지　電話　西의四千一六百一九十二番.

巡査　(男客에게)　당신은　여기방을　얻으러왔다지요.

男客　아니요　나는　이사를　왔오이다.　이방은　벌서　내가　얻어논방이요.

巡査　(좀　곤난해서　女客에게)　당신은　여기　무슨일이십니까.

女客　나는　여기　사람을　찾으러　왔어요.

女主人　(화가나서)　무슨　사람을　찾으러　왔단말이요.

女客　(정중하게)　저의집　밝갓어른을　찾으러왔어요.

女主人　밝갓어른이라니　밝갓어른이　대체　누구란　말이요.

女客　흑시　아시겠지마는　댁에　방을　얻으신분이랍니다.

女主人　그럼 저이가 밖갓양반이란말이요。

女客　모르겠어요。그양반더러 물어보서요。뭐라고 하나。

老婆　아유 인제 바로 되였구면요。저선생님은 부인이 게실게라고 제가 여러번 마님께여쭙지 않었어요。

巡査　이게 무슨수선이란 말이요。공연히 사람만 오라가라하고。

老婆　죄송합니다 아까는 부인이 안게시니까 안게신줄 알었지 어떻게합니까。조금만 일족 오셨드면 이런야단이 없는것을。

女客　대단미안합니다。무시차로 떠나서 여섯時에야 와다은걸이요。

老婆　별말씀을 다하십니다。

巡査　자 그럼 다되었군。이집에는 여자뿐이라 이손님을 뭍우없다고 한것인데 부인이와서 게시면 문제가없지。그렇지만 부인이 동거를 않게되면 또 문제로군。

老婆　또 만소리는 마서요。젊은내외가 싸호기도 예사고 온다잔다 하다가도 한번화해하면 또 그만이지 그게 무슨말씀입니까。

巡査　그럼 잡니다。

女客　안녕히 가시우 내가 여기 안있게 되면 그때 또 알려어드리지요。

巡査　실례했읍니다。（모도 나간다）

男客　（문을달고）여보 인제 당신 명함이라도 알어둡시다。

女客　제이름이요。 제이름은――저―

――（幕）―

사랑의 기젹 <small>小品</small>

龍 兒 作

나올사람들

김건식(새신랑)

리영화(새아씨)

영화의아버지

영화의어머니

× × ×

영화의집에 깃븐날이 온것이다. 오래전브터 서로 사랑하는 사이로 지내왔지마는 이날 오기를 기대려고

기대리든 새신랑과 새아씨의 깃붐이야 말할것도 없고 일즉이 서양바람을 쓰인 탓으로 남녀의교제를 상당

히 리해하는지라 밭에게 스사로 신랑될사람을 가릴 기회를 주면서도 어린발이 못잊혀서 기웃ㅅㅅ 넘어다

보고 겨정하든 사람좋은 그의 아버지와 첫사위보는 그의 어머니는 여러사람의 치하가운데 정신을잃고

의 일가되는 사람뿔이먼지 이 자유연애꼴에끠는 화기스런 꼿을보고 부러워하면서도 반가워하는 신랑과새

아씨의 동모들이먼지 누구나보는 사람마다 알맞은 젊은 한쌍을보고 남의 일갈지않게 깃버하얏다。이러한

가운데 즐거운잔채도 끝나고 신랑과 신부가 화명한 꿈을 꾸여주려고 채려노은 새방으로 들어가는데서 이

이약이는 비롯한다。

『무 대』

새신랑과 새아씨의 첫날밤을 위하야 채려놓은 방병풍도 둘려있을것이오、 장능도 놓여있을것이다。 외인

편과 바튼편에 문이 하나식있다。

(신랑과 신부 외인편문으로 들어와 적당한 자리에 앉을것이다)

건식　퍽곤하지오。

영화　별로 그렇지도 않아요。

건식　그런데 오날이 꿋꿋내 오고야 말았지요。

영화　글쎄요 오늘하루가 그렇게도 기달리든 날인데 어째그런지 숭겁고 섭섭스럽게 지나버리는것같에요.

전식　그렇지요。무엇이던지 너무 기다리고 바라다가 헉지나가면 뒷이 좀 섭섭한듯도 한법이지요。

영화　그것도 그래요 그렇지만 오셨든손님들도 별로 부족한 맘없이 다들기쁘게 놀으셨는지나 모르겠어요。

전식　그만하면 다들잘놀고갔지요。아이그 김마리아라든가 그안경쓰고 검정치마 입으신이 말이야요。점잔은듯하면서도 사람을 어찌그리 잘웃기는지 작난도 어쩌면 그렇게 해 참재미있게는 놀데 그이 집에는 아마 우슴 끌날때가 없을게야 이앞으로 우리집이도 그렇겠지만。

영화　왜 마리아만 오늘 그렇게 작난을 했나요。이춘애씨 그냥반은 사람을 어쩌면 그렇게모 구슬려주어요。그커다란 대모테 안경을 걸친 얼굴은 보기만해도 웃으워요 오늘은 거기다 술이들어가서 아까 어머니가 붙잡혀서 혼이나셨지。

전식　그사람은 말할것도 없지요。우리하고 중학교를 같이다닐때부터 운동이나하고 작난이나

하고 시험은 방맹이로 지내가지오 그래도 선생님이 그사람한테는 성을못내요.

영화　요다음에는 나를 구슬려주면 내점자리사촌이라고 해줄껄.

전식　그래만보구려 얼마나 되려 놀려주나 그예배당에 정숙하게 들어갈때도 나를 웃길냐고하

　　　논구려。 내 억지로 참았는데。

영화　거기서 우슴이 터졌더면 참 볼만했을껄。

전식　그렇기에 나는 그발마춰주는 음악에다 정신을 흠숙 모았지 참 오늘 예배당에서 들리든

　　　마ー취야말로 어면세게쩍음악가의 음악보다도 나에게는 더깊은 느낌을 주어요。

영화　(웃으며) 음악 음악말이야요。 작년 이때이지요。 그렇지요。 그러고 얼마아니지나서 풀이

　　　푸르고 꽃이붉고 새가소리할때 우리가 주일학교아이들을 다리고 산에 놀러 나갔으니까

　　　그래 콰야련습을할라고 김선생님댁에서 뫼일쩍에 우리가 처음만나뵈왔지요。 그때 그래

　　　김선생님이 이분이 이제부터 우리찬양대에서 같이일허실 김전식이란 냥반입니다 하고

　　　소개를 허시니까 아주 색씨같이 얌전하게 인사를 하였지요。 그러더니만 지금은 그때그

　　　부끄럼은 다 어더로갔어요。

전식　인제 그이야기는 그만둡세그려。 이전벌서 몇번쩬지 모르지。 요다음 나쌀먹어서도 되푸

리를 할걸 듯기 좋은 노래도 세번이라는데。

영화 왜 내 이야기가 노래만 못해요。 그이야기는 열번을 해도 재미있고 백번을 해도 재미있어
요。 첫번할때나 똑같에요。

건식 그럼 그때 영화는 어땠는데 부끄러워서 아주 머리를 이렇게 숙이고。

영화 허허 그렇게 꾸며대요。 나는 그때에는 우리떼가 많았으니까 당당하게 더했다나요 그것

보담도 왜 운동회때 이야기나 또 하시구려。 그래 일등기를 들고섰으니까 다름질해 품에

안길듯이 들어오다가 지를받아들고는 그래도 조금 몸을 피하더라고。

건식 저거 보게 전엔 그 이야기를 하면 부끄러워하더니 인젠 자기입으로 어렴스럽없이하니 해

야 재미가 있어야지。

영화 그럼 그 이야기는 다시는 않지요。

건식 웨 다짐은 받을라고 그래요 내 이춘해더러 이야기 좀 할걸。

영화 그건 제발……

건식 하하 왜 제발 그래달나는 부탁이야。

영화 그래만 봐요 나는 웨 할 이야기가 없나요。

진식 그럼 어린애들이 서로 어른앞에가 흥보고 고자질하는 셈되게.

(이와같이 주고받는 이약이가 다만 신혼의 깃봄ー안탁갑게 풀려오든 사랑이 다다틀곳에 다다른것

밤에 못이겨 흘러나온다)

영화 (얼픗이 남의일에 동정하는것같이) 그런데 그냥받어 그렇게 항상 웃고 지내도 아마 집안에

무슨 불평이 있다던지 그런것 같애봬요.

진식 겉으로 보면 누가 그사람에게도 무슨 걱정이 있을까 하지마는 그사람도 불행속에서 사

논셈이지 그러고 그사람의 슬픔은 우유에다 풀란것같은 우리조선젊은이의 아모게나 가

지고 있는 슬픔이지요.

영화 (조곰 흥을 잃은듯이) 그러면…우리에게도……

진식 (머욱이 사랑하는 태도로) 아니지요. 우리는 특별한 은혜를 받은것이지요. 지금 조선가운

대에서는 불과 몇사람밖에 받지못하는 은혜를 받은것이지요. 그렇지요. 완전한 연애

를 기초로하고 선것이지요. (말어 차슬 열정적으로되고 영화는 그의힘있는팔에 끄을려드러가

논것같다) 나는 여기서 우리아버지의 리해깊으신 태도에 참마음으로 감사하지 아니할수

없어요. 영화씨의 아버지께서는 그래도 서양을 갓다오시고 하셨으니 그만한 일을 하시

는것이 맛당하다고 할만하지마는 우리아버지가 어떻게 마음이 들어가서서 나에게 이렇

게 행복스럽게 될 기회를 남겨주셨는지 하나님에게다나 그감사한뜻을 표할까 나는 감격

한눈물을 흘릴때가 많아요。 그러나 그이는 지금 이세상에는 없지요。 우리의 이 원만한

꼴을 볼수도 없는 것이지요。

영화 (말을막으며) 건식씨……

건식 네…네 옳습니다。 지금은 이런말을 말할때가 아니지요。 우리가 새 생활에 한걸음을 들

여놓는 이때이니까。 앞일을 말하는 것이 옳지요。 비록 지금까지 때때로 말하지아니한것

은 아니나 오늘저녁에 말하는것은 특별한 뜻이있지요。 네 영화씨!

영화 아무말슴이고 끝없는 이야기라도 해보세요。

건식 우리의 결혼이 참뙤고 순결한 연애를 기초로한우에는 그것은 연애의 한 완성한 상태이

지요。 우리의 인격은 둘이합하야 하나가 되어 서로부족한것을 채워서 앞으로앞으로 발

전하야 나가는것입니다。 둘이 둘로 있으며 하나를 일우는것을 뜻하는것입니다。 그러나

서양속담에 결혼은 연애의 무덤이라는 말이 있읍니다。 그것이 물론 참리치는 아닙니다

그러나 그것이 속담이 될만큼 이세상에는 그러한일이 많은것입니다。 그렇습니다。 그것

은 다하나가 되지못하는데에서 생깁니다。 그러나 둘이둘로있으며 인격적으로 하나가 되
는것은 섭지않은일입니다。영화씨가 내가되고 내가 영화씨가 되어야 하는것입니다。다만
둘이서로를 모르는것없이 알아야 그지경에 이를것입니다。(영화는 그의말에 감격이되야 그
의말을 더욺라꾀하는 빛이 나타난다) 둘이 서로가 혼자만 가슴속에 품어두고 지
내는것이 하나도없어야 할것입니다。즉 둘이새이에 비밀이라는것을 없게하는것이 둘을
하나로 하랴는데 먼저 할것인가합니다。(영화를 치어다보며) 네 그렇지오。

영화　(아조 감격한 모양) 네 그렇습니다。서로 허물을 알고 그것을 용서하는데서 참으로 깊은
사랑이 자라나지오。

건식　영화씨가 나와 아주 그렇게 같은생각을 가지고 계시니 인제는 마음에 거리낄것이 없읍
니다。나부터 아즉까지는 말슴하지 못한것을 이제 말슴하겠읍니다。지금까지 숨겨놓고
지냈것은 저의 마음에는 적지않은 피로움이 였읍니다。그러나 영화씨에게 대한 사랑이
모자란 까닭은 아니였읍니다。다만 차아차마못하고 밀어나오며 스사로 피로워만 하였
읍니다。오늘밤에 이비밀을 깨트려버리면 나의 가슴이 참으로 시원하겠읍니다。사랑에
는 기적이 있지요。내가 만일 노타의남편이였더면 노타의 보고싶어하든 사랑의 기적을

뵈여 주었을테여요. 나는 그 책을 볼때마다 어찌할수없는 안탁가운 생각이 일어나요.

영화　네 전식씨 노타의시대는 벌서 지내갔어요. 이제는 다시 돌아오는 노타의 시대여요. 남
　　　성과 여성이 서로 갈려서 다 토는시대는 지나가고 참으로 서로 도아서 서로의 인격울키
　　　우고 널리는 시대여요. 노타의 시대는 여자가 인형이나 종노릇하든 때에서 참으로남녀
　　　가 동등으로 결합하는상태로 건너가는 길에 지내지 못해요. 우리는 그 길을 건너왔어요

전식　아! 영화씨! (전식이는 거의 영화의 앞에 엎드리며 둘이 서로 대단 감격한 모양이다) 사랑의
　　　기적이……

영화　사랑에는 반다시 기적이 따라다니지요.

전식　(몸을 고쳐앉어) 이말은 하기도 괴롭고 아니하기는 더욱 괴롭습니다. 그러나 아니할수는
　　　없는 것입니다……영화씨와의 사랑이 나의 첫사랑은 아니던것입니다. 용서하섭시요 그
　　　것은 세해전 저의 시골에서 있었던것입니다. 그러나 그이는 벌서 저생에 사람입니다.
　　　그것은 잊을수없는 일입니다. 지금도 내가 그이를 잊지는 못합니다. 영화씨를 더할수없
　　　이 사랑하면서도 그를 잊지는못하는것입니다. 그 첫사랑은 한가지 자최를 남기고 간것입
　　　니다. 그즉는 영화씨도 얼마 있지않어서 나에게 허락하실 그 귀중한 보배를 나에게 허락

하였던것입니다。 그러나 그는 다만 한아들을 남기고 이세상을 떠났읍니다。 그아이는 어면 동무에게 맡겨 기르는데 나는 그아이를 사랑하지 아니할수없어요。 그래 나는영화씨가 만일 모든 넓은마음으로 그것을 허락하신다고만 하면 우리가 새집을 일우는날 메려다 앞에다두고 기르고싶은 생각이 있는것입니다。

영화　전식씨 전식씨가 원한다고 하시면 내가 어떻게 싫다고 할수가 있나요。

전식　(감격하야 영화에게로 쓰러지면서) 오…영화 나의영화……감사하외다。

영화　둘이 둘아닌 하나인떼야 감사할거야 무엇있어요。

전식　영화씨같이 고은마음을 가진나야말로 다만 하나밖에없을사람이다。

영화　(지금까지 울났든열이 나려안고 조곰 정숙하게) 그런데 전식씨 전식씨는 가슴에 감초아있던 것을 다 내놓았으니까 인젠 속이 시원할터이지요。

전식　그거야! 나는 내가 이 좁은 방안에 앉었지마는 나의 가슴은 이 세게를 안아품은 뜻한 느낌이 있읍니다。 그렇게도 시원합니다。

영화　나에게도 그러할 기회를 주서요。 내말을 둘어주서요。 영화씨같이 맑고 순결한 이일지라도 말하기어려운

전식　네 옳습니다。 그래야 할것이올시다。

영화

것이 의례히 있을것입니다。돌아간하나 타는것이 우리의 못로입니다。
들어주서요 건식씨와 나와는 거의 같은운명을 거처왔다고하야도 괜찬을만해요。(건식의
얼골에 놀나움과 피로움의 빛이 차々떠돈다。영화는 먼곳을 바라다보는 사람같이) 발서 잇해전
이여요。그사람이 죽어간것이。아버지의 품안으로 돌아갔어요。가면서도 이제 두살먹은
아이를 남기고 갔어요。

전식

(분함이 사못처) 머머……영화 (영화는 건식의 얼골을보고 그외별안간에 변하였음에 놀내여 얼
이빠진듯이있었다) 내가 속았고나……영화! 나를 참으로 사랑한것은 아니로고나……아…
속았다……다만 못난이로 놀리는것이다……분한일이다……네가못난이다……아……속았
다。아……속았다속아……(이와같이 부르짓으면서 바른편문으로 뛰여나간다。뛰여나가서도 피
룹게 부르짓는다。영화는 너무팰터 변함에 얼이빠저 이것이 꿈이냐 참이냐 하는듯이 멀뚱이 않었
다。건식의부르지즘이 이며금 들린다。조곰있다가 영화의어머니 외인편으로서 들어온다。한사실
되여보인다。뭐모양보는 사람인듯이 채렸다)

어머니 얘 영화야 이게 웬일이냐?

영화 ……

어머니 글세 애 첫날저녁에 신랑이 마당에를 뛰여나가서 야단을하니 도모지 웬셈이냐。

영화 누가 알아요。

어머니 저애보게 네가 몰르면 또 누가아늬。

(이동안에 영화의 아버지가 외인편문밖에와서 차마 못들어가고 서있다。 마흔댓은되고 몸집도좀있고 두루~ 좋은아버지이다)

영화 별안간에 저러니 누가 안단말이요。

어머니 옳지 네가 그이야기를 한게로구나 저런 센챵은애 보게 글세 첫날밤에 그런 중한 이야기를 해버리면 어쩌잔 말이냐 사람의 솜씨가 그래서야 무얼하겠늬。

영화 (이제야 긔막힌것이 지나고 슬픔이 온듯이 어머니에게 몸을 실리우면서 받우는소리로) 글세 그냥반이 말을않고는 못견디게 맨들었어요。 자기의 지난일을 다 자백을하고 나니 나도 최면술에 걸린사람같이 다 바로 말을 해바렸지오。

어머니 아이고 저런일을 어떻게하나 아모리 전식이 구변이 좋기로 사내의 입끝에 넘어서 있는대로 이야기해버리고 그런 못난이가 어디있어。

영화 둘이 하나가되고 어쩌고 그러는데……

어머니 저애 좀 보아 또 빈 소리하네. 느어머니를 좀 보렴으나 내가 시집온지가 스무해가 넘
지만 네오라비가 둘이나있는줄을 너의아버지가 꿈에나아늬 웬 에가 그리 번번치못해.
(아버지는 아직도 아이같이만 알았든 딸에게 알지못하든 비밀이 있는것을듯고 어쩔줄을 모르는겨
옴에 자긔안해의 이말을 듯고 정신이 나 어떠로 날아난듯이 주춤〈──── 걸어들어간다)

아버지 머…머…내가…내가 보가좋게 속앗다가.
(영화와 어머니는 감짝놀마 일어슨다)

아버지 (미친듯이) 내가 장승노릇을 했다. 장승이다. 스므해동안이나 호호 (웃는듯 우는듯) 허
수아비노릇을 하고…… 옳지 잘속였다……허수아비다……장승이다. 아ー 못난것이 분하
다. (어쩔줄을 모르는듯이 차々 방안을 헤매인다. 영화와어머니는 슬금〈── 나가버린다) 아ー…
보기좋게 본보기로 속았다. 사람에게놀렸다……이때부터의 버릇이니라……아……내가
장승 허수아비 으으 분하다. 못났다. 아아 장승이 산체하였다. 스므해동안 허수아비…
무얼 봤나── 아아분해 속은것이 분해 아이그 분해.
(이와갈이 부르짓으며 비틀거리다가 방가운데에 쓰러진다. 쓰러저서도 이따금 분해분해하고 중얼
거린다. 한참 지난뒤에 건식이가 바튼편문으로 해쓱하야 들어오다가 그의장안이 넘어저 있는것을

보고 조곰 멈추거러다가 나아와서 흔들어 일으키며)

전식   이거보세요. 웨 이렇게 하십니까. 일어나서요.

　　　　(아버지는 고개를들어 건식을보고)

아버지   으ー분하다.

전식   너무 그리시지 마세요.

아버지   그저 속은것이 다만분다.

전식   그러지 말고 일어났으서요.

아버지   내 사람을 볼낯이 없다.

전식   일어나서요.

아버지   (일어났으며) 너와 내가 같이 속은 사람이로구나.

전식   ……

아버지   나는 분해서 미칠것같다.

전식   그렇기도 하시겠지요. 믿었던 따님에게서 뜻밖의일이 나타났으니 분하시거도 하겠지
　　　　요마는 저의 분학과는 성질이 달치요.

아버지 　(처음에는 웬뜻인지를 모르는듯하다가 무슨 생각이 떠오른듯이) 나는 자네들 볼 낯이 없네.

건식 　저는 장인을 어떻게 생각하는것은 아닙니다. 처음부허 의레히 알지는 못하였었을것이요 또 이제와서는 속은것같으실레이니 그런일은 게집들끼리 맵시있게 조처하는법이여요.

아버지 　(몬저 격하였든것을 다 같아앉후고) 나는 이제까지 그애를 어린애갈이만 녀기고 있었더니만 참 뜻밖의일도 분수가 있지않은가.

건식 　그러하시겠지요. 그러나 일은 다 지나간일이야요. 되여바렸어요. 한번지내가서 되여버린일은 다시 전과 똑같이 맨들수는 없는것이요저의는 발서 교회문을 지나서 다녀 나왔어요.

아또지 　아아 건식이 그렇게 생각을 해주니 내가 참 고마워이 넓은마음으로 용서를 하여주게 아모리 잘못은 하였을지라도 딸이라는 사정은 번치않네.

건식 　저도 그만한 결심을 하였읍니다. 스스로 저를 잊을만큼 페로웠읍니다마는 마음도 다가라앉고 결심도 다되였습니다. 한번 땢어진것은 잘풀리지는 않습니다. 억지로풀면 두편이 다 상하지요.

아버지　옳게　생각했네. 자　모든 것을　넓게　봐주게.

（손을　내밀어서　건식과　악수한다）

　　자네는　그래도　미리알아서　허수아비노릇은　아니하겠으니　다행일세.

건식　네?

아버지　아니　나혼자　하는말일세……　허수아비가　장승이란　말일세.

건식　네?

아버지　아니　잘자게. （나간다）

──（막내린다）──

著 者 略 歷

一、甲辰年六月二十一日 光州郡(今光山郡)松汀面素村里三六三番地에서 訥齋第十四代孫 朴夏駿의 三男(두

兄이 다 어려서 죽은까닭에 法律上 長子이나)으로 出生。

一、두살 가을까지 서지못하여 걱정하여졌더니 九月어느날 그달에 둘잡히는 그姑母의것는것을 바라보고

앉었었다가 문득 서더니 因해例事로 걸어버렸다。

一、세살 가을까지말을아니하여 걱정하였더니 一朝에始作하매 如開防川으로 能히말을하고 祖父께서 戲

弄으로 父의 字를부르라고 여러번 달래였으나 終始듣지아니하여 곁의사람들이 그聰明함에 놀랐다。

(當時에는 어른의 이름을 부르지않는것이 禮儀였다。)

一、네살ㅅ적겨을 義兵亂으로 外家近處인 昌平가서留하는데 四字小學을 外家에서가지고와서 한字한字를

무르므로 일터주었더니 翌年봄보매 한卷을通하고 一旦 배운字는 다른冊에서도 能히알뿐아니라 한字를

손바닥으로가리고 이쪽은 무슨字요 이쪽은 무슨字라고 스스로 分析하였다。

一、五歲時八月 從弟가 出生하매 自己는 大聖人이되고 從弟는 中聖人이된다고하며 中聖이 中聖이하고불

러드디어 中聖이 이름이되었다。

一、六歲時에 光州邑에居하매 구경을좋아하여 演劇이나 活動寫眞이있기만하면 반듯이 下人에게업혀가는

데 밤이늦드라도 中間에 자는일이없었다。

— 1 —

一、七歲時正月 三年長인從姉가 本文ㅅ자배우는것을보고 自己도 한장써달라고 請하여 써주고 무어번 일

더주었는데 二三日後에와서 다안다고하여 試驗하여본즉 果然 다아는故로 바친法을 두세가지 일러주었

더니 그냥 通해버려서 가을부터 밤이면 當時新小說을 한卷씩읽는데 밤이 늦더라도 冊을마치지아니하면

자지아니하였다。同年겨울 破寂삼아 珠盤을놓고 一二三四를 불러주며 놓는法을일러주었더니 不過數日

에 加減을能通하여 試驗삼아 十余位의 진數字를 中間에 공을 連거퍼불러가며 불러도 絕對로 位數를그

릇놓는일이없었다。

○

一、八歲時에 光州公立普通學校에 入學하여 十余年長되는 同級生들과 修業하고 十二歲에 卒業하는데 年

年히 皆勤狀과 優等賞을 받아오고 賞品으로 菓子等屬을 받아오면 依例히 自手로 下人들에게 난우어주

는 特性이있었다。

一、어려서 三年長인 從姉와 同甲인 姑母와 二年下인 從弟가 다 한집에서 자라되 한번도싸우는일이없으

니 學校에 다니면서도 「싸움아니하는아이」의 別名이있었다。

一、十三歲에 上京하여 徽文義塾에 入學하였다가 곳 培材學堂에 轉學하였는데 어려서부터 고기를즐겨

다가 客地라 食床에 고기가없으면 굶기를 많이하고 自手로 고기를 마로사다가 썰어달라고하여 한斤불

膽로 다먹어버리는일이 從從있어서 下宿동무間에 호랑이의 稱이있었다고들었다。(父親夏駿氏談)

大正五年 봄 四月에 京城府貞洞 培材高等普通學校에 入學하였다。이해는 培材學堂이 高等普通學校의

認可를 맡은 처음해였다。따라서 培材高等普通學校로서 生徒募集하는 첫해였다。그해에 培材에入學한사

培材中에는 相當한 駿材가 多數이엿다고 볼수도 있겠으니, 그後에 이름을세운사람이 않지못하지만 現在朝

鮮文人中에서만 例를 든다하드래도 朴英熙、金基鎭、彫刻家金復鎭等諸氏가 그때사람들이며、今日과는形

便이 아조달라서、官公立學校보다도 培材를 먼저 選擇하는것이 그時 入學者들의 心理中에는 確實하닷엇

먼것이라고 보아도 過言이 아닐것이다。

培材一學年에서의 朴君을 말하면 그는 黑色무루마기를입고 顔色도 감은便이고 偏上靴를신고 가장體小

한것과 年少한것으로 어린 귀염성스러운 存在였다。

第一學期를 지나 秋季가되매 그 存在는 確實히 級友의 認識을 받게되었다。그班에서 成績順으로 第二位엿

고 第一位는 廉亭雨君이였으니 그는 江原道金化郡出生으로 朴君보다 二三歲더많은 溫厚한人間이며 着實

한 性格의 主人公으로 張龍河와 아울러 朴君의 가장 各가운親友이였다。所謂 培材의 「三人組」라는 別名

을 들을程度이였다。

그는 보기드문 天才이였다。故로 當時 數學을 敎授하시면 金成鎬先生의 그後의말슴이 數學敎授時間中

朴君의 質問이 가장 무려웠다고하신다。비록 身體로서는 적은便이엿지만 銳敏한 그의觀察力과 明哲한判

斷力으로 或 先生님에게 確實하신것이나 不充分하신点(金先生님께서는 數學의大家라 別로그런点이 없으

섯지만)을 質問함에는 朴君의 偉大한天才에 무려워하섯던것이다。

大正七年 朴君이 培材高等普通學校 第三學年 秋季試驗때의일이다。試驗期日이 數日後로 追頭하엿는데

三國誌(純漢文)를읽고있다。試驗이 언제인가하는모양이다。이렇게도 試驗工夫를 아니하지만 그는 如前히

優等成績을 차지하였다。平素授業時間에 精神차리며서 授業에 注意하는것으로 充分하다면것이다。

그의 學校生活은 餘裕있는 和平스러운것이엿다。 成績의 不良으로因하야 그것을 焦燥할必要도 없엇고 어

욱이 性格이 圓滿하야 交友의 關係는 極히 圓滑하엿다。 他人의 것은 干與하지도아니하며 웬만한境遇에는 論

爭까지라도 避하는便이다。 大體로 自己의 것보다 他人의 것에 注意하는것이 凡人의 茶飯事이며 少年時代

의 心理로보아서도 他人의 學校成績을 말하고 그것을 標準으로하야 自己의 優劣을 云々함이 普通이짓

다。 그러나 어린朴君의 非凡햇것을 여기에서 發見할수있으니 自己의 工夫할바를 工夫하고 自己의 成績을

滿足하는듯이 他人의 批評은 絶對로없엇다。 이것이 그의 特色이며 그의 超然한 所以이엿다。 故로 그의 生

活은 愉快와 希望에 넘치는것이엿다。

活動寫眞은 比較的 가끔 가는便이니 맨이라고는못하 젯지만 多少 興味를가졋섯다。 運動은 庭球를 가장

즐겨하엿고, 野球의 캣취뽈은잘은못하엿다。 장기도 동모들에게 지는법이없고, 바독도 相當히 두는축이엿다。 故로

當時 敎授課目中에 選擇課目으로 商業과 農業이 있엇는데 이 三人組는 商業을選擇하엿던것이다。

商業時間이되면 한座席에 앉게되고 따라서 商業時間은 다른意味에서 기다리게되 엿다。 純眞한 人間들의

友情! 그외에는 아모것도없는 單純한心理로 商業時間이되면 別것없지만 좋앗던것이다。 서로의 기쁜얼골!

이것이 그때 心理의 正直한 表現이라 한참 자라나라는 人間의 싹들이다。

그때 彼此의 弄談은 이것이다。「試驗볼제 모르는것 낫거든 좀 보여다구」 그러면 試驗時에 不正行爲를

하느냐하면 그런것은 絶對로 없엇다。 商業敎室은 普通敎室이아니라 講堂이엿으니 그建物은 現在는 없고

그 位置만은 現在 培材中學校 東西校舍사이에있는 中庭이다。 朝鮮의 最初 벽돌建物로 일즉이 歷史家 崔南

善先生은 그집은 硝子箱을 엎어서라도 永久保存하엿으면 좋겟다고 한것이다。 椅子는 長椅子인대 現在貞

洞第一禮拜堂에 좀 남어 있다。 試驗을 보러 드러가면 서로하는말은 「이번에는 좀 보여다구」 그러나 試驗

問題를 받고 答案을쓸제는 或이나 본다는 疑心이라도 받어서는 아니된다는것처럼 絕對로 서로 보는일도

없엇고 보여줄 必要를 늣기지도 아니하였다。 朴君은 相當히 自尊心을 가졋섯다고 본다。 他에 依存하랴

는 눈치조차없엇다。 自己의 答案紙에 쓸것을쓰고 敎卓에 提出한다음에 나아가바리고만다。

그 翌年(己未)봄春에 故鄉으로 나려갓다。 社會事情으로 因하야 不得己 學業을 中止할수밖에 없엇던것

이다。

그 翌年에 다시 上京하였으나 冬期에 東京으로 건너가서 入學試驗을 準備하였다。 培材高等普通學校는

卒業을 數月앞두고 退學하였다。 그는 心情의 平穩을 希求하는지라 東京에 건너가서 고요히 準備를하랴면

것인지 모르겠다。

大正十年春에 東京靑山學院 中學部第四學年에 編入되였다。 寄宿舍에 入舍하야 極히 學生다운生活을繼

續하였으나 學生이 學生다운生活을 繼續한다는것은 當然한것이며 依例히 그러리라고 하겠지만 當時東京

에있는 朝鮮留學生의 氣風이란 比較的 政治的意識을띄 色彩가 濃厚하였던것이다。 故로 所謂 留學生中에

는 着實히 學業에 從事하는것보다는 英雄的 活動을 하는사람이 多數이였다고 볼수있다。

然이나 그는 學生으로서의 生活을하였다。 學校의 成績은 亦是 優秀하아 當時의 中學部部長阿部先生(그

後에 靑山學院長이되었고 最近 日本基督敎監理敎會 監督으로被選됨이)은 「朴君は秀才ですね!」라고 恒

常 極口稱讚하였다。 朴君은 中學部第四學年 秋季부터 寫眞에 趣味를 가지게되여 「코닥」寫眞機를 하나 사

가지고 夜間에는 여러寫眞現像에 時間을 보내기도하였다。 그러나 熱中하지는아니하였다。 흔히 말하는 熱

中이란것은 그에게서 차저볼수없었다。適當한 程度에서하지 熱中하여서 다른必要한것을 忘却한다면지는
하지아니하였다。

培材高等普通學校時節에서 보더라도 그렇다。活動寫眞을 조와하면 相當히 熱中하여서 弊害를 보는일이
種々있으나 朴君은 그런熱中은 아니엿다。庭球를 하더라도 時間을 利用하는 程度라고 말하겠지 몹시씰며

서 前後事를 忘却轉倒하는일이없엇고 靑山學院에서 寫眞을가지고 娛樂을삼어도 亦是그러하였다。그에게
는 「吾道는 中庸」이라면 適合할것이다。冷靜하면서도 熱情的氣質을 가젓고 熱情的이면서도 度를넘지아니
하였다。

金允植氏(永郞)와 親히게된것도 靑山學院中學部時節인듯하다。金兄이 下宿에서 臥病하였을際에 朴君이
나와 同伴하야 看護를 게을리하지아니한것도 그때알이다。永郞이 病으로因하야 밤새도록 한잠을 못자고
울적에 그를 慰勞하는 무사람의 精誠도 至極하였다고 하겠다。詩人으로 一家를 이룬다음 어느날 朴君은
「내가 詩文學을 하게된것은 永郞때문이여」 하는말을 할적에도 그는 어느때나 지지아니하는 友情을 表現
하였다。

靑山學院中學部五年生이되면서 寄宿舍를 退舍하야 自炊生活을 하게되었다。代々木練兵場과 富士谷 어
면집二層을 빌어가지고 自炊生活을 둘이서하게된것은 朴君이 寄宿舍生活을 시며서 나온것도아니오 自炊
生活이 經濟的으로 有利하다는 理由도아니였다。더구나 家庭이 裕餘하매 學費의困難을 當하지도 아니하
였다。다만 友情그것하나이 그로하여곰 둘이서 自炊生活을 하게한것이다。朝飯은 내가짓고 夕飯은 그가
當番이었으매 會計도 그가 맡엇던것이다。數年後 京城에서 어느날 故廉亭雨君이 나에게 이렇게말하였다

「龍喆이가 會計를본것은 不足한것을 채우랴고 그랫더며라」 그날은 마침 朴君은 없엇고 廉君과둘이서 過
去의 生活에 關하야 閑談을 하고잇던際에 우리의 自炊生活을 말하다가 偶然히 그러한事情을 말하게된것
이다。

이말한마디는 朴君의 性格을 如實히그리엿다。體小한 어린靑年의 心志! 凡人이라면 그當時에 生色도
낼이엿을것이고 或은 自慢도 하엿을것이다。그러나 그時의 生活에는 彼此의사이에 和氣이 있었을뿐이라
조곰이라도 벗을도아준다는체도없엇고 말도없엇다。머구나 夕飯을 지어노코 벗의도라옴이 느저질지라도
그대로 기다리고있었다。自己만 먼저 먹는法은 한번도없엇다。벗을 생각하는 그아름다운人情! 慈悲! 그

러나 「왼손이하는것을 바튼손이모르게」하는 그마음의 큼이여―
心身이 多少疲困하여서 도라온다할지라도 따듯한 友情을 滿喫하면서 밥상을받고 수저를 합께들제에는
勇氣스스로 풀어 오른다。그러기때문에 아침일즉이 일어나 朝飯을 짓는데 或日氣가 차더라도 朴君이 寢
衾속에있는것을 怨望하거나 猜忌하는것이아니라 衷心으로 그를 祝福하였다。이래서 함께 朝飯을먹고 門
을 나서면 冊褓를싸가지고서가는두그림자는 或은代々木練氏場에서 或은다른便길에서 發見되는것이었다。
어느듯 해는밧구여 大正十二年 이른봄이닷, 朴君은 東京外國語學校 獨逸文學科에 入學하게되엇다。入
學率의 甚한것으로 相當히 有名한데이엿지만 朴君은 入學을 爲하여 그다지 焦燥하지도 아니하엿고 남처
림 甚히 準備하여야만 된것도아니라 泰然自若하여 適當한程度로 準備를하였다。準備못하였다고 勞心하
는일도없고 或他友를맛나서라도 入學의 話題로서 焦思하는顔色도없엇다。
아마도 自己의 秀才에對한 自信이 있엇던것인지도 모르겠다。

外國語學校에서의 그의 存在는 亦是 「秀才」이었다。 第一學期末頃에 그의 同級友數人이 助問하여온일이

있었다。 그들의 입에서는 「朴樣は秀才ですよ」라는거이다。 그級에서 相當히 聲敎을받으며 信任을 얻게되여

그級의 級長을지낸출안다。 이生活은 第一學期의 放學과同時에 끝이낫다。 即 그는 放學을하자歸省하였다

이夏休가 지난 九月一日正午頃에 東京에는 未曾有의 大震災가 突發하게되여 그는 다시 外國語學校에도

라오지아니하였다。 勿論 그理由는 震災로因한것만이아니라 그보다 重要한理由는 家庭事情에 있다는것을

그後에 알게되였다。

그해 秋季에 延禧專門學校文科第一學年에 編入되였다。 宿所가 京城府冷洞이었기때문에 아침에는 金華

山고개를넘엇는데 그때의 同行은 廉亨雨 崔鳳則이런분들이였다。 나도 震災를겪근後 暫時 朴君과同級에

있은일이있는데 하로는 作文時間이였다。 擔任하신 鄭寅普先生이 作品에對한評을 加하게되는데 그中에서

特히 둘을評하섯다。 그中의하나는 朴君의것이였는데 「朴君의것은 將來가有望합니다」라는것이었다。

入學後數個月을지나서 그는 延禧專門學校를 退學하였다。 아마도 그學校로서는 그런그릇을 包容할수없

엇던것이다。

그때부터 그의 文人生活은 始作하였다。 英語와 獨逸語를通하야 外國의文學을 直接맛보았다。 그런데 英

語는 中學부터 工夫한것이겠지만 獨逸語는 外國語學校에서 一學期間 修業한것이 基礎이였다。

그러나 그時節은 그로서 가장 煩悶하던時節인지도 모르겠다。 그의性格上 그煩惱를 表示하는일은 없으

나 그의音辭 或은 書信中에서 暗示를 엿볼수있던것이다。 그것은 家庭問題이었다。 그는 東洋道德의 가장

忠實한 實踐者라고 볼수있겠지。 父母님게對한 孝誠과 아우에對한 友愛와 夫人에對한和이것을 잘實踐하

였고 더욱이 敎育問題를論하면——아니 家庭의敎育問題로보면——敎育水準을 向上하여야만되겠다는것이

며 그것을爲하야 努力하였고 結局 어느程度로 成就하였다。그反面에 그는 心的苦痛을받엇고 또그解決을

爲하야 自己를 犧牲한것이다。

數年間 故鄕에도라가 生活을하였으니 아마도 그의持久戰이엇든못한다。그러는동안에 米豆取引에 投足

하였드면經驗도있다。(當時全羅道에서는 米豆取引이盛行하였다) 그時의 맘을드르면 幾何間損을보고 斷念하

였다고한다。

○

그가 京城에서 家庭生活、아니妹氏와합게 自炊生活을 始作한것은 偶然한過程이아니라 持久戰의結果이

여면모양이닷 當時 그에게 가장緊切한問題는 妹氏의敎育이엇다。그問題解決의 열쇠는 京城在住라고 確

認하고 玉川町한집을 얻어 自炊生活을 하면것이다。(張龍河記)

補遺

十五歲겨울 當時 戊午年 毒感으로 祖母喪을當햇는데 十六歲봄에 그慈親이 運氣를앓어서 大端히危境에

이르럿었다。그때에 새主婦 가을을 速히求해좋아야겠다는 생각으로 適當한 閨秀를求하던中 蔚山 金氏의

十五歲된閨秀와 定婚하고 同年十二月成婚시켯다。그러나 그慈親이 蘇生되고 新郞新婦의 나이 다 어리므

로 成婚만시켯지 新行은 시키지아니하고 여름放學에오면 한二三日 妻家에 다녀오게하엿는 十九歲봄適

當한 敎師를招聘해서 저의 누의동생과 室人을 工夫시켜달라고 東京서 便紙로 請해왔으므로 저의 뜻을조

차 新行시커서 同年四月 家庭學校를 設立하고 洞里 親戚閨秀아회를까지모아 가르키게하셨더니 夏期放學

때나와서 몸소 指導도 하는모양이엇다. 그리자 秋期開學이되여 東京으로 건너간後 同年十二月 敎師의 事

情도 잇고하여 家庭學校는 廢止되엿는데 翌年 夏期放學에 다시나와서는 全혀 內房에 갓가히가지아니하엿

다. 同年 東京震災로 渡東치아니하고 或 집에잇고 或 서울가잇는데 同겨울 外國語學校 獨逸語科長의 親

筆로 累次오라는 便紙가잇엇으나 가지아니하고 自己房에 幽閉나되어잇는는사람 모양으로 들어안어 讀書에

耽逸하엿다. 그러나 한번도 저의室人의 非를말하는일은 업엇고 內房出入을 勸하면 默々히 拒逆할뿐이어서

한번은 「안해가 마음에 안들면 琴瑟은 종지못할지언정 子息은 보아야될것이 아니냐」고 꾸지젓더니 「天痴

子息을 나흐면 무엇합닛가」하고 單한번 저의所見을 披瀝하엿다. 저의室人이 아직 數틀헤이지못한다는 事

實은 나도 後에야알앗다. 二十三歲時 하도 房안에만 들어잇어 讀書나하고 苦憫하는것이 보기딱하여 米豆

出入하는 族兄되는 浩喆이를시켜 한二百圓대어주고 米豆를 勸해보게하엿더니 意外로 大端히좋아하여 딸

아더니고 後에는 直接와서 資金을 請하므로 도두지 怯이업이업고 또 賭博을專門패와어울

려하는데 亦是 怯이업이 한다고 돌려머니 三四個月만에 數千圓 損을보앗다하였다. 마침내 불러서 그 無謀

함을 責하엿더니 直席에 辭過하고 손을떼엿다.

後에 傳하여 드르니 나는 氣分을 轉換시킬目的으로 勸하게한것이엇는데 저는 獨逸留學을 目的한 한노릇

이엇다. 平生 해본일이업는 노름도 專門패와 어울려하는데 에사能手요 끝패도 相當하고 바독도 젊은축

에서는 패세다는 評判이엇다. 未嘗不 무엇이나 보면알고 들으면알고하여 배우느라고 苦生하는것을 보지

못하엿다.

米豆取引에서 손을떼면서 다시 들어안저 工夫돌하는데 離婚한단말도업고 外入도 아니하여 病身인가보

다고까지 念慮하엿더니 뒤에 저의 姑母에게 傳하여드르니 罪업는사람더러 離婚하라廉恥가업고 外入은 墮

落으로 녀겨서안코 촉은 空然한사람을 병신을만드는게라고 않는다고 하엿다한다.

二十七歲時 저의들끼리 어떻게 議論이 되엿던가 더려다준다고하여서 禁하엿던가 二月에 돌우왓는데 中止되고 二十八歲時

만나 나려왓던龍兒가 「내가 가서 할말도잇고한데 무엇하려왓느냐」한즉 그러면 돌우데려다달라고 自己도

正月 龍兒는 서울에잇는데 오래간만에 覲親가겟다하여 보내주엇더니 마침 叔父喪을

인제 고만 離婚하고싶다고하여 父가 出擧한돈에 데리고갓다고 저희끼리 室人親家로 가버렸었다。法的手

績은 兩家父母의 意見이 다르고하여 當時에 곳取하지못하였었으나 形式으로까지 그때에 남이되고말앗다

二十九歲 봄 五月 羅州林氏에 누의동생 親한동무인 閨秀와 結婚하고 동생들과 京城에 자리잡고살기始

作하여 三十二歲冬 率家하여 올라와서 今日에至하엿는데 其間에 三子를나핫다。(父親夏駿氏談)

〇

大正十二年 龍兒의 東京生活이 震災로하여 中斷케되매 그는 자랑스럽든 外語의 멋진徽章도 떼여버리

고 서울도 僻村 冷洞旅舍에 몸을 부첫섯다。延專을 다니는데 그때 龍兒의말로하면 爲堂과 一星 故李灌鎔

先生의 時間이 좀 자미난다고 싀물읽는 나에게 더러 글월이 잇곤햇섯다。爲堂에 時調를 一星게 獨逸語를

自宅에가서 배우고있었든것갈다。同窓이요 親友인 故廉亭雨의 紹介로 故尹心悳女史들을알게되고 뙤아노의

金永煥氏도 알게되었는데 내가 만내려고 冷洞가면 金氏宅에서 뙤아노를 배우고있는때가 많이 있었

다。尹氏와의 友誼가 相當히 깊었든것은 내가 冷洞가면 尹氏의 家族들을 찬는것으로보아 알수

있섯다。延專의學友로는 廉君外에 許然氏、盧鎭璞氏들도 記憶된다。이듬해 大正十三年부터는 學校매야

別로 가는 것 갈지안었고 내가 東京서 放浪하고 있든 머리이라 내의 感傷主義와 文弱을 悲難하는 强硬한 글월과

金剛山旅行을 처음하고고는 그 風化된山石을 自己는 무슨 美化나 詩化하는 사람은 아니오 헤ー겔이 별종한

밤 하늘을 외려머렁게보든 것갈이 金剛山도 冷靜히 보고왔노라고 갈이 써보내온일이 있었다. 나로서는 龍

兒가 文學을 읽어 詩調까지도 어느 程度들 理解하는 慶地임을 아는지라 그가 헤ー겔의 後生이되는 것은

모르되 單純한 理科系統의 學徒가 되여버리기들 願치안었섯다. 더구나 그와 才操가 아모것이나 하면 되는

사람임에서야 年末에 서울와서 갈이 下鄕하였는데 어전일인지 龍兒는 나만맛나면 文學에로 文學에로 물

돌아간다고 이놈아 나들 誤入시키지말라고 그때부터 허든말버릇이었다. 大正十四年 봄 일즉 上京하여서

는 勿論 學校는 지버치웠는데 이사람 冷洞집에서 참으로 獨學을 시작하였다. 文學書의 肄讀英語學獨逸語

工夫 實로 무서운勤工이다. 여름까지 留京코는 下鄕하였지마는 벌서 短期間이라고는하나 그때 초잡은工

夫가 翌十五年 또 다음해봄까지 집에서 그대로 繼續하였고 어든것이 胃病이었다. 그래서 三防을갓다 三

防서 和田이라는 美人을 만낫는데 萬一 그가 일즉 斷念치안었던들 우리龍兒는 果然 무슨方策이 있었을지

只今 생각해보아도 微笑를 禁치못한다. 以堂金殷鎬畫伯도 三防서 알어진이요 그뒤로 여러해 親交가 있었

다. 그해가을에 永郎과 金剛山에 갓는대 胃病이 再發하여 急遽歸京해 바텃지만은 그胃病 그놈이 龍兒들

夭折케한 原因임에틀림없다. 서울와서 平洞旅舍에서 永郎과 한방사리를 했었는데 每日 갈이 本町二見屋

이라는 茶店에 다니기와 가끔 술마시고 鍾路大路를 떠돌고다녀도 거리낄것없었든 時代인데 한편主義者의

接觸이 甚하기도했지마는 龍兒의 文靑時代는 確實히 그때가아닌가싶다. 年末에 下鄕하여 그대로 짝드리

백여 一年半 龍兒의 詩棄은 充實하여겼섰다. 그동안에 山紅이란 妓生과 除名을날린일이 있었지만은 大端치

안얼섯고 오히려 龍兒의 代表作인 詩品은 全部 쓰다저나왓섰다。무로 詩나 無産文學이니 世上온시고럽

고 하든그때 말하자면 朝鮮詩의 正統을찻고 發展을바래야 新興朝鮮文學이 世界的 水準에까지에다는 理

想이 純粹詩誌를 計畫케하였든것이니 昭和四年秋에 上京하여 芝溶과合作하고 創刊號 나올임시에 朝鮮的

大事件이 爆發하여 中止하고 翌春에 創刊號는 나왔섰다。玉川洞에 自炊집을定하고 現未亡人 妹鳳子氏等

이 지워지는밤에 몸소 찬물을달고 아궁에붙을넛코 單純히生活 그것만도 愉快하였을것이다。良心의인 詩

友는 激情에 自己스스로 幸福됨을 느겼을것이다。玉川洞時代는 깨끗이 맨드러저나오고 龍兒는 平生 처

음 부드치는 讚同하여모이고 詩文學은 只今까지의 어느册보다 째끗이 맨드러저나오고 龍兒는 平生 처

인가싶다。가을에 親友 廉君이 作故하여 龍兒는 크게슬퍼하였다。가을에 玉溶洞으로 옴겨온대 詩文學은

그때에 二號밖에못냈섰다。原稿難이였다。一二人 旺盛히 詩作을發表한단 個人誌를 바랫슬배아니고 意味

도없는노릇이다。都是 그때情勢의 탓도있지마는 同人들이 편줍의 水準을 너무높여논잘못도 있다할수있다。

同人의 누구나 다. 아즉 純眞한 處女들이였음이 罪라하면 罪일밖에없다。(一月三十一日 永郎記)

○

昭和六年 詩文學第三號를 發刊한後 龍兒兄은 詩誌의 刊行에서 다시 새로운抱負를 가지게 되었으니 그

것은 綜合的으로 文藝誌를 發刊해보겠다는 意欲이였었다。그때 朝鮮文壇에는 多年間 支配的이든 階級文學

이 崩壞하여가는中 世稱海外文學派라고하는 새로운 文學勢力이 더한層 旺盛하게됨에따라 龍兒兄은 純粹

詩의 世界에서머나아가 참다운 朝鮮文學樹立에對하여 熾烈한想念을 가지었었다。이러하라 가을에들면서

부여 異河潤兄과 具體的 플랜을세워가지고 「文藝月刊」이라는 文藝月刊誌를 計劃하였고 事務所는 堅志洞

— 13 —

집이 였었다。 創刊號는 이해 十月로 十一月號로 發刊되었는데 執筆者는 大部分 東京에서 外國文學을 專攻하면서 文學工夫하든분으로 龍兒兄은 이 創刊誌에 效果主義文藝에對한 새主張을 發表하였었다。 그러나 創刊號가 豫想과같이 高邁한文學精神에서 編輯되지않았으나 그 反面 新聞紙上에 廣告를 揭載하는 程度로 「詩文學」과는 그 出發의 精神이 달랐었다。 이때부터 龍兒兄의 交友로는 主로 金晉燮、張起悌、異河潤、供一吾、咸大勳、李軒求等이었다고 생각된다。 十二月號까지 發行하면서부터 한편으로는 中學生을 標準으로 하는 新詩讀本과 時調讀本을 刊行할 計劃을세워왔다。

그리고 新年號에는 一年間 新聞雜誌에 發表된 重要한文士의 文獻을 蒐集探錄하는同時 처음으로 文士名簿를 附錄으로 添加하여 은근히 正統的文士를 登錄시키는 機緣을 지으라고도 했든것이다。 昭和七年은 그때 「케-테」의 死后百年이 됨을따라 文藝月刊은 「케-테」紀念號로 特輯하게되었고 이해三月二十二日에는 그때에 처음보는 文學會合이 明菓에서 盛大히 열리게되었다。 그러나 不幸히 「文藝月刊」은 이것으로써 終刊號가 되여버렸다。 한편 龍兒兄은 多年間 心友로 사피여오든 林貞姫女士와 이해五月 結婚式을擧行하였다。 新婚生活이 始作되여서 얼마아니하여 七月 龍兒兄은 賜蜜扶斯로 入院하였고 이해에 長男인 鍾達君이 誕生하였다。 積善町집으로 옴기기는 이해三月이였다。 그리고 間接으로 支持해오는 劇藝術硏究會가 이해에 들어서 公演을가지게되면서부터 龍兒兄은 直接 이團體에 添加할 意向을 가졌던것으로 同人制인 이團體가 會員制로 變更되든 이해十二月에 正式으로 入會하여 企劃部幹事의 任務를마터가지고 劇運動에 全心하다 싶히해왔다。

昭和八年은 劇硏이 가장活潑하게 活動하든해로 第四回公演때에는 直接 經理를 마터서보아왔고 가을에

第五回公演時에는 柳致眞作 「버드나무선洞里의風景」에 農村머슴애도 登場하고 「베니스의商人」의 法

延場面에도 傍役으로 登場하였는데 이러한 舞臺經驗에 매우 洽足해왔다。그것은 무엇보담도 志友들끼리

의 文化事業이라는데 더한層 意義를느끼였기때문이다。그러나 한便으로 「文藝月刊」도 그만두게된以后暫

時 文化運動에서 멀어졌든 龍兒兄은 새로히 文學에對한意慾을 바릴길이없어서 이해가을에는 東京으로 가

서 좀더 文學運動의 情勢와 새元氣를 어더올計劃으로 李軒求와함께 渡東하기로하였으나 그때의 여러가

지 內外形便이 이를 일우지못하게되었다。

그러나 이渡東은 中止되었으면서도 龍兒兄의 念頭에서 사라지지안는文學精神은 다시 또 純粹한文學雜

誌에對한 計劃을 세우게하였든것이다。詩文學과 文藝月刊을 거처온 經驗을 土臺로하면서 또다른 한편으

로는 兄의 健康과 活動能力에對한 數學的診斷을 내려가지고 가장 적은規模의 거의同人誌形의 雜誌를發刊

하려든것이였다。그때 龍兒兄은 外國文學精神을 높히 評價하는한便 朝鮮의 小說作家에게 不滿을 가저서

創作은 詩와 隨筆에限하고 大部分 飜譯으로 詩、小說、評論을 실어갈 意向이였다。이해十二月에 創刊號

「文學」의 編輯을 마처가지고 翌昭和九年 一月에 發刊하였다。

그때 創刊號校正을가지고 咸大勳兄집에서 二三志友와 더부러 마치 오래간만에 귀여운첫애기를 나흔

머니와같이 校正原稿를 몇번이고 매만지면서 몹시 기뻐하였다。兄의머리에는 「文學」이 비록 分量은적으

나 外國의 文藝誌ー假令 N·R·F와같은文學精神을 그속에 담어가랴는생각으로 始作하였다。이때에 崔載

瑞氏도 原稿付托件으로 처음차저가 맞나군하였든것이다。「엣세이」를 重要視하여 金晉燮兄의 「엣세이」와

金珖燮兄의 「隨筆文學論」等이 실리었다。그런한편으로 大概 內定된 筆者의 原稿에對해서는 絕對로 制限

이없이 한사탈의 原稿로도 所定한 雜誌의 分量이되면 그대로 定期的으로 刊行할 意圖에서 龍兒兄은 外國

文學思潮의 飜譯에 더한層 精進하였다。

그러나 昭和九年봄부터 兄의 健康에는 다시 異狀이 생기기시작했다。이해三月 龍兒兄은 劇硏에서 上演準

備中인 「입센」의 「人形의 家」를 飜譯할 責任을 마터가지고 歸鄕하였는데 거의 病席에 눕다시피하면서 이

飜譯을 마치었고 그后곧ㅡ四月ㅡ上京하여 城大病院에 入院하였으니 이것이 龍兒兄을 夭折케한 肺患의 初

期였든 것이다。한때는 매우 重態라는 醫師의 診斷과 轉地療養等의 忠告도 바드면서 月餘의 入院后에 큰差

效없이 退院하여 積善町自宅에서 漢洋醫兼하여 加療하였든 것이다。따라서 「文學」도 第三號 編輯을 李軒

求에게 맡기고 下鄕한채 이것이 또 終刊號가 되고 말었든 것이다。

이렇게되매 이一年이란 全혀 健康恢復을 爲하여 全時日을 바처왔는데 多幸히 가을에들면서부터 容態는

훨신 恢復되여 그때 診療하든 醫師는 勿論 家族親友들까지도 놀래게하여 一時 念慮되든 健康은 다시 平常

狀態로 도라왔다。

昭和十年에 들어서부터 龍兒兄은 다시 文學에對한 熱意를實踐에 옴김양으로 努力하기始作하여 多年宿

望中에있든 文藝書籍出版을 시작하기로하여 第一着으로 詩友鄭芝溶氏의 詩集을 刊行하기로하였다。이리

하여 이해十月에 이詩集이 發刊되기까지 龍兒兄은 芝溶의 發表된詩를 ㅡㅡ히 記憶속에서 불러내여 寸分

의 錯誤없이 蒐集하여 가장 아름다운자랑할수있는 詩集을 꾸내기에 精誠을다했다。이해에 李駛河氏와의

交誼가 처음으로 시작되었든것이다。그리고 「카메라」를 둘고다니기도 이해부터였고 「하이킹」에 必要한用

具를 장만하기도 이때였고 이따금식 延專時代의 親友崔鳳則氏와함께 「물에山에會」에 한목 끼여다니며 龍

庚과 運動에 用意하기도 이해였었다。그러나 한便으로 좋은 詩가 써여지지안는다고 몹시 걱정하기도 했고 글

은 늘 써버릇해야지 마음에 내킬때마다 쓴다는 것은 困難한일이라고 근심스러워하기도 이때였었다。그리고

또한가지 記錄할것은 多年 한글式綴字法에 對하여 異議를 품고 이때까지의 세개文藝誌를 發音式記號로해

오든것이 芝溶詩集을 發刊하면서부터 이 意見을 一變하였는데 거기에는 綴字法을 싸고도는 紛爭에 對한 不

美에서 直接 그리된 原因도 있었다。

芝溶詩集과 거의 同時에 意圖했든 「永郞詩集」을 亦是 이해 十一月에 發行하였다。

昭和十一年에 드러서 한層 健康하여진 龍兒兄은 이해 五月에 永郞詩集出版記念會를 至極히 親近한 二十

名未滿의 知友와함께 열었었다。그리고 오직한분인 妹氏鳳子孃의 結婚도 이해 九月이였든데 龍兒兄은 이러

한살림사리에 奔走하였다。그러나 한便 芝溶과의 사이에 다시 文學誌刊行의 計劃이서진것은 이해겨울을

잡어서부터였었다。이해가을 積善町에서 社稷町으로 移寓한後인데 具本雄氏가 印刷發刊에 對한 責任을질레

니 어디 좀더 高踏的인 文藝誌를 내보자는 意見이 具體化되여서 以上의 두분外에 具本雄、

李東九(芝溶推薦)、李軒求 이렇게 다섯사람으로 內定되었다。그리고 翌年 一月에는 「靑色紙」發刊한

다는 趣意書를 文壇人에게 發送까지하였다。그러나 이計劃은 드디여 創案대로 實行되지못한채 流産되여

바리고야 말었다。이해(十一年)부터 映畫에다가 大端한興味를 가지게되야 「릴케」의 原書가싸힌

册床머리에는 커다란 映畫雜誌가 널려있군親다。中學時代에 相當히 映畫앤이였다하거니와 이때부터다시

키베마 出入이 자저저서 歐米俳優의 얼굴과 일홈記憶에 相當히 努力하였고 李軒求와 映畫消日의 閑談機會

가 적지아니하였다。그래서 京城을 떠나기실흔 理由中하나로 映畫때문이란것을 내걸게쭐되였든것이다。

이해 龍后해서부터 詩評을 담도 詩評을 더만히 쓰게되여 詩壇에 注目될바 論評이 한둘이 아니었다.

昭和十二年三月에는 令弟晩誥君 應試를 機會로 여러해두고 宿望이든 東京行을 敢行하였다. 十三四年만의 渡東이었건만 그곳 文化에서 그리큰 期待를 가지지못한채 다시 도라왔는데 우슴의 얘기가아니라 京都에서 水谷八重子를보고 戀情을 느꼈다는것이 이 旅行의 적은印象이랄까 그리고 또한가지는 「되ー트리히」의 「沙漠의花園」에서의 우는樣을 재미스럽고 感歎해 親友들에게 報告하는程度라고하였다. 한달가까운이 旅行에서 健康은 더한層 恢復되었든모양이었고 이해여름에는 松田에서지내었고 가을에는 芝溶과 金剛山을 다녀오는등 相當히 健康에 自信을 가지게되었다. 그러나 초겨울부터 좀 健康을書치기 시작켰고 겨울이되면서 밤느게 外出하기를 避하군했다. 그러나翌年正初에 嚴親의 患報를듣고 下鄉하였다.

昭和十三年들어서부터 龍兒의 容體는 드디여 마조막 運命과싸호는 냉며러지기에 서고야 말었다. 鄉里에서 病勢가 危重하여서 上京한一月下旬 드디여 意思만소 疏通할수없으리만큼 惡化되여 손에붓을잡아 親友의面貌를 다시 보게해달라는 간절한부탁을 妹婿金煥泰兄에게 傳하여 親友들이 그의 버개머리에 모혔을때에는 實로 너무나 놀범과 無常함에 더군다나 말못하는 그에게 慰勞하는말까지가 힘을 저바리지않을수없었다. 세브란쓰病院에서 다시 聖母病院으로 또다시 自宅으로 도라와 以來 百餘日을오로지 龍兒은 죽엄을 버개머리에 對坐시켜노코도 조금도 失望하거나 落寞함이없이 蘇生에對한 絕大의 奇蹟과 감은 信念을 가저왔다. 그러나 드디여 좀럭어드는 病魔의 離觀스러운 손아귀에서 最后까지도 그意識은 明瞭한채 昭和十三年五月十二日午后五時 칫여름기우는해가 病室밖에둘러나기도前 고요히 至趣히 冷徹한理念속에 눈을감으니 이것이 龍兒兄의 이地上에서의 最后의 瞬間이되고말었다. 三十五年間 聰慧속에서 한才子는 살었고 또 떠나간것이었다. (昭和十五年三月二十五日 李軒求記)

昭和十五年五月十五日 印刷

昭和十五年五月二十日 發行

定價 貳圓五十錢

著作兼　京城府社稷町二六二
發行者　林　貞　姫

印刷人　京城府仁寺町一一九
　　　　李　相　五

印刷所　京城府仁寺町一一九
　　　　大東印刷所

總販賣所　京城齊洞町一一二
　　　　東光堂書店
電話光③三七〇番
振替京城一六二二一番

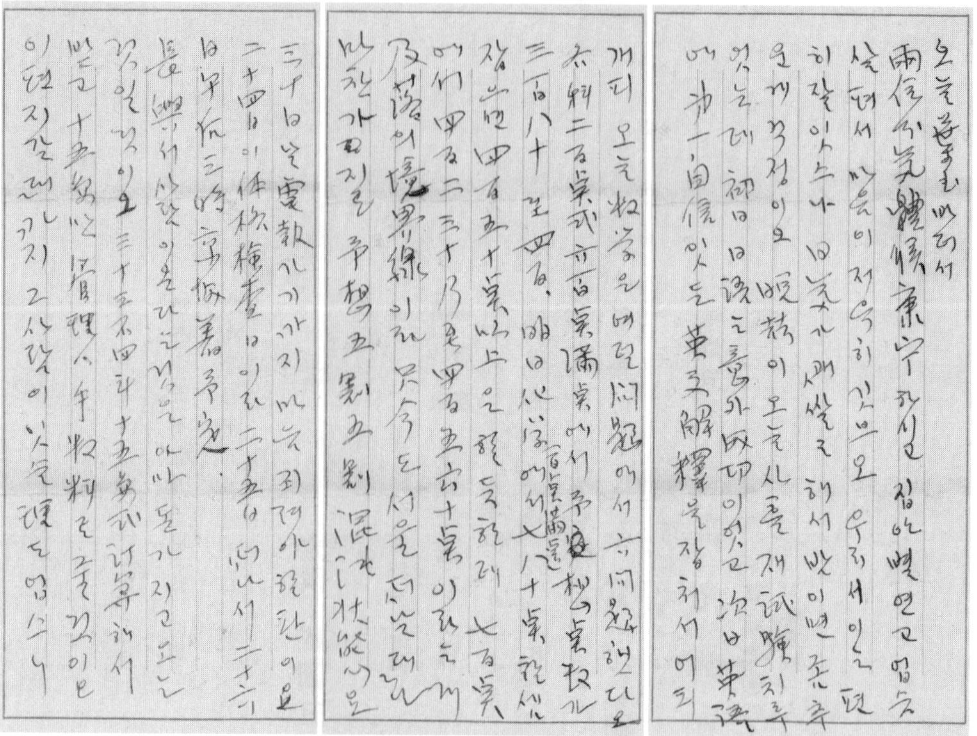

용아 박용철이 부인 임정희에게 보낸편지

이를 보고 또 좋지 아니오 永隆(영륭) 佛寺(불사)들은 鬱蒼(울창)
한 송림속에 있어서 淸幽(청유)하기 짝이 없으니
나는 信仰(신앙)은 없으나 이런 곳을 보면 마음이 한가로와
져서 세상 일을 잊는다 佛寺(불사)마다 便紙(편지) 付託(부탁)을 받아서
져서 군들께 편지를 부치는 것을 낙을 삼고
방에서 편지 쓸 재료를 구하기를 소일삼아 하니 이런데 와서
遊(유)하는 것도 좋은 일이다
到處(도처)에 神社(신사) 佛閣(불각)이 많으나 이런 것은

京都市(경도시)에 寺(사)가 千四百餘(천사백여) 神社(신사)가 四百餘(사백여)라
하니 一萬戸(일만호)를 두고 보아도 이것을 잇끼이니 二千餘(이천여)가
이 절이 있으니
豊臣(풍신)의 권세는 그 때에도 豊國神社(풍국신사)에서 보니
朝鮮(조선)의 役(역)에서 얻은 鐘(종)이 있고 君臣(군신)이 同學(동학)
國家安康(국가안강)이라 하니 그 때에 土鍾(토종)의 것이 있으며

이것 日本(일본)사람이 해석을 그릇하여
이리라 함으로 朝鮮(조선)시대 鐘(종)을
이것이 어떠니 東日本(동일본)

十九日(십구일)

한 시인의 목소리와 빛깔

–『박용철전집』 복간에 부쳐

金容稷(서울대 명예교수, 문학평론가)

1

『박용철전집』 1·2권은 1939년 동광당서점(東光堂書店)에서 발행되었다. 이 책에는 박용철이 생전에 발표한 작품뿐만 아니라 그가 의식을 잃기 직전까지 써서 남긴 글들이 두루 수용되어 있다. 연보를 통해서 보면 박용철이 우리 문단에 등장 활약하게 된 것이 1930년대 초 『시문학(詩文學)』을 기획·발간하고 나서부터다. 이후 그는 『문예월간(文藝月刊)』,『문학(文學)』 등의 문예지를 주재·발간했다. 그와 아울러 시문학사를 통해서 격조 높은 사화집, 『정지용시집』『영랑시집』을 발행했고, 이하윤(異河潤)의 번역시집 『실향(失香)의 화원(花園)』도 그가 기획, 주재하여 출판했다.

박용철이 우리에게 끼치는 발자취는 무대예술분야를 통해서도 포착된다. 1930년대 중반기 경부터 그는 극예술연구회에 후기 동인으로 참여했다. 이때에 그는 창작극인 「사랑의 기적」을 썼고 입센의 「인형의 집」 이하 몇 편의 번역극도 발표했다. 이와 함께 극예술연구회의 기관지 『극예술(劇藝術)』이 그의 손으로 창간되었다. 박용철은 본래 튼튼하지 못한 몸의 소유자였다. 그런 몸으로 그는 평생을 건 시를 다듬었으며 비평과 수상들을 발표했다. 영·미·애란과 독일의 근대시들을 번역하는 데 불같은 열정으로 매달렸다.

이런 그의 글쓰기는 목숨이 다하는 자리에서까지 이어진다. 1937년을 거쳐 1938년에 이르자 이미 그의 건강은 책상 앞에 앉을 수 없을 정도로 악화되었다. 그러자 박용철은 누워서 책과 원고지를 천정 쪽에 매달게 하고는 시를 번역하고 편지를 썼다고 한다.

2

『박용철전집』 두 권은 변형국판으로 1권이 736면, 2권이 724면이다. 그 내제는 시문학사 편찬(詩文學社編纂) 『박용철전집(朴龍喆全集)』 제1권, 경성동광당장판(京城東光堂藏版)으로 되어 있다. 이 제1권은 「창작시편」과 「번역시편」으로 나뉘어져 있다. 「창작시편」은 다시 Ⅰ, Ⅱ, Ⅲ 등으로 나뉘어 있는데 제Ⅰ부에는 「떠나가는 배」, 「밤기차에 그대를 보내고」, 「이대로 가랴마는」, 「싸늘한 이마」, 「고향」 등 18편의 작품이 수록되었다. 여기서 「떠나가는 배」, 「밤기차에 그대를 보내고」, 「이대로 가랴마는」, 「싸늘한 이마」 등은 『시문학』 창간호에 실린 것이다. 이것으로 미루어 이 부분은 여러 발표 매체를 통해서 활자화된 작품들로 이루어졌음을 알 수 있다.

이와는 달리 창작시편 제Ⅱ부에는 「습유(拾遺)」의 꼬리가 보인다. 여기에는 「부엉이 운다」, 「무덤과 달」, 「비에 젖은 마음」 등 15편의 작품이 수록되어 있다. 박용철 자신이 생존했을 때 이들 작품이 발표되었다면 습유의 표시는 각 작품의 꼬리에 붙어 있는 것이 정상일 것이다. 그럼에도 이들 작품의 허두에 그런 표기가 붙어 있다. 이것은 이들 작품이 시인의 생전에 된 것이지만 미처 활자화

시키지 못한 것들임을 말해준다. 창작시편 제3부에는 「나는 그를 불사르노라」, 「다시」, 「두 마리의 새」 등 28편의 작품이 수록되어 있다. 이 부분에는 「습유」의 표기가 나타나지 않는다. 그러나 여기 수록된 작품 가운데 발표지가 포착되어 있는 것은 1938년 『삼천리 문학』 4월호에 실린 「만폭동」 정도다. 이로 미루어 보아 여기 수록된 대부분의 작품도 유고로 남은 것이 아닌가 짐작된다. 이런 사실과는 관계없이 여기에 실린 박용철의 창작시 가운데는 서정소곡으로 평가될 것이 있다. 그것이 「너의 그림자」다.

　　　하이얀 모래
　　　가이 없고

　　　적은 구름우에
　　　노래는 숨었다

　　　아즈랑이 같이 아른대는
　　　너의 그림자

　　　그리움에
　　　홀로 여위어 간다

　창작시편 제Ⅲ부는 「애사(哀詞)」 1·2·3, 「우리의 젖어머니」, 「마음의 타락」 등 시조로 이루어져 있다. 이들 시편에는 같은 제목 아래 6·7수씩의 작품이 포함되었다. 그러니까 실제 작품 수는 60편에 가깝다. 시조에 이어 한시습작(漢詩習作)이 나온다. 여기에는 12편의 7언율시가 수록되어 있는데, 이 부분에서 특이한 것은 8행 한

시를 위에 놓고 그 아래에 그 내용에 준한 두 수씩의 시조를 달고
있는 것이다. 참고로 「희우(喜雨)」의 율시 전 4행과 그에 해당되는
시조를 보면 다음과 같다.

細雨活葉誇榮生 輕風無枝感天情
田潤不厭衣沾濕 山昏却喜花鮮明

비젖은 닢사귀는 반득반득 빛이 살고
춤추는 가장이는 나붓나붓 절을 한다
입은 옷 비맞아보자 꽃빛 산틋하여라

『박용철전집』제1권의 제2부는 「번역시편」으로 되어 있다. 제2부
의 허두는 「괴테시편」이 차지했다. 여기에는 「미뇬의 노래」1·2와
함께 「거친 들의 장미」, 「이별」 등 13편의 작품이 담겨 있으며 이어
「헥토르의 이별」이 나온다. 다음이 「하이네 시편」이다. 여기에는
「한번은 내게 빛나든 그림이」, 「로렐라이」 등 66편의 작품이 실려
있다. 이 숫자는 독립된 번역시집을 낼 수도 있는 양이 아닐 수 없
다. 다음을 차지한 「릴케 시편」은 제목이 없는 일곱 편의 번역시로
이루어져 있다.
「번역시편」의 영국편에는 왓슨의 「창조」, 퍼시의 「사랑 못 받는
이가」, 번스의 「양을 부르소」 등 64편의 작품이 수록되어 있다. 여
기에는 T. E. 흄 이하 이미지스트와 모더니스트의 이름이 나오지
않는다. 이것으로 보아 박용철은 이 시기에 이르기까지 영국 근대
시의 수용에 더 관심을 기울인 듯하다. 이어 「애란편」에는 무어의
「일홈없는 애국자 무덤」, 예이츠의 「하날의 옷감」, 「이니스프리」 등
11편이 보인다. 「미국시편」에는 디킨슨의 「기다림」, 「가을」, 마컴의

「너의 눈물」 등 43편의 작품이 수록되어 있다. 이어 나오는 「사라 디스데일편」에는 「오너라」, 「어둘녁의 중앙공원」 등 22편의 시가 보인다. 이 숫자는 하이네 다음 가는 것으로 박용철이 이 시인에게 기울인 관심의 정도를 가리킨다. 시인의 건강이 유지되었더라면 독립된 시집으로 확충되었을 가능성도 점치게 한다.

「사라 디스데일편」 다음에 놓인 것이 「습유(拾遺)」다. 그 원작자는 '일명(逸名)', '우드', '킬머' 등으로 되어 있다. 번역의 솜씨로 보아 완성된 것들은 아닌 듯하다. 이어 나타나는 것이 「색동저고리」편이다. 그 허두에는 박용철의 「색동저고리」가 놓여 있다. 「아침까치 지저귄다 / 색동저고리 끄내 입자 / 색동저고리 바람으로 / 아장 아장 / 무지개다리를 넘어가자 / 엄마의 품을 나서 먼 나라를 구경가자」. 이어 여기에는 로젯티, 島木彦 등과 함께 소학교 동요, 사이조 야소(西條八十의 것이 수록되어 있다. 이런 내용으로 미루어 이들 작품은 박용철이 청소년기와 문청기의 습작번역들이 수록된 것이다.

3

『박용철전집』 제2권은 김광섭(金珖燮)의 「용아형의 비평」, 함대훈(咸大勳)의 「인간 박용철의 추억」, 이헌구(李軒求)의 「용아형의 시와 수필의 세계」 등으로 시작한다. 그 내용에는 한결같이 박용철에 대한 추모의 정이 담겨 있다. 이것은 평소 박용철과 문단활동을 같이한 친구들이 이 전집 편집에 깊이 관계했음을 뜻한다.

이 전집 제2권은 제 I 부가 「시론(詩論) 급(及) 평론」이다. 「시적변용(詩的變容)에 대해서」, 「기교주의설(技巧主義說)의 허망(虛妄)」 등 13편의 문예비평이 실려 있다. 이 가운데 「시적변용에 대해서」는 그 유려한 문장과 정서적 내용으로 하여 우리 평론의 개념을 바꾼 명편이다. 또한 「신미시단(辛未詩壇)의 회고와 비평」, 「을해시단(乙亥詩壇) 총평」 등은 그 무렵까지 우리 주변에서 희귀종에 속한 실제 비평의 보기가 된 작품이다.

「시론과 평론」편 다음에 놓여 있는 것이 「수필 급 소품(小品)」편이다. 여기에는 「봄을 기다리는 맘」, 「개싸움」, 「서울」 등 서정 산문과 박용철이 동서고전을 읽으면서 얻어낸 단상들이 수록되어 있다. 그 가운데서 「Verschiedene」는 키에르케고르의 생각을 뼈대로 했으면서 생각이 독립된 수상을 이루고 있어 주목에 값하는 글이다.

『박용철전집』 제2권 제Ⅲ부는 「잔영(殘影)」의 제목 아래 묶여져 있다. 그 허두에 놓여 있는 것이 『시문학』과 『문학』을 엮고 나서 박용철이 붙인 편집후기들이다. 이들 글은 잡지 발간의 속사정을 담은 것으로 주목에 값한다. 그 다음을 차지하는 것이 몇 개 발표매체의 요청에 응하여 쓴 박용철의 작품선고 소감과 연극평이며 그에 이어 「부주전상서(父主前上書)」, 「누이 보아라」, 「정희(貞姬) 보시압」 등 서간문이 수록되어 있다. 여기에는 김영랑, 이헌구, 장기제 등에게 보낸 문우 사이의 편지도 보인다. 이들 편지글은 의례적인 안부 묻기를 넘어서 있다. 거기에는 생활 주변의 사연들이 세세하게 실려 있다. 특히 가족 사이에 보낸 그의 정은 봄물결같이 넘실댄다. 또한 문우들에게 띄운 글들에는 문단 이야기와 문예 이야기가 그 갈피갈피에 섞여 있다. 『박용철전집』의 이런 부분은 문단 이면사의 자료로서도 매우 소중하다.

전집 제2권의 제Ⅳ부는 「희곡편」이다. 이 편에는 「인형의 집」, 「낸의 비극」, 「바보」, 「베니스의 상인」 등 번역극이 실려 있다. 이와 함께 여기에 실린 것이 중국의 정서림(丁西林)에 의한 「기사와 서기」다. 이 작품은 당시의 신흥 양식인 라디오 드라마를 번역한 것이다. 이것으로 우리는 그 무렵 박용철이 가진 영화, 연극 관계

양식에 대한 관심의 범위를 짐작할 수 있다. 이어 실린 것이 소품 희곡으로 작성된 「사랑의 기적」이다. 이 작품 이전에도 박용철은 배화여중 연극반과 연희전문 연극부의 요청으로 창작희곡을 썼다. 그들 작품이 전집 제2권에 오르지 않은 채 「사랑의 기적」만이 수록된 것은 정보 부족의 탓으로 보인다.

　마지막 이 전집 제2권에는 박용철의 약력이 붙어 있다. 그와 아울러 시인의 아버님인 박하준(朴夏駿)옹과 친구며 문우인 장용하(張龍河), 김영랑, 이헌구 등이 박용철의 일상과 문단활동의 이모저모를 말한 추억담이 있다. 다시 이 전집 제권으로 돌아가면 그 꼬리에는 임정희 여사의 간행사가 있다. 그에 따르면 시인이 작고하자 곧 시문학 관계자와 극예술연구회 구성원 등 문우들이 전집 간행을 발의했다는 것이다. 그 무렵에는 서울에서 광주 송정리까지 열차는 완행밖에 없었다. 따라서 하경이나 상경에는 하루가 꼬박 소요되었다고 한다. 그런 노정을 몇 번이나 내왕하면서 전집 발간이 기획, 추진되고 마무리되었다. 이렇게 보면 『박용철전집』 두 권은 시인 박용철이 생전에 써서 남긴 작품을 모은 것에 그치는 책이 아니다. 한마디로 이 책은 우리 문화와 그 심장부를 뜻하는 모국어가 부단히 위협받던 시기에 그것을 지키며 갈고 다듬어 내고자 한 정신의 파수꾼들이 이루어낸 기념탑이다. 이 책에 담긴 온정과 성의는 길이 기억되어야 한다.

朴龍喆 全集 II － 評論

2004년 8월 20일 인쇄
2004년 8월 30일 발행

저작권자 박 종 달
펴 낸 이 박 현 숙
편　집 예 인 아 트
인　쇄 신화인쇄공사
제　책 일 광 제 본

110-290 서울시 종로구 인사동 153-3 금좌B/D 305호
T. 723-9798, 722-3019　F. 722-9932

펴낸곳 도서출판 **깊 은 샘**

등록번호/제2-69. 등록년월일/1980년 2월 6일

ISBN 89-7416-133-8
ISBN 89-7416-131-1(전 3권)
※ 깊은샘은 E-mail : kpsm80@hanmail.net
에서 만나실 수 있습니다.
※ 잘못된 책은 교환해 드립니다.

값 35,000원

• 광주광역시 · 한국문화예술진흥원의 지원.